W0220113

In seiner gefeierten Romantrilogie *Das Haus auf meinen Schultern* erzählt Dieter Forte die Lebensromane der italienisch-französischen Seidenweber Fontana und der polnischen Bergleute Lukacz, die im Rheinland zusammenfinden. Ihre Jahrhunderte andauernde Wanderschaft quer durch ganz Europa bildet den ersten Teil, *Das Muster:* »Es ist eine einzige große Geschichte, in der zahlreiche kleine Geschichten, Haupt- und Nebenfiguren durcheinanderwirbeln und die schließlich in den Trümmern dieses Jahrhunderts zum Stillstand kommt«, schrieb Volker Hage im ›Spiegel‹. Der zweite Teil, *Tagundnachtgleiche* (früher unter dem Titel *Der Junge mit den blutigen Schuhen),* zeigt, wie der Witz, die Menschlichkeit und Vitalität der Familien zu einer Mentalität verschmelzen, dank derer es ihnen gelingt, die dreißiger Jahre und den Zweiten Weltkrieg zu überstehen: »Fortes Erzählkunst und Sprache«, urteilte Walter Hinck in der ›Frankfurter Allgemeinen Zeitung‹, »bewähren sich vor einer der schwersten Aufgaben: der Darstellung einer Zeit, da die Menschen auf ihre nackte Existenz zurückgeworfen sind.« Diese Zeit, die endlose Ruinenlandschaft der Nachkriegszeit, ist schließlich in *In der Erinnerung* dargestellt. In einem Reigen aus melancholischen Wanderpredigern, ehrlichen Dieben und sprachlosen Grabrednern erlebt ein zehnjähriger Junge den rastlosen »Neubeginn«. »Immer wieder demonstriert Forte am Beispiel seiner paneuropäischen Großfamilien, daß sich von der Vergangenheit glaubwürdig nur in Geschichten erzählen läßt und daß im Anekdotischen oft mehr Wahrheit verborgen liegt als in den Zahlen einer Chronik«, so Sabine Doering in der ›Frankfurter Allgemeinen Zeitung‹.

Dieter Forte, 1935 in Düsseldorf geboren, lebt in Basel. Berühmtheit erlangte er als Dramatiker und Drehbuchautor, das Theaterstück ›Martin Luther & Thomas Münzer oder Die Einführung der Buchhaltung‹ (FTV Bd. 7065) wurde zum Welterfolg. Für die einzelnen Bände seiner Romantrilogie *Das Haus auf meinen Schultern* wurde er mit dem Basler Literaturpreis und dem Bremer Literaturpreis ausgezeichnet. Vertieft hat Dieter Forte das Thema »Luftkrieg« in dem bei S. Fischer vorgelegten und von Volker Hage herausgegebenen Band ›Schweigen oder Sprechen‹. Ebenfalls dort erschienen ist das Bühnenstück ›Das Labyrinth der Träume oder wie man den Kopf vom Körper trennt‹ sowie im Fischer Taschenbuch: ›Fluchtversuche. 4 Fernsehspiele mit 16 Szenenabbildungen‹ (Bd. 7055), ›Jean Henry Dunant oder Die Einführung der Zivilisation‹ (Bd. 2301), ›Kaspar Hausers Tod. Ein Theaterstück‹ (Bd. 7050) sowie ›Vom Verdichten der Welt. Zum Werk von Dieter Forte‹ (Bd. 13436).

Unsere Adresse im Internet: www.fischer-tb.de

Dieter Forte

Das Haus auf meinen Schultern

Romantrilogie

Fischer
Taschenbuch
Verlag

Für Marianne

Veröffentlicht im Fischer Taschenbuch Verlag,
einem Unternehmen der S. Fischer Verlag GmbH,
Frankfurt am Main, Mai 2003

Lizenzausgabe mit Genehmigung des
S. Fischer Verlags GmbH, Frankfurt am Main
© 1999 S. Fischer Verlag GmbH, Frankfurt am Main
Gesamtherstellung: Clausen & Bosse, Leck
Printed in Germany
ISBN 3-596-15875-3

Inhalt

Das Muster

Der Plan

Die Völkerwanderungen, die der Geschichtsschreiber, gelenkt von den trügerischen Reliquien aus Steingut und Bronze, auf der Landkarte festzuhalten sucht, und welche die Völker, die sie herstellen, nicht begriffen.
Die Gottheiten der Morgenröte, die weder Götterbild noch Sinnbild hinterlassen haben.
Die Furche von Kains Pflug.
Der Tau auf dem Gras des Paradieses.
Die Hexagramme, die ein Kaiser auf dem Panzer einer der heiligen Schildkröten entdeckte.
Die Gewässer, die nicht wissen, daß sie der Ganges sind.
Das Gewicht einer Rose in Persepolis.
Das Gewicht einer Rose in Bengalen.
Die Gesichter, die eine Maske sich aufsetzte, die eine Vitrine bewacht.
Der Namen von Hengists Degen.
Shakespeares letzter Traum.
Die Feder, welche die merkwürdige Zeile niederschrieb: *He met the Nightmare and her name he told.*
Der erste Spiegel, der erste Hexameter.
Die Buchseiten, die ein grauer Mann las und die ihm enthüllten, daß er Don Quijote sein könnte.
Ein Sonnenuntergang, dessen Röte in einer Vase von Kreta überdauert.
Das Spielzeug eines Knaben, der Tiberius Gracchus hieß.
Der goldene Ring des Polykrates, den der Hades verwarf.
Da ist kein einziges dieser verschollenen Dinge, das jetzt keinen langen Schatten wirft und nicht das bestimmt, was du heute tust oder was du morgen tun wirst.

J. L. Borges

I
Chronik und Erzählung

1

Von Luoyang nach Changang über Lou Zhou und Dun Huang nach Lop-Nor, um die Wüste Takla Makan nach Karashar, nach Khotan und Kashgar, über das Hochland von Pamir nach Tashkent, Samarkand, Hamadan, Palmyra zum Hafen von Antiochia; lange Karawanen aus fremden Ländern mit alten Geschichten von der Kaiserin Lei Zu, die in ihren Gärten in der Ebene des gelben Flusses von einer Schlange angegriffen auf einen Maulbeerbaum flüchtete, auf dessen Blättern kleine häßliche Raupen durch dünne selbstgesponnene Fäden sich in harte Kokons verwandelten, aus denen erneut verwandelt zarte Schmetterlinge schlüpften; mit der Geschichte des großen Kaisers im Osten, der so kostbare Seidengewänder trug, daß alle Gesandtschaften ehrfürchtig davon berichteten, der bei Strafe des Todes verbot, das Geheimnis des Maulbeerbaumes und der Seidenraupe über die Grenzen seines Reiches zu tragen, und in seiner Hauptstadt auf hohen Stangen die Köpfe derer ausstellte, die das Verbot mißachteten.

2

Die Nacht war so schwarz wie das Wasser, durch das der flache Kahn glitt. Sie hatten lange gewartet, die mondlose Stille abgewartet, dann den Kahn ins Moor gestoßen und, mit den langen Stangen sich abdrückend, die Wasserwege gesucht, die das Moor durchzogen, mit den Händen im Wasser die leichte Strömung erfühlt, mit den Stangen das Boot weitergestoßen, wenn es im Schlick oder im Ried hängenblieb, sich nicht mehr fortbewegte, schweigende, schweißtriefende Arbeit in der kalten Nacht, in der Dunkelheit, die ohne ein Zeichen war.

Dämmerte der Morgen im Dunst des Moores, schoben sie den Kahn tiefer in das nasse Gestrüpp, warteten reglos auf die nächste Nacht, die sie weiterbringen sollte, saßen auf diesem langen, schmalen Boot, das sie selber gezimmert hatten, unter schweren, dicken Umhängen, von der Nässe vollgesogen, stumm wie Erdhügel, auf diesen Holzbrettern, die ihre Heimat waren, und warteten auf die Nächte, die ihr Schutz waren, in denen sie ihren Weg suchten.

3

Im hellen Licht der sizilischen Sonne, in Palermo, der schönsten Stadt der Welt, wie Idrisi berichtet und Ibn Dschubair schwärmt, dem Königssitz des reichsten und zivilisiertesten Staates Europas, mit seinen hochgebauten Palästen, Kirchen, Synagogen, Moscheen, Herbergen, Bädern, Kaufläden; seinen belebten Straßen und Parkanlagen, in denen Sarazenen, Juden, Griechen, Byzantiner, Römer in allen Sprachen miteinander redeten; saßen in den Werkstätten der normannischen Könige Seidenweber aus Theben und Athen, Korinth und Byzanz, die das byzantinische Seidenweben mit den alten Webmustern der Araber verbanden, und schufen gemeinsam den großen königlichen Umhang in scharlachroter Atlasseide, gefüttert mit Goldbrokat, und als Muster, engumschlungen, den normannischen Löwen mit dem Kamel der Sarazenen; und trugen es ein in kufischen Zeichen, der alten würdigen arabischen Schrift, daß sie diesen königlichen Umhang webten: *»Im Jahre der Hedschra 528, im Jahre 1133 nach Christus in der glücklichen Stadt Palermo«,* den Krönungsmantel Kaiser Friedrichs II. *Stupor Mundi,* der die Welt in Erstaunen versetzende, den Krönungsmantel des Heiligen Römischen Reiches Deutscher Nation.

4

Auf dem Eichberg, dort wo die Eiche mit dem verwirrenden Astwerk stand, dieser starke alte Baum, der seine Äste und Zweige ruhig über den Hügel legte, stand der Alte, genannt der Bärtige, der nur einmal im Jahr hier erschien, und breitete um Mitternacht seine Arme weit aus. So stand er lange Zeit mit geschlossenen Augen, schrie plötzlich laut auf, schrie die heiligen, schützenden, für alle anderen unverständlichen Worte und verdammte die Rod und die Rodjanitza und verjagte sie und bannte sie von diesem Land.

Im Schein des Vollmonds standen in einem respektvollen großen Kreis stumme Gestalten, Bauern aus den umliegenden Dörfern, vor ihren Füßen Holzgefäße mit Weizen, Honigbrot und Most, Weidenkörbe mit lebenden Hühnern und Gänsen, Opfergaben, die sie dem Swarog und seinem Sohn Dazbog brachten, die guten Götter, die das Getreide trockneten. Auf ein Zeichen des Bärtigen legten sie ihre Gaben in die Mitte des Kreises, traten wieder zurück in ihren stummen Kreis und warteten. Als die Morgendämmerung mit dem Nebel aufstieg, verbeugten sie sich tief gegen die schwache Helligkeit, danach ergriff der Bärtige das geschnitzte Eichenbrett mit dem groben Gesicht des Perun, dem Gott des Blitzes, trug es zum Fluß hinab und warf das Brett ins Wasser zu den Bereginen, den Flußnymphen. Die Bauern, die ihm gefolgt waren, nahmen die langen Stangen von den Booten, mit denen sie gekommen waren, stießen das schwimmende Brett mit den Stangen in die Mitte des Flusses und riefen: »Verschwinde, Perun verschwinde.« Sie riefen es so lange, bis das schwimmende Stück Holz nicht mehr zu sehen war.

Das wurde in jedem Frühjahr so gemacht, seit man sich erinnerte, und jede Generation erzählte es der nächsten Generation.

5

In der Dämmerung der Morgenfrühe, so die Erinnerung, kurz bevor die aufgehende Sonne ihre schmalen Streifen durch die engen Gassen der Stadt Lucca zog, sah man Messer Fontana auf seinem täglichen Gang zur Kathedrale San Martino. Er verbeugte sich kurz vor der Figur des Heiligen Martin, der auf der weißen Marmorfassade sein Seidencape mit einem Bettler teilte, ging an dem im Portikus eingemeißelten Labyrinth vorbei und stand dann lange, in Gedanken versunken, in der dunklen Kathedrale vor dem von brennenden Kerzen erhellten Volto Santo, dem Heiligtum der Stadt Lucca, einem Kruzifix aus den Zedern des Libanon, das vor langer Zeit am Strand angeschwemmt wurde. Einige erzählten auch, es sei mit den Seidenwebern in die Stadt gekommen, die Palermo verließen, nach dem Tod Kaiser Friedrichs II. und nach der Sizilianischen Vesper am Ostermontag des Jahres 1282, dem Aufstand gegen die Tyrannei der Franzosen, um sich in der freien Republik Lucca anzusiedeln.

Messer Fontana, geboren zu Lucca, dieser alten Stadt, entstanden aus einer Stadt der Etrusker, war Seidenweber, und im Musterbuch der Fontana finden sich von seiner Hand in griechischer Sprache, die damals noch die Sprache der Seidenweber war, die ersten Eintragungen: *»Im dritten Mond müssen die Maulbeerbäume geschnitten werden, und die Frauen müssen mit der Zucht der Seidenraupen beginnen. Wechsle nach jedem dritten und fünften Faden, wechsle die Zahl, wechsle wieder, und gestalte das Muster unter dem Himmel, dies nennt man Brokat.«*

6

Er baute sich das Haus auf einem Hügel aus Torf, den er den ganzen Sommer über gestochen hatte. Im nahen Birkenwald schlug er einige kleine Bäume, rammte die Stämme in den Boden und hatte einen starken, festen Grund. Die beim Dammbau liegengebliebenen Eichenstämme zog er mit einem gemieteten Ochsen auf seinen Grund, mit einem Beil schlug er die schweren Holzbohlen viereckig, errichtete ein Rechteck und drehte die aufeinandergeschichteten Stämme so, daß sie fest aufeinanderlagen. Er füllte die Zwischenräume mit Torf, stampfte den Boden mit Lehm, den ihm ein Bauer brachte, deckte das Dach mit Stroh und nagelte aus einigen Abfallbrettern eine Tür. Dann zog er mit seiner Frau und den Kindern ein und wartete über den ganzen Winter, ob das Haus stehenblieb. Als es Frost, Schnee und Frühjahrsstürme überstand, war er zufrieden.

7

Giovanni Fontana liebte es, an heißen Nachmittagen in seinem stadtbekannten leichten karmesinroten Umhang im Schatten der Steineichen über die Wälle von Lucca zu promenieren. Es war Tradition in Lucca, dessen Bürger als vernünftig, stolz und freiheitsliebend galten, die freien Plätze, die Dächer der hohen Wohntürme, ja selbst den Stadtwall mit immergrünen Steineichen zu bepflanzen. Der Blick auf die Stadt war daher ein angenehmer Wechsel von dunklem Grün und warmem Ziegelrot verschachtelter Hausdächer, ein Bild voller Harmonie, das sich übergangslos in die Landschaft fügte. Auf dem Wall, unter einem lichtblauen Himmel, spürte man den Wind des nahen Meeres. Am Horizont sah man das harte, blendende Weiß der Marmorberge von Carrara und in der Ebene davor die geordneten Reihen der Maulbeerbäume.

Die freie Republik Lucca in der Toscana war die Hauptstadt der Seide, und Giovanni Fontana hatte seinen Anteil daran. Er war Gonfaloniere seines Stadtviertels, Vorste-

her der Seidenweber und bestimmte mit den Bankiers und Handelsherren der Stadt das Schicksal dieser Republik. Luccas Seidenstoffe waren kostbar.
Auch Fontanas Werkstatt, die über zwanzig Seidenweber an sechs Webstühlen beschäftigte, webte den tiefgrünen und den leuchtendroten Brokat mit dem Gold- und Silbermuster, webte Seide und Gold auf einem Webstuhl in einem einzigen Webvorgang – eine Kunst, die nur die Seidenweber von Lucca beherrschten – zu paarweise aufsteigenden Löwen, umgeben von Ornamenten aus Blättern und Ranken. Die Kurie in Rom war ein unersättlicher Abnehmer dieser prachtvollen Arbeiten, und die Seidengewänder der Familie Fontana hingen in der päpstlichen Schatzkammer.
Als er vom Wall in das Viertel der Seidenweber zurückkehrte, empfing ihn schon von weitem das vertraute rhythmische Schlagen der Webstühle, das den Tag der Seidenweber genauer einteilte als der Glockenschlag von San Martino. In den Seitenstraßen der Färber hingen die frischgefärbten bunten Seidenstoffe zwischen den Dächern der schmalen Häuser, leuchteten in der Sonne und tauchten die Gassen in ein orientalisches Licht. Vor seiner Werkstatt wurde ein neuer Kettbaum aufgebäumt. Die Kettfäden zogen sich durch die ganze Straße, und während sein Sohn die schwere Arbeit beaufsichtigte, saß sein Enkel lachend und schreiend auf dem zentnerschweren Marmorblock, der die Kettfäden spannte und sich mit jeder Umdrehung des Kettbaums mit einem kleinen Ruck nach vorn bewegte.
Er schaute noch kurz in die Werkstatt, wo seine Tochter mit anderen Frauen die Kettfäden eines Kettbaumes, der schon auf dem Webstuhl lag, in die Litzen einzog, die später an den Schäften befestigt wurden. Eine Arbeit, die Geduld und Konzentration erforderte, ein falsch eingezo-

gener Kettfaden konnte das Muster zerstören. Einige Frauen spulten die farbigen Schußgarne auf die kleinen Rollen der Weberschiffchen, die dann in der genauen Folge des Webmusters griffbereit auf den Webstuhl gelegt wurden. Diese Vorbereitung des Webens war langwierig und oft komplizierter als das Weben selbst, und in diesen Tagen herrschte in der Werkstatt eine angespannte Atmosphäre. Fehler in der Vorbereitung konnten einen Webstuhl für Tage zu einem nutzlosen Instrument machen, sie konnten einen ganzen Auftrag gefährden.

Giovanni Fontana ging daher, ohne ein Wort zu verlieren, die schmale Treppe zum ersten Stock seines Kontors hinauf, holte das große, schwere Musterbuch aus einer Lade, schlug es auf und arbeitete weiter an der genauen Aufzeichnung eines neuen, von ihm entworfenen Musters: Auf rosa Atlasgrund zogen feine blaue Ranken ein Netz aus regelmäßigen Spitzovalen, in denen Drachen, Pfauen und Einhörner ihr Spiel trieben. Die Flügel und die Schweife der Tiere, die Blätter an den Ranken wurden so überreich mit Gold durchschossen, daß das Gold die Seide fast verdeckte. Für diesen Stoff lagen viele Bestellungen aus den europäischen Königshäusern vor, so daß die Arbeit der nächsten Jahre gesichert war.

8

Er wurde auf die Festung gebracht, weil er den Damm durchstochen hatte, um die alten Fischgründe zu erhalten, die der Fluß jedes Jahr im Bruch schuf. Fische im Überfluß, mit der Hand zu fangen, mit kleinen Netzen, Fische, die der Damm, der durchs Bruch gezogen wurde, um das Land vom Wasser zu trennen, nun in den Flußlauf zwang. Zehn Jahre Festung, so das Urteil, das der Fischer nicht verstand. Er gab zu, den Deich durchstochen zu haben, denn die Fische und er, und mit ihm sein flaches

Boot, waren vorher da, und der Deich war ein Unrecht an ihm und an dem Fluß, dem er einen neuen Weg aufzwang.
Er starb in der Festung. Es war der erste Sohn. Er wurde in die Erde gelegt unter der alten Eiche, dem Ort, den sie sich als Friedhof gewählt hatten.

9

»Wir haben den Uguccione nicht gestürzt, damit sich Castruccio zum Herzog macht. Er wollte Capitano del popolo sein. Aber er hat das Bürgerstatut nie beachtet, und als Herzog von Lucca wird er es ganz abschaffen. Lucca wird keine Republik mehr sein. Das wird ein schöner Martinstag.«
Gianni Fontana, der Enkel des Giovanni, saß in dem alten, engen Kontor mit seinem jüngeren Bruder Paolo, der gerade als Teilhaber in die Firma eingetreten war, und seiner Frau Anna, Tochter eines Bankiers in Lucca, eine stolze, schöne Frau, die auch am Werktag nur in Seidenkleidern ging und ihr schwarzes, mit Goldfäden durchwirktes Haar wie eine Krone trug.
»Lucca wird sich wieder freikaufen«, war ihre Antwort.
Gianni stand auf, er war sehr groß und mußte sich in diesem kleinen Kontor immer etwas bücken. »Die Bankiers von Lucca haben es gut, sie haben ihr Geld irgendwo in Europa, in Lucca haben sie nichts, worauf der neue Herzog seine Hand legen könnte. Wir haben unsere Werkstätten hier, wir sind leicht zu fesseln.«
Anna zeigte auf das Musterbuch, das wie ein entscheidendes, ausschlaggebendes Gewicht vor ihnen lag. »Im Buch steht, wer sich von den Maulbeerbäumen entfernt, der verliert seine Freiheit.«
»Im Buch steht auch, wer den Kokon nicht zeitig abstreift, der verliert sein Leben«, antwortete Gianni.

Paolo meinte, daß in diesem Buch sehr vieles stehe, nur nicht, wohin man jetzt gehen solle.
Gianni entfaltete ein Schreiben und zeigte es den anderen. »Venedig bietet den Seidenwebern aus Lucca ein eigenes Stadtviertel am Ponte di Rialto. Florenz bietet sofortige Aufnahme in die Zunft.«
Nach langem Schweigen sagte Anna: »Florenz liegt nahe bei Lucca. Die Maulbeerbäume wachsen dort auch. Und es ist eine freie Republik.«
So verließ die Familie Fontana Lucca am Vorabend des Martinstages des Jahres 1327. An einem Tag, an dem sonst die Seidenweber feierten und jedes Jahr wetteiferten, wer das schönste Seidencape für San Martino gewebt hatte, an dem Tag, an dem sich jetzt Castruccio Castracani zum Herzog über Lucca einsetzte. Sie benutzten das Durcheinander am Vorabend des Festtages, um mit anderen Seidenwebern durch ein von Freunden geöffnetes Stadttor zu ziehen. Ihre Kinder zogen mit Lichtern voran und gaben dem Auszug den Anschein einer abendlichen Huldigung an den neuen Herzog, aber hinter dem Stadttor wurden die Lichter gelöscht, und die Menschen zogen schweigend durch die Nacht.
Die Familie Fontana ließ ihre Werkstatt, die Webstühle, das Stofflager und alle andere Habe zurück. Sie besaß nur noch das Musterbuch, einige kostbare Stoffe und das Wissen, wie man Seide webt.

10

Der flache Kahn trieb auf dem Fluß, der leise glucksend langsam durchs Bruch zog, im nächtlichen Schatten der Bäume, die mit Zweigen und Wurzeln sich vom Land ins Wasser neigten. Der Kahn drehte sich in den Strudeln, hing an einem Zweig, kam wieder frei, zog weiter, wie der Fluß weiterzog, an den verschlammten

Ufern, den sandigen Inseln vorbei, in großen Bewegungen und gegenläufigen Strömungen, die den Kahn festhielten und mit einem Ruck wieder freigaben. In einer fast unmerklichen Bewegung, in einem labyrinthischen Kreisen zog der Kahn durch die Nacht mit ihren kalten klaren Sternen, die im Wasser aufblitzten, an die sich auch der Fluß hielt, der immer breiter wurde, schneller wurde, durch Seitenarme und Kanäle mit leichter Strömung in den Hauptarm mündete, sich vereinigte mit dem Wasser aus den fernen Bergen, schneller trieb das Boot, und das Ufer entfernte sich unter dem gleichbleibenden Sternenhimmel.
Ein Fischerboot fing den Kahn ein, kurz vor der Meeresmündung, der junge Mann, der darin lag, war tot. Das war der Sohn des Sohnes. Auch er wurde begraben unter der alten Eiche, unter der jetzt schon viele in der Erde lagen.

11

Anna erinnerte die Familie an jedem Jahrestag der Flucht an *Das Gespräch von Lucca* und an die Anfänge in den feuchten Seidenkellern von Florenz, dunkle Gewölbe, die niemals trocknen durften, damit die Seide beim Weben ihr Gewicht behielt.
Es gab zwar genug Seidenhändler in Florenz, die Webstühle und Seidengarne zur Verfügung stellten, aber die Webstühle und das Garn blieben ihr Eigentum. Die Webmuster wurden vorgeschrieben, die gewebten Stoffe mußten zum festgelegten Preis und zum festgelegten Termin abgeliefert werden. Kleinmeister nannten sich diese im Auftrag großer Handelshäuser arbeitenden Seidenweber. Sie waren an ihren Auftraggeber gefesselt, wollten sie nicht den Webstuhl verlieren, an das bestellte Muster, an die Konjunktur und die dadurch diktierten Preise. So

webten die Fontanas am Anfang die gefragten Florentiner Muster, Szenen aus der Bibel, Engel, die Madonna in der Mandorla, das Christusmonogramm. Schmale Rapporte, die sich auf dem breiten Florentiner Webstuhl immer wiederholten, später dann, auseinandergeschnitten, als Besätze auf Paramente, den Meßgewändern der Priester, appliziert wurden, aber damit hatten die Fontanas schon nichts mehr zu tun. Die Arbeit war aufgeteilt, in kleine Einheiten zerlegt, jeder hatte nur seinen Teil beizutragen, das Produkt, das schöne Gewand, sah nur der Händler.

Anna, die von ihrem Vater her etwas von den Finanzen verstand und das Geschäft immer mehr führte, tat dies so geschickt, daß bald ein eigener Webstuhl in einer kleinen Werkstatt stand. Von den Seidenzwirnern, die alle aus Lucca stammten, weil nur sie das Luccheser Filatorium, die große, in Lucca erfundene Seidenzwirnmühle, bedienen konnten, erhielt sie regelmäßig Garnlieferungen. So konnten nachts die Stoffe gewebt werden, die die Fontanas selbst entwarfen, bald entstand ein kleiner Kundenkreis wohlhabender Bürger, die Interesse an diesen Arbeiten hatten, und als Anna dem Salvestro de' Medici, der sich beim Aufstand der Ciompi hervorgetan hatte, eines Tages, als er durch ihre Straße ritt, einen Goldbrokat über die Schulter warf, waren die Fontanas wieder selbständige Seidenweber mit eigenem *Atelier für Prunkseide,* so die Bezeichnung. Die Medici unterstützten die popolani, die für eine demokratische Verfassung eintraten, und förderten die aus Lucca zugewanderten Anhänger dieser Partei.

Die Fontanas gehörten nun zu den Florentiner Seidenwebern, die das Granatapfelmuster durch ihre Webkunst zu großer Feinheit entwickelten, indem sie die Palmetten und Rosetten, die sich um den Granatapfel zogen, zu großflächigen, vielfältig verschlungenen, repräsentativen Ornamenten ausweiteten, schwer zu webende goldfarbene Muster, die sie zusammen mit tiefrotem oder schwarzem Samt in einem Arbeitsgang herstellten. Viele tausend Kettfäden auf einem Kettbaum, unzählige Hebungen und Senkungen für den Schuß, Messer, die die Seidenschlingen zu warmem Samt aufschlitzten und die Farbe des Grundgewebes durchscheinen ließen, gewebte Vertiefungen, in denen das Muster aufleuchtete, königliche Stoffe aus schwarzgoldenem und rotgoldenem Brokatsamt, aus hellem samtenem Blau mit durchscheinendem Goldbrokat.

12

Zwischen den Erdschollen sah er blinzelnd ein schwaches Licht, ein winziger Spalt, durch den ein scharfgeschnittener Lichtstrahl einfiel, von dem er nicht genau wußte, woher er kam, auch nicht wußte, ob es ein Traum war oder schon der Tod, denn er sah auch den im Mondlicht glitzernden Fluß, der so breit und ruhig dahinzog, mit einem Floß darauf, auf dem Männer ein Feuer anzündeten, lachten, miteinander redeten, und er hörte ihre Stimmen so nahe, als säße er am Ufer, und das Floß gleite im Abendlicht an ihm vorbei, und die Flößer nickten kurz, ihn erkennend, in diesem vergehenden Licht, denn es wurde rasch dunkel, die Erdschollen nahmen ihm die Luft, aber wenn er atmete, nur atmete, immer nur atmete, würden sie sich vielleicht schützend um ihn legen, ihn nicht allzusehr in die Tiefe drücken, in diese enge Dunkelheit, aus der man nie herauskam, an die man sich aber gewöhnen mußte, so wie man sich auch an die Nächte gewöhnen mußte, die für andere der Tag war, und die Nacht war nicht nur Finsternis und Angst und Leere, in dieser Finsternis gab es Lichter und Geräusche, helle

Punkte, die über dem Moor schwebten, die Menschen vom Weg abbrachten, zu Geistern und Nymphen führten, die in der Nacht nicht schliefen, Geräusche aus dem Wasser und aus der Erde und die Lichter zwischen den hohen Bäumen, die Sterne, die man immer heller sah, wenn man die ganze Nacht nur in den Himmel starrte, in ein funkelndes Licht, heller als der Tag.
Das war der Urenkel. Er verschwand im Sumpf.

13

Als Anna starb, führten die Enkel schon das Geschäft. Es hatte sich eingebürgert, den Erstgeborenen, der das Geschäft übernehmen mußte, Gianni oder Giovanni zu nennen, Paolo war immer der Zweitgeborene. Gianni war ein ernster Mensch, ein Tüftler, der tagelang über neuen Mustern brütete, sie am Webstuhl ausprobierte und dann auf die Patrone übertrug. Paolo hatte das kaufmännische Geschick von Anna geerbt, er führte die Geschäftsbücher und kümmerte sich um den Verkauf der Stoffe. Alessandro, von den jüngeren Geschwistern als dritter Teilhaber in die Firma aufgenommen, leitete in Livorno, dem Hafen von Florenz, eine kleine Filiale. Er liebte dieses bunte Leben zwischen Griechen, Juden, Arabern, Spaniern, Holländern, Engländern, die in allen Sprachen miteinander handelten, Firmen gründeten, ihren Religionen nachgingen, zusammenlebten. Alessandro war der Meinung, daß die Kunst des Seidenhandels mehr einbrächte als die Webkunst, und hatte die schöne Gabe, sich zu vergnügen und dennoch das Geschäft zu betreiben. Er erfuhr auch als erster, daß 1439 Cosimo de' Medici das Basler Konzil nach Florenz holen wollte. Es wurde eine Glanzzeit für die Seidenweber. Gianni, Paolo und Alessandro saßen während der großen Empfänge auf der Empore des Konzilssaals und verglichen die Stoffe, die Muster, die raffinierten Schnitte, die in Florenz Tagesgespräch waren. Sie empfingen Kardinäle in ihrem Geschäft, man zahlte große Summen, um von ihnen bevorzugt bedient zu werden. Die Seidenweber waren für einige Jahre die Könige von Florenz.

Die Erinnerung an dieses Fest war schrecklich. Als Alessandro in seinem Übermut und seinem Leichtsinn einen hohen Herrn, der seinen Seidenstoff nicht bezahlen wollte, dadurch verärgerte, daß er ihm in dem genau gleichen Stoff auf der Konzilstreppe entgegentrat und unter dem Gelächter der Dabeistehenden die Qualität der beiden Stoffe verglich, lachte er nur noch diesen Tag. Am anderen Morgen fand ihn Gianni erstochen auf einem Webstuhl liegend, das Blut war In den roten Samt geflossen, der auf dem Webstuhl aufgespannt war. Gianni schnitt nach der Beerdigung Alessandros diese blutige Stoffbahn vom Webstuhl ab und legte sie ohne jeden Kommentar in das Musterbuch.

Die Zeiten wurden wieder ruhiger. Gianni, der von nun an Stoffe für gewisse Herren nur noch Rot in Rot webte, starb, wie er gelebt hatte, still und ohne Aufsehen, über das Musterbuch gebeugt. Paolo führte die Geschäfte lustlos für die Nachkommen weiter, er war bald mehr Bankier als Seidenweber. Er freundete sich im Alter noch mit Benozzo Gozzoli an, der den Auftrag bekommen hatte, das Konzil in der Hofkapelle der Medici als großes Fresco zu verewigen. Da er viele Fragen nach den Stoffen, den Farben, den Mustern hatte, denn die Medici wollten sich in ihren Prachtgewändern sehen, stand Paolo oft staunend vor den durch eine paradiesische Landschaft ziehenden Konzilsteilnehmern, gekleidet in den Seidenstoffen der Firma Fontana. Gozzoli hatte sie so im Vordergrund aufgestellt, als wären sie dem Musterbuch der Fontanas entsprungen, und Paolo wünschte sich eine kleine Kopie des

Bildes: »als Katalog für alle Kunden.« Gozzoli erfüllte seinen Wunsch, und so hing das Bild, das nur als Fresco in der Hofkapelle der Medici existierte, noch einmal im kleinen Format im Kontor der inzwischen sehr würdigen Seidenweberei Fontana. Als Paolo starb, mußte man ihm dieses Bild in die Hand geben, und er sah nicht mehr nur den in Seide und Samt, in goldenen Borten und durchbrochenen Mustern auftretenden Festzug, er sah die wunderbare Landschaft seiner Heimat, der Toscana, das tiefe Blau des Himmels, das harte Weiß der Marmorberge, die fruchtbaren Hügel mit ihren Obstbäumen und Weinstöken und in den Tälern neben den Flüssen das samtene Grün der Maulbeerbäume.

14

Aufstehen, den ganzen Tag im Nebeldunst diesen Erdwall aufschütten, die Erde von den Pferdewagen auf den Damm, um das hochgehende Wasser, diesen verrücktgewordenen Fluß, der schäumte und sich überschlug in seiner sinnlosen Kraft und in seiner Wildheit Bäume, Häuser, Vieh mit sich schleppte, ertrunkene Kühe, in Baumästen verfangen, Pferde, noch im Geschirr, stranguliert, aufgedunsene Menschen, für Sekunden auftauchend und weitertreibend. Sie trugen die Erdkörbe hoch, um diesen Fluß zu bändigen, zu zähmen, ihn zu zwingen, in seine Mündung zu rasen, ins Meer zu stürzen und nicht das Dorf zu überschwemmen, diese kleinen Hütten unter ihren Strohdächern, geduckt zwischen schmalen Gärten und Feldern, tief in die Erde gedrückt, um sich gegen den Sturm und den Regen zu schützen, der auf sie niederpeitschte.

Als am Abend der Damm in sich zusammensank, lautlos vor dem Fluß zurückwich und der Fluß sich durch die Lücke zwängte, sie weit aufriß und das Wasser sich mit

einem tiefen Seufzer, wie später viele berichteten, breit auf das Dorf ausdehnte, schwammen die Strohdächer wie friedliche Inseln der Ruhe in einen sich immer weiter ausdehnenden See.
Es überlebten nur die, die auf dem Deich waren. Der Junge konnte seine Eltern nicht retten, die im Haus schliefen. Todmüde lag er auf der Erde zwischen den leeren Körben, auf dem Rest des Deiches, den es nun nicht mehr gab, so wie es das Haus nicht mehr gab und das Dorf nicht mehr gab und alle, die mit ihm darin gelebt hatten.

15

Giovanni Fontana, Enkel des Paolo Fontana, Alleininhaber der bekannten Seidenweberei am Ponte Vecchio, galt als typischer Florentiner. Klein, wendig, stets schlicht und unauffällig gekleidet, nach allen Seiten höflich grüßend, eilte er mit schnellen Bewegungen von den Bankiers und Geldwechslern auf dem Mercato Nuovo zu den Seidenhändlern auf der Piazza della Signoria, zu den Stadtpolitikern in der Loggia dei Lanzi. Leicht vornübergebeugt, mit seinen spöttischen Augen aus dem vorgestreckten Kopf das Treiben der Menschen immer ein wenig von unten nach oben betrachtend, glaubte er dieser Welt so rasch kein Wort. Ein zäher und listiger Geschäftsmann, der endlos verhandeln konnte, gefürchtet wegen seines bösartigen Witzes, mit dem er die Dummheiten und Vorurteile der Menschen kommentierte, sprach er mit einem Geschäftspartner, suchten seine Augen unruhig und spähend schon den nächsten Händler.
Er galt als Freigeist, weil der Buchhändler Bisticci für ihn griechische und lateinische Autoren sammelte, kannte den Dante auswendig, fand den Gottesdienst in griechischer Sprache vor der dekorierten Büste Platos als dem neuen Apostel eine vernünftige Angelegenheit und disku-

tierte mit jedermann leidenschaftlich und ausdauernd über die Form der idealen Republik. In späteren Jahren ein gemäßigter Anhänger Savonarolas, haßte er die Korruption der Signoria, die ohne ernsthafte Arbeit für jede selbstverständliche Handlung die Hand aufhielt. Seine Verachtung der Regierenden ging so weit, daß er mehrmals die Wahl in die Signoria ablehnte, zu gescheit, um nicht zu wissen, was man von ihm erwartete, entzog er sich der Würde mit höflichem Lächeln und bissigen Sentenzen über die Natur des Menschen. Als ihm Lorenzo de' Medici wegen seiner ständigen Kritik an der Signoria mit Verbannung drohte, war er der Meinung, daß in einer Republik kein Mann so viel Macht haben solle, einen anderen Bürger dieser Republik verbannen zu können, denn dann dürfe man ja wohl nicht mehr von einer Republik reden, was ihm trotz der unwiderlegbaren Antwort zwei Jahre Verbannung eintrug, der er sich entzog, indem er bei Freunden mit seinen Büchern unterschlüpfte und nur in der Nacht ausging.
Seine Frau, viel jünger als er, Tochter des Malers Ghirlandaio, der aus einer Goldschmiedefamilie vom Ponte Vecchio stammte und die Familie Fontana bei der Auswahl der Farben für die Seidenstoffe beriet, besaß nicht nur den Kunstverstand ihres Vaters, sie verkaufte auch seine Bilder. Das machte sie so geschickt, daß auch andere Maler der Stadt ihr Bilder zum Verkauf übergaben, so daß im Geschäft der Fontanas ein Durcheinander von Bildern, Stichen, Büchern und Seidenstoffen herrschte und man nur schwer erraten konnte, worin eigentlich das Hauptgeschäft bestand. Verkauft wurde jedenfalls alles, zuweilen auch Bücher aus der Bibliothek des Hausherrn, was zu heftigen Auftritten führte, denn seine Bücher waren ihm heilig, während seine Frau mehr von Bildern hielt. Die Fiorentina, wie sie allgemein nur genannt wurde, weil sie

ihre Meinung immer lautstark und ungeniert im Florentiner Dialekt von sich gab, war keine Frau, die sich etwas sagen ließ. Die Auseinandersetzungen zogen sich oft über den ganzen Tag hin. Wenn dann nicht nur die Nachbarn den Laden füllten, sondern auch die Seidenfabrikation stockte, weil die Weber ihre Webstühle verließen, um das Schauspiel zu genießen, fand man sich am Abend im großen Kreis bei Donati zusammen, einem Wirt, der an der Piazza Santa Trinita nicht nur ein gutes Speiselokal führte, sondern auch ein Kenner von Büchern und Sammler von Bildern war, so daß man sich auf neutralem Boden an einer umfangreichen Tafel wieder versöhnen konnte.

16

Das Getreide stand so dicht, daß man nur mit Mühe hindurchgehen konnte, bis zum Horizont stand es gelb und in der Sonne leuchtend, die Halme waren stark, der Sommer war heiß, kein Wind hatte die Ähren niedergedrückt.
Die Ernte war so reich, daß die Preise an einem Tag zerfielen und die Ernte vernichteten wie ein Hagelsturm, der über die Felder zieht. Einige Bauern verflitterten ihr frischgedroschenes Getreide an das Vieh, keiner kaufte es. Der größte Teil der Ernte blieb auf dem Halm, die Schnitter standen vor den Feldern, warteten Tag um Tag, aber kein Händler war bereit, auch nur einen Doppelzentner abzunehmen. Das Getreide wurde schwarz und feucht und faulte langsam auf den Feldern, die Schnitter erhielten in diesem Jahr keinen Lohn, die reiche Ernte blieb ohne Segen.
Als wolle Gott strafen, wuchs im nächsten Jahr fast nichts auf den Feldern, die Erde weigerte sich die Frucht zu tragen, die wenigen Halme wurden, um keine Körner zu verlieren, mit der Sichel statt mit der Sense geschnitten.

Es gab in diesem Jahr kein Brot, Hunger und Seuchen zogen durch die Dörfer, und die Menschen starben still und ergeben in ihren kleinen Holzhäusern. Das Vieh verendete auf der Suche nach Gras, die Tiere schrien durch die Nächte, es war keiner da, der sie erlöste. Die Dörfer verödeten, wer konnte, zog in die Fremde, die Felder verkarsteten, und die Deiche wurden brüchig; mit der Schneeschmelze im Frühling kam die Flut, und das Land versank im Wasser. Als die Sonne das Land wieder trocknete, sah man auf den Deichen und auf den schlammigen Feldern wieder Menschen.
Das war das Jahr, da die ersten, die in das Dorf zurückzogen, eine alte Frau auf einem Stuhl vor einer Kate sitzend fanden, sie saß da, starrte aus ihren Augenhöhlen, ihrem tiefeingefallenen Gesicht auf die Felder, erst als sie ihren Körper berührten, fiel sie tot um.

17

Giovanni Fontana, der Kriege und Pestepidemien, Bankrotte von Handelshäusern und Konjunktureinbrüche überstanden hatte und mit seinem quirligen Temperament aus allen Schwierigkeiten immer wieder herausfand, starb an der Marotte, sein Alter je nach Laune und Belieben anzugeben. Als er vierzig war, behauptete er, schon sechzig zu sein, als er sechzig war, behauptete er, vierzig zu sein, als er auf die achtzig zuging, schwor er heilige Eide, neunundfünfzig zu sein. Das brachte eines Tages einen Gast bei Donati so in Rage, daß er dem Alten einen Hieb versetzte, Giovanni stürzte über einen Stuhl, schlug sich den Kopf auf und starb daran.
Er hinterließ vier erwachsene Kinder, die alle ihren Weg gegangen waren. Gianni, der Älteste, der schon lange die Seidenweberei hätte übernehmen sollen, überall in Florenz zu sehen, nur nicht im Geschäft, war ein Hitzkopf,

hängte sich in alle politischen Streitereien, diskutierte nicht lange, wurde schnell handgreiflich, schlug sich auch oft für die Ehre seiner jeweiligen Dame, ein wüster, kraushaariger Draufgänger, trotzdem beliebt, weil er den palio, das kostbare, karminrote Tuch mit goldenen Seidenfransen, in einem besinnungslosen Ritt quer durch die Stadt auf einem halbwilden Pferd für sein Viertel gewonnen hatte; was einem jungen Burschen in Florenz unvergänglichen Ruhm eintrug.
Paolo, der Zweitälteste, früh von der Malerei gefangen, die ihn in immer neues Staunen versetzte, kurze Zeit Schüler von Botticelli, versuchte sich als Porträtist, ging schließlich nach Rom, wo er an der Pest starb.
Francesco war auf Wunsch seines Vaters, der den Medici nie traute, früh nach Lyon gegangen, wo er eine Filiale der Firma aufbaute, die mit der Zeit immer bedeutender wurde. Auch Leonarda, die Jüngste, lebte inzwischen in Lyon. Sie hatte den Teilhaber eines Florentiner Handelshauses, der die Lyoner Geschäfte betrieb, geheiratet, und so sorgten Francesco und Leonarda in Lyon oft für das Überleben der Fontanas in Florenz, denn die Zeiten wurden dunkler. Der Sacco di Roma, die Plünderung Roms durch die Söldner Karls V., hatte auch die Florentiner Geschäftsleute getroffen. Die moria, die unbegreifliche Geißel Gottes, die Pest, ergriff Florenz schwerer denn je. Wer nicht aufs Land flüchtete, verschloß sich in seinem Haus. Wer das Haus verlassen mußte, lief mit Kräutern in der Hand und Schwämmen vor dem Mund durch die Gassen. Hinter den Mauern fanden keine Feste mehr statt, die Geschäfte und die Behörden waren geschlossen, auf den Marktplätzen lagerten Räuberbanden. Die Fiorentina entließ alle Seidenweber und setzte sich selbst an den Webstuhl, wenn es etwas zu weben gab.
Kaum war die Pest vorbei, erschien Karl V. mit seinen

Truppen nun auch vor Florenz, um dieser aufsässigen Republik für alle Zeiten ein Ende zu machen. Machiavelli bildete eine Bürgerwehr, die mit grünen Fahnen und Danteversen auf den Lippen durch die Straßen marschierte. Michelangelo leitete als Prokurator die Befestigungsarbeiten und ließ in den Vorstädten Kirchen und Klöster abreißen, um freies Schußfeld zu haben. Die Belagerung dauerte fast ein Jahr. Die Kanonen des Kaisers zerstörten halb Florenz, die Menschen aßen Katzen, Eulen und Ratten, sie töteten sogar ihre Kinder, die sie nicht mehr ernähren konnten. Achttausend Menschen starben bei der Verteidigung der Republik, und als es nach einem Jahr nichts mehr zu verteidigen gab, legte man die grüne Fahne mit dem Wort *Freiheit* nieder.

Als Karl V. als Triumphator durch die Stadt zog, saßen die Fontanas in ihrem Seidenkeller. Gianni war auf den Wällen durch eine Kanonenkugel getötet worden, so daß nur noch die Fiorentina die Familie zusammenhielt. Sie hatte Nachrichten aus Lyon. Der französische König bot den Seidenwebern von Florenz Aufenthalt und Arbeit, Steuerfreiheit, Privilegien für neue Firmen. Lyon kannte keinen Zunftzwang, war der größte Stapelplatz für italienische Seide und konnte sich an freiheitlichen Stadtrechten durchaus mit Florenz vergleichen. Die Seide schuf auch hier die Unabhängigkeit und Freiheit, die Lucca und Florenz besessen hatte. Die Seide schuf die Toleranz, Angehörige vieler Nationen und aller Glaubensrichtungen zu beherbergen. Viele Florentiner Seidenweber waren schon in Lyon, es gab also keinen Grund, nicht dorthin zu gehen. Die Fiorentina übergab das Musterbuch dem Enkel, der jetzt die Firma übernehmen mußte, und da es wieder einmal bei Todesstrafe verboten war, die Geheimnisse der Seidenweberkunst in fremde Länder zu tragen, ließen die Fontanas noch in der Nacht Geschäft, Web-

stühle, Seidenballen, Bilder, Bücher, das Haus mit allem Mobiliar, allen Besitz und alle Freunde zurück und zogen mit dem Musterbuch, mit einigen Seidenstoffen und mit in den Kleidern eingenähten Florentiner Goldmünzen als Pilger verkleidet im Jahre 1536 nach Lyon.
Sie verloren dabei nicht nur ihre Goldstücke und Seidenstoffe durch plündernde Banden, sie verloren einen jüngeren Bruder, der sich auf der Suche nach Brot in ein Dorf schlich und nicht mehr zurückkam, sie verloren eine jüngere Schwester, die an Entkräftung starb, und sie verloren die Fiorentina, die von einem betrunkenen Söldner niedergestochen wurde, als sie das Musterbuch, auf das er es abgesehen hatte, nicht hergeben wollte. Sie konnten sie nicht einmal beerdigen, weil sie wie verlorenes Vieh weitergetrieben wurden. Als sie in der Nacht an den Platz zurückkehrten, fanden sie im Dreck der Straße nur das blutverschmierte Musterbuch.

18

»Polen? Noch nie gehört. Wo liegt denn das?« amüsierten sich die vier Kosaken, die auf ihren Pferden den Fluß durchquert hatten, der in der Morgensonne ruhig und mit kleinen silbernen Wellen vor sich hinplätschernd an der Insel vorbeizog, die den Fluß hier teilte. Sie hatten auf der Insel übernachtet, kamen durch den Fluß, ritten über die Felder mit der frischen Saat, machten Jagd auf einige Kälber, die hinter einem Gatter standen, stachen sie mit Kriegsgeschrei ab und waren dabei, ein Feuer anzuzünden, als der junge Viehhirte auftauchte. Er stand da hilflos vor den Kosaken, zeigte auf die Kälber und stammelte etwas von Polen.
Wo es denn nun läge, dieses Polen, wollte ein Alter wissen, der mit seiner schmutzigen Pelzmütze wedelnd das Feuer anfachte.

Der junge Viehhirte überlegte und zog mit einer Hand einen Kreis um sich.
Die Kosaken lachten.
Er wiederholte die Bewegung und zog diesmal mit beiden Händen einen Kreis um sich.
Die Kosaken lachten.
Der Junge überlegte, dann zeigte er so genau wie möglich in die vier Himmelsrichtungen, die man ihm beigebracht hatte. Er zeigte dahin, wo die Sonne aufging, dahin, wo sie am Mittag stand, dahin, wo sie unterging und dahin, wo man sie niemals sah. Er zeigte auch, um genau zu sein, die Richtungen an, die dazwischenlagen, wiederholte die Armbewegungen, zog einen schützenden Kreis um sich und nannte ihn Polen.
Die Kosaken schüttelten den Kopf, und der Ältere setzte ihm den Bratspieß auf die Brust.
Da zeigte er senkrecht nach oben in den blauen Morgenhimmel.
Die Kosaken schüttelten wieder den Kopf.
Der Junge in seinem zerrissenen Hemd, mit seiner kurzen, ausgebleichten Hose, stand da barfüßig und zeigte nach unten auf den Boden.
Die Kosaken grinsten. Einer von ihnen ging zum Lattenzaun, an dem die Werkzeuge der Bauern lagen, nahm eine große Schaufel, drückte sie dem Kleinen in die Hand und sagte: »Dann zeig uns mal, wo Polen liegt. Wir sehen es nicht. Vielleicht liegt es unter der Erde.«
Der Junge, der mit der Schaufel kaum zurechtkam, sie kurzfassen mußte, fing an zu graben. Er schaufelte wortlos, hastig und duckte sich hinter die aufgeworfene Erde, als sei sie ein Schutzwall gegen die Kosaken.
Die Kosaken zerlegten eines der Kälber und brieten das Fleisch über dem Feuer. Als der Junge bis zur Hüfte in seinem Erdloch stand, blickte er keuchend auf.

Die Kosaken schüttelten die Köpfe.
Am Mittag war nur noch sein Haarschopf zu sehen. Als er aufblickte, schüttelten die Kosaken, die halb schlafend in der Sonne lagen, immer noch die Köpfe. Er grub weiter, auch als man ihn schon lange nicht mehr sah. Er grub weinend weiter, auch als er nicht mehr konnte, und sein Körper vor Schmerzen schon ganz taub war. Er grub weiter, als es schon dunkelte und die Kosaken längst fortgeritten waren.
Am nächsten Morgen sahen die Bauern den eingestürzten Erdhaufen, und in der Erde fanden sie den Jungen, in sich zusammengekrümmt, tot.

19

Jean Paul, wie er in Lyon genannt wurde, war ein wortkarger, zurückhaltender Mann, der das Schicksal der Fiorentina nie verwinden konnte. Über die Vergangenheit durfte man in seinem Haus nicht sprechen, geschah das einmal aus Versehen, verließ er sofort den Raum. Er saß früh im Kontor, ein seidenes golddurchwirktes Barett auf dem Kopf, stets mit der Entwicklung von Stoffen und Mustern beschäftigt. Er trug sie in das Musterbuch ein, das ihm die Fiorentina in Florenz vor allen Mitgliedern der Familie übergeben hatte. Mit der Hilfe von Francesco und Leonarda, die nun schon lange in Lyon lebten, überwand er den Widerstand der Lyoner Seidenweber gegen die plötzliche Überzahl der Italiener. Die alte Filiale der Fontanas war ein guter Grundstein, man konnte die Firma schnell wieder aufbauen und wurde rasch als Lyoner Bürger und Seidenweber angesehen, was auch am Auftreten Jean Pauls lag, der sich der Lyoner Art nicht anpassen mußte, sie lag ihm und entsprach seinem ernsthaften, vernünftigen Wesen.
Wenn am Ufer der Sâone auf der ehemaligen place de la

Draperie, die jetzt bezeichnenderweise place du Change hieß, die Ketten über die Steinpfeiler gelegt wurden, um den Platz für die Kaufleute freizuhalten, und die sechs Syndici, ein Gremium aus zwei Franzosen, zwei Italienern, zwei Deutschen, die Wechselkurse für die verschiedenen Währungen festgelegt hatten, der Handel also endlich unter großem Geschrei beginnen konnte, sah man sofort, daß Jean Paul zu den respektablen Händlern gehörte, die man um Rat fragte, deren Meinung galt. Sein Qualitätssinn war unbestechlich, Stoffe prüfte er mit einem festen Griff seiner Hand, der Craquant, das knisternde Geräusch der Seide, der Schrei der Seide, wie die Weber sagten, genügte ihm oft für sein Urteil. Während der Börsenzeit stand er stumm an seinem einmal eingenommenen, bald angestammten Platz, drängte sich nicht durch die Menge der Kaufleute, wer mit ihm handeln wollte, wußte, wo er zu finden war. Waren die Bedingungen eines Auftrags klar und seriös, war man mit ihm sofort handelseinig. Minderwertige Ware für den Export zu produzieren, lehnte er ab. Auf Kompromisse ließ er sich nicht ein. Er schwieg dann abrupt, unterbrach das Gespräch, indem er abwesend über die Köpfe der Kaufleute blickte.

Er gehörte auch zu den Webern, die die Kaufmannschaft ständig ermahnten, nicht nur an der Börse zu handeln, sondern auch Maulbeerbäume anzupflanzen, um unabhängig von Seidenlieferungen zu sein. So wurden denn bald sechzigtausend Maulbeerbäume aus Italien eingeführt und an den Ufern der Sâone und der Rhône angepflanzt. Lyon wurde endgültig zur Hauptstadt der Seide.

Jean Paul blieb Junggeselle, seine Liebe galt der Seide. Er ließ immer schwerere Gold- und Silberstoffe weben, Stoffe, die nur die italienischen Familien weben konnten.

Ziselierter rot-schwarzer, blau-grüner Seidensamt mit strengen symmetrischen Ornamenten aus Spitzovalen und Blütensträußen. Die Aufträge für die königlichen Schlösser Frankreichs häuften sich, und Francois, ein Enkel der Leonarda, der begabteste Seidenweber der Familie, ließ sich in Paris nieder, wo der Hugenottenkönig Henri Quatre nicht nur eine Medici heiratete, sondern sogar in den Tuilerien Maulbeerbäume pflanzte und die sich um das Schloß ansiedelnden Seidenweber mit Privilegien überhäufte, um die kostbaren Stoffe mit der verschwenderischen Gold- und Silberbroschierung zu produzieren, die der König und seine Gemahlin aus Florenz trugen, die die Räume des Schlosses als Wandverkleidung und Vorhänge in luxuriöse Seidenkabinette verwandelten.
Die Familie war sich aber einig, zum König auf Distanz zu bleiben und das Geschäft in Lyon weiterzuführen, man war sich auch einig, daß es die Enkel von Francesco weiterführen sollten. Der Älteste, Jean Paul II. genannt, weil er die geschäftlichen Fäden der Firma schon fest in der Hand hielt, war mit der Tochter eines Pfarrers der reformierten Gemeinde Lyons verheiratet, den *huguenots,* wie man sie aus unerfindlichen Gründen nannte. Dieser reformierte Glaube verbreitete sich schnell unter den Seidenwebern. Da sie daran gewöhnt waren, mit Händlern vieler Nationen und Religionen zu verkehren, gab es auch keine Probleme, wenn katholische und reformierte Familien sich zusammenfanden. Man heiratete *über die Straße,* wie man das nannte, und lebte in Toleranz zusammen.

20

Er sah seinen Großvater, wie er vom Stuhl aufstand, auf dem er den ganzen Tag gesessen hatte, diesem Stuhl aus geflochtenem Stroh, der nur dem alten Mann

vorbehalten war, der darin saß und aus dem Fenster ins Bruch sah, das nicht Land, nicht Wasser war, ein dunkelschimmerndes Stück Erde, von einer schwachen Sonne erhellt.
Wortlos, wie er da seit Tagen gesessen hatte, stand er auf, zog sich aus, legte die alten zerschlissenen Sachen sorgfältig zusammen, hängte sie über den Stuhl, ging zu der dunklen Truhe, klappte sie auf, legte die Uhr hinein, die er in den letzten Tagen immer in der Hand gehabt hatte, auf die Ziffern starrend, die er kaum kannte. Diese schwere Taschenuhr, die aus der Zeit stammte, als er, jung und unvernünftig wie er war, einen ganzen Lohn, den ganzen Schnitterlohn eines Sommers, dem Handelsjuden, der durchs Dorf kam, für diese Uhr gab, die er nie brauchte, denn er konnte die Zeit nach der Sonne bestimmen. Er stand nachdenklich vor der Truhe, bewegte sich nicht, stand da nackt, alt, frierend auf dem Steinboden, den er gelegt hatte, um keine Kate mit Lehmboden zu besitzen, bückte sich, schob den vertrockneten Brautstrauß seiner Frau beiseite, zerrte das steife, leinene Hemd hervor, das seine Frau mit in die Ehe gebracht hatte, das nie getragen wurde, das nur für das Ende bestimmt war, selber gewebt aus dem Flachs hinter dem Haus, das ihr Stolz war, denn sie wollten bestimmen, wie ihr Ende aussah, und nicht in einen alten Fetzen gewickelt aus dem Haus getragen und in die Erde geworfen werden. Er zog es über, schlurfte mit seinen schwachen Beinen zum Krug mit dem Wasser, goß das Wasser aus, ging zu dem kleinen Spiegel, nahm ihn von der Wand und zerschlug ihn, nahm das schwarze Kopftuch seiner Frau vom Haken und verhüllte damit das Bild der Heiligen Maria, nahm das bunte Tuch vom Haken, das er im Sommer um den Hals trug, das er bei der Ernte auf dem Feld trug, mit dem er bei der Ernte in der Sommerhitze seinen Schweiß abwischte, band sich das

Tuch um den Kopf, so daß das Kinn fest anlag, bekreuzigte sich, verbeugte sich vor dem kleinen Kreuz, das über dem Bett hing, legte sich auf sein Bett und starb nach drei Tagen und Nächten.

21

Jean Paul, der sich im Alter immer mehr ins Schweigen zurückzog, in Gedanken stundenlang neben einem Webstuhl stehen konnte, auf die anscheinend langsam aber stetig und damit doch schnell ablaufenden Kettfäden starrte, sie mit der vergehenden Zeit, dem vergehenden Leben verglich; schon das Einziehen der einzelnen Kettfäden in die Litzen als schicksalhafte Bestimmung des Lebensweges ansah; und den Schußfaden, den das Weberschiffchen rastlos in die Kette einzog, als den Teil des Lebens, der das Vorgegebene in eine mehr oder weniger phantasievolle Variation verwandelte, die das Wirken des Menschen, seine Handlungen und Taten in einem Muster festhielt, das dem ablaufenden Leben Sinn und Richtung und Halt gab, eben das ausmachte, was man als ein menschliches Leben bezeichnen durfte, als persönliches Schicksal, das unverwechselbar sein eigenes Muster hatte.
Angeregt durch die verwandtschaftliche Bindung und durch den Gesprächspartner, den er im Pfarrer La Mettrie fand, verließ er die römisch-katholische Kirche, die in Rom einen Medici zum Papst gemacht hatte, und ließ sich aus Vernunft und nachdenklicher Überzeugung in die reformierte Gemeinde Lyons aufnehmen. Er zog sich weitgehend aus den Geschäften der Firma zurück, zumal man ihm die Kasse der reformierten Gemeinde anvertraute, die er bis zu seinem Tode gewissenhaft verwaltete. Die Firma hinterließ er als ein blühendes und renommiertes Unternehmen, das über fünfzig Webstühle besaß, ganz

Europa mit seinen Stoffen belieferte und inzwischen als *Manufacture Fontana* firmierte.

22

Sonntags und an den Feiertagen trafen sie sich auf dem Friedhof, saßen um die Gräber ihrer Familien, aßen ihr Brot, tranken Wodka, lachten, weinten, erzählten die alten Geschichten, die alle kannten und die von allen weitererzählt wurden, lagerten sich um die Gräber, tranken und aßen, opferten den Vorfahren Brot und Salz, auch ein Schlückchen vom Wodka, richteten die Kreuze auf, die umgefallen waren, malten die verblassenden Namen nach, erzählten die Geschichten von den Toten, die im weiten Umkreis bekannt waren, die trotzdem in immer neuen Ausschmückungen erzählt wurden, weil man es den Toten schuldig war, weil es die Pflicht der Söhne und Töchter war, denn auch von ihnen sollte man einmal erzählen, irgendwann, wenn auch sie hier liegen würden, neben Müttern und Vätern, Großmüttern und Großvätern, Onkeln und Tanten und all den anderen, deren Kreuze als morsches Holz auf den Gräbern lagen, die Erde tief eingesunken, im hinteren Teil des Friedhofes, wo die lagen, an die sich keiner mehr erinnerte, aber von denen alle wußten, deren Namen vergessen waren, deren Lebensjahre und Lebenszeit unbekannt waren, deren Geschichten man aber noch kannte.

Da lag der, der dem deutschen Inspektor vom Gut, das einem fremden Herrn aus Preußen gehörte, den Schädel mit dem Spaten gespalten hatte, mit einem Schlag in zwei Teile gespalten hatte, mit einem solchen Schlag, daß der Spaten im Brustkorb steckenblieb, der dann in einem Boot flüchtete, in dem er tot aufgefunden wurde.

Da lag auch die mit den roten Haaren, die Hexe, die das Dorf mit einem Zauberspruch und mit einem geheimnis-

vollen Trank vor dem Sumpffieber gerettet hatte und als einzige daran starb, weil sie den Zauber für sich vergessen hatte und der Trank für sie nicht mehr reichte.
Und die Geschichte von dem Holzfäller, der mit einem gefällten Baum ins Wasser stürzte, Gott verfluchte, daraufhin mit dem Stamm flußaufwärts schwamm, wo der Baum an einer Furt neue Wurzeln schlug und als Wasserbaum immer noch steht, lange noch mit dem Gerippe des Holzfällers darin, den sie hier der Erde übergaben.
Und die Geschichte von der Doppelzüngigen aus Krakau, die immer gleichzeitig in zwei Sprachen redete, eine dicke, riesenhafte Frau, mit einem goldenen Kopftuch und einer silbernen Kette, die bis zur Erde hing, und wenn sie den Mund aufmachte, hörte man zwei Sprachen gleichzeitig, mit den Offizieren aus Frankreich sei sie gekommen, so hieß es, aber keiner wußte es genau, jedenfalls starb sie bei den Nonnen, die sie hier begruben.
Jeden Sonntag und jeden Feiertag diese Geschichten, diese unzähligen Geschichten, die in immer neuen Variationen weiterkreisten, und Allerseelen, wenn die Namen der im Fegefeuer Leidenden aufgerufen wurden, wenn alle im Chor die Fürbitte aussprachen und mit ihren kleinen Lichtern aus Talg über den Friedhof zogen, kleine wandernde Lichtpunkte in der Dämmerung, Erinnerungen an die Vergessenen, an die, die vor ihnen da waren, die ihnen ihr Leben gaben, die ihrem Leben einen Sinn gaben, die jetzt in der dunklen Erde lagen, über die die schwarzen Krähenschwärme aufschreiend ihre Kreise zogen.

23

Jean Paul II., *le père,* wie er in Lyon nur genannt wurde, war jeden Morgen auf seinem Gang am Ufer der Rhône oder der Saône anzutreffen. Aufrecht, mit weißem Haar, die Hände auf dem Rücken verschränkt, gekleidet mit einem schwarzen, langen Seidenmantel, schwarzen Bundhosen, schwarzen Seidenstrümpfen, schwarzen Schnallenschuhen, ging er seinen festgelegten Weg und sah jedem in die Augen. Dieser Spaziergang hatte sich im Laufe der Jahre zu einer Art öffentlicher Sprechstunde entwickelt. Wer sich ungerecht behandelt fühlte, einen Mißstand beklagte, einen Vorschlag hatte, der konnte ohne Umstände le père ansprechen. Er blieb stehen, hörte sich die Sorgen des anderen an, nickte kurz und ging schweigend weiter. Nach Tagen hörte dann dieser und jener, daß sein Anliegen einen guten Weg genommen hatte.

Jean Paul II. saß im Schiedsgericht der Seidenkaufleute, das bei Streitigkeiten über die Qualität einer Ware sein Urteil abgab. Er saß im Vorstand des Waisenhauses, denn viele Kinder arbeiteten in den Manufakturen der Seidenweber, halfen bei den Vor- und Nacharbeiten an den Webstühlen, hockten unter den Webstühlen und zogen die Schäfte, und es war seine Aufgabe darauf zu achten, daß die Seidenweber die Vereinbarungen mit dem Waisenhaus einhielten und nicht zum Nachteil der Kinder auslegten, was immer wieder versucht wurde.

Um seine Firma kümmerte er sich kaum noch. Von den vielen Kindern und Enkeln übernahm wieder ein Enkel das Musterbuch und damit die Leitung der Firma, man nannte ihn ebenfalls nur Jean Paul, obwohl er einen anderen Vornamen hatte. Le père hatte ihn unter mehreren möglichen Nachfolgern ausgesucht, und weil er der Meinung war, daß die Qualität der Seidenstoffe sich kaum noch steigern ließ, immer mehr Seidenweber den gleichen Standard erreichten, es also jetzt mehr darauf ankäme, die Produktion zu steigern, was ohne die Verbesserung der komplizierten Mechanik der Webstühle nicht möglich war, hatte er dem Techniker der Familie die Leitung der Firma übertragen.

Dieser Jean Paul, ein Tüftler, ein Erfinder, der oft den ganzen Tag unter den Webstühlen lag, erreichte durch sein mechanisches Geschick und seinen technischen Verstand manche Verbesserung. So veränderte er die Montierung der Tretschnüre an den Zugwebstühlen, was zur Überraschung aller ganz neue Muster ermöglichte. Die Maschine lief jetzt reibungsloser, unkomplizierter, also schneller, und daß sie schneller lief, freute ihn am meisten, er liebte diese Schnelligkeit.

Jacques, sein um ein Jahr jüngerer Bruder, zweiter Mann in der Firma, außerdem Teilhaber eines Lyoner Bank- und Handelshauses, handelte Wechsel auf allen europäischen Börsenplätzen, rechnete Kredite und Zinsen der verschiedensten Währungen in écu de marc um, eine in Lyon gebräuchliche künstliche Verrechnungswährung auf Goldbasis, die nur in den Büchern existierte und ermöglichte, die Forderungen der verschiedenen Händler und Fabrikanten gegeneinander auszugleichen. Er beriet viele Lyoner Geschäftsleute in ihren Vermögensanlagen, kannte die Börsen von Amsterdam und London und hatte das Weltläufige des raschen Geschäftsmannes.

Der Dritte in der Firma, von allen nur Jeannot genannt, erschien selten in Lyon. Er reiste mit Stoffmustern in allen Farben und Webarten von Messe zu Messe, von Kunde zu Kunde, trat auf wie ein Zauberkünstler, zog seinen Hut, bat um ehrfürchtiges Schweigen, schlug die schweren Stoffbücher Seite für Seite andächtig auf, selber immer wieder über die Machart und Farbenpracht der Stoffe erstaunt und gestattete den Kunden, falls sie bestellen wollten, zögernd und nach längerem Überlegen, den Stoff mit zwei Fingern zu berühren. *Arc-en-ciel* nannte er diese Vorführungen, *der Welt den Regenbogen zeigen.* Hunderte von kleinen farbig leuchtenden Stoffmustern, Blumensträuße und Ornamente auf schwerer, knisternder

Seide, schimmerndes Moiré, dunkler Velours, buntes Façonné, leuchtendes Ombré. Die Webart rief er laut wie eine Litanei über die Köpfe seiner Kunden in den Raum: Étoffe de façonnés à plusieurs chaînes poil, une chaîne de liage; lancés, brochés. Étoffe de soie ombré, façonné: satin liséré deux lats; broché. Étoffe de soie, velours au sabre sur satin *double chaîne*. Étoffe de soie à *Moire Française*.

Lyon war das Königreich der Seide, ein Königreich, in dem jeden Tag 24 Stunden lang der ruhelose Schlag der Webstühle regierte. Tausende von Webstühlen in staubigen Manufakturen, engen Wohnstuben, dunklen Kellern, deren Lärm in den engen Gassen mit den hohen Häusern vielfach widerhallte, das metallene *Klack Klack* der Weberschiffchen, der harte Schlag der Lade, dieser klirrende, gleichmäßige und doch tausendfach gebrochene Rhythmus, der den Bewohnern zum Lebensgeräusch wurde. Die Stadt konnte sich lange behaupten in einer Zeit der ständigen Glaubenskriege, ihr Seidenmonopol, ihre Börse, der Handels- und Finanzplatz hielt sich, bis die Vernunft endgültig unterging und nur noch der kriegerische Glaube herrschte und alles in seinen würgenden Strudel zog. Der König schickte seine Dragoner, die den Auftrag hatten, sich bei den Hugenotten einzuquartieren und, da sie nicht den rechten Himmel hatten, ihnen das Leben zur Hölle zu machen. Haushaltungen und Geschäfte der Hugenotten wurden geplündert, Webstühle zerstört, hohe Kontributionen gefordert. Wer sich widersetzte, wer nicht zahlen konnte, wer nicht zum Katholizismus übertrat, riskierte den Tod, zumindest die Galeere oder den Kerker. Die *Dragonnaden,* wie man diese Bekehrungsversuche nannte, waren eine tödliche Plage, und da die meisten Weber Hugenotten waren, war hier das Elend besonders groß.

Auch Fontanas Werkstatt wurde von Dragonern besetzt, gegen eine hohe Summe konnte er die Zerstörung der Webstühle verhindern, aber als im Oktober 1685 der König das Edikt von Nantes aufhob, das den Hugenotten Glaubensfreiheit garantierte, war dies das tödliche Ende. Nur katholische Seidenweber durften von nun an noch Seide weben und Seide handeln, kein Hugenotte durfte mehr einen Webstuhl bedienen.

Stille herrschte in Lyon. Die Webstühle ratterten nicht mehr, und da alle Bewohner der Stadt an dieses Geräusch gewöhnt waren, war es eine bedrohliche Stille. Konnte man sich früher in den Straßen nur schreiend unterhalten, genügte jetzt ein Flüstern. Die Webstühle, diese Erfindung der ewigen, ununterbrochenen, gleichmäßigen Bewegung, standen reglos, erstarrt wie die Menschen.

24

Nach der Hochzeit in der weißgoldenleuchtenden Kapelle, die jetzt auf dem Hügel neben der alten Eiche stand, ging das Brautpaar, ins Kirchenbuch eingetragen als Joseph und Maria Lukacz, den Berg hinab zum Friedhof des kleinen Viehjungen, wie man ihn jetzt nannte, legte Blumen, Brot und Salz auf die Gräber und verneigte sich vor den Toten. Die Schlange der Verwandten, Freunde, Gäste, die hinter dem Brautpaar herzogen, verlängerte sich auf dem Weg vom Friedhof zum Dorf, wurde immer bunter und heiterer, jeder, der in der Gegend wohnte und der von einer Hochzeit Essen, Trinken, Lachen, Musik und Tanz erwartete, schloß sich an. Die Menschenschlange zog einen Kreis um das Dorf, denn es war Brauch, einmal um das Dorf zu gehen, bevor die Braut das Haus des Bräutigams betrat, und so zog eine farbige, lachende, kichernde, sich immer enger um das Dorf drehende Spirale um die Häuser und Gärten, und als

Jankel fand, daß es Zeit war, das Fest zu eröffnen, setzte er seine Geige ans Kinn, und mit einem energischen Strich gab er dieser Spirale einen befreienden Schwung, wie ein Peitschenschlag traf der Ton der Geige die Menschenschlange, die mit einem Jubelschrei antwortete, das Brautpaar schon vor dem Haus, der Letzte noch auf freiem Feld, drehte sich die Spirale nun um sich selbst und in sich selbst, die jungen Kerle sprangen mit akrobatischen Verrenkungen so hoch sie konnten, die jungen Frauen drehten sich im schwindelnden Kreisen ihrer Röcke und Unterröcke, und Jankel legte zu, seine Geige wurde lauter, sein Bogen energischer, er zog schneller über die Saiten, und die Spirale aus tanzenden, lachenden, weinenden, glücklichen, unglücklichen Menschen vergißt in ihrem Tanzrausch, in ihrer unendlichen Bewegung, die Welt, die Plagen, die Leiden, den Tag und die Nacht, dreht sich um die kleinen Häuser in den schönsten Kleidern, die sie ihr Leben lang aufheben für einen Tag wie diesen, dreht sich in wirbelnden Tanzschritten, in kunstvollen Drehungen und Wendungen, bildet Paare, Kreise, sie fassen sich an den Händen, stolpern gemeinsam vorwärts, halten sich, klammern sich fest, werden getragen von der Menschenkette, die sich immer enger zieht, immer mehr in sich selbst dreht, immer dichter wird, immer schneller dreht, alles mitreißt in ihren Strudel, und als Jankel noch energischer spielt, noch mehr zulegt, die Geige aufschreit und in jauchzenden Tönen die Welt besingt, die Sonne, den Himmel, das Wasser, das Land mit allen seinen Tieren, tanzen und springen und stampfen die Menschen, als sei es für das ewige Leben, als ginge es um das ewige Leben, einmal erfahrbar in einem Rausch aus tagelangem Tanz und Gesang, und immer neu erlebbar, neu wie die Schöpfung am siebten Tag, neu und unschuldig und ewig, ein Leben voller Leben und Tanz und Gesang, und Jankel drückt den Bogen so fest auf die Saiten, daß die Geige bis weit ins nächste Dorf zu hören ist, über Felder und Wasserflächen, über die einsamen Gehöfte bis zum Damm am Fluß, und die Bauern auf den fernen Feldern und die Fischer auf dem Fluß hören die Töne und drehen sich leise, ganz leise am fernen Ende dieser Spirale, in deren Mitte nun ein schmerzhaftes Gestampfe, Gestöhn, Geschrei herrscht, eine vor den Augen wirbelnde, vergehende Welt, die langsam im wechselnden Licht von Tag und Nacht verschwindet, im Geräusch der nicht mehr zu unterscheidenden Tänzer versinkt, die sich drehen und drehen, bis sie erschöpft und fast schon tot am Boden liegen, einschlafen, nichts mehr wissen, hören, sehen, und als Jankel die Geige absetzte, waren sieben Tage und Nächte vergangen, während er selber glaubte, nur einen Tag und eine Nacht gespielt zu haben, doch das Atmen seiner Geige, ihre wilden Töne, waren noch lange zwischen Himmel und Erde zu hören, schwebten weiter, bis sich irgendwo in einem Dorf wieder ein neuer Menschenzug zusammenfand, der sich im Labyrinth einer langen Spirale um sich selbst, in sich selbst, drehte, immer weiter sich drehte zu Tod und Geburt.

25

Jean Paul, Jaques und Jeannot trafen sich in der Nacht in einem Nebenraum der Manufaktur, in dem sonst die Patroneure die Webmuster auf die Patronen übertrugen, die als Vorlage für die Einrichtung der Webstühle dienten. Hunderte dieser *Mise en carte,* wie man sie auch nannte, auf denen in kleinen Kreuzen die komplizierten Muster Faden für Faden eingetragen waren, hingen an den Wänden. Erst viele Patronen zusammen ergaben ein Muster, die einzelnen Patronen zeigten oft nur das Detail eines Ornamentes, einer Blume, einer Farbnuance, De-

tails, die nur ein Seidenweber zu einem sinnvollen Muster zusammenfügen konnte.
Jeannot berichtete noch im hohen Alter in einem Brief an seine Nachfahren von dem kurzen Gespräch. Le père sei schweigend in den Raum gekommen und habe zunächst, als sei er noch Chef der Firma, die neuen Patronen kontrolliert und wie in alten Zeiten seine Anmerkungen zu den Webmustern gemacht. Dann hätte er plötzlich aufgeblickt und mit müder, stumpfer Stimme gesagt: »Was mich betrifft, ist die Sache einfach, ich bin alt. Ich werde in Lyon bleiben. Ich werde meinen Glauben nicht wechseln. Wenn man mich deshalb nicht auf dem Friedhof beerdigt – Erde ist Erde. Aber die Familie muß die Stadt verlassen. Hier herrscht der Totengräber.«
Jean Paul, der Chef der Firma, der die Entscheidung treffen mußte, sah ebenfalls keine Zukunft mehr in der Stadt. Lyon werde das Seidenmonopol verlieren. Es gäbe Angebote aus den Niederlanden und aus Brandenburg, Glaubensfreiheit, Steuerfreiheit, Privilegien für den Aufbau einer Seidenfabrikation. Allerdings, die Flucht bedeute den Totalverlust der Firma und Jahrzehnte des Neuaufbaus in einem fremden Land. Außerdem sei es bei Todesstrafe verboten zu fliehen, die Grenzen würden von den Dragonern bewacht, die ersten gefangenen Seidenweber säßen schon auf den Galeeren.
Jacques, dem die Religion als Bankier nicht sehr viel bedeutete, meinte, daß sich so mancher gute Hugenotte pro forma taufen ließe, unter Vorbehalt natürlich, es gäbe da juristische Klauseln, was zumindest erlaube, die Firma vorerst weiterzuführen, um sie dann, in besseren Zeiten, in Ruhe zu liquidieren und das Kapital über Genf oder Amsterdam zu transferieren.
»Und wo bleibt die Familie inzwischen?« wollte Jean Paul wissen.

»In der Schweiz«, antwortete Jacques. Genf, Lausanne, Neuenburg, französischsprachige Städte, die durchaus an Seidenindustrie interessiert seien. Warum so weit wegziehen. Vielleicht änderten sich die Zeiten, und man könne wieder zurück.

Le père meinte unwirsch, er sähe ungern einen Konvertiten in der Familie. Entweder ja oder nein. Es gehe hier nicht nur um den Glauben, es gehe um die Freiheit zu denken und zu leben.

Jacques sagte, es sei noch die Frage, ob der Glaube nicht Mittel zum Zweck sei. Die Hugenotten webten nicht nur die schönsten Seidenstoffe, sie beherrschten auch die Banken und entschieden über den Kredit, in ihren Buchdrukkereien erschienen die Bücher und Journale, die die öffentliche Meinung beeinflußten, die Gelehrten wären auf ihrer Seite und die Wissenschaftler. Wenn man in einem Dorf einen Arzt, einen Apotheker, einen Notar aufsuche, sei es garantiert ein Hugenotte. Es sei das gleiche Spiel wie bei den Juden. Der Aberglaube revoltiere mal wieder gegen den Verstand des Menschen, der Haß und der Neid gegen die Toleranz. Auf den Scheiterhaufen mit denen, die nicht so sind wie wir, und dann nehmen wir uns ihre Häuser, Fabriken und Banken, verbieten ihre Bücher, und da so etwas nur in Gottes Namen möglich sei, sei ihnen der Glaube herzlich willkommen.

Le père, der noch nie lange diskutiert hatte, stand auf, stellte seinen Stuhl gerade und ging mit der Bemerkung, seine Haltung sei klar, und er hoffe nur, daß die Familie die gleiche Klarheit gewänne. Dann verließ er den Raum.

Jean Paul sah sich noch einmal um, dann sagte er: »Morgen nacht. Die ganze Familie und alle Seidenweber, die mit uns ziehen wollen. jeder geht von seinem Haus aus ohne Gepäck. Keiner betritt mehr die Manufaktur.

Jacques kümmert sich um das Geld und die Wechsel. Jeannot um die Patronen. Ich nehme das Musterbuch und die wichtigsten Stoffe. Im Morgengrauen sind alle außerhalb der Stadt.«
Und so verließen im Oktober 1685 die Fontanas Lyon.

26

In dem Jahr nach der wunderbaren Genesung seines Sohnes von einer rätselhaften Krankheit durch die Fürbitte an die Heilige Maria Mutter Gottes machten Joseph und Maria Lukacz eine ebenso wundersame Pilgerfahrt, sie reisten von Preußisch-Polen durch das zu Österreich gehörende Polen nach Russisch-Polen. Eigentlich wollten sie nur die am Krankenbett ihres Sohnes gelobte Pilgerfahrt zum nicht allzufernen Gnadenbild der Heiligen Maria erfüllen und noch den Bruder Marias, der in Krakau Priester war, besuchen. Dabei reisten sie von Posen aus, wo sie wohnten, durch die Länder des Königs von Preußen, des Kaisers von Österreich-Ungarn und des Zaren von Rußland.
Eine verwirrende Fahrt, denn obwohl offensichtlich alle Menschen, denen sie begegneten, Polen waren und polnisch sprachen, waren doch für die Reisepapiere und für die Formalitäten an den Grenzübergängen zumindest auch Deutsch und Russisch unerläßlich.
Joseph und Maria Lukacz sprachen deutsch, doch die Wallfahrt wäre ohne die Hilfe eines sprachkundigen Juden aus Russisch-Polen, der in Devotionalien reiste und dessen Legitimationen aus einer großen Auswahl von Heiligenbildern bestand und der statt verschiedener Währungen die verschiedensten Rosenkränze mit sich führte, nicht allzuweit gediehen. Zweimal wurden sie als Spione verhaftet, weil sie auf die unverständlichen Fragen ihnen unbekannter Behörden, deren Existenz sich nur dadurch

rechtfertigte, daß sie nun einmal da waren, keine Antwort wußten. Nur weil der dolmetschende Jude sie mit Beredsamkeit, treuen Blicken, mit Heiligenbildern, Rosenkränzen und diversen heiligen Eiden auf seine sämtlichen Vorfahren zu seinen Handlungsgehilfen beförderte, konnte diese christliche Wallfahrt zur Heiligen Maria weitergeführt werden. Denn die verschiedenen Behördenvertreter, die alles, was polnisch war, grundsätzlich als Hochverrat auslegten, konnten so eine Pilgerreise, je nach Regierung, leicht in ein preußisches Gefängnis, in ein galizisches Lager oder zum Ural umdirigieren.
So bewegten sie sich oft wie in einem Labyrinth, fuhren ein Stück mit einem Pferdewagen, gingen zu Fuß über ausgemergelte Dorfwege, querfeldein durch unbestellte Felder, durch Sonne und Regen, kehrten wieder um, wenn eine Grenzstation geschlossen war, gingen in einem großen Kreis um einen Ort, der voller Soldaten war, mieden Grenzübergänge, bei denen der Jude schlechte Erfahrungen mit den Zöllnern gemacht hatte, wußten oft nicht mehr, wo sie waren, schliefen und aßen bei Bauern, die auf die elenden Pilger fluchten, die unnützerweise durch das ganze Land zogen, waren bei Sonnenaufgang unterwegs, in der Nacht unterwegs, durchquerten Gegenden, in denen der Jude sich Geschäfte erhoffte, schimpften über die Umwege, während der Jude behauptete, es seien Abkürzungen. Sie zogen durch einsamgelegene Dörfer, die sich unter ihren tief in die Erde geduckten Dächern versteckten und von ferne nur an den Rauchfahnen zu erkennen waren, die über den Hütten kreiselten, durch kleine Städte, deren Märkte mehr vom Stimmengewirr zwischen Polen, Russen, Deutschen, Böhmen, Slowaken, Ungarn, Ukrainern, Litauern und Juden lebten, als von dem, was sie an Waren anzubieten hatten. Magere Pferde wechselten mehrfach den Besitzer

unter dem Vorwand, ein Geschäft zu machen, wobei der letzte nicht mehr als der erste erhielt. Einige Tage lang reisten sie mit einer dreiköpfigen Gauklerfamilie, die mit einem tanzenden Bären und einem kreischenden Affen unterwegs war. Während der Sohn auf dem Seil stand, schlug der Alte die Pauke, tanzte mit Schellen an den Füßen, der Bär drehte sich, der Affe sprang an einem Stock auf und ab, und die Frau legte den Bäuerinnen die Karten.

Als sie endlich zwischen preußischen, russischen und österreichischen Fahnen und Herrscherbildern hindurch über Krakau – wo sie Marias Bruder nicht antrafen, weil er, obwohl Priester, wegen irgendeiner polnischen Verschwörung im Gefängnis saß – ihr Pilgerziel erreichten, Tschenstochau, wie es die Deutschen nannten, Tschenstochow, wie es die Russen nannten, Częstochowa, wie es die Polen nannten, und sich von ihrem Reisegefährten verabschiedeten und dabei versprachen, eine Kerze für ihn anzuzünden, lächelte der Jude und meinte, er hätte im Laufe der Jahre schon Hunderte von Pilgern über die Grenzen gebracht, und wenn jeder davon eine Kerze anzünde, könne das auch ein höllisches Feuer werden in diesen Zeiten. Er verbeugte sich mit seiner übergroßen Höflichkeit viel zu tief, lächelte ein wenig hilflos und verschwand eilig.

Das Kloster Jasna Góra lag auf einem Berg und war durch Jahrhunderte eine uneinnehmbare Festung, was man vom übrigen Land nicht sagen konnte; aber auch die Festung war inzwischen erobert, doch das Kloster war noch da, dazu viele tausend gläubige Pilger, die es täglich füllten, und über ihren Köpfen schwebte dunkel, fast schwarz, kaum erkennbar und doch unübersehbar vorhanden das Gnadenbild, die Schwarze Madonna von Częstochowa. Eine Ikone von unbekannter Herkunft, gemalt auf Zypressenholz, aus Byzanz flüsterten die einen, aus Siena, hieß es auch. Joseph und Maria kannten diese Orte nicht, konnten sich weder unter Byzanz noch unter Siena etwas vorstellen, kannten auch kein Zypressenholz, sahen nur das schöne Gesicht der Schwarzen Madonna und beteten. In all dem Gewirr, in all der Unübersichtlichkeit, in diesem lebenslangen Labyrinth mit seinen spiralförmigen Gängen, die man hoffnungsvoll betrat und die doch nie zu einem Ausgang führten, denen man trotzdem folgen mußte, in diesem heillosen, menschlichen Durcheinander, das dahintrieb wie Jungtiere in einem hochgehenden Fluß, war sie der einzige feste Halt, der unverrückbare Punkt im Leben.

Als Joseph und Maria in ihr Dorf zurückkehrten und die Fragen, wie denn die Ikone aussähe, nicht aufhörten, nahm Joseph ein Stück Holzkohle und zeichnete sie auf die Innenseite einer Baumrinde. Das geschah auf Anhieb zur großen Überraschung Josephs so gut, daß der Pfarrer ihm das Bild abkaufte. Joseph versuchte es weiter mit der Kohle, rieb mit braunen und goldschimmernden Farben das Bild der Madonna auf Holzplatten, die die Bauern ihm abkauften, und wurde nach und nach zum Ikonenmaler des ganzen Kreises. Abends saß er auf der Ofenbank, zeichnete mit der Kohle auf Holz und sang dabei. Er hatte eine schöne Stimme, man hörte sie im ganzen Dorf, und man hörte es gern, wenn er sang. Joseph, der die Unordnung der Welt erlebt hatte, wurde ein zufriedener Mensch, er sang und malte seine Bilder bis zu seinem Tod.

27

Die Räder des Bauernkarrens mahlten tief durch die schlammigen Furchen, drückten verlorene Stoffballen, weggeworfenen Hausrat noch tiefer in den Schlamm.

Ein mit einem zu leichtgebauten Pferdewagen umgestürzter Webstuhl lag am Weg, sich im Geschirr verfangene, mit den Hufen in die Luft schlagende Pferde, denen man die Nüstern verbunden hatte, versuchten, mit blutig aufgerissenen Augen freizukommen. Eine Frau mit naß herunterhängenden Haaren lief im Kreis und rief halblaut Namen in die Dunkelheit. Ein Kind mit aufgeblähtem Bauch und verwirrt suchenden Augen saß reglos und leise wimmernd auf einem Wagenrad. Ein Mann war von einem von Ochsen gezogenen Wagen gefallen, lag unter den schweren Rädern und schrie, eine Frau hielt ihm den Mund zu, die entkräfteten Ochsen ließen sich blutigschlagen, ohne sich von der Stelle zu rühren. Zerlumpte Bauern der Gegend begleiteten als schweigende Schatten den Zug der Flüchtlinge auf beiden Seiten, nahmen die weggeworfene oder liegengebliebene Habe der vorwärtsdrängenden Masse, sortierten aus, was sie gebrauchen konnten, schlugen sich um wertvolle Seidengewänder, plünderten steckengebliebene Wagen, forderten für ein Ochsengespann zehn, zwanzig, fünfzig Goldstücke. In der Ferne plötzlich das Geschrei von Menschen, die von Dragonern überrascht und niedergemetzelt wurden. Dann wieder nur die stille, fluchende, stöhnende Mühsal der sich vorwärtskämpfenden Menschen.

Als der Wagen der Fontanas mit einem Ruck endgültig steckenblieb, die Pferde sich sinnlos aufbäumten, sprangen alle ab, verließen diesen Weg, der nur in den Tod führte und liefen, mit dem, was jeder tragen konnte, nur dem Instinkt folgend, in einen nahegelegenen, schwarz dastehenden Wald, wo der Boden fester war, das Gehen leichter und Plünderer und Dragoner sich nicht so rasch bewegen konnten. Der Mond schien, sein gleichgültiges Licht erhellte das Geäst der Tannen, aufblinkende Sterne zeigten den ungefähren Weg. Sie fürchteten die Schluchten und die wasserführenden Wildbäche, die Tannenäste schlugen ihnen ins Gesicht, die nasse Kleidung legte sich schwer um den Körper. Wer stolperte und fiel, stand auf und ging weiter, was war Schmerz, was war Angst, jeder Meter Boden war Hoffnung. Als der Morgen dämmerte, stießen sie auf einen im Nebel liegenden Heuschober. Sie versteckten sich darin. Als der Nebel sich unter einer kalten Sonne auflöste, sahen sie unter sich den blauen Genfer See.

28

Der Sarg wurde schwerer, die Luft feuchter, sie standen bis zu den Knien im Wasser. Chalupa, der Stärkste unter ihnen, setzte als erster ab. Das Wasser im Bruch war über Nacht gestiegen, hatte die alte Abkürzung, den festen Steg zum Friedhof unterspült, das sumpfige Wasser hatte sich ausgedehnt, das feste Land hatte sich verschoben.

»Als wir Dobrszinski begruben, war der Steg noch gut«, sagte Wittek, der als Schmied auch nicht schwach war. Die Trauergesellschaft hatte sich schon zurückgezogen und winkte aufgeregt von der Fahrstraße.

»Der Weg war zwanzig Jahre gut«, meinte Chalupa und setzte sich auf den Sarg. Janusz, der Spindeldürre, der am meisten schnaufte, gab allen von seinem Wodka ab, den er immer bei sich hatte. Sie tranken in Ruhe und schauten blinzelnd durchs Bruch nach dem Steg, der doch irgendwo wieder auftauchen mußte, aber nichts war zu sehen, nur dumpfes, in der heißen Sonne vor sich hinbrütendes Wasser.

Der alte Lukacz, den sie da im Sarg trugen, merkte von allem nichts mehr. Die Trauergesellschaft schrie etwas herüber, man konnte es nicht verstehen. Chalupa, der die Bequemlichkeit über alles liebte, hatte seine zwei Zentner auf dem Sarg ausgestreckt und döste vor sich hin. Der Sarg sank langsam tiefer. Chalupa, der langsam aber geordnet dachte, auf dessen Wort daher alle warteten, wenn es galt, eine Sache zu besprechen, sagte, nachdem er das Gesicht einige Male in nachdenkliche Züge gelegt hatte: »Der Lukacz hat sein eigenes Bier gebraut. Er hat seinen eigenen Tabak angepflanzt. Er hat vier Kinder in die Welt gesetzt. Seine Frau ist selig gestorben. Die Kinder leben. Der Lukacz hat gelebt. Was braucht der Lukacz einen Sarg?«

Kaszek dachte ebenfalls nach. Er schob den Kopf von einer Seite der Schulter auf die andere Seite und meinte: »Da liegt er aber nun mal drin, und es wäre sicher eine Todsünde.«

»Mit dem Sarg kommen wir nicht mehr weiter«, sagte Janusz.

Sie dachten nach und nahmen noch alle mit Dank einen Schluck aus der Wodkaflasche, die Janusz herumreichte.

Wittek schlug einen Kompromiß vor: »Der Lukacz hat ein anständiges Leintuch an, wenn wir den Sarg aufgeben, schaffen wir es vielleicht, der Steg muß doch halbenwegs zum Friedhof wieder auftauchen.«

Chalupa, der auf dem Sarg ausgestreckt ins diffuse Licht des Himmels blinzelte, bemerkte in seiner ruhigen Art: »Ich glaube, der Sarg sinkt.«

»Kann sein, der Steg verschiebt sich weiter«, meinte Janusz, der ein wenig ängstlich war, »da sollten wir vielleicht nicht so lange warten.«

Chalupa meinte: »Tot ist tot und Erde ist Erde, vielleicht sollte man nicht den Lukacz, sondern den Sarg retten.«

»Ohne christliches Begräbnis?« fragte Wittek.

»Wenn der Steg wieder hochkommt«, meinte Kaszek, »kommt auch der Lukacz wieder hoch, und im Moor hält

er sich ja. Das Begräbnis kann dann immer noch stattfinden. Ein Toter hat Zeit genug, und der Lukacz hat immer Zeit gehabt.«
Sie nickten einander zu, Chalupa erhob sich vom Sarg, sie bekreuzigten sich und schlugen den Sargdeckel auf, und der alte Lukacz sah plötzlich wieder die Sonne. Sie nahmen das Bild der Schwarzen Madonna von Częstochowa, das er mit ins Grab nehmen wollte, aus seinen Armen, hoben ihn heraus und legten seinen Körper sorgfältig ins Wasser, den Kopf an eine Wurzel gelehnt, wobei der alte Lukacz seltsam rülpste. Dann schoben sie sich mit den beiden Sarghälften durch das schlammige Wasser zur Fahrstraße; daß sie das ohne den sie haltenden und tragenden Sarg geschafft hätten, glaubte keiner der vier Sargträger.
Da sie auch das Gnadenbild, das der Vater des alten Lukacz gemalt hatte, aus Versehen wieder mitgebracht hatten, denn eigentlich wollten sie es ihm auf den Bauch legen, aber der Teufel weiß wie, es lag halt im Sarg, und da die Trauergesellschaft immer noch in den feinen dunklen Kleidern dastand, beschlossen sie gemeinsam und ohne den Pfarrer, der gegen den Unfug protestierte, zum Friedhof zu ziehen, das Bild in das ausgehobene Grab zu legen und den Lukacz in Abwesenheit zu beerdigen.
Nach einer Trauerstunde am Grab und vielen Reden, denn jeder wollte etwas dazu sagen und sein Urteil zu diesem Fall abgeben, wurde es noch sehr lustig, und als sie am Abend singend und untergehakt ins Dorf zurückkehrten, konnte der Totengräber das Grab nicht wie vorgesehen zuschaufeln, denn der dicke Chalupa lag darin und schnarchte seinen Rausch aus. Der Totengräber versuchte mit Hilfe des auch nicht mehr nüchternen Janusz den Chalupa hochzuziehen, als Janusz dabei ins Grab fiel und sich ebenfalls schlafenlegen wollte, gab es der Totengrä-

ber auf, er zog noch den Janusz heraus und ging mit ihm in seine Kate, wo sie weitertranken. Sie erörterten noch lange, ob das offene Grab eine Sünde darstelle, kamen aber dann zu dem beruhigenden Schluß, da keine Leiche darin läge, sei es vor Gott schließlich egal, ob das Grab offen oder geschlossen sei.

Die Geschichte war aber die, daß der Lukacz am nächsten Morgen in seinem langen Leichenhemd mit dem Gnadenbild in der Hand auf dem Dorfplatz stand, während der dicke Chalupa mit aufgerissenen Augen tot im Grab lag.

Der alte Lukacz war in dem lauwarmen Wasser des Bruchs offenbar wieder von den Toten zu den Lebenden zurückgekehrt, hatte sich traumwandlerisch auf den Weg gemacht, war über dem halbversunkenen Steg auf dem Friedhof gelandet, wo der Chalupa mit seinem Gnadenbild in einem Grab schnarchte, er habe ihm das Bild abgenommen, wobei der Chalupa schrecklich aufgeschrieen habe, dann sei er über die Fahrstraße zum Dorf zurückgegangen, und jetzt sei ihm kalt.

Aus der Geschichte wurde ein Wunder. Obwohl der Bischof damit drohte, das ganze Dorf zu exkommunizieren, wurde der Lukacz als Heiliger verehrt und sein Gnadenbild als wundertätig anerkannt. Als er drei Monate später endgültig starb – wobei man ihn vorsichtshalber drei Tage länger als üblich liegenließ – war er ein sehr glücklicher Mann.

Einmal im Jahr fand an seinem Todes- und Auferstehungstag eine Prozession zu seinem Grab statt, die immer mehr Gläubige anzog, die danach gestärkt in ihre Dörfer zurückgingen. Hätte der alte Lukacz das gewußt, er wäre noch glücklicher gewesen, denn wem gelingt es schon, ein Wunder in die Welt zu setzen, was kann der Mensch mehr tun, als ein Wunder in die Welt zu setzen, ein ganz persönliches, einzigartiges, unverwechselbares Wunder für die Ewigkeit, das hätte der alte Lukacz sicher gedacht, das wußten alle, die an ihn glaubten und sich an seinem Wunder stärkten und aufrichteten und durch ihn wußten, daß der Tod nicht so wirklich sei, wie immer erzählt wurde, daß man auferstehen und weiterleben könne aus dem Grab heraus aus tiefer dunkler Nacht.

29

Der Flüchtlingsstrom zog über Lausanne, Bern, Zürich nach Schaffhausen, ein kleinerer nahm eine seitliche Route über Yverdon, Neuchâtel, Bienne nach Basel. Menschen erschienen ununterbrochen in Städten und Dörfern, wo sie verpflegt wurden, übernachten konnten, aber nicht bleiben durften, wo es Hilfe gab und Achselzucken. Die langen Kolonnen ratloser Menschen zogen weiter an Seen vorbei, am langgestreckten Jura, verzweigten sich, kreuzten sich, liefen im Kreis durch das Land. Hungernde, verzweifelte, zerlumpte Menschen, ruhelos auf der Suche nach einer neuen Heimat.

Die Familie Fontana, auch sie immer abgerissener, ärmlicher, hilfloser, suchte mit den sie begleitenden Seidenwebern den direkten Weg nach Basel, wo Jean Paul Geschäftspartner hatte, Seidenfabrikanten, Kunden. Jacques kannte einige Bankiers, Jeannot war auf seinen Geschäftsreisen oft in dieser Stadt gewesen, hier gab es bereits eine hugenottische Gemeinde. Sie zogen durch die naßkalten, dunstigen Schluchten der Birs und waren glücklich, als sich das Rheintal vor ihnen öffnete und sie die Türme des Basler Münsters sahen.

In Basel fühlte man sich aufgehoben. Jean Paul trug sich auf dem Rathaus in die Liste der Réfugiés, der Glaubensflüchtlinge, ein. Sein nächster Weg führte zum nahen Seidenhof, der herrschaftlich am Rhein lag, in der Hoffnung, irgendeinen der alten Geschäftspartner zu finden. Der erste, der ihm begegnete, war Emanuel Hoffmann, der sofort für die Übernachtung der Familie in seinem Haus sorgte, für die notwendige Erholung und Neuausstattung der übermüdeten, abgestumpften Menschen, die da auf dem Basler Marktplatz saßen. Von denen, die Lyon mit den Fontanas verlassen hatten, waren nur noch wenige dabei, dafür waren Neue dazugestoßen, Fremde, die sich unterwegs angeschlossen hatten, eine zusammengewürfelte Menschengruppe, der Rest der ehemals so stolzen Firma Fontana.

Am nächsten Tag führte Hoffmann Jean Paul in seine Manufaktur am Ufer der Birsig, wo er in diesem Jahr der großen Flucht und der Zerstörung der Lyoner Seidenindustrie eine neue Seidenbandfabrikation gegründet hatte, von der er behauptete, daß ihr die Zukunft gehöre. Geheimnisvoll und stolz zeigte er Jean Paul den neuen Kunststuhl, der hier auch Bändelmühle genannt wurde. Ein automatischer Webstuhl, der sechzehn verschiedene Seidenbänder gleichzeitig weben konnte und so perfekt gebaut war, daß man keine Weber mehr brauchte, nur noch angelernte Arbeitskräfte, die gerissene Kettfäden knüpften, defekte Webspulen auswechselten. Es war ein Wunderwerk. Hoffmann hatte diese Webmaschine aus den Niederlanden nach Basel geschmuggelt, sie war bisher nur in Köln, Straßburg, Elberfeld, Barmen und Iserlohn bekannt, so daß Hoffmanns Einsatz eine Heldentat war. Eine umstrittene Heldentat.

»Ihr in Lyon mit euren schweren Seidenstoffen, euren kostbaren Mustern, immer nur Brokat und Samt, das ist etwas für Königshöfe, für Fürsten, Kardinäle und reiche Bürger. Damit...«, und er zeigte fröhlich auf die lärmende Maschine, »damit kann man die Masse beliefern, und man kann billig liefern. Einfaches Seidengarn genügt, die Maschine produziert Tag und Nacht, sechzehn verschiedenfarbige Bänder, von Posamentern auf dem Lande überwacht. So ein Band kann sich jeder leisten. Und wenn die Mode wechselt, die Maschine produziert von einem Tag auf den anderen das, was gewünscht wird. Wir arbeiten nicht mehr auf Bestellung für eine Person. Wir produzieren für den Markt.«

»Das kann jeder herstellen«, meinte Jean Paul.

»Der Webstuhl ist teuer. Wir verleihen diese Webstühle nur, sie bleiben unser Eigentum. Wir stellen sie in den Dörfern rund um Basel auf, liefern die Garne, schreiben das Muster vor, holen die fertigen Bänder ab. Die Entwürfe, die Planung für die Produktion und den Verkauf, das bleibt alles hier in Basel.«

Sie gingen zurück in das schön gelegene Haus Hoffmanns, in die ganz mit Seide ausstaffierten Räume im ersten Stock, von denen aus man den Rhein sah.

Jean Paul fragte: »Wie ist es in Zürich?«

Hoffmann antwortete: »Taft oder Damast. Man muß vor der Stadt produzieren, und man darf nur an die Zürcher Seidenherren verkaufen, außerdem muß man seine Produktionsgeheimnisse allen zugänglich machen. Wenn die Zürcher dann die gleiche Qualität herstellen können, müßt ihr weiterziehen.«

Hoffmann zuckte mit den Schultern. »Überall nur Réfugiés, meistens Seidenweber. Wenn sich hier nun alle niederlassen und ihre Seide weben und verkaufen – die Welt ist klein.«

Jean Paul sagte: »Und wir sind die besseren Seidenweber.«

Hoffmann antwortete: »Und ihr seid sehr stolz, fast unnahbar, eure Devise heißt, résister. Widerstehen. Eine ehrenwerte Haltung, aber im Geschäftsleben –«

Jean Paul sagte: »Wir haben noch eine zweite Eigenschaft, die patience de huguenot. Unsere Geduld. Widerstand und Geduld.« Er sah aus dem Fenster auf die Schifflände, wo gerade ein Lastschiff eine Gruppe Réfugiés aufnahm, um sie rheinabwärts in die deutschen Lande zu transportieren.

Er wäre gerne in Basel geblieben. Eine freie Stadt, viele Seidenhändler, in der Rheinebene könnte man einen Versuch mit Maulbeerbäumen wagen – aber die Fontanas waren keine Bandweber. In dem stark zerfledderten Musterbuch, daß sie immer noch mitschleppten, obwohl es für sie schon fast unbrauchbar war, fanden sich kostbare Stoffe mit klassischen Mustern.

Das Schiff legte ab, trieb langsam in die Strommitte, entfernte sich auf dem reichlich Wasser führenden Fluß und verschwand schnell aus den Augen der an der Schifflände stehenden Menschen.

Widerstand und Geduld! Sie waren geflohen mit Gottes Wort auf den Lippen. Konnte es sein, daß es sie in die Irre führte?

30

Pawel, der ältere Bruder des Joseph Lukacz, war Analphabet. Er kümmerte sich um die Pferde auf dem Gut, für die er als Instmann zuständig war, zog in seinem Deputatsgärtchen Tabakpflanzen, die er hütete wie seine Pferde und die er auf eine nur ihm bekannte Weise in Tabak verwandelte, den er in einer langen Pfeife rauchte, der langen Pfeife, die er ständig im Mund hatte, die alle im Dorf kannten, die das einzige war, was er wirklich besaß.

Als er am Pfingstsonntag in der Kirche die Predigt des Pfarrers hörte und dabei auch vernahm, daß Gottes Wort in uns sei, hatte er nicht gerade eine Erleuchtung, aber der Satz ging ihm nicht mehr aus dem Kopf, er setzte sich sozusagen quer in seinen Kopf. Daß Gottes Wort in ihm sei, das war für ihn ein so unverständliches Ding, daß er sich an einem Sonntagmorgen die Stiefel putzte und den Feldweg zum Pfarrhaus einschlug.

Der Pfarrer, der wußte, daß man mit Pawel sehr verständig über Pferde, aber leider weniger gut über Gottes Wort reden konnte, zeigte ihm die große Bibel, die auf einem Stehpult lag, und Pawel vertiefte sich darin. Er war sehr davon beeindruckt, daß man, so oft man auch in diesem Buch eine Seite umblätterte, immer wieder neue Zeichen fand, die der Pfarrer Buchstaben nannte, die aber doch unzweifelhaft Gottes Wort sein mußten, und vertiefte sich in das Studium dieser seltsamen Zeichen.

Von da an ging er jeden Sonntag ins Pfarrhaus, stand stumm am Stehpult und las in der Bibel. Man gewöhnte sich daran, nahm es als sonntägliches Geschehen, bis eines Tages Pawel, der immer noch keinen Brief, keine Anordnung lesen konnte, dem Pfarrer ernsthaft und mit gläubigem Gesicht versicherte, er verstehe jetzt Gottes Wort. Der Pfarrer verlangte eine Leseprobe von Pawel, zeigte auf verschiedene Stellen des Evangeliums, dabei stellte sich heraus, daß Pawel das Gewirr der schönen Zeichen mit leuchtendem Gesicht auf eine Art interpretierte, die wiederum der Pfarrer nicht kannte. Pawel las laut und mit fester Stimme in einer Sprache, die offenbar nur er verstand.

Der Pfarrer warf ihn hinaus, aber Pawel ließ sich seine Sprache nicht verbieten und predigte Gottes Wort in der kleinen Wirtschaft des Dorfes, wo man ihn ebenfalls hinauswarf. Daraufhin zog er mit großer Glaubensgewißheit von Haus zu Haus, von Dorf zu Dorf und verkündete Gottes Wort in der originalen Sprache, so wie er sie uns hinterlassen hatte, und für die einfachen Leute übersetzte er alles mit großer Geduld und Freundlichkeit ins Polnische. Er fand auf diese Weise immer mehr Gefolgsleute, die Gottes Wort in der Auslegung des Pawel durchaus verstanden, oft zum erstenmal verstanden.

Als seine Gemeinde größer wurde und er auf den Dorfplätzen öffentlich predigte, kam eines Tages ein Amtmann aus der Kreisstadt und versuchte, ihn an seiner Predigt zu hindern, doch Pawel hatte seine Sprache gelernt und antwortete ihm deutlich mit klaren und eindeutigen Sprüchen, die der Amtmann nicht widerlegen konnte, weil er kein Wort verstand. Der Amtmann schrieb einen Brief nach Posen an die Regierung, in dem er den Vorfall schilderte und ausdrücklich betonte, daß es sich hier nicht um Polnisch, Russisch, Ukrainisch, Ungarisch oder Deutsch handele, auch nicht, wie ihm der Pfarrer versichert hätte, um Lateinisch, Griechisch, Hebräisch oder Aramäisch. Es handle sich hier eindeutig um die Sprache des Pawel.

Pawel, der jetzt im deutlichen Wettbewerb zum Pfarrer stand, vergrößerte seine Anhängerschar durch eine kühne Wendung in seinen Predigten, er verkündigte seinen Anhängern das baldige Paradies auf Erden. Da seine Predigten von seinen engsten Jüngern laufend ins Polnische, Russische und Deutsche übertragen, abgeschrieben und verteilt wurden, verdoppelten sich die zu ihm pilgernden Gläubigen von Sonntag zu Sonntag, die Kirche stand leer, und Pawel verkündete vor einer großen Menschenmenge den herannahenden Tag des Paradieses.

Als Instmann für Pferde, der er immer geblieben war, wußte er, daß die Pferde nach getaner Arbeit saufen wollen. Dieses Gleichnis vor Augen, schlug er an einem Sonntagmorgen in der Herrgottsfrühe mit einer schweren Axt Löcher in die Fässer der vor dem Dorf liegenden

Brauerei, leitete das ausfließende Bier in den Dorfbach und verwies seine Anhänger auf dieses Zeichen des Himmels. An diesem Tag war viel Freude.
Der Sonntag darauf war wieder trostlos, und die Leute begannen zu murren, was Pawel dazu verführte, mit einem Gespann einige Fässer Schnaps aus der Schnapsbrennerei des Gutes zu stehlen, um den als heiliges Wasser deklarierten Inhalt vor den Augen seiner Anhänger in den Dorfteich zu entleeren.
Im Eifer des sich vollziehenden Wunders hatte er wohl den Alkoholgehalt des heiligen Wassers unterschätzt. Als er sich mit seiner immer brennenden Pfeife über ein gerade geöffnetes Faß beugte, gab es eine Explosion, ein Feuerball loderte auf, und von Pawel wurde nie mehr etwas gesehen.
Seine Anhänger hielten ihm noch lange die Treue, denn das Paradies hatte er richtig vorausgesagt, leider nur für sich, aber er war ja nun schon dort.

31

Iserlohn war eine kleine, verwinkelte, in einen Mauerring gezwängte, um diesen Mauerring herumwachsende alte Stadt in einer kargen, unfreundlichen Natur. Der Ort war in Europa bekannt durch den Fernhandel seiner großen Kaufmannsfamilien. Iserlohner Kaufleute reisten von Handelsplatz zu Handelsplatz, von Messe zu Messe, kauften Waren an einem Ort und verkauften sie an einem anderen, ohne daß diese Ware je nach Iserlohn kam. Diese Art des Handels wurde nur hier betrieben, die alten Handelshäuser Iserlohns bewegten auf diese Weise durch Europa große Warenmengen von den Produzenten zu den Messen, vom Verkäufer zum Käufer und ersparten sich dabei eigene Stapelplätze und Lagerräume.
Jean Paul Fontana hatte alte Kontakte mit diesen Han-

delsherren, die in Lyon oft Seide gekauft hatten und sie auf der Frankfurter Messe an Londoner oder Amsterdamer Handelshäuser weiterverkauften. Als ihm Christoph Merian, ein Verwandter der Basler Familie Hoffmann, der in Frankfurt am Main im Auftrag des Kurfürsten von Brandenburg Hugenotten anwarb, Iserlohn als künftigen Sitz der Firma vorschlug, war Jean Paul nicht abgeneigt. Diese Stadt in der Grafschaft Mark, so die Auskunft Merians, gehörte erst seit einigen Jahren nach einem langen Erbfolgestreit, der fast zum Krieg geführt hätte, zu Brandenburg, der Kurfürst hatte also alles Interesse daran, dieses für ihn etwas abgelegene Gebiet in seiner wirtschaftlichen Entwicklung zu fördern. Dieser Wunsch aus dem fernen Berlin traf sich mit dem Willen der Iserlohner Kaufleute, die neben der einheimischen Eisenindustrie noch einen anderen Wirtschaftszweig ansiedeln wollten, um dem riskanten Fernhandel einen soliden Untergrund zu geben. Sie bemühten sich mit großem Elan um die französischen Seidenweber, die in Europa auf der Flucht waren. Ihre Angebote waren verlockend, zumal Iserlohn bei einem Großbrand vier Tage vor Weihnachten 1685 fast vollständig vernichtet wurde und neu aufgebaut werden mußte. Jean Paul entschloß sich daher nach langem Überlegen und immer erneutem Zögern, nicht den großen Flüchtlingszügen nach Berlin zu folgen, sondern in Iserlohn neu anzufangen. Jeannot, der am liebsten durch ganz Europa gereist wäre und fast ein Angebot des Baslers Hoffmann angenommen hätte, für ihn als Vertreter die Messen zu besuchen, war gegen Iserlohn. Jacques verhielt sich bei der Entscheidung neutral, er wollte sowieso nicht in Iserlohn bleiben, für ihn blieb Amsterdam das Ziel. Den Ausschlag gab die Hoffnung des Technikers und Tüftlers Jean Paul, auf neuentwickelten Webstühlen mit der Iserlohner Drahtindustrie zusammenzuarbeiten und damit zu neuen Produkten zu kommen. So zog die Familie Fontana, versehen mit Pässen und Geleit des Kurfürsten von Brandenburg, nach einigen Monaten Aufenthalt in Basel, nach Iserlohn.

Daß in Iserlohn keine Maulbeerbäume wachsen würden, war Jean Paul bei seiner Ankunft klar, daß die Anfänge der Firma, trotz der Garantien und Privilegien des Kurfürsten, trotz des Interesses der Iserlohner Kaufleute und der Unterstützung einer kleinen reformierten Gemeinde, so mühselig werden sollten, hatte er nicht vorausgesehen. Die Bevölkerung empfing die Franzosen wie feindliche Eindringlinge, Fremde, dazu noch fremdsprachig, mit einem Handwerk, das man nicht kannte, das hier nie ansässig war. Das Seidengewerbe war zwar zunftfrei, jeder durfte es in der Stadt betreiben, doch die Zünfte der eingesessenen Handwerker wehrten sich gegen alles Neue und Unbekannte. Scheiben wurden eingeschlagen, Mistkarren vor der Haustüre ausgekippt. Als Jean Paul mit dem ersten neu angefertigten Webstuhl seine Arbeit beginnen wollte, wurde ihm sogar das Haus angezündet. Wären die Iserlohner Kaufleute nicht so sehr am Erfolg der Seidenweber Interessiert gewesen, hätte man die ersten Jahre nicht überstanden und weiterziehen müssen. Aber auch so war es eine unwürdige Existenz. Ein Menschenalter lang blieb man fremd in der Stadt, die Freude aller einfältigen Geister, die endlich für ihr ausgetrocknetes Gehirn einen Gegenstand fanden, den sie für ihre Gehässigkeiten, ihren Spott, ihre Bösartigkeit benutzen konnten. Die reformierten Franzosen erbauten sich ihre Kirche, ihre eigene Schule, aber sie blieben unter sich, sprachen weiterhin ihr Französisch, heirateten untereinander, hielten an Glauben, Sitten und Bräuchen ihrer Heimat und an ihrem Handwerk fest, umgeben von

Feindschaft und Unverständnis lebten sie in einem Ghetto, résister et patience.

32

»Wer bist du denn? Ein kleiner Pole!
Der weiße Adler die Parole.«

Das schrien sie aber auf deutsch. Sie schrien es im Chor, vor dem Schulgebäude, um die Lehrer zu ärgern, die es ihnen verboten hatten, und um sich mit den deutschen Klassenkameraden zu prügeln, die das auch auf polnisch verstanden. Zu Hause schrien sie es natürlich polnisch oder, wenn die Verwandtschaft da war, auf russisch. Und Verwandtschaft war immer da, sie war groß und unübersehbar und über Polen verstreut und hatte das ständige Bedürfnis sich zu sehen.

Josephs Erinnerungen an seine Kindheit bestanden in einer unendlichen Reihe von Onkeln und Tanten, die würdig in der Wohnstube saßen und miteinander heftig diskutierten. Der Bruder des Vaters aus Lodz schimpfte über die Russen, ein anderer Bruder aus Lemberg fluchte über Österreich, sein Vater drohte der preußischen Verwaltung in Posen. So hatten sie immer ein Thema. Und wenn Mutters Verwandtschaft aus Krakau dabei war und auch noch die Verwandtschaft aus Böhmen mitgebracht hatte, dann wurde es auch schon mal hitzig. Mutter saß dann demonstrativ unter dem Gnadenbild der Schwarzen Madonna von Częstochowa, das unübersehbar in der Wohnstube hing, die Verwandtschaft um sie geschart, die Frauen den Rosenkranz in den Händen, der bei unleidlichen Diskussionen heftig durch ihre Finger rasselte, die Männer in schwarzer Weste mit der breiten Uhrkette auf dem Bauch, gedankenvoll, bedächtig, immer ruhig, auch wenn sie mit der Faust auf den Tisch schlugen. Einer aus der Familie wurde immer Priester, alle sparten und darbten dafür, eine Generation ohne Priester wäre eine Schande gewesen. So gab es zwei Richtungen, die auf Tauffesten, Hochzeiten, Beerdigungen sich nicht aus dem Wege gingen, die einen lobten Jesus Christus, die anderen sprachen von Kongreßpolen, Streik und Aufstand.

Der kleine Joseph langweilte sich dabei. Er liebte den weißen Adler und wünschte sich, ihn nur einmal im Bruch zu sehen, majestätisch, schneeweiß, lautlos zwischen Himmel und Erde schwebend. Im Bruch war er jeden Tag. Es war schön, mit den nackten Beinen durch das angewärmte Wasser zu streifen, Frösche unter der Uferböschung zu suchen, im Schilf stillzustehen, bis man mit der Hand in einer ruckartigen Bewegung einen Fisch aus dem Wasser werfen konnte, oder in einem der flachen Kähne zu liegen, in den Himmel zu starren, während das Wasser leise gluckste.

Der einzige, den er dahin mitnahm, war Onkel Stanislaus. Onkel Stanislaus kam aus Böhmen, war Mutters Lieblingsbruder, ein großer schwarzhaariger Mann mit einem gewaltigen Schnurrbart, und reiste für eine Brauerei. Er spielte Klarinette, war überall beliebt, und wenn er zu Besuch war, zwinkerte er dem kleinen Joseph schon nach einer Viertelstunde mit den Augen zu, dann schlichen sich beide ins Bruch, weil Stanislaus die verdammte Mischpoche, wie er die ewig diskutierende Verwandtschaft nannte, nicht länger ertragen konnte. Er schwieg gerne und er angelte gerne. Joseph, der wußte, wo die Fische standen, zeigte ihm die besten Stellen, da saßen sie dann, blinzelten sich gelegentlich zu, schauten ins Bruch und begutachteten die Fische, die sie fingen.

Nach zwei Stunden stand Stanislaus auf, zog wieder die gelbe Weste über, schaute auf seine silberne Taschenuhr und sagte: »Also denn.« Joseph führte ihn durch die neuangelegten Hopfenfelder und Tabakpflanzungen, die

Geld ins Bruch brachten. Stanislaus prüfte die Dolden an den Hopfenstangen, zerbröselte sie mit seinen ruhigen Händen, roch an ihnen, riß die Hopfenseide von den Stangen, den Teufelszwirn, der zu nichts zu gebrauchen war, und nahm sich dann die Tabakpflanzen vor. Etwas ratlos und kopfschüttelnd stand er zum Schluß vor den Weinbergen, die man jetzt ebenfalls angelegt hatte – die nördlichsten Weinberge Europas, hatte der Schulrektor feierlich verkündet –, Stanislaus hielt das für Unfug und war der Meinung, die Leute sollten doch lieber bei ihrem Bier bleiben.
In der Dämmerung stand er dann noch lange mit Josephs Vater vor dem Haus und sprach über Doppelzentner und Silbergroschen, und wenn sie sich dann endlich die Hand gaben, konnte das Fest beginnen, auf das alle warteten.

33

Jacques, der Bankier, verließ Iserlohn schon nach einem Jahr und reiste weiter nach Amsterdam, mit seinen Verbindungen war er hier der Firma nützlicher. Einige Jahre später ging er dann nach London, wo er sich endgültig niederließ, eine Engländerin heiratete, wieder Teilhaber einer Bank wurde und sich ausschließlich dem Finanzgeschäft widmete. Er jonglierte so erfolgreich an der Börse, daß er bald zu den angesehensten Mitgliedern der Finanzgilde gehörte. Einer seiner Söhne erbaute in London ein Hotel, das er mit großem Geschick führte, ein anderer ging später nach Berlin, wirkte als Berater bei der Gründung der Preußischen Seehandlung mit.

Jeannot hielt es ebenfalls nur kurze Zeit in Iserlohn. Er war von seinen Reisen her die großen Städte und Messen, die Lebendigkeit der Fremde gewohnt. Er liebte Unterhaltung, Vergnügen, Abwechslung im Umgang mit

Menschen, liebte es, in den Tag zu leben, und konnte auf Dauer dem strengen, geregelten Leben einer reformierten Gemeinde nichts abgewinnen, hatte wohl auch zu viel in der Welt gesehen, zu viele Menschen und Länder und Glaubensbekenntnisse, um sich seinem Glauben treu in einer kleinen Stadt abseits der großen Reisewege niederzulassen.

Er war oft in den Handelsstädten am Rhein, hier lud man die Waren der Fontanas auf Schiffe um, die nach Amsterdam oder zur Messe nach Frankfurt fuhren. Immer häufiger dirigierte er die Waren über Düsseldorf, das zwar nur einen kleinen Hafen hatte, aber so nebenbei die Möglichkeit ganz unverhoffter Geschäfte bot, die in angenehmer Atmosphäre mit großer Leichtigkeit abgeschlossen wurden. Der hier residierende Kurfürst Johann Wilhelm von der Pfalz hatte in zweiter Ehe eine Medici aus Florenz geheiratet, und in Düsseldorf wimmelte es daher von Italienern. Anna Maria Louisa von Toscana hatte nicht nur ihre Leibköche und Leibärzte mitgebracht, auch Bankiers, Kaufleute, Seidenhändler, Stukkateure, Vergolder, Elfenbeinschnitzer, Gold- und Silberschmiede, Uhrmacher und Kunsttischler, dazu kamen Maler, Bildhauer, Architekten, Sänger, Musiker aus ganz Europa. Eine lebensfrohe Gesellschaft, die die höfischen Feste ausstattete und kräftig mitfeierte und die Stadt in einem ständigen Festtaumel hielt. Ein kurfürstlicher Hof mit seidenen Gewändern, Maskenbällen, Kostümen, Opern, Balletten, Feuerwerk und Festen auf dem Rhein, deren Mittelpunkt das Schiff des Kurfürsten war. Dieses Durcheinander von Italienern, Franzosen und Niederländern, dieses Nebeneinander verschiedener Religionen, dieses Zusammenleben von Künstlern und Kaufleuten – Jeannot ging das Herz auf, er hatte immer öfter in Düsseldorf wichtige Geschäfte zu erledigen, und eines Tages erhielt Jean Paul einen Brief von ihm, in dem er mitteilte, daß er nicht mehr zurückkehren werde, die Aussichten in Düsseldorf seien glänzend, die Erwartungen für die Zukunft der Stadt großartig, er werde hier eine Dependance der Firma eröffnen. Der Kurfürst plane eine Seidenfabrikation, die an einem solchen Hof mit einer Medici ganz andere Möglichkeiten biete, es dürfte sich vielleicht auch lohnen, in diesem milden Klima am Rhein Maulbeerbäume anzupflanzen und Seidenraupen zu züchten. Außerdem, schrieb er, wohl um den glaubensstarken Bruder zu beruhigen, gäbe es hier schon lange ein Toleranzedikt, Glaubensfreiheit und daher auch eine ansehnliche reformierte Gemeinde mit einer bereits fertiggestellten großen Kirche und einer entsprechenden Lateinschule, während man in Iserlohn an beidem noch baue. Man lebe zwar hier unter einem katholischen Fürsten, aber da der Kurfürst mehr an der Kunst und am Leben interessiert sei, sei die Glaubensfrage für ihn lediglich ein Mittel der Politik, wo er Großes vorhabe. Es ginge hier die Rede, daß er bald einmal König von Sardinien werde, ja vielleicht sogar König von Armenien.

Ein Jahr später folgte ein Brief, in dem Jeannot mitteilte, daß er eine Italienerin aus Florenz, Tochter eines kurfürstlichen Hofmalers, geheiratet habe, im übrigen die Geschäfte, je nach den Festen des Kurfürsten, mal gut mal schlecht gingen, aber er doch hoffe, seinen Kindern dereinst einiges zu hinterlassen.

In den Jahren danach kamen nur noch kleinere Bestellungen nach Iserlohn, bis eines Tages sein Sohn sich brieflich vorstellte, indem er den Tod des Vaters mitteilte, verbunden mit dem Bericht, daß der neue Kurfürst ein Schloß in Benrath plane und seinen Vater, dank der alten Beziehungen zu Lyon, beauftragt habe, für die Wände des Schlosses die schweren Lyoner Seiden zu besorgen, und dabei auch spezielle Wünsche bezüglich der Muster geäußert habe. Der Vater sei über diesen Auftrag verstorben, und da er die Arbeit weiterführen werde, wolle er hiermit anfragen, ob das alte Musterbuch der Firma Fontana noch existiere, das bei der Auswahl der Stoffe für das Schloß in Benrath nützlich sein könne.

34

Aus dem Wasser wurde Land, so die früheste Erinnerung, Jahr um Jahr mehr Land, um darauf etwas anzupflanzen, Getreide, Hafer, Gerste, ein Haus zu bauen. Aus dem unübersehbaren Bruch wurde die faule Obra, die alte Obra, die junge Obra, die neue Obra, die große Obra und die vielen Obrakanäle zwischen den Flußarmen und das Land, das dazwischen erschien. Wasser und Erde trennten sich, der Sumpf wurde immer trockener, wurde immer eifriger bebaut mit Hopfenstangen, Tabakplantagen, Weinbergen.

Hinter dem Haus, auf einer Wiese, auf der die trocknende Wäsche sich im Wind blähte, Schafe, Gänse, in einem kleinen Stall ein Schwein. Vor der Haustüre die Großmutter, die immer an der Spindel saß und die feinen Wollfäden spann und zu den Festtagen die Gänse stopfte. Und die Aufregung dieser Festtage, wenn sich Vater mit seinem Akkordeon und Onkel Stanislaus mit der Klarinette in die kleine Schlafstube zurückgezogen, ein Fäßchen Bier und eine Flasche Wodka mitnahmen, und er eine Kerze in flache, weiche Scheiben schneiden durfte, die er auf dem rotgestrichenen Fußboden der Wohnstube verteilte. Aus der offenstehenden Tür zur Schlafstube ertönten Polka, Masurka und Krakowiak, und die Paare drehten sich auf dem herrlich glatten Boden, alle Verwandten, alle Nachbarn, wer gerade hereinschaute.

Er schlich sich dann immer in die Schlafstube, wo die beiden Männer vergnügt vor sich hinspielten, nach jedem Tanz einen tiefen Schluck nahmen und er stolz darauf war, wenn er für die beiden einen neuen Krug Bier vom Faß zapfte und den Wodka nachfüllte. Aus der Wohnstube hörte man die scharrenden Füße, die immer fester aufstampften, Vater und Stanislaus legten dann noch gerne eins zu, spielten schneller, und durch die Tür zur Wohnstube konnte er sehen, wie die Röcke der Frauen flogen, die Männer mit ihren Stiefeln aufstampften.

»Nix von Leinewand
Nix von Leinewand
Alles muß von Seide sein.«

Und bei jedem *Nix* ein Stampfen und ein Drehen, und das *aaalles* immer so endlos hingezogen, in den tiefsten Tönen, und dann hoch auf *Seide,* das war der Gipfel, ganz hoch mit einem Juchzer gesungen, und die Paare sprangen dazu in die Luft, daß man Angst um die Stube bekam. Und wenn der Krakowiak alle erhitzte, dann, ja dann war es eigentlich so schön, so traumhaft schön, die Musik, die Tanzenden, der Geschmack des süßbitteren, kühlen Bieres, heimlich getrunken, daß er sich nicht vorstellen konnte, daß es irgendwo auf der Welt schöner sein könne als hier im Bruch, in dieser warmen Stube, zwischen diesen vielen Menschen, die lachten, redeten, gestikulierten, sich in die Arme fielen, einander etwas zuflüsterten, Hochwichtiges unter vier Augen mit lauter Stimme besprachen, herumbrüllten vor lauter Freude, daß sie auf der Welt waren.

Und wenn am Schluß doch wieder einer seinem bis vor einer Sekunde besten Freund das Bier ins Gesicht schüttete und der andere mit einer Ohrfeige antwortete, dann war auch das schön, denn dann ging es wieder um Kongreßpolen, um Warschau, Moskau, Berlin und Wien, was ihm zu diesem Zeitpunkt egal war, denn ihm war einfach schlecht, weil er zwischen dem heimlich getrunkenen Bier auch zum erstenmal den Wodka probiert hatte. Während er sich übergab, ging es neben ihm darum, daß sich ein gewisser Koslowski auf dem Landratsamt in Bomst in Koller hatte umtaufen lassen, seinen polnischen Namen also in einen deutschen verwandelt hatte, was er damit verteidigte, daß er nun einmal, obwohl ein Pole, Deutscher sei, deutsch spreche, als Soldat die preußische Uniform trage. Worauf man ihm antwortete, daß es Deutsche gäbe, die ihren Namen inzwischen polnisch schrieben, weil sie, obwohl Deutsche, seit Generationen in Polen lebten, mit den Polen lebten, polnisch sprächen, sich als Polen fühlten, ein gewisser Dollmann aus Chorzec zum Beispiel hieße jetzt Dombrowski. Worauf dann ein anderer antwortete, das gleiche sich ja alles wieder aus, der eine sei eben als Pole ein Deutscher und der andere als Deutscher ein Pole, das wäre ja alles nur wegen der Grenzen und wegen der Beamten, die die Namen nicht richtig schreiben könnten, und als Koslowski sei es eben schlecht in Deutschland, und als Dombrowski sei es besser in Polen, alles nur eine Grenzfrage, und die Grenzen gingen eben immerzu hin und her, wie Deiche, die den Lauf des Wassers veränderten, und es könne möglich sein, der Enkel des Koller hieße wieder Koslowski, und der Enkel des Dombrowski hieße wieder Dollmann, es sei denn, sie würden in einem Krieg aufeinander schießen, was natürlich nicht auszuschließen wäre, denn den Menschen sei immer alles zuzutrauen.

Und zwischen all diesen Festen und Streitereien, die – so die Erinnerung – immerzu und beim geringsten Anlaß stattfanden und auch ohne jeden Anlaß stattfanden, wurden die Erde und das Wasser immer mehr getrennt. Hunderte von Arbeitern standen im Sommer auf dem Deich und schütteten Erde auf, standen in den Kanälen und gruben sie so tief, daß das Wasser immer weiter abfloß. Er sah zum erstenmal, wie tief man sich in die Erde eingraben konnte, durch dunkelbraune, schwarze Torfschichten hindurch, stellenweise durch schwarzes Gestein hindurch, das sie Kohle nannten, dann kamen Inspektoren und begutachteten dieses schwarze Gestein, hantierten mit Meßgeräten, gingen wieder weg. An einigen Stellen grub man tiefer, schickte Arbeiter in die Erdlöcher, die schnell flüchteten, wenn das Wasser einbrach. Die Inspektoren kamen und gingen, die Bohrgeräte blieben liegen, das Wasser füllte die Löcher wieder auf, holte sich die Erde zurück, die nicht hinter den Deichen lag.

35

Jean Paul, der hartnäckigste, entschlossenste und prinzipientreueste der drei Brüder, heiratete in Iserlohn ein junges Mädchen, Tochter eines Apothekers aus Montpellier, deren Eltern auf der Flucht verstorben waren und die sich in Basel der Familie Fontana angeschlossen hatte. Mit ihr gründete er eine Familie, aus der vier Söhne und zwei Töchter hervorgingen, mit ihr versuchte er, die Firma Fontana wieder aufzubauen. Er war einer der *Entrepreneurs,* die vor der Stadt, später dann im *Fabrikenhause am Westerthore* ihre Manufakturen aufbauten, Seide webten, wobei nur noch selten die alten wertvollen Seidenstoffe entstanden, es wurde fast nur noch mittlere Ware verlangt, vor allem modische Accessoires. Die Mode der Schnallen an Seidenbändern, an Röcken und Tüchern, zwang zur Verbindung der Firma mit Graveuren und Produzenten von Messingwaren, die es in Iserlohn zahlreich gab. Als die großen Hüte und Reifröcke in Mode kamen, verband sich die Firma Fontana mit einem Iserlohner Drahthersteller, ebenfalls einem alten Handwerk dieser Stadt. Zusammen produzierten sie Karkassen, mit Seide bezogene Drahtgestelle, für die mit Seidenbändern ausstaffierten Damenhüte, die in die Niederlande und nach London geliefert wurden. Für die Reifröcke wurden immer kühnere Konstruktionen entworfen, Gerüste für viele Meter Seidenstoff mittlerer bis guter Qualität.

Als Jean Paul starb, übernahmen die Söhne die Firma, machten sich teilweise selbständig, stellten Kandelaber und Tafelleuchter aus Bronze her, kunstvolle Arbeiten, für die man gute Modellierer, Former und Graveure benötigte, Seide wurde immer weniger hergestellt, denn die Seidenkonjunktur schaukelte ständig zwischen Hausse und Baisse. Wechselnde Steuern und Zollverordnungen, Kontinentalblockade und Zollverein, Kriege und der durch Europa ziehende Napoleon beeinträchtigten das Seidengeschäft. Dazu kam die Konkurrenz der Baumwolle, auf den neuen automatischen Webstühlen entstand sie fast von selbst, verbreitete sich rasch und drang auch in die modisch hochstehenden Märkte ein. Selbst der aus Lyon eingeführte Jacquardstuhl, ein automatischer Webstuhl, der komplizierteste Seidenmuster weben konnte, kam nicht mehr dagegen an.

Die Enkel Jean Pauls verließen das französischsprachige Ghetto der Hugenotten, heirateten und verschwägerten sich mit den Kaufmannsfamilien der Stadt, das Deutsch-Französisch in den Familien wurde alltäglich. Die Fontanas wurden preußische Untertanen. Nur noch ein Johann Fontana saß an einem alten Webstuhl und fertigte für eine kleine Kundschaft die alten Seidenstoffe an, mit der uralten Pendelbewegung der Weber, rechte Hand, linke Hand, Fuß, Schiffchen, Lade, Kette, rechte Hand, linke Hand, Fuß, Schiffchen, Lade, Kette, dieser endlosen, gleichförmigen Bewegung, die Muster und Stoffe für

Könige schuf, den Krönungsmantel des Heiligen Römischen Reiches Deutscher Nation im Jahre 1133 im glücklichen Palermo. Als im Jahre 1806 das Heilige Römische Reich Deutscher Nation sich auflöste und die Reichsinsignien mit dem Krönungsmantel für immer in die Schatzkammer der Wiener Hofburg kamen, löste auch Johann Fontana seine Seidenweberei für immer auf.

36

Maschenka war nicht wirklich schwermütig, sie war eher stolz darauf, immer Unglück zu haben. In ihrem ganzen bisherigen Leben hatte sie immer nur Unglück gehabt, wie sie jedem sagte, der mit ihr sprach, und sie lebte in der immerwährenden Gewißheit, daß alles, was noch kommen werde, für sie nur Unglück sein könne. Damit war sie zufrieden, ja, sie war sogar glücklich.

Geschah etwas Unerwartetes auf dem Feld oder im Haus, so sagte sie mit ruhiger Gelassenheit: »Das kann nur mir passieren.« Sie sagte das mit stoischer Ruhe und war geradezu froh darüber, daß es ihr passierte, denn sie hatte es ja vorausgesehen, und denen, die über sie lachten, auch vorausgesagt. Sie trug dieses lebenslange Unglück mit stolzer Gelassenheit und zunehmender Kraft und Ausdauer, denn um all dieses Unglück zu ertragen, mußte man sehr stark sein, und das war sie auch.

Auf dem Feld trug sie zwei Garben Weizen und lachte über andere, die nur eine Garbe schafften. Sie mähte mit ihrer großen Sense doppelt soviel Gras wie andere Frauen, und wenn es darauf ankam, ein Ochsenfuhrwerk, hoch mit Heu beladen, sicher zur Scheune zu fahren, nahm sie es mit jedem Viehknecht auf. Abends, wenn alle erschöpft in ihren Betten lagen, putzte sie ihr Haus, scheuerte, wischte, lachte über die Faulpelze, die sich nach der Feldarbeit ihr schmerzendes Kreuz einölten.

»Mir ist keine Arbeit zuviel«, das war ihr Lebenswahlspruch, der sie mit Stolz erfüllte, und so hörte man zwischen den Häusern oft den Ruf: »Maschenka, komm mal, pack mit an!«

Maschenka half immer und half allen. War eine Bäuerin krank, führte sie deren Haus so nebenbei mit, lag eine Frau im Kindbett, spielte sie Hebamme, kalbte eine Kuh und der Bauer war gerade auf dem Feld, spielte sie auch da die Hebamme, war ein Knecht verunglückt, übernahm sie das Ausmisten des Stalles und zeigte allen, daß sie das alles viel schneller und sauberer schaffte als der elende, faule Stallknecht. Je mehr sie sich für andere verausgabte, desto mehr Energie schien ihr zuzuwachsen.

Sie half ausgesprochen gern, beklagte sich aber jeden Abend bei ihrem Mann darüber, daß alle, die Hilfe brauchten, immer nur zu ihr kämen, sie müsse ständig für alle da sein. Kam aber einer nicht zu ihr, bat er nicht um ihre Hilfe, stand sie am nächsten Morgen an seiner Stubentüre und fragte ihn, warum man sie nicht geholt hätte, ob sie nicht gut genug wäre.

»Maschenka ist schwierig«, sagte Joseph dann über seine Maria, wenn sie wieder einmal weinend und mit der Welt hadernd in einer Ecke saß, weil man sie nicht gerufen hatte, obwohl sie doch soviel Unglück im Leben gehabt hätte, wie jeder wisse, da hätte man sie doch wirklich rufen können, alle kämen immer nur zu ihr, sie müsse immer für alle da sein, aber jetzt hätte man sie wohl nicht mehr nötig, sie hätte eben immer nur Unglück.

Nur Joseph verstand diese arme Seele, die im Leben genausoviel Glück und Unglück hatte wie jeder Mensch, die aber die glücklichen Momente sofort vergaß, ja, überhaupt nicht wahrnahm, nicht wahrhaben wollte, geradezu beleidigt reagierte, wenn man sie daran erinnerte, sie in eine dunkle Ecke ihrer Seele drängte, um sich aber an jedes Unglück in ihrem Leben, jede Schwierigkeit, jedes Versehen, ausdauernd und hingebungsvoll zu erinnern, es nie zu vergessen, immer gegenwärtig zu haben, um aus den Unglücken der Vergangenheit auf die Unglücke der Zukunft zu schließen.

Sie war auf dieser Erde nur da um zu arbeiten, unglücklich zu sein und von den anderen ausgenutzt zu werden, das war ihr unumstößlicher Glaube, und ihr Stolz und ihre Lebenskraft nahmen zu, je mehr sie ertragen mußte, die Heilige Maria Mutter Gottes von Częstochowa, deren Bild über ihrem Bett hing, wußte das.

Aber auch ihr Glaube war so kompliziert und undurchsichtig, daß kein Priester jemals schlau daraus wurde. Sie ging nicht in die Kirche, obwohl sie sich dadurch viel Ärger einhandelte. Sie glaubte ganz privat und nach ihrem eigenen Verständnis an den Herrn Jesus Christus, mit dem sie das alles persönlich ausmachte, denn auch ihr Sündenkatalog war selbst gemacht, was Todsünden und läßliche Sünden waren, da hatte sie ihre eigenen Ansichten, sie verrechnete ihre kleinen Notlügen nach ihrem Sündenkatalog mit dem Herrgott, der ihr das tiefe Unglück und die schwere Arbeit und ihr mühseliges Leben gewiß anrechnen würde, denn der Herrgott sah nicht auf die, die in die Kirche gingen, im übrigen ein fröhliches Leben führten und selbst zur Erntezeit am Sonntag nicht auf dem Feld standen.

»Maschenka ist so«, sagte Joseph und verzieh ihr alles und liebte sie. Mit fünfzig arbeitete sie noch mehr als jeder Mann, mit sechzig war sie noch die stärkste Frau im ganzen Dorf, und wenn ein Knecht vom Gut eine dumme Bemerkung machte, schlug sie ihm den Dreschflegel über den Kopf. Maschenka ging auf einen ruhigen Lebensabend zu, vor dem sie sich fürchtete wie vor dem Teufel, als Gott ihre Gebete erhörte und ihr als Belohnung für ihr schweres, unglückliches Leben ein wirkliches Unglück schenkte, das einzig wahre und große Unglück ihres Lebens.

Als sie mit ihrem Joseph an einem Frühjahrsabend von der Arbeit auf dem Feld heimkehrte, sah sie hinter dem Wäldchen, das zwischen ihnen und dem Dorf lag, eine Rauchfahne. Sie liefen beide, ahnungsvoll, schneller, Maschenka raffte die Röcke und war trotz der schweren Kiepe auf ihrem Rücken weitaus schneller als Joseph, dabei schrie sie, daß man es weit über die Felder hörte, und als sie endlich das Dorf erblickte, sah sie ihre Kate in hellen Flammen. Maschenka warf sich auf die Erde, schrie in den Himmel, schrie so laut und schlug so sehr um sich, daß kein Mensch sich in ihre Nähe traute, beruhigte sich erst tief in der Nacht, wimmerte noch drei Tage still vor sich hin, stand dann auf, bekreuzigte sich und begann, tief und demütig in ihr Unglück versunken, mit dem Neubau ihrer Kate, ein Dankeswerk an Gott, der allen Spöttern im Dorf bewiesen hatte, daß sie wirklich und wahrhaftig das größte Unglück im Leben hatte.

Joseph zog sich zurück, saß bei Nachbarn in der Küche, sprach nicht mehr viel und starb bald darauf. Maschenka baute ihr Haus alleine auf, stand mit siebzig auf dem Dach ihres neuen Hauses und deckte es mit Stroh, das ihr ein Fuhrknecht hinaufwarf, und als alles fertig war und so war, wie sie es sich vorstellte, hängte sie das Gnadenbild der Schwarzen Madonna, das Nachbarn aus dem brennenden Haus gerettet hatten, an den Kamin ihres neuerbauten Haues.

Den Rest ihres Lebens saß sie stolz und aufrecht auf einem Stuhl vor ihrem Haus, mit ihrem rundlichen, freundlichen Gesicht, mit ihren gütigen Augen und ihrer Stupsnase, den weißen Haaren, die unter dem schwarzen Kopftuch hervorlugten, strahlte sie jeden Vorübergehenden an und erzählte allen tagtäglich von ihrem Unglück.

Als ihr Enkel Joseph, der damals schon ein Mann war, weit weg wohnte und im Berg arbeitete, noch einmal ins Bruch seiner Kindheit zurückkehrte und sie vor ihrem Tod besuchte, wußte er, Gott ist gerecht. Aber er sah auch, Gott ist nur gerecht im Unglück und im Leiden, das Paradies auf Erden ist nicht sein Werk.
Das wahre Unglück der Maschenka bestand nämlich darin, daß sie ihr Haus ganz sinnlos, ganz unnötigerweise wieder aufgebaut hatte. Die Lukacz fanden ihre Existenz nicht mehr im Bruch. Die großen Gutsherren kauften das Land auf, wer nicht auf dem Gut arbeiten wollte, mußte wegziehen, und als das Haus abbrannte, blieb endgültig nur noch die Fremde.
Maschenka merkte von all dem nichts. Sie saß vor ihrem leeren Haus, wartete jeden Tag auf die Rückkehr ihrer Familie, dankte ihrem Gott und war glücklich.

II
Das Leben geht weiter

I

Monsieur Fontana, Hoflieferant, Seidenwarenhändler, Sammler und Privatgelehrter, verließ jeden Morgen um acht mit dem Schnarren seiner Repetieruhr sein Haus *Zum alten Dom* am Marktplatz der Haupt- und Residenzstadt Düsseldorf, um seinen gewohnten und »für die Körpermaschine leider notwendigen Spaziergang« anzutreten, was bedeutete, daß er mit grämlichem Gesicht mehrere Male das Karree um das von Chevalier Grupello geschaffene Reiterstandbild des Kurfürsten Johann Wilhelm abschritt.

An sonnigen und heißen Tagen blieb er schon einmal stehen, zog seinen Dreispitz und plauderte vor der Auberge, die gegenüber dem Rathaus lag, mit einem der Franzosen oder Italiener, die sich rund um den Marktplatz niedergelassen hatten; an bedeckten und trüben Tagen marschierte er mürrisch sein Pensum herunter und beherzigte die alte Florentiner Devise »Sine sole sileo – ohne Sonne schweige ich«.

In seiner gelben Seidenweste, seinen roten Seidenstrümpfen, seinen schwarzsamtenen Kniehosen, seinem grünen Samtüberrock sah er aus wie ein alter Papagei, den es aus einem exotischen Land hierherverschlagen hatte, und wie ein alter Papagei sprach er in späteren Jahren laut vor sich hin, wenn ihm »justement die Bücher durch den Kopf gingen«. Oft war er dabei so in Gedanken, daß er seinen Diener Jean, der ihn an der Haustüre erwartete, erstaunt fragte, ob er auch tatsächlich seinen Spaziergang schon hinter sich hätte. »In effigie, leeven Herr«, antwortete Jean dann jedesmal, »viermal ums Karree«.

An Regentagen, wenn ihm womöglich ein Marktknecht

noch eine leere Heringstonne vor die Füße rollte, um ihn aus seinem Marschrhythmus und aus seinen Gedanken zu bringen, konnte er äußerst unangenehm werden.

Den schwarzen Ebenholzstock mit dem Silberknauf aufstampfend, marschierte er dann im Eilschritt um den Platz, die Ecken genau einhaltend, im rechten Winkel wendend, und schimpfte laut in einem eigenartigen Gemisch aus französischen, italienischen, holländischen, deutschen Wörtern auf die Welt, die Zeit, die korrupten Regierungen und ihre stockdummen Untertanen, die er alle für verrückt erklärte, für ganz und gar verblödet, für Idioten, denen man die Haut aavtrekken solle, die Menschheit überhaupt für unrettbar verloren, auf dem Marsch ins Unheil, terrible, die ganze Situation, keiner ausgenommen, basta. Und er knallte seinen Stock bei jedem terrible und jedem basta so laut auf das Kopfsteinpflaster, daß sich bald die Fenster des Rathauses öffneten und der jeweilige Maire, wie die Düsseldorfer ihren Bürgermeister nannten, ihm zuschrie, er solle sich gefälligst in sein Haus verfügen und da herumkrakeelen, worauf Monsieur Fontana höhnisch seinen Dreispitz schwenkte, den Maire abschätzig mit Baas titulierte und mit einem endgültigen »dumm Volk, Pack, elendes« aufrecht den Platz verließ und sich in sein Haus zurückzog.

Regelmäßig erschien er dann noch einmal am Fenster im ersten Stock seines Hauses, schrie sein »terrible, basta« über den Marktplatz und schloß danach eigenhändig die Fensterläden, denn der Ratsdiener hatte ihm schon einmal mit dem Rathausschlüssel ein Fenster eingeworfen, Fontana hatte mit einer ledergebundenen, silberbeschlagenen Chronik der Lombardei zurückgeworfen, und erst nach längeren Verhandlungen mit dem Maire konnten die Ratsherren wieder das Rathaus betreten und Fontana in seiner Chronik studieren.

Nach solchen Vorfällen ließ sich Monsieur Fontana, auf dem Markt nur *Dummvolk* genannt, von seinem Hausdiener Jean in seine Studierstube einschließen, mit dem strengen Befehl, ihn erst nach acht Tagen wieder herauszulassen, da er die Welt justement nicht mehr ertragen könne, terrible, basta, und er sich jetzt konzentrieren müsse und überhaupt nur noch Bücher sehen wolle.
Jean hatte einmal die acht Tage wörtlich genommen und aus Ärger über ausstehenden Lohn den vorzeitigen Befehl zum Aufmachen überhört, worauf Monsieur Fontana an der Regenrinne aus dem ersten Stock seines Hauses herabkletterte, an der Haustüre schellte und den arglos aufmachenden Jean mit Fußtritten in den Keller jagte, um ihn dort einzuschließen. Jean rächte sich, indem er das ganze Sauerkraut in sich hineinstopfte, das im Keller in einem großen Holzfaß lagerte, was auch wieder Folgen hatte.
Stadtbekannt wurden die beiden auch mit dem ernsthaften Antrag, der Stadtrat solle beschließen, das Reiterdenkmal des Kurfürsten umzudrehen. Der Gaul reite nämlich, so Fontana, das ganze Jahr auf das Haus zu, und das könne auf die Dauer nicht gutgehen. Als ihm der Maire antwortete, daß er dann das ganze Jahr den Pferdehintern ansehen müsse, der jetzt zum Theater zeige, gab sich Fontana zufrieden mit der Bemerkung, es wäre gut, wenn das alle Bürger täten.
In sternklaren Nächten sah man ihn mit einer Laterne am Giebelfenster seines Hauses, stundenlang sah er in den dunklen Sternenhimmel, saß da in seinem roten, seidenen Schlafrock, richtete das Fernglas, das er einem holländischen Kapitän abgekauft hatte, von Stern zu Stern und sinnierte vor sich hin.
Zogen Wolken auf, stieg er hinunter in sein Studierzimmer, das vollgestellt war mit Globen, Atlanten, schweren, metallbeschlagenen Chroniken, Musterbüchern von

alten Seidenweberfamilien, ein Bücherberg, in dessen Höhlen sich nur Monsieur Fontana auskannte, denn langsam waren Gänge und Ausbuchtungen entstanden, von einem Zimmer konnte nicht mehr die Rede sein, ein Büchermassiv erfüllte den Raum, in dem er geduldig herumkletterte.

Er übersetzte die Chroniken aus dem Griechischen und Lateinischen ins Französische und Italienische, das dann wieder ins Deutsche, verglich die einzelnen Auszüge und Aufzeichnungen mit alten Handschriften, Briefen, Korrespondenzen, verglich die Entfernungen und die Zeitangaben mit den Maßstäben seiner Globen und Atlanten, entzifferte Buchstaben, Worte, Sätze und unverständliche Abkürzungen in kaum lesbaren Handschriften, verglich Stoffmuster, Webarten, Farbzusammenstellungen und übertrug seine Erkenntnisse in eine eigene Chronik, an der er seit zwanzig Jahren arbeitete.

Wenn Jean bei Tagesanbruch mit dem Frühstück kam, fand er seinen Herrn oft gedankenverloren vor einem Globus sitzend, den er immer schneller antrieb, so daß Kontinente und Meere zu einem Bild verschmolzen, saß da und murmelte, Afrika, Amerika, Asien, Europa, zeigte dann mit dem Finger auf den sich drehenden Globus und fragte Jean jeden Morgen: »Nun sieh dir dat an, Jean, wo soll dat all hinführen?« Und Jean antwortete jeden Morgen: »Ja, leeven Herr, dat sind so Sachen, wat soll man dazu sagen.« Dann wachte Monsieur Fontana aus seinen Gedanken auf und fragte Jean: »Sach, Jean, wo bin ich eigentlich?«

»In Düsseldorf, leeven Herr.«

»Und wat mach ich in Düsseldorf?«

»Dat weiß nur der liebe Gott.«

»Und wie komm ich hierher?«

»Ach, leeven Herr, dat weiß nich mal der liebe Gott.«

Dann saß er wieder einsam zwischen seinen Chroniken, die von einem Ereignis zum anderen sprangen, von einer Person zur anderen, Geschichten erzählten, deren Sinn er nicht kannte, die aber festgehalten wurden, aufgeschrieben wurden, also einen Sinn haben mußten. Er verglich sie mit den Erzählungen, die er noch kannte, mit den Geschichten, die ihm erzählt wurden, obwohl er oft nicht mehr wußte, wer was gesagt hatte, welches Ereignis in welcher Zeit geschah, Personen und Zeit und Geschichte durcheinanderbrachte, weil ein anderer ihm berichtet hatte, was ein anderer gesagt hatte, und wieder andere von Ereignissen berichteten, die auch sie nur vom Hörensagen kannten, die man auch ihnen nur erzählt hatte, die wiederum von Menschen stammten, denen man es auch nur erzählt hatte.

Es war ein Puzzle, das ihm immer wieder aus den Händen fiel, sobald es die Klarheit eines Bildes vermittelte, so genau die einzelnen Teile waren, sie fügten sich doch nie zusammen, obwohl sie eine Einheit bildeten, unzweifelhaft zusammengehörten, ein Bild darstellten; immer wieder gab es neue Lücken, immer wieder entfernte sich die Wahrheit, die diesem Bild zugrundelag, die Wahrheit, die er suchte.

Wichtiges war verloren, Unwichtiges zwar genau berichtet, ein Sinn aber nicht zu erkennen, bestenfalls zu erahnen in diesen Geschichten von Stolz und Vernunft, von Gewißheit und Zweifel, Demut und Ausharren, Armut und Elend, Tod und Leben, diesem sich ständig wiederholenden Totentanz, der immer weitertrieb, hastig vorübertanzte. Personen traten für Sekunden in den Mittelpunkt, klar erkennbar, erfaßbar in einem Moment ihres Lebens und traten wieder zurück hinter ein anderes Leben, das wiederum von einem anderen Leben abgelöst wurde. Unzusammenhängende Fragmente und doch erkennbar eine immer wieder auftauchende von klarem Verhalten diktierte Haltung zur Welt, im einzelnen undeutlich, erkennbar erst im Nacheinander der Generationen, in der Folge der Geschichten und Ereignisse. Eine Haltung, die nirgends verzeichnet war, keine Mahnung war, nirgendwo ausgesprochen oder festgehalten wurde, die einfach da war und immer wieder die Geschehnisse bestimmte oder mitbestimmte, und wenn sie sie nicht bestimmen konnte, ertrug, nach ihren inneren Maßstäben ertrug, sie anderen Generationen mitgab, auf andere Generationen vertraute.

2

Die Häuser standen dicht neben dem Förderturm, aneinandergebaute, ineinandergebaute, vom Ruß geschwärzte Mauern, die in der Nacht unsichtbar waren. Wenn sich die Gestalten auf den Weg machten, aus den Türen kamen, sich kurz zunickten, schweigend zum Förderturm gingen, kamen ihnen andere Gestalten entgegen, die hinter den kurz geöffneten Türen verschwanden, sich hinter den verwinkelten, nachtschwarzen Mauern in schattenhaften Bewegungen verloren.

Die Häuserkolonie wuchs wie die Zahl der Arbeiter, die hierherkamen, wahllos, zufällig, kamen neue Arbeiter, entstanden neue Mauern, ein Labyrinth aus verrußten Steinen, das viele Sprachen zusammenführte, Menschen aus vielen Ländern gefangenhielt.

Auch Joseph Lukacz hatte hinter einer dieser Mauern seine Schlafstelle, die er in der Nacht verließ und die er erst in der Nacht wiedersah, dazwischen lag die Dunkelheit des Berges, in den er täglich einfuhr. Fünfzehn war er, als er zum erstenmal, sich zusammen mit anderen an den Förderkorb klammernd, in die Tiefe glitt, das dumpfe Geräusch dröhnte in seinen Ohren, der zunehmende Druck der Luft nahm ihm den Atem, die feuchte Wärme, die aus dem Schacht aufstieg, legte sich mit seiner Angst schwer und klamm auf seinen Körper. Das kleine Bild der Schwarzen Madonna, das er um den Hals trug, klebte auf der Brust, er schaute starr auf die Lampe in der Hand, an die er sich in diesem schwarzen Höllengetöse klammerte, das Licht, das er von oben mitnahm und das ihn bei der Arbeit immer daran erinnerte, daß es nicht nur die Dunkelheit des Berges gab, sondern auch das Licht des Tages.

Er vergaß diese erste, ihm endlos erscheinende Fahrt nie, obwohl sie nun lange zurücklag, er erinnerte sich an seine Angst, an den lähmenden Schrecken dieser Fahrt, die ihm so zusetzte, daß man ihn, unten angekommen, erst einmal stützen mußte, an das Entsetzen, das ihn ganz schwindlig machte, als ihm bewußt wurde, wie tief er in der Erde war.

Inzwischen war es Gewöhnung, gleichbleibende tägliche Arbeit, schweißtriefende Plackerei im Stollen, in den schmalen, abgestützten Gängen vor Ort, wo man sich nur gebückt bewegen konnte, und dort, wo der Flöz schmal war, nur im Liegen arbeiten konnte, im Staub, im Dreck, in der Feuchtigkeit, in der Dunkelheit sich an den Holzstreben und am Gestein festhaltend, auf dem Rücken liegend, auf der Seite liegend.

In den kurzen Pausen starrte er in das Licht der Lampe, bis seine Augen schmerzten, in die Sonne, die sich im Wasser des Obrabruchs spiegelte, zwischen den schnellen Bewegungen der Fische, dem trockenen Knistern des Schilfs, dem Quaken der Frösche, dem Schrei eines ruhig kreisenden Vogels.

Dann brach wieder die Dunkelheit herein, das Geräusch der schlagenden, hämmernden, fluchenden Männer um ihn herum, das Geräusch der dumpf abrutschenden

Kohle, die Unerbittlichkeit des Berges, der nichts hergab in seiner ewigen Nacht, keinen Stein, kein Stück Kohle, diesen Berg, den man Schlag für Schlag und Stück für Stück aushöhlen mußte, der alles festhielt, der schwitzend vor Anstrengung die Eindringlinge mit Wasser überschüttete, in einer einzigen Bewegung die winzigen Stollen zerdrückte, die sie in seinen riesenhaften Leib hineinschlugen, der Berg, der so hart und unnachgiebig und grausam war, daß man oft nur den einen Wunsch hatte, ihn mit einer einzigen Sprengladung in einer ungeheuren Explosion in die Luft zu jagen, damit in diesem Höllenloch die Sonne schien, die Luft hereinkam und die Kohle offenlag.

Aber Joseph Lukacz hatte gelernt, daß er jeden Tag nur einige Meter schaffen konnte, daß er unerbittlich, geduldig und gleichmäßig Tag für Tag in der Dunkelheit ein paar Meter schaffen konnte. Sein Leben würde dabei vergehen, das Leben seiner Kinder und das Leben derer, die nach ihnen kamen, ohne daß der Berg ihnen viel abgab. Der Berg würde sie alle besiegen, das wußte er nun, und trotzdem würden sie jeden Tag wieder einfahren, das wußte er nun auch. Es war so zwecklos und so sinnvoll wie das Leben. Joseph Lukacz war nun ein Bergmann, und er war stolz darauf.

Sonntags spazierte er in seinem schwarzen Kittel, in seiner schwarzen Hose, die in schwarzen Stiefeln steckte, mit den Kumpels aus seinem Gedinge durch die Landschaft, die ebenso schwarz war wie ihre Kleidung. Die Wege waren schwarz von der abtransportierten Kohle, die Wiesen, Büsche und Bäume waren schwarz vom Kohlenwind, der von der Halde herüberwehte. Sie bemerkten es nicht mehr, der Berg war schwarz, also war die Natur auch schwarz und der Himmel grau mit einer vom Rauch verdeckten schwarzen Sonne.

Auf einem dieser Spazierwege traf er Maria, Tochter eines Bergmanns, die er bald darauf heiratete. Sie zogen in eines dieser kleinen Häuschen, die die Zeche baute, und hatten Söhne, die alle Bergmann wurden.

Er selbst blieb, wie er es vorausgesehen hatte, im Berg, mit dem er zuletzt auf vertrautem Fuß stand, in dem er täglich seine ihm zugemessenen Meter aufschlug, und als der Berg Stollen und Schachtanlage mit einem knirschenden Geräusch zusammendrückte, war er nicht sehr verwundert, er nahm es hin als sein Schicksal, das ihm der Berg zuteilte. Wie lange er noch in einer Höhle des Berges lebte, hat man nie erfahren, es dauerte Jahre, bis die Schachtanlage wieder in Betrieb war. Man fand nur wenige Leichen, Joseph Lukacz fand man nie, er wurde nie für tot erklärt, er liegt im Berg in Dabrowa.

3

»Fontana, Fontana – ja, ich erinnere mich, das muß auch noch alles in den Akten sein. Der gehörte zu den Italienern und Franzosen, die da um den Marktplatz ihre Häuser hatten. Seidenwarenhandel Fontana. Ja, ich erinnere mich. *Zum alten Dom,* Marktplatz 504, nach der Umnumerierung Nummer 9. Schönes Haus. Man sagt, er hätte viel Geld verdient mit der Ausstattung des Schlosses in Benrath, Lyoner Seide, er kannte sich da aus. Hat dann sein ganzes Vermögen in Bücher angelegt. Ein Sonderling.

Sein Geschäft hat er schon früh an *Cantador & Ciolina* verkauft, italienische Einwanderer, ebenfalls Seidenhandel, importierten Seidenstoffe aus Italien. Das Haus ging nach seinem Tod an einen entfernten Verwandten, nicht mehr genau feststellbar, Lieutenant Dippy. Scheint wohl nur Geld ausgegeben zu haben. Liebhaber des Düsseldorfer Theaters, das ja gleich gegenüberlag und anderer Etablissements, außerdem Stammgast bei *Lacomblet* am Marktplatz, Caféhaus mit Lesekabinett aller Zeitungen und Zeitschriften. Jedenfalls übernahm Cantador bald auch das Haus und führte den Laden im Erdgeschoß weiter. Seidenhandel und Galanteriewaren. Ein umfangreiches Geschäft, kein Krämerladen. Respektable Familie, mehrfach Ratsherren und Bürgermeister der Stadt. Bis dann eben die Sache mit dem Lorenz passierte.

Die Preußen waren ja noch nicht so lange da, die Düsseldorfer waren jedenfalls der Meinung, daß das Leben ohne die Preußen schöner wäre. Wir hatten den Code Napoléon, da kamen die mit ihrem preußischen Landrecht. Da war die 48er Revolution natürlich hochwillkommen. Die Düsseldorfer wählten den Lorenz Cantador zum Chef der Bürgerwehr, und die Dinge nahmen ihren Lauf. Revolutionäre Reden, Berlin schickte Truppen, die Düsseldorfer zerrissen die Einberufungsbefehle, Belagerungszustand der Stadt. Das Haus Cantador am Markt war das Hauptquartier. Lassalle und Freiligrath gingen da ein und aus. Cantador war der Führer der Demokraten. Lassalle und Freiligrath hatten den Arbeiterverein und den Volksklub hinter sich. Sie saßen da in der Bibliothek des Fontana und diskutierten durch die Nächte. Lassalle schrieb einen Artikel nach dem anderen, Freiligrath seine Gedichte *Die Todten an die Lebenden,* das kannte jeder in Düsseldorf auswendig.

49 wurde es dann ernst. Dr. Neunzig, ein Schulfreund von Heine, rief vom ersten Stock des Hauses Cantador die Revolution aus, direkt aus dem Arbeitszimmer des verstorbenen Fontana. Und die Dinge nahmen wieder ihren Lauf. Barrikadenbau, Angriff auf die Militärposten, Straßenkämpfe, mit Kanonen schoß das Militär durch die Stadt, viele Tote und Verletzte, die Standgerichte verhängten Todes- und Zuchthausstrafen, ein schlimmes

Jahr. Die Regierung ließ erklären, Düsseldorf sei der Hauptherd der Anarchie und der Unordnung in der ganzen Monarchie. So sah es denn hier auch aus, neben jedem Düsseldorfer stand ein Soldat. Als Cantador und Lassalle eine Sammlung für die Hinterbliebenen der erschossenen Bürger veranstalten wollten, kam kaum etwas zusammen, so groß war die Angst.

Cantador stand unter Militäraufsicht. Er floh nach Amerika und beteiligte sich da am Bürgerkrieg, soll Kommandant eines Regiments gewesen sein, man weiß nicht, wann er gestorben ist und wo er begraben liegt. Mit dem Seidenhandel war es auch aus, wer in den Laden ging, war nicht königstreu. Das Geschäft wurde geschlossen. Es gab mehrere Hausdurchsuchungen, dabei wurde auch das Archiv und die Bibliothek des Fontana konfisziert und abtransportiert. Das stand ja noch alles bei Cantador. Jetzt flogen die Bücher auf die Straße, die Marktfrauen rissen die Seiten heraus und wickelten ihren Kohl darin ein, und die Papiere kamen wahrscheinlich nach Berlin, Geheimes Staatsarchiv.

Der Geheime Archivrat und Bibliothekar Dr. Lacomblet, einer der Nachkommen der Lacomblets, die das Caféhaus am Markt hatten, hat sich darum gekümmert. Der hat das Archiv betreut, hat vieles übersetzt und hat versucht, die Arbeit zu beenden. Der hat mir auch noch manches erzählt, alte Geschichten aus Italien, aus Frankreich, ich kann mich noch erinnern.

Warum wollen Sie das denn alles nur wissen?«

Der Notar pendelte mit seiner Glatze und seinen Froschaugen, die er hinter dicken Brillengläsern versteckte, zwischen den Aktenstößen hin und her, die er ächzend aus einem Aktenschrank herbeischleppte, nahm die Brille ab, putzte mit einem Taschentuch die Augengläser, setzte sie wieder auf, musterte seinen Besucher, der ruhig in einem

Sessel vor dem Schreibtisch saß und hartnäckig seine Fragen stellte, in diesem dunkelgetäfelten Büro mit seiner staubigen Luft, mit den seit vielen Jahren ungeöffneten Aktenschränken, in dem der Alte wie in einem Herbarium umherkroch und die amtlichen Papierberge mühevoll über seinen Schreibtisch schob. Der Notar ließ sich stöhnend, und die Qual der Erinnerung durch einen Blick an die schmutzige Decke betonend, in einen knarrenden Ledersessel fallen, der neben einem großen, offenbar von der Wand herabgefallen, fast unkenntlichen Ölbild *Düsseldorfer Stadtansicht,* stand.
»Warum wollen Sie das nur alles wissen? Das ist doch alles längst vergessen und vergangen.«
Gustav Fontana stand von seinem Stuhl auf, knöpfte seine dunkelblaue Uniformjacke zu, die Uniform eines königlich-preußischen Lokomotivführers und sagte: »Weil es vergessen und vergangen ist.«
Der Notar wischte sich mit seinem Taschentuch den Schweiß von der Stirn: »Wenn nicht zufällig die Revolution vom Haus Ihres Großonkels ausgegangen wäre, wäre alles noch erhalten, aber so –«
Gustav Fontana stand nachdenklich vor dem Tisch des Notars: »Das ist vielleicht gar kein Zufall.«
»Was meinen Sie denn damit?«
»Es ist nicht vergessen und nicht vergangen und auch kein Zufall.«
»Der Spruch könnte auch von Ihrem verrückten Großonkel stammen.«
Gustav Fontana zuckte mit den Schultern, strich mit den Händen über die Doppelreihe der zu den Schultern hin auseinanderlaufenden Knöpfe, setzte seine Dienstmütze mit dem Zeichen des Flügelrads auf und verließ das Notariat.
»Bis morgen.«
»Ich schreibe Ihnen alles auf«, rief der Notar.

4

Maria und Joseph, Maria und Joseph, im Rhythmus der Schienenstöße, die dem fahrenden Zug ihr unerbittliches Hämmern mitgaben, Maria und Joseph, das war die einzig sichere Erinnerung, in Jahrhunderten wäre keiner auf die Idee gekommen, einen anderen Namen zu wählen. Maria und Joseph, Geburt und Tod, Wasser und Land, endlose Sümpfe, Fischer auf den breiten Flüssen, Bauern auf dem knappen Land. Später dann die großen Deiche, mit denen die Fremden ins Land kamen, die Besitzer der neugeschaffenen Welt, die Wasser und Erde teilten, die uralte Einheit auflösten, das Wasser ins Meer leiteten und auf den schmalen Erdstreifen zwischen den Flüssen und Seen Menschen ansiedelten.

Aus dem weiten Polen kamen sie, aus Böhmen kamen sie, aus der Unendlichkeit östlicher Länder, Maria und Joseph bestellten das Land, machten es fruchtbar, schufteten sich in einen ärmlichen Tod. Ein langes Leben voller Eintönigkeit, das sie in ihren unzähligen Geschichten vergaßen. Je größer das Elend, die Not und der Hunger, um so phantastischer und wunderbarer ihre Geschichten, Geschichten, die sich mit dem Leben vermischten, die das Leben ersetzten, die älter wurden als die Menschen, die noch lebten, als die Menschen längst vergessen waren.

Maria und Joseph, Kreis Lodz, Kreis Krakau, Kreis Lemberg, Erntearbeiter und Kolonisatoren, die im Kreis umherzogen und sich in immer neuen Landecken festsetzten. Siedler aus Böhmen, Hopfenhändler, Tabakpflanzer, mit ihren Priestern in der Familie. Kleine Bauern im Oderbruch, kleine Bauern im Obrabruch, Regierungsbezirk Posen, Kreis Bomst, Deutsche oder Polen, sie wußten es nie.

Und als das Land erneut verteilt wurde, diesmal an Herren, die in Berlin lebten und ihre Felder nie gesehen hatten, Gutsbesitzer ohne Sinn für Geschichten und Lieder und Tänze, da wurden die Felder klein für die, die darauf arbeiteten.

So standen sie den ganzen Tag gebückt auf dem Acker, die Erde vor Augen, den Himmel vergessen, der auch sie vergessen hatte, nicht mal die Sonne spürend, die auf ihrem Rücken brannte, verbissen die ausgetrocknete Erde aufhackend und mit einem zerbrochenen Spaten umgrabend, mit stumpfen Sensen und zersplissenen Rechen die Ernte bergend, auf diesem ausgelaugten Boden, der sich in einem Tag wieder in Sumpf verwandeln konnte und die Ernte verfaulen ließ.

Viele sagten das geheimnisvolle Wort *Amerika,* zeigten mit dem Arm fern über den Horizont in himmlische Weiten und waren eines Tages verschwunden, schickten gelegentlich Briefe, die von Hand zu Hand gingen und kein himmlisches Wunder versprachen.

Viele gaben auf und gingen aufs Gut, nahmen das, was sich ihnen bot, nahmen es zu jeder Bedingung, widersprachen nicht und fügten sich in das, was sie Schicksal nannten, ebenso unabänderlich wie Sommer und Winter, Sonne und Schnee.

Aber er wollte sich nicht in die Schlange stellen, die sich alljährlich im Frühjahr vor den Gutsherren und ihren Inspektoren bildete, die lange, zu lange wie jeder empfand, vor den sich verbeugenden Menschen auf und ab gingen, um sich dann endlich, nach Stunden endlich, zu entscheiden, wer für das beginnende Jahr als Magd und als Knecht ausgesucht wurde, erhoben wurde in den Stand der Dienstbarkeit auf einem Gutshof, und die dann ihre Lippen dankbar auf die hingestreckte Hand drückten, bereit sich zu schinden, zu verausgaben, ihr Leben zu geben für diesen einen Herrn des Jahres.

Sein Vater war in den Berg gegangen, nach Dabrowa,

nicht des Geldes wegen, das er dort bekam, er war aus Stolz gegangen, aus nicht zu zähmendem, in keiner Armut, in keinem Hunger untergehenden Stolz. Es war ein Stolz, auf dem seine ganze Existenz beruhte, ein Stolz auf seine Arbeit, der Stolz darauf, so viel arbeiten zu können, um sich und seine Familie auf dieser Erde zu ernähren, komme was da wolle, wenn es sein mußte, Tag und Nacht ohne Schlaf zu arbeiten, unbeugbar zu sein in seiner Arbeit, mit der er sein Schicksal besiegte, dem er seinen Stolz, seine Kraft und Ausdauer entgegensetzte. Er wußte, daß nur der Tod ihn zwingen konnte, solange er lebte, stand er aufrecht.

Joseph Lukacz, Hauer auf Königshütte, stand im letzten Abteil des Zuges und sah aus einem schmalen Fenster auf die zwischen Fabriken, Schornsteinen, Häusern verschwindenden Gleise, auf die unaufhaltsam und schnell zwischen Signalanlagen entgleitenden Schienen, die in die Richtung verliefen, aus der er kam, und die sich immer rascher entfernten über Gleise, über Schwellen, Weichen, die unter dem Zug wegrasten. Ein Band aus Schotter und Holzschwellen und blanken Eisenschienen, die das Auge in ihrer Geschwindigkeit mitzogen, über die ganze Strecke zurück in eine Ferne, wo die Gleise auf dem Fahrdamm starr und ruhig lagen, als wären sie nicht gerade noch unter dem Zug hervorgerast, als wäre hinter dem Horizont, wo die Schienen ein festes, unbewegliches Gleis bildeten, die Vergangenheit greifbar nahe, ewig vorhanden, unvergeßlich, die Vergangenheit, aus der er kam.

Der durchsichtige blaue Himmel über dem weiten schimmernden Bruch, der ruhige Flug eines Adlers, das Geschrei einer Kornweihe, die sich in der Luft mit einer Rohrweihe stritt, die einander verfolgten, rasch miteinander aufstiegen und sich wieder in die Tiefe stürzten. Die balzenden Doppelschnepfen, die mit den Schnäbeln klap-

pernd auf ihrem kleinen Hügel saßen, Jahr um Jahr auf demselben Hügel inmitten der hohen Gräser des Bruchs, das warm und feucht in der Mittagssonne lag.
Als der Zug mit einem harten Ruck hielt, zog Joseph Lukacz die schwarze Bergmannsbluse mit den silbernen Knöpfen gerade, setzte die Bergmannskappe mit den silbernen Litzen, dem eingelassenen Zeichen von Schlegel und Eisen und dem weißen Federbusch auf, denn er wollte den neuen Ort in der Standestracht eines preußischen Bergmanns betreten, er wollte die Zukunft mit dem gleichen Stolz angehen wie sein Vater. Er schaute aus dem Zugfenster und buchstabierte den Namen der Stadt *Gelsenkirchen.*

5

Das Signal sprang auf *Freie Fahrt,* der Stationsvorsteher schwenkte seine Fahne, Gustav Friedrich Fontana legte die Steuerung voll auf Vorwärtsfahrt, löste die Bremsen und öffnete langsam den Regler der Dampfzufuhr, der Dampf schoß in die Zylinder, und mit einem Aufschnaufen setzte sich seine Lokomotive mit dem anhängenden Zug in Bewegung, glitt zischend und ihren Dampf ausstoßend aus dem Bahnhof, kroch aus der weißschwarzen Dampfwolke, die sie wie ein Kokon umgab, hervor, ihre Dampfpfeife schrie kurz auf, bejubelte die Freiheit, die endlich beginnende Fahrt.
Er öffnete den Dampfregler weiter, regulierte die Steuerung auf Normalfüllung und die Maschine, heiß, kochend, zitternd vor Begierde, hastete nach vorne, rollte und schlingerte, rumpelte über Weichen, schob sich auf ein freies, in die Ferne weisendes Gleis, zog davon, explodierte fast, schleuderte ihre Kraft heraus, wurde immer schneller, zog die Gleise magnetisch an, die unter ihr verschwanden, in Sekundenschnelle hinter ihr lagen.

Fontana genoß diesen Augenblick des Anfahrens, diesen Moment bis zur vollen freien Fahrt, danach war die Maschine nur noch zu kontrollieren, die Signale zu beobachten, die Gleisstrecke, die sich so rasend schnell auf ihn zubewegte, die Anschlußgleise, die wie ein Peitschenhieb unter der Lok verschwanden, die Weichen, die unter ihm durchrumpelten. Er fühlte, wie das Eisenblech unter seinen Füßen tanzte, das schlingernde Ausholen in den Kurven, die den Körper anspringende Hitze, wenn der Heizer die Ofentür öffnete und die nasse schwarze Steinkohle in das rotglühende Loch schaufelte, das mit stiebenden Funken die neue Kraft aufnahm. Er öffnete den Regler ein wenig, aus den Zylindern entwichen kleine weiße Dampfwolken, die Kolbenstange schob sich wuchtig hin und her, und die Treibstange stieß auf die Räder nieder, die auf den glänzenden Schienen kreisten, sich um sich selbst drehten, sich nicht von der Stelle bewegten und doch die Maschine nach vorne drückten, sicher durch das Schienengewirr führten, die Kraft der Maschine bändigten, eine feste Bahn einschlugen auf die freien Schienen, die sich wie Kettfäden über das Land zogen, bald die Erde umspannen würden, die in die Zukunft führten, denen man sich anvertrauen konnte, die Städte und Länder verbanden, von einem großen Kettbaum gehalten, straff gespannt, und wie früher das Weberschiffchen mit seinem *Klack Klack* durch die Fäden sauste, so schlugen im gleichmäßigen Rhythmus die Schienenenden gegen die Maschine, die über sie hinwegglitt, sich je nach Weichenstellung immer wieder auf ein neues Schienenpaar einfädelte.

Das Rollen der Räder, das Zischen des entweichenden Dampfes zog die Menschen in ihren Bann, transportierte sie durch die Länder, löste ganze Völkerwanderungen aus. Fontana sah sie auf den Bahnhöfen ein- und aussteigen, sie trieben von Osten nach Westen, von Süden nach Norden, und die Maschine führte sie weit, führte sie durch die Welt, die sich vor ihren staunenden Gesichtern entfaltete, sich vor ihren Augen in ihrer ganzen Vielfalt ausbreitete. Menschen, die bisher nur ihre angestammte Heimat kannten, die die Welt nur auf die kleine Umgegend ihrer Häuser und ihres Lebens bezogen, fuhren durch die Heimat anderer Menschen, ließen sich dort nieder, fanden oft keine Wurzeln, blieben fremd, zogen heimatlos weiter, in andere Teile dieser Erde, Heimat suchend, eine neue Heimat sich schaffend in immer ferneren, fremderen Landschaften.

Der Zug rollte vorbei an all diesen Dörfern und Städtchen, die nun irgendwo lagen, die nicht mehr den jeweiligen Mittelpunkt der Erde bildeten, die nur noch an irgendeiner Eisenbahnstrecke lagen, bestenfalls kleine Haltepunkte waren, kleine Farbtupfer, kleine Muster in einer langen Kette, die sich zwischen zwei Endpunkten spannte, ein Muster über die Welt webte aus Stahl und Kohle und Bewegung und den Hoffnungen der Menschen.

Fontana liebte diese immerwährende Bewegung, dieses kleine Weberschiffchen, das auf den vorgegebenen Bahnen hin und her pendelte, die Abfahrt und die Freiheit der Fahrt, die doch so streng eingebunden war in Zeit und Ort, denn das scheinbar freie Dahinrasen, die schiere Freude an der unendlichen Kraft, endete auf die Sekunde genau in einem vorherbestimmten Bahnhof auf einem vorherbestimmten Gleis an einer vorherbestimmten Stelle, wie Kettfäden in ihren Litzen. All das war exakt einzuhalten, die genau berechnete Bewegung war nach Vorschrift auszuführen, wenn er dann auf seine Eisenbahneruhr schaute, die Zeit verglich, den tickenden Sekundenzeiger, der die Minute zur vollen Stunde führte, sehnte er sich schon wieder nach der nächsten Abfahrt, nach dem Gefühl von Aufbruch und Freiheit.

6

Das Labyrinth unter Tage, undurchschaubar auch für den, der nachtblind, wie die Grubenpferde, sein Leben zwischen Förderschächten, Wetterschächten und Blindschächten, zwischen Sohlen, Flözen, Strebgängen, Querschlägen, Wettertüren und Füllorten verbrachte, schweißüberströmt und mit keuchendem Atem sich kriechend, liegend in den Berg vorarbeitete, ein Leben, schwach erhellt vom Sternenhimmel der Grubenlampen unter Tage, die sich mit den arbeitenden Menschen bewegten, vor Ort kleine Milchstraßen bildeten, sich gegeneinander verschoben im langsamen Ablauf einer Schicht unter Tage, die hier und dort aufblinkten, ihre vorgeschriebene Bahn zogen, unauffällig im Dunkel des Berges verlöschend, ein Ablauf, der sich durch nichts vom Sternenhimmel über Tage unterschied, wo Sterne wie Grubenlampen ihrer Bahn folgten, das Dunkel nicht erhellten, den blinzelnden Augen nur andeuteten, daß da noch Menschen waren in der Dunkelheit unter Tage, über Tage, zu einer Nacht verschmolz, zu einer Finsternis, in der das Leben in Gleichförmigkeit verging, eine andauernde Bewegung von Arbeit und Schlaf, eine in sich selbst verlaufende, durch ihre Gleichmäßigkeit kaum wahrnehmbare Bewegung in einem Labyrinth ohne Ausgang, das Leben, aus dem es kein Entrinnen gab, das nun einmal das Leben war, in dem man gefangen war, aus dessen vorgeschriebener Bahn es keinen Ausbruch gab; vollzählig und ewig wie die Grubenlampen unter Tage an ihrem Ort, so standen vollzählig und ewig die Sterne am Nachthimmel.

Joseph Lukacz, der sein Licht, seinen Platz hatte am Sternenhimmel unter Tage, zählte nachts, wenn er schweratmend in seinem Bett lag und nicht schlafen konnte, nicht die Sterne an Gottes Himmel, er zählte die Tage, an denen er die Sonne gesehen hatte, und er kam, so oft er auch zählte, auf keine große Zahl. So wie Gott die Sterne nicht für den Tag schuf, so schuf er Joseph Lukacz nicht für die Sonne, er setzte ihn ein in das Firmament unter Tage, wo er ernsthaft und genau, Schritt um Schritt, Jahr um Jahr im Schein seiner Lampe, mit Hammer und Schlegel, mit Keilhaue und Schrämeisen seine Arbeit tat. Wenn er nach der Schicht ausfuhr, war es wieder Nacht, und er saß, grüblerisch wie er war, oft noch stundenlang am Fenster seiner kleinen Stube, sah in die vom Sternenhimmel schwach erhellte Landschaft, sah auf die Berghalde, die täglich auch durch seine Arbeit wuchs und schon höher war als das kleine Haus, in dem er wohnte. Wie ein großer, schwerer Damm schob sich die Berghalde in die Felder hinein, trennte Flüsse und Seen, die sich durch die Absenkung der Erde gebildet hatten, die Erde, die oft ruckartig in die leeren Stollen einbrach, absank in die Aushöhlungen unter ihr, veränderte den Lauf von Flüssen und Bächen, schuf Seen, in denen sich der Sternenhimmel spiegelte, und manchmal glaubte Joseph, er säße im Obrabruch zwischen dem Deich und dem sich ständig ändernden Lauf des Wassers.

Joseph Lukacz, Hauer auf Dahlbusch, Ortsältester seiner Kameradschaft, sie hatten ihn dazu gewählt, obwohl er ein Westfalczyk war, wie sie die aus dem Osten nannten, die hier arbeiteten, weil keiner so zäh und selbstbewußt mit dem Steiger über das Gedinge verhandeln konnte, weil auch keiner so wie er abschätzen konnte, wieviel Kohle der Berg hergab, wieviel Gestein vor der Kohle lag, wie fest oder locker der Berg war, wieviel Zeit man für den Ausbau brauchte, und wenn der Steiger ihren Lohn drücken wollte, schwieg er und sah den Steiger geduldig und ohne sich zu rühren, ohne noch ein Wort zu sagen, an, bis der Steiger, der mit einem solchen steingewordenen, selber zum Berg gewordenen Mann nicht viel streiten konnte, das geforderte Gedinge zugestand.

Er war der Schweigsamste und Geduldigste unter ihnen, der tagelang, ohne ein Wort zu verlieren, vor der Kohle warten konnte, bis die Wetter unter Tage seiner Meinung nach gut genug waren, um mit Schlegel und Eisen zu hantieren oder mit Sprengstoff zu schießen.

Er war ein Leben lang Hauer auf Dahlbusch und starb in seinem Bett, das man ihm ans offene Fenster geschoben hatte, damit seine verrußten Lungen bessere Wetter hatten, wie er sagte, die Augen auf die Grubenlampen am Firmament gerichtet, die im Morgengrauen langsam verblaßten, starb in einem endlosen Hustenanfall, bei dem er sein ganzes Lebensblut ausspuckte.

7

Gustav Friedrich Fontana, Königlich-Preußischer Lokomotivführer, geboren 1840 in Iserlohn, sollte seine Lebensbahn wie sein Vater bei *Kissing & Möllmann* beginnen und vollenden. *Kissing & Möllmann* exportierte die berühmten Kaffeemühlen mit dem Dromedar als Markenzeichen bis nach Südamerika und hatte Filialen und Musterlager in Paris, rue de Paradis 21, Amsterdam, Binnenkant 8, Berlin, Ritterstraße 37, Hamburg, Große Reichenstraße 43, Bremen, Kaiserstraße 10 und 12 Parterre, Leipzig, Petersstraße Neue 11 Alte 43, 1. Etage, war also eine Weltfirma, an der sein Vater mit einem kleinen Kapital beteiligt war. Die Reisen der Vertreter und Berichte davon, die sein Vater auszuwerten hatte, schufen in dem jungen Fontana ein Bild von der Welt, das sich in einer immerwährenden Sehnsucht vergoldete. Obwohl die Adressen erste Adressen waren, war es doch nicht der Wunsch Fontanas, eines dieser Musterlager zu übernehmen, er stellte sich die Welt exotischer, bewegter, überraschender vor. Das stolze und mit Fleiß erbaute Imperium von *Kissing & Möllmann* schien ihm eher eine Festung zu sein. Er erlernte den Beruf des Graveurs, seinem Vater zuliebe, *Kissing & Möllmann* zuliebe, und weil man für die Laufbahn eines Lokomotivführers eine abgeschlossene Lehre in der Metallverarbeitung brauchte. Sein Vater stimmte später diesem Berufswunsch zu, zumal sich in diesem neuen und zugegebenermaßen recht aufregenden Beruf des Lokomotivführers Abenteuer und Ordnung so verbanden, daß eine bürgerliche Existenz gesichert war.

So verwandelte sich die Freiheitslust in ein streng dienstliches, pflichtbewußtes Beamtenleben mit dreihundert Taler Jahreseinkommen – einmal im Jahr ausbezahlt. Er heiratete Henriette Wilhelmine Eichelberg, Tochter von C. Eichelberg, Metallwarenfabrik in Iserlohn, kaufte sich in späteren Jahren ein Haus in Berlin, wurde dort formell Mitglied der Hugenottischen Gemeinde, und wenn er vor dem Spiegel stehend die Uniformjacke zuknöpfte, mit den Händen prüfend über die Knopfreihe fuhr, die Mütze mit exaktem Schwung aufsetzte, war er, aufrecht stehend, die personifizierte Zuverlässigkeit.

Seine ersten Dienstjahre verbrachte er in Düsseldorf, wo er auf seiner geliebten 1 A 1 die Köln-Mindener Strecke befuhr, eine Bahnlinie, die von Düsseldorf über Duisburg, Oberhausen, Gelsenkirchen, Dortmund das gesamte Ruhrgebiet durchquerte, vorbei an den Zechen und den rasch größer werdenden Ruhrstädten, vorbei an den Kohlebergen, für deren Abtransport diese Linie hauptsächlich eingerichtet wurde.

Im Deutsch-Französischen Krieg der Jahre 70/71 steuerte

er die Züge mit den Soldaten an die Front nach Frankreich, über die gerade rechtzeitig fertiggestellte neue Düsseldorfer Eisenbahnbrücke. Er brachte auch die Toten und Verletzten von der Front zurück nach Düsseldorf und sah von seiner Lokomotive aus, wie die zuvor jubelnden und fahnenschwenkenden Soldaten nun in der Nacht still auf Bahren und in einfachen Särgen liegend, wieder ausgeladen wurden.

Später fuhr er dann auf der größeren und schnelleren 1 B der Preußischen Staatsbahnen von Berlin bis nach Posen, sah auf den Bahnhöfen die Gruppen hoffnungsvoller Menschen, die in den Westen wollten, und die vielen Einzelnen und Enttäuschten, die aus dem Westen kamen. Er sah das Land, das auch nach langen Stunden gleichmäßiger Fahrt unverändert vor ihm lag, nicht aufhörte, sich weiter zum Horizont hindehnte, unendlich war, so daß auch die Schienen irgendwann einmal ins Leere liefen.

Er glaubte an die Zukunft dieser Welt, fühlte sich als ein Teil der neu in Bewegung geratenen Zeit und freute sich an dem exakten fehlerlosen Mechanismus der Technik.

Als sein ältester Sohn, ebenfalls Lokomotivführer, durch eine versehentlich falsch gestellte Weiche auf einen Prellbock fuhr und dabei ums Leben kam, ließ er sich vorzeitig pensionieren, ging nur noch selten aus, versteckte sich hinter einem langen weißen Bart und einer Lesebrille und las in den Abendstunden regelmäßig und ganz genau eine Stunde in der Bibel, dann zog er seine Eisenbahneruhr auf, ging, seiner Frau kurz zunickend, in sein Schlafzimmer, entkleidete sich, hängte alles gewissenhaft auf die dunklen schweren Holzstühle mit dem roten Polster und legte sich in sein Bett, wo er oft die ganze Nacht die vertrauten Geräusche vom nahen Bahnhof, gedämpft durch die schweren Portieren und die dunklen mächtigen Eichenmöbel, mit seinen Gedanken auffüllte; Abfahrt des

Zuges, Ankunft des Zuges, Steuerung voll auslegen, Regler öffnen, spürte das leichte Beben der Räder im Klirren der Kristallstäbe der Nachttischlampe, sah die Lichtreflexe der vorbeifahrenden Züge an der Zimmerdecke, auf der geblümten Tapete, hörte das klagende, jammernde Pfeifen der Lokomotiven.
Er lag eines Morgens tot in seinem Bett und sah sehr friedlich aus.

8

Maria war sanft und still, sie war ihrem Joseph aus dem tiefsten Polen gefolgt, wo er sie auf einer Wallfahrt, zu der er von Gelsenkirchen nach Tschenstochau gefahren war, kennengelernt hatte. Sie sprach wenig deutsch, ein melodisches Polnisch, schwarzhaarig, mit braunen Augen, sah sie immer traurig in die Welt, selbst wenn sie lächelte, sahen ihre Augen verträumt und wehmütig durch die Menschen hindurch, in eine andere Welt, die hier in der Zechenkolonie nicht zu finden war.
Sie versorgte ihren Mann, ihre Söhne, ohne daß dies weiter auffiel, sie arbeitete vom Morgen bis in die Nacht mit der Gleichmäßigkeit eines Uhrwerks, mit einer Ruhe und Geduld und einer stillen inneren Ausdauer, die sie ein Leben lang nicht verlor. Mit einer Genauigkeit und Gewissenhaftigkeit erfüllte sie ihre täglich sich wiederholenden Pflichten, immer vertieft in die Arbeit, die sie gerade tat, die sie mit der immer gleichen Aufmerksamkeit verrichtete, als würde jeder Handgriff, tausendmal getan, zum erstenmal ausgeübt und die volle Konzentration erfordern, ja, sie gab dieser eintönigen Arbeit durch ihre tägliche Freude an dieser Arbeit eine Bedeutung, eine Würde, die sie nur durch ihre Tätigkeit bekam, die wohl nur sie empfand.
Wenn sie ihr polnisches Brot backte, knetete sie den Teig

eine Stunde lang ohne aufzusehen mit einer Intensität, als läge darin eine religiöse Handlung, ein demütiger Stolz, eine Hingabe an alle, die sie täglich zu versorgen hatte, und in dieser Hingabe ließ sie sich von keinem übertreffen.

Wenn sie an ihrem Kochherd stand und mit den heißen Töpfen hantierte, die sie vom Feuer nahm oder aufs Feuer schob, um das Essen pünktlich auf blanken Tellern auf den Tisch zu bringen, wenn sie die kohlenschwarzen und vom Schweiß steifen Hosen und Hemden ihres Mannes und ihrer Söhne auf einem Waschbrett durchwalkte, die nasse Wäsche mit der ungeheuren Kraft ihrer Arme auswrang und die einzelnen Stücke in genauer Reihenfolge und ganz gleichmäßigen Abständen auf die Leine im Garten hängte, die getrocknete Wäsche mit einem schweren Bügeleisen glättete, zerrissene Wäsche mit feinen Stichen zusammennähte, wenn sie die wenigen Wäscheteile, die sie besaß, die sie ihre Aussteuer nannte, und in die sie ihr Monogramm gestickt hatte, einige Laken, einige Bettbezüge, einige Handtücher, mit großer Sorgfalt auf den Zentimeter genau zusammenlegte, mit den harten Händen darüberfuhr und sie glattstrich und dann in das dafür vorgesehene Schrankfach legte und noch einmal darüberstrich, daß Kante auf Kante lag, waren das Glücksmomente für sie, die sie ganz alleine genoß und die sie jeden Tag aufs neue mit Zufriedenheit erfüllten.

Die Zechenkolonie, die auf einem freien Feld einheitlich und in Blickweite der Zeche gebaut war, war ihre Welt. Sie verließ sie nie. Sie verbrachte ihr ganzes Leben lang in diesem aus rotbraunen Ziegeln erbauten Ghetto, in dem überwiegend polnisch gesprochen wurde. Die Wohnungen waren sehr begehrt und wurden nur an langjährige Hauer der Zeche abgegeben, die alle deutsch konnten, aber ihr Polnisch war ihnen näher, und zu Hause war zu

Hause, und da wurde eben polnisch gesprochen, und wenn man aus einem Grunde mal nach Gelsenkirchen mußte, dann ging man auch dort in die polnischen Läden mit den polnischen Verkäufern oder auf die polnische Bank, um dort sein Geld für die Heimat einzuzahlen. Aber Maria ging nicht mal nach Gelsenkirchen; wenn auf der Behörde etwas zu regeln war, überließ sie das Joseph, sie blieb in der Zechenkolonie, sie kaufte im Zechenkonsum ein, sie kannte jedes Haus, jede Person und jedes Schicksal in dieser kleinen Welt. Wenn sie ihr Haus verließ, ging sie höchstens in ihren Garten, um die schnurgeradehängende Wäsche zu begutachten, um nach dem Schwein zu sehen, das vor sich hingrunzte oder um die Hühner zu füttern, die unruhig gackernd in ihrem Stall hin und her rannten. Sie sah zu, wenn Joseph abends den Garten umgrub, um Kartoffeln und Kohl anzupflanzen. Am Sonntag ging sie mit den herausgeputzten Kindern und in ihrem besten Kleid durch die Kolonie, bei sehr schönem Wetter auch einmal um die Kolonie herum, sehr weit konnte man sich nicht verlieren, auf der einen Seite lag die Zeche, auf der anderen Seite die Stadt, und beides wollte Maria nicht sehen. Sie blieb in der Kolonie, weil sie nichts vermißte, die Welt jenseits der Kolonie und der Grube existierte für sie nicht, für sie gab es nur ihre Familie, die Kinder, den Mann, das Haus, in dem sie alle lebten. Daß es Großstädte gab, Eisenbahnen gab, Schiffe gab, andere Länder und Kontinente gab, war für sie absolut unwichtig, sie nahm es nicht zur Kenntnis. Sie las auch keine Zeitung. Sie war der Meinung, daß sie alles wisse, was man für dieses Leben brauche, und daß sie alles, was in der Welt geschehe und auch auf sie Auswirkungen hatte, rechtzeitig am eigenen Leibe spüre. Gab es eine Krise und viele Feierschichten und wenig Lohn, so brachte sie dennoch die Familie durch, da hatte sie keine

Angst, waren die Löhne hoch, wurde gespart, nie wurde ein Pfennig für etwas Unnützes ausgegeben, selbst wenn unter der Macht der Umstände alles zusammenbräche, sie würde aushalten in Verhältnissen, die allen den Mut nähmen, sie würde morgens aufstehen, sich mit dem Nächstliegenden, mit dem Gegenwärtigen des Tages, beschäftigen und niemals an den übernächsten Tag denken, sie würde den ganzen Tag arbeiten und abends fast schon schlafend ins Bett sinken.

Mit dieser Einstellung ertrug sie alles, ob nun Leben oder Tod, die Arbeit veränderte sich nicht und ihre Art zu arbeiten auch nicht. Sie betreute ihren Mann und ihre Söhne, die tot oder sterbenskrank aus dem Berg zurückkamen, betreute sie, bis sie starben, und betreute sie auf dem Friedhof, sie arbeitete für ihre Enkel, alt werdend, mit weißem Haar immer noch aufrecht gehend, aus ihren alt gewordenen Augen immer noch traurig und wehmütig in die Welt sehend, und als sie eines Tages merkte, daß ihre Kräfte sie verließen, daß die Arbeit stärker war als sie und daß sie, die ihr Leben lang die Arbeit besiegt hatte, nun von der Arbeit besiegt wurde, da setzte sie sich in eine Ecke des Schlafzimmers und schlug so lange den Kopf gegen die Wand, bis sie tot war.

9

Von der Eisenbahnbrücke aus gesehen lag die Stadt seltsam gekrümmt um den Rhein, der sie in einem großen Bogen ins Land drückte, mächtiger als die Stadt war, sie einschnürte, so daß sie sich etwas untertänig an den Fluß schmiegte, gebeugt wie der Turm der Stadtkirche St. Lambertus, der zum Rhein hin leicht einknickte mit der ständigen Bitte, das nächste Hochwasser möge doch den Niederrhein überfluten und Düsseldorf verschonen.

Ins Land gebaut, rheinabgewandt, so daß man den übermächtigen Fluß vergessen konnte, lagen die kleinen Häuser, deren Bewohner mit dem Rücken zum Wasser und seinen Deichen wohnten, lebten, arbeiteten, feierten, vor allem feierten. Da die Zeiten selten zum Lachen einluden und es auch innerhalb der Stadtmauer wenig zu bestaunen gab, große Ereignisse so gut wie nie stattfanden, hatte man die schöne Fähigkeit entwickelt, sich zunächst beständig über sich selbst und danach über die kleinen Alltäglichkeiten des Lebens anhaltend zu freuen. So war ein vergnüglich besoffener Nachbar immer wieder ein schönes Ereignis, das man nicht missen wollte, über das man jahrelang noch lachen konnte, und um ihn nicht zu enttäuschen, ihm auch einen Grund zu einem breiten Lachen zu geben, besoff man sich selber und ließ sich am liebsten laut singend von der Ehefrau in einer Schubkarre nach Hause fahren, was dem Nachbarn über Jahre hinweg ein ständig neues Lachen entlockte. Das waren bescheidene Vergnügungen, aber da sie so zeremoniell und mit großer Bedachtsamkeit ausgeführt wurden, konnte sich in der Stadt ein allzu strenges Arbeitsethos nicht ausbreiten, fand einfach keine Wurzeln.
Kaum hatte man etwas in die Hand genommen, um es gewissenhaft, das heißt nicht zu schnell, zu erledigen, war Karneval oder Kirmes oder Schützenfest, dazu gab es noch die Namenstage aller möglichen Heiligen und Unheiligen, christliche und unchristliche Feiertage, Vereinsgründungen und Jubiläen, bei denen schon die gewissenhafte Planung eines Festes zu einem Fest geriet, und die Familie hatte natürlich auch ihre Feste, zu denen die Verwandtschaft vom umliegenden Land kam, um Geburtstag, Namenstag, Taufe und Beerdigung mit einem ausgiebigen Besuch von Düsseldorf zu verbinden. Kaum hatte man am Stadttor von einem Abschied genommen,

kam der nächste mit Speck und Schinken, Kartoffeln und Kappes in die Stadt, und wenn einmal gar nichts los war, stach der Wirt der Stammkneipe ein neues Fäßchen an, und den konnte man nun auch nicht enttäuschen.

So manch einer wunderte sich, wenn ihn der Schlag traf, daß das Leben schon vorbei war, aber starb doch gefaßt, denn es gab tief verankerte Einsichten, die man in den Rang einer Philosophie erhoben hatte und eine lautete: »So is nun mal dat Leve. Mach wat dran.« Dagegen war nichts einzuwenden, es war die allgemein anerkannte Wahrheit, keiner hätte das Gegenteil behauptet. So ließ man die guten wie die schlechten Zeiten mit einer tiefsitzenden Gleichmütigkeit über sich ergehen, denn erstens konnte man sowieso nichts ändern, zweitens kam alles, wie es kam, und drittens, was man auch machte, es war falsch. Mit solchen Lebensweisheiten versehen, die von Generation zu Generation weiterempfohlen wurden, ließ sich das meiste, was einem im Leben so zustoßen konnte – sei es privates Schicksal oder Auswirkungen der Politik – auf gutmütige Weise ertragen. Waren die Zeiten gut, war man der Meinung, es könnte eigentlich alles besser sein, aber man müsse eben zufrieden sein mit dem, was man habe. Waren die Zeiten schlecht, war man der Meinung, es könne ja alles noch viel schlimmer sein, man solle daher zufrieden sein mit dem, was man habe. So pendelte man sich auf eine Lebensmitte ein, die alles gleich skeptisch und alles gleich humorvoll nahm. »Pitter lot dä Mot nit sinke, lommer uns noch ene drinke«, mit diesen hausgemachten Sprüchen, die alle Gemüter tief befriedigten und Schwermut nie aufkommen ließen, liefen all diese Pitters und ihre Frauen durch die Stadt und verkündeten sich gegenseitig: »Wat man nit kann ändere, muß man loße schlendere.«

So konnte es der Stadt geschehen, daß sie innerhalb von

zehn Tagen die Erhebung ihres Kurfürsten zum König von Bayern feierte, seine Absetzung feierte, danach den neuen Großherzog feierte, den Napoleon einsetzte, da blieb kaum Zeit, nüchtern zu werden und sich Gedanken darüber zu machen, ob man nun zum Großherzogtum Berg oder zu Bayern oder zu Frankreich gehörte. Was einem einfachen Bürger auffiel, waren die immer neuen Geldsorten, die er nur abschätzen konnte, indem er sie schnell in Bierfäßchen umrechnete, woraus sich sofort ergab, daß man für jede neue Münze, die einem die Obrigkeit in die Hand drückte, immer weniger erhielt, was im Handumdrehen einen guten Grund ergab, das neue Geld sofort in Genever und Bier zu tauschen. Denn das gute Leben war ihnen heilig, da konnte der Pfarrer mit dem Himmel locken oder mit der Hölle drohen, die fromme Lebensregel »Wat kann dat schlechte Leben nützen«, stand für einen Bürger dieser Haupt- und Residenzstadt mit ständig wechselnden Herrschern nicht im Widerspruch zu den himmlischen Gesetzen. Und hätte ein Fremder während dieser Feiertage einen Bürger der Stadt befragt, was er zu diesen politischen Vorgängen zu sagen habe, ob es ihn nicht störe, daß die Stadt bei jeder Gelegenheit einen neuen Herrscher erhalte, so hätte der treuherzig geantwortet: »Och, darum muß man sich nit groß bekümmere.«

Es war diese Lebensart, die Friedrich Fontana, der zweite Sohn des Gustav Friedrich, veranlaßte, sich hier niederzulassen und als erstes einen Strohhut zu kaufen, ihn sehr schräg auf seinen *Deez* zu setzen, wie er immer sagte, voller Entschlossenheit, das vor ihm liegende Leben nicht mit Arbeit, Sorgen und schlechter Laune zu verbringen.

10

Auf den Tag genau nach der Beerdigung seines Vaters kam Joseph Lukacz vor Ort unter einen Sargdekkel, wie sie die nur lose im Hangenden haftenden Berge nannten, die ganz überraschend, selbst bei bestem Ausbau, niederstürzen konnten. Das herabstürzende Gestein zerschmetterte ihm beide Beine, und als man ihn über Tage brachte, sah man in seinem schwarzen Gesicht nur die aufgerissenen weißen Augäpfel und den blutroten Mund, der so laut schrie, daß die Arbeit für einen Moment ruhte. Seine Beine baumelten nutzlos wie bei einer weggelegten Puppe, sein Oberkörper krümmte sich, nur sein Schrei, der in den Ohren gellend für Sekunden über dem Förderturm stand, zeugte von Leben.
Als man ihn nach einigen Monaten ohne seine Beine nach Hause brachte, saß er lange stumm in einer Ecke, er sprach weder mit seiner Frau noch mit seinen Kindern, murmelte nur gelegentlich: »Bergmannshemd Totenhemd« oder sang in der Nacht, wenn alle schliefen:

»Still leg ich dann am sel'gen Ende
das schwarze Kleid der Grube ab,
man legt die ausgelöschte Blende
und mein Gezähe mir auf's Grab.
Mir reicht, mir reicht der Herr das weiße Kleid
der himmlischen Gerechtigkeit.«

Eines Morgens verlangte er, daß die Vorhänge am Fenster geschlossen blieben, er ließ sich Kohlenstaub geben, rieb sich sein Gesicht damit ein, Fragen beantwortete er nicht, es blieb dabei, daß er von nun an im Dunkeln saß, sein Gesicht mit Kohlenstaub schwärzte, sich einen Bart wachsen ließ und die Welt nicht mehr sehen wollte. Sein Ältester mußte ihm einen Thron aus rohem Holz zimmern, von dem er nicht mehr herabstieg, auf dem er nicht nur am Tag saß, auch in der Nacht hockte er darauf und schlief nur einige Stunden im Sitzen. Er verlangte noch eine Krone aus Goldpapier, die ihm ein Enkel zurechtschnitt, ließ sich von seiner Frau einen roten Gardinenumhang geben, den er sich über die Schulter legte und nannte sich nur noch *König Kohle*.

Besuchten ihn seine Kumpel von der Zeche oder vom Barbara-Verein, erging er sich in dunklen Prophezeiungen, daß Gott die Erde umdrehen werde, das Hangende werde nach unten und das Liegende nach oben gekehrt, der Schacht werde in die Erde aufsteigen, so daß die glühende Erde in die Kohle rutscht und ein Feuer entfacht und über Tage eine höllische Hitze ausbricht. Dabei bleckte er mit den Zähnen, schaute mit wilden Augen aus seinem geschwärzten Gesicht auf die Anwesenden und streckte ihnen die rote Zunge heraus.

Später behauptete er, die Stimme seines Vorfahren aus Dabrowa zu hören, der dort noch im Berg liege und mit klarer Stimme die Wahrheit verkünde, die er aufschreiben müsse. Er verlangte Packpapier und schrieb, immer wieder auf die innere Stimme hörend

Die geheime Wahrheit.
Gott schuf die Welt in sechs Tagen.
Gott ruhte nicht am siebten Tag.
Die geheime Wahrheit.
Gott versteckte am siebten Tag die Kohle.
Gott drückte die Kohle tief und unerreichbar in die Erde.
Die geheime Wahrheit.
Wenn die Menschen die Kohle ausgraben, ist das Paradies verloren.
Wenn die Kohle ans Tageslicht kommt, verwandelt sie sich in Feuer.
Alles was durch dieses Feuer entsteht, wird die Menschheit vernichten.

Eisen und Stahl werden sich wieder in Feuer verwandeln, und die Menschen werden darin umkommen.
Das ist die geheime Wahrheit.
Er nagelte dieses Urgebot Gottes, ihm geweissagt von seinem Vorfahr aus Dabrowa, der dort immer noch im Berg liege, an seinen Thron, und jeder, der sich verpflichtete, diese Offenbarung zu verkünden, durfte sie lesen.
Als eines Tages ein Arzt von der Zeche erschien und nach den Offenbarungen Josephs fragte, schwor seine Frau heldenhaft jeden Eid, daß Joseph niemals etwas geschrieben habe. Der Arzt gab sich damit zufrieden, aber von nun an warf sie das Papier, das Joseph in der Nacht beschrieben hatte, jeden Morgen ins Feuer ihres Herdes. Als Joseph das durch einen Zufall bemerkte, er verlangte die ihm neu offenbarte Geschichte der Heiligen Drei Könige zurück, um sie zu ergänzen, sagte er nur »Es ist gut so. Die Weissagung hat sich erfüllt. Wir werden alle im Feuer enden.« Da er nicht mehr schreiben durfte, schwieg er ganz, und kurz danach fand man ihn an einem Morgen tot auf seinem Thron. In der Hand hielt er ein kleines Stück Papier, auf dem einige Worte standen, die man nicht entziffern konnte.

11

Die *Promenade* Friedrich Fontanas begann täglich mit einem Ritual, das er vor der Haustüre zelebrierte und ihm sofort Zuschauer sicherte. Mit einem Blick nach oben prüfte er das Wetter, setzte den Strohhut mit exaktem Schwung schräg auf seinen Deez, entnahm einem silbernen Etui eine Zigarre, die er, mit einem entschiedenen Druck seines an der Uhrkette hängenden perlmuttbelegten Zigarrenschneiders um ihre Spitze brachte, führte die Zigarre mit Elan zum Mund, zündete mit einem Streichholz einen Fidibus an, durch den er die Zigarre aufleuchten ließ, indem er sorgfältig einige kurze, aber ruhige Züge tat. Brannte die Zigarre, zirkelte er seinen Rohrstock in einer äußerst kunstvollen Art durch die Luft und marschierte los.

Der Vorgang, im Lauf der Jahre perfektioniert, wirkte in seinem Ablauf wie eine artistische Nummer, alle Bewegungen waren gekonnt einstudiert, der Ablauf harmonisch, fünfundvierzig Sekunden nach Beginn des Auftritts tat er den ersten Schritt, registrierte dabei aus listigen Augenwinkeln das Schmunzeln der Zuschauer, für die er diese Nummer so vollendet ausgebaut hatte. In einem hellen, leichten Überrock, beigen Hosen, weißen Schuhen und einer in allen Farben schillernden seidenen Fliege, in der eine Diamantnadel steckte, segelte er durch die Stadt, mit seinem Rohrstock Figuren in die Luft zeichnend.

Das Promenieren war seine Lieblingsbeschäftigung. Nichts tat er lieber, als im Sonnenschein durch belebte Straßen zu bummeln, alte Bekannte zu grüßen, neue Bekanntschaften zu machen, sie auf ein Gläschen in einen kühlen Wirtshausgarten einzuladen, um da, die Hände so auf seinen Rohrstock gelegt, daß der goldene Ring mit dem roten Achat obenauflag, mit anderen Gästen zu plaudern, die Vorbeigehenden anzusehen, sich ansehen zu lassen und alle und jeden zu grüßen, indem er mit seinem Strohhut jonglierte. Stundenlang hätte er so sitzen können, wenn er nicht gelegentlich wieder *promenieren* mußte, um den Wirtshausgarten zu wechseln, was vom Sonnenstand und von den vorbeigehenden Bekannten abhing. Sein glückseliges, vor innerer Freude leuchtendes und Freude ausstrahlendes Gesicht erblühte im Laufe des Tages durch diverse Pokale Rhein und Mosel, worin er ein Kenner war. Lange Spaziergänge haßte er, der Hofgarten genügte ihm als Ausflugsziel, die Gärten des Malkastens und der Tonhalle, von der Altstadt her gesehen schon an den Stadtgrenzen gelegen, waren die äußeren Meilensteine seiner Promenade und wurden nur deshalb erwandert, weil man dort unter alten Bäumen im Kreise von Künstlern und kunstinteressierten Bürgern angenehm plaudern konnte.

Friedrich Fontana, 1866 in Berlin geboren, zufälligerweise am Tag der Schlacht von Königgrätz, sollte wie sein Vater Lokomotivführer werden, entzog sich der Aufgabe aber elegant, indem er bei der Fahrprüfung geistesgegenwärtig rot und grün verwechselte, von da an als farbenblind galt und deshalb für den Beruf untauglich war. Er erledigte noch seinen Dienst beim Preußischen Garde-Artillerie-Regiment, *das sich mit Recht das Erste nennt,* und verließ danach Berlin endgültig, weil ihm preußische Dienst- und Pflichtauffassung ein Greuel war. Er liebte es heiterer.
Er landete auf der Suche nach entfernten Verwandten in Düsseldorf, nicht ohne vorher in Iserlohn in einer kurzen und heftig aufflammenden Liebesaffäre Helene Becker, von *Becker jun.,* Metallwarenfabrik in Iserlohn, zu heiraten. Die schöne Helena, wie sie genannt wurde, hatte eine Gesangsausbildung und gedachte, in Düsseldorf berühmt zu werden, so daß nicht nur die Liebe und die Neigung zur Kunst sie zusammenführte, sondern auch das gemeinsame Ziel Düsseldorf.
Helene Becker-Fontana erreichte ein Engagement am Düsseldorfer Theater, ihre Koloraturen führten sie aber nie zu nennenswerten Hauptrollen, was selbstverständlich die Schuld des Intendanten war. Friedrich Fontana, ein großer Liebhaber italienischer Opernarien, verbrachte die Abende im Theater, um seine Frau zu bewundern, die Nächte mit den Sängern und Malern in Künstlerlokalen und seine Tage mit Promenieren.

Mit der Zeit ergab sich leider die Notwendigkeit Geld zu verdienen, denn die Mitgift der schönen Helena, von Haus aus gut angelegt, brachte nur magere Zinsen. Fontana begann, sich mit dem Ausgleich von Dingen zwischen Leuten, die etwas haben, und Leuten, die etwas brauchen, zu beschäftigen, in Düsseldorf abschätzig *Kröskes* genannt, und da er die Künste und die Künstler über alles liebte und die Bürger Düsseldorfs ein gewisses Kunstbedürfnis hatten, sah er sich als geborener Vermittler. Er begann mit dem Weiterverkauf gebrauchter Noten aus dem Theater, dehnte den Handel nach und nach auf die Bilder seiner Malerfreunde aus, denn in der *Düsseldorfer Schule,* der in der Kunstakademie der Stadt vorherrschenden Malrichtung, hatte er durchaus ein profundes Urteil entwickelt, wobei er allerdings die Freundschaft zu den Malern über die Qualität der Bilder setzte, wer *ne nette Kääl* war, konnte im Prinzip keine schlechten Bilder malen. Er interpretierte der Kundschaft dann das Bild über den Charakter des Künstlers, was das Kunstverständnis der Bürger menschlicher machte. War die Kundschaft unentschlossen, führte er Bürger und Maler auf eine gute Flasche zusammen, was regelmäßig dazu führte, daß der kunstinteressierte Bürger mit zwei Bildern des Malers etwas schwankend, aber zufrieden nach Hause zog.
Er handelte gern mit den Gebrüdern Achenbach, Professoren an der Kunstakademie; da Andreas ihm zu nordisch war, spezialisierte er sich auf Oswald und seine Schüler mit ihren südlichen Landschaften, Stilleben und Genrebilder der heiteren Art, also auf Bilder, vor denen ein kauflustiger Bürger spontan ausrufen konnte: »Das ist Kunst. Das ist ein Bild.«
Das eine zog immer das andere nach, als begeisterter Leser von Reiseberichten, Sittenschilderungen und Abenteuerbüchern ferner Länder, ergab sich ein Handel mit Erstaus-

gaben, so daß sich seine Wohnung in eine Kunsthalle verwandelte. Schon in der Diele fiel man über zahllose gerahmte und ungerahmte Ansichten südlicher Landschaften in kaum merkbaren, aber für das geübte Auge doch erkennbaren Variationen, das Wohnzimmer war bestückt mit Fischerköpfen, Blumengrüßen, Gassen im Abendlicht, die nach Motiven sortiert an den Wänden hingen, im Schlafzimmer, in Reichweite des Bettes, standen die prachtvoll gebundenen und mit Goldschnitt versehenen Reise- und Abenteuerberichte aus aller Welt. In der Mitte der Wohnung das Klavier, an dem Madame Becker-Fontana, eine stets lebenslustige Helena, Gesangsunterricht gab, wobei sie bei fortgeschrittenen Schülern auf Kostüm und Maske bestand, damit der Schüler die Rolle *fühle,* und bei Meisterschülern selbst ein Bühnenkostüm anlegte, so daß die Duette zwischen Schüler und Lehrerin die Verkaufsgespräche Fontanas dramatisch untermalten und manchem Bilderkäufer Hören und Sehen verging und er erst wieder auf der Straße, mit einem Bild unter dem Arm, zu Verstand kam.

Den Winter, diese trübe und Fontana zutiefst verhaßte Zeit, die ihm seine Promenade mißgönnte und damit auf elende Art und Weise schikanierte, verbrachte Fontana fast nur im Bett, wo er pro Tag zwei bis drei Reiseberichte aus Afrika und Asien las, durch seine Phantasie in gewisser Weise sein Leben in wärmeren Gegenden verbrachte. Seine Kenntnisse auf diesem Gebiet waren nach der Lektüre einiger hundert Bücher so brillant, daß er sich abends oft in einen dicken Pelz und einen warmen Schal, die Kälte verfluchend, einwickelte, und im Casino, wo die Afrikagesellschaft und der Chinaverein ihren wechselnden Stammtisch hatten, ausführlich, detailliert und dramatisch mit ansteigender Stimme und großen Gesten von seinen Reisen berichtete. Die Erzählungen über seine

abenteuerliche Weltreise, die er als junger Mann unternommen hatte, waren so farbig und spannend, wurden von ihm selbst durch seine Schilderungen so tief wieder durchlebt, daß kein Mitglied diese Abende missen wollte. Seine Löwenjagden in den Savannen Afrikas, seine Karawanenreise durch die glühende Sonne der Sahara, seine Fahrt auf dem Jangtsekiang, die Nächte auf den Dschunken im gelben Licht des aufgehenden Mondes, im Nachtschatten der Segel, mit den fernen Klängen eines Tempelgongs waren so intensiv, daß die Zuhörer ihm atemlos und angespannt folgten, sie trieben mit ihm auf breiten, lehmgelben Flüssen, zogen über endlose Karawanenwege von Oase zu Oase, ruhten mit ihm in der Sänfte und hörten von weitem die seltsamen Gesänge der Eingeborenen.
Beide Vereine ernannten ihn zum Ehrenmitglied, spazierte er nach seinen Vorträgen durch die dunklen, kalten Straßen und Plätze der Stadt, spürte er den leichten Abendwind der Savanne, und am Rheinufer sah er den Jangtsekiang, der die Dschunken der Rheinschiffer mit seinen Wellen umspielte. Er brachte Leben und Arbeit und Phantasie zu einer immer umfassenderen Symbiose, in der er sich gelegentlich selber nicht mehr auskannte, galt als weitgereister und kunstverständiger Mann und schwebte in beständiger Glückseligkeit durch diese Welt.
Als kurz nach seinem dreißigsten Geburtstag im Oktober 1896 in Düsseldorf das Denkmal Kaiser Wilhelms I., des Heldenkaisers, das sein Freund Professor Jansen geschaffen hatte, wie üblich feierlich und festlich eingeweiht wurde, wies er als Vertreter der Afrikagesellschaft und des Chinavereins ausdrücklich auf die zu beiden Seiten des Denkmalsockels angebrachten Reliefs hin, die als Allegorie den Untergang des Heiligen Römischen Reiches Deutscher Nation und das Wiederauferstehen im jetzigen

Deutschen Reich unter dem Zepter der Hohenzollern verbanden, und alle waren der Meinung, daß der Kaiser in Berlin die gleichen träumerischverwegenen Gedanken hatte und abends Abenteuerbücher las.

12

Joseph Lukacz, Enkel des aus dem unendlich fernen Osten zugewanderten Joseph Lukacz, der an seiner schwarzen, erstarrten, zu Stein gewordenen Lunge starb, Sohn des Joseph Lukacz, der ohne seine Beine in den Himmel auffahren mußte, saß auf den Treppenstufen des Hauses, die zum Garten führten und starrte in den Abendhimmel.

Er saß abends oft hier, träumerisch, nachdenklich, sah in die langsam über der Berghalde verfließende Abendsonne, die ihr mattes Rot, das sich mit den Feuern der Hochöfen zu einer glühenden Masse verband, wie Lava über den schwarzen Hang ausbreitete, rasch versickerte in dem rauhen Berggestein, nur eine leichte Helligkeit zurückließ. Die weißen Schwaden der Kokerei zogen träge und sich auflösend von einem schwachen Wind getrieben über die immer dunkler werdende Berghalde, die wie ein Urgestein, wie ein Monolith, in der Landschaft lag. Der Abendhimmel, der nicht eindunkelte, der sich in ein dunstiges Rot aus schalem Sonnenlicht und abrupt aufleuchtenden, in den Himmel jagenden Feuern der Hochöfen verwandelte, flackerte stumm wie fernes Wetterleuchten, verteilte sein rostiges metallenes Rot über die Landschaft und die Fördertürme mit den sich ruhig drehenden Rädern, überzog das Gesicht des Joseph Lukacz mit dunklem Rot, die ernsthaften, weichen Gesichtszüge, die von der Kohle noch nicht gegerbt waren, die verträumten Augen unter dem schweren, dunklen Haar.

Joseph liebte die Natur, und das war die Natur der Land-

schaft, in der er lebte. Eine Landschaft, in der es keine Jahreszeiten gab, in der Sommer und Winter nur durch unterschiedliche Temperaturen bemerkt wurden, den etwas längeren Tagen oder Nächten, einigen Grünpflanzen im Garten oder dem grauen Matsch auf der Straße. Darüber hinaus gab es keinen Unterschied, keinen heißen blauen Sommerhimmel, keine Weizenfelder und warme Seen, keine Schneestürme vor gefrorenen weißen Feldern und dem in der Kälte krachenden Holz der verschneiten Wälder. Waren Sommer und Winter noch zu unterscheiden, so waren Frühjahr und Herbst ganz unbekannte Jahreszeiten, sie gingen unbemerkt vorbei. Wo hätte hier etwas blühen sollen, wo etwas vergehen sollen, auf den kohleschwarzen Wiesen zwischen den Zechen wuchs ein strohiges blasses Gras, für Blumen hatte der Boden keine Kraft mehr, auf den Sträuchern saßen keine Knospen, es gab keine Bäume, von denen im Herbst das Laub fiel, kein im Laub raschelndes Kastaniensuchen, keine goldgefärbten Blätter, keine Ernte auf dem Feld.
Das Wetter über Tage hatte sich dem Wetter unter Tage angepaßt, es war genauso künstlich und gleichmäßig, und so wie das Jahr unter Tage ablief, so lief es über Tage ab, stumpf, gleichförmig, ohne einen Kalender ununterscheidbar, und viele hatten nicht mal einen Kalender. Feierschichten bestimmte die Zeche, dann war Sonntag oder irgendein Feiertag, aber es konnte sein, daß man trotzdem einfahren mußte, und im Sommer trug man das dünne Unterzeug und im Winter das dicke mit der festen Jacke.
Trotzdem, hätte man Joseph nach seiner Heimat gefragt, er hätte auf dieses Fleckchen Erde gedeutet, vor dem er saß, auf den Sonnenuntergang, den er nicht oft genug ansehen konnte, auf die Berghalde, auf die Wiese davor, die sich in einen sumpfigen See verwandelte, weil die Erde

da nachgab, still in sich zusammensank, erschöpft von der Arbeit der Menschen über und unter Tage. Manch einer behauptete, das hier werde alles wieder zu Wasser, und zum Schluß würden sie alle auf der Berghalde sitzen und die versoffenen Förderschächte zählen.

Heimat, das war auch Zeche Dahlbusch, wo er zu Hause war, unter der Erde lebte, die Hälfte seines Lebens in den Gängen und Schächten des Berges. Einmal hatte ihn der Berg schon festgehalten, einen Tag lang war er verschüttet, durch einen Strebbruch eingeklemmt in einen schmalen Spalt, Brust an Brust mit seinem Kumpel, so wie sie Kohle gehauen hatten, so lagen sie da, aneinandergepreßt, der Atem des einen wurde zum Atem des anderen, wenn ein Brustkorb sich hob, senkte sich der andere, beide Herzen hämmerten gemeinsam in der Stille der gelegentlich nachrutschenden Kohle. Nach Stunden des Schweigens hatte der andere gesagt: »Ausgerechnet mit einem Pollack.« Und er, der von Polen nur noch aus Erzählungen wußte, sprach leise vor sich hin:

»Der Mond ist aufgegangen,
Die goldnen Sternlein prangen
Am Himmel hell und klar.
Der Wald steht schwarz und schweiget,
Und aus den Wiesen steiget
Der weiße Nebel wunderbar.«

Joseph stand auf, ging langsam durch den Garten, sein weiches Gesicht und seine schmale Gestalt verschwanden fast in der Schwärze, die von der Halde herabsank und sich auf die Erde legte, er musterte jedes Beet, stand versunken vor den sorgsam gesetzten Pflanzen. Der Wind war kaum zu spüren, wie immer um diese Zeit. Im Stall schnüffelten die Schweine, zwei wurden aufgezogen, eins verkauft, eins geschlachtet, ein Huhn stand unentschlossen auf der Hühnerstiege, er trieb es mit einer Handbewegung in den Stall, im Stall flatterte es noch, dann wurde es still.

Die langgestreckten Gärten hinter den Häusern der Zechenkolonie grenzten sich nur durch die ebenso langen Wäscheleinen ab, auf denen die Wäsche einer ganzen Schicht hing, die in der hereinbrechenden Nacht geduldig hin und her pendelte, kaum wahrnehmbare Schatten warf, sich aufbauschte, wenn eine Brise von der Halde her wehte. Aus einem der Häuser hörte man leise »Serdeczna matko – Herzlich geliebte Mutter Gottes«, der Rosenkranzverein, der mit halblauter Stimme das von der Polizei verbotene Lied einübte, das sie jetzt besonders gut singen wollten, weil die deutschen Behörden es offenbar nicht so recht verstanden. Zwischen zwei Wäscheleinen unterhielten sich Männer, müde, ruhige Stimmen, die über einen Steiger sprachen, über ein neues Flöz, das man aufbauen wolle, sie nannten es Sternlicht und lachten dabei.

Am Ende der Zechenkolonie stand ein Baum, den alle nur den Baum nannten, er war beim Bau der Häuser dort stehengeblieben, man hatte einfach vergessen, ihn umzuhauen, er stand einsam auf einem freien Feld, der letzte seiner Gattung, der letzte, der nicht zu Grubenholz zersägt worden war. Keiner wußte, was es für ein Baum war, er hatte nie Blätter, er wuchs nicht, er ging auch nicht ein, er stand mit seinen starren Ästen nackt und unbeweglich und versteinerte langsam. Joseph ging an den Wäscheleinen vorbei in Richtung des Baumes, er wußte, daß Maria dort auf ihn wartete.

13

Im Sommer des Jahres 1902 befand sich Friedrich Fontana auf einer ausgedehnten Reise durch den Orient, durch Ägypten und den Nil hinauf bis nach Nubien. Viele Wochen verbrachte er in Kairo in einem arabischen Café, das durch seine aus Marmorbecken emporsteigenden Wasserfontänen angenehme Kühle in der Hitze bot. Gegenüber leuchtete die Marmorfassade einer Moschee in der unerbittlich brennenden Sonne, vergoldete Kuppeln glühten auf, und das Minarett mit seinem durchbrochenen Mauerwerk, seinen kühnen Bögen und der verschachtelten Blendfassade, stieg für das Auge unaufhaltsam in den tiefblauen Himmel.

Auf dem Platz vor der Moschee, direkt neben einer lärmenden Koranschule, drängten sich Araber und Neger, Beduinen und Inder, schnurrbärtige, braungebrannte, hakennasige Männer mit einem Fez, Turbanträger in der langwallenden Wüstenkleidung der Beduinen, ein feilschendes, schreiendes, handelndes Knäuel von Menschen aus allen Ländern, durch die sich Kamele und Esel, hochbeladen mit Waren und behangen mit bunten Teppichen unbeteiligt hindurchschoben und gelassen das Gewimmel des Marktes hinter sich ließen, auf dem sich neben den Händlern Schlangenbeschwörer, Bauchtänzerinnen, Derwische, Feuerschlucker, Wasserträger, Bettler zur Schau stellten.

Am Rande des Marktes standen ruhige Bürger im Zylinder mit ihren Frauen und schüttelten die Köpfe über das Treiben der Eingeborenen, gelegentlich erschien auch eine Gruppe preußischer Offiziere, um sich über diese fremden Völker zu amüsieren.

Friedrich fühlte sich hinter dem mächtigen Stadttor mit seinen Marmorzinnen und Gittertoren durchaus heimisch, die Welt seiner Bücher war Wirklichkeit gewor-

den, das Geschiebe und das Geschrei in den engen, für sein Auge so malerischen Gassen, das Handeln der Araber im Bazar, wo er zwischen den kleinen Werkstätten und Läden der Eingeborenen seine *Düsseldorfer Schule* anbot.
Seine Frau, die schöne Helena, saß als Odaliske verlokkend hinter den Gitterfenstern eines Harems, abends trat sie mit ihren italienischen Bravourarien im Theater der Orientstraße auf und feierte Triumphe.
Friedrich sah dann der abendlichen Seeschlacht einer Armada von Kriegsschiffen unter Führung des Schlachtschiffes S. M. S. *Kaiser Wilhelm II.* zu, wobei sogar täuschend echte Torpedos abgeschossen wurden, die zur Freude des Publikums fünfzig Meter hohe Wassersäulen aufwarfen, anschließend Blockade eines Hafens durch die Flotte, Zerstörung des Hafens und Vernichtung der feindlichen Kriegsschiffe, wobei der Ausbruchsversuch eines Kreuzers durch Explosion einer Seemine gestoppt wurde.
An freien Tagen promenierten beide an griechischen, romanischen und gotischen Pavillons vorbei, an dorischen Tempeln mit vorgesetzten Giebelportalen, von Globen, Laternen oder einer vergoldeten Viktoria gekrönt, durch ionische Säulengänge, von kantigen Obelisken bewacht, die in einer Renaissance-Loggia endeten. Mit der Drahtseilbahn schwebten sie über das Zillertal, ein elektrischer Aufzug beförderte sie scheinbar tausend Meter höher zu einer Wanderung über Gebirgsketten und Talschluchten mit dem Ausblick auf das Massiv der Ortlergruppe, der Abstieg erfolgte bequem über eine Rutschbahn wie in den Salzbergwerken von Berchtesgaden, vorbei an aufleuchtenden Salzseen, und endete in einer echt holländischen Mühle, wo man sich am Meeresrauschen erfreuen konnte.
Für Fontana war dies die schönste Zeit in seinem Leben, das Jahr auf der großen *Industrie- und Gewerbe-Ausstellung*

Düsseldorf, und er bedauerte, daß das Leben nicht als Ausstellung, als gut gelungene, allseits mit Beifall begrüßte Inszenierung weitergeführt werden konnte. Die Hallen mit den stummen Geschützen und Panzertürmen, die von Geschossen durchbohrten Panzerplatten am Haupteingang, beachtete er nicht, dabei war es dieser Teil der Ausstellung, der das Leben in eine große, zunächst ebenfalls mit Beifall begleitete Inszenierung, verwandelte.
Fontana wurde auf kuriose Weise von dieser Inszenierung wieder eingeholt. Das Leben in Düsseldorf erschien ihm jetzt zu eintönig, zu bieder, da auch die *Düsseldorfer Schule* aus der Mode kam, liquidierte er in einem tollkühnen Entschluß seine private Kunsthalle, ließ sich die Seeschlacht en miniature nachbauen und reiste mit dieser Installation und einem eigenen Zelt, nebst der schönen Helena als Ansagerin, durch Europa, wo er in allen großen Städten Seeschlachten vorführte und niemals vergaß, die Fahnen der siegreichen Flotte und der untergehenden Schiffe dem jeweiligen Gastland und seinem Erbfeind anzupassen.
Im Jahre 1914 überraschte ihn die von den Kanonen inszenierte Wirklichkeit in Paris. Seine Familie hörte lange nichts mehr von ihm, war aber der Meinung, daß er schon irgendwie durchkäme. Anfang der zwanziger Jahre erhielten seine Tochter und sein Sohn, die in Düsseldorf zurückgeblieben waren, ein Foto. Es zeigte einen Mann mit einer Frau vor zwei Schaufenstern, in denen mannequinähnliche Puppen elegant drapierte Stoffe darboten, über den Fenstern stand in großen geschwungenen Buchstaben *Hel. Fontana Paris London Mailand.* Die Frau vor dem Geschäft war ganz offenbar die schöne Helena mit einem überdimensionierten Hut, eng eingewickelt in ein zu stark geblümtes Kleid, und der Herr neben ihr in einem hellen leichten Anzug, einer geblümten Weste, mit einem

Strohhut und einem Spazierstock und einer ausladenden Seidenkrawatte unter einem strahlenden Lächeln, dem Augenschein nach mal wieder ein ganz und gar glückseliger Friedrich Fontana.

Seine Tochter Wilhelmine sah sich sofort als Erbin eines Pariser Modesalons, während sein Sohn Gustav nur sagte: »Der Alte hat sich einfach vor ein Geschäft mit dem gleichen Namen gestellt.« Da die Adresse unleserlich war, schrieb man an Fontana Paris, der Brief kam zurück mit dem Vermerk, Empfänger unbekannt verzogen. So blieb es für immer ein unauflösbares Geheimnis, ob es ein Geschäft gab oder ob es kein Geschäft gab, ob der Brief an eine andere Firma gelangt war, an eine andere Familie gleichen Namens, das Ganze entwickelte sich zu einer Familien-Fata-Morgana, die zu immer neuen Interpretationen verlockte, denn das Foto war ja vorhanden, die Personen eindeutig erkannt, aber leider ließ sich die Wirklichkeit nicht mit dem Abbild vereinen.

14

Maria lachte und tanzte gern. Sie war grazil, beweglich, liebte Späße, die sie sich ausdachte und verspielt wie eine Katze in Szene setzte. In den Theateraufführungen des St. Barbara-Vereins war sie die jugendliche Hauptdarstellerin, am liebsten spielte sie den Engel, der den seit einhundertzwanzig Jahren im Stollen verschütteten Bergmann zum Leben erweckte, der griff dann gleich zur Trompete und spielte *Der Steiger kommt,* und der Engel Maria tanzte dazu an der Rampe mit wippenden Engelsflügeln, die fast so groß waren wie sie, das Publikum klatschte, und der totgeglaubte Bergmann und der himmlische Engel gaben dann regelmäßig eine Zugabe, so daß die Menschen auf den Stühlen standen, und wenn dann zum Schluß die Papsthymne gesungen wurde mit einem

»dreifachen Hoch auf Seine Heiligkeit den Papst in Rom«, dann war die Stimmung durch nichts mehr zu übertreffen.

Zu Hause probte sie ihre Auftritte unter den Augen der verwundert dreinschauenden Maria Mutter Gottes von Tschenstochau. Das Gnadenbild hatte ihr Mann in die Ehe gebracht und ihr am Hochzeitstag feierlich überreicht und so die Familien nach altem Brauch für immer miteinander verbunden, die Maria Nowack, Tochter des Hauers Nowack auf Dahlbusch, Schacht VI, Flöz Victoria, mit dem Joseph Lukacz, genannt der Träumer, Hauer auf Dahlbusch, Schacht I, ehemals König Leopold, Flöz Abendstern.

Maria haßte Dahlbusch. Nicht nur ihr Vater und ihr Mann arbeiteten auf Dahlbusch, ihre Brüder arbeiteten auf Dahlbusch, alle, die sie kannte, arbeiteten auf Dahlbusch, die Geschichte Dahlbuschs war Hausgeschichte. Die erste Abteufung des Schachtes mit Faßdauben aus Eiche als Holzzimmerung, die die Schachtwände abdichten sollten, aber in 55 Meter Tiefe unter dem Druck des Wassers zusammenbrachen, so daß der Schacht versoff. Die Geschichte von dem berühmten Bergingenieur Chaudron, der zum erstenmal das von ihm erfundene Abteufen mit Gußeisen durchführte und damit immerhin schon auf 110 Meter Tiefe kam. Später mußte man auf 200 Meter gehen, weil erst da zwei anständige Flöze lagen. Danach ging es aber ganz schön los. Zuerst der Wetterschacht an der Brunostraße, im Jahr darauf der zweite Förderschacht direkt an der Köln-Mindener Eisenbahn. 1874 dann Schacht III und IV. 1892 Schacht V auf 530 Meter Tiefe, 1895 Schacht VI auf 545 Meter Tiefe. Schacht II und Schacht IV wurden als ausziehende Wetterschächte umgebaut. Und jetzt sollte neben Schacht I ein neuer Schacht bis auf 735 Meter Tiefe abgeteuft werden. Das waren zwar noch Pläne, man hatte etwas aus dem Betriebsbüro gehört, aber jeder Bergmann war Fachmann und diskutierte Standort und Teufe des Schachtes, auf dem er vielleicht einmal einfahren würde. Im nächsten Jahr sollte die Arbeit beginnen, zwei Jahre mußte man rechnen, dann noch der Ausbau, also konnte der neue Schacht bestenfalls 1914 in Betrieb genommen werden.

Joseph, der daran dachte Steiger zu werden, beschäftigte sich stundenlang mit diesen Details und mit seinen Fachbüchern, studierte, las sich fest, bis ihm die Augen zufielen und der Kopf mit einem Ruck auf die Brust sank. Maria sah nicht gern, wenn Joseph über diesen Büchern mit Grubenprofilen und Streckenprofilen, Schachtführung und Flözdicke saß, sie neckte ihn dann so lange, bis die Lesestille durch eine halb ernste, halb gespielte Eheszene ihr Ende fand. Sie kannte eher die offiziellen Feiertage der Zeche Dahlbusch: Neujahr, Maria Lichtmeß, Hl. Dreikönige, Fastnachtmontag, Fastnachtdienstag, Fastnachtmittwoch, Maria Verkündigung, Karfreitag, Ostermontag, Osterdienstag, Christi Himmelfahrt, Pfingstmontag, Pfingstdienstag, Fronleichnam, Peter und Paul, Maria Himmelfahrt, Bettag, Maria Empfängnis, erster Weihnachtstag, zweiter Weihnachtstag und außerdem noch die Essener Herbstkirmes.

Die Höhepunkte ihres Lebens bestanden aus diesen Feiertagen der Bergarbeiter mit den ausdauernden Festen, ebenso ausdauernd wie die Arbeit, intensiv gefeiert, mit heftigen Stimmungsumschwüngen, wiederholten Verbrüderungen, wilden Tänzen, schwermütigen Liedern, mit jauchzender Lebensfreude und Trauer über die Welt. Feste, die nur deshalb so hingebungsvoll gefeiert wurden, nach altem Brauch zelebriert, weil die gleichförmig dahinziehende, ewig sich wiederholende Plackerei nicht zu vergessen, aber in der Gemeinschaft für ein paar Stunden zu ertragen war. Sie gaben dem kargen, harten Dasein eine hochherzige Krönung, eine gegenseitige Bestätigung, daß man in aufrechter Haltung mit Stolz und persönlicher Würde durch dieses Leben gehe, voreinander hintreten könne, um sich in die Augen zu schauen und sich die gegenseitige Ehrbarkeit zu bestätigen und jedem zu beweisen, daß man niemals zu demütigen war. Diese Feste erhoben ihr Arbeitsleben in einen ehrenhaften Rang, dienten der Aussöhnung mit dem Schicksal, das ihnen zugeteilt war, und mit dickschädeligem Trotz nahmen sie es an, sie konnten sich umsehen und sahen keinen, der mit ihnen tauschen wollte, und ihre Mienen drückten das aus.

Vielleicht waren diese Begegnungen zu Anfang deshalb immer so steif, so ehrpusselig, so kragenhaft, weil man beweisen wollte, daß zwischen hergelaufenem und faulem Lumpenpack und einem Bergmann ein Unterschied bestehe wie zwischen Gott und Teufel. Unbeholfen und breit saßen sie da zwischen ihren feingemachten Frauen, ihren Familien, sprachen über Schächte, Flöze und Gebirge, als hätten sich Fürsten, Herzöge und Grafen einer Landschaft zu einem Königstreffen eingefunden, und es ist wahrscheinlich, daß ein mittelalterlicher Reichstag besoffener und ausgekotzter ausfiel als diese Treffen, denn alle, die da in ihrer Weste und mit ihren Ehefrauen in einer langen Reihe stramm an Holztischen saßen, taten einander Bescheid mit gedrechselten Sprüchen und allerlei Hochprozentigem, aber es wollte doch keiner zuerst unter den Tisch fallen, und selbst wenn man, weil man einen Letzten auf den Weg nicht ablehnen konnte, langsam und gravitätisch von der Bank rutschte und auf der Erde saß, saß man da mit einem bedächtigen »Hoppla« und wußte immer noch, was sich gehörte.

Maria verbrachte diese Feste ausschließlich auf dem Tanzboden, und zwischen den Festen tanzte und sang sie zu Hause, dachte an das nächste Fest und überredete ihren Vater immer wieder mal, auch abends noch, nach der Arbeit, das Akkordeon herauszuholen, aufzuspielen, damit sie mit ihrem Joseph einen Tanz in ihrer Wohnstube aufführen konnte.

Bei Schichtende stand sie am Tor Eins der Zeche, um ihre Männer abzuholen, stand da wartend, immer ein wenig hübsch gemacht, immer ein wenig überflüssig, angelehnt an den vier Meter hohen Granitsockel, auf dem Kaiser Wilhelm I. stand, den ein Düsseldorfer Bildhauer in Bronze gegossen hatte und den irgendwelche Leute, die keiner kannte, hier auf seinen Sockel hoben, genau vor Tor Eins, damit den Bergarbeitern bei der Ein- und Ausfahrt »recht eindrücklich das Bild des Heldenkaisers zur Erinnerung an seine gewaltigen Taten immer wieder vor Augen stand«, so hatte es der Bürgermeister bei der Einweihung verkündet, und der Kaiser unter seiner Pickelhaube sah mit gestrengem Blick aus toten Bronzeaugen alle an, die an ihm vorbeikamen, und forderte beständige Arbeit in der Grube.

Am Tag saß sie oft sinnierend am Fenster oder im Garten; wenn sie nicht Theaterspielen konnte, langweilte sie sich, wenn keiner im Haus war, langweilte sie sich, und ihre Schönheit, die auf der Bühne so aufleuchtete, verging langsam im Alltag, der sie zermürbte, nicht, weil sie diese Arbeit nicht tun wollte, sie kannte sie von klein auf, sondern weil diese Arbeit so ohne jede Überraschung war. Die Wäsche war immer schmutzig und nie wie durch ein Wunder einmal sauber, das Kochen dauerte immer gleich lang und nie stand das Essen wie durch ein Wunder einmal fertig auf dem Tisch, es fehlten ihr die Wunder im Leben.

Ihr Horizont wurde begrenzt vom Förderturm der Zeche, dem Zentrum dieser Welt, den die Augen, wohin sie auch schauten, nie aus dem Blickfeld verloren, sie sah ihn vom Schlafzimmerfenster, vom Küchenfenster, vom Garten, von der Straße. Die sich Tag und Nacht gleichmäßig hin und her drehenden Räder, die großen Radspeichen, die stumm vor einem steingrauen Himmel phantasielos hin und her glitten, wie ein Perpetuum mobile in nie ermüdender stummer Eintönigkeit, Räder, die sich nicht entfernten und nicht näherkamen, die sich nie wirklich bewegten, die an Stahlseilen gefesselt nie ihren Ort verließen, nur ununterbrochen Kohle und Menschen aus der Erde holten oder in die Erde hinabließen, Räder, die langsam anliefen, schneller wurden, bis die Speichen sich so schnell bewegten, daß sie für das Auge stillstanden, so daß der Höhepunkt der Bewegung und der Ruhepunkt eins waren, ein Stillstand, unterbrochen von einem Drehen nach rechts, einem Drehen nach links. Eine Bewegung, die in sich selbst gefangen war, zur stillstehenden Zeit wurde, zum Pendelschlag des stillstehenden Lebens, das sich so wenig veränderte wie die Bewegungen der Räder, zum Leben selber wurde in Arbeit und Ruhe, Geburt und Tod, das sich nur veränderte, schlagartig veränderte, wenn die Zeit sich explosionsartig ausdehnte und unkontrolliert und unverstanden nach vorne schoß, weil die Räder in ihrem ewigen Hin und Her erschrocken und ruckartig anhielten und eine Dampfsirene heulende, jammernde, wimmernde Töne ausstieß.
Maria brauchte diese Sirene nicht. Sie spürte den Stillstand der Räder. Sie war schon aus der Haustüre, ehe die Sirene heiser aufschrie, keuchend, mit suchenden Augen, stand sie am Grubentor, wo sie Tage und Nächte ihres Lebens verbringen sollte, wartend auf Leben oder Tod.

15

Wilhelmine Fontana, energischer Kopf, blondgefärbte Hochfrisur über den kühlen grauen Augen, das Gesicht gepudert, anstelle der Augenbrauen zwei strenge schwarze Striche, verbrachte ihr Leben auf einem kleinen Hocker hinter der Theke ihres Ladens. Mit ihrem spitzen Kinn gerade die Höhe der Ladentheke erreichend, inspizierten ihre ruhelosen Augen beständig das Warenlager, suchten Lücken im Angebot, ruhten nachdenklich auf Ladenhütern, wanderten durch die bunte Warenwelt, erforschten die überfüllten Regale.

Von der Straße her, durch das immer überdekorierte kleine Schaufenster, sah man ihren Kopf zwischen der metallgrauen Ladenkasse und der messingfarbenen Waage wie ein Ausstellungsstück, das gut plaziert auf dem Ladentisch lag, ein Puppenkopf mit einer sich nie verändernden Frisur.

Wenn ein Passant sich anschickte den Laden zu betreten, bewegte sich der Puppenkopf ruckartig, öffnete der Passant die Ladentür, erhob sich mit dem Klingelzeichen der Tür Wilhelmine zu voller Größe. Da sie etwas klein geraten war und hinter einer für sie viel zu hohen Theke stand, sah man auch jetzt nicht viel mehr als eine hochgeschlossene weiße gestärkte Bluse, deren zahlreiche Zierfalten sich über ein starkes Korsett spannten, in dem ein voll entwickelter Busen den Tag über eingeschlossen war.

Pummelig und kurzatmig erwartete sie mit ihrem höflichen Geschäftslächeln den Wunsch des Kunden, griff ruhig und automatisch die richtige Stelle findend in ein Regalfach, zauberte das Gewünschte hervor; lag es in einem höheren Fach der für sie sehr hohen Regale, nahm sie einen Stock mit einer Metallklammer am Ende und angelte die Waren ebenso sicher aus der Höhe herab. Dann war nur noch der Schwengel der Ladenkasse zu bedienen, was sie mit vollendetem Schwung und freudiger Energie tat, die schwarzen Zahlen auf weißem Grund schossen in dem kleinen Kassenfenster in die Höhe, zeigten den Preis mit einem angenehmen Klingeln, die Kassenschublade sprang auf, wurde abgefedert vom hartnäckig dagegenhaltenden Busen der Wilhelmine, die das eingenommene Geld mit flinken Händen in verschiedene Fächer verteilte, mit dem Ellbogen drückte sie die Lade wieder in die Kasse zurück, die Zahlen verschwanden, klangvoll erschien ein *Danke,* und mit dem Klingeln der Ladentür, ausgelöst durch den Abgang des Kunden, nahm Wilhelmine wieder ihren Platz hinter der Theke ein, den Kopf ruhig, die Augen das Warenlager musternd.

So bewegte sie sich im Rhythmus der verschiedenen Klingelzeichen, ständig aufgezogen durch das Öffnen und Schließen der Ladentüre und durch das Glockenwerk der Kasse, wie eine Tanzpuppe hinter ihrer Theke, sprang auf, lächelte, grüßte, drehte und wendete sich, schob mit gezirkelten Bewegungen ihren Oberkörper hin und her, drehte und wendete sich erneut, um danach auf ihren Platz zurückzutanzen, in die Ausgangsposition für den nächsten Auftritt. Ein Wunder der Verkaufsmechanik, angetrieben durch den Satz, der Kunde ist König. Nur in der Mittagspause sah man diese Dame ohne Unterleib, wie sie nach dem Essen, das sie im Hinterzimmer des Geschäftes einnahm, durch die Dekoration ihres Schaufensters auf die Straße blickend, eine große und gewiß auch starke Havanna rauchte.

Das Fundament des Ladens war die Bibliothek ihres Vaters, des in ungewisse Fernen entschwundenen Friedrich Fontana, die nun als rege benutzte Leihbibliothek ihr Geld einbrachte, dazu kamen Lotterielose und später in ständiger Erweiterung des Geschäftes Zigarren, Zigaretten, Tabak und Kautabak aller Art, Streichhölzer und als

Prunkstück ein Zigarrenanzünder. Nähseide, Zwirn, Stopfgarn, Wolle, Strick- und Häkelnadeln, Nähnadeln, Stecknadeln, Sicherheitsnadeln, Knöpfe in allen nur denkbaren Farben, Formen und Materialien, ergänzt durch die unentbehrlichen Druckknöpfe und Reißverschlüsse, die Gummibänder, Strumpfhalter, Korsettstangen und Strümpfe. Dazu Seidentücher, Seidenbänder, Brüsseler Spitzen, verschiedenfarbige Wollstoffe für Röcke, kleines Sortiment, gute Qualität, ferner die dazugehörigen Schnittmuster. Auf der anderen Seite des Ladens Packpapier, Geschenkpapier, Schreibpapier, kariert, liniert, unliniert, farbig oder schneeweiß, die dazugehörigen Umschläge in allen Größen. Bleistifte und Buntstifte in allen Farben, Tinte zum Nachfüllen, Lineale, Schulhefte, Malfarben, Pinsel breit und schmal in allen Stärken. Spielzeug für kleinere und größere Kinder, Puppen, Brettspiele, Bilderbücher. Daneben die jahreszeitlich wechselnde Ware, zu Ostern Osterhasen, zu Karneval Luftschlangen, Pritschen, Konfetti, Pappnasen, Narrenkappen, zu Weihnachten Glaskugeln, Lametta, gepuderte Tannenzapfen, rote, gelbe und weiße Weihnachtskerzen, Kerzenhalter und Tannenbaumspitzen, in denen sich der ganze Laden spiegelte, zu Silvester Feuerwerk, Zinngießutensilien, Bowlenrezepte und natürlich auch Kalender, Abreißkalender, Bildkalender, Steckkalender.

Die Jahre vergingen, das Geschäft blühte, alles, was ein Mensch im Leben hier und da einmal brauchte, war vorhanden oder innerhalb eines Tages zu besorgen, Wilhelmine verstaute all das, wozu man in Paris ein ganzes Kaufhaus erbaute, in ihren tiefen Regalen und deshalb leuchtete mit Recht über ihrem Geschäft in Goldbuchstaben auf schwarzem Email der Name *Galerie Fontana.*

Gustav Fontana, untersetzt, breitschultrig, mit einem mächtigen Schädel, je nach Laune kahlrasiert oder mit einer ungekämmten Mähne, schmalen Lippen, einer scharfgeschnittenen Nase und ironisch funkelnden kühlen Augen, lebte vorwiegend in seiner Studierstube im Dachgeschoß und galt im Freundeskreis als philosophischer Kopf und verkanntes Genie, ausgestattet mit einem geradezu lexikalischen Wissen. Er hatte einige Semester an den Universitäten von Berlin, Bonn und Freiburg verbracht, dort anscheinend auch einiges studiert, in der Hauptsache wohl Philosophie, was ihn veranlaßte, seine Universitäten immer rascher zu wechseln, weil er dort statt Philosophen nur »Quatschköpfe, Gebetsmühlen, lallende Idioten, Hohlköpfe ersten Grades« vorfand.

Sein endgültiger Abschied von der Alma mater fiel etwas plötzlich aus, obwohl seine Arbeit bei Freunden als summa cum laude galt – er hatte sich das dreibändige philosophische Werk des Ordinarius seiner Fakultät vorgenommen und Seite um Seite kommentiert, indem er mit einem Tintenstift die gedruckten Gewißheiten des Professors kontrapunktisch mit Frage- und Ausrufungszeichen versah, sich von Band zu Band steigerte zu einem *soso,* oder einem *tatsächlich?* oder einem *wirklich?,* sich aufschwang zu Urteilen wie *unlogisch!, unbegründet!, falsch zitiert!,* bis er im Schlußband ein Furioso hinlegte mit *Banalitäten, göttliche Glaubenssätze, Weisheiten aus zweiter Hand, vernunftwidrige Absurditäten, groteske und selbstgefällige Klitterei,* die Ausrufungs- und Fragezeichen steigerten sich zu einem höhnischen Wirbel, zertrommelten die gesammelten Weisheiten des ahnungslosen Ordinarius zu einem lächerlichen Machwerk, das nun mit dem nüchternen Schlußsatz endete: *Mißratene Seminararbeit. Empfehle gründliches Studium der Philosophiegeschichte.*

Er sandte die Arbeit dem Ordinarius und bat um eine kollegiale Disputation. Das war das Ende der akademischen Laufbahn des Gustav Fontana, obwohl es Professoren gab, die diesen Werkkommentar gerne als Dissertation angenommen hätten, aber das sagten sie nur hinter vorgehaltener Hand. Für seine studentischen Freunde war er von nun an nur der Professor, der Titel verband sich mit seinem Namen, er wandelte ihn ins Italienische ab, und so konnte man in den Gaststätten, in denen er verkehrte, oft die Frage hören: »Ist Professore Fontana schon anwesend?«

In seinem Studierzimmer, wo Kant, Schopenhauer und Hegel immer griffbereit lagen, philosophische Werke und Lexika in den Regalen mit Notizzetteln und Lesezeichen bestückt auf ihre Benützung warteten, arbeitete Gustav Fontana an einem nur ihm bekannten philosophischen Hauptwerk, dessen Abschluß sich leider durch ständige Zeitungslektüre Jahr um Jahr hinausschob. Auf viele Zeitungen und Zeitschriften abonniert, die ihm ein Wechselbad der Gefühle bescherten, war er ständig damit beschäftigt, lobenswerte oder verachtenswerte Artikel auszuschneiden, die lobenswerten je nach Thema in verschiedenen Kartons zu sammeln, die verachtenswerten, die leider in der Mehrzahl waren, durch einen scharfen aber fundierten, vor allem sarkastisch funkelnden Gegenartikel zu entlarven. Den Redakteuren hatten einige dieser Artikel nach ihrer Veröffentlichung mehr Ärger als Gehalt eingebracht, so daß sie die zugegebenermaßen immer länger werdenden Essays Fontanas aus Platzmangel zurückschickten oder einfach in den Papierkorb warfen, was ihn veranlaßte, neue, noch schärfere Attacken zu reiten, die aber leider in dem gleichen Papierkorb landeten, damit war dann der immer wiederkehrende Siedepunkt erreicht, der ihn veranlaßte, die Abonnements sämtlicher Zeitungen und Zeitschriften fristlos zu kündigen, sie als Elaborate zu bezeichnen, die nur die Lebenszeit auffraßen, die eigene Arbeit verhinderten – danach langweilte er sich einen Monat lang, schaute aus seinem Dachfenster und abonnierte dann kurzentschlossen aufs neue, um wieder Artikel auszuschneiden, zu sammeln oder sie mit einem Gegenartikel zu beantworten.

Stieg er von seinem Arbeitszimmer herab, um sich bei Wilhelmine mit Tabak einzudecken, erschreckte er die Kunden gerne mit der beiläufigen Erklärung, daß wir gar keine Erkenntnis von der Welt haben könnten, weil unser Gehirn so gebaut sei, daß wir nur das sehen würden, was wir sehen könnten. Dann machte er eine Kunstpause, die er genoß, um gleich darauf der verblüfften Kundschaft zu bedeuten, daß man jetzt die Welt vom Kopf auf die Füße stellen müsse, anders wäre es nicht zu machen.

Seine Einsichten, die er dezidiert vortrug, lösten je nach Temperament blankes Entsetzen oder dumpfes Erstaunen aus, waren aber nicht unbedingt geschäftsschädigend, denn so mancher, der es schätzte, sich mit einem solchen Kopf zu unterhalten, kaufte immer noch dieses und jenes dazu, und Wilhelmine schwang ungerührt die Kurbel der Kasse. Als sich dann aber allmählich ein sozialistischer Debattierklub entwickelte und die Sätze und Gedanken von Babeuf, Weitling, Moses Hess, Blanqui, Bakunin, Kropotkin die Zirkulation der Waren behinderten, verwies Wilhelmine die Herren in die Studierstube Gustavs unter dem Dach, wo alsbald unter dem Einfluß einer Feuerzangenbowle die Ideen von Marx und Engels sich mit flotten Studentenliedern und traurigen Balladen vermischten, die Gustavs Bariton durch das Haus trug und die im wesentlichen darin bestanden, daß in Mainz im Kreise seiner Prälaten ein Bischof Hatto saß, der in Deo gratias sprach, daß der Wein gut geraten sei – und das in vielen vielen Versen, stundenlang, die Nacht hindurch, bis zum frühen Morgen.

Mittelpunkt dieser kleinen Welt war allerdings »Dat Schmuckstück vom Gustav«, wie sie überall genannt wurde, Yvonne Fontana. Die Frau Gustavs war von so irritierender Schönheit, daß sie sich oft wünschte, ein wenig – nicht allzuviel – aber doch etwas häßlicher zu sein, weil sie der Ansicht war, daß ihr das manches im Leben erspart hätte.
Sie stammte aus dem badischen Wiesental, war die Tochter eines Uhrmachers und hatte in Basel Goldpoliererin gelernt, das heißt, sie gab dem noch unfertigen Goldschmuck durch ihre Arbeit erst die vollendete Form und den schmeichelnden Glanz. Als sie ein Kind vom Chef des Hauses bekam und die Sache zu einer großen Peinlichkeit hochstilisiert wurde, nahm Yvonne das Angebot eines älteren Juweliers aus Genf an, mit dem sie bald gemeinsam das Geschäft führte, denn es gab keine bessere Verkäuferin als sie, die bezahlenden Männer sahen mehr in ihre Augen als auf den Preis, und der Juwelier liebte seine Kasseneinnahmen mehr als alles auf der Welt, war ein distinguierter Geschäftsmann, dinierte abends mit seiner Mutter, deren Haus Yvonne mit ihrem Sohn nicht betreten durfte.
Gustav, der nach Lausanne und Genf gereist war, um die Wirkungsstätten seines Gottes Voltaire und seines Nebengottes Rousseau zu besichtigen, und der mitten in einer Seminararbeit über den unterschiedlichen Begriff der Vernunft bei Voltaire und Rousseau steckte, sah bei einem Spaziergang in Genf Yvonne, die das Schaufenster des Juweliers dekorierte. Was danach geschah, haben beide nie erzählt. Tatsache war, daß Yvonne ihren Juwelierladen verließ, Gustav seine Seminararbeit vergaß und beide noch In der Nacht mit einem jetzt gemeinsamen Sohn die Schweiz verließen und am anderen Tag in Wilhelmines Laden standen.

Yvonne war schön wie Goldlack auf einem alten Schmuckkästchen, ihre braune, ins Bernsteinfarbene schimmernde Haut, ihr brünettes lockiges Haar, ihre tiefgrünen, wie in einen Edelstein eingeschmolzenen opalisierenden Augen zogen einen so in ihren Bann, daß sie oft ihren Kopf rasch zur Seite drehte, wenn sie mit ihrem leichten Körper, ihren schmalen Gliedern über die Straße huschte. Aber nicht immer blickte sie zur Seite, gelegentlich nutzte sie es auch aus, fixierte einen Mann, der nach einigen Sekunden nicht mehr aus noch ein wußte, bis sie lachte und damit den Zauber aufhob. Es war herrlich, dieses Lachen zu beobachten, wie es entstand, wie ihre Mundwinkel zuckten, der Mund sich öffnete, ihre weißen Zähne, makellos wie eine Perlenkette, zwischen ihren dunklen weichen Lippen aufleuchteten.

Ihr melodisches Alemannisch, vermischt mit französischen Redewendungen, behielt sie immer bei, sie sprach ihre eigene Sprache, trug gerne auffallenden Schmuck, farbige Seidenkleider und wirkte stets elegant, wie eine Prinzessin aus dem Morgenland, wie ein exotischer Schmetterling aus einer sonnigen Ferne, unnahbar schön, fremd und bestaunenswert zwischen den grauen Häusern.

Gustav liebte sie und sie liebte ihn.

16

Der Luftdruck, der die Augen und das Trommelfell schmerzhaft in den Kopf drückte, war das erste, was man spürte, die Sekunde, in der man wußte, daß es um Leben und Tod ging, die Sekunde, in der man sich im Reflex des Überlebenwollens in ein ausgehöhltes Steinloch rollen konnte, während diejenigen, die nur eine Armlänge daneben freistanden, schon tot zusammenbrachen, begraben unter dem einstürzenden Hangenden.

Die Stille danach war erstaunlich und so total, daß man

jede Orientierung verlor, kein Arbeitsgeräusch, kein Ruf, nach dem man sich richten konnte, sie war schlimmer als die Dunkelheit, an die man sich gewöhnt hatte.

Der Kohlenstaub zog langsam mit dem Wetterstrom ab, Joseph sah seine Lampe, die in Griffnähe neben ihm lag, aber er konnte sie nicht erreichen, er war eingeklemmt und konnte sich nicht so weit drehen, um mit einer Hand die Lampe heranzuziehen. Ob er Schmerzen hatte, wußte er nicht, sein Körper war taub, nur sein Kopf dröhnte und arbeitete in einem chaotischen Durcheinander, aus dem heraus er klare eingeübte Befehle erteilte: »Ruhig liegen, flach atmen, kein Gestein ins Rutschen bringen, versuchen, die Lampe zu erreichen, versuchen, ein Wetterrohr zu finden, um mit einem Stein Signale zu geben, versuchen zu überleben.«

Er entdeckte mit der freien Hand die Wasserflasche, sie war noch gut gefüllt, und er dankte Gott, daß er ihm die Wasserflasche erhalten hatte. Aber an die Lampe kam er nicht, und er verfluchte Gott, daß er das Licht so unerreichbar weit von ihm entfernt hatte. Er horchte. Eine solche Stille war noch nie um ihn. Grabesstille. Er zuckte zusammen.

Dann sah er Maria, sie stand zwischen zwei Stempeln, die eingeknickt waren, aber das Gestein noch hielten, er wollte rufen, aber seine Stimmbänder waren gelähmt, kein Ton kam heraus, doch Maria stand vor ihm.

Maria wußte nicht genau, wo sie sich befand, sie war durch ein Nebentor geschlüpft, an rufenden, verdreckten Männern vorbeigelaufen, am Schachthaus vorbei zum Wetterschacht gelaufen, die eisige Luft aus der Tiefe zerrte an ihren Haaren, verfing sich in ihren Kleidern, Männer kamen, sie kroch in eine Verstrebung, der Wind ließ nach, sie kroch auf allen Vieren weiter, eine Stahltreppe führte nach unten, verlor sich im Schacht, sie stieg hinab, die

Treppe nahm kein Ende. Ein Quergang tat sich auf, sie ging vorsichtig und gebückt, der konnte auch in einen Blindschacht führen, sie kam an einen Bremsberg, der ziemlich steil nach unten abfiel, sie hangelte sich an den umgestürzten Kohlewagen in die Tiefe, landete auf einer Sohle, lief den Schienen nach, und da sah sie Joseph zwischen zwei eingeknickten Stempeln liegend, sie rief ihm etwas zu, aber er antwortete nicht. Sie rief seinen Namen, sie schrie, er starrte sie nur an. Die Stille, diese schwere nasse Filzdecke, war nicht auszuhalten, dröhnte in den Ohren, ein Rauschen, ein Pfeifen, unterbrochen von unregelmäßig fallenden Wassertropfen, dann ein Flüstern: »Erzähl.« Sie horchte. Sie wußte nicht woher es kam. Aber es war wieder ganz deutlich: »Erzähl.«

Sie überlegte in rasend vorbeiziehenden Sekunden, die ihr wie Stunden vorkamen, das Blut schoß aus dem hämmernden Herz ins Gehirn, aus dem kein Echo kam, sie schloß die Augen vor Anstrengung, und dann schrie sie, hastig, überstürzt: »Der Pferdejunge, die Geschichte vom Pferdejungen, nannten ihn Pollack, riefen über die ganze Sohle Pollack, er, zornig, ließ Pferd und Wagen mitten auf der Strecke stehen, ging zum Blindschacht, kletterte in der Zimmerung nach oben und warf die Leiter in den Schacht hinunter. Standen alle ganz dumm herum, keiner wußte, was passierte, plötzlich saß der da oben, hoch oben im Blindschacht, konnte nicht mehr herunter, und keiner konnte zu ihm hinauf.«

Sie erzählte langsamer, öffnete die Augen, ließ die Augen nicht mehr von Joseph, der sich ab und zu bewegte. »Dann mußte ein ganzer Trupp zu ihm hochklettern, sich mit ihm abseilen, eine ganze Schicht ging dabei verloren, weil alle dabei sein wollten. Als sie ihn endlich unten hatten, sich bei ihm entschuldigten für den Pollack, da sagte der: ›Ich Staroprusacy, Altpreuße, ich Masuren, evangelisch‹, alle

wälzten sich vor Lachen in der Kohle, der Steiger wurde so fuchsteufelswild, daß er nur noch herumschrie und der ganzen Schicht hundert Strafpunkte aufbrummte und dem Pferdejungen zehn Strafpunkte extra.«
Lächelte Joseph? Sie wußte es nicht, er lächelte oft, wenn er so verträumt vor sich hinsah wie jetzt. Die Stille war nicht mehr so ohrenbetäubend, man hörte, wie Gestein und Kohle wegrutschte, Stempel knackten, weit weg stürzte Wasser aus dem Berg, der Wetterstrom wurde stärker und zog Stimmen mit sich. Sie hörte Josephs Atem, oder war es ihr Atem? Ohne zu Bewußtsein zu kommen, fing sie eine zweite Geschichte an, von der sie nicht wußte, wie sie enden würde. Die Geschichte von dem verschütteten Bergmann, davon gab es viele Geschichten, sie mußte eine neue erfinden, aber die Geschichte mußte wahr sein, sie mußte geschehen sein, Joseph mußte glauben, daß es eine wahre Geschichte war, er mußte daran glauben können, wie man an sein Leben glaubt, sonst hätte die Geschichte keinen Sinn, wie das Leben keinen Sinn hätte. Und sie fing konzentriert und ruhig an, in der gläubigen Hoffnung, daß sie ein gutes Ende finden werde: »Der Koslowski, der eine Woche verschüttet in der Grube lag, fünf Mann waren um ihn gestorben, und als sie die fünf hatten, dachten sie, der Koslowski wäre auch tot und bereiteten die Beerdigung vor, und als der Trauerzug auf dem Weg zum Friedhof war, und die Kinder trugen die sechs Namensschilder der Toten voran, obwohl sie nur fünf Särge hatten, und die Bergmannskapelle spielte ihre Trauermelodie, die so schön langsam und schwermütig ist, und alle gingen ganz langsam hinter den Schildern und hinter der Kapelle her, da fanden sie den Koslowski quicklebendig hinter einer Wettertüre, und als der erfuhr, daß er gerade beerdigt werden sollte, da ließ er sich eine Mettwurst geben und

lief auf seinen Dackelbeinen, die Mettwurst kauend, wie ein alter lahmer Hund hinter dem Trauerzug her, ließ sich eine Trompete geben, reihte sich an seinen Platz in der Kapelle ein, dicht hinter seinem Namensschild mit dem großen schwarzen Kreuz und blies *Der Jäger aus Kurpfalz* und das bis zum Friedhof.«
Sie schaute auf Joseph, er lächelte, sie bekreuzigte sich und dachte, Gott steh mir bei, daß ich ein gutes Ende finde, und ihre Stimme erzählte jetzt ganz wie von selbst: »Der Koslowski ist dann gar nicht mehr nach Hause gegangen, er ist mit seiner Trompete zum Bahnhof, ist in den nächsten Zug gestiegen, der fuhr nach Hamburg, da fand er ein polnisches Zirkusorchester, das gerade mit einem großen Schiff abfahren wollte, und sie konnten noch einen Trompeter gebrauchen, und jetzt ist er schon lange in Amerika in einem großen Zirkus und spielt bei den Pferdedressuren *Der Jäger aus Kurpfalz,* das hat er alles auf einer ganz bunten Karte geschrieben, die er aus Amerika geschickt hat.«

Sie hörte sehr laute Geräusche, ein Hämmern und Schlagen, eine Richtung war nicht auszumachen, sie kamen von überall her, Joseph war verschwunden, ihre Hände umklammerten zwei Eisenstangen am Zechentor, sie hörte Josephs Stimme, sie kam tief aus dem Berg, aber sie hörte ihn ganz klar, als wäre sein Mund direkt neben ihrem Ohr, und sie hörte, wie er sagte: »Die Kohlen rutschen immer noch, sie kommen aus Dabrowa, der Joseph in Dabrowa schaufelt sie auf die Rutsche, über die Rutsche kommen sie hierher, so geht uns die Kohle nie aus, wir können schaufeln, so lange wir wollen, die Kohle geht nie aus.« Er lachte, lachte über alles, über all die Geschichten, über dieses Leben, über diese Welt, so fanden sie ihn, lachend, Joseph, der Träumer, der nicht wußte, daß er drei Tage und Nächte in einer winzigen Höhlung lag, nur knapp vom Tod zum Leben zurückfand, auch später immer behauptete, es wäre nur eine Stunde gewesen, man hätte ihn ja direkt gefunden, und dabei immer versuchte, sich an Geschichten zu erinnern, die ihm nicht mehr einfielen, oft sah er dann mit seinen verträumten Augen Maria an. Maria aber hatte die drei Tage und Nächte ununterbrochen am Zechentor gestanden, eine Ewigkeit, wie sie sagte.

17

Es war die Zeit, die später von allen, die sich daran erinnerten und die davon erzählten, als eine sehr schöne Zeit bezeichnet wurde – als die schönste Zeit in Düsseldorf.

Mit Wilhelmine in einer seriösen Liaison verbunden, lebte im zweiten Stock des Hauses Kannichhelfen, sein richtiger Name war unbekannt, alle nannten ihn nur Kannichhelfen, weil sein Erscheinen in jeder Situation von diesem einen Satz begleitet und eingeleitet wurde. Kannichhelfen stand mit seinen ängstlichen, mitleidsvollen Augen, seinem eingefallenen, bekümmerten Gesicht, dessen besorgte Falten sich unterhalb eines engen, weißen, gestärkten Kragens in den zahlreichen Falten seines für seinen dürren Körper viel zu großen Anzugs fortsetzten und in den gefalteten Händen ihren würdigen Abschluß fanden, immer zur Hilfe und zum Beileid bereit.

Der Anzug war seine Berufskleidung, die er nie ablegte, denn er war *Commissionär und Agent für Begräbnisunternehmen und Beerdigungsinstitute,* so seine schwarzgerandete Visitenkarte, und erhielt für jede Leiche, die er einem dieser Sargverkäufer brachte, einige Prozente, besorgte auch Blumen, Kränze, Beileidskarten, Trauerkleidung, erhielt für alles Prozente, war daher stets auf dem Sprung, immer in der Angst lebend, eine Leiche zu verpassen. Er hielt auch, wenn durch mangelnden Kirchenglauben zu Lebzeiten kein Priester zuständig war, die Leichenrede mit Intelligenz und Leidenschaft, denn es war seine Überzeugung, daß der, der dieses Tal der Tränen verlassen durfte, sich nur verbessern konnte. Er zeigte dabei eine erstaunliche rhetorische Begabung, die sich oft zu erheblicher Lautstärke steigern konnte, so daß sein schmaler Körper hinterher vollkommen ausgelaugt dastand und die Trauergemeinde den Erschöpften vom Grab nach Hause geleiten mußte.

Er war Freidenker, Naturfreund, verehrte die Sonne, badete im Sommer nackt im Rhein, den schwarzen Anzug in Griffnähe, lebte aber hauptsächlich von den Erkältungen und Lungenentzündungen des Winters. Es war der Widerspruch seines Lebens, daß er zur Hilfe neigte, aber vom Tod lebte. Sobald sich einer ernsthaft zu Bett legte, erschien Kannichhelfen, fragte: »Kann ich helfen?« und flatterte, gegen die Interessen seiner Profession, in seinem schwarzen Anzug durch die Gassen, holte Medizin, kaufte ein, besuchte die Alten und Kranken zu tröstenden Gesprächen, überholte den Pfarrer auf dem Gang zur letzten Ölung, regelte nach einem Todesfall alle finanziellen Fragen mit Krankenkasse und Sterbeversicherung, deren Kassierer und Vertreter er gleichzeitig war, und besorgte auch bei einer Wohnungsräumung den Abtransport des Mobiliars. Dafür hatte er eine große Stechkarre, die er kaum bändigen konnte, die ihn vom Boden hob, wenn ein Schrank nach hinten verrutschte, und so hing er oft gewichtslos wie ein zerzauster Vogel im Ziehgurt, sich an den Stangen festklammernd, jämmerlich schreiend, hilflos zwischen Himmel und Erde pendelnd.

Glücklich war er wohl nur in Wilhelmines Laden, wo er regelmäßig das Lager auffüllte, auf der Leiter jonglierend

wie eine schwarze Krähe reagierte er prompt und gehorsam auf Wilhelmines unwirsche Kommandos, kletterte die Leiter unermüdlich hinauf und hinab mit dankbarem Lächeln, mit der Befriedigung, helfen zu können.
Im dritten Stock des Hauses wohnte Vater Abraham, wie ihn alle nannten, Wachmann einer privaten Wachgesellschaft. Jeden Abend Schlag sieben zog er seine Uniform an, inspizierte die Nacht hindurch die Läden und Lager der Kaufleute, an seinem großen Schlüsselbund hingen die Schlüssel fast aller Geschäfte des Viertels, jeder vertraute ihm, er hatte die nächtliche unbeschränkte Schlüsselgewalt, morgens um sieben stieg er wieder mit festen Schritten, beschwert von seinem Schlüsselbund, die Treppe hinauf, um den Schlaf der Gerechten anzutreten, wie er sagte, denn Gerechtigkeit bedeutete ihm alles. Er war Diskussionspartner Gustavs in Sachen Gerechtigkeit, die er juristisch, Gustav dagegen philosophisch definierte, was sie nie zusammenführte, höchstens in der Negation, daß es keine Gerechtigkeit geben könne – und hier wieder positiv einig werdend – aber müsse, und fingen wieder von vorne an in ihrem unendlichen Disput, wobei Vater Abraham als natürliche Autorität galt, quasi per Existenz, denn er war anständig, gewissenhaft, bescheiden, gerecht und »ehrlich bis in die Schuhsohlen«, wie es allgemein hieß. Während Gustav der Welt und den Menschen prinzipiell alles Böse zutraute, war Vater Abraham so geschaffen, daß er sich prinzipiell nichts Böses vorstellen konnte, da fehlte ihm einfach die Phantasie, erfuhr er von Diebstählen und Überfällen, sinnierte er lange schweigend vor sich hin und fragte dann nur: »Aber warum denn?«
Er hätte sich auch niemals vorstellen können, und war daher von jedem Argwohn frei und über jeden Verdacht erhaben, daß seine Uniform auch schon einmal am Tag unterwegs war, wenn er schlief, und in Gestalt eines

seiner Söhne, die gemeinsam eine Schrotthandlung betrieben, unter den wohlwollenden Augen der Geschäftsinhaber die Waren *amtlich* beschlagnahmte und abtransportierte, die Vater Abraham nachts *amtlich* so sorgfältig bewachte. Die Geschäftsinhaber holten sich dann nach Kassieren der Versicherungssumme ihre Waren wieder auf dem Schrottplatz ab, wo sie sicher gelagert waren, denn auch auf die Söhne war Verlaß, aber in anderer Richtung. So wie gelegentlich die Uniform fehlte, fehlte auch schon einmal einer der Söhne, kleine Reise, wie die Brüder sagten, alle wußten, daß diese Reise in Wirklichkeit sehr stationär war, alle außer Vater Abraham – aber keiner brachte es je übers Herz, ihm die Wahrheit zu sagen. So ging er aufrecht und rechtschaffen seine nächtlichen Wege, jedermann vertraute ihm Geld und Wertsachen ohne Quittung zur Aufbewahrung an und kaufte bei seinen Söhnen gewisse Wertgegenstände auch schon einmal zum halben Preis, schöne Dinge, die man dann wieder Vater Abraham zur Aufbewahrung gab. Die Familie galt weitherum als honorig und der Alte mit seinem weißen Haar und in seiner Uniform als Leuchtturm des Rechts.

An einem Sonntag im Juni 1914, einem heißen Sommertag, spazierten Yvonne und Gustav zur Pferderennbahn in Grafenberg, wo man unter den dichtstehenden Bäumen bei kleinen Wetteinsätzen und einem anstrengungslosen Schlendern zwischen Sattelplatz, Führring und Tribüne den Hitzetag verbrachte. Yvonne liebte die Atmosphäre, und Gustav pflegte seine Sottisen über die Herren mit Zylinder. Wenn die Pferde die Zielgerade entlangdonnerten, schweißglänzend, schnaubend, mit ihren Hufen auf der harten Grasnarbe trommelnd, angefeuert vom Publikum und den Peitschen der Jockeys, bebte jedesmal die Erde, vibrierte unter den Füßen.

Wilhelmine und Kannichhelfen hatten ihren Spaß in der Badeanstalt an dem der Altstadt gegenüberliegenden Oberkasseler Ufer des Rheins, plätscherten im lauwarmen, träge dahingleitenden Fluß, ließen sich treiben, übten sich in Schwerelosigkeit. Wilhelmine, die nicht schwimmen konnte, klammerte sich an die glitschigen, grünlich schmierigen Holzplanken der Absperrung, die doch keinen Halt boten. Kannichhelfen tauchte unter ihr hindurch, man kreischte, lachte, schrie, einfach so, nur weil man lebte.
Vater Abraham war mit seinem Schachbrett in den Hofgarten gewandert, um dort mit einem Freund seine übliche Sonntagnachmittagspartie zu spielen, war aber, da der Freund ausblieb, über den schwarzen und weißen Feldern, den vielen Figuren darauf und den verwirrenden Möglichkeiten, die sie boten, eingeschlafen und hing etwas schräg auf seiner Bank unter einer alten Eiche.
Das Vergnügen war allseits ungetrübt. Irgend jemand erzählte auf einer Wiese liegend, daß irgendwo im Balkan irgendein Thronfolger erschossen worden sei. Die etwas verworrene Geschichte interessierte keinen. Man bereitete sich auf das Ende Juli stattfindende Schützenfest und die dazugehörende Kirmes auf der Rheinwiese vor, das Hauptereignis eines Düsseldorfer Sommers, das Kraft und Ausdauer verlangte – marschieren, schießen, den Sieger feiern, in der Hitze, in der Uniform, mit dem schweren Gewehr, und immer wieder das Glas leeren, auf die Freunde, die Heimat, den Schützenverein, alle sollen leben, alle hoch.

18

Am letzten Julitag des Jahres 1914 erhielt Maria ein amtliches Schreiben mit dem in schroffen Buchstaben fettgedruckten Staatswort »Gestellungsbefehl«. Sie brachte das Schreiben zur Zeche, Joseph fuhr aus, duschte, zog sich um, ging mit Maria zur Kirche, stellte sich geduldig in die lange Reihe stiller Männer, die vor den Beichtstühlen standen, hörte dabei, wie ein Pater den Kirchenraum mit tönenden Worten füllte und in Deutsch und Polnisch verkündete, wie gerecht dieser Krieg sei, und daß sie darum mit Ergebung und Gottes Willen das Opfer des Krieges bringen sollen, viele von den Anwesenden erhielten heute zum letztenmal den Segen und das Heilige Sakrament. Während der Beichte hörte Joseph das Jammern und das Schreien der Frauen in der hallenden Kirche, es klang, als wäre in der Waschkaue einer verunglückt. Zu Hause holten sie den kleinen Koffer ab, den Maria gepackt hatte, sie gingen gemeinsam zum Bahnhof, und Joseph verschwand mit anderen Männern in einem Zug. Er winkte noch einmal aus dem Fenster, konnte Maria in der Gruppe der Frauen, die auf dem Bahnsteig Abschied nahmen, nicht mehr erkennen, auch für Maria verschwand sein Arm in der Menge winkender Arme, die da in den Zugfenstern wie schwebende Teile eines Körpers auf und ab ruderten.

Er schickte bald darauf ein Foto, das ihn in einer schlechtsitzenden Armeeuniform zeigte, ungewiß lächelnd, mit wehmütigen Augen und mit einem lieben Gruß auf der Rückseite. Dann kamen nur noch Postkarten, seltsam verschlüsselt, so daß Maria nicht wußte, wo Joseph war.

An einem Frühlingstag des Jahres 1916 erhielt Maria erneut ein amtliches Schreiben, verziert mit dem schwarzen Aufdruck des Eisernen Kreuzes, in dem ihr das Deutsche Reich mitteilte, daß Joseph in Verdun gefallen sei, für Volk und Vaterland. Die gleiche Mitteilung erhielt sie einen Tag später für ihren Bruder.

Im Herbst desselben Jahres schrieb der Kompaniechef Josephs, ein Hauptmann, Maria einen persönlichen Brief, in dem er mitteilte, daß er, der Hauptmann, das Ende der

Welt miterlebt habe und nie mehr glauben werde, daß die Welt noch bestehe. Denn es sei kein Krieg gewesen, den er miterlebt habe, es sei ein Aufstand der Erde gegen die Menschen gewesen. Er hätte mit eigenen Augen gesehen, wie die Erde sich, bebend vor Schmerz, steil aufrichtete, sich für eine winzige Ewigkeit den Millionen Granaten, die auf sie niederschlugen, entgegengestellt hätte, sich erhoben hätte über die Menschen, eine schwarze Wand, die noch einmal einen Augenblick gezögert hätte, sich dann über die Kompanie geworfen hätte, über den Menschen zusammengeschlagen wäre, dort in Verdun, wo ihr Joseph noch heute mit seinen Kameraden stumm und aufrecht in einem Graben stehe, nur die Bajonette sähen noch aus der Erde. Sein Körper sei jetzt ein Teil von siebenhunderttausend anderen Körpern, die dort in der Erde lägen und zusammen einen Leib bildeten, für die man dermaleinst sicher ein großes Denkmal schaffen werde, das dann ebenso sicher jeden neuen Krieg verhindern werde. Im übrigen sei er, der Hauptmann, blind geworden und diktiere diesen Brief an alle Frauen der Männer, denen er befohlen habe, in diesem Graben auszuharren.

Maria stand zu dieser Zeit schon lange mit anderen Frauen an einer der vielen Drehbänke der Granatenfabrik neben der Zeche Dahlbusch, drehte mechanisch die Geschoßhülsen, die für die Soldaten in Verdun gebraucht wurden, und hatte gelernt, daß Geschichten und Wunder nicht mehr helfen.

Lachen und Tanzen waren nicht mal mehr in der Erinnerung vorhanden. Das Leben bestand im Akkord an der Drehbank, jeden Tag wurden mehr Granaten gebraucht, und abends stand Maria noch freiwillig in der Volksküche der Zeche Dahlbusch, wo einige Frauen ohne Kartoffeln, Fett, Fleisch und Gemüse eine von allen gehaßte Wassersuppe für die hungernden Alten und Kinder und für die

verbliebenen Grubenarbeiter, meistens Gefangene, in großen Kesseln zubereiteten. Und da es immer öfter nur noch Wasser gab, fielen die Menschen auf der Straße ganz einfach tot um, still und lautlos, schweigend und ergeben, oder sie brachen vor Ort zusammen, fielen tot in die Keilhaue, das Sterben war rundum und überall.
Sie selbst hatte zwei Töchter zu versorgen, 1908 war Maria geboren, 1909 Joseph, 1910 Gertrud. Joseph, der nur ein Jahr alt wurde, der an den Krämpfen starb, vor seinem Tod noch einmal hastig zu einem Fotografen geschleppt, wo man ihn in einem Kinderstühlchen hängend mit aufgedunsenem Gesicht fotografierte. Das Foto stand auf der Kommode und wurde von allen abgöttisch verehrt. Gertrud hatte mehr das Lachen und die Leichtigkeit der Mutter geerbt, Maria die versteckte Schwermut und Nachdenklichkeit ihres Vaters. Sie wuchsen alleine auf, denn ihre Mutter hetzte sich zwischen Granatenfabrik und Volksküche.
Täglich kam sie an dem Granitsockel vorbei, der jetzt ohne Kaiser kalt und nackt dastand. Der Heldenkaiser hatte sich in eine Granate verwandelt, um neue Heldentaten zu vollbringen, und während sie an dem stumpfen Granitblock vorbeiging, der jetzt in seiner unsinnigen Höhe noch größer wirkte als früher, starrte sie auf die weiche dunkelrote, warm schimmernde Erde, und tröstete sich mit dem Gedanken, diesen Kaiser auf ihrer Drehbank in die ihm gemäße Form gebracht zu haben.
Sie überschlug die täglichen Meldungen in der Zeitung, die Reportagen und Erklärungen, die tiefen Gedanken und hohen Begründungen, in denen Politiker, Generäle und die Geistesgrößen der Nation jeden Tag erklärten, welchen Sinn das Geschehen habe, wie unabdingbar alles sei, warum alles so unausweichlich sein müsse, warum all das nicht zu vermeiden sei, Maria hatte das einfache Ge-

fühl, daß das große, starke Deutsche Reich beschlossen hatte, sich selbst zu vernichten, da es sich nicht mehr ertragen konnte, und daß es dabei möglichst viele Menschen mit vernichten wollte, eine selbstmörderische Raserei, die am liebsten den Erdball auch noch vernichtet hätte. 1918 empfand sie daher als Sieg des Überlebens, jeder der noch lebte, hatte gesiegt und dem Selbstmordaufruf des Vaterlandes widerstanden.

Sie häkelte die Karten, die sie von Joseph erhalten hatte, zu einem kleinen Häuschen zusammen, das ihr die Welt ersetzte, und stellte sein Bild neben das Bild ihres toten Bruders und des kleinen ebenfalls toten Josephs. Sie arbeitete für ihre Kinder, indem sie am Kohlenband auf Dahlbusch das Gestein aus der Kohle sortierte. Sie war hart geworden, selber ein Stein mit schroffen Ecken, der verletzen konnte, hart, um das Leben zu bestehen, gab sie dem Leben in sich keinen Raum mehr, hatte den Tod besiegt, aber auch das Leben getötet.

Als man sie überredete, es noch einmal mit dem Leben zu versuchen, heiratete sie mit halbem Herzen und wohl mehr der Kinder wegen einen anderen Joseph, Hauer auf Dahlbusch, Arbeitskollege ihres Mannes, die Hochzeit glich einer Trauerfeier, obwohl sich alle Mühe gaben, noch einmal einen schönen Tag zustande zu bringen, waren doch alle zu erschöpft, zu verbittert, um über irgend etwas noch lächeln zu können.

Vielleicht fehlte Maria auch die Kraft, sich noch einmal dem Leben zu stellen, sie starb am Heiligen Abend im Wochenbett, nachdem sie sich von ihren Töchtern Maria und Gertrud verabschiedet hatte. Der Weihnachtsbaum wurde weggeräumt, das Leben meldete sich ohne große Worte bei Maria und Gertrud mit seiner Realität.

19

Am Tag nach der Mobilmachung erschien Gustav mit sämtlichen Düsseldorfer Zeitungen unter dem Arm im Treppenhaus, ließ sich dort nieder und versuchte, einen Überblick über die Lage zu gewinnen. Der *General-Anzeiger* meldete, daß es kein Zurück mehr, sondern nur noch ein Vorwärts gäbe für Deutschland, das Verhalten des Feindes trage den Stempel der beabsichtigten Beleidigung an der Stirn, unser Volk werde die schimmernde Wehr anlegen und die Siegesgöttin ihre Rosse vor den Wagen unseres obersten Kriegsherrn schirren, da Gott die Heerscharen lenke und noch immer uns den Sieg gegeben habe, wären alle deutschen Männer bereit, ihr Blut zu verspritzen für den Ruhm und die Größe Deutschlands.
Die *Volkszeitung* berichtete, die Geschäftsleute nähmen kein Papiergeld mehr an, da aber die Bevölkerung mit Gold und Silber knapp versorgt sei, gäbe es für das deutsche Volk zur Zeit nur das Problem, wo man Brot, Kartoffeln, Speck und andere kriegsunwichtige Dinge erhalten könne. Der große kommandierende General in Berlin habe daraufhin vernehmlich geknurrt, worauf die patriotischen Geschäftsleute noch in der Nacht einen Kompromiß fanden, indem sie die Preise mit sofortiger Wirkung um das Drei- bis Vierfache erhöhten, das abgewertete Papiergeld mit spitzen Fingern und grämlichem Gesicht entgegennahmen, der verehrten Kundschaft aber leider mitteilen mußten, daß die gewünschte Ware nicht auf Lager und auch sonst nicht zu besorgen sei.
Obwohl der Düsseldorfer Oberbürgermeister verkünden ließ, daß genug Nahrungsmittel vorhanden wären, Deutschland noch nie so viel Geld besessen hätte, war beides, ehe überhaupt ein Schuß fiel, verschwunden, weg, nicht vorhanden, nie dagewesen, hatte nie existiert, keiner konnte sich daran erinnern, keiner hatte je davon

gehört. Legte man einem Geschäftsmann einen Geldschein auf die Ladentheke, schaute er einen verwundert an und fragte, was diese Zeremonie bedeuten solle.
Gustav hätte gerne ausgiebig darüber diskutiert, wie ein Krieg, der für den Ruhm und für die Größe des Landes und seiner Menschen geführt werde, noch vor seinem Ausbruch das Land und die Menschen so ruiniere, daß Armut, Verzweiflung und Hunger herrsche, daß nur die Ankündigung des Krieges das ganze Land ins Elend stürze, etwas, was kein Feind besser besorgen könne, man sei ja schon so gut wie besiegt. Aber zum Nachdenken blieb keine Zeit mehr, jeder hatte seinen staatlichen Schicksalsbrief schon in der Tasche.
Kannichhelfen begab sich auf seinen Posten in einem Sarglager, mit dem er sich vor kurzem selbständig gemacht hatte.
Vater Abraham übernahm die Schrotthandlung seiner in den Krieg ziehenden Söhne und wunderte sich, daß das alte Eisen, das auf dem Hof vor sich hinrostete, vom Deutschen Reich als Rohstoffquelle fast geadelt wurde.
Wilhelmines Laden war rasch ausverkauft; da sie keine Lieferungen mehr erhielt, saß sie vor ihren leeren Regalen, ließ ihre Augen wandern und behielt die Anordnung der Waren im Kopf, sollte es jemals wieder etwas geben, der Platz dafür war vorgesehen.
Gustav, der schon bei der Musterung durch die phantasievolle Verbindung einer Herzschwäche und eines kurzen Medizinstudiums vorgesorgt hatte, blieb als Sanitäter in Düsseldorf. Das war nur in der ersten Woche ein angenehmer Posten. Danach begann der Krieg seinen Müll, seinen Abfall, seinen ganzen Unrat in blutigen, eitrigen Klumpen wiederkäuend auszustoßen, auszukotzen, der Heimat auf den heiligen Boden zu speien. Die Züge, die die Soldaten zur Front fuhren, kamen als Lazarettzüge mit densel-

ben Soldaten zurück, nach einigen Wochen hatte man den Eindruck, daß mehr Soldaten verletzt zurückkamen, als vorher singend hinausgefahren waren.

In Düsseldorf wurden Straßenbahnwagen zu Lazarettwagen umgebaut, um die Lazarettzüge rascher entladen zu können, die auf den Güterbahnhöfen in Bilk und Derendorf zwischen Güterwagen standen, in die man mit »Hauruck« und »Faß an« schwere Geschütze hievte, während die auszuladenden Bahren stiller davongetragen wurden. Gustav fuhr täglich mit diesen Lazarettstraßenbahnwagen durch die Stadt, mit dieser stöhnenden, schreienden, in jeder kreischenden Kurve, bei jeder holprigen Weiche schmerzvoll sich krümmenden, ständig mit dem Tod kämpfenden Fracht, vorbei an stumpf vor sich hinstierenden langen Menschenschlangen, die sich vor Kartoffelverkaufsstellen, Suppenküchen, Steckrübenlagern und Lebensmittelmarkenausgabestellen bildeten, Frauen, Kinder, alte Männer, die in ihrer grauen Einheitskleidung wie unter einem Tarnnetz ununterscheidbar zu einem Körper wurden, der sich ständig ausdehnte, wucherte, in wulstigen Ausdehnungen ganze Häuserblocks umschloß.

Vater Abraham, der für das Deutsche Reich nun Kartoffeln bewachte, was er als Degradierung empfand, immerhin hatte er einmal Teppichlager, Juwelierläden, Feinkostgeschäfte unter seinen Augen gehabt, saß oft mit Wilhelmine, Gustav und Kannichhelfen, der durch den Einheitssarg und durch die Einheitsbeerdigungen, durch die Standardpredigten und den frei Haus gelieferten Toten in seinem Beruf keine Befriedigung mehr fand, in der Hinterstube des Ladens beim Schein einer Kerze mit ihren an den Wänden flackernden Schatten. Sie starrten in das Licht, aber das Licht versank in der Schwärze, die sie umgab, es durchdrang nicht mehr die Nacht. Waren zufällig Kartoffeln ins Haus geraten, gab es auf einer Herdplatte ohne Fett gebratene Reibekuchen, die die Erinnerung und die Erzählungen aus den vergangenen schönen Zeiten verklärten.

Yvonne saß nicht mehr dabei. Der schöne Schmetterling verfiel mit Beginn des Krieges, er war für eine solche Zeit nicht geschaffen. Sie hatte bei einem Goldschmied auf der Königsallee gearbeitet; als der Laden schloß, arbeitete sie wie viele Frauen auf der Kleiderverwertungsstelle, wo Knöpfe und Schnallen von blutigen Uniformen abgeschnitten und wieder an neue Uniformen genäht wurden. Yvonne begann zu husten, hatte Tuberkulose, wie der Arzt feststellte, und starb so schnell, daß alle wie betäubt waren. Kein Lachen mehr, keine verführerischen Augen, kein Seidenkleid und kein Schmuck, kein Huschen durchs Treppenhaus, der bunte Schmetterling wurde mit einem kalten weißen Leichentuch umhüllt, verwandelte sich zurück in einen starren leblosen Kokon.

Bei der Beerdigung auf dem Stoffeler Friedhof, in der gefrorenen Erde, die so hart wie Fels war, kaum aufzuschlagen, als wolle sie keine Leichen mehr aufnehmen, stellte Kannichhelfen seine Predigt unter das Motto »Für die Oberen ist das Volk wie Gras, es wächst nach.« Er sprach verbittert, leidenschaftlich und in schönen Bildern, als wäre es seine letzte Predigt. Danach zog Vater Abraham seine Dienstpistole und gab sechs Schüsse in die Luft ab, »Ehrensalut«, wie er schrie. Gustav legte eine von einem Fahnenmast herabgeholte Reichskriegsflagge auf den hinunterrumpelnden Sarg, und Wilhelmine weigerte sich, Erde auf den Sarg zu werfen.

Elisabeth und Friedrich, die zwei Kinder aus der Ehe zwischen Gustav und Yvonne, standen zusammen mit Jeannot, ihrem Halbbruder aus Yvonnes Basler Zeit, am offenen Grab und wußten, daß an diesem Grab nun ihr eigenes Leben begann.

20

Ein schwarzgekleideter Zug, der mit vielen »Jesus Maria Joseph«, mit vielen »Heilige Maria Mutter Gottes bitt für uns«, mit »Gesegnet sei der Herr« und »Amen« und wieder von vorne mit »Jesus Maria Joseph« vor sich hinschluchzte, sich zum Friedhof schleppte, mühsam seine Pflicht erfüllte, den Sarg mit der Maria zum Grab zu tragen, obwohl es allen schwerfiel, denn es war kalt an diesen Tagen zwischen dem alten und dem neuen Jahr. Der Schneeregen trieb seitlich, bedeckte den Sarg mit einer glitzernden, durchsichtigen, hauchdünnen Eisdecke, krönte ihn mit einer jungfräulichen Haube aus weißen Flocken, und das herabtropfende Wasser bildete zarte, zerbrechliche Eiszapfen, Ausläufer eines filigranen Musters, das den Sarg umhüllte, ihn vor aller Augen in einen silbrigschimmernden Kristallschrein verwandelte.

Maria und Gertrud führten hinter dem Sarg ihrer Mutter einen still weinenden Joseph, einen Mann, den sie kaum kannten, der vor sich hinstolperte, hinter dem Sarg her, über den kohlenbestäubten Weg zum Friedhof, wo das Loch in der sumpfigen, wassergurgelnden, schwarzgeäderten Erde auf die tote Maria wartete, die unter dem lebenslang eingeübten zum Himmel gellenden Aufschrei aller Trauernden und einem nachfolgenden letzten verzweifelten »Jesus Maria« hinabgelassen wurde, während eine Litanei von polnisch-deutschen Stoßgebeten zu den Fördertürmen aufstieg.

Der Rückweg war noch schwieriger zu bewältigen, denn nun waren alle bis aufs Knochenmark durchgefroren, träumten dem eben versenkten Holz nach, das ein schönes Feuerchen ergeben hätte, wußten, daß kein Leichenschmaus auf ihre leeren Bäuche wartete, und so zog der und jener verschämt und sich mit einem Achselzucken entschuldigend, einen Flachmann mit selbstgebranntem Wodka aus der Tasche, nahm einen Schluck, reichte die schmale Flasche weiter, die von Hand zu Hand, von Mund zu Mund wanderte, leer in die Tasche zurückglitt, der Trauerzug stocherte nicht mehr so unbeholfen und steif an den Kohlenhalden vorbei, wurde menschenähnlicher, beweglicher, ging leichter, die Jüngeren schalteten schon mal einen Wechselschritt ein, aus dem verhärmten Schluchzen wurde da und dort ein Kichern, ein offenes Lachen, einer raffte sich zu einer Pirouette auf, andere machten es ihm nach, nicht aus Übermut, es wärmte die Glieder, und so kam dieses Häuflein Menschen sich drehend, springend, hüpfend, tanzend, lachend zum *Ohdewie,* wie sie die Gaststätte nannten, über deren Eingang ein übermütiger Wirt einmal ein Schild *Eau de Vie* angebracht hatte, setzten sich an die langen, gutgehobelten Bretter, die auf Holzböcken lagen und aus einer Zimmerung unter Tage stammten, der Wirt stellte gewaschene Rüben auf diesen Tisch, die Taschenmesser wurden aufgeklappt, die Rüben in Teile zerlegt, mit dem selbstgebrannten Wodka beträufelt und verspeist, wobei man vergangener Leichenfeiern gedachte, an denen man ein ganzes Schwein verzehrt hatte, und da es in dem unbeheizten Raum fast kälter als draußen war, schob man die Brettertische und die langen Holzbänke beiseite, einer hatte eine Mundharmonika, Polka und Mazurka steigerten sich zu einer Polonaise, die sich in dem engen Raum rasch ineinanderdrehte, die Leiber aneinanderdrückte, sie aneinanderpreßte zu einem sich gegenseitig wärmenden Menschenknäuel, und das Donnern der Holzschuhe auf dem Boden beschrieb für einen Moment das Glück zu leben.

Maria und Gertrud verließen den Raum, einmal, weil es sich für sie als engste Angehörige der Toten so schickte, zum anderen, weil es dem ihnen fremden Joseph, der nun ihr Vater war, von Wodka, Steckrüben und heruntergeschluckten Tränen schlecht wurde, zu dritt zockelten sie nach Hause, in eine leise Nacht.

21

Nachts waren da schon lemurenhafte Wesen unterwegs, nicht erkennbar in der Schwärze, ohne Konturen, sich zu Klumpen zusammendrückend, sich auflösend in einzelne schwache Schatten, Schaufenster klirrten, Lagertüren krachten aus den Angeln, und sich zusammenballend stieß die dunkle Masse zu, stob wieder auseinander, treidelte jetzt auch schon am Tag in kleinen Gruppen um Geschäfte und Lagerhallen, lachte über die Zeitungen, die verteilt wurden, und die den Belagerungszustand ausriefen, vergrößerte sich rasch und überfallartig, bewegte sich leichtfüßig und lärmend durch die Straßen, wechselte schnell die Richtungen, teilte sich, verschwand und tauchte an einem anderen Platz wieder auf, vereinigte sich wieder, schwoll rasch an, stand minutenlang bewegungslos, lautlos, auf einen einzigen Punkt starrend, raste dann mit einem Aufschrei los, stürzte sich durch Tore, Türen, Fenster, Kellerluken, besetzte sekundenlang ganze Gebäude wie ein Zug Stare, der sich kurz niederläßt und von einem Schuß aufgescheucht wieder davonflattert, verschwand nach einem kurzen wirbelnden Durcheinander vom Erdboden, eine Spur aus Mehl, Erbsen, Linsen, Bohnen, Kartoffeln hinterlassend, die von einigen alten, auf allen Vieren kriechenden Männern und Frauen aufgelesen wurde, von weinenden Kindern, die die Mehlreste mit nassen Fingern vom Boden auftupften und in den Mund steckten, wobei sie mehr Dreck als Mehl verschluckten.
Gustav stand hilflos in der langen Postenkette, die sich wie

eine abgenutzte Girlande um die Läden und Lager zog, das letzte Aufgebot der vielen Uniformen, die das Brot vor den Hungernden schützen mußte, die in einem stummen Totentanz in immer enger werdenden Kreisen um die bewachten Gebäude zogen, sich Tag und Nacht vermehrten, immer fiebriger und haßerfüllter ihre Kreise drehten, bis das schwindelnde Treiben aus Hunger und Ohnmacht in Gewalt umschlug, sich nichts mehr aus Postenketten und ihren Warnrufen machte, aus Soldaten mit dem Gewehr im Anschlag, sie stürmten darauf los, und wenn es einige auch mit dem Leben bezahlten, weil die Soldaten schossen, die anderen hatten für einen weiteren Tag das Leben, und ein Tag Leben war den Tod wert, und sie warfen sich fast auf die Soldaten, sprangen vor die Gewehrmündungen, aus Fenstern wurden Büchsen, Säcke, Kanister geworfen, die aufplatzten, vor den Gewehrläufen von Menschen hastig aufgesammelt und weggeschleppt.

Gustav, das Gewehr im Anschlag, sah über den Lauf den sich drehenden Kreis, der sich plötzlich auf ihn zubewegte, über Kimme und Korn taumelte einer mit einem Kessel Rübenkraut auf ihn zu, sah auf, blickte ihm ins Gesicht, Gustav sah über Kimme und Korn in dieses Gesicht, das Gesicht war ganz nah, das Gesicht war Hänschen Alvermann aus der Ritterstraße, das Gesicht wurde immer größer, die Augäpfel schwammen entsetzt in vor Anstrengung blutigen Ringen, der Mund öffnete sich weit, schrie etwas, kein Ton kam über die Zunge, kein Laut aus den aufgerissenen Lippen, Gustav riß das Gewehr hoch und feuerte in die Luft, der Offizier hinter ihm schlug ihm seine Pistole in den Nacken, Hänschen Alvermann stolperte über den Eimer mit Rübenkraut, Gustav fiel nach vorne, hielt sich an Hänschen fest, der sich an Gustav festhielt, und beide, sich umklammernd, sich aneinander festhaltend, stürzten aufs Pflaster, schlugen sich den Kopf auf am Rübenkrauteimer und wußten danach nichts mehr.

22

Während der angeheiratete Joseph, den eigentlich keiner kannte, in Zwölf-Stunden-Schichten unter Tage die Familie ernährte, lebten Maria und Gertrud, nun Vollwaisen, bei einem Bruder ihres in Verdun gefallenen Vaters, bei Polka-Paul, wie man ihn weitherum nannte, denn er war mit seiner Klarinette vor dem Krieg von Zeche zu Zeche gezogen, hieß Polka-Paul, weil er wußte, wie man ein Fest zelebriert. Er dirigierte souverän einen ganzen Abend, flotter Beginn, ruhige Passage, lüpfige Tänze, Lieder aus der Heimat, furioser Höhepunkt mit einem Potpourri der beliebtesten Melodien, er kannte alle Tänze und die richtige Reihenfolge dazu und die Nationalhymnen Deutschlands, Polens und des Papstes.
Doch die Melodien waren ihm durcheinandergeraten, der Lebensablauf zerstört, kaum konnte er Tag und Nacht auseinanderhalten, im Krieg mehrere Tage in einem Bunker verschüttet, spielte er auf seiner Klarinette eine Musik, die ein menschliches Ohr nicht lange ertragen konnte. Schrille, wehmütige, klagende Töne ohne Rhythmus, ohne Harmonie, Klänge, die ihn verfolgten, nachdem man ihn schon fast tot aus dem Bunker geholt hatte, die er mit seiner Klarinette loswerden wollte, an denen er fast erstickte, wenn man ihm die Klarinette wegnahm, und so spielte er ununterbrochen vor sich hin, auch in den Nächten, und Maria und Gertrud vergaßen diese hohen Triller und tiefen Baßtöne nie, die wahre Melodie dieser Welt, laut, grell, unzusammenhängend, sich gefühllos überschlagend, eine barbarische, grausame Komposition.
In einer Nacht war es dann stiller als sonst, man hörte nur

gelegentlich einen klagenden Laut, obwohl das dazwischenliegende Schweigen belastender war als Polka-Pauls Klarinette. Das Dämmerlicht war an diesem Morgen seltsam hell, Maria schaute aus dem Fenster und sah eine veränderte Landschaft. Es war Schnee gefallen, das ärmliche Licht einer unscheinbaren Sonne hob die Konturen auf, die weißgefrorenen Kohlenhalden verbanden sich mit den weißen Berghalden und dem weißgrauen Himmel zu einer Einheit, die Entfernung aufhebend. Weiß auf weiß war alles gleich weit entfernt, alles gleich nah. Stiller als sonst liefen die Menschen durch den Schnee, stumm drehten sich die Räder auf dem Förderturm, das Gestänge, die Abstützung, das Dach der Waschkaue, das Zechenbüro, alles verschmolz unterschiedslos in ein die Augen blendendes Weiß, die Welt erblindete zu einem ununterscheidbaren zusammengeschobenen Bild, das die alten gewohnten Anhaltspunkte aufhob und die reale Welt verdeckte. In diesem Bild saß Polka-Paul und schob sich mit den Händen Schnee in den Mund, Maria zog sich hastig an, rannte zu ihm hin, kniete vor ihm nieder, hauchte ihren Atem auf seine halberfrorenen Hände, leise sprach er einige Worte, kam ins Reden, sprach weiter, sprach immer schneller: »Frischer Schnee, Blutstropfen auf dem Weg, vorwärts Kameraden, Fort Douaumont, dem Geschrei nach, den Toten nach, auf der zerwühlten Erde im Schlamm, der Fluß liegt voller Leichen, über den Fluß auf weichen, schwammigen Körpern, der Wald ganz nackt, auf den Ästen hängen Leichen, aufgestiegen von der Erde, hängengeblieben in den Bäumen, in die toten Pferde kriechen, in die Verwesung, hineinkriechen in den Gestank des Kadavers, mit den Händen eingraben in menschliches Gedärm, in warmes Fleisch, in einen Leib, ein Fuß, ein Bein, ein Arm, verbrannte, schwärende Gesichter, ein halber Kopf, Durst, aus dem Kopf trinken,

Durst, aus dem Kopf trinken, Durst, das Gehirn trinken, Durst –«
Maria hob ihn langsam auf, führte ihn vorsichtig zu dem versteinerten Baum, der an der Hausecke stand, er umklammerte ihn und ließ ihn nicht mehr los. Der Schnee auf der Kohlenhalde begann zu tauen und legte die schwarzen Konturen der Welt wieder frei.

23

Der dumpfe Schlag gegen sein Bein war nicht so schmerzhaft, wie er sich das immer vorgestellt hatte, wenn er die Verwundeten betreute, aber er wußte, da hatte ihn eine Kugel getroffen. Er legte sich auf den Rükken, zog sich mit den Ellbogen weiter hinter den Sockel des Denkmals zurück und lud das Gewehr durch. Über ihm thronte Kaiser Wilhelm auf dem tonnengroßen Bauch seines Schlachtrosses, und während Gustav den Himmel dunkelrot sah, die Welt um ihn her zu kreisen begann, erhob sich der Kaiser mit einem gewaltigen Sprung seines ungebärdig in die Zügel beißenden Pferdes, die Mähne des Pferdes und sein Schweif flogen auf, der Helmbusch des Kaisers flatterte, das Pferd schlug seine Hufe in die frostige Luft, die breitgeflügelten Kriegs- und Friedensengel rechts und links vom Kaiser hoben mit ab, schwebten mit Kanonenkugeln, Palmwedeln und sämtlichen Füllhörnern in den Lüften, und mit gewaltigem Flügelrauschen und klirrendem Hufschlag stieg die ganze Gruppe in den Himmel auf.
Aus dem Himmel senkte sich dann das Gesicht von Kannichhelfen über ihn, seltsam auf dem Kopf stehend, packte ihn von hinten unter die Arme und zog ihn stöhnend und fluchend aus der Schußlinie. »Mach dich nit so schwer Gustav, und laß dat verdammte Gewehr.« Gustav hielt den Riemen des Gewehrs fest in der verkrampften Faust,

das Gewehr polterte und schepperte hinter ihm her, das Bein rutschte über blutiges Kopfsteinpflaster, das Gewehr verhakte sich an einem Bürgersteig, das Bein schmerzte, Kannichhelfen zog, und rechts das Gewehr und links das Bein unbrauchbar und leblos, folgten dem Körper Gustavs, der beides nicht losließ, Gewehr und Bein behalten wollte.

An einer Hausecke warteten Wilhelmine und Vater Abraham mit der alten Stechkarre, auf der Kannichhelfen schon manchen Sarg transportiert hatte, gemeinsam wuchteten sie Gustav auf die Karre, und ab ging es im Laufschritt in Wilhelmines Laden, wo sie Gustav auf dem Ladentisch ausstreckten, den Kopf an die Kasse gelehnt, die mit dem eingedrückten Schild *Danke* ihren Platz in dieser Kaufmannswelt verteidigte. Das Bein tat jetzt höllisch weh, das Gerumpel der Karre, der hastige Transport in den Laden, Gustav wurde es schlecht.

Wilhelmine riß ihm das Gewehr aus der Hand, rannte in den Keller und warf den »verdammten Schießprügel« in die seit langem leere Kartoffelkiste. Es gab ein helles Geräusch, wie wenn Metall auf Metall schlägt, und unten aus der Kartoffelkiste fielen vier Gewehre, zwei Pistolen und einige Handgranaten, die langsam durch den Keller rollten. Wilhelmine sagte »Och« und fiel in Ohnmacht.

Oben im Laden war inzwischen Medizinalrat Dr. Levi eingetroffen, ein Mann, der mit einiger Leibesfülle der Devise huldigte, »Wer langsam geht, geht gut«, bei eiligen Fällen daher immer heftig schnaufend in der Tür erschien, die Medizintasche wie Trödel auf den Boden fallen ließ, seinen Paletot im hohen Bogen auf den Stuhl warf, den Zwicker aufsetzte, sich vorbeugte und das sagte, was er seinen Patienten immer sagte: »Da haben wir die Bescherung« und diesmal hinzufügte: »Die Kugel muß raus.«

In einer Art Notoperation – »Krankenhaus kommt aus juristischen Gründen wohl nicht in Frage?« – schnitt er an Gustav herum, ihn mit seinen Lebensweisheiten betäubend, bis er mit seinem Werk einigermaßen zufrieden war. »Medizinisch nicht optimal, wir werden sehen, aber im Zeichen der Weltrevolution erspart es dem Angeklagten einige noch existierende bürgerliche Paragraphen. Wo kein Kläger, da kein Richter. Vor Gott sind wir allzumal Sünder, Altes Testament, und Jesus kennt keine Sünder, nur Reuige, Neues Testament. Suchen Sie sich das Passende aus.«
Er schnappte seinen Paletot und seine Medizintasche und verließ den Laden, das immer noch funktionierende Klingelspiel bewundernd, mit einem ironischen »Schalom«.
Gegen Abend erschien Big Ben mit zwei jungen Genossen, überblickte mit einer ruhigen Geste die Situation und entschied: »Festung Oberbilk.« Gustav wurde wieder auf die Stechkarre geladen, dazu noch einige Stühle, ein Tisch, ein Kleiderschrank, ein altes Bettgestell, Matratze und Bettzeug – ein notwendiger und dringender Umzug. Die zwei jungen Genossen zogen die Karre, Big Ben setzte sich in Bewegung und schob sich voran wie eine mechanische Figur, die das Gehen übt. Er ruderte mit Armen und Beinen und drückte die Füße bedachtsam nach vorne. Big Ben war ein Mann mit einem Körper wie aus geschmiedetem Eisen, die beweglichen Einzelteile waren ungeformt und grob angepaßt, irgendwie zusammengenietet. Mit bis zum Bauchnabel offenem Hemd, mit gewölbter Brust, mit aufgerollten Hemdsärmeln, die Hände zu Fäusten geballt, mit felsbrockengroßen Schuhen, schob er sich aus der Hüfte heraus wie auf Rollen dem Klassenfeind entgegen, bot ihm Stirn, und Brust, war Hammer und Amboß in einem, war die tönende

Glocke der Revolution, schlug zu und steckte ein, lebte für den Generalstreik und kämpfte gegen die Reaktion.
Big Ben geleitete den Zug sicher wie ein Schlachtschiff durch die Minenfelder des Klassenfeindes, wußte ein Schlupfloch, das von Genossen gesichert war, denn alle Bahnunterführungen nach Oberbilk wurden bewacht, und brachte Gustav so in die *uneinnehmbare Festung Oberbilk,* an einen absolut sicheren Ort, in das Zimmer seines Onkels.
Dieser Onkel war in seiner Jugend zweimal hintereinander von der Polizei verhaftet worden, einmal irrtümlich wegen einer Denkmalsschändung, er hatte nur dabeigestanden, das zweitemal, weil er beim ersten Verhör vor Angst einen falschen Namen angegeben hatte. Bei dieser Doppelverhaftung mußte er sein Gehirn verloren und für den Rest seines Lebens nicht mehr wiedergefunden haben, so wie andere Leute ihren Regenschirm vergessen und nicht mehr wiederfinden.
Der Onkel saß in einem alten Ledersessel, zugedeckt mit einer schmuddeligen Decke, schaute verständnislos durch ein Fenster auf die Straße und sagte alle Viertelstunde wie eine Kuckucksuhr »So ist das Leben«. Diesen Satz hatte er bis zur Tonlosigkeit perfektioniert, es war seine allumfassende Philosophie, ob Sonne oder Regen, Geburt und Tod, Krieg oder Frieden, »So ist das Leben«. Das Interesse an den Menschen, an den Dingen, an der Welt war ihm vollkommen verlorengegangen, in eiserner Selbstdisziplin war ihm nichts mehr in den Kopf gedrungen, »So ist das Leben«. Sein Zimmer war daher der perfekte Unterschlupf für Leute, die man vergessen sollte.
Gustav lag auf einer harten Kapokmatratze in einer Ecke des Zimmers auf dem Boden, eine Pferdedecke unter dem Kopf, und sah über dem im Sessel eingesunkenen Rücken des Onkels, der ständig mit dem Kopf pendelte, das Vier-

eck des Fensters mit einem Stern im nachtschwarzen Himmel. Das Bein pochte, die Schmerzen breiteten sich langsam aus, die Wunde schien immer größer zu werden, den ganzen Körper zu erfassen, der zu fiebern begann, im glühenden Kopf jagten sich die Bilder in wilden Farben, schoben sich ineinander, lösten sich auf, bildeten sich neu, glutrot, giftgrün, tiefviolett, sonnengelb – »So ist das Leben« – Er sah sich im grauen Armeemantel mit der roten Binde am Arm, das Gewehr über der Schulter mit dem Lauf nach unten, auf Wache hinter dem Maschinengewehr am Hauptbahnhof – »So ist das Leben« – der sich in das Apollo-Theater verwandelte, in diesen byzantinischen Bau aus geschwungenen Bögen, verzierten Erkern, glänzenden Kuppeln und Türmchen himmelwärts ineinandergeschachtelt, übereinandergestülpt, Erker an Erker, Kuppel auf Kuppel, Turm auf Turm – »So ist das Leben« – in dem der Arbeiter- und Soldatenrat zwischen Jongleuren, Equilibristen, Zauberkünstlern, Hochseilartisten, Todesverächtern am Trapez, Pantomimen und rheinischen Humoristen, zwischen Wasserballett, Conférencier und Nummerngirl den 3500 Plätzen im Parterre und auf den Rängen, im bombastischen Innenraum dieser Hagia Sophia der leichten Unterhaltung im Rampenlicht stehend – »So ist das Leben« – verkündete, daß er und damit das Volk die Macht übernommen habe, »Eine neue Zeit ist für Deutschland angebrochen. Hoch der Friede, hoch die Freiheit! Hoch die Verbrüderung der Völker auf dem Boden der demokratischen und sozialen Republik« – »So ist das Leben« – und die mit der roten Fahne prügelten sich mit denen, die immer noch schwarz-weiß-rot schwenkten und schossen aufeinander, und im Tonhallengarten unter den alten verträumten Bäumen, unter den erloschenen weißen Kugellampen, die wie frierende Möwen in gleichmäßigen Abständen bewegungslos auf den ge-

schwungenen Eisenbögen hockten, wurden zwölf Punkte verkündet und mit Beifall angenommen – »So ist das Leben« – und die hohen Magistraten der Stadt flohen über die Dächer der Stadt, schwebten über dem Apollo-Theater, während die aus dem Gefängnis befreiten Gefangenen auf der Straße tanzten, ein blinder Drehorgelspieler leierte auf seinem Kasten einen krächzenden Walzer – »So ist das Leben« – und das Volk lief durch die Karl-Liebknecht-Straße, die früher Königsallee hieß, durch die Rosa-Luxemburg-Straße, die früher Kaiser-Wilhelm-Straße hieß, durch den Spartakuswall, der früher Hindenburgwall hieß – »So ist das Leben« – und Gustav hielt sein Gewehr dem Redakteur der *Düsseldorfer Nachrichten* unter die Nase, die sich von nun an *Rote Fahne vom Niederrhein* nannte und auf der Titelseite das Programm des Spartakusbundes, entworfen von der kleinen wilden Rosa aus Polen, abdruckte, und das *Düsseldorfer Tagblatt* nannte sich *Der Volkswille* – »So ist das Leben« –
Revolution! Rote Fahnen flatterten über der Stadt, auf den großen Gebäuden, auf der Rheinbrücke. Revolution! Kein Mensch konnte sich unter diesem Wort etwas vorstellen. Revolution! Das hieß, alles wird anders, aber wie, aber wie, wer wußte es schon, Geld war nicht vorhanden und ohne Geld kein Leben, aber mit Geld war es ja keine echte Revolution – »So ist das Leben« –
Die Matrosen aus Kiel kamen angesegelt, Gesang und Ahoi in allen Straßen, und träumten von den großen Segelschiffen der Freiheit, den stolzen Fünfmastern der Meere, und die Menschen von den Suppenausgabestellen, den Kartoffelverkaufsstellen, den Steckrübenlagerhallen, den Lebensmittelmarkenausgabestellen, träumten von einem Ende der irdischen Plackerei, der lausigen Not, des obdachlosgewordenen Hungers – »So ist das Leben« – und folgten willig und voller Hoffnung dem labyrinthi-

schen Reigen, der ohne Ende und ohne Ziel durch die Straßen zog, ein Totentanz von Tag und Nacht lärmte durch die Tonhalle mit ihrem schlafenden Garten, taumelte durchs Rathaus der erschreckten Bürger, geriet auf die Bühne des Apollo-Theaters, *Europas größtes Varieté,* zur Nummernrevue im Scheinwerferlicht, zum pantomimischen Staatsreigen – »So ist das Leben« – und Kaiser Wilhelm donnerte auf seinem Roß, begleitet vom flügelrauschenden Kriegs- und Friedensengel hinauf in den Schnürboden der Geschichte, wo er für immer verschwand, während das Volk sich in der Orchesterversenkung verirrte, vielstimmig in allen Tonlagen um Hilfe schrie, ein grausiges Getöse der Disharmonie, das in ein tobendes Gelächter überging, vom Totentanz in den Karneval fiel, als die Revolution den neuen Bürgermeister präsentierte, und der stellte sich vor und nannte sich »Schmidtchen« – »So ist das Leben« – und während der General, der keinen Namen brauchte, der nur General hieß und immer wußte, was er zu tun hatte, und immer seine Pflicht tat und mit den Befehlen von Berlin und seinem Freikorps den Karneval in einen dunklen Aschermittwoch verwandelte, indem er unter dem Einsatz von schwerem Geschütz Oberbilk eroberte, Straße um Straße, Haus um Haus, so wie 1848 die preußische Armee mit ihren Kanonen die Düsseldorfer Altstadt eroberte, eindrang in diese von einem hohen und breiten Eisenbahnwall fast vollständig umgebene und geschützte Festung Oberbilk, in der Rot die Farbe des Lebens war und die Menschen sich Genossen nannten – »So ist das Leben« –

Gustav lag halb ohnmächtig von seinen Schmerzen und vom berstenden Geräusch der explodierenden Granaten, sich verkrampfend vor Wut, hilflos in einem Winkel vor einer abblätternden Tapete, die sich vor seinen Augen ständig verfärbte und sich in immer neue Muster auflöste. Als er wieder zu sich kam, an einem vergessenen Morgen, war das alte stille gemütliche harmlose selbstgenügsame Düsseldorf untergegangen, er lag allein im Zimmer, hielt in der Hand die Eisenbahneruhr seines Großvaters, die still in sich ruhend tickte, und bemerkte mit einem leichten Schmerz an seinem Bein eine offene rote Wunde.

24

»Ein schweres Blutopfer hatte die Gemeinde dem langen Kriege zu bringen, dem größten und furchtbarsten der Weltgeschichte. Nach Hunderten zählen die Männer und Jünglinge aus Rotthausen, die auf blutiger Walstatt ihr höchstes und kostbarstes Gut, ihr Leben, für Heimat und Vaterland in die Schanze schlugen. Mögen die vielen Namen der teuren Toten für alle Zeiten mit goldenen Lettern in der Geschichte unserer Gemeinde fortleben.«

Das hatte der Lehrer Tobien geschrieben, in einem Buch, das Maria in einer Feierstunde überreicht wurde, mit Widmung des Bürgermeisters. Das rotbraungebundene Geschichtsbuch der Gemeinde Rotthausen bei Gelsenkirchen, rotbraun wie die Erde, auf der sie alle lebten, das Geschichtsbuch einer Gemeinde, die keine Geschichte hatte, bis man unter ihrem Brachland Kohle fand und in der Gemarkung Dahlbusch den ersten Schacht abteufte und bald darauf weitere Schächte und zwischen den verstreutliegenden Kotten der Bauern eine polnische Bergarbeitersiedlung entstand, verbunden durch die rasch querfeldeinverlegten Schienen der neuen Eisenbahn, rundum die Schächte immer weiter wachsend, wie eine Goldgräberstadt um einen Goldclaim im sagenhaften Amerika, so auch in dem sagenhaften Westen des Deutschen Reiches an der Ruhr, dessen Städte um Kohle und Eisen zusam-

menwuchsen zu einer einzigen Stadt. Die Geschichte einer Hausansammlung um die Zeche Dahlbusch, endend mit dem großen Krieg und in einem schöngedruckten und mit einem eisernen Kreuz versehenen Anhang, »die Heldentafel der gefallenen Krieger, die das vorliegende Werk als Schlußstein krönt«, wie der Lehrer Tobien schrieb, in der der Name von Marias Vater Joseph Lukacz und der Name des Bruders ihrer Mutter Franz Nowak nicht in goldenen Lettern, aber doch in schweren schwarzen Buchstaben für alle Zeiten eingeprägt waren. »Den Helden in ewigem Gedenken und in steter Dankbarkeit. Ehre ihrem Andenken. Mögen die Bürger dem Beispiel grenzenloser Hingabe nacheifern in treuester Pflichterfüllung der Gesamtheit gegenüber, dann wird die Saat der neuen Zeit, durch den Heldentod dieser Edlen mitgesät, unvergängliche Früchte tragen zum Heil und Wohl unserer Gemeinde und unseres Vaterlandes.«
Viele sagten, diese Worte hätte der Lehrer Tobien schon bei der Einweihung des Denkmals für den Heldenkaiser vor dem Haupttor der Zeche verwendet. Der Heldenkaiser war eingeschmolzen, die Helden tot, die Lebenden saßen bei der Gedenkstunde im Rathaus alle in einer Reihe wie in einer Kirchenbank, all die nahen und entfernten und ganz nahen und weit entfernten Verwandten, zu denen man Onkel oder Tante sagen mußte, die Cousin oder Cousine waren, manchmal zweiten oder dritten Grades, nur die Alten kannten sich da aus, die meisten wohnten in und um Gelsenkirchen, bildeten einen weit verbreiteten Clan, der trotz aller Kräche zusammenhielt wie Fensterkitt.
Neben Maria saß Tante Josephine, Mutters Schwester, die ihr einmal die kleinen Ohrringe schenkte, für die sie extra in einen Schmuckladen gingen, wo das Ohrläppchen durchstochen wurde, aufregende Erinnerung, Tante Jose-

phine mit dem Porzellangesicht, wie alle sagten, weil sie so schön war, verheiratet mit einem Tanzlehrer, einem Deutschen, »keine glückliche Ehe«, hieß es rundherum, das Porzellangesicht hatte jetzt schon feine Risse bekommen, wie Maria sah, Falten in Mundwinkel und Augen, und die Augenlider zuckten unaufhörlich wie bei einer Puppe, die man zu schnell hin und her dreht. Ihr Mann kam nicht zu der Gedenkstunde, »Der hat etwas gegen die Familie«, hieß es rundherum, außerdem war er wohl auch evangelisch, er betrieb zusammen mit Tante Josephine eine Tanzschule, das wußte Maria, die meiste Zeit saßen sie alleine in dem großen gemieteten Saal und warteten darauf, daß irgendein verlegener Jüngling hereinschaute und nach Walzer und Foxtrott fragte.

Tante Seraphine, auch eine Schwester von Mutter, war unverheiratet, »Es gibt ja keine anständigen Männer mehr«, hieß es rundherum, sie fand ihr Heil im täglichen Kirchgang, zu dem sie sich immer herausputzte, als warte Jesus ganz persönlich auf sie. Hilfsbereit, bei allen beliebt, pflegte sie die Kranken der Familie, half im Haushalt aus, legte aber ein Mann ihr den Arm um die Schulter, stand sie auf, ging in die Kirche und beichtete das ihrem Pfarrer.

Neben Polka-Paul saß seine Frau Anna, zu der Maria auch Tante sagte, obwohl sie doch jetzt wie eine Mutter war, »Arbeitet für zwei« hieß es rundherum, »Und redet für vier«, fügte Polka-Paul immer hinzu, denn sie konnte nicht arbeiten, ohne über ihre Arbeit zu reden, Hand und Mund gingen in eins, und da sie eine kräftige Stimme hatte, hörte man im ganzen Haus immer, was sie gerade tat, und im Sommer, bei weit geöffneten Fenstern, hörte es die ganze Straße, »Aber herzensgut«, meinten alle, das war sie wohl auch, sie kümmerte sich um alles und jedes in der Straße, Maria hätte gerne gehabt, daß sie sich mehr

um sie und Gertrud kümmerte, aber Anna lag nun mal gerne im offenen Fenster, die Arme auf der Fensterbank aufgestützt, redend und jede Bewegung auf der Straße sofort fixierend, nahm sie Tag und Nacht mit offenem Herzen Anteil an den Sorgen anderer.
Tante Käthe und Onkel Heinrich gehörten eigentlich nicht zur Familie, wurden aber wie enge Verwandte behandelt, hatten Sitz und Stimme im Familienrat, warum wußte Maria nicht. Onkel Heinrich, Zugführer bei der Bahn, galt als welterfahren, und Tante Käthe war für den Kummer aller Kinder der Familie zuständig.
Dann verloren sich die Gesichter der Schwarzgekleideten, die aufrecht mit ernsten und gedankenschweren Mienen in einer Reihe saßen, mehr Frauen als Männer, »Im Krieg gefallen«, wie es rundherum hieß, die Frauen mit dem Taschentuch an der Nase, gerührt schluchzend, die wenigen Männer, einer davon nur mit einem Arm, der andere Arm des Anzugs fiel flach in die Jackentasche, mit gleichgültigen Gesichtern, darauf wartend, daß sie wieder rauchen durften.

Maria konnte sich nicht recht vorstellen, daß ihr Vater nun ein Held war, an den das Vaterland ewig denken würde, es stand wohl nur so im Buch. Sie blätterte abends oft darin, im Bett, die Knie angezogen, beim Schein der Petroleumlampe, sie benutzte die letzten Briefe und Karten ihrer Mutter und ihres Vaters als Lesezeichen, so daß sich die Texte in ihrer Erinnerung verbanden, im Alter hätte sie geschworen, daß der letzte Brief ihres Vaters in diesem Geschichtsbuch abgedruckt war, aber das war nicht so. Sie fand in diesem schönen Buch nichts von ihrer Geschichte, nichts von der Existenz all der Menschen, die sie doch kannte, nichts von ihren Eltern und Großeltern und ihrem Herkommen, nur die Berichte einer wachsenden

Gemeinde und einer sich ständig vergrößernden Grube mit immer höheren Fördermengen, aufgelistet nach Tonnen pro Schacht und erzielten Durchschnittspreisen, dazu Danksagungen an Bergwerksdirektoren, die nach verdientem Wirken auf Dahlbusch sich pensionieren ließen und nach Düsseldorf zogen.

So vertiefte sie sich immer mehr in die lange Heldentafel, unter der sie sich etwas vorstellen konnte, mancher Name war ihr noch ganz unheldisch, dafür lebendig in Erinnerung; wenn sie die Augen schloß, lief der tote Held vergnügt mit einem Zigarrenstummel im Mund durch die Hauptstraße, stand singend an einer Wirtshaustheke oder schwadronierte mit anderen Kumpels vor dem Zechentor. Sie zählte gewissenhaft die Namen, denn das hatte der Lehrer Tobien vergessen, und kam auf 759 Tote. So viele Häuser hatte die Gemeinde nicht, vielleicht zweihundert, höchstens vierhundert, so schätzte sie, das waren dann in jedem Haus zwei Tote, dazu die Verletzten, vielleicht vier Verletzte pro Haus, dazu die, die krank zurückkamen, das war ja eine ganze Schicht bei Dahlbusch, wie viele Familien waren das wohl, die jetzt ohne Mann und ohne Sohn weiterleben mußten.

Das Deutsche Kaiserreich existierte nicht mehr, so stand es im Buch, auch die Familie Lukacz war fast ausgelöscht, das war nur der Heldentafel zu entnehmen; daß sich beides verband, obwohl man doch denken sollte, daß es nichts miteinander zu tun hatte, war das Überraschende an dieser Geschichte. Sie kamen zur Gründung des Deutschen Reiches, sie starben mit ihm.

III
Die Zeit steht still

1

Die offene, schwärende Wunde hatte einen blaurotgrüngelben Heiligenschein mit rosavioletten Zwischentönen, ein Regenbogen, in dessen Mitte die Wunde dunkelrot glühte, oft hochgehalten wie eine Reliquie, die zu festgelegten Zeiten ihre dünne Hülle durchbricht und ihr Blut spendet zum Beweis der ewigen Wahrheit und zur fortdauernden Erinnerung.

Gustav zog mit aufgekrempeltem Hosenbein von Kneipe zu Kneipe, denn diese Wunde adelte, sie war in Oberbilk ein Orden fürs Leben, Held der Revolution, Pour le mérite, das brachte lebenslang Freibier, anerkennendes Schulterklopfen, Grüße aus vertraulich mit einem Auge zwinkernden Verschwörermienen, geballte Fäuste zum Abschied und Fragen von denen, die nicht dabei waren. Er beantwortete sie mit weit ausholenden Gesten und rhetorischem Feuer, eine Niederlage, gewiß, aber eine ehrenvolle Niederlage; die anderen hatten Artillerie, Munition soviel sie wollten, aber immerhin hatte man die Stadt regiert, die Freiheit ausgerufen und dafür auch noch eine Schlacht geschlagen. An dieser Stelle gab es immer Beifall und eine Runde Korn extra, und Gustav wanderte weiter.

An diesem Morgen saß er, das Bein mit der Wunde auf der Holzbank ausgestreckt, im *Roten Kapellchen,* wie die Eckkneipe genannt wurde, die aus einem Bollwerk von Theke und drei kleinen Tischchen entlang einer Bank bestand und in der Tag und Nacht das gleiche dämmrige Licht die Gesichter der Männer hinter den Bier- und Schnapsgläsern in die Milde des Alkohols tauchte, nur das kleine Schiebefenster zur Straße, durch das neugierig hereinschauende Kinder Glas- und Porzellankrüge hereinreichten, die mit Bier gefüllt wieder hinausgeschoben wurden, stellte eine Verbindung zur Außenwelt dar, denn die Türe versteckte sich hinter einem dicken schweren kaum anzuhebenden Filzvorhang.

»Alle Geschichten ergeben nur eine Geschichte, aber das Leben erzählt viele Geschichten und verwirrt die Menschen, doch die Geschichten kommen von weit her aus Salomons Land und stellen dar die Geschichte der Menschen und der Menschheit, all das, was geschah und was noch geschieht, ist enthalten in den Geschichten. An diese Geschichten muß man glauben wie an eine Wahrheit, denn auch die Wahrheit war immer nur eine Geschichte, aber sie erfüllt das Leben, die Welt und selbst die Götter mit ihrem Licht. Ich habe es aufgeschrieben in kalligraphischen Zeichen und in einem Buch versammelt, in dem alle Geschichten der Welt ruhen, damit die Menschen in Ehrfurcht vor den Geschichten niederknien und das wahre Wissen der Welt sich entfaltet in den Köpfen und Herzen der Gläubigen.«

Diese ehernen Worte, die da an Baas Koslowskis Theke der Menschheit ins Gewissen gehämmert wurden, dienten vornehmlich dem Verkauf eines kleinen weißen Büchleins für fünfundzwanzig Pfennig, das alle schon kannten und in dem viel vom nahe bevorstehenden Ende der Welt die Rede war. Der Verkäufer war der Prediger Kalmeskäu, wie ihn die Leute nannten, einziger Salomonist der Welt, wie er sich selbst bezeichnete. Er wandelte einher in einem schwarzen langen Rock, wie ihn italienische Priester tragen, ohne Socken in offenen ausgetretenen Sandalen und ließ sich nie die Haare schneiden, die sich kräuselig über seine Schultern verteilten. Vor seiner Brust hing an einem roten Gummiband eine große Schiefertafel, auf die er in eckigen Buchstaben jeden Tag einen der Sprüche Salomons mit farbiger Kreide gewissenhaft auftrug, ihn abends mit Spucke und einem Ärmel seines Predigerkleides, der in allen Kreidefarben schimmerte, wieder wegwischte, um am anderen Morgen einen neuen Spruch aufzumalen. So ausgerüstet spazierte er durch die Straßen, blieb stehen, damit die Vorübergehenden den Tagesspruch lesen konnten, und war damit zufrieden. Er wußte, daß er der einzige Salomonist der Welt war, Priester und Gläubiger und Wissender in einer Person, aber er war die Kirche der Zukunft, das war ihm Gewißheit, zumal nun schon fast hunderttausend Menschen, wie er schätzte, seine Tafelsprüche gelesen hatten, und daß Salomons Worte in den nun Erhellten weiterwirken würden, daran war nicht zu zweifeln.

Big Ben, der nur glaubte, was er sah, aber nicht leugnen konnte, daß er im Moment auf der Tafel Salomons Spruch *»Sei nicht allzu gerecht und nicht allzu weise, damit du dich nicht zugrunde richtest«* sah, was für den Prediger der Beweis war, daß das Wort wirke, während Big Ben mehr an die Tat glaubte; Big Ben stand in seiner Prachtuniform wie ein Marschall der Roten Armee an der Theke, nickte ausnahmsweise, denn ihm lag auch an einer guten Geschichte, und bestellte bei Koslowski eine Runde Genever.

Wenn er arbeitete, arbeitete er als Portier für verschiedene Nachtclubs, sah in seiner leuchtendroten mit goldenen Tressen und Schnüren verzierten Uniform aus wie der »Generalquartiermeister aller Messinggriffe und Drehtüren« von Düsseldorf, lebte von den »Trinkgeldern der Bourgeoisie«; waren die Trinkgelder klein, nahm er sich schon mal einen dieser Frackträger zur Brust und schrie ihn an, er solle sich schleunigst eine Arche Noah bauen und einige nüchterne und besoffene Damen und Herren einladen, damit wenigstens einzelne Vertreter seiner Art erhalten blieben, denn die Springflut der proletarischen Revolution rolle heran.

Die Uniform trug er auch tagsüber, einen besseren Anzug hatte er nicht, und die Kinder bewunderten ihn auf der Straße wie den Stallmeister vom Zirkus. Er lebte bei seiner Mutter, die wie eine kleine verhutzelte Rosine den ganzen Tag hinter den Gardinen ihres Fensters saß und für ihren Sohn sparte, es hieß, daß seine Mutter ihm einmal eine Reise nach London finanziert habe, dort habe er sich die Nationalbibliothek angesehen, den Lesesaal, in dem Karl Marx arbeitete, sei zurückgekommen und habe berichtet: »Der Mann hat viel gelesen.«
Seine Lieblingsgeschichte aber, die er jeden Tag erzählte, war die, wie er einmal den Krupp, der aus der Drehtüre des Hotels Breidenbacher Hof kam, ganz kurz, einfach so, auf den Arm genommen habe. Drei Minuten habe der Krupp auf seinem Arm gesessen und sich nicht gerührt. Als er ihn wieder auf den Erdboden stellte, habe Krupp vor ihm den Zylinder gezogen, ihm seine Visitenkarte überreicht und ihm obendrein noch eine Stelle in der Villa Hügel angeboten. Er, Big Ben, habe abgelehnt mit der Begründung, das würde sowieso bald ein Erholungsheim des werktätigen Volkes. Krupp habe gesagt, das käme seinen Wünschen entgegen und daß er froh wäre, auf diese Weise den alten Kasten loszuwerden, habe ihn aber gebeten, wenn es soweit wäre, ihm, Krupp, eine Stelle in der Villa Hügel zu besorgen. Er, Big Ben, habe es ihm versprochen. Dann seien beide Arm in Arm, Krupp im Frack und er in seiner Uniform, durch die Altstadt gezogen und in all die Lokale gegangen, in die Krupp sich bisher nicht hineingetraut hätte. Zum Schluß wären sie sogar noch in *De sibbe Lüüs* gewesen, und geendet hätte alles bei *Hansens Penn. Hansens Penn* war ein Lokal, in dem der Wirt nachts Seile von Wand zu Wand spannte, die Seile seinen schlafwilligen Gästen einmal unter den Armen durchzog, die so für fünf Pfennig sicher im Seil hängend anständig schlafen

konnten. Alle stellten sich wonnevoll vor, wie der Krupp morgens, wenn das Seil eingezogen wurde, mit seinem Frack in das bereitgestellte Waschwasser fiel. Natürlich wußte jeder, daß diese Geschichte nicht wahr sein konnte, aber es war eine schöne Geschichte, und es war Big Bens Geschichte, und alle wollten sie immer wieder von ihm hören. Seltsam war nur, daß Big Ben zum Schluß der Geschichte allen Zuhörern die Visitenkarte Krupps zeigte.

An einem Tisch neben Gustav, in Sichtweite der Wunde, saß der Polizist Schmitz, lehnte dankend mit einer Hand die angebotenen Genever ab, kaute versonnen an einem Solei und legte die vier Geschichten, die es über Gustavs Bein gab, wie ein Puzzle immer neu zusammen, denn als Polizist konnte er nur ein Protokoll abliefern.

Wilhelmine hatte auf ihren Eid genommen, daß Gustav schon als Kind diese Wunde hatte. Big Ben hatte den Steinwurf eines Reaktionärs auf seinen Eid genommen. Baas Koslowski war bereit zu schwören, daß Gustav die Treppe zum Bierkeller hinuntergefallen sei. Gustav entschied sich nach einigem Nachdenken, seine drei Finger dafür zu heben, daß er gerade Suppe fassen wollte, und auf dem Weg zur Gulaschkanone müsse ein Querschläger, gottweißwoher –

Der Polizist hatte vier Geschichten, die kriminaltechnisch Widersprüche genannt wurden, aber er hatte gelernt, daß dieser Teil der Welt, in dem er Dienst tat, überhaupt nur aus Widersprüchen bestand. Diese Widersprüche betrafen auch seine eigene Person, denn der Polizist Schmitz hieß eigentlich Grandjean-O'Faolain. Sein Großvater war aus Irland eingewandert, hatte als Ingenieur bei *Mulvany* gearbeitet und sich nach einiger Zeit, weil die Leute seinen Namen nicht aussprechen konnten und ihn zu seinem Ärger immer nur Engländer riefen, Smith genannt, daraus war Schmitz geworden. Auch als seine Tochter einen Belgier namens Grandjean heiratete, der als Ingenieur bei *Piedboeuf* arbeitete, hieß die Familie immer noch Schmitz, denn Grandjean war auch nicht so viel leichter auszusprechen, und der Sohn dieser beiden, der Wert darauf legte, sich nach seinen Großvätern Grandjean-O'Faolain zu schreiben, war nun erst recht der Polizist Schmitz. Seine Protokolle unterschrieb er mit seinem vollen Namen Grandjean-O'Faolain, wenn daraufhin im Polizeipräsidium gelegentlich ein neuer Referendar stutzte und meinte: »Wen haben wir denn da?«, rief ein älterer Kollege beruhigend: »Das ist der Schmitz.«

Polizist Schmitz-Grandjean-O'Faolain war stolz auf seine krausen, roten Haare, nahm deshalb gerne seinen Tschako ab, fuhr mit einer Hand durch seinen *Krüllekopp,* wie das hier so hieß, und beaufsichtigte mit Nonchalance sein Revier, betrachtete alles mit Gleichmut, weil seine Art, die Dinge dieser Welt vor dem Gesetz zu interpretieren, unerschöpflich war. Schlaksig, mit leicht geneigtem Kopf, stand er oft neben einer der vielen Schlägereien, überlegte, ob das nur ein sportlicher Wettkampf oder eine ernsthafte Körperverletzung sei, denn in diesem Viertel gab es viele Boxer, und wenn ihm Umstehende versicherten, die beiden, die sich da gerade gegenseitig die Fäuste ins Gesicht schlugen, seien eigentlich gute Freunde, beendete er die Keilerei mit einem freundschaftlichen *Break* und ging weiter.

Das war nun einmal so in diesem Viertel. Ein Diebstahl war hier auch nicht immer ein Diebstahl, es kam darauf an. War da einer arbeitslos und hatte Familie, war es keiner, hatte da einer das Vertrauen von Genossen mißbraucht, strafte man ihn jahrelang mit Verachtung, das war schlimm genug, eine Anzeige war da unnötig, war da einer, so ein richtiger Schinder, der seine Arbeiter schlecht bezahlte, galt das als schwerer Diebstahl, und man räumte dann das Büro etwas auf, Streichhölzer schnitzen hieß das, und so sah das Mobiliar hinterher auch aus; das hatte alles seine Ordnung und entsprach dem tiefsitzenden Gefühl für Gerechtigkeit, als Polizist hatte man das zu respektieren, zumal die Uniform hier nicht gern gesehen wurde, Gendarm war hier kein Traumberuf, hier war man lieber Räuber.

Grandjean-O'Faolain war eine Ausnahme, er war hier geboren, das gab ihm Bürgerrecht, man vertraute ihm. Erkundigte er sich nach einer Geschichte, die als rätselhafter Einbruch durch die Düsseldorfer Zeitungen geisterte, erhielt er immer eine ehrliche Antwort, man erzählte ihm haarklein und bis ins Detail, was wirklich passiert war und wer daran beteiligt war. Das durfte natürlich nicht ins Protokoll, was Schmitz-Grandjean-O'Faolain zu orientalischen Interpretationen gewisser Vermögensdelikte zwang. Seine Berichte, die sich durch überraschende Wendungen und eine der Menschenwürde dienende Logik auszeichneten, wurden im Polizeipräsidium mit geradezu philosophischem Interesse verfolgt. Da konnte man schon einmal lesen: »Das Diebesgut wurde vollständig aufgefunden, da der Beschuldigte (vorbestraft) nachweisen konnte, daß der Bestohlene (vorbestraft) das Diebesgut selber gestohlen hatte, da der tatsächlich Bestohlene (vorbestraft) aber behauptete, nicht bestohlen worden zu sein und sich wegen einer solchen Behauptung höheren Ortes beschweren will, wird das Diebesgut behördlicherseits rechtmäßig als Fundsache behandelt, und, sofern sich kein weiterer Eigentümer meldet, nach Ablauf der gesetzlichen Frist unter den obengenannten drei Personen verteilt. Anspruch auf Finderlohn wird von keinem der Beteiligten erhoben.«

Im übrigen war man im Polizeipräsidium mit ihm durch-

aus zufrieden. Wurde es ernst, daß heißt, waren die Vermögensdelikte nennenswert, hatten die Jungens also bei einem Juwelier auf der Königsallee gearbeitet, oder einer dem anderen bei einem Streit den Schädel eingeschlagen, dann fand sich der Täter sehr schnell in Handschellen wieder, Schmitz wußte schon, welches Vögelchen er sich da holen mußte, und dafür hatte man im Quartier durchaus Verständnis, schließlich war er ja Polizist.
Koslowski, der hinter seiner wuchtigen Eichentheke ungeduldig wurde, meinte, es genüge doch ein kleines Protoköllchen – »dat janze Jedöns immer«. Grandjean-O'Faolain hielt dagegen: »Die Gesetze, die Gesetze, und in diesem Fall auch noch Militärstrafrecht, da muß man aufs hohe Seil, da muß man schwindelfrei sein«, stand auf, nahm aus dem Glas auf der Theke ein neues Solei und setzte sich wieder.
Koslowski, der Pole, dessen Vater Vorarbeiter bei *Dawans* war, hatte mit einer kleinen Erbschaft diese Eckkneipe gepachtet, von allen nur *Das rote Kapellchen* genannt, einerseits eines der Hauptquartiere der Spartakisten, andererseits mit einem sehr schönen Herrgottswinkel ausgestattet, denn Koslowski, der von sich selber sagte, er sei »Pole, Pole und nochmals Pole«, war ein konservativer Mensch, und so fand sich in einer Ecke seiner Wirtschaft der Tradition seiner Heimat gemäß ein Herrgottswinkel. Der gekreuzigte Jesus umgeben von geweihtem Buchsbaum, das Bild der Heiligen Maria Mutter Gottes von Tschenstochau, das Bild Seiner Heiligkeit des Papstes zu Rom, ein polnisches und ein deutsches Fähnchen, alles ein wenig verräuchert, aber Koslowski hatte es von seiner Theke aus im Auge. Darunter hing bis vor kurzem ein blutrotes Plakat mit dem Aufruf, zu einer Kundgebung mit Rosa Luxemburg und Karl Liebknecht zu eilen, das Plakat war, als die Soldaten kamen, eilig abgerissen wor-

den, an den vier steckengebliebenen Reißnägeln hingen noch kleine Fetzen des roten Papiers, so daß jeder Stammgast wußte, was dort im Geiste immer noch hing und immer hängen würde.
Koslowski war kein strenger Katholik, aber den Schoß der großen allumfassenden Mutter Kirche wollte er nicht missen, so wenig wie seine Stammkundschaft, die ausschließlich aus Sozis und Kommune bestand; wenn er ihre Programme durchlas, fand er sie zwar reichlich evangelisch, wie er es nannte, aber immer noch christlich. Die Kirche stand ihm für die Ewigkeit, die Parteien für das alltägliche Leben, so zapfte er sein Bier zwischen Christus und Liebknecht, Maria und Rosa, nur eine Partei war ihm zu wenig, er war für beide.
Die meisten Stammkunden übersahen den Herrgottswinkel, wenn Koslowski all ihre Plakate aufhing, was er tat. Außerdem hatte er einen granatensicheren Bierkeller, leidliche Beziehungen zum neutralen Pfarrer, beides in gewissen Zeiten nicht unwichtig, und schrie schon mal einer bei einer hitzigen Versammlung, man solle den Kerl da oben an seinem Kreuz mit dem Gesicht zur Wand drehen, schrie Koslowski zurück, dem Kerl da oben würde er jederzeit die Partei anvertrauen, im Gegensatz zu diesem Lenin.
Baas Koslowki selbst bestand aus zwei Kugeln, einer oberen kleinen mit dem gutmütigen Ausdruck einer Runkelrübe, einer unteren großen, die hinter der Theke ruhte. Diese zwei Kugeln, durch irgendein Trägheitsgesetz zusammengehalten, konnten sich in Sekundenschnelle in Bewegung setzen, rollten elegant die Ecke der Theke umkurvend heran, und die balancierenden Arme verteilten mit Händen wie Kohleschaufeln im Rundumschlag ihre Ohrfeigen. Da diese Ohrfeigen gelegentlich das Trommelfell aufschlugen, oder die Kinnlade so verrenk-

ten, daß man drei Tage nur Griesbrei schlürfen konnte, war Baas Koslowskis Kneipe eine Oase des Friedens.

Big Ben schloß sich der Ungeduld Koslowskis an und meinte, die Sache müsse man jetzt abschließen. Baas Koslowski half mit der Erkenntnis weiter, daß der Treppensturz ja auch schon im Kindesalter . . . Kalmeskäu zitierte Salomon »*Ein Geschlecht vergeht, das andere kommt, die Erde aber bleibt immer bestehen.*« Da griff Grandjean-O'Faolain, der mit seinem zweiten Solei fertig war, zu seinem Füllfederhalter, schraubte ihn auf und trug ein, offiziell, protokollmäßig, amtlich und ordentlich, festgehalten für die Ewigkeit »*Querschläger beim Suppenholen*« und in Klammern »*Alte Wunde durch Treppensturz in der Kindheit*« und unterschrieb.

Eine Geschichte ist eine Geschichte, man kann sie glauben, manchmal muß man sie glauben. Alle glaubten von nun an daran, obwohl jeder die andere Geschichte kannte, von jetzt an waren zwei Geschichten im Umlauf, die eine, die wahr war, und die andere, die auch wahr war. Das war nicht viel, in diesem Viertel der Stadt gab es Menschen, die vier komplette Lebensläufe hatten, in jeder Kneipe mit einem anderen Namen angeredet wurden, ihre vier Schicksale vermischten sich bei jedem behördlichen Kreuzverhör zu einem undurchdringlichen Lebensdschungel, der hundert Verstecke und hundert Auswege bot, so lange, bis so einer selbst nicht mehr wußte, wer er war, glaubwürdig jede Aussage verweigerte, weil ihm sein Leben endgültig durcheinandergeraten war, und er zwischen Geburt und Tod keinen Anhaltspunkt mehr fand, den er beschwören konnte, als Wahrheit auf das Licht seiner Augen nehmen konnte, und so zum Schluß eben alles beschwören oder alles abstreiten mußte.

Der Polizist Schmitz klappte die Akte offiziell zu, und das Gespräch wandte sich wieder der großen Revolution zu,

dem unausgeschöpften Thema dieses Jahres und der damit verbundenen Frage, wie es nur möglich war, daß das Freikorps Oberbilk eroberte, die uneinnehmbare Festung. jeder hatte seine Standardantwort: »Kanonen, die Kanonen«, »Man hätte Stoßtrupps auf die Kanonen . . .«, »Statt Plakate aushängen, Granatwerfer kaufen«, »Gebündelte Handgranaten vom Bahndamm«, »Die Maschinengewehre auch auf dem Bahndamm«. Das betraf den Polizist Schmitz, der auf dem Bahndamm zwischen den Gleisen, gewissermaßen im Niemandsland gelegen hatte, um den Hauptbahnhof zu schützen, wie sein Auftrag lautete. Es war der Zwiespalt seines Lebens, hier die Kommune, da das Militär, und er zwischen den Schienen, Gewehr im Anschlag, schießen, aber auf wen?
In dem Moment drängte eine Gruppe Menschen in den Raum und rief. »Et Fin spielt verrückt.« Das wollte sich keiner entgehen lassen, alle setzten sich in Bewegung, und es war ein schönes Bild, wie Gustav mit aufgekrempeltem Hosenbein, Big Ben in seiner Paradeuniform und Kalmeskäu im schwarzen Rock und mit umgehängter Schiefertafel, die Straße heraufkamen. Der Polizist Schmitz-Grandjean-O'Faolain ging zur Wache, das da war Privatangelegenheit.
Von weitem schon sahen sie Jakob, Fins Vater, ein kleines schwaches Männlein, der wie ein zerzauster Rabe aus dem Fenster hing und »Gustav, Gustav« krähte, mit Beinen und Händen strampelnd auf einen Trümmerhaufen auf der Straße deutete und dabei fast aus dem Fenster fiel. Fins Vater war Straßenkehrer und der ehrlichste Mann der Welt, wie er ständig beteuerte, ungefragt erzählte er jedem, was er schon alles gefunden und ehrlich abgeliefert hätte, Perlen und Diamanten, goldene Schmuckstücke und Uhren, vergoldete Zigarettenetuis und silberne Krawattennadeln, Brieftaschen und Portemonnaies voller

Geld, Ausweise und Devisen, ein reicher Mann könne er sein, Haus und Hof könne er haben, nein, er habe alles Gefundene ehrlich abgeliefert, er sei der ehrlichste Mann der Welt, und das genüge ihm.

Fin, seine Tochter, bei der Gustav ein Zimmer hatte, und die ihn mit allem versorgte, war »gut dabei«, wie man so sagt, eine große starke Frau, die aus Übermut, wenn sie ihren Tag hatte, zwei Zentner Kohlen aus dem Keller in den ersten Stock trug, ohne zu schnaufen, Fin hatte also mal wieder ihren Tag gehabt, hatte den großen Spiegel von der Frisierkommode abgeschraubt und ihn durch das Fenster auf die Straße geworfen, hatte die Schubladen aus der Frisierkommode gezogen und sie ebenfalls durch das Fenster auf die Straße geworfen, hatte die Frisierkommode mit einem Ruck angehoben, sie vorne auf das Fensterbrett gesetzt, hatte das Hinterteil der Kommode angehoben, geschoben und gedrückt und den Rest der Schwerkraft überlassen.

Nachdem sich die anwachsende Menschenmenge davon überzeugt hatte, daß von Fin vorerst nichts mehr zu erwarten sei, hatten sie Gustav alarmiert. Gustav stieg die Treppe hoch: »Wat is?« Fin lag entspannt in einem Sessel, die Füße auf dem Fensterbrett: »Nix 's. Dat Essen is fertig. Ich hatt kein Lust zu rufen. Und dat mit den Kneipen hört nun auch auf.«

Sie aßen schweigend, und am Nachmittag trugen sie die Reste der Frisierkommode wieder die Treppe hinauf in ihre Wohnung. Gustav hämmerte sie so zusammen, daß sie durch kein Fenster und keine Türe mehr paßte und jeder Besuch später erstaunt davor stehenblieb und fragte: »Wat is dat denn für ein Möbel?«

»Dat is so ne Geschichte«, brummte Gustav dann, der diesen Tag nie vergaß, es war das Ende seiner Heldenzeit.

2

Als Kind, so hatte man ihr erzählt, auf der langen Reise zu Verwandten nach Posen, und sie erzählte es selber immer wieder, als Kind habe sie geschrien, als sie mit dem Zug über das endlose Wasser fuhr, weil sie glaubte, die Welt sei untergegangen, die ganze Erde nicht mehr vorhanden, nur diese graublaue, unbewegte Fläche, die bis zu den Wolken am Horizont reichte. Sie schrie, weil sie nicht die Brücke sah, über die der Zug fuhr, die vorbeihuschenden Eisenträger, die Gleise, das Stahlgerüst, das über die Oder und die Obra führte. Noch am Ende ihres Lebens erinnerte sie sich an diese Wasserfläche, über die ein Weg führte, den sie nicht kannte, an den sie glauben mußte.

Maria hatte in ihrem jungen Leben erfahren, daß man die Wahrheit erfinden und an sie glauben muß, daran glauben muß, wie an eine schöne Geschichte, eine gute und wahre Geschichte, die man immer wiederholen mußte, immer weitererzählen mußte, bis aus dem Traum das Leben wurde und das Leben einen Sinn bekam, so wie in jeder richtigen Geschichte, und wenn es nicht gelang, wenn das Leben nur das Leben war, armselig, einfach, so wie immer, so wie bei allen, so blieb doch die Geschichte eines Lebens, so wie ein Traum blieb, der das immerwährende Leiden, die Ausdauer und Ergebenheit, das geduldig zu tragende Schicksal in eine Botschaft verwandelte, die immer weitererzählt wurde, immer weitergetragen wurde, all die Geschichten von Sieg und Niederlage, von Geburt und Tod, von Trauer und Hoffnung, weil die Kraft, die das Leben verlangte, sich nicht mit dem Tode erschöpfte, sich in den Geschichten erneuerte und von Generation zu Generation den Mut zum Leben gab.

Während in Rotthausen zum erstenmal gewählt wurde, Streik und Bürgerkrieg einander abwechselten, die Franzosen das Land besetzten und vor den Zechen auf und ab patrouillierten, die Regierung in Berlin Angst hatte, daß sich das Ruhrgebiet als ein eigener polnischer Staat an Frankreich anschließen werde, förderte man auf Dahlbusch wieder tagtäglich Kohle, es hatte sich also nichts geändert.

Maria wuchs heran, schwarzhaarig, mit dunklen Augen, das verträumte Gesicht ihres Vaters war langsam zu erkennen, das Scheue und Verschlossene war wiederzuerkennen, das sich bei Maria mit einem hartnäckigen Eigensinn verband. Den Kopf hochtragend, stolzierte sie in selbstgenähten Kleidern, die schon früh einen in Rotthausen ungewohnten Chic hatten, durch den Kohlendreck, den sie einfach übersah. Sie nähte gern, fiel auf durch ihre geduldigen Stickereien und lernte Kochen, ohne daß man es ihr beibrachte. Sie besaß ein paar Kochbücher, und wenn man sie an den Herd ließ, brachte sie zur Verwunderung aller Gerichte auf den Tisch, die man vorher überhaupt nicht kannte, sie konnte es selbst nicht erklären. Diese verwunderliche Eigenschaft sprach sich herum, als sie für eine erkrankte Köchin bei der Hochzeit eines Bergassessors einen gespickten Rehbraten zustandebrachte, waren sowohl die Hochzeitsgesellschaft als auch sie selbst hinterher überrascht durch die Tatsache, daß sie das ja noch nie gemacht hatte. Sie half danach öfter bei den Gesellschaften des Bergwerksdirektors aus, hantierte ohne Hemmungen mit Kaviar, Lachs und Champagner, bekam ohne große Mühe die verschiedenen Saucen in den Griff, bald war sie bei den Gesellschaften des Direktors unentbehrlich, was sie nach außen mit bescheidener Freude und in ihrem Inneren mit unbändigem Stolz erfüllte.

Ihr Selbstbewußtsein wuchs, trotzdem behielt sie eine starke Zurückhaltung, eine Verschlossenheit, aus der man nie recht schlau wurde. Daß sich dahinter noch etwas verbarg, stellte sich zum erstenmal heraus, als auf einer Gesellschaft ein betrunkener Gast der servierenden Maria, auch das hatte sie inzwischen gelernt, den Arm um die Schulter legte, um sie in seiner besoffenen Dusseligkeit vor allen Gästen zu küssen. Was dann ausbrach, behielten alle Gäste als »Wissen Sie, da habe ich mal etwas erlebt...« in Erinnerung. Das Porzellan des Direktors, nicht für den Flug im freien Raum geschaffen, erfuhr an diesem Tag eine vernichtende Niederlage, die Gäste standen bekleckert und ratlos herum, im Salon fielen die Fensterscheiben klirrend aus dem Rahmen, das Silberbesteck erwischte Schuldige und Unschuldige, Töpfe und Tischtücher verwickelten sich in dumpfem Geschepper miteinander, es nahm einfach kein Ende, alle guten Geister des Hauses vermochten diesen Vulkan nicht zu stoppen, denn alle Ruhepunkte, alles Atemholen der Maria war immer nur der Anlauf zu einem erneuten Wutausbruch, mit Mühe konnte man die Kerzenleuchter in Sicherheit bringen, nach einer Stunde hatte man sie endlich so weit, daß sie bereit war, sich auf einen Stuhl zu setzen, und wer da in ihre Augen sah, der wußte, daß in der Maria ein heiliger Zorn, ein wahnsinniger Jähzorn brannte, der wohl nie erlöschen, der ein Leben lang anhalten würde. Von da an ging man mit Maria behutsam um, ein Blick von ihr genügte, und jede dumme Redensart wurde sofort hinuntergeschluckt.

Maria aber, die Fördertürme, Kohlenhalden und Bergleute satt hatte, beschloß nach Düsseldorf zu gehen. Die Verwandtschaft hatte da ein Wort mitzureden, schwieg aber schnell, wenn Maria den Kopf hob und denjenigen, der grade unbeholfen versuchte, einen Einwand in einem anständigen Satz unterzubringen, mit ihren entschlossenen Augen und ihren schmalen Lippen ansah.

Blieb noch die Frage mit Polen und Deutschland und die Frage der Option. Die Weltmächte hatten das Deutsche Reich etwas verkleinert, es gab einen neuen Staat Polen und das »auf ewig« deutsche Land, in dem Marias Vorfahren als deutsche Polen gelebt hatten, war nun wieder ein polnisches Polen, und ein jeder sollte wählen, so die Weltmächte, ob er nun Pole oder Deutscher sei.
Viele wählten Polen zu ihrem Vaterland und Deutschland zur neuen Heimat, das stürzte die Behörden in Verwirrung, weil es keine rechte Entscheidung war. Die meisten wollten eben nur Polen in Deutschland bleiben, so daß sich da nicht viel geändert hätte, abgesehen von denen, die wirklich zurück nach Polen wollten oder denen, die sich in Deutschland einen deutschen Namen zulegten, weil sie doch Deutsche waren.
Michael, Cousin der Maria, Sohn des klarinettenspielenden Bruders ihres Vaters, hatte für Polen optiert. Darauf hatte ihn die Zeche sofort entlassen, und die deutsche Polizei wollte ihn als Ausländer nach Polen abschieben, wo es für ihn keine Arbeit gab und wo er als ehemaliger Auswanderer nicht sehr beliebt war. Michael, der nicht mehr wußte, ob er ein polnischer Deutscher oder ein deutscher Pole war, hatte beschlossen, als Bergmann nach Frankreich zu gehen, dort gäbe es bereits eine große Kolonie Westfalczyks, die man dort Westphaliens nenne. Vielleicht werde es das einmal in ganz Europa geben, meinte er, daß die Menschen kleine Nationen innerhalb der großen Nationen bildeten. Er stelle sich das wenigstens so vor. Denn die Westfalczyks und die Westphaliens, das seien Verwandte, ob sie nun Deutsche, Polen oder Franzosen wären, das mit den Nationen sei für ihn nicht mehr zu verstehen, immerhin werde er als deutscher Pole wohl bald Franzose sein.
Maria optierte für Deutschland, bestand auf ihrem polni-

schen Namen, kaufte sich am Bahnhof Rotthausen, ehemals Dahlbusch, eine Fahrkarte nach Düsseldorf, nahm den neuerworbenen Schließkorb, der von nun an ihr Leben begleiten sollte, aber das ahnte sie noch nicht, packte hinein, was ihr gehörte, es war nicht viel, es paßte alles in diesen einen Schließkorb, aber sie war stolz auf jedes Teil. Obenauf legte sie die Heilige Maria Mutter Gottes von Tschenstochau, das Bild ihrer Mutter in der Granatenfabrik und das Bild ihres Vaters in der schlechtsitzenden Uniform.

Ein Brief wurde geschrieben. Es dauerte eine Woche, wie der Schöpfungsakt Gottes, der auch sieben Tage gebraucht hatte, wann wurde schon mal ein Brief geschrieben, dazu noch ein wichtiger, ein Brief, der über das Schicksal eines Menschen entschied, das mußte man vorbereiten wie das Osterfest. Da war viel zu überlegen und zu bedenken und um Rat zu fragen, und jeder gab Rat und legte Wert auf seine Formulierung. Auf Packpapier malten kräftige Fäuste mit großen Zimmermannsbleistiften, unter den ungeordneten Bemerkungen der Frauen am Küchenherd, erste Aufrisse, die mit dem Packpapier anderer Familien zusammengelegt, verglichen, gegenseitig redigiert und kommentiert wurden, danach wieder umgestellt, neu verfaßt, neu aneinandergelegt und zusammengeklebt. Eine Ordnung ergab sich aus gemeinsamer Erinnerung über den Mann im Berg zu Dabrowa, zum Wasser der Obra zwischen den Deichen, in frühe Zeiten. Das Packpapier wurde erneut auseinandergeschnitten, bearbeitet, bekritzelt, richtiggestellt, die Kommentare in den Text eingearbeitet und wieder entfernt, Sprichwörter, Redensarten, Geglaubtes, Halbgewußtes, überlieferte aber ungeklärte mündliche Reden eliminiert, danach von einem Schreiberfahrenen mit Tintenstift und Zungenarbeit und viel Gestöhn, »Lieber eine Doppelschicht fahren«, in eine Kladde übertragen, die Kladde wanderte zum Reviersteiger, der Komma und Punkte beherrschte, Ausrufezeichen und Fragezeichen, wanderte weiter zu dem Mann mit dem einen Arm, der in einer Kanzlei arbeitete und der mit seiner einen linken Hand schöner schrieb als alle anderen mit beiden Händen und Zimmermannsbleistiften auf Packpapier. Er übertrug es mit einer spitzen stählernen Feder, die ein beruhigendes Geräusch von sich gab, gewissermaßen notariell im Beisein der Familie, letzte Fragen betreffend Inhalt und Stil klärend, in königsblauer Tinte in steilen Buchstaben mit allen dazugehörigen Häkchen, Windungen, Fähnchen und scharfen Ecken in eine zügig fortlaufende Schrift auf das extrafeine und aus gemeinsamer Kasse bezahlte Büttenpapier mit den gezackten Rändern in klare deutsche und polnische Sätze, darauf bestand man, zweisprachig sollte es sein, mit der gehörigen Anrede am Anfang und dem gehörigen Gruß am Ende, an beidem sollte nicht gespart werden, doppelte Anrede, einmal als betitelte Person mit Nachnamen, einmal als Familienmitglied mit genauer familiärer Anrede und Vornamen, und das alles mit herzlichen aber auch distanziert höflichen Grüßen, denn beides galt es auseinanderzuhalten, legte man doch Wert darauf, daß dies eine offizielle Anfrage und keine Bitte um Hilfe sei, und schon regte sich wieder einer hinten an der Wand auf, man habe es nicht nötig, Maria könne auch in Gelsenkirchen bleiben, dieses ganze Theater, Maria wäre wohl inzwischen etwas Besseres als die anderen, stand auf und fuchtelte mit den Armen in der Luft herum, brachte vor Aufregung seine Sätze nicht zu Ende, wurde laut, das gemeinsame Dokument geriet durch seinen Protest in Gefahr, bis einer schrie: »Setz dich, du Laban«, so daß der Brief seinen beschlossenen Fortgang nehmen konnte, mit Entschiedenheit fertiggestellt wurde, auf dem Umschlag

zur Zufriedenheit aller sogar französische Töne anschlug, *Madame et Monsieur* stand da, jeder überzeugte sich davon, nahm Brief und Umschlag einmal in die Hand und begutachtete das gemeinsame Werk.
Am Sonntag unterschrieben ihn alle nacheinander, die Männer links, die Frauen rechts, die Ältesten zuerst, die Jüngsten zuletzt, unterschrieben ihn mit Vornamen, Taufnamen, Rufnamen und Familiennamen, wäre Siegellack im Haus gewesen, hätte man ihn sicher noch gesiegelt, ein Königshaus schrieb an ein anderes Königshaus, die Familie Lukacz schrieb an die Familie Lukacz.
So wie ein Fluß, in einem heißen Sommer erstickend und immer langsamer fließend, im alten Flußbett austrocknend neue Arme bildet, vielarmig einen neuen Weg sucht, versickernde Rinnsale in sich aufnimmt, zu einem neuen Flußbett vereinigt, so öffnete sich auch hier das fast undurchschaubare Geflecht der Familie, das immer, wenn ein Zweig der Familie auszusterben drohte, sich wie ein Fächer aufbog und das, was da auf den Tod zulief, in sich aufnahm und weitertrug, dem Leben zurückgab.

3

Oberbilk war die Welt. »Dieses kleine O«, so rezitierte Gustav Fontana seinen Shakespeare, wenn er in heißen Sommernächten auf dem Dachfirst des Hauses saß, angelehnt am Kamin, mit ausgebreiteten Armen auf diese Tag und Nacht von Feuer, Rauch und Lärm erfüllte Insel herabsah, dieses Fleckchen Erde, das jahrhundertelang als Ödnis unter einem offenen Himmel lag, Sand und Gesträuch, einsames Gehölz und unbekannte Wege, zwischen Morgen- und Abenddämmerung, Sonnen- und Regentagen, bis in einem Schöpfungsakt von wenigen Jahren aus diesem stillen, gottvergessenen Brachland ein vibrierender, feuerspeiender, ohrenbetäubender Ort entstand. Kein gelassener Schöpfungsakt Gottes, der unbeherrschte Wille von Menschen erschuf hier eine eigene Welt, die Gut und Böse, Paradies und Hölle, Sündenfall und Kainsmal in sich trug, wahllos auf die Erde gesetzt, ohne jeden Heilsplan, ohne jede erkennbare Ordnung, eine Explosion, ein Urknall, ein eigenes Sonnensystem, eine sich rasch ausdehnende Sternenwelt, labyrinthisch immer neue Welten schaffend, und doch für die, die darin lebten, dieses umeinandertreibende Menschengewimmel, die winzige Nußschale auf der Erdkugel, an die sie sich klammerten, die sie Heimat nannten.

Industrianten hießen die Erbauer dieser neuen Welt, die wie vulkanisches Urgestein schnell aufschoß, rotglühende Lava, die sich ausdehnte, Einbrüche überstand, neue Verbindungen einging, sich zusammenschloß und verwandelte, ihr dampfendes Gestein über die alte Erde schob, erkaltete, verkrustete, aus kleinen Werkstätten immer größere Fabriken schuf, aus kleinen Wohnhäusern immer größere Ansiedlungen, sie kamen aus Irland, England, Belgien, Frankreich, Holland, brachten Ingenieure und Facharbeiter mit, ganze Kolonien entstanden um die jeweiligen Fabriken, mit eigener Sprache, eigener Religion, eigener Lebensart, eigenen Feiertagen, eigener Küche. Später kamen deutsche Fabrikanten aus der Eifel, aus Aachen, aus dem Bergischen Land, aus Iserlohn, brachten ebenfalls ihre Arbeiter mit, ganze Hundertschaften entstiegen den Planwagen, später den Eisenbahnzügen, alte Hugenottenfirmen verlegten ihren Sitz hierhin, Italiener wanderten zu, zogen die Kamine hoch, bauten die Öfen, brachten Verwandte mit, die Eis oder geröstete Maroni verkauften, siedelten in ganzen Familien mit vielen Kindern neben den Häusern der polnischen Arbeiter, die in geschlossenen Kolonnen ankamen, holländische Spediteure, böhmische Glasbläser, ungarische Schuhmacher,

jüdische Kleiderhändler, bayerische Bierbrauer, Agenten Hamburger Reeder, Bankiers aus Basel, Notare aus Bern, russische Popen, deutsche Nonnen, französische Damen, Religionsverkünder, Unternehmer und Fabrikgründer aller Art. Eine vielsprachige, fremdartige, künstlich geschaffene neue Welt aus vielerlei Kulturen, eng zusammenlebend, den Gesetzen der Produktion gehorchend in den Stahl- und Eisenwerken, Walz- und Hammerwerken, Dampfkessel- und Röhrenfabriken von *Mulvany, Piedboeuf, Poensgen, Grillo, Bourdouxhe & Co., Dawans, Orban & Co., Herlitschka & Gobiet, Regnier-Poncelet & Büttgenbach* mit dem Oberbilker Markt als Zentrum, der Kölner Straße als Hauptstraße, der Josephskirche auf dem Josephsplatz als vatikanischem Zentrum.
Die Eisenbahnstrecken verschiedener Gesellschaften, die sich hier verbanden, ursprünglich in engen ausgezirkelten Kurven auf freies Feld verlegt, bildeten rasch die Grenzen des sich ruckartig, in immer neuen Schüben ausdehnenden Quartiers. Die Gleise schnürten das Quartier ein, wanden sich immer enger um Wohnhäuser und Fabriken, ein Gewirr von Schienen, Weichen, Rangierstrecken und Werkanschlüssen, ein stählernes Band, geflochten aus zahlreichen ineinanderlaufenden, auseinanderlaufenden, sich kreuzenden Strängen, ein sich ständig stärker einspinnender Kokon, der hart und unbewegt diese Welt umschloß.
Später, auf Dämme hochgelegt, umgaben die Gleise das Quartier wie ein Oval, schufen einen kleinen Kontinent, umschlossen ihn durch einen hohen Wall wie eine chinesische Mauer, die die Grenze zu anderen Erdteilen bildete. Die Hauptausgänge zur Stadt und auch die Hinterausgänge zum Friedhof und zum Stoffeler Kapellchen, wo die Frauen bei schwermütigen Gesängen vor den Heiligenbildern ihre Kerzen anzündeten, waren langgezogene,

unter vielen Gleisen durchführende Höhlengänge, dämmrige, ständig tropfende, vom Kohlenstaub der Lokomotiven verrußte, vom hallenden Donnern der darüberfahrenden Züge erschreckte, von weißen Dampfschwaden durchzogene Vorhöllen. Ausgangstore in eine andere, fremde, oft ganz und gar unbekannte Welt, Eingangstore in das heimatliche Quartier.
Viele Bewohner des Stadtviertels hatten diese schwarzen, ohrenbetäubenden Pforten zu anderen Stadtteilen nie durchschritten, kannten Düsseldorf nicht, hatten nie den Rhein gesehen, hatten ihr Leben ausschließlich hier, hinter diesen Festungswällen aus schmutziggelben Ziegelsteinen verbracht. Für sie war dieses Oval vermessenes Land, eine genau abgesteckte Karte, und so wie auf alten Karten nur das eigene Land verzeichnet war, während rundum feuerspeiende Drachen und schnaubende Seeungeheuer das Nichts darstellten, in das man bodenlos fiel, wenn man die Grenzen überschritt, so war Düsseldorf ein nichtexistierendes Land und umgekehrt Oberbilk für Düsseldorf ein weißer Fleck auf der Stadtkarte, terra incognita, ein unbekanntes Gebiet voller Gefahren, wo man seines Lebens nicht sicher war, hingegen für die, die hier lebten, der einzige Ort der Welt, an dem man sich sicher fühlte, allerdings mußte man die ungeschriebenen Gesetze kennen. Um jedem Fremden klar anzuzeigen, daß hier andere Gesetze herrschten, waren die Straßen und Plätze nicht nach Königen und Fürsten, nicht nach ehemaligen Bürgermeistern oder Nationalhelden benannt, hier hießen sie Industriestraße, Hüttenstraße, Eisenstraße, Schmiedestraße, Schlegelstraße, Stahlwerkstraße, Stahlstraße, Kruppstraße, Siemensstraße, Borsigstraße, Halskestraße, Gustav-Poensgen-Straße, und alle, die in diesen Straßen wohnten, lebten erst recht nach ihren Gesetzen, die sich aus den Gewohnheiten vieler zusammensetzten.

Die Regeln des Zusammenlebens, die außerhalb galten, waren hier nicht gültig, man kannte sie meist gar nicht, man lebte hier nach einem eigenen Recht, das sich ganz natürlich aus der gemeinsamen Arbeit und aus der Gemeinsamkeit des Wohnens entwickelt hatte und das von allen respektiert wurde. Von außen wurde das als Chaos angesehen, als totale Anarchie, als gesetzesfreier Raum, von innen als eine gute menschliche Ordnung, die alle zusammenleben ließ. Eine Republik mit eigenen Gesetzen und einer Art Verfassung, in der sich jede hier lebende Person als durchaus freie Bürgerin und freier Bürger verstand, die keine Obrigkeit über sich anerkannte, die sich in ihrer Lebensart in nichts dreinreden ließ, die sich auch während der Arbeitszeit nicht wortlos und gehorsam dem Patron beugte, eine republikanische Gemeinschaft, deren oberstes Gebot Toleranz war. Das wurde hier natürlich nicht so formuliert, es wurde so gelebt, »Kann doch jeder machen wat er will.« Geriet er darüber mit einem anderen in Streit, weil der andere auch machen wollte, was ihm gerade einfiel, wurde das öffentlich und lautstark unter Beteiligung ganzer Häuserblocks in allen europäischen Sprachen entschieden. Bei Wiederholung des Streitfalls gab es schon mal eine Prügelei, aber dann hatte es sich auch. Galt einer als Randalierer, der sich ständig über die Freiheiten anderer hinwegsetzte, fanden sich in jeder Straße einige Männer von kräftiger Bauart, die dem Betreffenden klarmachten, daß das hier ein anständiges Viertel sei, und wenn er sich nicht benehmen könne, dann würde man ihn nach Köln verfrachten.
An den verschiedenen Nationalfeiertagen gingen zwar die Iren auf die Engländer los, die Belgier auf die Franzosen, die Italiener auf die Polen, aber das war schon Tradition, das war der krönende Abschluß der Feste, das war nicht weiter erwähnenswert, und wenn da einer von den neuen

Gewerkschaften herumstand und predigte, daß sie alle Arbeiter seien und sich lieber gegen Piedboeuf und Poensgen vereinigen sollten, die gerade an einem Tisch säßen und Kartelle schmiedeten und die Preise festlegten, so stieß er nur auf Unverständnis. Der Patron war der Patron, und das Nationalfest war das Nationalfest, was hatte das miteinander zu tun. Außerdem arbeitete man aus freiem Entschluß, oft nur eine Woche, das genügte, um eine Woche nichts zu tun, dann stand man auf der Straße und unterhielt sich, oder man lag auf der Fensterbank und genoß die Sonne, eine Woche später ging man dann vielleicht zu einem anderen Patron. Aber die Gewerkschaften gaben nicht nach, und so wurde die Politik neben der Religion zum Hauptthema. In einem babylonischen Sprachengewirr stritten sich die Glaubensrichtungen und Religionen vieler Nationen, unzählige Sekten, abergläubische Ungläubige, Rechtgläubige, Nichtgläubige, Orthodoxe und Progressive, Atheisten und Agnostiker; wie viele Begründungen und Beweise für und gegen Gott in allen Sprachen, wie viele Schwüre zum Himmel und Verdammungen zur Hölle, so daß man glauben konnte, jeder habe seinen eigenen Gott. In der Politik wimmelte es von sich ständig streitenden Kommunisten, Sozialisten, Spartakisten, Sozialdemokraten, Anarchisten, Radikalsozialen, unabhängigen Sozialdemokraten, Links- und Rechtsabweichlern aller Couleur bis hin zu Humanisten, die für das Zentrum schwärmten, wo sie dann schon mal auf einen kommunistischen Pfarrer trafen, der in einem Zweifrontenkampf zwischen göttlichen und politischen Positionen stand. Überblickte man dieses Durcheinander von Nationalitäten, Sprachen, Glaubensrichtungen, politischen Überzeugungen, so gab es nicht einen, von dem man sagen konnte, er ist wie der andere. Es war die größte Ansammlung von Individualisten in diesem Teil der Welt.

Eine florentinische Republik, in der nur noch Latein und Griechisch fehlte, wie Gustav apodiktisch von seinem Dachfirst verkündete.

4

Joseph Lukacz hieß er, weil alle Lukacz Joseph hießen und ihre Frauen Maria, aber es war der mit dem *von* dazwischen, Joseph von Lukacz, und es war das *von,* das diesen Zweig der Familie abspaltete von den anderen. Es schuf eine Distanz, die sich immer mehr auswirkte, nicht, daß man nicht stolz darauf war, daß sich da aus dem Geäst des alten Familienbaumes, aus dem Wurzelwerk des Stammes, das vom Hügel bis an den Fluß reichte, ein starker Stamm entwickelt hatte, der schwer herabhing, fast die Erde berührte, eigene Wurzeln schlug, sich zu einem neuen Baum entwickelte, der dem alten Stamm, der vor Zeiten einmal frei auf einem Hügel wuchs, das Licht nahm, die Erde nahm.

Ursprünglich hatte man in demselben Dorf gewohnt, war auf demselben Boden geboren und auf demselben Friedhof beigesetzt worden, hatte gemeinsam Land urbar gemacht und Deiche gegen das Wasser gebaut, das neue Land besiedelt, bis einer durch diese und jene Umstände einige Felder mehr beisammen hatte, vielleicht systematischer vorging, klarer dachte, mehr die Zukunft vor Augen, während die anderen mit dem Leben schwammen, in Sonne und Mond vernarrt nicht über den nächsten Tag und die nächste Nacht hinausdachten. Die Felder wuchsen in Jahrzehnten immer mehr zusammen, umschlossen kleine Äcker, die bald dazugehörten, zogen mit ihrer größeren Masse brachliegende Wiesen, leere Häuser an, überstanden Mißernten, vergrößerten sich weiter, kannten nur den Deich als Grenze.

Da sprach man schon vom Gut, wenn man das Gebiet

bezeichnen wollte, und viele aus der Verwandtschaft arbeiteten gegen Geld und Naturalien auf dem Gut, einige neidisch, weil eine Mißernte sie um ihren kleinen Hof gebracht hatte, andere mit einem Achselzucken, weil sie ihre Kate mit dem Hausgarten und dem kleinen Acker versoffen hatten und das Leben, so wie es jetzt war, einfacher fanden, mit dem festen Lohn, mit der angeordneten Arbeit, mit dem Dach über dem Kopf und dem Deputatgärtlein. So wurde es selbstverständlich, daß man auf dem Gut arbeitete, man kannte es nicht mehr anders, es wurde Gewohnheit, die Zeit verwischte die Erinnerung, es war so, als ob das Gut schon immer und von Anfang an dagelegen hätte.

Es gab Ausnahmen, da waren einige, die an der ursprünglichen Aufteilung des Bodens festhielten, Haus und Hof nicht aus der Hand gaben, schwer arbeiteten, um ihr Recht zu erhalten und nicht durch Mißernten zu verlieren, die immer wiederkamen und nur durch Mehrarbeit auszugleichen waren. Kleine Inseln bildeten sich so an den Rändern des Gutes, winzige Flecken neben einem großen Territorium, mit Einsprengseln im Gut, alten Wegerechten, Weiderechten, Holzrechten und Wasserrechten, zäh verteidigt, vergessen, aus eigenhändig bemalten, sorgsam verwahrten Truhen wieder hervorgekramt, nachgewiesen, angefochten, neubeansprucht, ein kleines Inselreich eigenständiger hartnäckiger Landfamilien, starke Äste am Familienbaum, die lieber auswanderten, als Handwerker und Arbeiter in andere Länder zogen, ihr Land eher der Kirche vermachten, als dem Gut auch nur ein Recht zuzugestehen.

Das wurde vom Gut respektiert, es gab keine Prozesse in der Familie, da war das alte Recht der gemeinsamen Herkunft, das über den Streitigkeiten stand und Gemeinsamkeit verlangte. Auch wenn man nicht mehr beisammen-

saß, sich vielleicht sogar mied, erwies man einander zu den Feiertagen in aller Würde die gegenseitige Ehre, um die Verwandtschaft zu bestätigen und zu bekräftigen, erwies sich in aller Ehrerbietung die gegenseitige Reputation, um auf Treu und Glauben ehrlich und aufrecht zu erklären, daß man seinen gehörigen Platz in dieser Welt einnähme. So kamen nach den Regeln des Kirchenjahres zu den kirchlichen Feiertagen der Jahreszeit entsprechende Geschenke, Eier, Butter, Hühner, Enten, Gänse, Fische, geräucherte Würste und Schinken vom Schwein. Die Eier wurden bemalt, wobei man auf traditionelle Muster Wert legte, die Butterballen schön geformt, mit phantasievollen Ornamenten und den Initialen der Familie versehen, die Hühner kamen lebend, die Enten und Gänse pfannenfertig, damit man das Gewicht sah, das feste Fleisch und das Fett, verziert mit bunten Papierkrausen an den Beinen und am Hals und aufgebahrt in einem Weidenkorb, den die Frau auf dem Gut überreichte, während der Verwalter vom Gut mit den gleichen Angebereien, denn natürlich hatte jeder das beste Tier aus seinem Stall gewählt, seinerseits auf dem Weg zu den Höfen war. So aß man gegenseitig die feierlich überreichten Naturalien, verglich sie mit den eigenen, die natürlich besser waren, und erhielt durch diese symbolische Kette des Nahrungsaustausches die Verwandtschaft bis zum jüngsten Tag.
Als vom Gut dann irgendwann einmal zusammen mit den Eßwaren eine Visitenkarte überreicht wurde, auf der Joseph Lukacz ein *von* zwischen Vor- und Nachnamen eingefügt hatte, war man allgemein sehr verwundert und ratlos, einige sahen es als hoffärtiges Verhalten und Gotteslästerung an, einige verstanden es überhaupt nicht, sagten von wo und fragten wohin, andere legten es als Dünkel aus, als Überheblichkeit, das viele Land genüge wohl nicht mehr. Weshalb und woher nun ein *von,* das

wußte jedenfalls keiner, man nahm es als Namenszusatz, gewöhnte sich auch daran, wie man sich an die vielen Felder gewöhnt hatte.

Joseph von Lukacz lebte schon früh nicht mehr auf dem Gut, studierte, wurde Professor, kam nur noch an den hohen Feiertagen zu Besuch, lebte in der Stadt Posen, wo er eine polnische Buchhandlung, ja sogar eine Buchdrukkerei eröffnete, literarische Zeitschriften gründete und herausgab, die *Oredownik* und die *Przyjaciel ludu,* auf polnisch und deutsch die Geschichte der Stadt Posen schrieb, die Geschichte aller Kirchen und viele Artikel und Bücher über die Dissidenten, also über alle, die nicht der Polnischen Katholischen Kirche angehörten, das waren die Lutheraner und die Reformierten, die Griechen und Armenier, die Böhmischen Brüder und die vom Helvetischen Glaubensbekenntnis.

Seine Bücher füllten die Schränke auf dem Gut, alle wunderten sich, was so ein Gut alles ermöglichte, und der Verwalter sagte auf Nachfrage, der Joseph von wäre Historiker und Bibliothekar der Gräflich Raczynskischen Bibliothek in Posen. Das war nun wieder ein Begriff, Graf Raczynski, uralter polnischer Adel, und die katholische, Posener Linie war allen bekannt, zwei Brüder, der eine schrieb und sammelte Bücher, der andere reiste und sammelte Gemälde. Der mit den Büchern hatte die Goldene Kapelle auf der Dominsel erbaut, mit den Statuen der beiden ersten polnischen Könige Mieszko und Boleslaw Chrobry, das hatte jeder schon einmal gesehen, darin hatte jeder schon einmal gebetet. Und die Bibliothek kannte auch jeder, von außen natürlich, zigtausend Bücher sollten darin stehen, der Stolz von Posen, das wußte man und war natürlich auch stolz. Kam man vom Obrabruch, fuhr man mit dem Pferdewagen über die Kaiserin-Viktoria-Straße und die Tiergartenstraße, dann durch das

Berliner Tor, da war man schon in Posen, links am polnischen Theater und am Stadttheater der Deutschen vorbei zum Wilhelm-Platz, diesem großen schönen Platz mit seinen alten Bäumen und den prächtigen Gebäuden, und da stand mit ihren mächtigen Säulen unübersehbar die Raczynskische Bibliothek, die hatte der Graf der Stadt vermacht und sich bald darauf auf seinem Gut erschossen, aus Kummer über Polen, wie es hieß, denn er war ein polnischer Patriot. Gegenüber der Bibliothek wurde das Museum für die Bilder seines Bruders gebaut, der war preußischer Gesandter gewesen, also kein polnischer Patriot, hatte seine Bilder dem preußischen Staat vermacht, weswegen das Museum, das da gebaut wurde, den Namen Kaiser-Friedrich-Museum bekommen sollte, da lagen sie sich also gegenüber, die beiden Brüder, verewigt als deutsches Museum und polnische Bibliothek.

Und da war nun der Joseph von Bibliothekar, auch einer von diesen Patrioten, das konnte man wenigstens seinen Zeitschriften entnehmen, die nach einem der vielen polnischen Aufstände von den preußischen Behörden verboten wurden, und man wandte sich wieder der Frage zu, mit wieviel Doppelzentner Getreide oder Kartoffeln man in diesem Jahr rechnen könne. Später, als es mit dem Polnischen immer schwieriger wurde und die Preußen sehr darauf pochten, Herr im Hause zu sein, verwaltete der Joseph von wieder das Gut der Familie, war auch mal wieder auf den Feldern zu sehen, grüßte, gab jedem die Hand, war aber schweigsam, saß oft auf der Bank unter der uralten Eiche auf dem Hügel, die immer noch wuchs, deren Äste sich immer noch ausbreiteten, und schaute nachdenklich auf die rotuntergehende Abendsonne, die sich im Wasser des Obrabruchs noch einmal aufglühend schwarz verfärbte, ihr Licht mitnahm, den dunklen Obrabruch still zurückließ, nur noch eine schwache Helligkeit am Himmel erahnen ließ, die von den heraufziehenden Wolken ausgelöscht wurde.

5

Gustav stieg vom Dach herab, auf dem er saß, wenn er frei denken wollte, kletterte durch die Dachluke auf den Speicher, auf dem allerlei Gips- und Holzmodelle standen, dazu kleine messingfarbene Maschinen, die vor sich hinklapperten, wenn man einen Knopf drückte. Er ging in seine Wohnung im ersten Stock und schaltete über eine Batterie auf der Fensterbank die kleine Lampe an, die ein emailliertes Schild neben der Haustüre *Gustav Fontana Projecteur* nachts beleuchtete, denn er wollte Tag und Nacht erreichbar sein wie eine Hebamme, immer bereit, einer guten Idee zur Geburt zu verhelfen und augenblicklich das Schreiben an das Patentamt aufzusetzen.
Vom Erfindergeist des Quartiers angesteckt, hatte er sich auf das Projektieren von mechanischen Dingen aller Art bis hin zu ganzen Fabriken geworfen. Anarchistisch in seinem Denken, zielbewußt in seinem Handeln, gesellig, witzig, gescheit, ironisch, im Prinzip an nichts glaubend, gab er durchaus einen Weltmann ab, dem auf Erden nichts fremd war, der die meisten Menschen beim besten Willen nicht als Geschöpfe Gottes ansehen konnte, sondern als eine verdammte Bande von Hornochsen, die niemals etwas kapieren würden, die immer im gleichen Geschirr den Wagen irgendeines Herrn zögen, auf daß die Erde sich drehe, und da das nun einmal nicht zu ändern sei, müsse man sehen, wie man sich herauswinde. Seine Lebensart, seine Manieren, sein Wissen ermöglichten ihm mühelos, zwischen den unteren und oberen Klassen zu wechseln, in einer Eckkneipe mit Arbeitern seinen Schnaps zu trinken, in einer Weinstube mit Kommerzienräten einen spritzigen Mosel oder einen blumigen Rheingau kennerhaft zu genießen.

Er lebte inzwischen in einer für Oberbilk schon bürgerlichen Wohnung, den Schädel mal wieder kahlgeschoren saß er meistens auf einem Ledersofa neben seiner beachtlichen Bibliothek, die, sich ins Naturwissenschaftliche ausweitend, fast die ganze Wand beanspruchte, wobei die Frühsozialisten und Shakespeare immer griffbereit neben seinem Sitz plaziert waren. Die Wand gegenüber war mit einem Bild der Stadt Düsseldorf bespannt, das er von einem befreundeten Bühnenmaler erhalten hatte. Da es für eine Entfernung von dreißig Metern zum Zuschauerraum gemalt war, konnte man von Gustavs Ledersofa aus nur ein Gemisch leuchtender Farben erkennen, in denen sich die Konturen der Stadt verbargen. Oft kamen Kinder von der Straße in seine Wohnung, um zu raten, wo da die Düssel und der Rhein und der Lambertusturm sein könne, begannen mit eigenen Farben darauf herumzumalen, um die Stadt erkennen zu können, so daß sich die Stadtumrisse verdoppelten, ohne daß man dem Bild der Stadt Düsseldorf näherkam. Ein Traumbild, in dem sich Nähe und Ferne verlor, ideal für Gustavs Gedankengänge, die, ohne allzusehr von der Realität behindert, darin ihre eigene Wirklichkeit entdecken konnten.
Sah man vom Ledersofa aus durch das Fenster, hatte man einen prächtigen Ausblick auf das Haus gegenüber, das einmal einen Fabrikbesitzer, später den Betriebsleiter, dann den Werkmeister, dann einige Meister und Vorarbeiter und jetzt nur noch Arbeiter beherbergte. Die Fassade war geblieben, und der Fabrikbesitzer, der das Haus einmal nach seinen Wünschen erbauen ließ, mußte in seiner Phantasie ein urgewaltiger Jäger gewesen sein, denn die Fassade war nicht verziert, sie war überladen mit dumm dreinschauenden in Stein gehauenen Köpfen von Füchsen, Hasen, Wildschweinen, Gemsen, Rehböcken, Achtendern, ja sogar mit Bärenköpfen und -tatzen, deren An-

ordnung und Ausstattung mit Jagdhunden, Gewehren, Hirschfängern und Fangnetzen beim ersten Hinschauen den Verdacht auslösten, daß weder der Bauherr noch der Steinmetz jemals einen Hochwald betreten hatten. Putten durchzogen in einem anmutigen Reigen, blumenstreuend, kränzewindend, die wilde Jagd des Fabrikherrn, tanzten durch die gedachten Auen der Fassade, hielten gemeinsam das Wappen des Hauses hoch, ein breites Schild, das der Architekt hoffnungsvoll gleich mit anbringen ließ, das aber, da es dem Fabrikherrn anscheinend nicht zu Titel und Adel gereicht hatte, inzwischen durch die in der Fassade nistenden Tauben leicht verdreckt, immer noch jungfräulich blank und unbearbeitet einen ungestalteten Fleck der Fassade darstellte, der das Auge mit seiner nackten Unbedeutsamkeit anzog. »Johann ohne Land« nannte Gustav dieses Wappen, wie immer Shakespeare zitierend, und hatte vor, das Haus eines Tages zu kaufen und das Wappen der Fontana, eine Fontäne in einer Mandorla, eigenhändig in das vorbereitete Schild zu meißeln und ebenso eigenhändig allen Tieren und Putten die Köpfe abzuschlagen und an deren Stelle eine schlichte Renaissancefassade zu errichten.

Er träumte auf seinem Ledersofa von einer kleinen Fabrik, in der sich alle aus Interesse und Vergnügen mit seinen Erfindungen beschäftigen, die dadurch, ohne Anstrengung aller Beteiligten verkaufbar gemacht, allen das Brot und ihm ein kleines Einkommen als stiller Teilhaber garantierten, Zeit um zu lesen, zu denken und gelegentlich etwas zu erfinden, womit die anderen sich wieder beschäftigen konnten, und das immer so weiter bis zu seinem Lebensende, nützliche Dinge mittels Ausnutzung mechanischer Gesetze in sozialer Gemeinschaft verwirklichen, so nannte er das. Als Mann, der jede Einschränkung seiner Gedanken durch vorformulierte Weisheiten ande-

rer ablehnte, war er der Meinung, die Sache mit dem Perpetuum mobile sei noch nicht zu Ende gedacht, wenn die Lösung einstweilen vielleicht auch noch undenkbar wäre, auf dem Weg dorthin sei doch noch manches zu entdecken. So nahm er jeden Abend seine »ideale geistige Haltung« ein, das heißt, er streckte sich bequem auf dem Ledersofa aus, nahm eine Taschenlampe in die Hand, richtete sie auf die Zimmerdecke, wo er seine Pläne, Entwürfe, Skizzen und Blaupausen mit Reißnägeln befestigt hatte, und wanderte in Gedanken im Lichtschein der Taschenlampe durch diese Kathedrale des Geistes, durch das Firmament seiner Erfindungen. Neue Entwürfe zeichnete er auf dem Boden, brachte sie über die alten Zeichnungen an der Decke an, legte sich wieder, grübelte im Licht der Taschenlampe, die ihn durch ganze Idealfabriken führte. Alle Vierteljahr stürzte die Kathedrale ein, schlug das Firmament, in eine Staubwolke gehüllt und mit einigen Teilen des Deckenputzes beschwert, auf den Fußboden auf, brachte Gustavs Ideen wieder auf die Erde zurück und verschaffte nur dem Altpapierhändler einen Gewinn.
Aus dem Küchenfenster der Wohnung sah man in den Hinterhof einer Fabrik, in dem Arbeiter mit Rohren umherschmissen, um sich am Krach zu erfreuen, ein kleiner Schornstein beständig seinen Rauch dem Wind anvertraute, der ihn mal auf die eine oder andere Seite in die Küchen und Schlafstuben wehte. Die Häuser waren um die Fabriken und die Fabriken um die Häuser gebaut, man schaute den Arbeitern zu, und die Arbeiter schauten aus den Fabrikfenstern in die Wohnungen. Das Haus war Anbau um Anbau ein vielgestaltiges Höhlenerlebnis, für Uneingeweihte ein Irrgarten mit zahlreichen Ein- und Ausgängen, schwer zu sagen, wie viele Menschen hier lebten. Ein Labyrinth aus Korridoren ermöglichte immer neue Kombinationen von Einzelzimmern und Wohnun-

gen, eine Mauer war schnell gezogen und ebenso schnell wieder eingerissen, eine Tür gekonnt durch eine Mauer gebrochen und ebenso schnell wieder zugemauert, aus großen Wohnungen wurden so kleine Wohnungen oder Einzelzimmer, die wiederum je nach Bedarf zu größeren Wohnungen verbunden werden konnten. Wer da Mieter war oder Untermieter, das war schwer auseinanderzuhalten, mal teilten sich zwei Familien eine Wohnung, mal besaß ein Einzelner eine Vierzimmerwohnung und hatte drei Räume untervermietet, mal mauerte sich eine junge Familie in einer größeren Wohnung eine eigene kleinere. Gustav und Fin hatten sich durch die Verbindung mehrerer Einzelzimmer eine verschachtelte Mehrzimmerwohnung geschaffen, Fins Vater hatte auch ein Zimmer bekommen, Gustavs Kinder Friedrich, Elisabeth und Jeannot wohnten in kleinen Zimmern im Dachgeschoß, alle lebten irgendwie zusammen in diesem Bienenstock, der durch Frühschicht, Tagschicht, Nachtschicht ständig voller Leben war.

Direkt unter Gustavs Wohnzimmerfenster hing ein Blechschild, auf dem in verschiedengroßen, zirkushaft tanzenden, abwechselnd rot und grün gestrichenen Buchstaben *Obronski & Beaulieu Colonialwaren* stand. Dieses Schild gab einem Laden den Namen, der Gemüse und Obst je nach Jahreszeit führte, dazu Linsen, Erbsen, Bohnen, Graupen, Mehl, Grieß, Zucker, Salz, Öl, Essig, eingelegte Heringe und Kartoffeln verkaufte. Die Kartoffeln waren das Hauptgeschäft, und bis auf die Kaffeebohnen war unklar, was da aus den Kolonien kam. Fin half hier oft aus, wenn sie nicht aushalf, war sie auch hier, weil hier eben immer so viele Leute waren. Wenn Gustav Fin sprechen wollte, brauchte er nur mit einem Stock an das Schild zu schlagen, schon steckte Fin den Kopf aus dem Ladeneingang, sah nach oben und fragte mit volltönenden Vokalen: »Wat is?« Meist entspann sich dann ein Disput über den angemessenen Zeitpunkt eines Mittagessens, den Fin regelmäßig mit ihrer satten Stimme beendete: »Bei mir is noch keiner verhungert.«

Der Laden war nicht nur beliebt, weil er eine Art Salon war, in dem sich alle Anwohner der Straße mindestens einmal am Tag einfanden, er war geradezu lebensnotwendig, weil er grundsätzlich immer anschrieb und denen, die nicht anschreiben lassen konnten, weil sie arbeitslos waren und ihre Seite in dem dicken Buch der unbezahlten Waren schon bis an den Rand bekritzelt war, die offiziell geduldete Möglichkeit bot, das nötigste an Lebensmitteln zu klauen. Obronski & Beaulieu sahen dann geflissentlich auf ihre Waage oder aus dem Fenster oder prüften ihre Essig- und Ölvorräte, denn das wußten sie, hatte der Betreffende wieder Arbeit, wurden die gestohlenen Waren zuerst bezahlt, noch vor den angeschriebenen, und weil sie dann ganz und gar überraschte Verkäufer spielten und im besten Bühnendeutsch, denn beide waren einmal Hofschauspieler gewesen, mit fragenden Gesichtern ihr Duett anstimmten: »Wieso? War denn da noch etwas? Das haben wir ja ganz vergessen aufzuschreiben. Wir bitten das Versehen zu entschuldigen«, erhielten sie den Stolz von Frauen und Männern, die ein oder zwei Monate zuvor sich vor allen anderen schämend und mit stummer Wut über ihren Zustand ein paar Kartoffeln und Möhren in die Einkaufstasche oder in die Hosentasche gesteckt hatten, Abstand hielten zur Verkaufstheke und der Kasse, den Laden mit schmalen Lippen wieder verließen. Die beiderseitige Freude am ersten Zahltag war daher echt und ungekünstelt, der so lange auf der Schuldenseite stehende Kunde betrat schon mit dem Portemonnaie in der Hand den Laden, damit alle sehen konnten, das heute bezahlt wird, Obronski & Beaulieu tanzten wie zwei Bären hinter ihrer Ladentheke, strahlten und gratulierten: »Wieder Ar-

beit? Wie schön! Ach, das freut uns«, und sahen aus den Augenwinkeln, daß in diesem Moment schon wieder einer ein paar Kartoffeln in das offene Hemd steckte.
So hatten Obronski & Beaulieu eine treue Stammkundschaft, die in schlechten und in guten Zeiten erschien und den Laden über Wasser hielt, der ohne Kalkulation und Buchführung existierte, davon verstanden die beiden nichts, und das war gut so, solange Geld in der Kasse war, glaubten sie an ihren täglichen Gewinn, Ende des Jahres dachten sie sich eine Summe aus, die sie dem Finanzamt als Gewinn angaben, ihre Altersversorgung, wie sie den Laden nannten, blühte und gedieh, mit Kalkulation und Buchführung wäre er bankrott gewesen. Obronski & Beaulieu standen glücklich, rundlich und unbeweglich hinter ihrer Ladentheke, tänzelten, wenn einer unbedingt auf die andere Seite mußte, mit gekonntem Hüftschwung umeinander, sahen sich ähnlich wie zwei alte ausgediente Tanzbären, waren auf Anhieb nur dadurch zu unterscheiden, daß der eine ein Glasauge hatte, Bühnenunfall, Fechtszene, wie er sagte, und der andere eine Barockperücke trug, aus Eitelkeit, wie er zugab. Da die Kundschaft wußte, wo die Ware lag, nahm sich jeder, was er wollte, legte es auf die Waage, Obronski wog es mit den Gewichtssteinen aus, Beaulieu notierte den Preis, und je nach Arrivée oder Départ, wie sie die Auf- und Abtritte der Kundschaft bezeichneten, riefen sie im Duett »Guten Tag« oder »Auf Wiedersehen«. Sie lebten zusammen, das wußten alle, es störte keinen. Auf einem Lagerplatz hinter dem Haus stand ihr Wohnwagen, den sie einem Zirkus abgekauft hatten. Hier wohnten sie inmitten eines geschlossenen Kreises von Zigeunerwagen, bevölkert von mehreren Zigeunerfamilien, die hier von Anfang an waren, vor allen anderen schon hier ihre Heimat gefunden hatten.
Stand die Sonne so steil, daß sie über die Hausdächer

direkt auf die Wohnwagen schien, die in den übrigen Monaten im Schatten lagen, putzten Obronski & Beaulieu gewissenhaft ihren Wagen, strichen ihn neu an und begaben sich auf die Reise. Die Schauspielerkarriere der beiden fand ihre Vollendung in einem mit Hingabe und Grazie betriebenen Kasperlespiel, sie traten damit auf den Jahrmärkten der kleinen Dörfer rund um Düsseldorf auf, waren dort sehr beliebt, wurden jedes Jahr sehnlichst erwartet, reisten wie zwei spielende Kinder mit eigenen Stücken, selbstgefertigten Puppen und Kostümen, vielstimmig durch diese kleine Welt. Fielen die Sonnenstrahlen wieder schräger in das Fenster ihres Wohnwagens, kehrten sie mit dem Realismus erfahrener Bühnenkünstler in ihren Kolonialwarenladen zurück, wo Fin, die den Sommer über für sie ausgeharrt hatte, bei großer Hitze gelegentlich auch, zum Ärger Gustavs, im Badeanzug bediente, ihnen das dicke Anschreibebuch überreichte, das in seinen unbezahlten Verkäufen identisch war mit der Lagerliste, was bedeutete, daß das, was eigentlich im Laden hätte sein müssen, außerhalb des Ladens war und die Kasse noch leerer als sonst, weil Fin von Natur aus zum Verschenken neigte.

Die Zigeuner, die auf dem Lagerplatz hinter dem Haus lebten, erfreuten das ganze Jahr über das Quartier durch ihre Künste. Säbel- und Feuerschlucker, tanzende Derwische und Entfesselungskünstler verwandelten sich hastdunichtgesehen in Dreimannpyramiden, die, kaum auseinandergefallen, mit allem jonglierten, was man ihnen zuwarf, die Frauen stimmten fremdartige Gesänge an, drehten sich zu den Tamburins, die sie an ihren Körper schlugen, wirbelten bunte Bänder durch die Luft, steigerten sich in einen orientalischen Tanz hinein. Die Frauen kamen ins Haus, um aus der Hand zu lesen, die Männer schliffen Messer und Scheren, und fehlte danach schon mal etwas im Haushalt, dann hieß es, im Dialekt des Quartiers, »Ich geh mal zu die Zigeuner fragen«. Oft hatten sie das Vermißte, oft nicht; hatten sie es, gaben sie es strahlend wieder heraus und bedankten sich. Wenn sie etwas brauchten, nahmen sie es, wo sie es fanden, sie dachten sich nichts dabei. Wer etwas vermißte, holte es sich wieder zurück, damit war bewiesen, daß auch er es brauchte, die Sache war erledigt. Manchmal, wenn sich der Besitzer nicht bei ihnen meldete und damit offenlegte, daß er die Sache überhaupt nicht benötigte, denn sonst hätte er sie schon längst vermissen müssen, gaben sie die verschiedenen Gegenstände an Obronski & Beaulieu, die für so etwas eine große Ecke *Gebrauchtes* hatten. Stand dann da einer und rief. »Dat is aber doch mein Dampfkessel«, bekam er ihn sofort auch ohne Geld. Manch einer kaufte hingegen Dinge, die einmal ihm gehörten, preiswert wieder zurück, weil er nicht mehr wußte, daß er sie besessen hatte, das nannte man ausgleichende Gerechtigkeit. Stellte sich aber einer dumm und behauptete, der Blumentopf gehöre eigentlich ihm, nur um ihn umsonst zu bekommen, durchschauten das Obronski & Beaulieu, da war dann nichts zu machen, so ein unmögliches Verhalten galt als finnig, das bedeutete soviel wie tückisch. So einen wies man sofort aus dem Laden.

Der gute Hermann, wie ihn alle nannten, war das, was man in Düsseldorf ein Pröppken Chic nannte. Eigentlich war er Briefträger, aber die schwere Ledertasche mit der auszutragenden Post stellte er, wenn er vom Postamt kam, sofort in den Hausflur, erledigte rasch die eingeschriebenen Briefe, während die restlichen Briefe von Post spielenden Kindern und Nachbarn ausgetragen wurden, jeder aus dem Haus sah in die Posttasche und nahm das mit, was auf dem Weg lag.

Der gute Hermann zog sich da schon schnell um, hängte die Postuniform penibel auf einen Bügel, stieg in seinen Stresemann und »ging auf Tour«, wie er sagte, denn nebenbei war er Handelsvertreter für alles, was man Tag für Tag gebrauchen konnte, Weißzeug, Nähnadeln, Sicherheitsnadeln, Kämme, Schürzen, Hosenträger, Gürtel, größere Bestellungen ab Katalog. So kannte er in seinem Quartier jeden als Briefträger und Handelsvertreter, und ihn kannten alle in Postuniform und im Stresemann, den er kombiniert trug, entweder die gestreifte Hose und eine geblümte Strickweste, oder die schwarze Jacke über einer Drillichhose, aber immer weiße Gamaschen über den Schuhen und ausgiebig Pomade im Haar. Abends häutete er sich zum drittenmal, zog seinen Frack an, um den ihn das ganze Quartier beneidete, und trat als Stehgeiger in den Lokalen der Stadt auf, am Klavier begleitet von seinem älteren Bruder, neben dem Klavier die Briefträgertasche, prall gefüllt mit Notenpapier. Er fidelte gekonnt sein Potpourri für Alt und Jung, je nach Lokalität sich dem Publikum anpassend war er der gepflegte Hintergrund einer bürgerlichen Küche, begleitete einfühlsam die Gespräche seriöser Damen und Herren, wurde ein wenig lauter bei leicht alkoholisierten Geschäftsleuten und ganz leise bei verträumten Liebespaaren.

In Oberbilk galt er als Vertrauensperson, er beriet die Leute bei allen behördlichen Eingaben, vermittelte Versicherungen gegen eine kleine Provision, war Kassierer und Geschäftsführer von einem guten Dutzend Vereinen. Da er so viele Kassen in seinem kleinen Zimmer, das schon von Noten, Weißwaren, Behördeneingaben, Versicherungspolicen, unausgetragenen Briefen eingeengt wurde, nicht aufbewahren konnte, war er dazu übergegangen, die ihm anvertrauten Gelder in einer einzigen Kasse zu führen, die Fin für ihn in ihrem Kleiderschrank aufbewahrte; als langjähriger Untermieter gehörte er fast zur Familie. Diese Kasse schleppte er dann zum Jahresabschluß von Verein zu Verein, von den Briefmarkenfreunden zum Schachklub, vom Karnevalsverein zum Sparverein, vom Kegelklub zur Sterbegenossenschaft, er stellte die volle Kasse auf den Vorstandstisch und sagte: »Dat Geld is insjesamt hier drin.« Da er das Jahr über kleine Darlehen gegen geringe Zinsen an Vereinsmitglieder verteilte, die eine kurze Überbrückung brauchten, war am Stichtag schwer festzustellen, welches Vereinsmitglied von welchem Verein schon sein Darlehen zurückgezahlt hatte und welches Vereinsmitglied bei der Entlastung des Kassierers und Geschäftsführers das Darlehen noch in der Tasche hatte, auch war nicht mehr zu klären, welche Vereinsmitglieder Beiträge gezahlt hatten und welche nicht, noch weniger war zu klären, welcher Verein zum Ende des Jahres welche Summe besaß. »Dat müßt ihr euch selber notieren. Dazu hab ich kein Zeit«, sagte der Kassierer und Geschäftsführer, zeigte allen Vereinen die volle Kasse aller Vereine, man gab sich damit zufrieden, denn das Geld war ja da. So zirkulierte das Geld im Quartier und war doch in der Kasse, das System verstand selbst der gute Hermann nicht, der sich als ehrlicher Treuhänder sah, aber solange nicht alle Vereine eine gemeinsame Jahresversammlung durchführten, was undenkbar und unmöglich war, funktionierte es zur Zufriedenheit aller.

Wenn man den guten Hermann fragte, warum er da so herumsause wie eine Fliege, immer emsig in Geschäften, antwortete er: »Weil ich mal bürgerlich werden will.« Was er darunter verstand, war nicht so recht herauszubekommen, er träumte wohl von einem kleinen Häuschen und einem Dasein als Rentier mit der Reputation eines Schützenkönigs, vor dem alle Leute ihre Mütze zogen. Vorher wollte er nicht heiraten, erst die Geschäfte, aber all seine Geschäfte deckten nie seine Unkosten. Die bürgerliche Haltung, die er abends als Stehgeiger zeigte, wenn er an einem Tisch einen besonderen Musikwunsch erfüllte, endete doch immer nur in einem Trinkgeld, verkaufte er als Handelsvertreter drei Sicherheitsnadeln für einen Pfennig und besiegelte den erfolgreichen Geschäftsabschluß bei der Hausfrau mit einem Handkuß, war das zwar formvollendet, aber eben am falschen Platz, er hatte kein Gefühl dafür, was wohin gehört. Zur Beerdigung seines Vaters legte er den Stresemann endlich einmal so an, wie er gedacht war, hängte sich aber auch noch zur Erhöhung seiner Reputation seine sämtlichen Karnevalsorden um den Hals, das waren nicht wenige, denn als Stehgeiger hatte er Damen- und Herrenabende zu begleiten; als er so von der Beerdigung kommend das Haus betrat, in der Briefträgertasche die Urne seines Vaters, um den Hals die scheppernden Karnevalsorden, war er das personifizierte Mißgeschick, ein Pröppken Chic.

Der gute Hermann war es auch, der Gustav mit dem großen Aktienpaket beglückte, das die neunzigprozentige Mehrheit an einer nicht existierenden Fabrik darstellte. Zehn Prozent beanspruchte der gute Hermann, denn er hatte das Aktienpaket bei seinen vielen Gängen im Quartier durch die Erzählung einer alten Frau entdeckt, die endlich ihren Keller wiederhaben wollte. Gustav stellte sich das Aktienpaket als eine handliche Sache vor, die der gute Hermann irgendwann in seiner schwarzledernen Briefträgertasche vorbeibringen würde, statt dessen fuhr ein Lieferwagen vor und stellte Gustav einen goldbedruckten Papierberg vor die Tür, zwei Meter lang, zwei Meter breit, zwei Meter hoch, den Gustav unter den erstaunten Blicken der ganzen Straße in seinen Keller schleppte. So wanderte das Aktienpaket der *Rheinischen Industrie AG* von einem Keller in einen anderen, dem Umfang nach war die nicht existierende Fabrik als Weltfirma geplant. Die Geschichte war die, daß ein belgischer Ingenieur und ein Schweizer Bankier auf das vorläufig angemeldete Patent eines englischen Vorarbeiters eine Aktiengesellschaft gegründet hatten zur Herstellung einer Ware, die längst preiswert in allen Läden lag. Als sie das feststellten, waren die Aktien schon gedruckt und blieben in der Druckerei liegen, die sie später an eine Altpapierhandlung verkaufte, die der Meinung war, mit dem schönen Papier könne man vielleicht doch noch etwas anfangen. So waren die Aktien schon durch manchen Lagerraum gewandert und ruhten nun in Gustavs Keller. Der gute Hermann stand oft neben dem Papierberg, der mit seinem Golddruck auch seine Gedanken vergoldete, und sah seine bürgerliche Existenz in greifbarer Nähe, er fuhr mit der Hand ehrfürchtig über die angenehm bedruckten Aktien, die so viel versprachen, und sah im Geiste schon, wie die Coupons sich in Geld verwandelten. Abends trat er mit der Geige in der Hand und einem interessanten Vorschlag, betreffend raschen Gewinn, an diverse Geschäftsleute heran, und empfahl Gustav als verkanntes Erfindergenie.

So erschienen nun immer öfter kurz entschlossene Herren bei Gustav, mißtrauische Gesichter, deren Augen suchend umherwanderten, wortkarge Herren, die kurz andeuteten, daß man sie nicht übers Ohr hauen könne. Wunderten sich die Herren über den Geschäftssitz der Firma, antwortete Gustav: »Mein Vermögen, meine Herren, werde ich auf der Königsallee ausgeben, aber hier, meine Herren, werde ich es verdienen. Ein Erfinder hat bei den Fabriken zu wohnen, dort, wo die Ideen entstehen und schnell fabriziert werden können.« Nach dieser beruhigenden Erklärung führte Gustav die Herren in seinen Keller, wo mannshoch der Aktienberg im Golddruck verführerisch schimmerte, die gierigen Augen der Herren anzog, Gustav steigerte das Verlangen, indem er gewichtig seine Hand auf das Papiergold legte, »Mein persönlicher Goldschatz, meine Herren, sicher wie die Bank von England«, dann hielt er eine Aktie unter das dämmrige Licht der Kellerlampe, den Daumen auf dem Ausgabedatum, »Wenn die Inflation vorbei ist, gehe ich damit an die Börse. Aber jetzt – verramschen gegen wertloses Papiergeld, nein, meine Herren, ich kann warten, ich habe Kredit.« Er holte aus einem Verschlag, den er Weinkeller nannte, einen alten Madeira, den er am Vortag eigenhändig abgefüllt hatte, denn seinen Madeira machte er selbst, da ließ er sich nicht dreinreden. Auf dem hinteren Teil von Fins Küchenherd stand immer eine große abgedeckte Korbflasche, aus der Glasröhren herausragten, in denen es gelegentlich blubberte. Jeden Tag probierte er dieses Gebräu, das er unter Verwendung von Hagebutten, Früchten, Kräutern und Zucker ansetzte, war es nach einigen Wochen soweit, hatte der Zaubertrank die richtige Farbe und den richtigen Alkoholgehalt, füllte er ihn in leere Originalflasehen, versiegelte sie, um sie dann bei seinen Geschäftsbesuchen aus dem Verschlag zu holen: »Aufbewahrt für besondere Gelegenheiten.« In seiner Studierstube, vor dem rätselhaften Wandbild Düsseldorfs, öffnete er dann die Flasche, füllte mit gespitztem Mund die Gläser, hielt sein Glas sachverständig gegen ein Kerzenlicht, nickte, forderte die Herren auf, ihrerseits die Farbe zu würdigen, sagte: »A votre santé«, nahm mit vor Wonne strahlendem Gesicht einen kleinen Schluck aus seinem Glas, nickte, die Herren tranken auch, Gustav füllte sofort nach und sagte: »So einen Madeira bekommen Sie nicht einmal auf Madeira«.

Anschließend begann er mit einer wortreichen Führung durch die gegenüberliegende kunsthistorisch wertvolle Fassade: »Jugendstil, meine Herren, reinster Jugendstil«, und schloß mit augenzwinkernden Andeutungen über das leere Wappenschild, »Nebenlinie der Hohenzollern – Prinz inkognito – junger Kerl – verliebt in eine Arbeiterin, der Skandal damals – Sie wissen ja Bescheid«, keiner wußte, was gemeint war, aber jeder nickte und sagte: »Achja, diese Geschichte, jaja.«
Nach diesem Programmteil füllte Gustav erneut die Gläser und war dann auch bereit, durch sein Zögern die Erwartungen der Herren weiter steigernd, mit großen Gesten die Pläne an seiner Zimmerdecke zu erläutern, tiefsinnig plauderte er dabei über die Gesetze der Mechanik, die leider alle noch nicht richtig ausgenützt seien, sagte den Herren in aller Offenheit, Vertrauen gegen Vertrauen, daß die Pläne da oben nur ein Teil dessen wären, was er noch im Kopf hätte. Nach einer Stunde waren die Herren beeindruckt, Gustavs Aktienberg im Keller, die echte Etikette des Madeira, der sehr schnell in den Kopf stieg, die geheimnisvolle Fassade gegenüber, das originelle Bild von Düsseldorf, das immer unschärfer wurde, das wunderbare Firmament der unentwirrbaren Pläne an der Zimmerdecke – es ging keiner, ohne nicht mindestens einen Vorvertrag abgeschlossen zu haben, an den sich am nächsten Tag allerdings auch keiner mehr erinnerte, eher blieb noch das Ambiente in Erinnerung und die verteufelten Kopfschmerzen, die man nach diesem Besuch hatte.
Bis dann einige Herren eines Tages wiederkamen und Gustav damit verwirrten, daß sie sich weniger für sein Altpapier an der Zimmerdecke als für das goldene Altpapier im Keller interessierten. Sie boten Gustav fünftausend Mark bar auf die Hand, Gustav schlug ein und war froh, daß die Herren ihm diesen Aktienberg abnahmen,

mit dem man nun wirklich nichts anfangen konnte. Einen Monat später las er in der Zeitung unter Vermischtes, daß einige Börsenmakler an einige hundert Kunden innerhalb weniger Tage für mehrere Millionen Mark die Aktie einer nichtexistierenden Fabrik verkauft hatten. Da die Börsenmakler glaubhaft versichern konnten, die Aktien außerbörslich im Auftrag seriöser aber leider unbekannter Finanziers, die kurz vor der tatsächlichen Gründung der Fabrik standen, verkauft zu haben, da viele Erstzeichner ihre Aktien wieder mit Gewinn verkauft hatten, andererseits viele Aktionäre fest an die Gründung der Fabrik glaubten und Betrug bei den Behörden witterten, sei das Verfahren vorerst eingestellt worden. Der Millionenerlös aus dem Aktienverkauf sei aber ebenso verschwunden wie die Finanziers. Im übrigen warne man vor einem Ankauf dieser Aktien der *Rheinischen Industrie AG.* Der Bericht las sich wie ein Protokoll des Polizisten Schmitz, und Gustav erkannte, daß das Perpetuum mobile, nach dem er vergebens suchte, in seinem Keller gelegen hatte und ein goldbedrucktes Stück Papier war.
Er zerriß noch am gleichen Tag alle Pläne und Vorverträge, suchte in seiner Bibliothek den umfangreichen Band *Das Weltall,* las die ganze Nacht darin, bewarb sich am nächsten Tag als sternenkundiger Vorführer im Planetarium, breitete beiläufig einige Kostproben seines umfassenden Wissens aus, so daß man ihn sofort nahm. Von nun an befaßte sich Gustav ausschließlich mit der Mechanik der Sterne, des Firmaments, des Weltalls.

6

Als Maria mit der Gräfin durch Posen spazierte, hatte nur die Raczynskische Bibliothek ihren Namen behalten, die deutschen Namen der Straßen und Plätze hatten sich in polnische verwandelt. Der Gräfin waren die

Namen egal. »Die Freiheit der Bürger«, nannte sie das, sie sprach französisch, wenigstens solange sie in Polen war; in Paris, wo sie zur Hauptsache lebte, sprach sie polnisch, sie liebte es, sich von ihrer Umgebung abzuheben. »Man muß sich eine Farbe geben«, sagte sie. Sie zeigte Maria Posen, als wäre es ihr Eigentum, sprach von Mieszko und Boleslaw, die hier einmal residierten und Polen gründeten, wie von nahen Verwandten, zeigte mit einer Handbewegung auf den Proserpinabrunnen vor dem Rathaus. Maria, die aufmerksam hinter ihr herlief, ihrer Stimme folgte wie ein Küken der Henne, fragte, wer das sei, die Gräfin sagte: »Die Persephone«, zeigte mit der anderen Hand auf das Rathaus, »Renaissance, erbaut von Giovanni Battista di Quadro aus Lucca.« Maria wußte nicht, wo Lucca lag, dachte, es wäre eine Stadt in Polen, die Gräfin schüttelte den Kopf, sagte: »Es ist nicht so wichtig, daß du weißt, wo Lucca liegt. Es ist wichtig zu wissen, daß es im ersten Satz von *Krieg und Frieden* vorkommt. Eh bien, mon prince, Genua und Lucca ne sont plus que des apanages, ein Familienbesitz der Bonaparte.« Maria wußte nicht, was mit *Krieg und Frieden* gemeint war, und so ging dieses sinnlose Frage- und Antwortspiel weiter.
Noch am Abend ließ sich die Gräfin auf ihre Güter kutschieren, sie kamen in der Nacht an, Maria wurde in ein dunkles Zimmer geführt, spärlich von einer Kerze erleuchtet, sie war nun zu Hause, sie war da, wovon alle immer sprachen, wenn sie von der Heimat redeten. Maria sah aus dem Fenster, die Schwärze war undurchdringlich, kein Förderturm mit seinen Scheinwerfern und seinen Fahrkörben, keine Fabrik, hinter deren erleuchteten Milchglasscheiben Schatten hin und her glitten, keine Kohlenhalden, über die weiße Dampfschwaden aus der Kokerei zogen, Nacht, wirkliche Nacht, wie sie Maria nicht kannte, am Himmel Sterne und eine Stille, die in den

Ohren sauste, kein Fauchen aus der Drahtzieherei, kein dumpfer Schlag vom Hammerwerk, Stille, die wehtat. Sie verkroch sich in ihrem Bett, schreckte in der Nacht oft auf durch fremde Geräusche, Laute aus einer unbekannten Natur, Tiere, wie sie vermutete, vielleicht aus einem Wald oder von einem See, seltsame, nie gehörte Töne, die sich mit der Dunkelheit zu einem grenzenlosen Raum verbanden, in dem sie jede Orientierung verlor.

Der Brief, den die Lukacz' an die Lukacz' schrieben, war über einige Stationen bei der Gräfin gelandet, die keine Gräfin war, aber da sie zu den von Lukacz gehörte, ihr Bruder Gesandter, später Botschafter Polens in Paris war, nannte man sie auf dem Familiengut, an dem sie einen kleinen Anteil besaß, Gräfin, sie hörte das gern. Sie pendelte zwischen Paris und dem Gut, schwärmte in Paris von ihrem Gut, schwärmte auf dem Gut von Paris, meinte, man müsse eigentlich in Wien leben, kaufte sich auf einer Durchreise aus einer Laune heraus ein Stadthaus in Brüssel, dessen vergoldete Fassade ihr gefiel, fand Brüssel schrecklich, verkaufte das Haus nach einem Jahr, hielt sich während des Krieges in London auf, erschien danach wieder auf dem Kontinent, reiste, lebte standesgemäß bis zu dem Tag, an dem der Verwalter des Gutes ihrem Bruder die Rechnungen vorlegte, aus denen schon auf den ersten Blick hervorging, daß sie ihr Erbteil weit überzogen hatte. Der Bruder strich ihr die jährliche Apanage zu einem kläglichen Rest zusammen, kaufte ihr ein kleines, efeuverhangenes Häuschen in Kaiserswerth, einem Vorort von Düsseldorf, ganz in der Nähe des Diakonissenhauses, zu dem traditionelle Beziehungen bestanden, seitdem der Historiker und Bibliothekar Joseph von Lukacz sein halbes Leben der Erforschung nichtkatholischer Kirchen und ihrer Diakonie in Polen, Litauen und anderen Gebieten gewidmet hatte, und erlaubte ihr nur noch eine jährliche Reise zu den Gütern.

Die Gräfin empfand das als Verbannung, empfahl ihren Bruder der Hölle, zog sich unstandesgemäß in dieses Haus zurück und demonstrierte angesichts der deutschen Diakonissen Katholizismus und Polentum. Nur einmal im Jahr, auf ihrer Reise zum Gut, war sie noch die alte Gräfin, promenierte und parlierte durch Posen, ließ sich auf dem Gut die Hand küssen, denn die Zeiten hatten sich auch hier geändert, ihre frühere verschwenderische Herrschaft war bei den Dienstboten und den Bauern nur noch eine gottselige Erinnerung.

Der Brief hatte die Gräfin kurz vor ihrer jährlichen Abreise erreicht. Das Mädchen, das nach dem Brief ankam, war schmal und blaß, schien Landluft nötig zu haben, und so entschied die Gräfin, daß dieses Kind sie erst einmal auf der Reise begleiten solle, später würde man dann sehen, sie brauche eine gute Haushälterin, könne aber leider nur einen sparsamen Haushalt führen. Und so fuhr Maria, kaum in Düsseldorf angekommen, zurück nach Polen. Der Schließkorb, mit der Bahn aufgegeben, kam an, als Maria gerade abreiste, er stand bis zu ihrer Rückkehr ungeöffnet in einer Dachstube des Hauses.

Die Zeit auf dem Gut wurde für Maria ein Alptraum. Zusammen mit dem Verwalter und einigen altgedienten Knechten und Mägden saß sie morgensfrüh an einem Tisch um eine Schüssel fetter Milch, jeder stippte sein Brot hinein, alle aßen aus dieser Schüssel, fischten sich den Rahm heraus, Maria wurde es schlecht von der fetten Milch und dem schweigenden, sabbernden Schmatzen der sie neugierig anstarrenden Gutsleute. Sie übergab sich und schloß sich in ihr Zimmer ein. Mittags wurde das Essen aufs Feld getragen, Maria konnte ohne Aufsehen in ihrem Zimmer bleiben. Abends saßen alle um eine heiße Pfanne, stachen mit ihren Gabeln nach den in Schmalzgrieben gebratenen Kartoffeln und dem Stück Wellfleisch, das jedem zustand, und spuckten die Borsten vom Fleisch und die verbrannten Grieben auf den Fußboden. Maria übergab sich die ganze Nacht und aß in den nächsten Tagen gar nichts mehr.

Der Verwalter besprach das mit der Gräfin, von da an aß Maria im Gutshaus am Tisch der Gräfin an einer weißen, wunderbar schimmernden Damastdecke mit gestärkten Servietten, die beim Entfalten leise knisterten, mit einem schweren Silberbesteck, das angenehm kühl in der Hand lag, geblümtem Porzellan, jeder Teller noch auf einem Unterteller, von einem Diener mit weißen Handschuhen leise hingestellt und ebenso leise wieder weggenommen. Die Gräfin hatte einen französischen Koch, Marias Magen beruhigte sich wieder, sie konzentrierte sich auf das Essen, denn sobald sie auch nur an Schmalzgrieben und frische Kuhmilch dachte, stürzte sie aus dem Zimmer.

Sie verließ nur selten das Gutshaus, das ständig von penetranten Düften umweht wurde, Schweineställe, Kuhställe, Schafställe, Ziegenställe, Pferdeställe, Misthaufen und Jauchewagen, für Maria vermischte sich das zu einem bestialischen Gestank, unausstehlich, und sie weigerte sich, auch nur einen einzigen Stall zu betreten.

Noch schlimmer war es an Schlachttagen, wenn das quiekende Geschrei, das röhrende Geröchel der von den Metzgern mit entsetzlich langen Messern abgestochenen Schweine selbst durch die geschlossenen Fenster drang. Der den Magen umdrehende, im Hals würgende fette Schwaden der kochenden Wasserkessel auf dem Hof, der dumpfe Geruch des Blutes, das in kleinen schäumenden Bächen über den Hof floß, Pfützen bildete, die sich noch am selben Abend als Blutsuppe auf dem Teller wiederfanden, jauchzend begrüßt von denen, die den ganzen Tag durch die dunkelroten Pfützen gelaufen waren, deren Schuhe mit dem Blutrand vor dem Gesindehaus standen.

An solchen Tagen versuchte Maria gegen den Wind durch die Felder zu gehen. Während die Kinder der Gutsleute barfuß über die Stoppeln der abgeernteten Felder liefen, hielt sie sich an die Feldwege, ging in der Mitte zwischen den zwei Fahrspuren der Räder und dem in die Erde eingedrückten Kot der Tiere, ekelte sich, als sie trotz aller Vorsichtsmaßnahmen plötzlich mit ihren Schuhen in einem frischen Kuhfladen stand, rannte dann wie besessen durch frischen Dung und aufspritzende Jauche zum Gut zurück, warf die Schuhe auf den Misthaufen, von wo sie ein alter Instmann, dem das »Madamche« leid tat, wieder herunterholte und sie schön geputzt auf die Treppe des Herrenhauses stellte.

Die Drescharbeiten waren zu ertragen. Die großen Dreschmaschinen im Hof, wahre Wunderkästen, höher als das Gesindehaus, beschäftigten, angetrieben von einer wuchtigfauchenden Dampfmaschine, Dutzende von Menschen, die das Getreide büschelweise vorne hineinwarfen, hinten gepreßt und gebündelt herausnahmen und in der Scheune stapelten, während andere an der Seite die Säcke, in die die Maschine die Getreidekörner spuckte, zubanden und wegtrugen.

Maria beobachtete das durch ein geschlossenes Fenster, denn die Luft war voll von kleinen Strohresten, vom Spelz der Körner, von der Maschine hochgewirbelt schwebte die Spreu über den Hof, senkte sich langsam, von der Sonne vergoldet, auf die Frauen und Männer an der Maschine, so daß sie in ihrem Schweiß aussahen wie Bronzefiguren. Am Abend sprangen sie alle zusammen in große Bottiche, retteten sich aus der trockenen verstaubten Luft in ein anderes Element, aßen anschließend an langen Tischen im Freien unglaubliche Mengen von Fleisch, Brot und Kartoffeln, lagen danach wie tot unter dem Vordach des Gesindehauses, bedienten am nächsten Tag wieder die Maschinen und zogen nach vier Tagen mit ihrer Dampfmaschine, an die sie die schwer manövrierbaren Kästen gehängt hatten, zum nächsten Hof.

Schön waren die Tage der Heuernte, schön war es, auf einem hochbeladenen Wagen zwischen Himmel und Erde zu schaukeln, vom Feld nach Hause zu schweben, in den Kurven in eine kreischende Frauenangst zu fallen, wenn der Wagen sich gefährlich neigte und die Männer nur grinsten. Auch der Duft war angenehm, das warme ausgetrocknete Heu, in das man so tief einsank.

Nach der Ernte fuhr die Gräfin mit Maria wieder nach Düsseldorf, und Maria erholte sich langsam in der Umgebung von Stadt und Industrie.

Die Dachstube in Kaiserswerth wurde für die nächsten Jahre der persönliche Winkel Marias, ihr kleines Reich in der neuen Heimat, das sie auch gegen die Gräfin verteidigte, in das sie sich zurückzog, wenn sie ihren Dickkopf hatte, das sie ganz nach ihren Wünschen und Träumen und Erinnerungen ausstattete und in dem sie ihre wenigen Schätze hütete. Das hier war ihre Ecke in der Welt, wenn jemand etwas wollte, hatte er anzuklopfen, auch die Herrschaft, wie sie die Gräfin nannte.

Eine Holztreppe führte aus der Dachstube hinab auf eine gemauerte Empore im ersten Stock, die einen offenen Blick in den Salon im Erdgeschoß bot, der den Eindruck eines etwas eingeengten polnischen Heimatmuseums in einer Kleinstadt machte. Er war wohl auch deshalb so überladen, weil die Gräfin unbedingt demonstrieren wollte, daß sie größere Gemächer gewöhnt sei, die

Schränke, Truhen, Tische und Sessel waren für die kleinen Räume des Efeuhauses eindeutig zu groß, gehörten in ein Gutsgebäude. Eng aneinandergerückte Glasschränke zwischen roten Samtportieren vor Türen und Fenstern enthielten Gläser und Porzellan aus Polen, an den wenigen freien Stellen der holzgetäfelten dunkelbraunlackierten Wände hingen Gemälde und Stiche polnischer Städte und Landschaften in viel zu großen und schweren Goldrahmen, der Parkettboden war mit einer doppelten Lage Teppiche bedeckt, so daß die Stimmen der Gäste, die um den gewaltigen runden Eichentisch in kaum verrückbaren Gobelinsesseln hingen, nur gedämpft zur Empore aufstiegen.
Eine Schiebetür verband den Salon mit dem Eßzimmer, ein Tisch für vierundzwanzig Personen füllte den Raum so aus, daß bestenfalls zwölf Personen an der vorderen Hälfte Platz fanden. Eine Anrichte, die ihre säulenartige Vorderfront nur wenige Zentimeter unter der Decke auslaufen ließ, auch nur zersägt und wieder zusammengeleimt diesen Raum erreicht hatte, erdrückte den Rest des Eßzimmers, dessen einziger Schmuck und Trost der Augen, Fluchtpunkt und Halt in dieser zusammenstürzenden Perspektive, ein Mosaik mit dem polnischen Adler aus Ostseemuscheln und Felsbrocken der Hohen Tatra war.
Vor den Fenstern wehte Efeu im Wind und dunkelte die Räume ab, so bildete sich zwischen diesen Erinnerungsstücken aus einem anderen Land eine weihevolle sakrale Stimmung aus, der letzte polnische Tempel auf fremdem Boden. Die Gräfin unterstützte diese Stimmung durch ihre würdige Haltung, die sie in diesen Räumen zelebrierte, durch das Anlegen polnischer Gewänder mit alten polnischen Mustern, durch die müden Augenlider über einer elegischen Stimme, die wie von weither den Raum erfüllte und um Behutsamkeit und ewiges Gedenken bat.

Sonntags fand vor einem kleinen Kreis Getreuer eine Art Geschichtsgottesdienst statt. Ein polnischer Friseur übernahm diese Aufgabe, ein kleines Männlein, das man entmündigt hatte, weil es sich für seinen Lebenstraum, einen Warschauer Friseurpalast aus Marmor, Spiegelwänden, vergoldeten Armaturen, Goldfischaquarien und farbigen Lichteffekten, in dem die Kunden bei Zigeunermusik rasiert und frisiert werden sollten, maßlos verschuldet hatte, jetzt bei der Gräfin als Gärtner und Hausfaktotum herumgeisterte. Er trat jeden Sonntagmorgen um elf Uhr in der ihm viel zu großen Uniform eines polnischen Lanzenreiters vor ein in rotweißes Leder gebundenes Prachtwerk von Buch, das von einem Stehpult herunter den Raum beherrschte, und las jedes Jahr aufs neue den anwesenden Gästen die Geschichte Polens vor, an der Joseph von Lukacz so fleißig mitgeschrieben hatte. Auf Dreikönige begann er mit den Piasten in der masowischen und kujawischen Linie und den Jagellonen, um am vierten Advent mit der letzten Teilung Polens zu enden. Anschließend diskutierten die Gäste die Ereignisse, die Fehlentscheidungen und bedauerlichen Unglücksschläge, so daß es trotz der dunklen Stimme der Gräfin, die Ruhe und stille Andacht forderte, oft sehr laut wurde, weil es eben auch hier zuging wie im berühmten polnischen Reichstag, jeder hatte sein liberum veto, machte ständig Gebrauch davon, verhinderte damit jede Übereinstimmung über die Geschichte Polens, demonstrierte, daß er eine eigene Meinung besaß, war unumschränkter Herrscher seiner volltönenden Worte, setzte gegen alles und jedes sein unüberstimmbares Veto. Maria servierte dann auf einen Wink der Gräfin den beliebten polnischen Tee, Warmbier mit Weißwein und Maraschino, der spätestens nach dem dritten Glas jedes Veto in einen Dämmerschlaf verwandelte.

Maria hatte an diesen Tagen nicht allzuviel zu tun, denn der entmündigte Friseur in der Uniform eines Lanzenreiters stand in Habachtstellung neben dem Lesepult, übernahm mit der dienenden Höflichkeit seines Berufes auch die Butlerrolle und schnitt am Nachmittag, wenn die Gesellschaft in ihren Sesseln schnarchte, einigen treuen Stammkunden in der Küche die Haare. Maria saß um diese Zeit in ihrer Dachstube und studierte *Krieg und Frieden,* das hatte die Gräfin verordnet, und sie kontrollierte es auch, sie übersetzte ihr die französischen Texte, erklärte ihr die Fremdworte, gemeinsam schaffte man so Seite um Seite. Das Unternehmen dauerte zwei Jahre, dann hatte es Maria geschafft, als sie danach ein neues Buch verlangte, sagte die Gräfin: »Tolstoi genügt. Du brauchst nichts anderes zu lesen. Fang noch einmal von vorne an.«

Medizinalrat Dr. Levi, Leibarzt der Gräfin und gelegentlicher Gast ihrer Séancen, wie er diese Sonntagsandachten nannte, erfuhr durch dieses Gespräch von dem seltsamen überaus konzentrierten Bildungsweg der Maria und meinte, zwei, drei Besuche der *Zauberflöte* könnten ebenfalls nicht schaden, Musik sei bei einer so auserlesenen Erziehung nicht zu vernachlässigen, Mozart sei in diesem Fall unbedingt zu empfehlen. So erlebte Maria, versehen mit ausführlichen Erläuterungen Dr. Levis zu Himmel und Hölle, Feuer und Wasser, Schönheit und Weisheit, Licht und Finsternis, dreimal hintereinander die *Zauberflöte* und entdeckte dabei ihre große Liebe zur Musik.

Bei der Malerei gab es Streit. Die Gräfin ließ nur das *Abendmahl* von Leonardo da Vinci gelten, während Dr. Levi vehement für den *Mont Sainte-Victoire* von Cézanne stritt. Die Gräfin ging von ihrem Kanon nicht ab, Dr. Levi insistierte, Leonardo sei nur ein Perspektivist, Malerei sei primär Farbe, die größere Leistung läge darin, ein einziges Motiv in ständig veränderten Nuancen zu zeigen, ein einziges Thema in unzähligen Variationen aufzuschlüsseln, die tausend Farben des Lebens als offene Komposition zu vereinigen, in der dann jeder Betrachter seine eigene Welt wiederfinde. Der Streit war nicht zu schlichten, er ging über Stunden, Tage, Monate, schließlich bekam Maria von jedem der beiden Maler einen Bildband. Maria hätte gerne die Originale gesehen, aber davor standen Reisekosten, und Dr. Levi fand, daß Maria Tolstoi ja auch nur in einer Übersetzung kenne, und die *Zauberflöte* in der Düsseldorfer Oper sei auch nicht von Mozart inszeniert und dirigiert worden, sie solle daher das Abbild für das Original nehmen, auch das sei eine gute Einführung in das Leben, denn das Leben, das man führe, sei selten das Original, meistens eben auch nur das Abbild des wahren Lebens.

Das waren die Aperçus des Dr. Levi, der sich mit solchen Sätzen gerne selbst eine kleine Freude bereitete, nachdenklich lächelnd musterte er dann die Gesellschaft, die durch seine laute Stimme aus ihrem dösenden Halbschlaf hochgeschreckt nicht so rasch erkennen konnte, ob er mal wieder sie gemeint hatte und was er überhaupt sagen wolle. So entstand immer eine künstliche Pause mit einer unangenehmen Stille, die vom Klappern der Friseurschere im Hintergrund begleitet wurde.

Medizinalrat Dr. Levi war Jude, kam aus Kazimiers, dem Ghetto Krakaus, war in der Miodowa geboren, direkt an der Ecke von Podbrzezie, da wo die große Synagoge steht, wie er immer hinzufügte, hatte in Berlin und Wien Medizin studiert, in Heidelberg einige Semester Philosophie und Germanistik, eine fatale Neigung, auch das vergaß er nie hinzuzufügen, galt als hervorragender Mediziner, der die Wissenschaft der Medizin aus der Distanz sehen konnte, und vor allem als Kenner und Liebhaber deutscher Literatur.

Auf die Frage, warum er sich ausgerechnet in Düsseldorf als Arzt niedergelassen habe, pflegte er zu antworten: »Weil es hier nie ein Ghetto gab und nie ein Pogrom«, und fügte hinzu, der kleine Heinrich Heine sei hier in die normale Stadtschule gegangen, und darum beneide er ihn.

Der Gräfin stießen solche Äußerungen sauer auf, sie machte dann ein Gesicht, als hätte sie Essig getrunken, murmelte etwas von »Fauxpas« und hegte im übrigen den nagenden Verdacht, daß Dr. Levi ein Freimaurer sei, zumal der Arzt die sonntäglichen frommen Geschichtsdarstellungen gelegentlich mit erläuternden Anmerkungen unterbrach, »Meine Fußnoten«, wie er sagte. Denn immer dann, wenn die Gesellschaft mal wieder mit leuchtenden Augen der erhabenen Geschichte der Jagellonen folgte, erzählte er beiläufig, in das Gemurmel des Friseurs hinein, der wie ein in seinem Gebet unterbrochener Vorbeter überrascht von seinem Buch aufblickte, daß unter den Jagellonen im 16. Jahrhundert in Krakau in der Breiten Gasse die kleine Synagoge – er verbeugte sich leicht – erbaut wurde und daß dort um diese Zeit der berühmte Rabbi Mosche Isserles, der Remu – er verbeugte sich leicht – seine *Darkei Mosche* verfaßte, nur wenige hundert Meter entfernt von der Universität, wo ein gewisser Kopernikus an einer Abhandlung mit dem Titel *De revolutionibus orbium coelestium* arbeitete.

Während die Gesellschaft noch über die Hintersinnigkeit dieser Geschichtsdarstellung nachdachte und dabei langsam in Erregung geriet, führte Dr. Levi seine Gedanken zu Ende, indem er mit ruhiger Stimme mitteilte, daß Rabbi Mosche Isserles, der Remu – er verbeugte sich leicht – im Jahre 1572 friedlich verschieden sei, weil in diesem Jahr ausnahmsweise und in Abweichung des üblichen Geschichtsablaufes der Erhabene, gelobt sei sein

Name – er verbeugte sich leicht – in seiner Weisheit geduldet habe, daß Christen Christen erschlagen hätten, in der Bartholomäusnacht seien die Hugenotten die Auserwählten gewesen, die für ihren Glauben ermordet wurden. Ob das geschehen sei, um Rabbi Mosche Isserles, der Remu – er verbeugte sich leicht – in Frieden sterben zu lassen, entziehe sich seiner Kenntnis, es liege beschlossen bei dem Erhabenen, gelobt sei sein Name – er verbeugte sich leicht, diesmal nicht ohne Ironie – und schaute, genußvoll seinen Formulierungen nachhängend, an die Zimmerdecke.

Die Gräfin ertrug diese Invektiven mit unbewegtem Gesicht, gab danach dem Friseur mit einem kleinen Spitzentuch ein Zeichen, woraufhin die Geschichte für den Rest des Tages ohne Fußnoten zelebriert wurde. Am Nachmittag ließ sich dann auch Dr. Levi in der Küche die Haare von dem kleinen Geschichtsvorleser schneiden, der dabei auf seinen Wunsch immer das Lied *Die letzten Zehn vom vierten Regiment* singen mußte, darauf schon wartete und loslegte:

»Zu Warschau schwuren tausend auf den Knien:
Kein Schuß im heilgen Kampfe sei getan,
Tambour schlag an, zum Blachfeld laßt uns ziehen,
Wir greifen nur mit Bajonetten an!
Und ewig kennt das Vaterland und nennt
Mit stillem Schmerz sein viertes Regiment.

Ade, ihr Brüder, die zu Tod getroffen
An unsrer Seite dort wir stürzen sahn,
Wir leben noch, die Wunden stehen offen
Und um die Heimat ewig ist's getan;
Herr Gott im Himmel, schenk ein gnädig End
Uns letzten Zehn vom vierten Regiment.«

7

»Vor dem Zuzug nach Düsseldorf wird gewarnt«, schrieben die Zeitungen, und wenn Fin sich an diese Zeit erinnerte und davon erzählte, meinte sie immer, so stelle sie sich einen Schiffsuntergang vor, das Deck schräg, der Boden rutsche unter den Füßen weg, das Wasser schlage über einem zusammen, man klammere sich an die nächstbeste Planke, ohne zu wissen, wo man sei, und das alles gleichzeitig, in einem Augenblick, nichts sei nach und nach geschehen, so wie man es eben nur erzählen könne, erst das und dann das, nein, alles sei gleichzeitig geschehen, nicht heute das und morgen das, jeder Tag ein totaler Untergang, jeder Tag der Verlust der alten Orientierung, als hätte man Norden, Süden, Westen, Osten mit Gewalt verdreht, und keiner hätte eine Ahnung davon gehabt, kein Kompaß der alten Ordnung half, weil anscheinend Nordpol und Südpol auch verdreht waren.

Düsseldorf war in dieser Zeit wohl die internationalste Stadt Europas und die Stadt mit der größten Garnison Europas. Franzosen, Belgier, Engländer besetzten die Stadt, teilten sie auf, zogen Grenzen, verstärkten sie mit Stacheldrahtrollen, Erdwällen, Grenzpfählen, Schlagbäumen, Wachposten, ließen ihre Fahnen über ihrem Territorium wehen, führten Pässe, Visa und Passierscheine ein, Stempel und Hoheitsabzeichen, erließen unterschiedliche Ausgangssperren und täglich sich ändernde Anordnungen, um die Ordnung aufrechtzuerhalten, die nicht mehr vorhanden war in dieser von nationalen Grenzen durchzogenen Stadt. In den südlichen Stadtteilen regierten die Engländer, in den westlichen Stadtteilen links des Rheins die Belgier, denen auch die beiden Rheinbrücken gehörten, der Rest der Stadt fiel irgendwie an die Franzosen, aber auch das nur für eine gewisse Zeit, dann besetzten

Franzosen, Belgier, Engländer die Innenstadt, bildeten eine neue gemeinsame Besatzungszone mit eigenem Recht und eigenem Ausnahmezustand, legten in ihren Befehlen Wert auf den Unterschied zwischen den neubesetzten und den altbesetzten Stadtteilen, so daß es für jeden Bürger lebenswichtig war zu wissen, welche Straße der Stadt zu welcher Zone gehörte. Dazu kam, daß die östlichen Stadtteile jetzt die Grenze nach Deutschland bildeten, denn Deutschland war für Düsseldorf nun Ausland, und Düsseldorf war für Deutschland nicht mehr Inland, die Fernzüge nach Berlin, Hamburg, München standen stundenlang auf kleinen Vorortbahnhöfen und warteten auf die Personen- und Zollkontrolle deutsch-französischer Patrouillen, »Was tun Sie in Deutschland? Was wollen Sie in Düsseldorf?«, denn Ausland ist nicht Inland und Ordnung ist Ordnung.
Auch innerhalb Düsseldorfs gab es In- und Ausland, denn die alten und die neuen Zonen entwickelten ihr Eigenleben. Die Engländer führten in ihrer alten Zone die englische Zeit ein, so daß man, wenn man nach Benrath kam, die Uhr eine Stunde zurückstellen mußte. Sie sprachen gerne von Demokratie, liebten ordentliche Passierscheine mit vielen Stempeln, die man im Benrather Rathaus bekam, falls man plausibel und möglichst auf englisch erklären konnte, daß man seine Tante beerdigen wolle, denn ein kurzer Aufenthalt in diesem Neu-England war nur durch einen wichtigen und ernsthaften Grund zu erreichen, keinesfalls konnte man sagen, man wolle im Schloßpark spazierengehen, denn im Schloß saßen die Engländer und bewunderten die Lyoner Seidentapeten.
Die Belgier links des Rheins legten Wert auf Kultur und führten erst einmal ihr Schulsystem ein. Sie bestanden darauf, daß alle Lehrer dieser Schüler in ihrer alten Zone wohnen mußten, denn die Erziehung sollte einheitlich

sein. Da sie auch sonst Wert darauf legten, all ihre Schäflein beisammen zu haben, mußten nun viele Einwohner, die in irgendeiner Weise in diesem Belgien zu tun hatten, ihren Wohnsitz vom Rechtsrheinischen ins Linksrheinische verlegen. Dafür waren die Posten an den Rheinbrücken lässiger als die der anderen Nationen, wenn man ein bißchen französisch sprach, sahen sie sich den Passierschein nicht so genau an, winkten durch, »C'est ça«.

Die Franzosen konzentrierten sich mehr auf ihre neue Zone, obwohl Engländer und Belgier hier das gleiche Recht hatten, schickten Kolonialregimenter, Algerier, Marokkaner, Senegalesen, die Düsseldorf schon im Straßenbild, zusammen mit englischen und belgischen Uniformen, ein internationales Flair gaben. Sie versuchten vor allem die klare, vernünftige französische Verwaltung einzuführen, der kommandierende General traf sich deshalb mit dem hilflosen Bürgermeister gelegentlich in der Kunstakademie, das war ein stilvoller, würdiger und gewissermaßen neutraler Ort, der einzige Ort, an dem in Düsseldorf absolute Ruhe herrschte, und besprachen dort bei einer Zigarette den Belagerungszustand zur Aufrechterhaltung der Ordnung.

Fin meinte später, das Wichtigste wäre gewesen, daß man immer wußte, wer einen in welcher Zone verhaften durfte. Es gab jetzt eine grüne und eine blaue deutsche Polizei mit unterschiedlichen Befugnissen, dazu die französische, englische, belgische Militärpolizei in den jeweiligen Zonen und gemischte deutsch-französische Polizeistreifen an den Grenzübergängen. »Auf daß Ordnung herrsche.«

Die andere Ordnung schuf das Geld, und Fin sagte, damals hätte sie rechnen gelernt wie dieser Medici, den Satz hatte sie von Gustav. Es gab die Banknoten des Deutschen

Reiches, die Geldscheine der Stadt Düsseldorf und das Notgeld der Fabriken, allen gemeinsam war eine wuchernde Ornamentik, die die Menschen als Nullen entzifferten und die mit jedem neuen Schein immer üppiger wurde. Da Tag und Nacht Geld gedruckt wurde und die Nullen damit den fruchtbarsten Grund ihrer Vermehrung gefunden hatten, verwandelte sich die Ornamentik über eine Scheinblüte in Schlingpflanzen einer undurchdringlichen Zivilisation. Die Menschen zählten von morgens bis abends, zählten, bis ihre Finger in allen Farben der Geldscheine schimmerten, und wußten doch nicht, wieviel Geld sie hatten, denn über Nacht hatten sich die Nullen schon wieder vermehrt, und der neue Tag begann mit Zählen. Später gab es die Deutsche Rentenmark, die weniger Nullen hatte, aber nur in den neubesetzten Zonen als rechtmäßiges Geld anerkannt wurde, in den altbesetzten Zonen breiteten sich weiterhin die Nullen des alten Geldes aus. Neben diesen verschiedenen deutschen Währungen existierte auch noch ganz offiziell der französische Franc, der belgische Franc und das englische Pfund, wobei die Engländer gerne in französischen Franc zahlten, dessen Kurs zum deutschen Geld sie selber festlegten, so daß es neben dem amtlichen auch einen englischen Franc-Kurs gab, dafür tauchten bei den Belgiern öfter Schweizer Franken und amerikanische Dollars auf, die wiederum von den Franzosen sehr begehrt waren, die offenbar kein rechtes Vertrauen in ihre eigene Währung hatten. Auf diese Weise erlernte fast jeder Bürger der Stadt den Beruf des Geldwechslers, lebte auf traumhafte Weise wie ein Krösus in einer ganz unrealen Wirklichkeit, eine normale alltägliche Zeitung, in der nichts besonderes stand, kostete zweihundert Milliarden, ein einfacher Mensch, dem man seinen Reichtum nicht ansah, gab täglich Billionen aus, und die Stadt Düsseldorf druckte Trillionen, was immerhin eine Zahl mit achtzehn Nullen ist. Diese selbstfabrizierten Trillionen fuhr man in Möbelwagen, Krankenwagen und Särgen durch die Stadt, massenhaft, todkrank, am liebsten hätte man sie still beerdigt in all diesen Särgen, und doch erreichte das mit jedem Kilometer Fahrt wertloser werdende nach billigen Farben und schlechtem Druck stinkende Papier nie seinen Friedhof, die Menschen plünderten die Särge wie Leichenfledderer, um das Papier im nächsten Geschäft ganz und gar unheilig in irgend etwas Eßbares zu verwandeln, wenn es denn etwas Eßbares gegeben hätte.

Die Kehrseite dieser Notgeldordnung hieß Milchnot, Kartoffelnot, Mehlnot, Bekleidungsnot, Kohlennot, so die Litanei der täglichen Zeitungsberichte. Säuglinge starben, weil es keine Milch gab, die Kinder wuchsen nicht mehr und verloren an Gewicht, klein und leicht starben sie an Tuberkulose, die Alten verhungerten oder erfroren in ihren Wohnungen. Kuchen- und Brötchenbacken war überflüssigerweise verboten, man ernährte sich nur von Notbrot, Krankenbrot und Kriegsbrot, verschiedene Namen für eine einzige Mischung, die nach Ansicht von Kennern aus Stroh, Baumrinde, Bohnen und Sauerampfer bestand und darüber hinaus noch Zutaten enthielt, über die man besser nicht sprach. Allgemein bedauerte man, daß die Stadt nicht in Afrika lag, da hätte man nackt herumlaufen können, so plagte man sich mit den Überresten von Schuhen, Anzügen, Hemden, Mänteln. Man war sich einig, daß dies das Chaos sei, und hütete sich vor dem Satz, schlimmer könne es ja nicht mehr werden, denn alle hatten erlebt, daß es immer noch schlimmer werden kann. Nicht nur die menschliche Ordnung, der Mensch lag bloß bis auf die Knochen und war bereit im Antlitz Gottes zu verrecken.

»Sei Mensch« schrieben die Zeitungen jeden Tag, »Sei

Mensch« stand von Hand gekritzelt an den Plakatsäulen, Volksspeisung, Schulspeisung, Kleiderspenden, Heizungsspenden, »Sei Mensch«. Die Stadt rettete sich in die letzte Ehrbarkeit, und die hieß Suppenküchen an allen Straßenecken, aber auch für sie benötigte man Bezugsscheine, die einem überhaupt erst das Recht verliehen, sich in eine Menschenschlange zu stellen, an deren Ende ein halber Liter Suppe in einer Schöpfkelle auf einen wartete. Es gab Menschen von Treu und Glauben, Ehre und Anstand, Recht und Gesetz, die mit dem Verdienstorden ihres Staates um den Hals nicht stehlen konnten, die es nicht fertigbrachten, am Ende ihres Lebens um die Vergünstigung dieses Bezugsscheines zu betteln, die damit ihren Totenschein ausstellten, weil sie sich das Leben so nicht mehr vorstellen konnten. Als auch die Suppenküchen leer waren und die Stadt Düsseldorf keinen Pfennig und keine Billion mehr hatte für Arbeitslose und Wohlfahrtsempfänger und Sozialhilfe, da gab es auch offiziell keine Ordnung mehr, da gab es nur noch den Ruf »Sei Mensch«, und die Menschen, die nun gar nichts mehr zu essen hatten, gingen in die Läden und holten sich, was sie brauchten, »Sei Mensch«, brachen die Lager auf, holten sich Kartoffeln, Mehl, Bohnen, Zucker, Salz, Heringe und Apfelkraut, »Sei Mensch«, trugen es in Unterröcken und Jacken fort und schufen sich ihre Ordnung, die von ihren eigenen Ordnern mit der Pistole in der Hand bewacht wurde, »Sei Mensch«, als die Polizei trotzdem Ordnung schaffen wollte, für wen war überhaupt nicht mehr zu erfahren, da hatte man schon lange die Angst vor der Polizei verloren, man setzte ihr die Pistole auf die Brust, sie zog sich zurück, und als sie mit Gewehren und französischen Panzern wiederkam, wurde sie in Oberbilk mit Gewehrfeuer und Handgranaten empfangen, und wieder wurde geschossen um etwas Brot und Apfelkraut,

und auf beiden Seiten gab es Tote, »Sei Mensch«, und »Im Namen der Ordnung«.
Fin jonglierte gekonnt mit Passierscheinen und Aufenthaltsgenehmigungen, mit Notgeld und Devisen, rechnete Mark in Franc und Pfund um, hatte ihr Portemonnaie längst weggeworfen, schob sich die Geldpakete zwischen Kleid und Unterwäsche, wechselte so ausgestopft und auswattiert zwei- bis dreimal am Tag, vorbei an grüner, blauer und französischer Polizei, die verschiedenen Besatzungszonen, zog wie viele andere einen handfesten Schmuggel zwischen den Nationen auf, die die Stadt auf engem Raum regierten, verwandelte bei den Belgiern, Engländern und Franzosen Eiserne Kreuze, Preußische Verdienstmedaillen und adlergekrönte Stahlhelme in Cognac, Zigaretten und Corned beef, wofür sie jenseits der Grenze nach Deutschland bei den Bauern Speck, weiße Bohnen und Kartoffeln bekam, durch diesen Kreuz- und Querhandel erhielt sie in einer ungeheuren Anstrengung ihrer Familie das Leben, eine Heldentat, für die die Regierung, die so viele Orden für getötetes Leben auf Lager hatte, niemals eine Anerkennung aussprechen würde, denn das Bajonett im Bauche des Gegners war rechtmäßig und lobenswert und im Sinne höherer Werte wie Gott und Vaterland, eine Scheibe Speck auf indirekte Art, dazu noch über Grenzen geschmuggelt, war bestenfalls ein Verstoß gegen mehrere Paragraphen des Bürgerlichen Gesetzbuches, diente nur dem Schutz vor dem Hungertod, lag daher in keinem höheren Interesse, war unbedingt strafwürdig. So ungefähr lautete der Kommentar Gustavs, den er dreimal am Tag in verschiedenen Variationen von sich gab.
Gustav saß um diese Zeit mal wieder fest, die gerade verheilte Wunde an seinem Bein hatte sich erneut geöffnet, daran war der Kapp-Putsch schuld, die verdammte

Reichswehr, die ihren Kaiser wiederhaben wollte. Bei dem anschließenden Generalstreik, bei den Schießereien mit den Soldaten, die in Oberbilk erneut Tote hinterließen, bei den Diskussionen in der Einwohnerwehr, die aus den alten Arbeiterräten bestand und nach ihrem Sieg und dem Abzug des Militärs Düsseldorf mal wieder für kurze Zeit regierte, mußte Gustav einen Schlag oder einen Tritt gegen das Bein bekommen haben, er merkte es zu spät, die Wunde glühte wieder dunkelrot, das Bein lag aufgebahrt auf einem Küchenhocker, und Gustav polierte mit sarkastischen Bemerkungen die Armeepistole, die er einem Offizier abgenommen hatte.

Fin hatte den Kapp-Putsch nur dadurch in Erinnerung, daß von einem vorbeifahrenden Lastwagen voller Soldaten auf die vor einer Suppenküche stehende Schlange von Frauen geschossen wurde, alle Frauen sich sofort auf den Boden warfen, Fin, die gerade an der Reihe war, ihren Zuschlag bereits erhalten hatte und sich daher mit dem vollen Suppentopf auf die Erde werfen mußte, hatte hinterher einen langen Streit, ob sie ihren Suppentopf nun noch einmal gefüllt bekäme oder ob sie ihre Ration schon erhalten habe.

Fin merkte anfangs auch nicht, daß der gute Hermann und Baas Koslowski auf einmal mit einer grün-weiß-roten Schärpe herumliefen, in Oberbilk hatte jeder so seine Farbe, mit der er herumwedelte, manchmal war es nur der Schützenverein, manchmal eine neue Republik, wer kannte sich da schon aus. Aber dem guten Hermann war es ernst, er schilderte mit Engelszungen und in freundlichsten Farben die Zukunft der heraufdämmernden neuen Menschheitsschöpfung, genannt die *Rheinische Republik*. Eine neutrale Republik, auf der anderen Seite Deutschland und dazwischen ein kleines Paradies, die Rheinische Republik. Der gute Hermann sah sich bereits als stolzer

Citoyen, schmückte seine Sätze mit französischen Sprachbrocken, kam mit »Bonjour« ins Zimmer, sagte »Merci«, fragte »Comment allez-vous?« und sagte nach jedem Satz Gustavs »C'est ça«. Baas Koslowski, der die Wünsche seiner Gäste auch schon mit einem »Avec plaisir« entgegennahm, erhoffte sich paradoxerweise auch als Pole eine neue Heimat. Viele Polen taten das; die, die sich inzwischen als Deutsche fühlten, von den Deutschen aber als Ausländer behandelt wurden, die, die nach dem Krieg nach Frankreich gegangen waren, inzwischen aber wieder Heimweh nach Deutschland hatten, so daß sich ein rheinisch-polnischer Staat zwischen Frankreich und Deutschland abzeichnete, eine Mischung aus polnischem Tanz und rheinischem Laisser-faire, polnischer Verrücktheit und rheinischer Lebenslust, in dem es sich in Freiheit leben ließ.

Als der stolze Tag der Gründung der Rheinischen Republik gekommen war, fühlten sich auch der gute Hermann und Baas Koslowski aufgerufen. Sie marschierten mit ihrer Fahne los. Gustav sah ihnen wehmütig aus dem Fenster nach, und Fin meinte: »Dat tut dir aber leid, dat du da nich mitkloppen kannst.« Gustav humpelte beleidigt zu seinem Küchenhocker zurück, legte das Bein hoch und polierte die Pistole.

Die Rheinlandwehr, die Schutztruppe der neuen Republik, zweitausend schwerbewaffnete Männer, war schon am Morgen auf die noch nicht existierende Republik vereidigt worden. Sie übernahm die Ordnung in Düsseldorf, der Hauptstadt der Rheinischen Republik und geleitete die aus dem Rheinland und aus dem Ruhrgebiet anrükkenden Marschkolonnen mit entschlossener Miene zum Stadttheater, auf dessen Stufen die neue Republik ausgerufen werden sollte.

Vor dem Stadttheater bildete sich ein Heerhaufen von

zwanzigtausend Menschen, die dem Intendanten des Hauses die schönste Freilichtinszenierung seines Lebens bescherten. Fahnen in allen Farben wehten über den Köpfen, grün-weiß-rot, schwarz-rot-gold, schwarz-weiß-rot, der alte preußische Adler der Kaiserlichen, die rote der Kommunisten, die Kriegsfahnen der Veteranen und die weiß-gelbe einer polnischen Pfarrei, von allen Seiten kommend stießen sie in einem shakespeareschen Getümmel aufeinander, blaue und grüne Polizei bildete einen Riegel gegen den Wall der Rheinlandwehr, französische Truppen schoben sich in Stoßkeilen zwischen Polizei und Rheinlandwehr, entwaffneten die Polizei, und während die Verteidiger des Deutschen Reiches in einer Umgehungsbewegung gegen die französischen Truppen vorrückten, preschten aus den Seitenstraßen die Kommunisten, und Kommunisten und Rheinlandwehr begannen, sich gegenseitig zu entwaffnen. Die Masse schob, drängte, drückte, kreißte in den Geburtswehen eines neuen Staates, der auf den Stufen des Stadttheaters von einem Mann hinter einem Mikrofon über große Lautsprecher ausgerufen wurde. Das Volksgemenge drehte sich im Kreis, verschlang sich labyrinthisch, ganze Chöre schrien: »Es lebe die Republik!«, wobei die einen die Rheinische, die anderen die Weimarer meinten, auch die Fahnen boten keine Orientierung mehr, sie wechselten unbeabsichtigt die Fronten, hüben war plötzlich drüben, Fahnenträger fanden sich im falschen Haufen wieder, es erwies sich einmal mehr, daß mit Fahnen überhaupt nichts anzufangen war, eher schon mit den Fahnenstangen, und als die vereinigten Republikchöre von Nebenchören aus dem Takt gebracht wurden, sich vermischten mit Nationalhymne, Kaiserhymne, Internationale, wurde die Drängelei lebensgefährlich, man verschaffte sich Luft, indem man aufeinander losging, geballte Fäuste, Polizeiknüppel,

französische Helme, hochgehende Pferde, blinkende Säbel, gefährlich dröhnende Panzer, ein Schuß fiel, mehrere Schüsse antworteten, dann knatterte es von allen Seiten, nun war keiner mehr in der Lage, die fehlgeschlagene Inszenierung zu stoppen, der Stadttheaterintendant warf sich in seinem Büro auf den Boden, das geplante Freudenfeuerwerk spielte sich nicht am Himmel, sondern auf Erden ab, die Kugeln pfiffen ihre schrägen Töne, klatschten gegen die Hauswände, spritzten zurück, schlugen dumpf in vorbeihastende Menschen, und auf den Straßen der Stadt spielte sich das ab, was später der Blutsonntag genannt wurde und vielen Menschen, die ihr Vaterland retten wollten, das Leben kostete.
Baas Koslowski hatte den Säbelhieb eines Berittenen abbekommen, Koslowski machte das nichts aus, auf seinem Schädel konnte man viele Säbel zerhauen. Der gute Hermann kam in Unterwäsche nach Hause, weil er in dem Gedränge die Fahne hochhalten mußte, sich heldenhaft auf die Fahne konzentrierte und gar nicht bemerkt hatte, daß man ihm, weil man nicht an die Fahne herankam, den Anzug vom Leibe riß. Jetzt saß er mit den Resten seiner Fahne auf dem Ledersofa und weinte.
»Dat wär et doch jewesen. Wat haben wir mit Berlin zu tun?«
Gustav konnte nicht leugnen, daß das Rheinland immer zwischen Berlin und Paris lag und wie das Elsaß alles auszubaden hatte, was in den beiden Hauptstädten ausgeheckt wurde, aber jetzt müsse man die Weimarer Republik verteidigen, das sei seine Meinung.
Koslowski gab zu Protokoll, daß man die Hauptstadt zur Abwechslung dann auch mal ins Rheinland verlegen solle, dahin, wo der Schlamassel jedesmal am größten sei, Berlin sei ja wohl noch nie von drei Nationen besetzt worden, das gönne er denen aber mal von Herzen, viel-

leicht würden die dann in Berlin ihre Reichsreden mal auf anderem Papier schreiben.
Das Gespräch kreiste wie üblich um Reichswehr, Einwohnerwehr, Rheinlandwehr, um Räterepublik, Rheinische Republik, Weimarer Republik, bis Fin, die strümpfestopfend dabeisaß, in ihrer impertinenten Art fragte: »In welchem Land liegt denn die Weimarer Republik?« Gustav, der aufspringen wollte, dann aber sein Bein festhielt, schrie rot vor Jähzorn: »Hier!« Da legte Fin den Strumpf weg, alle erinnerten sich später daran, hob feierlich die Hand zum Schwur und sagte mit fester Stimme: »In Düsseldorf hat et bis jetzt noch nie 'ne Weimarer Republik jejeben. Dat hätte ich jemerkt.«
Diesmal hatte Fin sogar den Bürgermeister auf ihrer Seite, denn auch er kannte Düsseldorf nur als »Stadt des ständigen Aufruhrs, der Spartakisten, der Separatisten, der Franzosen, des Belagerungszustandes und der Kriegsgerichte, als sterbende Stadt.«

8

Maria wuchs heran zu einer sanften melancholischen Schönheit. An manchen Tagen saß sie stundenlang bewegungslos in einem Sessel, sah vor sich hin, sprach man sie dann an, reagierte sie unwillig und mit Verzögerung, fragte man sie vorsichtig, ob sie etwas habe, einen Schmerz, ein Problem, verneinte sie abweisend, schüttelte den Kopf, starrte wieder in ihre imaginäre Welt, die jenseits der Gedanken und Gefühle der sie umgebenden Menschen lag. Ob sie an etwas denke, fragte Dr. Levi einmal, sie verneinte, schüttelte den Kopf, saß da, blickte unbewegt ins Leere, rührte sich nicht, schien hypnotisiert, hatte etwas Somnambules, ihre weichen Gesichtszüge waren dann entspannt, die dunklen Augen noch dunkler, das schwarze glatte Haar lag auf den Kissen des

Sessels, die schlanken Arme waren wie zum Schutz über ihrem Körper gekreuzt. Diese träumende Abwesenheit endete meist in einem ruckartigen Aufstehen, Maria stürzte dann in die Küche und konnte von einer Sekunde zur anderen mit der Zubereitung des Essens beginnen.
Sehr schlank, sehr zart, trug sie die aus der Mode gekommenen Kleider der Gräfin, teure Stoffe, die sie sich auf ihre Figur abänderte, sie wieder der Mode annäherte, mit neuen Accessoires versah. Da sie mit Vorliebe die Ballkleider der Gräfin verwandte, schimmernde Seidenstoffe in Rubinrot, Türkis und Königsblau, seltene ausgewählte Muster, Brokat mit Gold- und Silberstickerei, Atlasseide mit eingearbeiteten Perlen, sah sie aus wie die Königin von Saba, wie die Gräfin einmal vor der Gesellschaft mißbilligend bemerkte, denn Maria trug nur in der Küche eine Schürze, betrat sie den Salon, legte sie die Schürze ab, darüber war nicht zu diskutieren, und die Gräfin hatte es aufgegeben, ihrer Maria, wie sie sagte, Vorschriften zu machen.
Maria tat nur das, was sie wollte, da war nichts zu machen, daran war nicht zu rütteln. Maria nahm keine Anweisungen entgegen, sie wüßte selber, was sie zu tun hätte, so ihre stereotype Antwort. Als die Gräfin am Anfang wünschte, auf den Gesellschaften, die sie gab, in der dritten Person angeredet zu werden, gab es einen so handfesten Krach, daß die Gräfin noch lange danach bereute, einen solchen Wunsch überhaupt ausgesprochen zu haben.
Maria führte den Haushalt, das hatte sie inzwischen gelernt, und sie führte ihn selbständig, so wie sie es für richtig hielt. Sie entschied über die Einkäufe und das tägliche Essen, sie legte die Reihenfolge der Gänge bei einem Diner fest, dirigierte die Hilfsköchin, servierte und überwachte den korrekten Ablauf bis hin zu Café und

Cognac, sie bestimmte auch, wann die Zeit des Großreinemachens war und wann die Waschfrau kommen mußte. Da Maria, obwohl sie so grazil und zerbrechlich war, mit ihrem unerschöpflichen Willen zwölf Stunden am Tag »wie der Teufel«, so die Gräfin, arbeiten konnte, ohne Murren jede Arbeit verrichtete, das Haus in Ordnung hielt, als wäre es ihr eigenes, gab es schon lange keinen mehr, der ihr irgend etwas zu sagen hatte. Dies war ihr Haus, hier bestimmte sie.

Anerkennung war bei Maria nur über vorsichtiges Lob ihrer Kochkünste zu gewinnen, zu dick aufgetragen, lehnte sie das Lob ab, sie wußte selber, daß sie kochen konnte, dezent und genießerisch vorgetragen, nickte sie kurz, war das Lob beständig und immer noch zurückhaltend, konnte man sich mit Maria anfreunden. Sie legte Wert auf Manieren und haßte die Protzigkeit vollgefressener Serviettenbäuche, die mit dunkelrotem Kopf Nachschlag forderten.

Ein Könner auf dem Gebiet der vorsichtigen Annäherung war Dr. Levi, eindeutig ein Gourmet, ein Mann, für den Essen zur Kultur gehörte und der von Maria daher bevorzugt wurde, sich auch gelegentlich Sätze erlauben durfte, bei denen andere in Ungnade gefallen wären. Als Maria einmal in Goldlamé und mit einem unerhört strengen Bubikopf in den Salon kam, entschlüpfte ihm ein verblüffendes: »Auftritt, der Prinz von Alexandria.« Die Gräfin hielt vor Schreck einen Moment die Luft an, wagte nicht, das Sandgebäck zu zerbeißen, das sie gerade in den Mund gesteckt hatte, Maria glitt mit abwesendem Blick durch den Salon, huschte leise an den Sesseln vorbei, registrierte, ob jede Tasse und Untertasse, jeder Untersetzer, jede Kanne, jede Zuckerdose, jedes Milchkännchen, jede Rumkaraffe, jede Likörkaraffe, jede Gebäckschale, jede Obstschale, jeder Aschenbecher, jede Vase und in der Vase

jede Blume ihren ordnungsgemäßen Platz hatten. Als sie den Raum verließ, drehte sie sich kurz um und lachte. Dr. Levi fiel erleichtert mit seinem berühmten schallenden Gelächter ein, gab auch etwas mehr Stimme als sonst, die Gräfin lachte etwas geniert mit dem Sandgebäck im Mund, endlich lachten auch die Gäste, die Gräfin war froh, daß Maria gelacht hatte, denn wenn sie nicht gelacht hätte, wäre es besser gewesen, auf der Stelle auszuziehen, und sie strafte Dr. Levi, der auf so leichtfertige Weise den Hausfrieden gefährdet hatte, mit einem ernsten Blick.
Aber auch die in dieser Gesellschaft immer etwas forciert unbekümmerte Art Dr. Levis, der diese Geisterwelt, wie er sie nannte, nicht gerade liebte, fand ihre Grenze in Marias unerbittlichen Grundsätzen. Als er vorschlug, das polnische Weihnachtsessen, diese aus vielen Gängen bestehende Reihenfolge von Köstlichkeiten, die rotleuchtende Barszcz-Suppe, die Pierogi mit Sauerrahm und Schnittlauch, die Golabki mit Speck und Majoran und natürlich der Karpfen und als unverrückbarer Abschluß die selbstgebackenen Honigkuchen, auch an weniger hohen Feiertagen zu wiederholen, da es allzu schade sei, daß man derlei nur zu Christi Geburt auftische, antwortete Maria kühl, dieses Essen sei eine Tradition, und Traditionen habe man einzuhalten, da könne man ja gleich jeden Tag Weihnachten feiern.
Die Gräfin hakte hastig ein, winkte mit ihrem Spitzentuch und bat Dr. Levi, mit Maria kein Gespräch über Traditionen zu führen, man würde dabei nur den kürzeren ziehen. Dr. Levi gab nach und bemerkte nachdenklich, die polnische Nation sei ein Gebilde, das in den Köpfen und Herzen der Menschen stecke, weniger in festen Grenzen, je mehr man dieses Gebilde auf der Landkarte hin und herschiebe, desto unverrückbarer sei es im Inneren der Menschen.

Einmal im Monat erschienen die Gelsenkirchener, eine Gruppe schwarzgekleideter Männer und Frauen, die wie ein Vogelschwarm einfielen, sie fragten nach dem Befinden allerseits, schielten in der Küche auf Schinken und Würste, die vom Gut kamen, saßen schwarz und feierlich nebeneinander auf den Stühlen an der Wand, aufgereiht wie Papageien auf einer Stange, sprach einer, redeten alle, und da alle immer dasselbe sagen wollten, alle immer denselben Satz vollenden wollten, ergab sich je nach Einsatz ein mehr oder weniger verständlicher Chor. Mißtrauisch beäugten sie die rasche Entwicklung Marias und fanden, daß Maria doch etwas aus der Reihe tanze, sich zu einem Paradiesvogel entwickelt habe, der keinesfalls mehr in ihre schwarze Vogelstangenreihe passe. Der alte Unterschied zwischen den Lukacz' unter Tage, die im Dunkel arbeiteten, und den von Lukacz' über Tage, die im Licht lebten, schwelte sichtbar.

Polka-Paul, der seine Gedanken wieder etwas beisammen hatte, allerdings nur mit dem schwarzen Klarinettenkasten unter dem Arm, den er daher auch den ganzen Tag mit sich herumschleppte, egal wohin er ging und was er tat, ob er im Garten hinter dem Haus saß, vor der Zeche spazierenging, abends bei seinem Taubenvater sein Schnäpschen und sein Bier trank, »Immer die Klarinette unter dem Arm«, wie alle Gelsenkirchener im Chor bestätigten, »und nachts griffbereit am Bett«, so der Chor im Nachsatz, wenn die Träume kamen, aus dem verschütteten Bunker aufstiegen, sofort die Beine aus dem Bett, die Klarinette angesetzt und ein paar Takte gespielt, »Dann schläft er wieder«, rief der Chor der Gelsenkirchener.

Polka-Paul, der immer sagte, Maria habe die verträumten weichen Gesichtszüge ihres Vaters, seine schwarzen Haare, hoffentlich nicht auch seine Schwermut, aber ein wenig tanzende und singende Fröhlichkeit der Mutter stecke wohl auch in ihr, Polka-Paul erhob in dem allgemeinen mißmutigen Gemurmel seine Stimme zu einem eindeutigen Solo und meinte, was die Maria betreffe, so wolle er nur sagen, man könne eine Melodie auch auf verschiedene Weise spielen, man dürfe nur nicht aus dem Takt kommen. Der Chor der Gelsenkirchener einigte sich dann zum Schluß immer auf den Anfangssatz, mit dem sie eingetreten waren, und der besagte, Maria sei ihrem Vater »wie aus dem Gesicht geschnitten«, was Anlaß zu der Hoffnung gab, daß sie doch nicht so ganz aus der Art schlage.

Polka-Paul packte dann seine Klarinette aus, spielte zum Abschied, nach einer artigen Verbeugung, *Noch ist Polen nicht verloren,* das war die gehörige Reverenz an die *von,* wurde auch entsprechend gnädig angenommen, dann entfernte sich die ganze Gruppe flatternd und redend, schnatterte immer dieselben Sätze, »aus der Reihe tanzen«, »aus dem Gesicht geschnitten«, schleppte Schinken und Würste ab, verschwand gegen den Horizont, Maria hinter dem Efeufenster immer noch einmal zuwinkend, bis sich ihre Stimmen unter dem weiten Himmel des Niederrheins verloren.

Über Marias Ahnungen, die ihr und ihren Kindern später mehrmals das Leben retten sollten, hatten anfangs alle nur gelacht. »Heute kommen die Gelsenkirchener«, das wußte sie, warum, das wußte sie nicht, aber es stimmte immer, die Gelsenkirchener kamen. Auch andere Ereignisse kamen, und Maria hatte sie vorhergesagt, beiläufig, ganz ohne Bewußtsein, aus dem Gefühl heraus. Maria wollte nicht darüber reden, die Sache war ihr eher unangenehm, zumal die anderen ihre Späße damit trieben. Das aber nur bis zu dem Tag, an dem sich die Gräfin das Bein brach, Maria hatte sie vorher beschworen, das Haus nicht zu verlassen, hatte geweint vor Wut, nicht weil die Gräfin sie eine dumme polnische Gans nannte, sondern weil sie trotz aller Warnungen die Kutsche bestieg, mit den Pferden, denen man das ganze Unglück doch schon ansah. Als man die Gräfin mit gebrochenem Bein unter der umgestürzten Kutsche herauszog, schwor sie, Marias Warnungen von nun an zu beachten, hielt sich aber nicht daran, als sie im Sommer den Zug nach Berlin zur Fahrt nach Posen bestieg. Als Maria plötzlich von ihrem Platz hochschoß, ihre Sachen an sich riß, mit beiden Beinen zugleich aus dem Zug sprang und die Gräfin schreiend aufforderte, herauszukommen aus diesem Unglückszug, nahm die Gräfin ihren Schirm, schlug auf Maria ein, sich weit aus dem Fenster legend, aber Maria stand wie ein erzgegossener Esel auf dem Bahnsteig, rührte sich nicht, und die Gräfin verrenkte sich bei ihrem wütenden Zuschlagen den Arm so sehr, daß man sie unter Stöhnen und Schmerzen aus dem Zug führen mußte. Der Fall blieb als Vorhersage umstritten bis zum nächsten Tag, da las man in der Zeitung, daß im Märkischen ein Zug entgleist sei, Dr. Levi konsultierte den Fahrplan, es stellte sich heraus, daß die Gräfin und Maria in diesem Zug gesessen hätten, und Dr. Levi attestierte nachträglich ein Wunder.

Das sprach sich herum. Aber es war schwer für Maria, die Vorhersagen im voraus exakt zu bestimmen. Sie war keine Hellseherin, sie hatte nur unbestimmte Gefühle, die sie auch nicht erklären konnte. Entweder ein wochenlanges Unbehagen, das bei ihr Depressionen auslöste, sich erst nach Eintritt eines Unglücks auflöste, so daß man erst im nachhinein wußte, was Marias Unwohlsein bedeutete, obwohl sich ihr Zustand in den Stunden davor verschlechterte, so daß man sich zeitlich doch einigermaßen vorsehen konnte, oder die Eingebungen kamen so blitzschnell wie im Zug, da mußte man dann einfach dahin rennen, wohin auch Maria rannte, rasch auf die andere

Straßenseite, und Sekunden später krachte ein Bierfuhrwerk in den Marktstand, vor dem man gerade noch gestanden hatte.

Maria erklärte ihre nicht näher deutbaren Gefühle so, daß sie spüre, wenn das allgemeine Unglück, das die Welt beherrsche, sich in ihrem Umkreis verdichte. Denn die Welt war für sie sowieso nur eine einzige sich täglich und stündlich wiederholende Katastrophe, die Verkörperung des Chaos, die ungeordneten Reste eines unvollendeten Schöpfungsaktes, Unglück und Zerstörung, Krankheit und Elend, Leid und Tod. Glück kannte sie nicht. Für Glück hatte sie kein Gespür, deswegen fehlten alle Vorahnungen, die auf freudige und angenehme Ereignisse hinausliefen. Freude und Glück fand nur vor dem Hintergrund schwärzester Schicksalsschläge statt, war daher immer fragwürdig, wurde argwöhnisch betrachtet, galt als täuschender Vorhang vor dem Unglück, und tanzte sie einmal im Überschwang schon am frühen Morgen lachend und singend durch das Haus, vergaß sie nie hinzuzufügen: »Der Vogel, der am Morgen singt, den holt die Katze am Abend.«

Mit solchen Merksätzen, deren Vorrat unerschöpflich war, von Generationen angesammelt und überliefert, begleitete sie alle Ereignisse des Tages und der Nacht, denn kaum war der Tag vorbei, kam die Nacht, von der im Prinzip außer Schlaf nichts Gutes zu erwarten war, war die Nacht vorbei, dann kam der Tag, und was der brachte, war sowieso unvorhersehbar, nur zu erahnen, außer schrecklichen Ereignissen war für Maria da nichts in Sicht. Gegen diese Ereignisse halfen nur alte Weisheiten und Vorsichtsmaßnahmen. Lief einem eine Katze über den Weg, mußte man sofort umkehren, zurück ins Haus und den Weg noch einmal unter die Füße nehmen. Ein Schornsteinfeger brachte Unglück, wenn er einem entgegenkam, wenn er aber von hinten kam, dann mußte man im gleichen Schritt mitgehen, und in einem Jahr hatte man einen Schatz, allerdings dürfe man dabei nicht über die Schulter zurückschauen, das bringe dann gleich wieder Unglück. Und wenn das Ohr klingle, linkes was Flinkes, rechtes was Schlechtes, dann müsse man ganz schnell an einen geliebten Menschen denken, sonst sei man bald alleine auf der Welt. Über einen Friedhof dürfe man nur links herum gehen, nie rechts herum, und das nur zu ungeraden Stunden, nie zu geraden, dann könnten einem die Toten nichts anhaben. Und sei der Teufel im Haus, was man daran merke, daß viel Geschirr zerbreche oder die Wäsche nicht recht trockne, dann solle man um Mitternacht auf das Dach klettern, Weihwasser in den Kamin spritzen, und die Sache sei erledigt, der Teufel würde es sich lange überlegen, dieses Haus noch einmal aufzusuchen. Im übrigen bleibe der Teufel in jederlei Gestalt ein Teufel, wenn man im Dunkeln durch einen Wald gehe, »solle man den Mund halten und machen, daß man nach Hause komme«, fuhr die Gräfin gelegentlich dazwischen. Ging ein Tag ohne größere Zwischenfälle vorbei, was für Maria ein Wunder war, war das nur dem wohltätigen Schutz und der segensreichen Wirkung dieser uralten Weisheiten zu verdanken, die man mit Kreuzeszeichen durch Anrufung der zuständigen Heiligen oder der Heiligen Maria Mutter Gottes verstärken konnte, auch durch stündliche Wiederholung des Satzes, der aber fehlerlos und ganz genau so wie der erste ausgesprochen werden mußte, sprach man den Satz aus Versehen falsch aus, war die ganze Wirkung dahin.

Die Litanei war unendlich variierbar, angelegt für ein langes Leben, versehen mit diesem Rüstzeug hätte Maria eigentlich zufrieden sein müssen, aber kaum war der Tag halbwegs glücklich überstanden, kam ja wieder die Nacht und nach der Nacht der Tag, und man könne ja nie wissen, die Schrecken lauerten auf Maria rund um die Uhr, machten sie aber nicht unglücklich, denn sie war fest entschlossen, alle Schrecken zu besiegen und hatte darum auch wieder ein standhaftes, gefestigtes, ganz und gar nicht unfrohes Gemüt, tanzte leidenschaftlich gern, sang, war immer in Bewegung.

Sie glich das alles, für Normaldenkende völlig unverständlich und deshalb auch rätselhaft, auf einer höheren Ebene aus, fand die Balance zwischen den Alltagsdingen, die für sie nicht so wichtig waren, und ihrem Lebenskern in einer schon fast mythischen Gelassenheit. Das Schicksal würde noch Prüfungen für sie bereithalten, die ihre Existenz, ihr Leben betrafen. Das wußte sie. Das ahnte sie. Sie hätte es nicht formulieren können, aber sie fühlte es. Da kam noch etwas, was sich keiner ausmalen konnte, da den meisten Menschen dafür die Phantasie fehlte, und keiner sich so recht Gedanken darüber machte, was den Menschen alles zuzutrauen ist; selbst wenn sie sich Gedanken gemacht hätten, wären sie wohl nie so weit gegangen, wie diese Träumerin in ihren Schreckensträumen. Maria erwartete von dieser Welt nur das Schlimmste, ein anderer mit diesen Gedanken hätte sich das Leben genommen, Maria brachte das für sich ins Gleichgewicht; da sie das Schlimmste befürchtete, konnte es ruhig eintreten, wann es kam, war egal, sie wußte, es kam, und sie wußte, daß sie damit fertig werden würde, daß sie mit allem fertig werden würde.

Wenn die Zaubersprüche nicht mehr ausreichten, ging sie mit einer Kerze zum Stoffeler Kapellchen neben dem Stoffeler Friedhof, dem unteren Ende Oberbilks, das hier zwischen Kapelle und Friedhof, zwischen Kindstaufe und Begräbnis den Wundern und dem Glauben, den Wallfahrten und Pilgerzügen, den Besprechungen und Tuscheleien der Frauen gehörte, im Gegensatz zum oberen Teil des Quartiers, das der Vernunft und der Ratio, der Produktion und der Arbeit, dem Lärm und dem Feuer und den Männern in ihren Fabriken gehörte.

Das war von Kaiserswerth ein weiter Weg, aber das Stoffeler Kapellchen war den Vierzehn Nothelfern geweiht. Früher wurde hier einmal ein Holzsplitter vom Kreuz Christi verehrt, das war auch nicht zu verachten, aber die Vierzehn Nothelfer, die brauchte man nun wirklich zum Leben, Maria wußte genau, wer für welche Notlage zuständig war, und kannte sich aus mit Achatius, Ägidius, Barbara, Blasius, Christophorus, Cyriacus, Dionysius, Erasmus, Eustachius, Georg, Katharina, Margareta, Pantaleon, Vitus.

Das war aber auch das Äußerste, darüber hinaus ging sie nicht zur Kirche, ging nicht zur Messe, übersah Beichte und Kommunion. Maria hatte ihren eigenen Glauben, der der alten Eiche in Polen näherstand als irgendein Kirchturm aus Stein, und war er noch so alt, ehrwürdig und furchteinflößend. Der Griff zum Weihwasserbecken war Respektsbeweis, mußte sein, während Priester für sie eine eher unangenehme Erscheinung waren, sie war unter Bergleuten großgeworden, die sich zu Hause im Zuber nackt wuschen, denen man den Rücken schrubbte, und der Versuch eines Mannes, engelsgleich mit gesalbten Worten sich vor einem Altar in Szene zu setzen, war ihr so scheinheilig, daß sie sich, wenn sie schon einmal in eine Kirche ging, regelmäßig in die letzte Reihe setzte und durch keine Überredungskünste umzustimmen war, nach vorne zu kommen. Alle, die sie kannten, hatten sie immer nur in der letzten Bank gesehen. Auf diese Weise entging sie auch dem Klingelbeutel, näherte sich doch mal einer dieser Engel, Geld für die Kirche fordernd, genügte ein Blick Marias, und er zog weiter.

Maria hatte ihren eigenen Gott, mit dem sie die wichtigen Dinge alleine ausmachte, hatte auch ihre eigene Sündenqualifikation, wußte, wann ein stilles Gebet notwendig war und wann der Herrgott ihr eine Notlüge mit ihrer Arbeit verrechnete. Da hatte sie nie Schwierigkeiten, da war sie souverän, keiner verstand je diese ganz persönliche Glaubenskathedrale, erkannte das System, nach dem Maria ihr Leben ausrichtete, das nach ihrer Ansicht aus Arbeit, Ehrlichkeit, Bescheidenheit, Anstand und Wahrheit bestand, und dem kein Mensch und kein Priester je etwas nachsagen konnte.

Aber die Kerze im Stoffeler Kapellchen mußte sein, das war die erlaubte Hilfe in schwierigen Situationen und Notzeiten und vor allem die Anrufung der Vierzehn Nothelfer. »Beruhigungstee aus vierzehn Kräutern«, nannte Dr. Levi das einmal, Maria antwortete nebenbei, daß intelligenten Menschen oft die entscheidende Welteinsicht fehle.

An den Tagen, an denen sich Maria zum Stoffeler Kapellchen aufmachte, mußte sich die Gräfin mit einer kalten Küche zufriedengeben, denn so ein Gang dauerte vom Morgen bis zum Abend, Maria ließ sich Zeit und machte auch gerne Umwege. Sie ließ vor allem nie die Mariensäule neben der St. Maximilianskirche aus, wo die Heilige Maria einsam auf einer mächtigen, hohen Säule stand, die Hände über der Brust zusammengelegt, als ob sie friere, viel zu hoch und unerreichbar für die Bittenden, das lange Haar fiel ihr auf den Rücken, und ein Sternenkranz umgab schützend ihr Haupt. Sie sah hinab auf die Erde, von der die Menschen sie entfernt hatten, fast senkrecht hinunter, so daß man, wenn man sich ganz dicht an die Säule stellte, anfing zu träumen, denn das Gesicht der Heiligen Maria sah dann genau auf einen herab, und bei rasch ziehenden Wolken begann die Gestalt sich zu bewegen, schwebte über einem, zog mit den Wolken davon, bis man schwindlig wurde und, den Kopf im Nacken, fast auf den Rücken fiel. Maria starrte immer so lange nach oben, bis sie sich gerade noch vor dem Sturz auffangen konnte, das fand sie schön.

9

Wilhelmines Ladengeschäft in der Düsseldorfer Altstadt verdämmerte in der Erinnerung an eine glanzvolle Warenwelt. Die leeren Regale rochen nach Staub, die Kasse hatte ihren schwungvollen Klang verloren und verrostete in einer Ecke, das Klingelspiel der Ladentüre war bei einem Alteisenhändler gelandet. Das, was die Menschen jetzt dringend zum Leben brauchten, besaß auch Wilhelmine nicht, die angebotenen Waren wurden hier allgemein als Tinnef bezeichnet und waren unverkäuflich.

Wilhelmine machte daher aus der nächtlichen Heimlichkeit des Krieges ein offizielles Nachkriegsgeschäft, sie verkaufte Reibekuchen. Eine Hilfe schälte und rieb die Kartoffeln, Wilhelmine warf die Teigfladen in die fast fettlose Pfanne und verkaufte die Reibekuchen frisch aus der heißen Bratpfanne. Das geschah alles im Hinterzimmer, der Laden war nur noch Durchgang zum warmen Herd. Um den Umsatz zu heben, hing Wilhelmine die Ladentüre aus, damit der Duft der Reibekuchen auf die Straße zog und Hungrige hereinlockte. Der Duft lockte zwar, vermehrte aber nicht das Geld in den Taschen der Hungrigen, so daß der Umsatz gleichblieb.

Wilhelmine war nicht sentimental, und sie konnte rechnen. Sie gab den Laden auf und heiratete kurzerhand den Wirt einer respektablen Gaststätte in der Altstadt, der schon lange nicht nur das sprichwörtliche eine Auge, sondern beide Augen auf ihre Figur geworfen hatte. So

stand Wilhelmine über Nacht hinter einer anderen Theke, bediente mit ihren abgezirkelten Bewegungen die blanken, vernickelten Hähne des Zapfhahns, füllte gekonnt und mit routinierten Griffen täglich viele Gläser Altbier, schob sie elegant über die Theke, griff mit kreisenden, gleitenden Bewegungen hinter sich, wo die Schnapsflaschen standen, und füllte mit geeichtem Blick und kurzer angemessener Handbewegung die kleinen Schnapsgläser einfach, doppelt, dreifach. Sie beherrschte von der Theke aus die Gastwirtschaft wie einst ihren Laden, wurde bald zur »Mutti« vieler Studenten und Maler, denn sie nahm auch Bilder gegen Flönz, Oelk und Röggelchen, wie hier Blutwurst, Zwiebeln und Brötchen genannt wurden.
Kannichhelfen war hier ebenso Stammgast wie Vater Abraham. Kannichhelfen, der inzwischen mit einem Holzbein herumstolzierte, weil er nach der Beerdigung einer Witwe, die ihre drei Söhne im Krieg verloren hatte und aus Verzweiflung aus dem Fenster gesprungen war, die Augen voller Tränen unter den Leichenwagen geriet, predigte jetzt weniger als früher und trank dafür mehr. Eine gute anständige Beerdigung war nicht mehr gefragt, die Leute neigten jetzt mehr zum Zeremoniellen, zum Aufwendigen, je schlechter das Leben, desto pompöser die Beerdigungen, und verlangten, auch wenn sie ihr ganzes Leben ohne Gott und Kirche verbracht hatten, einen Pfarrer am Grab. Kannichhelfen mochte diese *pompe funèbres* nicht, und verlogene Grabreden waren ihm zuwider.
Vater Abraham war nun Nachtwächter in einem großen Kaufhaus, hatte viel Zeit in diesen Nächten zwischen all den toten Waren, die für andere das Leben bedeuteten, grübelte weiterhin über die fehlende Gerechtigkeit, die er seiner Meinung nach handfest vor Augen hatte, auf der einen Seite die Preisschilder, die an allem hingen, was um ihn war, auf der anderen Seite die Obdachlosen, die in der

Nacht vor den beleuchteten Schaufenstern auf den Rosten schliefen, die warme Luft aus dem Heizungskeller genießend. Er vertiefte sein Interesse am Bürgerlichen Gesetzbuch und am Strafgesetzbuch, Bücher, die er nur unter ständigem Kopfschütteln las, und so ergab es sich, daß sich bei ihm immer öfter Mandanten einfanden, deren Sache vor Gericht aussichtslos schien, die so gut wie verurteilt doch unschuldig vor ihm saßen, ihnen fehlte nur ein Alibi. Für Vater Abraham, der sich nicht vorstellen konnte, daß es Leute gibt, die lügen, war dies der Beweis, daß das geschriebene Recht nur Unrecht in die Welt setze, daß es nicht an den Menschen, sondern an den Gesetzen liege, wenn immer wieder Unschuldige verurteilt würden. Er prüfte eingehend den Fall seines Mandanten, und kam er zu dem Urteil, daß sein Mandant nach den Gesetzen des Lebens unschuldig war, ging er nach reiflicher Prüfung oft so weit, daß er einen Zeugen für einen Meineid besorgte, notfalls auch selber die Unschuld irgendeiner armen Kreatur beschwor, denn Gerechtigkeit ging ihm über alles, das hatte sich nicht geändert, und unter einem Eid verstand er etwas, was den Menschen im äußersten Notfall vor den Gesetzen schützte.

Gustav und Wilhelmine sahen sich jetzt seltener. Gustav war bei Fin gut aufgehoben, Gespräche über seine Phantastereien scheiterten an ihrem Realitätssinn, Gustav akzeptierte das, weil Fin auf ihre Weise recht hatte. Sie war in Oberbilk aufgewachsen, in einer Welt, in der das tägliche Leben der Maßstab des Denkens war. Was sich nicht auf die vorhandene Realität beziehen ließ, existierte nicht, das änderte kein Lehrer, kein Pfarrer, kein Zeitungsartikel und Gustav auch nicht. »Wat is is und wat nit is is nit.« Es war eine Denkschule, der man die Anerkennung nicht verweigern konnte, weil sie analytisch präzise in einem

Satz festhielt, daß es einen Unterschied gab zwischen den Worten und dem Leben. Jeden Morgen registrierte man mit der aufgehenden Sonne, wie die Welt wirklich aussah, wie die Menschen wirklich lebten und was sie tatsächlich dachten, sah mit nüchternem Sinn, was die Handlungen der Menschen bestimmte. Las man bei Sonnenuntergang die Zeitung oder hörte man die Stimmen im Radio, die über das Geschehen des Tages berichteten, war jedermann der Meinung, das könne wohl alles nur vom Mond kommen, so fern der Realität waren die Worte. Gustav, in bezug auf die Welt und die Menschen bestimmt kein Träumer, war dagegen geradezu ein romantischer Idealist und nannte die Oberbilker Philosophie einen unbarmherzigen gnadenlosen Realismus, eine illusionslose sarkastische Nüchternheit, die nicht einmal daran glaube, daß die Erde sich drehe und die die Menschen nur nackt sehe. Fin antwortete dann lapidar, das sei das Leben, und das andere seien eben die Worte, und wer an die Worte glaube, der mache sich etwas vor.

Nach einem solchen Satz sah Fin Gustav lange an, und wenn Gustav signalisierte, keine Antwort darauf zu haben, zog sie ihren Rohrstuhl an das Fenster, legte ihre langen Beine auf das Fensterbrett und ließ sich die Sonne ins Gesicht scheinen. Fin sah aus wie Carmen auf der Zigarettenpackung Carmen, ihre schwarzen festen Haare hingen in einem Zopf über den Rücken, ihr ruhiger Blick, ihr starkknochiges Gesicht, ihre großen Hände hätten jeden Düsseldorfer Maler zu einem Bild *Andalusische Bäuerin* inspiriert. Einmal hatten Obronski & Beaulieu sie überredet, im Düsseldorfer Schauspielhaus in einer ungarischen Operette als pfeiferauchende Zigeunerin aufzutreten, weil die echten Zigeuner vom Lagerplatz sich weigerten, auf einer Bühne Zigeuner zu spielen; die Karriere scheiterte, weil Fin, die nur Düsseldorfer Dialekt in der

Oberbilker Variation sprach und das für deutsch hielt, bei der Premiere an einem Strohballen hängenblieb und dieses Mißgeschick mit einem lauten Satz kommentierte, der so noch niemals in einer ungarischen Operette das Ohr des Publikums erreichte. Sie war die Tochter eines Sizilianers und einer Slowenin, die sie beide nie kennengelernt hatte, Jakob, der Straßenkehrer, hatte sie adoptiert, aufgewachsen war sie bei Oma Tines.

Oma Tines wohnte im Dachstock, war mindestens hundert Jahre alt, wie sie versicherte, und gehörte zur Familie, nicht nur weil sie Fin angenommen und großgezogen hatte, sondern weil sie immer für alle da war, bereit zu helfen und zu raten, Tränen zu trocknen und wider besseres Wissen glaubhaft zu versichern, daß die Welt doch nicht so schlimm sei, wie sie sich jeden Tag gebärde. Sie lebte mit ihrem gütigen Verstand, ihrem liebevollen Herzen und der Weisheit, daß sie in ihrem Leben das meiste schon hinter sich hätte, unter ihrem schrägen Dach, umgeben von herumstolpernden Hühnerküken, kleine gelbe Wattebäuschchen, die sie neben dem warmen Küchenherd aufpäppelte, denn sie hatte aus einem Verschlag neben ihrem Zimmer einen Hühnerstall gemacht, der ihr täglich frische Eier bescherte und wöchentlich für ein Huhn im Topf sorgte. Sie aß die Eier in Honig getunkt, weil man durch Honigeier, wie man ja an ihr sehen könne, mindestens hundert Jahre alt wird, und verfügte für alle Beschwernisse über ein sofortwirkendes Gegenmittel. Bei Ohrenschmerzen half warmes Olivenöl an Wattestäbchen, bei Halsschmerzen eine warme Kartoffel in einem Tuch um den Hals, bei Krämpfen der Rauch einer angezündeten Gänsefeder, den man einatmen mußte, waren die Schuhe zu eng, sollte man in sie hineinpinkeln und eine Nacht stehenlassen. Sie war die geheime Ratgeberin vieler

Frauen des Quartiers, stellte durch Abhorchen fest, ob ein Junge oder ein Mädchen in die Welt wollte, konnte aus den Karten ersehen, ob aus dem Verlobten ein anständiger Ehemann würde, ließ im Krieg die Eheringe an einem ausgerissenen Haar der Ehefrau über das Bild des fernen Mannes kreisen, schwang der Ring im Kreis, lebte er, pendelte er hin und her, war er tot, manchmal behauptete sie das auch umgekehrt, denn die Frauen, die mit ängstlichen Augen neben ihr saßen und auf den pendelnden Ehering und das Foto ihres Mannes sahen, taten ihr leid, schließlich war die Wahrheit nicht dazu da, den Menschen Schmerz zuzufügen.

Jeannot, Elisabeth und Friedrich wuchsen zwischen Gustav und Fin, Jakob und Oma Tines, dem guten Hermann und Wilhelmine auf, ohne daß sie irgendeine besondere Erziehung erhielten, jeder kümmerte sich um sie, wie es gerade kam. Fin sorgte für Essen und Kleidung, Gustav für philosophische Ausblicke und anarchistische Grundsätze, Oma Tines war eine gute alte Mutter für die Sorgen und Kümmernisse in diesem Alter, Wilhelmine steckte ihnen jede gewünschte Summe zu, Jakob erzählte Märchen von den Reichtümern der Welt, die sich als Fundsache vor seinem Reisigbesen angesammelt hatten, und der gute Hermann half bei Schularbeiten, wobei er ständig selber dazulernte.

Eltern im gewohnten Sinn hatten sie nicht, keiner sah darauf, ob sie sich anständig benahmen, richtig angezogen waren, keiner fragte, was sie taten, was sie vorhatten, woher sie Geld bekamen. Da in diesem Familienverband jeder machte, was er wollte und was ihm gerade einfiel, wuchsen alle drei in der denkbar größten Freiheit auf.

Keiner bemerkte, daß Jeannot nach Basel fuhr, um sich seinen leiblichen Vater einmal anzusehen. Die Idee kam ihm am Hauptbahnhof, er wollte eigentlich nur nach Köln. Daß Jeannot fehlte, fiel der Familie erst auf, als nach vier Tagen ein Brief aus Basel eintraf. Schon immer still und zurückgezogen, feinfühlig und verschlossen, sonderte er sich gerne ab, führte sein eigenes Leben. Über seinem Bett hingen alle Fotografien seiner Mutter, die er bei der Familie eingesammelt hatte und als sein Eigentum ansah. Ein Hochaltar passend gerahmter Bilder, schwarze, goldene, silberne Rahmen, aus denen Yvonne herablächelte, daneben pendelten die Schmuckstücke, die sie getragen hatte. Gustav, der bei Elisabeth und Friedrich schon einmal grob dreinfahren konnte, war gegenüber Jeannot seltsam zurückhaltend. Wenn er ihn ansah, sah er Yvonnes Augen und schwieg. Hätte er Yvonne in Genf nicht gesehen, könnte sie heute noch leben, das waren so seine Gedanken, aber darüber sprach er nicht, darüber konnte man mit ihm nicht reden. Jeannot war daher ein Tabu. Jeannot durfte machen, was er wollte, und er lebte verschwiegen in seiner eigenen Welt.
Ein weiterer Brief aus Basel teilte mit, daß Jeannot im Geschäft seines leiblichen Vaters Goldschmied lernen möchte. Gustav war der Meinung, daß er kein Recht habe, diesen Wunsch abzulehnen, verdrückte zum Erstaunen aller eine Träne und murmelte etwas von Yvonnes Gesicht, so kannten sie ihn gar nicht, aber schließlich rettete er sich in den Satz, »Handwerk hat goldenen Boden«. Angesichts seiner gescheiterten Pläne wurde das für ihn zur Lebenserkenntnis, die auch Elisabeth und Friedrich noch zu spüren bekamen.
Elisabeth, blauäugig, blondlockig, lieblich, rundlich, war ein Aas, wie Gustav sagte. Immer lächelnd, immer strahlend, konnte sie ohne jede Anstrengung große Kullerträ-

nen produzieren, die über ihr lächelndes Gesicht liefen und den Eindruck erweckten, daß sie bittere Tränen vergieße, und so, strahlend und weinend zugleich, erreichte sie alles. Wurde sie von einem *Kavalöres,* so Fin, mit Lackschuhen und Nappahandschuhen zum Tanzen abgeholt, brüllte Gustav aus dem Fenster: »Wenn du dich nicht benimmst, rasier ich dir die Rübe.« Elisabeth strahlte, lächelte, weinte, wand sich aus allen Schwierigkeiten heraus; kam man ihr auf die Schliche, behauptete sie, das kleine Els'chen zu sein, die Unschuld vom Lande. Das kleine Els'chen spielte das süße Engelchen, entwickelte einen hartnäckigen Zug zum Höheren und Gepflegten, wollte Dame sein, das Rüstzeug dazu entnahm sie den Illustrierten, Friedrich bekam es zu spüren. »Benimm dich«, zischte sie, wenn Friedrich nur schon mit einer Hand in der Hosentasche dastand. »Benimm dich«, zischte sie bei Tisch, wenn er sich den Teller vollhaute. Fingernägel lackiert, Haare onduliert, saß sie gerade und graziös vor ihrem Teller und übte zum Entsetzen Fins, die so etwas noch nie gesehen hatte, wie man Austern aß. Als Els'chens Kavaliere weißhaarig mit einer Orchidee vor dem Haus standen, dessen Fenster gut besetzt waren, dekretierte Gustav sein Allheilmittel gegen Flausen, »Handwerk hat goldenen Boden«, Elisabeth sollte Schneiderin lernen. Da sie, Glückskind, das sie war, in einem renommierten Modehaus unweit der Königsallee landete, wurde die Schneiderlehre nach wenigen Monaten abgebrochen, sie fühlte sich zwischen Stoffen, Kleidern, Modeentwürfen so angeregt wohl, daß sie selber Entwürfe vorlegte, die dazu passenden Stoffe heraussuchte, das machte ihr Spaß, das kam ihrem Talent entgegen, und da auch der Juniorchef des Hauses ihr entgegenkam, entwarf sie bald mit ihm nach Feierabend die Kollektion der nächsten Saison.

Friedrich, krausköpfig, mit einem geradezu römischen Profil, wie Gustav meinte, Nase und Kinn wie auf einer alten Medaille, intelligente Augen, rascher Verstand, spöttischer Blick, freundliches Grinsen, fürchtete sich vor nichts in diesem Leben, dafür hatte er als Kind schon zuviel erlebt. Untersetzt, wendig, kräftig, ein wüster Draufgänger und ein Schlitzohr zugleich, jede Situation sofort erfassend, rasch auf Veränderungen reagierend, hinter den Worten immer schnell den Kern der Dinge entdeckend, war Friedrich wie geschaffen für diese Zeit, in der einer mit einem regelmäßigen Leben und einer festen Arbeit angestaunt wurde wie ein König. Friedrich fand sich überall zurecht, fand überall das rettende Schlupfloch, entdeckte immer etwas, das nach Arbeit aussah und Geld einbrachte, half hier aus, half da aus und führte immer einen kleinen Nebenhandel, die Leute fragten einfach Friedrich, wenn sie dringend etwas brauchten, und Friedrich konnte es fast immer besorgen. Er war schon als Kind mit Fin unterwegs, hatte gelernt, wie es im Leben wirklich zugeht, wozu Menschen fähig sind, wenn sie überleben wollen; was er da sah, förderte früh seine leichtsinnige Lebenseinstellung, »Morgen ist morgen und heut ist heut.« Morgen, das konnte er sich nicht vorstellen, das war so weit weg wie der Orient, märchenhaft fern. Wer wußte schon, was morgen war, kein Mensch konnte das sagen, morgen, das war eine abschätzige Handbewegung. Leben, das war immer nur heute, »Wat man hat, dat hat man«, die Taube in der Hand, den Spatz sollen die anderen jagen.

Schnell denkend und rechnend blieb bei jedem kleinen Geschäft, das er betrieb, immer etwas mehr als üblich für ihn übrig. Wenn er wollte, konnte er jeden mit dem freundlichsten Gesicht übers Ohr hauen, niemand nahm ihm das ernsthaft übel, es steigerte sogar seine Beliebtheit, weil es eine schöne Geschichte war, die man weitererzählen konnte, wie er da mit treuen Augen einem den Leuchter andrehte, der nicht echt war, als man ihn dann zur Rede stellte, hätte er nur höflich geantwortet: »Ja, haben Sie das denn nicht bemerkt?« Die Geschichten endeten immer mit der Redewendung, »Man kann ihm nichts übelnehmen«, und so hatte er trotz all seiner Windigkeit viele Freunde. Er kannte jeden, er wußte, wo etwas zu holen war, wo etwas abzusetzen war, er war ein glänzender Verkäufer, und da er schnell begriff, dachte jeder, der in seinem Geschäft eine Aushilfe suchte, sofort und zuerst an Friedrich. Der übersah an einem Tag das Geschäft, eine Woche später hätte er es übernehmen und ausbauen können. Diese phänomenale Auffassungsgabe wirkte sich leider so aus, daß er nach zwei Wochen wieder eine andere Tätigkeit suchte, sich für etwas anderes interessierte, denn das, was er gerade gemacht hatte, kannte er nun, es langweilte ihn, am liebsten hätte er jeden Tag etwas anderes ausprobiert. So war er überall zu finden, überall beliebt, überall gern gesehen, auf seine Art allen behilflich, immer großzügig, Geld gab er aus, wie er es verdiente, leichthändig und mit Freunden.

Er besaß die wunderbare Fähigkeit, sich auf jeden Menschen einzulassen, ihm zuzuhören, ihm recht zu geben, ihn in seinem Glauben zu lassen, seiner Weltanschauung zuzustimmen, so daß jeder dankbar war, endlich einmal einen verständnisvollen Menschen getroffen zu haben, der ihn und seine Ansichten ernst nahm. Für Friedrich, der seinen unerbittlichen Realitätssinn, diese absolute Nüchternheit der Welt und den Menschen gegenüber, in Oberbilk mit auf den Lebensweg bekommen hatte, waren das alles harmlose Spinner, nette Verrückte, die nichts dafür konnten, daß man ihnen die Welt nicht richtig erklärt hatte, die man daher mit der Fürsorglichkeit eines Krankenpflegers behandeln mußte, ihnen geduldig zuhören mußte, sie behüten mußte vor allzu klaren Gedanken, sie schützen mußte vor der Realität, denn sie waren ja glücklich in ihren Lebensansichten, manchmal auch unglücklich, aber das wollten sie ja auch nicht missen. Wer hatte das Recht, ihnen ihre Ansichten auszureden? Und was sollte man ihnen dann einreden? Was war denn die Wahrheit? Friedrich erkannte früh, daß die meisten Menschen irgendeine Vorstellung vom Leben haben müssen, und sei sie noch so falsch. Wenn sie auch noch fest daran glaubten, um so besser. Er selber konnte sich mühelos in jede Wirklichkeit hineindenken, sich jede Wirklichkeit nach Belieben vorstellen, denn er wußte jederzeit, daß es nur eine gedankliche Vorstellung war, die mit dem Leben nichts zu tun hatte, er war da immun, konnte sich daher auch gefahrlos den kuriosen Gedankengängen anderer Menschen aussetzen, obwohl er schon erstaunt war, was sich da alles unentwirrbar in den Köpfen festgesetzt hatte, welcher Nebel da herrschte, der die Menschen daran hinderte, ganz einfach und klar die Welt vor ihren Augen und Ohren zu sehen und zu hören, aber die Welt war offenbar sehr vielschichtig zu deuten, jeder hatte so seine Interpretation, die er mit dem Satz abschloß: »Hab ich nicht recht?« Und Friedrich antwortete: »Du hast recht«, und nickte dabei vertrauensvoll einem anderen zu, der danebenstand, was bedeutete, daß natürlich er recht habe.

Gustav sah sich das alles eine Weile an, dann kam sein bekanntes Machtwort, »Handwerk hat goldenen Boden«. Friedrich lernte Dreher. Der Beruf interessierte ihn nicht, war ihm gleichgültig, er hielt es ein Jahr aus, dann formte er aus einem kantigen Stück Eisen eine kleine, gutgebaute Neandertalerin und präsentierte sie dem Meister, der ihn noch am selben Tag hinauswarf. Friedrich tat so, als ob er weiterhin zu seiner Drehbank ging, marschierte morgens los, kam abends zurück, lag tagsüber im Volksgarten in der Sonne und machte sich keinerlei Sorgen über seine Zukunft.

An einem Sommernachmittag beobachtete er, neben seinem Fahrrad liegend, auf einer Wiese im Volksgarten eine Menschenansammlung, die um einen großen braunen Kasten auf Stelzen herumsprang. Auf der einen Seite des Kastens agierten starkgeschminkte Menschen in Perücken und Kostümen früherer Jahrhunderte, stritten sich, umarmten sich, küßten sich und wiederholten das alle Viertelstunde. Auf der anderen Seite des Kastens standen aufgeregte Männer, die durch Blechröhren schrien, mit den Armen fuchtelten, gelegentlich aufeinander losgingen. Der einzige Unterschied zu der anderen Gruppe war der, daß sie keine Kostüme anhatten, aber auch sie umarmten sich alle Viertelstunde, beglückwünschten sich, die ganze Sache schien sehr wichtig zu sein, ohne daß man als Außenstehender erkennen konnte, worin die Bedeutsamkeit der verschiedenen Handlungen lag.

Friedrichs Ausblick wurde plötzlich verdeckt durch einen massigen Mann im Frack, der einen rotseidenen Umhang trug, ihm eine schwere Blechbüchse und eine Adresse in die Hand drückte und mit überschriener Stimme flüsterte: »Bring das mit deinem Fahrrad sofort dahin. Dann kommst du umgehend wieder zurück und meldest dich bei mir. Ich bin Filmproduzent. Du bist ab sofort Produktionsassistent.«

»Ab sofort«, so das Lieblingswort des Produzenten, gehörte er »zur Truppe«, wie alle sagten. Der Produzent, dem von seinem früheren Beruf, er war einmal Todesspringer und sprang durch einen Flammenring aus jeder Höhe in ein Faß Wasser, nur der rotseidene Umhang geblieben war, gab auch als Produzent sein Bestes, auf jede Frage nach Gage, Honorar, Lohn antwortete er stereotyp: »Phantasie Phantasie Phantasie«, und vergaß nie hinzuzufügen, daß er stolz auf seine Truppe sei. Er produzierte nach dem Motto »Dat machst du«, holte sich die Leute, die er brauchte, kurzerhand von der Straße mit der Bemerkung, »Sie wollen doch sicher zum Film«, machte sie abwechselnd zu Hauptdarstellern und Nebendarstellern, entsprachen sie nicht seinen Vorstellungen, fanden sie sich als Beleuchter und Requisiteure wieder, nur den Kameramann konnte er nicht abwechselnd erhöhen und verstoßen, der braune Kasten war ihm unheimlich, er kannte sich mit dem Ding nicht aus, ihm war rätselhaft, wie darin der Film entstand. Als Produzent wußte er nur soviel, daß alles, was er veranstaltete, immer genau vor diesem Ding passieren mußte, ging man im Eifer des Spiels zu weit nach rechts oder links, war man aus dem Bild, was Film, also Geld kostete und daher zu vermeiden war. So stand er bei allen Aktionen vor der Kamera ständig hinter der Kamera und schrie pausenlos: »Im Bild bleiben!« Später nannte er das »die Regie« und ließ sich nach jeder Aufnahme dafür beglückwünschen. Das Wort hielt sich in der Truppe und galt als Bezeichnung für einen ganz und gar unnützen Menschen.

Atemberaubender Höhepunkt all seiner Filme war der Treppenfall, den er niemals ausließ und den er höchstpersönlich ausführte. Mitten auf der Wiese stand ein Gerüst, das ein Treppenhaus darstellte, der Produzent erstieg die Treppe, oben angelangt konzentrierte er sich, gab dem Kameramann ein Zeichen, der Kameramann drehte seine Kurbel, und der Produzent fiel in Frack und rotseidenem Umhang die Treppe hinunter, rollte sich dabei in den Treppenläufer ein und behielt, das war seine Spezialität, bei all dem den Zylinder auf dem Kopf. Die Szene war eindrucksvoll und in jedem seiner Filme zu sehen. Als ein Kameramann, dem er schon seit Monaten den Lohn schuldete, ihn dreimal hintereinander die Treppe herabfallen ließ und immer wieder bedauerte, »Leider nicht im Kasten, Chef«, gab es zwischen dem nun doch angeschlagenen Produzenten und dem Kameramann eine Prügelei, die die Truppe geistesgegenwärtig aufnahm, bis der Film riß. Es war einer der Höhepunkte der Filmgeschichte, wie später auch der Produzent zugab. Einen anderen Höhepunkt bildete der Tag, an dem mitten im Happy-End, genau in dem Moment, in dem der Held die gerettete Braut in seine Arme schloß, der Gerichtsvollzieher erschien und auf die Kamera und alles, was sonst noch herumstand, eine kleine Marke klebte und damit nicht nur diesen Film um sein Happy-End betrog.

Friedrich, der über die »Dat machst du« -Beförderungsleiter vom Fahrradboten, der die Filmrollen in die Entwicklungsanstalt fuhr, über Beleuchtung und Regieassistenz zum Aufnahmeleiter avancierte, und das in nur fünf Tagen, also innerhalb zweier Filme, nun schon als stellvertretender Produzent und Vertriebsleiter in einem Büro über dem Kino *Asta Nielsen* saß, dessen Ausstattung im wesentlichen aus einem Plakat *Düsseldorf wird Filmstadt* bestand, war damit um einen Traum gebracht. Er saß den ganzen Tag im Kino, sah sich jeden Film an, der in der Stadt lief, war fasziniert von der Vorstellung, Wirklichkeit in Film zu verwandeln. Er hätte gerne die tausend Welten in den Köpfen der Menschen auf die Leinwand gebracht, für alle sichtbar gemacht, doch der Traum blieb Traum, und die Wirklichkeit blieb Wirklichkeit.

Als Gustav herausbekam, daß die Lehre schon längst beendet war, sah er Friedrich lange an und sagte: »Dann schau dich mal um, was es alles Schönes auf dieser Welt gibt.« Friedrich sah sich um, half bei einer Brauerei aus, saß als Beifahrer mit einer weißen Schürze bekleidet auf einem schweren Bierwagen, der von zwei Kaltblütern gezogen wurde, Belgier, die man kaum dirigieren konnte, trug die kleinen Fässer in die Wirtschaften, ließ die großen auf ein Kissen fallen und durch eine Luke in den Bierkeller rollen, war bald mit allen Wirten per du, bekam überall sein Bier und seinen Schnaps, versuchte es auf eigene Faust mit einem von der Brauerei gemieteten Pferdegespann, fuhr Mehlsäcke von der Mehlmühle zu den Bäckern, schleppte die Doppelzentner in die Backstuben, hatte aber übersehen, was das Futter für zwei Gäule am Tag kostete, gab das Geschäft wieder auf, lebte ein paar Wochen als Möbelträger, wuchtete das Mobiliar umziehender Familien vom vierten Stock eines Hauses in den vierten Stock eines anderen Hauses, bekam dabei das Angebot als Geschäftsführer in einem Nachtlokal zu arbeiten, kündigte auch da nach zwei Wochen, weil ihn die nächtliche Addition von Kassenbons anödete, wandte sich wieder dem Handel zu, stellte Kräutermischungen für Drogerien zusammen, spielte mit dem Gedanken, Lavendelfelder in Frankreich zu kaufen und damit die Parfümindustrie zu beliefern, verkaufte dann doch wieder gebrannte Mandeln auf der Kirmes, lernte einen Lampenhersteller kennen, für dessen Kunstlampenschirme er die verschiedenen Drähte bog, warf diese stupide Arbeit nach einer Woche wieder hin und arbeitete in einer Kaffeerösterei, das machte ihm Spaß, er hatte bald für jeden Kunden die gewünschte Mischung im Kopf, dachte ernsthaft daran, das Geschäft zu übernehmen, bis ihm der Inhaber mitteilte, daß der Laden überschuldet sei. Er arbeitete dann auf dem Karlplatz, dem Markt der Stadt, an einem Stand für Gänse, Enten, Hühner, Eier, Butter, verdoppelte rasch den Umsatz, verkaufte mit Überzeugung auch das älteste Geflügel, war mit den Hausfrauen in einem unaufhörlichen Gespräch, das den Verkauf begleitete und förderte, verdiente Geld, gab es rasch aus, weil es in der

Stadt inzwischen keinen Menschen gab, der ihn nicht kannte, mit dem er nicht per du war, und die Wirtschaften lagen rund um den Marktplatz Haus an Haus.

10

Die Gräfin lag aufgebahrt in einem Bronzesarg, Maria saß daneben, gerade, aufgerichtet, ohne jede Bewegung. Sie hatte die Gräfin gewaschen, ihr das dafür vorgesehene Leinenhemd angezogen und sie mit Hilfe des Friseurs in den Sarg gelegt.

Jetzt saß sie am offenen Sarg, neben dem Kopfende, auf einem Hocker ohne Lehne und beantwortete den ganzen Tag das Gemurmel der zu den Füßen der Gräfin vorbeiziehenden Freunde und Bekannten mit einem höflichen Kopfnicken, so als wäre sie die Tochter und Alleinerbin und neue Herrin des Hauses.

Sie verbrachte auch die Nacht am offenen Sarg, hielt die Totenwache, erneuerte die abgebrannten Kerzen, die in vier großen Silberleuchtern um den Sarg standen und den Sarg und das Zimmer in wechselnde Schatten tauchten, saß im übrigen schweigend auf ihrem Hocker, betrachtete die vierfachen Schatten an den Wänden, die sich trennten und wieder vereinigten, ihren flackernden Tanz aufführten, in ihrer Bewegung das Leben feierten, Erinnerungen heraufbeschworen. Sie dachte an frühere Totenwachen in den Häusern von Bergleuten, die, notdürftig gewaschen, in einem schmuddeligen Brettersarg lagen, direkt auf der Grube in den Sarg gelegt, so daß noch Kohle mit hineinfiel, an die Geschichten von den festlichen Totenfeiern der ganzen Familie auf den polnischen Friedhöfen, an die Geschichte vom leeren Grab, aus dem ein Lukacz wieder auferstanden war.

Im Morgengrauen verblaßten die Schatten, die Erinnerungen wichen dem Ritual des Tages. Der Sarg wurde

geschlossen und zur Totenmesse abgeholt, Maria folgte ihm als Erste, auch während der Totenmesse stand sie in der ersten Reihe, unbewegt überwachte sie das Zeremoniell.
Nach der Totenmesse hob man den schweren Sarg in einen Leichenwagen, Maria achtete darauf, daß alle Kränze eingeladen wurden, dann stieg sie in ein Taxi und folgte dem schwarzen, ruhigfahrenden Wagen, durch dessen Fenster sie den Bronzesarg der Gräfin sah. Auf dem Güterbahnhof schob man den Sarg in einen Güterwagen, Maria unterschrieb den Frachtzettel mit dem Bestimmungsort *»Gut von Lukacz bei Posen über Bomst«,* die Tür wurde zugeschoben und plombiert, Maria wartete noch zwei Stunden vor dem verschlossenen Güterwagen, stand da einsam, geduldig und ganz ruhig, bis der Wagen endlich mit einem klirrenden Ruck anzog und auf seinem Gleis langsam entschwand. Eilig ging sie nach Hause, denn bei einem Begräbnis durfte man das Haus nie alleine lassen, die Toten kehrten sonst während der Beerdigung in ihre Häuser zurück, das hatte sie schon als Kind gelernt, deshalb durfte der Friseur auch nicht mit zur Beerdigung, er mußte bei verschlossenen Türen Wache halten. Als sie nach Hause kam, stand er gehorsam mit gezogenem Säbel in der Uniform der polnischen Lanzenreiter hinter der Haustüre.
Maria führte das Haus weiter, als ob die Gräfin noch lebte. Sie ließ sich durch nichts von ihren Pflichten abbringen, bestand sogar auf den sonntäglichen Geschichtslesungen, die Dr. Levi ihr nicht ausreden konnte, und so las der Friseur gelangweilt die alten Geschichten vor gelegentlich auftauchenden Freunden der Gräfin. Maria übernahm die Verantwortung für das Haus, keiner durfte ihr da hineinreden, sie achtete auf alles, nichts durfte verändert werden, alles mußte an seinem Platz bleiben, das tat sie nicht

nur aus Dankbarkeit, das sicher auch, sie vergaß ihre Gräfin nie, auch nie, was sie bei ihr gelernt und erfahren hatte, aber jetzt handelte sie aus Pflichtbewußtsein, dafür war sie da, das war ihre Aufgabe, das konnte die Gräfin von ihr erwarten, sie hatte das Haus weiterzuführen, bis der Bruder der Gräfin eine Entscheidung fällte.

Die Entscheidung kam mit einem Brief aus Posen, der den Verkauf des Hauses anordnete, sie übergab den Brief einem Makler, führte die Kaufwilligen durch das Haus und war anwesend, als der Kaufvertrag abgeschlossen wurde.

An dem Tag, an dem der neue Eigentümer das Haus betrat, packte Maria ihre Sachen in ihren Schließkorb, legte den vom Papst gesegneten Rosenkranz aus Korallen, den ihr die Gräfin einmal geschenkt hatte, zu ihren Erinnerungsstücken und fuhr den Korb auf einer Handkarre zu Dr. Levi, der ihr angeboten hatte, seinen Haushalt zu führen. Dr. Levi war ganz erschrocken, als sie unangemeldet vor der Türe stand, und meinte, er hätte ihr doch einen Träger für den Schließkorb schicken können, aber Maria sagte, das sei ihre Sache, sie möchte keine Umstände machen. Sie schleppte den schweren Schließkorb in ihr Zimmer, packte ihre Sachen aus und servierte Dr. Levi zwei Stunden später das Mittagessen.

Dr. Levi hatte schon lange eine einfache Arztpraxis in der Altstadt von Düsseldorf, in der Nähe des Karlplatzes, von dem frühmorgens der Lärm der Marktleute herüberschallte. Er kannte die Krankheiten seines Viertels, die Sorgen der Menschen, lebte mit Geburt und Tod, Ehekrach und Arbeitslosigkeit, Blutdruckmessen und Lungenabhorchen, mit dem Blick aus seinem Arbeitszimmer auf eine zum Rhein hinführende Straße, auf der eine Parade von Gaslaternen in immer gleichen Abständen

Wache hielt, während er aus dem Wartezimmer direkt in das Kellerloch eines Nachbarhauses sah, in dem immer ein Kind spielte, das, so oft es Dr. Levi erblickte, ihm die Zunge rausstreckte.

Sein Wartezimmer war keine Höhle des Elends, machte ihn aber doch mit den Jahren zum melancholischen Dünnhäuter, erzwang eine skeptische Perspektive auf die Menschheit, die er mit abendlicher Goethe-Lektüre betäubte. Er besaß die Sophien-Ausgabe, herausgegeben im Auftrag der Großherzogin Sophie von Sachsen-Weimar, deren 133 Bände er sich Band für Band erobert hatte, sie war ihm Weltersatz, war sein Opium, seine feuerfeste Kammer auf dieser Erde. Er las nicht nur, er rezitierte gern, um die Sprache im Raum zu spüren, saß allein mit dem Klang seiner Stimme im Schein der Leselampe, las laut die Gedichte, Romane und Theaterstücke, genoß das *Vorspiel auf dem Theater,* die Dialoge zwischen Faust und Mephisto, die Naturgedichte, den Wohlklang der Sprache in den Romanen, deklamierte Nächte hindurch und betrat am nächsten Tag seine Praxis mit dem schönen Bewußtsein der Nacht, das ihm über manche Erkenntnis des Tages hinweghalf, ihn vermuten ließ, daß hinter all dem, was er täglich hörte und sah, sich doch noch eine vernünftige menschliche Regung verberge. So führte ihn die Sprache in eine nichtvorhandene Welt, erzeugte eine irrtümliche Hoffnung, die ihm das Leben kosten würde.

Maria regierte diesen Junggesellenhaushalt ohne Schwierigkeiten, sonntags hatte sie frei, Dr. Levi ging dann aus oder kochte selbst, einmal im Monat kamen abwechselnd die Herren vom Kunstverein und vom Musikverein, auch das war bald Routine.

Wenn Dr. Levi nachts aufblieb, im Arbeitszimmer hinter seinem großen Schreibtisch saß, mit dem dicken Füllfederhalter im Licht der Schreibtischlampe auf hellblauem

Papier »unnütze Gedanken« notierte, wie er sagte, oder stundenlang durch das Fenster auf die Gaslaternen der nächtlichen Straße sah, blieb Maria ebenfalls wach, ging nicht in ihr Zimmer, saß in der Küche und wartete. Dr. Levi versuchte vergeblich sie zu überreden, doch nun endlich schlafenzugehen, sie schüttelte den Kopf; wenn er aufbleibe, bleibe sie auch auf, es könne ja sein, daß er frischen Kaffee wünsche. Dr. Levi argumentierte, daß er sich den Kaffee früher ja auch selber gemacht habe, aber mit Argumenten war Maria, wie immer, nicht beizukommen, sie handelte, wie immer, nach ihren eigenen Maßstäben, jetzt sei sie da, antwortete sie, und wenn Herr Dr. Levi nachts Kaffee wünsche, sei das ihre Sache. Dr. Levi gab nach und bestellte sich nun öfter Kaffee in sein Arbeitszimmer, weil er nicht ertragen konnte, daß sie da allein, stundenlang wartend, in der Küche saß.
Klingelte nachts das Telefon und rief Dr. Levi zu einem Patienten, stand Maria auch auf, half ihm in den Mantel, gab ihm seine Tasche und wartete, bis er zurückkam, um ihn zu fragen, ob er noch einen Wunsch habe. Sie legte sich erst ins Bett, wenn sie hörte, daß auch er in sein Schlafzimmer ging. Seine Argumentation, daß er früher ja auch alleine aufgestanden sei, sie nun wirklich nicht immer mit aufstehen müsse, verhallte ungehört. Sie lächelte höflich, nickte Dr. Levi freundlich zu, fand seine Bemühungen um sie rührend und stand beim nächsten Nachttelefon wieder mit dem Mantel und der Tasche Dr. Levis neben der Wohnungstüre.

Der Genueser war ein Schachpartner Dr. Levis, er erschien in unregelmäßigen Abständen, verschwand für zwei, drei Monate, stand dann wieder unangemeldet mit ausgebreiteten Armen strahlend in der Türe, in der einen Hand eine holzgeschnitzte, in den hiesigen Breitengraden

ganz und gar unbekannte Gottheit, in der anderen eine chinesische, indonesische oder mexikanische Vase, großzügig verschenkte er beides, holte aus den Taschen seines seidenen in allen Farben changierenden Anzugs weitere Kleinodien aus Gold und Edelsteinen, ohne daß man wußte, wie wertvoll oder wertlos das alles war, die kleinen buntschimmernden Broschen in Samtschächtelchen, die wildbemalten Porzellan- oder Keramikvasen, und welche Zauberkräfte den aus Rosenholz, Alabaster und Elfenbein gefertigten Figuren entsprangen, die vielarmig und vielbeinig in einem zeremoniellen Tanz erstarrt waren oder sich mit üppigen Bäuchen und grinsenden Schädeln rekelten und streckten und dreiäugig die Welt bedrohten.
Lachend warf er sich in den nächstbesten Sessel, kreuzte die Beine, zündete sich mit extralangen Streichhölzern eine ägyptische Zigarette mit Goldmundstück an und genoß die Überraschung, die er jederzeit steigern konnte, indem er seine Pässe zeigte, die den Genueser als Holländer, Dänen, Mexikaner auswiesen. Darauf erhielt er im Bankhaus Trinkaus auf der Königsallee, wohin sich sonst kein Mensch traute, weil alle wußten, daß dort der liebe Gott wohnt, jede Art von Geld. Mit seinem weißen Borsalino, der mit einer großen Krempe sein kupferfarbenes, von harten Furchen durchzogenes Gesicht beschattete, die leichtgeschlitzten Augen, die breiten Kinnladen mit dem ewig lachenden Mund, der herausfordernd aus dem Schatten auftauchte, betrat er, von seinen Göttern beschützt, wie ein Freibeuter diesen Tempel und kam mit holländischen Gulden, amerikanischen Dollars, englischen Pfundnoten heraus.
Er stellte sich nie mit seinem Namen vor, sagte immer nur: »Ich komme aus Genua. Wir Genueser leben auf dem Meer und im restlichen Teil der Welt, soweit er vom

Wasser her erreichbar ist. Eigentlich sind wir Londoner«, schloß er regelmäßig, »mit Italien haben wir nichts zu tun«.
Das war seine Geburtsurkunde, die ihn als Weltbürger legitimierte, ohne daß er Genaueres hinzufügte wie andere Menschen, die Wohnort, Beruf, Frau und Kinder nannten, Visitenkarten und Fotos aus der Brieftasche zogen, damit man sie nicht übersah oder vergaß. Er wußte, daß seine Erscheinung den anderen Rätsel aufgab, er liebte das Rätselhafte, genoß es, wie andere ihren Feierabend genießen. Auch Dr. Levi, von Maria nach Wohnort und Beruf des Genuesers befragt, wußte nur von einem Postfach in Amsterdam, das einer Firma gehörte, die Rum importierte, mehr war nicht zu erfahren.
War der Genueser in der Stadt, wohnte er im Breidenbacher Hof, dem teuersten und vornehmsten Hotel der Stadt, erschien spät abends und immer unangemeldet zwei- bis dreimal in der Woche zum Schachspiel, mit dem er sich angeblich auf seinen langen Schiffsreisen die Zeit vertrieb, obwohl Dr. Levi einmal zu Maria bemerkte, daß dieser Schachspieler wohl eher ein Pokerfreund sei, er spiele immer so, als hätte er noch zwei Türme und eine Dame im Ärmel, und ein Bauernopfer mache ihm geradezu Freude. Aber er mochte diesen Kerl, der sich so sehr von den alltäglichen Gestalten seiner Praxis abhob, und vermißte ihn, wenn er nach drei, vier Wochen wieder verschwand, ohne jedes Abschiedswort, ohne vorherige Ankündigung ausblieb, einfach nicht mehr da war und auch der Breidenbacher Hof nur melden konnte: »Der Herr ist mit unbekanntem Ziel abgereist.«
So wie er verschwand, tauchte er auch wieder auf, ohne jede Erklärung, ohne jede Entschuldigung, Herr der sieben Meere, fragte man ihn, sagte er: »Geschäfte«, setzte sich, als wäre er gestern erst weggegangen, an den kleinen

Schachtisch und eröffnete das Spiel mit einem Zug. Dr. Levi rückte sich dann seinen Sessel an den Tisch, und geräuschlos schoben sie die Jadefiguren über die grünen und schwarzen Jadesteine des Schachbretts, Dr. Levi sehr konzentriert, der Genueser eher beiläufig, plaudernd, Geschichten aus allen Hafenstädten der Welt auftischend, die von Kontinent zu Kontinent segelten, überall nur kurz anlegten und schnell wieder auf und davon waren. Es konnte passieren, daß eine Geschichte in Bahia begann, in Sansibar ihren komischen Höhepunkt hatte und in Bombay tragisch endete. Brachte Maria eine Flasche Wein an den Schachtisch, nützte der Genueser die Pause, um das Gespräch auszuweiten, erzählte dann gerne von Malakka, wo er sich einmal ausruhen wolle, in einem verlassenen Sultanspalast, von dem aus man das Meer überblicke, flüssiges Gold in der Abendsonne, jadegrün im Monsunregen, lichtblau in der Mittagsstille, erzählte von Malaien, Chinesen, Indern, die mit den Nachfahren der Portugiesen und Holländer in einem Sprachengewirr zusammenlebten, zwischen malaiisch-chinesisch-indisch-portugiesisch- holländischen Tempeln lebten, zwischen ihren Mysterien, Göttern und Dämonen den Geschäften nachgingen. Ein bißchen Seeräuberei, gelegentlich ein Streit zwischen zwei Göttern, aber sonst, die Kanonen der Erobererer seien verrostet, die Forts zerfallen, es herrsche eine gleichmäßige, friedliche und ganz alltägliche Vernunft. So ein Hitler sei da gar nicht denkbar.
Das veranlaßte Dr. Levi zu der gereizten Replik: »Dieser Hitler ist auch hier nicht denkbar. Die Vernunft ist ein europäisches Vermächtnis und nicht ein asiatisches.«
Der Genueser wehrte mit beiden Händen ab, »Ich weiß, das ist in diesen Breitengraden ein weit verbreiteter Aberglauben, aber fahren Sie mal nach Malakka, Mysterien, Götter und Dämonen, das sind die Ebenbilder des Men-

schen, in Malakka weiß man das und hält die Dämonen auf Distanz, einmal im Jahr eine Feier, ein Götteropfer, aber sonst, aller äußerste Vorsicht.«
»Hören Sie auf mit Ihrem Malakka«, antwortete Dr. Levi.
Aber der Genueser blieb bei seinem Thema, »In Europa herrscht der Mythos, hier hat man hohe Ideale und ewige Werte, für die man gerne sein Leben hergibt, das versteht in Malakka kein Mensch.«
Dr. Levi wurde unwirsch: » Sie verdrehen alles. Die europäischen Nationen sind Kulturnationen.«
Der Genueser lachte: »Kultur taugt nur dazu, andere Menschen guten Gewissens zu erschlagen, ohne Kultur wäre es Mord, mit Kultur, in einem höheren Auftrag, ist es eine Ehrentat. Die deutsche Nation, das deutsche Wesen, die deutsche Kunst, die heiligen Werte des Abendlandes, das riecht nach Blut und Gemetzel, gehen Sie rechtzeitig nach Malakka, dort leben Menschen und Götter zusammen, der chinesische Friedhof liegt zwischen dem malalischen und indischen, die protestantischen Holländer hat man über den katholischen Portugiesen begraben, eine sehr tolerante Vernunft, finden Sie nicht?«

Maria tanzte gern. Der Genueser, der sich in den Sehnsüchten der Menschen auskannte, erschien bald nur noch, um Maria zum Tanzen abzuholen, mit Tanzen konnte man Maria verführen, sie war süchtig danach. Die Abende hießen nun Kristall-Palast, Eremitage, Jungmühle, wo die Bands so spielten, wie amerikanische Bands spielten, die Barmixer Charly hießen, die Welt aus Charleston, Jimmy, lachenden Flirts, großzügigen Trinkgeldern, neuester Mode und einem ständig wiederholten »Hallo, auch da« bestand. Sie tanzte, daß der Genueser sich geschlagen gab, tanzte alleine; die im Kreis um die

Tanzfläche herumstehenden Menschen schlugen mit den Händen den Takt, die Band hämmerte den Rhythmus, die kreisenden Lichtpunkte der Bar drehten sich mit Maria, die tanzend sich mit den Lichtern drehte, die Band spielte den Tiger-Rag dreimal hintereinander, denn der Genueser zahlte mit Devisen, und Maria tanzte, das Saxophon jammerte sein Solo, die harten Stöße der Trompete jubelten zur Bardecke empor, der Schlagzeuger verausgabte sich auf allen Trommeln und Becken, daß man die Schläge körperlich spürte und der Klang der Becken sich betäubend um Maria legte.

Wenn sie mit dem Genueser die Bar betrat, unterbrach die Band ihr Programm, spielte sehr langsam *Georgia on my Mind,* das Lieblingslied Marias, lockte Maria damit auf die Tanzfläche, wo sie mit einem ganz ruhigen in sich gekehrten Drehen ihren Tanzabend begann, Wange an Wange mit dem Genueser, während der Sänger der Band sein »Georgia« ins Mikrofon hauchte.

Die Devisen des Genuesers regelten alles, Maria trank nur noch Champagner, trug kurze Röcke, schimmernde Seidenstrümpfe, hochhackige Pumps, ein schmales Kettchen am Fuß, begann zu rauchen, dazu benutzte sie eine lange perlmuttbesetzte Zigarettenspitze, spielte gekonnt, und mit ihren Blicken die Männer irritierend, an einer Perlenkette, die, in der Mitte zu einem dicken Knoten verschlungen, bis in den Schoß fiel, trug auffallend große silberne Ohrringe aus Mexiko als Kontrapunkt zu ihrem weichen zarten Gesicht und ihrem schwarzhaarigen Bubikopf, schminkte sich à la mode und konnte sich einen Abend ohne Tanzen nicht mehr vorstellen.

Dr. Levi hatte das Schachbrett weggeräumt, machte sich seinen starken Kaffee wieder alleine, auch bei den nächtlichen Notrufen war alles wieder wie früher, allerdings

nicht ganz wie früher, denn er vermißte jetzt Marias Anwesenheit.
Als Maria eines Nachts sehr spät nach Hause kam, sah sie das Licht in seinem Arbeitszimmer, die Türe war weit geöffnet, was immer hieß, daß er sie sprechen wolle. Sie ging hinein, entschlossen, sich nichts sagen zu lassen. Dr. Levi saß in seinem altmodischen schweren Paletot auf einem Stuhl und kramte in der Arzttasche.
Maria fragte: »Etwas Besonderes?«
Dr. Levi antwortete: »Durchgebrochener Blinddarm. Einweisung ins Krankenhaus.«
Maria blieb an der Türe stehen, vergrub sich in ihrem weißen Mantel mit dem hohen Schalkragen, Dr. Levi stand auf, ließ seinen schweren Paletot über den Rücken abrutschen, fing ihn auf und warf ihn wie immer quer durch den Raum auf einen Sessel, danach sah er schweigend auf die Gaslaternen vor seinem Fenster. Maria wartete, sie wußte, er brauchte immer erst einen Anlauf, er mußte es immer erst formulieren, aber dann war es soweit.
»Polka-Paul hätte gesagt, man kann eine Melodie sehr unterschiedlich spielen, man muß dabei nur im Takt bleiben.«
»Er will mit mir nach Malakka und dort ein Haus bauen.«
»Träume sind in der Realität eine sehr banale Wirklichkeit, von der man nicht glauben mag, daß sie einst ein Traum war. Erfüllte Wünsche sind verlorene Wünsche, denn was man hat, kann man sich nicht mehr wünschen. Ein Zustand, der vorwiegend aus Katzenjammer besteht.«
»Warum sind Sie dagegen?«
»Weil das kein Mensch ist, der ein Haus baut, der segelt von Hafen zu Hafen, wozu braucht er sonst drei Pässe?«

»Sie spielen mit ihm Schach.«

»Warum er mit mir Schach spielt, weiß ich nicht, das hat er mir noch nicht gesagt, jedenfalls hat er anderes im Kopf als Schach.«

»Import Export, er ist ein Geschäftsmann.«

»Daran glaube ich nicht, Rum-Import, ein paar Fässer vielleicht, pro forma, was er exportiert, hat noch keiner gesehen, aber es bringt offenbar sehr viel Geld ein. Import Export, nein nein, der fühlt sich nur unter einer Piratenfahne wohl.«

»Sind Sie eifersüchtig?«

»Ich fühle mich der Gräfin verpflichtet, sie hätte das sehr getadelt. Und ich fühle mich auch deinen Gelsenkirchenern verpflichtet, die immer so unbeholfen wirken, weil sie zwölf Stunden am Tag arbeiten.«

»Er verdient sein Geld nun mal auf andere Weise.«

»Geld verdient man durch Arbeit, alles andere ist ein Gerücht. Selbst Rockefeller hat nicht an der Börse angefangen.«

»Das sind alles keine Gründe«, sagte Maria mit ihrem abweisenden Gesicht.

Dr. Levi drehte sich um und sah sie an. »Setz nicht deinen Dickkopf auf. Du bist keine Abenteurerin.«

»Ist er ein Abenteurer?«

»Das ist der Typ, der für zwei Geheimdienste gleichzeitig arbeitet, das macht ihn interessant, aber erschossen wird er trotzdem.«

»Besprechen Sie das alles bei Ihrem Schachspiel?«

»Vielleicht ist er einer von denen, die auf die eine oder andere Weise Menschen ins Gelobte Land bringen. Aber er macht es jedenfalls nicht aus Glaubensgründen, auch nicht aus Überzeugung, für ihn ist es ein Sport, es macht ihm Spaß, weil es viel Geld bringt. Er liebt Geld, ein attraktives Leben und eine attraktive Maria. Das ist einer, der anderen Paradiese vorgaukelt. Kurzfristig ein gutes Geschäft, langfristig wird es mit Enttäuschungen bezahlt.«

Dr. Levi öffnete das Fenster, der naßkalte Morgendunst fiel ins Zimmer, das Gespräch war beendet und wurde nie mehr aufgenommen. Der Genueser erschien nicht mehr. Maria wollte nicht mehr tanzen. Der Alltag kehrte so rasch zurück, wie er verflogen war.

Drei Monate später klirrten nachts die Scheiben im Arbeitszimmer Dr. Levis, Maria hörte das Geräusch in der Küche und stürzte ins Arbeitszimmer. Auf dem Schreibtisch lag ein Pflasterstein, in den ein Judenstern eingeritzt war, die Tinte aus Dr. Levis Füllhalter lief über das hellblaue Papier, löschte die Schrift, auf dem Teppich vor dem Fenster glitzerten im Schein der Lampe kleine Glassplitter, Dr. Levi stand mit dem Gesicht zur Wand, betete laut, schaukelte, weinte.

Dann drehte er sich um, sprach Maria in einer fremden Sprache an, die sie nicht verstand, begriff das langsam, sprach wieder deutsch, ließ sich in einen Sessel fallen, »Ich hab schon immer ein Pech. Man kann so weit gehen, wie man will, in alle Himmelsrichtungen, wo immer man auch ankommt, man wird gesteinigt.«

Maria zog den Vorhang vor das Fenster und sammelte die Splitter auf. Dr. Levi sah zu, dann begann er wieder zu reden: »Talmud, Bibel, Koran, Unterschied oder Gemeinsamkeit? Babylonische Sprachverwirrung oder gemeinsame Schöpfung? Jeder ist näher zu Gott und findet sich einzigartig und hat die Wahrheit, und schlägt dem anderen den Schädel ein. Dummheit, Ignoranz und Mordlust.« Er stand auf und lächelte, »Meine unnützen Nachtgedanken.«

Als sich der Vorfall wiederholte, bat Dr. Levi Maria um

Verständnis dafür, daß er sie entlassen müsse. Maria verstand nicht, Politik war nicht ihre Stärke, sie verstand gar nichts mehr, als Dr. Levi ihr ein außerordentlich gutes Zeugnis auf dem Briefbogen des Dr. Christiansen überreichte, das auch von Dr. Christiansen unterschrieben war und beifügte: »Dr. Christiansen wird die Angaben bei einer Rückfrage bestätigen.«

Dr. Christiansen wohnte ein Stockwerk höher, war Lungenfacharzt, Maria kannte die Familie, hatte dort gelegentlich im Haushalt ausgeholfen, wenn ein Familientag es erforderte, begriff aber die Situation nicht.

Dr. Levi meinte: »Es ist ja nur eine Vorsichtsmaßnahme«, er wirkte hilflos, lächelte verlegen, »Für die Historiker ist die Geschichte immer so eindeutig. Der eine siegt, der andere verliert, einer widerruft oder widerruft nicht, ein Friedensdokument wird unterschrieben oder zerrissen, und dann geht alles folgerichtig seinen guten oder schlechten Gang, eine kausale Kette klarer Abläufe. Aber wenn man mittendrin steht, ist alles sehr verworren, und es gibt hundert Möglichkeiten für die Zukunft.«

Maria packte ihren Schließkorb. Dr. Levi ließ ihn von einem Dienstmann ins St. Anna-Stift tragen, das direkt neben der Kunstakademie lag und wo Schwester Ansberta jungen stellungslosen Mädchen Übernachtung und Aufenthalt bot.

11

Friedrich hatte alle Eigenschaften, die Maria nicht hatte, ein größerer Gegensatz war nicht denkbar. Ein Abenteurer des Alltags, halsbrecherisch leichtsinnig, improvisierend und die kleinen Freuden genießend, lebte er mit grundlosem Optimismus nach dem Motto »Alles nicht so schlimm, wird schon werden.« Ungläubig und lebenslustig, verschmitzt und ironisch, phantasievoll und witzig, ohne großes Interesse an einer bürgerlichen Existenz, fand er das Leben ganz erträglich. Eine Woche auf dem Markt reichte für eine Woche Nichtstun. Wozu sich das Leben unnötig schwermachen. Dagegen stand der ernste, fast tragischgestimmte, pflichtbewußte Charakter der Maria, ihre stolze Schwermütigkeit, ihre jähzornigen Temperamentsausbrüche und dunklen Vorahnungen, die Gewißheit eines harten Schicksals, das Leben war schwer, und ohne diese Beschwernis war es kein Leben. Friedrich sah, wohin er auch blickte, stets nur blauen Himmel und hellen Sonnenschein, während Maria hinter dem Horizont schon die nachtdunklen Wolken ahnte, die Unheil und Unglück brachten. Sie brauchte, und vielleicht ahnte sie das auch, einen Menschen, der gleichmütig mit den Schultern zuckte, wenn die Wolken sich über ihr zusammenzogen, ihr in die Augen sah und lachte, während Friedrich, der heute dies und morgen das plante, insgeheim wohl auch wußte, daß da jemand sein mußte wie diese Maria mit ihrem Lebenswillen und ihrer unerschöpflichen Lebenskraft, um ihn aus seinen Irrwegen herauszuführen und wieder auf den geraden Weg zu bringen.

Sie trafen sich zum erstenmal am Martinsabend zwischen herumtobenden Kindern, die mit leuchtenden Papierlaternen oder ausgehöhlten und eingeschnittenen Rüben, durch die Kerzenlicht schimmerte, vor jeder Haustüre kaum verständliche Gesänge herausschrieen, denen man nach einigem Hinhören entnehmen konnte, daß hier ein reicher Mann wohne, dem man ein langes Leben wünsche, wenn er von seinem Reichtum etwas abgebe, der sich das Himmelreich erwerben könne, wenn er von seinem Besitz recht viel verschenke. So manch einem war der Besitz lieber als das Himmelreich, die Haustüre blieb geschlossen, da wurde dann das Geschrei und Gejohle der Kinder noch größer und auch bedrohlicher, prophezeit wurde, daß das Haus nur noch auf einem Bein stehe, der Geizhals mitten darin sitze, mitsamt seinem Besitz also bald untergehen würde, und mit einem »Jitzhals Jitzhals« zogen sie weiter zu gebefreudigeren Häusern, warfen sich mit ihren kleinen Säcken auf die Straße, um die herausgeschleuderten Äpfel, Nüsse, Bonbons und Schokoladen einzusammeln, das war harte Arbeit, denn wer die anderen wegstieß, der konnte am meisten zusammenraffen, aber das dauerte nur Sekunden, dann stießen die anderen zu und schnappten sich ihren Teil der Beute.

Nach zehn Minuten zwischen diesen aus vielen Mündern herausgeschrieenen »Reicher Mann Himmelreich Jitzhals«, einem chaotisch unabgestimmten Chorgesang, der wild durch alle Straßen hallte, rief auch Maria: »Hier wohnt ein reicher Mann«, ließ sich von einem rücksichtslos die Menge durchstoßenden Kinderzug, der sich mit Fäusten und Fußtritten seinen Weg zum nächsten Haus bahnte, mitreißen, und als man ihr einen alten Schuh an den Kopf warf, schrie auch sie wütend: »Jitzhals Jitzhals Jitzhals.« Es war das erstemal, daß Friedrich erlebte, wie Maria aus ihrer stolzen Zurückhaltung übergangslos und explosionsartig in einen Temperamentsausbruch verfallen konnte. Mit einer energischen Armbewegung verschaffte sie sich in dem Gewühl Platz, der Schuh flog in das Fenster zurück, aus dem er gekommen war; da das Fenster genau in diesem Moment wieder geschlossen wurde und Schuh und Fenster sich klirrend vereinigten, war es ratsam, in der Dunkelheit und der hin und her wogenden Menge unterzutauchen. Maria lief so schnell, kurvte so verrückt um die Menschen herum, daß Friedrich Mühe hatte, nachzukommen.

Den Heiligen Martin gab es zum Erstaunen Marias gleich mehrfach, einmal sah sie ihn als Ritter auf einem verschreckten Pferd mit einer durch die vielen Laternen heldisch aufleuchtenden Rüstung und einem kurzen Umhang. Ein halbnackter frierender Bettler trat an ihn heran, fiel flehend auf die Knie, der Ritter nahm seinen Umhang, riß ihn in zwei Teile und reichte die eine Hälfte dem vor ihm knienden Bettler mit einer demutsvollen Verbeugung, wobei er sich mühsam am Pferd festhielt. Gleich danach erschien der Heilige Martin aber auch schon als weihevoller Bischof auf einem müden Schimmel, steuerte mit Hilfe seines Krummstabs segnend durch die Menge, entfernte sich kopfnickend und milde lächelnd, und noch von ferne leuchteten die Edelsteine auf seinem kostbaren Ornat, auf daß ein jeder sehe, daß eine gute Tat ihre Zinsen bringt.

Niemand wußte so recht, woher dieses Treiben kam und seit wann es je stattfand. Es lag fern der dunklen Erinnerung, war schon in Italien ein alter Brauch, kam wohl mit den italienischen Handwerkern, den französischen Kaufleuten, hatte sich hier neugebildet, neue Wurzeln gefaßt, und zeigte immer noch die alte Legende. Friedrich wußte nur, daß das Wort Kapelle sich von dem Cape des Heiligen Martin ableitete, das in alten Zeiten in einem kleinen Raum aufbewahrt wurde, aber das hatte er von Gustav, der von diesen Dingen mehr verstand.

Am nächsten Tag war *Hoppeditz-Erwachen,* der Beginn der Karnevalssaison, auf der zu Füßen des Kurfürsten Jan Wellem, der unveränderbar wie die Vergangenheit mitsamt seinem Pferd auf einem Denkmalssockel erstarrt war, auch wieder viel gelacht wurde, einfach so, aus »Spaß an der Freud«, wie es hier hieß, also über nichts, man lachte, damit die anderen etwas zu lachen hatten, worüber man dann selber wieder lachen konnte, man lachte aus der Einsicht heraus, daß das Leben nicht ewig dauere und auf jeden nur der Tod warte, daß auch dieser Karneval seinen Aschermittwoch nicht überleben werde, und »dat janze Jedrisse«, wie man die wenigen Jahre hier auf Erden nannte, sowieso zum Heulen sei und es deswegen schon besser wäre, von vornherein darüber zu lachen. Figuren in leichter Schräglage, das Gleichgewicht sachte ausbalancierend, beugten sich weit vor, sahen einem forschend in die Augen und fragten: »Du bist doch auch ein Mensch?«, bejahte man das, breitete sich auf dem Gesicht des Fragenden eine innere Glückseligkeit aus, ein Ausdruck vollkommener Harmonie. Aber schon nach wenigen Minuten sah man in demselben Gesicht wieder nagende Zweifel, besorgte Stirnfalten, einen gequälten Ausdruck, der sich nur besänftigen ließ, indem sich der Betreffende erneut vertraulich einem Menschen näherte, um ihn zu fragen, ob er auch ein Mensch sei.

Maria verstand diesen Humor nicht, der alles menschliche Tun von vornherein für aussichtslos und sinnlos hielt, jedes Ziel für unerreichbar, jede Aufregung und Anstrengung, jede Mühe und Arbeit für eine Vergeudung des von Gott geschenkten Lebens. Die einzig erstrebenswerte Existenz war die, möglichst bewegungslos neben einer Theke hinter einem Glas Bier zu sitzen und dem irrsinnigen Treiben zuzusehen, das leider mit der Erschaffung der Welt begonnen habe, aber spätestens mit dem Ende der Welt wieder aufhören werde. Das eigene Leben dürfe man sich davon aber auf keinen Fall verdrießen lassen, das erreichte man dadurch, daß man nichts für ernst, wichtig, bedeutsam und unabänderlich hielt, und auf Karneval durfte man dann eben ganz öffentlich demonstrieren, daß man die Menschen für verrückt hielt, wobei man klugerweise den ersten Schritt tat und sich selber für verrückt erklärte.

Nach *Hoppeditz* kamen die Adventstage mit ihren frühen kalten Nächten. Man traf sich in den Wirtshäusern der Stadt, wohin sich das Leben verkroch, wo man dicht beieinandersaß, um alles und jedes ausführlich zu besprechen. Friedrich war mit jedem Wirt per du, was ihm erlaubte, das Lokal zu verlassen ohne zu zahlen, er hatte ohnehin eine ständig offene Rechnung, aber das wußte Maria noch nicht, dagegen war es beeindruckend, wenn Friedrich mit einem saloppen Gruß und einem »Erledigen wir später« die Gaststätte verließ. Ihr Weg endete immer im Hofgarten, der mit seinen verschlungenen Pfaden frostig glitzernd dalag und schon die Kälte gebot, daß man hier nur noch engumschlungen gehen konnte.

So kamen sie zum Triton-Brunnen, der breit die Königsallee eröffnete. Triton, eine Götterfigur, Sohn des Poseidon, der immer nur die Figur darstellte, in die er sich gerade verwandelte, der dabei nie wußte, wer er wirklich war, dessen Sohn also durch die Verwandlungskunst eines Bildhauers sehr sinnvoll diese Straße repräsentierte, ritt, halb Mensch, halb Fisch, mit seiner Harpune auf einem gewaltigen Meereswesen, starrte blind in das künstliche Schaufensterlicht, aus dem die Straße bestand, ein Licht, das die wenigen Menschen vor den Fenstern einseitig anleuchtete, sie mit allen Farben des Regenbogens übergoß und irisierende, sich wie ein Fächer ausbreitende Schatten warf. Der lange Wassergraben, schnurgerade unter den Bäumen durchgezogen, teilte die Straße in eine helle und eine dunkle Hälfte, mit einem dünnen Eis bedeckt, verwandelte er den leuchtenden Regenbogen der sich selbst darstellenden Götter wieder in eine trübe Helligkeit. Vor dem Brunnen war das Eis aufgeschlagen, und in dem kleinen Wasserloch trieben zwei Schwäne, die Köpfe ins Gefieder gesteckt.

»Das sind wir«, sagte Maria.

»Da müssen wir aber aufpassen, daß das Wasser bis zum Frühjahr offenbleibt«, sagte Friedrich.

An den Adventssonntagen fanden traditionelle Familienfeiern statt, an denen außer Adventsliedern alles gesungen wurde, was der deutsche Rhein und die deutsche Studentenschaft in die Welt gesetzt hatten, auch die neuen Karnevalslieder wurden erprobt. Maria fühlte sich wohl in diesem losen Verbund von Individuen, wollte ihn bald nicht mehr missen und rückte schnell ins eigentliche Familienzentrum vor, das befand sich rechts von Gustav auf dem Ledersofa, links waren die Bücher. Gustav mochte Maria, obwohl er manche ihrer Sätze mit Sarkasmus kommentierte, Maria gab ungeniert zurück, was Gustav respektierte, es war der Grundstein eines lebenslangen und mit allen Finessen der Rhetorik geführten Streites um Gott und die Welt, der nie einen Sieger sah. Helles stieß auf Dunkles, Verändern auf Erdulden, kritische Vernunft auf irrationales Verhalten, klares logisches Denken auf eine unerklärbare in mythischen Geschichten aufgehobene Lebenshaltung. Gustav hatte den Schleifstein gefunden, an dem er sein Messer ansetzen konnte, das verhalf ihm zwar zu geschärften Gedanken und glänzenden Formulierungen, brachte im Alter aber auch die Einsicht, daß seine Worte vergangen waren, während der Schleifstein nicht die geringsten Spuren der Abnützung zeigte.

Nach Advent kam Weihnachten, das wurde gefeiert, als hätte man vorher gefastet, von morgens bis abends wurde ununterbrochen gegessen und getrunken, alle, die jemals einem Fontana auf die Schulter geschlagen hatten mit den Worten, »Du bist mein Freund«, ein Vorgang, der häufig auch umgekehrt verlief, wobei man später nicht mehr so genau wußte, wer wen zum Freund ernannt hatte, sie alle erschienen, sagten, wir kennen uns ja, aßen und tranken mit, blieben über Nacht, wenn es spät wurde, nahmen auch gern den nächsten Tag noch mit. Maria hatte den Eindruck, daß die Wohnung der Eingang zum städtischen Weihnachtsbazar war.

Nach Weihnachten kam Silvester, so daß man die von Weihnachten herübergezogene Feierei nicht groß unterbrechen mußte, mit Anstand weiterführen konnte, das zog sich bis Heiligedreikönige, dieses Fest hatte sich durch die Badenserin Yvonne in der Familie eingebürgert und wurde zum Andenken an die arme tote Yvonne als Feier beibehalten. Ein selbstgebackener Bohnenkuchen krönte Gustav Jahr um Jahr zum Bohnenkönig, Fin wußte das zu deichseln, er legte großen Wert auf den Pappring, der sorgfältig aufgehoben mit mattem Glanz die Jahre durchwanderte. Maria meinte, es freue sie, daß ausgerechnet Gustav so viel Wert auf das Fest der Heiligen Drei Könige lege, die ja bekanntlich an der Krippe unseres Herrn gestanden hätten. Gustav antwortete, es sei ein schönes Beispiel dafür, wie gerne Politiker mit einem Wunder arbeiteten. Diesen Vorgang solle man sich zu Beginn jedes neuen Jahres immer vor Augen halten.

Dann stand schon Karneval vor der Tür, mit den Kostümen mußte man sich beeilen, Phantasie war gefragt, schließlich wollte man sich im Quartier nicht blamieren. Fins Nähmaschine kurbelte meterweise Stoffe, Gustav entwarf Masken, Friedrich und Elisabeth dekorierten die Wohnung. Maria fragte sich während dieser ganzen Betriebsamkeit, wann in dieser Familie denn einer mal ernsthaft und dauerhaft arbeitete, erzählte deshalb des öfteren von ihren Gelsenkirchener Bergleuten und ihrer regelmäßigen schweren Schicht, alle hörten gerührt, aber verständnislos zu, und Elisabeth sagte jedesmal: »Es gibt eben Leute, die gerne arbeiten.«

Den Rosenmontag erlebte Maria wie einen Vulkanausbruch, in der Erinnerung wußte sie nur, daß seit dem frühen Morgen ein Rumoren und Getöse die Stadt erfüllte, ein unterirdisches Grollen, das sich im Laufe des Tages zu einem alles betäubenden Schreien auswuchs, kostümierte Massen, unberechenbare Lavaströme, ergossen sich wie in eruptiven Stößen über die Straßen, lärmende, maskierte Menschenschlangen, umkreisten girlandenhaft jeden, fingen alle ein, drückten sie zu einem einzigen Menschenknäuel zusammen, das gewalttätig und chaotisch übereinanderstürzte, sich zwischen Pritschen und Konfetti überschlug, Arme und Beine streckten sich hilfesuchend aus dem Knäuel, ertasteten den Boden, richteten sich wieder auf, schlossen sich zu einer neuen Kette zusammen, Verletzte blieben zurück, aber das schien keinen zu stören, es gehörte dazu, ein zerstörerisches Labyrinth ohne Ariadnefaden, ein barbarisches Treiben mit makabren Humorausbrüchen, funkelnd vor Gewalt und Aggression, grausam zuschlagend hinter häßlichen Masken, in der nächsten Sekunde in eine tränenreiche verzweifelte Gemütlichkeit umkippend, in eine hilflose Zärtlichkeit, in einen Lebensüberdruß, der ein höhnisches Lachen herausschrie und erneut umsichschlagend in einen Menschenhaufen hineinsprang.

Auf Maria wirkte alles unfroh, als hätten die Menschen die lästige Pflicht, das Fest hinter sich zu bringen, als hätten sie in dieser Zeit anderes im Kopf, als wäre ihnen zum Heulen zumute, sie aber tanzten in grotesken Sprüngen durch die Nacht, tobten in einem wilden Aufstand gegen all das, was sie umgab und was sie nicht ändern konnten.

Sie war erstaunt, am Aschermittwoch so viele strahlende Gesichter zu sehen, die behaupteten, dieses Jahr wäre es wieder sehr schön gewesen, erst jetzt fanden sie wieder zu ihrem vergnüglichen breiten Lachen zurück, das ihnen durch die Zeiten half, die glühende Lava war in einen kühleren Zustand übergegangen, der Gleichmütigkeit und Gelassenheit erlaubte. Das alles lief schnell ab, schoß zu einem Siedepunkt empor, fiel wieder zurück, und keiner wußte genau, was geschehen war. In Oberbilk konnte man gestandene Kommunisten sehen, die mit dem Aschenkreuz der Kirche auf der Stirn noch halb im Kostüm und Maske eines wehmütigen Clowns leise die Internationale singend nach Hause zogen.

Maria wartete auf diesen Aschermittwoch, aber der war noch lange nicht die Grabplatte des Winters, man mußte jetzt das Frühjahrsfest der KPD im Volksgarten vorbereiten, Parolen auf Schilder pinseln, die Requisiten für das Kinderfest einsammeln, Säcke fürs Sackhüpfen, Löffel und Eier fürs Eierlaufen, Fin war in der Schalmeienkapelle und übte den ganzen Tag *Horch was kommt von draußen rein* und *Hoch auf dem gelben Wagen*. Obronski & Beaulieu bauten mitten in ihrem Kolonialwarenladen ihr Kasperletheater auf und reparierten die Puppen, denn das KPD-Fest im Volksgarten war immer der Beginn der Saison. Der gute Hermann war gegen die KPD, stand aber für die Kasse zur Verfügung, Koslowski erschien wegen der Getränke, Big Ben wegen des Ordnungsdienstes, einige Herren erschienen im »Oberbilker Hemd«, dem schlichten Unterhemd, in dem man arbeitete, feierte und schlief und fragten halblaut, ob Gustav ihnen auch diesmal wieder bei den Reden behilflich sein könne, die Weltlage sei so unübersichtlich, und seit Karneval wären sie noch nicht zu Verstand gekommen, und die Parteizeitung verstehe außer dem Chefredakteur kein Mensch, auch Kalmeskäu erschien als Prediger Salomon, der während des Festes auf seiner Tafel mit ausgewählten Sprüchen gegen das politische Treiben seine mahnende Stimme erheben wollte, die Zigeuner im Hinterhof hämmerten und schraubten an ihren Wagen herum, denn auch für sie begannen nun hellere Zeiten, auch sie traten am Volksfest auf. Als es endlich soweit war und sich alle mit roten Nelken im Knopfloch im Grünen trafen, als man wieder Kahnfahren konnte auf dem Volksgartenweiher, einem schönen kleinen See mit vielen Buchten, auf dem Friedrich und Maria im Winter mit ihren Schlittschuhen Kreise und Achten gezogen hatten, sich voneinander entfernten und wieder näherten, sich schließlich trafen, da nahm Maria, mit Friedrich im allgemeinen Festtrubel in einem solchen Kahn sitzend, die Ruder in die Hand, brach aus dem Konvoi sich zuprostender Menschen aus, steuerte in eine ruhige Bucht und eröffnete Friedrich, daß man nun aber unbedingt heiraten müsse. In der Ferne jubelten aus dem Musikpavillon die Schalmeien.

Die *Kö* der Arbeiter, die Kölner Straße, verlief mit ihren stadtfremden Namen in gerader Linie planmäßig durch das Quartier. Zwischen den Fabriken, die mit der Vorder- oder Hinterseite an die Straße grenzten, sie seitlich wie dunkle Bollwerke mit hohen Mauern einfaßten, hatten sich Wohnhäuser, Geschäfte, Kneipen, Handwerksbetriebe geschoben, Bäcker, Metzger, Milch- und Lebensmittelläden, Schuster, Schneider, Wäschereien, Schnapsdestillen, Tanzdielen, Kinos und Sarggeschäfte, ein ungeplantes zufälliges Neben- und Durcheinander von Leben, Arbeit, Vergnügen und Tod. In den gleichmäßig langen Schichten zwischen Tag und Nacht hämmerte und dröhnte es aus den Fabriken, brummten die großen Kräne, heulten die Sirenen und Dampfpfeifen, fauchten die Lokomotiven rangierend über die Straße, begleitet von den Trillerpfeifen der Rangierarbeiter. Man lebte mit diesen Geräuschen, wohnte und schlief in Räumen, deren Wände von Rissen durchzogen ständig vibrierten, ein ununterbrochenes Erdbeben spielte sich da ab, in den Kneipen zitterte das Bier im Glas, im Kino begleiteten die wummernden Dampfhämmer die Schießereien zwischen Weißen und Roten in den Wildwestfilmen, aber das war insgesamt beruhigend, so wie Schiffspassagiere das ferne Geräusch der Dieselmaschine und der Schiffsschraube als beruhigende Versicherung ihrer Existenz empfinden und erst aufschrecken, wenn das Geräusch ausbleibt, so war auch hier das durchgehende Stoßen und Schlagen der viele Stockwerke hohen Maschinen, die Stahl für eine stählerne Welt bearbeiteten, die Zusicherung von Arbeit und die Stille so schrecklich wie der Tod. Kam man aus der Fabrik, stand man vor seiner Wohnung, seiner Stammkneipe, seinem Laden, dem Kino, das seine Vorstellungen mit Schichtende begann, mußte man zur Schicht, standen alle, Minuten nachdem sie aus dem Bett gekrochen waren, die Stechkarte in der Hand am Fabrikeingang und hatten auf dem Weg noch einen Klaren getrunken und ein Brot gekauft, denn die Kneipen und Läden öffneten mit Schichtanfang.

Aus Piedboeuf, Poensgen und all den anderen Namen war ein Werk und ein Stadtteil geworden, ein Stahlwerk, Röhrenwerk, Kesselwerk, das nur noch den Namen des Stadtteils trug, in dem das alles lag, *Oberbilker Stahlwerke.* Es gehörte nun einem Mann, den keiner mehr kannte, gehörte alles zum größten Montankonzern Europas, den dieser Mann auch leitete, der sich weit ausgedehnt hatte, auch die Gelsenkirchener arbeiteten nun für diesen Mann, fuhren in Bergwerke ein, die dem Konzern gehörten, der in einem dunklen Gebäude in der Stadt residierte, »Stahlhof« genannt, ein finsterer Bau aus Quadern, Gußeisen und Kirchenfenstern, wie ein spanischer Königspalast drohend in die Ewigkeit gebaut, als hätte hier bis zum jüngsten Gericht der Kardinal Großinquisitor seinen Sitz und fälle hier seine Urteile.

Da war es für viele ein Trost, daß am Anfang der Kölner Straße, noch vor dem großen Stahlwerk, das kommunistische »Douaumont« lag, wie die bürgerliche Presse es

nannte, der Sitz der KPD, hier ging auch jeden Morgen die Sonne auf, sie hieß *Freiheit,* wurde hier verlegt und gedruckt und gewiß auch im »Stahlhof« gelesen, das dachten zumindest die Genossen, die in ihrer *Freiheit* gerade lesen konnten, daß der Kardinal Großinquisitor im Industrieclub der Stadt den Politiker Hitler zu einem Vortrag eingeladen hätte, ihm nach diesem Vortrag von Herzen Glück und Erfolg für seine Bewegung wünschte und selber sehr bewegt Beifall klatschte, während draußen in der kalten Luft auf dem Corneliusplatz, dem schönsten Platz der Stadt, auf dem im Frühjahr für einige Tage Magnolienbäume blühen, die Linksparteien und die Gewerkschaften protestierten, in Sprechchören habe man gerufen: »Hitler bedeutet Krieg.«
Nachrichten aus einer anderen Welt, die auf der Kölner Straße nicht das Leben veränderten, aber doch Demonstrationszüge auslösten, die mit roten und schwarzen Fahnen, genau wie bei der Beerdigung eines Genossen, von der *Freiheit* am großen Stahlwerk vorbei über den Oberbilker Markt, dem Zentrum des Quartiers, Hauptplatz aller Barrikaden, in Richtung Stoffeler Friedhof zogen, wo die Helden ihre Ruhe fanden, das Leben sich dem Tode beugte und die Demonstrationszüge sich folgenlos auflösten.
Menschenkolonnen, langgezogene starke Kettfäden, die mit den Straßenbahnschienen und der Oberleitung an der Eisenbahnunterführung in einem Punkt zusammenliefen, schwer wie ein gewaltiger Kettbaum lag die eiserne Brücke auf der Straße, drückte sie in die Tiefe und hielt die geraden Fluchtlinien in ihrem Fluchtpunkt fest. Menschen sausten hastig wie Weberschiffchen durch die Kette, kreuz und quer über die Straße, hinterließen ein unsichtbares Muster, das keiner mehr erkennen konnte. Die das ganze Quartier umfassende Maschine arbeitete an ihrem

eigenen Muster. Die Mechanik hatte sich verbunden mit der Kohle zu einer sich stetig ausdehnenden Energie, größer als die Energie der Menschen, die aus der Mechanik der Webstühle die Maschinen entwickelt hatten, die Kohle gefördert hatten für diese Maschinen, indem sie in endloser Arbeit die Erde aushöhlten. Sie alle waren jetzt nur noch ein auswechselbares Teil der weltumspannenden Arbeitsmaschine, sie existierte inzwischen sogar ohne sie, die Menschen hatten abgedankt, waren nicht mehr Schöpfer ihrer Welt, Herren der Erde, waren nur noch kleine unbeholfene, den Maschinen unterworfene Kreaturen, ein dünner Faden in Kette und Schuß der neuen Welt.

Maria ratterte mit dem guten Hermann, der inzwischen ein Motorrad besaß und wußte, wo man Prozente bekam, von Möbellager zu Möbellager. Sie hatte eine Wohnung in Aussicht und kaufte für das Schlafzimmer zwei Betten mit Schlaraffiamatratzen, zwei Nachttischschränkchen mit dazugehörigen Lampen, eine Frisierkommode und einen viertürigen Kleiderschrank, alles massiv Eiche und für die Wohnküche einen dreiteiligen Küchenschrank aus Pitchpine mit drei Schubladen, oben und unten jeweils drei Türen, die oberen mit Glasscheiben, einen gleichen Schrank einteilig, einen Tisch, vier Stühle, einen Senkingherd mit Aufsatz, fast neu, ein Schnäppchen, das der gute Hermann vermittelte. Der Herd war ein Klotz aus Nickel und Email und sah mit seinem Aufsatz aus wie ein altmodischer Tresor, die ganze Anlage hätte einer Lokomotive als Prellbock dienen können, vier Mann konnten ihn nicht anheben, wo er stand, stand er, er hätte die Werkskantine jeder Fabrik geziert. Maria bezahlte bar, das Geld hob sie von ihrem Sparbuch ab, da hatte sich die Waisenrente und fast ihr gesamter Lohn angesammelt, sehr zum Erstaunen

der Familie Fontana, bei der Sparsamkeit bisher unbekannt war.
Maria trat nun endgültig in diesen großräumigen Familienverband ein, der auf sie exotisch wirkte. Die Freiheit der Einzelnen irritierte sie, in Gelsenkirchen gingen alle immer zur gleichen Zeit schlafen, einer erhob sich, die anderen erhoben sich auch und alle krochen in ihre Betten. Wenn hier einer müde in sein Bett fiel, konnte es sein, daß ein anderer ausgeschlafen aufstand, sich feinmachte und in die Stadt ging, wobei es unerheblich war, ob das nun morgens, mittags oder abends geschah. An regelmäßige Mahlzeiten war keiner gewöhnt, Fin kochte, wann sie wollte, und die anderen kamen und gingen, wann sie wollten. Es war auch nie ganz klar, wer nun gerade Arbeit hatte und wer nicht, wobei Arbeit nicht unbedingt eine feste Anstellung bedeutete. Selbst Gustav, das Familienoberhaupt, schien immer mehrere Tätigkeiten gleichzeitig auszuüben, die er vage mit »Ich hab da was an der Hand« beschrieb, zerschlug sich davon etwas, sah er woanders glänzende Aussichten, zu einer wirklich festen Arbeit konnte er sich nie durchringen, sie hätte im Gegensatz zu seinen anderen Interessen gestanden. Brauchte Fin Geld, suchte jeder in seinen Taschen, ob da was war, war wenig da, kam wenig auf den Tisch, war viel da, entstand ein Fest an einer überladenen Tafel, war gar nichts da, konnte man immer noch in Wilhelmines Gastwirtschaft gehen, die schrieb an und vergaß es wieder. Maria war da eine neue Farbe, ein neuer Zusammenhalt, die losehängenden Kettfäden an einem alten Webstuhl wurden neu gespannt, von einem frischen starken Schußfaden durchzogen, schien ein neues Muster zu entstehen. Und Gustav, der das so empfand, drohte Friedrich Prügel an, wenn er nicht wisse, wie er sich in Zukunft zu benehmen habe.
Maria erklärte entschlossen, daß sie nur kirchlich und nur

katholisch heiraten werde, was die Kinder betreffe, so sei das auch klar, katholisch getauft. Es war der erste Machtkampf, den Maria in der Familie anzettelte, sie gewann ihn ohne Anstrengung. Kirche und Religion interessierten hier nicht, keiner erinnerte sich, jemals in einer Kirche gewesen zu sein. Die spöttisch gemeinte Frage Marias: »Sind denn Friedrich und Elisabeth überhaupt getauft?« beantwortete Gustav mit unschuldigem Gesicht: »Ich glaube nicht.« Auf die entsetzte Reaktion Marias, er müsse sich doch wenigstens an die Kirche erinnern, schüttelte Gustav den Kopf und sagte: »Ich war noch nie in einer Kirche.« Maria wollte nun unbedingt die Taufurkunden sehen, Gustav saß nachdenklich auf seinem Ledersofa, fuhr sich mit der Hand über seinen kahlgeschorenen Schädel, zuckte mit den Schultern, suchte dann unter den erstaunten Augen Marias etwas im Bücherregal, erblickte unter *Vorgeschichtlicher Literatur* die Bibel, blätterte sie durch, aber Taufurkunden waren da auch nicht zu finden. Gustav schwamm in unklaren Erinnerungen, die ferner liegenden waren deutlicher, »Ursprünglich waren das alles Hugenotten«, murmelte er, aber das wußten alle, die Geschichte kannte jeder, die Seidenmanufaktur in Lyon, die Fontanas in Iserlohn, die sich dort zu einem mächtigen Stamm entwickelt hatten, gewissenhafte Pastoren, ehrbare Kaufleute, stolze Fabrikbesitzer, die immer noch Messingwaren herstellten, immer noch in derselben Branche arbeiteten, die wußten sogar Genaueres von Florenz, hatten nachgeforscht und erfahren, daß die Fontanas von Florenz nach Lyon kamen, das waren dann wohl Katholische, vielleicht auch einige Waldenser. Gustav, der immer noch Verbindungen hatte zu seinen Iserlohnern, erinnerte sich, daß sie auf der Suche nach dem umfangreichen Webmuster- und Familienbuch waren, erinnerte sich nun auch, daß sein Großvater von einem

Düsseldorfer Notar Papiere erhalten hatte, eine ganze Kiste voll verstaubter ungelesener Dokumente, in altmodischen Buchstaben geschrieben, vor Jahrzehnten hatte er das einmal gesehen, sich nie damit beschäftigt, vielleicht war auch das Buch dabei. Wo war die Kiste? Gustav wollte das Buch haben. Seine Phantasie blühte auf. Ihn interessierte nur noch das verlorene Buch.

All das beantwortete nicht die Frage nach den Taufscheinen. Maria interessierte sich nicht für die Vergangenheit, sie wollte die Taufscheine sehen. Fin meinte: »Wenn Friedrich nicht getauft ist, gibt es auch keinen Taufschein, dann muß er sich eben jetzt taufen lassen, dann hat er seine Himmelsurkunde.« Maria wurde wild und schrie: »Seid ihr denn alle Heiden?« Gustav schrie: »Heiden sind die tolerantesten Menschen, die es gibt, sie glauben an nichts, akzeptieren aber jeden, der glaubt.« Maria begann von vorne und versuchte es mit der Schule, aber auch da war wenig Erkenntnis, Elisabeth und Friedrich hatten die weltliche Schule von Dr. Schrank besucht, die beste Schule in der Stadt, wie alle sogleich bestätigten, aber Religion interessierte auch da keinen. Maria wurde inquisitorisch und nahm sich Friedrich vor, er müsse doch wissen, ob er katholisch oder evangelisch sei. Friedrich wußte es nicht. Elisabeth wußte es auch nicht. Kommunion oder Konfirmation? Allgemeines Rätselraten, das Friedrich beendete, indem er sagte, auf dem Markt hieße er der Mohammedaner, weil er so gut handeln könne. Maria gab auf, sie hatte Tränen in den Augen, das konnte nun Gustav wieder nicht ertragen, er muffelte: »Fragt Wilhelmine, vielleicht hat Yvonne damals etwas gemacht, ich glaube, die war protestantisch.«

Wilhelmine fand dann doch noch etwas Evangelisches im Familienarchiv, die benötigten Urkunden waren vorhanden. Mit dieser geschickten Rochade verschaffte Gustav sich entscheidende Vorteile im Streit um das Hochzeitsessen, denn ob nun Barszcz-Suppe oder Zuppa pavese oder Consommé nature zu Anfang, das bestimmte den Verlauf und das Ende des gesamten Essens, das war nun wirklich Religion, da ging es um die Zivilisation. Fin war es egal, sie konnte sowieso nicht kochen, Gustav beherrschte es aus diesem Grund inzwischen und hatte eine präzise Vorstellung von einem traditionellen und würdigen Hochzeitsessen, Friedrich entwickelte zu aller Überraschung auf einmal Prinzipien, die er hartnäckig verteidigte, so daß zwischen Maria, Gustav und Friedrich ein erbitterter Kampf entstand, der nach tagelangem Verhandeln und ständigen Sticheleien zwischen Kartoffel- und Nudelessern in einem Kompromiß endete, der so aussah, daß es vor der Trauung einen polnischen Imbiß, nach der Trauung einen italienischen Imbiß und abends für die Familie ein klassisches französisches Diner geben sollte. Die Getränkefrage war für Gustav die pièce de résistance, da stand er als Rocher de bronze und diskutierte nicht über Bordeaux, Burgunder und Champagner, erklärte sich aber bereit, vor und nach der Trauung einen polnischen Wodka zu trinken, wenn er, und das nun wieder seine Bedingung, die Kirche nicht betreten mußte. Fin meinte, da könne man hingehen, der Pfarrer sei Kommunist. Gustav meinte, das sei bestenfalls ein verkappter Sozialdemokrat, diese Forderung stelle das ganze Arrangement des Hochzeitsessens in Frage. Damit war die Koalitionsfrage gestellt, der Kompromiß gefährdet, Maria mußte zurückstecken, Gustav durfte zu Hause bleiben, nun schien alles in Ordnung, jeder vertrat die Meinung, daß er sich in den wichtigsten Punkten durchgesetzt habe, keine der entscheidenden Glaubens- und Lebensfragen war für ein Linsengericht verraten worden, beide Familien konnten sich erhobenen Hauptes vereinigen.

Das Hochzeitsessen geriet ins Sagenhafte. Da jeder das Wort Imbiß auf seine Weise interpretierte, Maria zeigen wollte, was sie konnte, Gustav mit Wilhelmines Hilfe dagegenhielt, sollte eine Hochzeitstafel entstehen, gegen die die wunderbare Brotvermehrung in der Bibel eine armselige Veranstaltung war, das ganze Haus hätte tagelang davon leben können, ein Jahr lang zahlte Gustav an den Schulden, denn er benutzte die Gelegenheit und orderte im Weinhaus Mühlensiepen nur berühmteste Lagen und Jahrgänge, Hospices de Beaune war für ihn die untere Grenze.
Elisabeth feierte den Abschluß des Hochzeitskontraktes – man kann nie wissen, vielleicht kommt etwas dazwischen, vielleicht fällt die Hochzeit noch ins Wasser, vielleicht brennt die Kirche ab – sofort mit Kaffee und Kuchen, dafür war sie sowieso zuständig, das einzige, was sie in der Küche zustandebrachte, starken Kaffee kochen und große Torten backen, die sie mit Unmengen Sahne herunterschlang. Zwar gab es hier schon wieder den ersten Mißton, weil Gustav eine dunkelrote Kirschtorte mit Hilfe einer Sahnetüte in ein Kunstwerk aus Hammer und Sichel verwandelte, Maria nahm die Sahnetüte und verzierte die danebenliegende Schokoladentorte mit dem Bildnis der Heiligen Maria Mutter Gottes von Tschenstochau, aber das mußte sie erst erklären, denn die kannte hier keiner. Im übrigen sollte die Hochzeit in der Josephskirche stattfinden.

Die Josephskirche am Josephsplatz an der Josephstraße bildete eine unauffällige Dreieinigkeit nur wenige Meter neben der Kölner Straße, der Hauptschlagader des Quartiers, und dem Oberbilker Markt, dem Herz des Quartiers, folgerichtig war die Josephskirche die Seele des Quartiers, der wirkungsvolle Vatikan dieses Stadtteils.

Wie vom Petersplatz in Rom führten Straßen und Gassen in alle Richtungen, die schon durch ihre Namensgebung eine Grenze zogen. Zur Kruppstraße führte die kleine Van-der-Werff-Straße und ehrte einen Hofmaler des Kurfürsten Jan Wellem, die bemühte Stadtverwaltung hatte wohl gedacht, daß etwas Kultur in diesem Viertel nicht schaden könne, da der Holländer zudem auch die Rotterdamer Börse entworfen hatte, schien die Wahl nicht so ganz falsch, sie sorgte jedenfalls für Nachdenklichkeiten, zuweilen standen Arbeiter rätselnd vor dem Straßenschild und führten einen scharfsinnigen Dialog, um herauszufinden, welcher Fabrikbesitzer da so hochherzig direkt neben Krupp verewigt war.

Ein schmaler Weg führte vom Josephsplatz durch Fabriken und Wohnhäuser zum Bistumssitz der Russisch-Orthodoxen Kirche und zum Kloster der Barmherzigen Schwestern, die nebeneinanderlagen und durch die Madonnenfigur in einem Spitzbogenfenster des russischen Hauses zumindest geistig vereint waren. Den ganzen Tag flatterten die Filles de la Charité mit ihren schwingenden weißen Hauben wie Tauben hin und her, warfen einen scheuen Blick auf die Maria der Orthodoxen und eilten ins Josephskrankenhaus, um Alte, Kranke und Neugeborene zu betreuen.

Umrahmt von Fabrikmauern aus lehmgelben Ziegeln war die aus dunkleren Steinen erbaute Kirche Teil der Fabrikarchitektur des Quartiers, und die Kinder wunderten sich darüber, daß aus dem Turm, der einem schön verzierten Fabrikschornstein glich, kein Rauch aufstieg. Die Sensation stellte aber eindeutig der Vorplatz dar, auf dem unbenutzt und unberührt ein kleiner Rasenfleck mit seinem Grün prunkte. Damit die Rasenfläche größer wirkte, hatte man sie geteilt, so daß die Naturfreunde durch zwei Rasenflächen und anschließend um sie herumgehen konnten, was schon einem längeren Parkspaziergang glich, außerdem war dieser Rasen, der nur wenige Quadratmeter umfaßte, durch ein stabiles Eisengitter umgeben, so daß die Menschen staunend vor den wenigen Grashalmen standen, die sie bewunderten wie ein exotisches Tier im Zoo. Man konnte guten Gewissens behaupten, daß mehr Eisenstangen als Grashalme vorhanden waren, aber so etwas Wertvolles mußte entsprechend geschützt werden, die Kinder drückten ihre Nasen durch die Gitterstäbe, berührten mit vorsichtig ausgestreckten Händen die Grashalme, erstaunt, daß sie sich so leicht streicheln ließen, sich den Händen anschmiegten, ganz anders als Stein und Eisen. Als Höhepunkt erschien dann sonntagsmorgens auch noch der Herr Pfarrer und bat zur Messe, und viele Genossen meinten, es sei ein schmutziger Trick der Kirche, vor ihrem Portal Rasen zu säen.

Nun war die Josephskirche keine normale Pfarre, sie entstammte diesem Milieu und hatte sich ihm angepaßt. Rom war weit, der Kardinal in Köln verirrte sich nicht in diese Gegend, und so legte man die kirchlichen Vorschriften nach dem gesunden Menschenverstand aus. Das Patronatsfest des Heiligen Joseph mußte man, christlich gesehen, am 19. März begehen, das hatte Rom so festgelegt, aber man erklärte den Heiligen mit gutem Gewissen zum Arbeiter und feierte das Patronatsfest am Kampf- und Feiertag der Sozialistischen Arbeiterbewegung, am 1. Mai. Die Arbeiter, die an diesem verbotenen 1. Mai für ihre verbotenen Ziele demonstrierten, flüchteten vor der heranrückenden Polizei und ihren Gummiknüppeln, die härter als eine Dachlatte waren, auf den Josephsplatz, wo sie die wunderbare Ausrede hatten, lediglich ihr Pfarrfest zu feiern.

An solchen Tagen vereinigten sich die weiß-gelben Fahnen der Pfarre mit den roten der Kommunisten und den schwarzen der Anarchisten, und auch der Atheistenbund und die Freigeistige Vereinigung retteten sich mit ihren Schildern *Gott ist tot* und *Nieder mit der Kirche* in den Schoß der Alleinseligmachenden, denn der Heilige Joseph war auch der Patron der Flüchtenden. Der Pfarrer verteilte bei der Gelegenheit sein Weihwasser, verbunden mit einem donnernden Latein, technisch gekonnt und äußerst großzügig und schwungvoll auch über die Polizisten, so daß die Tschakos trieften und die Ordnungshüter, vor diesem Chaos kapitulierend, aussahen, als ob sie weinten, während die Pfarrkirche einem festlichen Hochaltar im Fronleichnamszug glich, bedeckt mit roten Transparenten, auf denen die Forderungen der Arbeiter nach Gerechtigkeit auf Erden in großen Buchstaben zu lesen waren und gottgefällig bis zum Abzug der Polizei an der Kirche lehnten.

Einen Tag vor der Hochzeit bemerkte Maria entsetzt, daß Friedrich tatsächlich keinen guten Anzug besaß, das, was er da so trug, hatte er Freunden abgekauft, und er trug es salopp mit der Bemerkung: »So schlecht sieht das doch nicht aus.« Er hatte keinen guten Anzug, das war nun mal so, überflüssig so ein Ding, wozu brauchte man einen guten Anzug? »Für die Hochzeit in der Kirche«, antwortete Maria und gab ihm Geld. Friedrich zockelte los und kam mit dem Geld bis zum Rollo, eine Schnapsdestille für Boxer und Rennradfahrer, die hier auf ihre Siege und Niederlagen wetteten, vorwiegend auf die Niederlagen, da hatten sie danach wenigstens den Wettgewinn, Friedrich hatte hier viele Freunde, und das Geld war im Handumdrehen weg. Maria gab ihm noch einmal etwas, Friedrich ging mit den besten Vorsätzen los, schlich sich durch stille Nebenstraßen nach dem Motto »Und führe mich nicht in Versuchung«, kam auf diese Weise bis in die Altstadt, wo die Freunde gleich im Dutzend auf ihn warteten und jeder der Meinung war, »Nur auf ein Bier.« In Schräglage spazierte er spät abends wieder zur Tür herein, rechtfertigte sich damit, nur ein Bier getrunken zu haben, aber eben mit sehr vielen Leuten, alles alten guten treuen Freunden, denen man das nicht abschlagen konnte, jedenfalls, das Geld war wieder weg.

Maria, die sich gerade mit Gustav um die Benutzung der Küche stritt, denn sie hatte es gerne »dibsche dobsche«, was soviel wie sauber und schön bedeutete, während Gustav mehr »aus der Lamäng« arbeitete, sich in der Küche enorm ausbreitete und vieles für den nächsten Tag liegen ließ, schrie Friedrich an: »Hol dir deinen Anzug, wo du willst. Wenn du morgen früh nicht anständig angezogen vor der Kirche stehst, wird nicht geheiratet.« Gustav murmelte so etwas wie: »Das hat man davon, wenn man sich mit Pfaffen einläßt« und wischte sich danach das rotgesprenkelte Gesicht ab, weil Maria kurz und hart eine Kelle in die Barszcz-Suppe schlug.

Friedrich machte kehrt, marschierte in eine SA-Kneipe, wo es auch viele alte Freunde gab, erklärte die Situation, fand Verständnis, unterschrieb einen Wisch, lieh sich von einem ehemaligen Genossen eine halbwegs passende SA-Uniform und zog sie noch in der Kneipe an. In der Uniform schlief er bei einem Freund auf dem Sofa, am anderen Morgen erschien er punkt zehn Uhr vor der Josephskirche in seinen braunen Klamotten und sagte zu Maria, die schon auf ihn wartete: »Das ist der neue Anzug«, worauf ihm Maria eine solche Ohrfeige verpaßte, daß selbst der Pfarrer, der gerade aus dem Kirchenportal trat, erschrak und fragte, ob es sich da um das Brautpaar handele. Friedrich, dem der Begriff »peinliche Situation« völlig fremd war, sagte: »Ja«, Maria sagte: »Nein.«

Die Situation wurde gerettet durch den guten Hermann, der sich in einem artistischen Sprung, dabei den Anlasser durchtretend, auf sein Motorrad warf und nach wenigen Minuten einhändigfahrend wieder erschien, mit der anderen Hand präsentierte er seinen schwarzen Anzug. Friedrich zog sich in der Sakristei um, bekam vom Pfarrer noch ein Chemisettchen, das er sich umband, beides paßte nicht, aber es ergänzte sich, so daß es schon wieder flott aussah. Maria war jedenfalls bereit, ihr Nein zurückzunehmen und zusammen mit Friedrich die Kirche zu betreten, wobei Fin ihnen noch rasch zuflüsterte: »Laßt euch Zeit mit der Trauung, Gustav wird mit der Pistole schon auf euch warten.«

In der Kirche saßen bereits die Gelsenkirchener, eine schwarze stumme Gruppe, verhärmt und düster dreinschauend, Marias Schwester Gertrud, die zur Hochzeit gekommen in Düsseldorf bleiben wollte und mit dem guten Hermann schon sehr Hand in Hand ging, denn der war, seinem Ziel bürgerlich zu werden, einen entscheidenden Schritt nähergekommen, er übte seine verschiedenen Tätigkeiten jetzt hinter einem Postschalter aus. Auch Elisabeth ließ sich den Auftritt nicht entgehen und erschien in einem dekolletierten roten Seidenkleid mit einem Wagenrad von Hut, der durch eine verwegene Hutnadel festgehalten wurde. Fin, die sich als Genossin einredete, der Pfarrer sei Kommunist, um als Frau teilnehmen zu können, trug das schwarze Kleid des Hauses, das bei Taufen, Hochzeiten, Silberhochzeiten, Beerdigungen von allen Frauen getragen wurde, keiner wußte, wem es eigentlich gehörte, es wurde ständig ausgeliehen, auf die jeweilige Figur und den jeweiligen Anlaß hin von allen Frauen verändert, bei Hochzeiten mit einer weißen Blume, bei Beerdigungen mit einem Trauerschleier verziert, und war, von immer mehr Nähten durchzogen auf dicken und dünnen Figuren bei jeder pietätvollen Feierlichkeit das angemessene Kleid. Maria, die als einzige das Ritual der kirchlichen Trauung ernstnahm, trug ein elegantgeschnittenes dunkelblaues Seidenkleid mit einem leichten Umhang aus Brüsseler Spitzen, aufrecht und konzentriert stand sie vor dem goldschimmernden Altarlicht, hatte in ihrer dunklen Silhouette vor der Helligkeit etwas Madonnenhaftes, zog die Blicke auf sich und war der Mittelpunkt der Zeremonie.

Als das Hochzeitspaar mit dem Persilkarton, in den der Pfarrer die SA-Uniform gepackt hatte, das Wohnzimmer betrat, stand Gustav mit der Pistole in der Hand in der Mitte des Zimmers unter dem Kristalleuchter. Er hob die Pistole und zielte auf Friedrich, kniff ein Auge zu, um sein Ziel nicht zu verfehlen, Maria stand versteinert, erwartete in der nächsten Sekunde den Schuß, Fin, die auf das Theater schon vorbereitet war, die wußte, daß Gustav nicht auf Friedrich schießen würde, daß er aber zumindest einen Schuß losdonnern müßte, um sein Renommee im Quartier zu wahren, trat gelassen vor Gustav, drückte den mit der Pistole bestückten Arm nach oben, dadurch schob sich der Zeigefinger am Abzug nach unten, ein Schuß krachte, zerschlug den Kristalleuchter, löste im ganzen Haus einen Kurzschluß aus, Gustav erschrak am heftigsten, duckte sich, stand im Staub der herumspritzenden Kristallsplitter, in einem Wutanfall warf er die Pistole an die Wand, trat gegen einen Stuhl, schlug sich das Schienbein auf, stand hilflos auf einem Bein, seine Wunde blutete.

Im Haus wurde der Schuß als Ehrensalut genommen, als Zeichen zur Eröffnung des Hochzeitsfestes, die Wohnungstüren öffneten sich, überall standen Menschen, die mit dünnem Draht ihre durchgebrannten Sicherungen flickten, der gute Hermann griff geistesgegenwärtig zur

Geige, sein Bruder hatte schon das Akkordeon umgeschnallt, die Perlmuttasten schimmerten verheißungsvoll, der gute Hermann, ganz Laune, die Finger der einen Hand im Vibrato auf die Saiten gedrückt, die andere Hand zog den Bogen durch, der Bruder und sein Akkordeon wurden eins, bliesen sich auf, der Körper schwoll dröhnend an zu doppeltem Umfang, das Fest war nicht mehr aufzuhalten und brach aus.

Da Friedrich nicht tanzen konnte, schnappte sich die aus ihrer Erstarrung ins Leben zurückkehrende Maria ihre Schwester Gertrud, die verwirrt neben ihr stand, die beiden Schwestern lösten sich aus dem Schreck in einen wilden atemlosen wirbelnden Tanz durch die dichtgedrängt stehenden Menschen, die sich alle in die Wohnung schoben, die Tod oder Hochzeit miterleben wollten, ganz egal, was sich da abspielte.

Auch das Treppenhaus war schon voll mit Menschen, die sich hinauf- oder hinunterschoben, sich in fremde Wohnungen verirrten, dort bei einer Tasse Kaffee verschnauften, erneut versuchten, hinauf- oder hinunterzukommen, manch einer stand dreimal hintereinander vergeblich vor der Wohnungstüre, weil er immer wieder in einen Abwärtssog geriet, anderen gelang es nicht, die Hochzeitswohnung zu verlassen, weil sie von den Nachrückenden immer wieder nach oben getragen wurden. Big Ben, der für Ordnung sorgen sollte, schließlich hatte man deutlich genug verkündet, »Nur im engsten Familienkreis«, wanderte selber unfreiwillig mehrmals auf und ab. Kalmeskäu, der Prediger Salomons, hielt sich samt seiner Schiefertafel mit dem Tagesspruch lange an der Haustüre fest, denn alle Eintretenden sollten seinen Satz lesen, *»Auch weiß der Mensch seine Zeit nicht, sondern wie die Fische gefangen werden mit dem verderblichen Netz und wie die Vögel mit dem Garn gefangen werden, so werden auch die Menschen* *verstrickt zur bösen Zeit, wenn sie plötzlich über sie fällt«*, er wurde von der Menge dann doch weggeschwemmt, Tafel und Prediger trennten sich in einer besonders heftigen Woge, der Spruch des Tages tanzte auf den Köpfen auf und ab, während der Prediger unterging und nicht mehr gesehen wurde. Nur der Wirt Koslowski mit seinen Fässern, mit seinem lärmgewohnten Ruf, »Bier für das einfache Volk«, bahnte sich seinen Trampelpfad, fand wie Moses einen Weg durch das Rote Meer, hinter ihm schlossen sich wieder die Wogen.

Wilhelmine, oben und unten inzwischen erheblich umfangreicher geworden, thronte hinter dem kalten Buffet wie früher hinter ihrer Ladentheke, sie hatte zu tun, denn alle kamen. Der Polizist Schmitz-Grandjean-O'Faolein zweimal, einmal in Uniform, um offiziell im Namen des Polizeireviers zu gratulieren, das zweitemal auch in Uniform, aber privat, um sich den Getränken zu widmen. Kannichhelfen machte sich wie immer Sorgen um die steigenden Sargpreise und wurde von der nackten Angst geschüttelt, die Schiffsbegräbnisse nahmen rapide zu. Vater Abraham berichtete, daß er demnächst einen Gesetzeskommentar schreiben werde, der alle Gesetze erübrige. Beide ließen sich vorsichtshalber von Oma Tines aus der Hand lesen, was sie dem Brautpaar verweigerte. Obronski & Beaulleu hatten ein Hochzeitsspiel geschrieben und einstudiert, das sie unbeachtet im allgemeinen Getümmel und Geschiebe wie geprobt zu Ende spielten, schließlich waren sie Profis.

Auch Gustav ging unter mit seiner Hochzeitsrede, die von der Andromeda zu den Plejaden, der Cassiopeia und den Magellanschen Wolken führte, über Herkules, Cepheus, Perseus, Pegasus zur Lyra und zu Sobleskis Schild, zum Schiff Argo und dem Haar der Berenike, von der nördlichen und südlichen Krone zu großen und kleinen Bären und Hunden, eine gedankenvolle Rede über Sternensysteme und Fixsterne, ewige Gesetze und unerbittliche Bahnen, über die Mechanik der Sterne, die fern der Erdkugel ihr beständiges Muster in den Himmel webten, sichtbar für den, der auch bei Tage Augen hatte und nicht erst die hereinbrechende Nacht abwarten mußte. Einige Genossen vom Volksbildungsverein erinnerten sich dunkel, diesen Vortrag des öfteren sonntagsvormittags im Planetarium gehört zu haben, wo Gustav seine Bildungsexkursionen hielt.

Salem Barenbeek, der Stotterer, morgens Blumenverkäufer auf dem Markt, abends Zauberer, hatte Mühe, mit seinen Blumen und Gebinden das Brautpaar zu erreichen. Sein »Gladi Gladi Gladiolen« war berühmt, auch sein »Chrysan Chrysan Chrysanthemen«, er wußte, warum er auf dem Markt die schwersten Namen herausstotterte, die Leute kauften bei ihm, denn die Leute amüsieren sich gerne über Menschen, die ein Gebrechen haben, »du du dumme Hüh Hüh Hühner«, sagte Salem Barenbeek und zeigte mit den Augen zwinkernd die Lederklapptasche mit den Einnahmen des Tages. Sein Vater war auf Segelschiffen um die Welt gereist und hatte ihm seine in der ganzen Welt gesammelten Zaubertricks hinterlassen, darunter auch das Geheimnis des indischen Seiltricks, damit trat er abends als Zauberer bei Vereinsfesten, Jubiläen, Kaffeekränzchen und Kegelklubs auf, vor Publikum war seine Zunge gelenkiger, da sprach er fließend eine Kunstsprache, die mit »Sehr verehrte Damen und Herren« begann und in einer unnatürlich genau artikulierten, sehr hochliegenden harten Sprache zwei Stunden andauerte, hinter der Bühne und nach dem Auftritt stotterte er wieder.

Angereist war auch Marias Cousin Michael, der immer noch in Schwarz arbeitete, wie er sagte, aber endgültig über Tage. Er hatte eine Schornsteinfegerwitwe mit vier Kindern geheiratet, lebte in Brüssel, konnte kaum noch deutsch und nur noch sehr wenig polnisch, dafür einigermaßen französisch und kauderwelschte mit seiner Frau, die wieder im sechsten Monat schwanger war und immer freundlich nickte, notfalls auch auf flämisch.

Jeannot aus Basel erschien ebenfalls, er besaß nun eine Bijouterie auf der Freien Straße, seine Frau, die in dieser Ehe eindeutig das Vermögen verkörperte, damit aber nichts anzufangen wußte, eine kleine graue Maus, erstarrt in guter Erziehung und schüchterner Höflichkeit, sagte immer nur zu jedem: »Excusez, ich möchte nicht stören.«

Die Gelsenkirchener verteidigten die Ecke, in der sie sich festgesetzt hatten, reputierlich, festlich gestimmt, aber auch feierlich tragisch, bedeutsam, wie sie es gewohnt waren. Das Durcheinander von Freunden und Bekannten paßte ihnen nicht, in Gelsenkirchen fand eine Hochzeit innerhalb der Familie statt, alles was nicht zur Familie gehörte, und war man noch so befreundet, blieb außerhalb. Niemals stand die Familienfestung stärker, abweisender, geschlossener als an Hochzeiten, Kindtaufen, Beerdigungen. Das hier, das war Karneval, und Maria würde ihren Aschermittwoch noch erleben.

Inzwischen waren viele, die Hochzeitswohnung verpassend, am ächzenden Treppengeländer entlanghangelnd, auf dem Speicher gelandet, schauten durch die Dachluken auf die Straße, riefen, winkten, die unten verstanden nichts, denn vom Rotfrontkämpferbund bliesen einige Trompete, während anrückende SA-Leute Scheiben einwarfen, es begann die seit Tagen befürchtete Schlägerei.

Vor dem unscharfen Wandbild Düsseldorfs in Gustavs Zimmer bemühte sich ein Fotograf, eine erste Adresse von der Kölner Straße, der einzige, der im Frack kam, vergeblich, die für ein Hochzeitsfoto nötige Ordnung herzustellen, indem er jeden, der an ihm vorbeilief, und der möglicherweise etwas mit Braut und Bräutigam zu tun hatte, an den Armen festhielt, ihn mit seiner ganzen Körperkraft vor den mit einem schwarzen Tuch verhüllten Kasten auf dem großen Holzstativ zog, ihm dort einen Platz zuwies mit der strengen Anordnung, bewegungslos stehenzubleiben, den nächsten einfing, ihn danebenstellte, aber während er einen Dritten am Kragen hatte, verließen die ersten zwei das Zimmer, so daß er mit dem Dritten leidgeprüft doch unverdrossen von vorne anfing, eine neue Gruppe erarbeitete, die sich wieder auflöste oder in Streit geriet, weil die ersten, die sich nur ein Bier geholt hatten, nun doch wieder zurückkamen und die für sie reservierten, aber nun neu besetzten Plätze beanspruchten.

Im Moment der größtmöglichen Ordnung in dieser Unordnung, in dem Moment, in dem das Chaos wie ein Kaleidoskop für eine Sekunde einfror, feststand, Endgültigkeit ausstrahlte, Sicherheit und Glauben an die ewigen Werte der Familie vermittelte, der Fotograf erleichtert den Auslöser in die Hand nahm, in diesem Moment erschien der Stotterer mit entsetztem Gesicht, versuchte etwas mitzuteilen, was nicht über seine Lippen wollte, nicht aus ihm herauswollte, und während sich die Gesichter der Hochzeitsgruppe vor dem Fotoapparat immer mehr auf den Mund des Stotterers konzentrierten, Ahnungslosigkeit in Neugier, Lachen in angstvolle Verstörung überging, die sich vom Gesicht des Stotterers übertrug, dessen Körper sich bog und wand unter der Anstrengung des Sprechenwollens, der an den stockenden Worten, an denen er guttural würgte, fast erstickte, und die Gesellschaft, statt in die Kamera immer mehr auf den Stotterer schauend, sich ebenfalls verkrampfend in eine lähmende Stille fiel, sprang der mit einer letzten Anstrengung in seine Zaubersprache und schrie: »Sehr verehrte Damen und Herren, Herr Medizinalrat Dr. Levi hat sich erhängt«.

Der Fotograf zuckte zusammen, drückte auf den Auslöser, die Kamera hielt ein Bild fest, das aus einer Gruppe von Menschen bestand, die mit schreckerfüllten Augen auf ein unsichtbares Bild hinter dem Fotografen starrten, als hätten alle in dem Moment die Zukunft gesehen.

Tagundnachtgleiche

»Ganz plötzlich entdeckte er einfach das,
was er zu tun hatte, tun mußte, ob er wollte
oder nicht, denn wenn er es nicht tat,
wußte er, daß er sein Leben lang nicht er
selbst sein konnte, nicht leben konnte mit
dem, was all die Männer und Frauen, die
starben, um ihn zu schaffen, ihm vererbt
hatten, damit er es weitergäbe, mit all den
Toten, wartend und zusehend, ob er es recht
machen würde, es richtig anpacken würde,
so daß er nicht nur den lang Verstorbenen ins
Gesicht sehen durfte, sondern auch all den
Lebenden, die nach ihm kamen, wenn er
selbst einer der Toten sein würde.«

»Auf nichts kommt es an als darauf,
Atem zu haben, atmen zu können, zu wissen
und am Leben zu bleiben.«

Absalom, Absalom!
William Faulkner

1 Tagundnachtgleiche im hellen Licht der Sonne und der Schwärze der Nacht, im Gleichmaß des Hellen und des Dunklen, der Farben und der Schatten und Halbschatten. Die Sonne vertrieb die nächtliche kalte Luft, die sich in Hauseingängen, Hofeinfahrten, in dunklen Höfen und Hinterhöfen wie in einem Flußdelta hielt, sich träge in einer immer breiteren, flacheren Strömung in schmale Arme aufteilte, in der heranfließenden Wärme auflöste, ein ruhiges Meer zur Mittagszeit.

Der erste Glockenschlag vom Turm der Kirche jagte die Vögel aus den Schallöchern in ein hastiges erschrecktes Flattern um den Turm, sie stiegen steil auf, fielen schwarz, stumpf, die Sonne abstoßend, zurück auf die Erde, fingen sich mit gestreckten Flügeln, stiegen, in ein gleichmäßiges Flügelschlagen wie in einen schweren Atem übergehend, wieder nach oben, zogen ihre genau abgemessenen Kreise. Ein Knall zerriß das engverflochtene Band, zerfetzte es in alle Himmelsrichtungen in einen orientierungslosen Haufen, der wirr durcheinanderflatterte, aber schnell wieder zur alten Ordnung zusammenfand, zurückkehrte in den Kreislauf einer ewig gleichen Bewegung.

Der Schwarm wurde von einem zweiten Schlag der Glocke auf eine neue Runde geschickt, rauschte tief über die Dächer der Häuser, die Schatten huschten über den Backsteinbau des kleinen Krankenhauses, über die weißen, in der Sonne leuchtenden Milchglasfenster des Kreißsaals, die einen Mann blendeten, der in einem Toreingang lag, ein Gewehr im Anschlag. Die Sonne überzog die grüngestrichenen Wände des Kreißsaals mit einem hellen Schimmer, einem diffusen Licht, schuf einen eigenen Raum, in dem alles leicht und schön war, die Zeit dehnte sich, stand betäubend still, deutlich war das scharfe Knacken zu hören, mit dem der Mann im Toreingang sein Gewehr durchlud, die Zeit bewegte sich immer noch nicht, Maria Fontana wartete mit stockendem Atem auf den nächsten Glockenschlag, sie hörte ihn in dem Moment, in dem sie stöhnend ein blutiges Stück Fleisch in die Welt stieß. Ein Schuß fiel, weitere Schüsse folgten, ein Querschläger zersplitterte die Glasscheibe des Kreißsaales, das blutige Stück Fleisch wurde abgenabelt, und ein neuer Glockenschlag hämmerte dunkel in einer anderen Kirche, Maria hörte ihn aus dem weit aufgedrehten, kreischenden Lautsprecher eines Radios in einem der Nebenräume, fast gleichzeitig mit dem richtigen Glokkenschlag, und während das Radio die Glockenschläge in die Straßen plärrte, durch die Membrane zu einem blechernen Einheitston verzerrt, reichte ein ordensbeschwerter Marschall, ein Greis in der steifen hilflosen Haltung des Alters, einem Mann, der mit seinem bleichen, maskenhaften Gesicht und in seinem feierlichen Cut wie ein Bestattungsunternehmer aussah, die behandschuhte Hand, der Mann im Cut verbeugte sich und erstarrte zu einem Zeitungsfoto, das alle am nächsten Tag sahen, und unter Salutschüssen stieg der Marschall in eine Gruft hinab, um die Könige eines vergangenen Reiches in ihren Särgen zu grüßen.

Das Kind gab seinen ersten Schrei von sich, der sich mit den Schüssen und einem neuen Glockenschlag und einem in den Straßen widerhallenden Todesschrei in einem ersten Atemzug verband, während die Augen noch nichts sahen, die Ohren noch nichts hörten, nicht die Todesschreie, nicht die Schüsse, nicht die Glocken, nicht den Lärm über den Särgen von Potsdam, der in die Stadt am Rhein herüberhallte, wo man auf die Toten schoß, die erschossen in ihren Särgen lagen. Sie wurden noch einmal durchlöchert, die Trauernden hinter den Särgen fielen blutend in ihre Beileidskränze, so daß man sie mit ihren Kränzen auf die Särge warf, sie im Trab, hinter den Särgen Deckung suchend, zum Friedhof fuhr, und da ihnen keiner, das eigene Leben riskierend, die Augen schloß, starrten sie auf dem Friedhof mit aufgerissenen Augen in die schwarzen, nachtkalten, für die Särge ausgehobenen Gräber, in die man sie vorerst warf, begraben unter ihren eigenen Beileidskränzen.

Tagundnachtgleiche, Frühjahrsanfang, Mittagszeit, die Märzsonne stand an ihrem höchsten Punkt, der Säugling schrie immer kräftiger, die Glocke holte zu ihrem letzten Schlag aus, zögerte noch einen Moment, Maria Fontana wartete auf den Schlag, vielleicht dauerte es deshalb eine Ewigkeit, bis die Glocke noch einmal zuschlug. Sie klang ruhig aus, die Vögel besetzten wieder die Schallöcher, auf den grüngestrichenen Wänden des Kreißsaals verblaßte das Sonnenlicht, und auf der Straße rumpelte eine Straßenbahn, folgte menschenleer ihren Schienen, der Fahrer lag im Führerstand auf dem Boden und hielt den Atem an.

Maria Fontana, geborene Lukacz, gebar einen Sohn, eine Tochter und einen zweiten Sohn, Paolo, Marija und Jean. Es war das Ende der preußischen Namen der Fontanas, die alten französisch-italienischen Namen wurden wiedergeboren, Friedrich, ihr Mann, und Gustav, Schwiegervater und Familienoberhaupt, waren damit einverstanden, auch mit der polnischen Tradition der Maria, die als Marija weiterlebte.

Marias Hochzeit war nun schon eine Geschichte geworden, variiert und ausgeschmückt und aus den verschiedensten Perspektiven und einander widersprechenden Erlebnissen tausendfach erzählt, allen, die nicht dabeisein konnten, so oft berichtet, daß sie später heilige Eide schworen, dabeigewesen zu sein, denn sie kannten jede Einzelheit, woher hätten sie das sonst alles wissen sollen.

Die bildliche Erinnerung an die Hochzeit, Blickfang und Hauptaltar der Wohnküche, war das stark vergrößerte Hochzeitsfoto. Es hing unter einer von Friedrich zurechtgeschnittenen Fensterscheibe in einem vergoldeten Barockrahmen, Restposten eines mißglückten Gegengeschäftes. Freunde, Nachbarn und entfernte Verwandte stellten sich gerne andächtig davor auf und spielten, mit ihren Fingern auf die Köpfe der Hochzeitsgesellschaft tippend, das Spiel, wer der Neffe des Bruders der Cousine war, oder welche Cousine der Schwester des Onkels ähnelte, ein Spiel mit unendlichen Variationsmöglichkeiten, da war jeder mit jedem verwandt, aber wie, das war die Frage, und darauf gab es eben viele Antworten.

Maria polierte die Scheibe nach einem solchen

Frage- und Antwortspiel immer wieder auf Hochglanz und stellte dabei eines Tages fest, daß Gustavs Bein leuchtete, bei näherem Hinsehen war es eindeutig, die Wunde an seinem Bein schimmerte in allen Farben, aus welchem Winkel man das Bild auch betrachtete, die Wunde bildete einen Kreis in der Mitte des Bildes, wurde der Fluchtpunkt, von dem aus das Bild zu betrachten war. Durch die Kameraperspektive verzerrt, ragte Gustavs Bein aus der Menschengruppe heraus, er hatte es, das Hosenbein aufgekrempelt, auf einen Küchenhocker hochgelegt, und die offene Wunde an seinem Bein, das Loch, das eine Kugel gerissen hatte, während der Hochzeit wieder aufgeplatzt, leuchtete regenbogenfarben im Zentrum des Bildes.

Gustav, der nicht an Wunder glaubte, sprach plötzlich von einem Wunder, erinnerte sich, daß man in Neapel dergleichen Erscheinungen häufiger finde, worauf Fin, Gustavs Freundin, bemerkte, man könne ja hier einen Wallfahrtsort für ehemalige Revolutionäre einrichten, das brächte garantiert so viel ein, daß Gustav nie mehr arbeiten müsse.

Maria, die an Wunder glaubte, lehnte die Seligsprechung ab, das sei kein Wunder, das sei ein Fehler bei der Entwicklung des Fotos, irgend etwas Chemisches, verstärkt durch die Sonnenstrahlen des Nachmittags, die das Bild zu einer bestimmten Uhrzeit streiften. Gustav ließ sich das nicht bieten, setzte sich einige Tage vom Morgen bis zum Abend mit der Eisenbahneruhr in der Hand vor das Bild und notierte exakt die Erscheinungszeit der Sonnenstrahlen und seines persönlichen Regenbogens, seines *Arc-en-ciel*, wie er sagte.

Der Rationalist und Atheist war auf der Suche nach einem Wunder, welches die alle Heiligen verehrende und wundergläubige Maria leugnete. Spitzfindige Argumente wurden stundenlang vor dem Bild ausgetauscht, die Gesetze der sprachlichen Logik wurden dabei wie die Gesetze der Physik und Chemie außer Kraft gesetzt, was aber keiner leugnete, immer wieder, je nach Lichteinfall, glühte die Wunde an Gustavs Bein, ein dunkelroter Fleck, umgeben von allen Farben des Lichts.

Die Familie traf sich zu den vom Leben und vom Schicksal ausgelösten Ereignissen wie Geburt, Taufe, Begräbnis und Dreißigeramt. Schon in den Tagen vor der Geburt erschienen die Lukacz' aus dem Ruhrgebiet in familiären Geschwadern mit Ratschlägen, Weisheiten und »Hokuspokus«, wie Gustav es nannte. Der Ehemann Friedrich hatte nichts mehr zu sagen, er schlief in der Küche, im Schlafzimmer mußte Marias Bett in einem bestimmten Winkel zur Wand stehen, dafür mußte man natürlich alle anderen Möbel verschieben, das Kinderbett erhielt einen sorgfältig ausgewählten Platz fern aller Wasseradern, die mit Wünschelruten aufgespürt und mit heiligen Sprüchen, in einem polnischen Latein, neutralisiert wurden. »Gesegnetes Grünzeug«, so Friedrich, fand sich in allen Ecken, immer über Kreuz, so daß kein Teufel und kein böser Geist eine Chance hatten, die Wohnung zu durchqueren. Ein vom Pfarrer, vom Bischof und vom Kardinal dreifach gesegneter Rosenkranz hing von der Lampe herab, Gustav, der sich darin verfing, entweihte ihn mit einem

Schlag seines Spazierstocks, der auch die Lampe zerschmetterte. Der Streit, der darüber ausbrach, konnte nur von Fin geschlichtet werden, die als Frau diese geheimnisvollen Maßnahmen für nicht unbedingt schädlich hielt und als Genossin die einzige war, die auf Gustav Einfluß hatte.

Die beiden Familien, durch Heirat und die Geburt der Kinder verbunden, fanden nicht zusammen. Die Grenzen waren scharf gezogen, übertrat man sie, herrschte bei den Lukacz' ein beleidigtes Schweigen, bei den Fontanas spöttisches Grinsen, keiner machte das geringste Zugeständnis, keiner gab auch nur in einem Punkt nach, eher hätten durch den Ozean getrennte Kontinente zusammengefunden. Jeden unbedachten Satz, beiläufig dahergeredet, betrachtete die andere Partei als vorsätzlichen Angriff auf jahrhundertealte Traditionen, die in beiden Familien so unterschiedlich waren, so unveränderlich weit voneinander entfernt wie Sonne und Mond. Während die Fontanas auf Vernunft und logischem Denken bestanden, der Wissenschaft anhingen, der revolutionären Politik, dem Leben listig und mit Witz begegneten, die alltäglichen Dinge mit leichter Hand aus dem Weg räumten, sorglos den nächsten Tag erwarteten, glaubten die Lukacz' an ein finsteres Schicksal voller Schrecken und Verhängnisse, an dunkle Mächte und Erscheinungen voll unheilvoller Bedeutung, an die Mühsal des Lebens, aber auch an die Gerechtigkeit Gottes auf Erden, der einmal, da waren sie ganz sicher, ihre ewige Plackerei belohnen werde, und wenn er es nicht täte, wäre es auch gut. Das war ein geschlossenes Weltbild, das die

Wärme eines Kachelofens in einer dunklen niedrigen Stube ausstrahlte, in der viele schwarzgekleidete Menschen nebeneinandersaßen, dagegen war das Weltbild der Fontanas ein durchlöcherter Hut, klar und hell wie der Tag, mit einem eisigen Wind aus Spott, Ironie und Gelächter über die Dummheit der Menschen.

Zwischen diesen Welten gab es keinen Austausch. Selbst einfache Gespräche waren nicht möglich. Fragte ein Fontana einen Lukacz, wann sein Zug zurückfahre, erzählte der eine längere unterhaltsame Geschichte, der man mit einiger Aufmerksamkeit entnehmen konnte, daß es hier einen Bahnhof und dort einen Bahnhof gebe und daß zwischen beiden eine Bahnverbindung bestehe, auf der zu gewissen Zeiten Züge verkehrten, daß auch andere Mitglieder der Familie auf diese Weise schon gereist seien, obwohl es ja doch ein Abenteuer sei, aber man gedenke trotzdem mit einem dieser Züge zu reisen. Wollte man es genauer wissen, war eine Rede von mindestens fünfzehn Minuten erforderlich, die sich aber verlängerte, wenn ein Streit darüber ausbrach, welche Reiseverbindung die günstigste sei, denn es gab Vormittags- und Nachmittagszüge, sogar Morgen- und Abendzüge, und eben alle mit unterschiedlichen Umsteigemöglichkeiten, die jeder als besonders günstig, weil von ihm schon einmal ausprobiert, anpries. Die Begriffe Abfahrtszeit und Ankunftszeit und die Bahnsteig- oder Gleisnummern waren den Lukacz' ganz unbekannt, es schien so, daß sie sich zu einer beliebigen Zeit in Begleitung all derer, die mitfahren wollten, und all derer, die eigentlich zu Hause bleiben wollten, zu einem Bahnhof begaben, dort einen von seinem Führerstand herabschauenden Lokomotivführer in ein Gespräch verwikkelten, das über das Wetter zum Schrebergarten führte, von da zur Frage der Beschneidung von Obstbäumen und der Vernichtung von Maulwürfen, die man voriges Jahr –, aber dieses Jahr wären sie eben wieder da, dabei unauffällig die Frage anbrachten, ob der Lokführer nicht zufällig und freundlicherweise einen vertrauenswürdigen Zugführer kenne, der innerhalb der nächsten Stunden ins Rheinland fahre, einem freundlicherweise auch rechtzeitig Bescheid sage, wann und wo man umsteigen müsse, wenn er so nett sein wolle, so ungefähr in die Nähe der Stadt, den Rest der Strecke könne man auch laufen, wobei an diesem Punkt des Gesprächs die größte denkbare Annäherung an das Wort Abfahrtszeit gelang. Hakte der Lokführer hier nicht ein, entfernte sich die Rede wieder von der indirekt und überaus höflich gestellten Frage, glitt in ein anderes Thema, denn es war wirklich interessant zu erfahren, wann und wohin die Lukacz' schon alle gelaufen waren, da war einer einmal von Dabrova nach –, spätestens hier, so durfte man annehmen, schaute der Lokführer auf das Abfahrtssignal, zog die Dampfpfeife und ließ den Zug unerwartet ruckartig anfahren, vielleicht war das der Grund, warum die Lukacz' von so vielen verpaßten Zügen berichten konnten.

Gustav überfiel bei solchen Reden regelmäßig der Wunsch, kurzerhand aus dem Fenster zu springen, und nur Marias Blick entlockte ihm das Zugeständnis, daß es eigentlich alles liebe, nette, hilfsbereite Menschen waren. Sie offenbarten sich nun einmal in Geschichten, es war die einzige Möglichkeit, der anderen Familie eine Vorstellung von den eigenen Empfindungswelten und Familienproblemen zu geben. Und so war denn viel von Polen die Rede, von den Sümpfen und den Deichen, mit denen man das Land trockenlegte, von den Weizenfeldern und den schönen Katen dazwischen, in denen man so behaglich wohnte, von den dunklen Schächten des Ruhrgebiets und der Kohle, die man dort aus der Erde schlage. Doch überall war Unglück, unvermeidbar und schicksalhaft, und jeder übertraf den anderen in seinen Unglücksschilderungen, alle achteten darauf, daß kein Detail vergessen wurde, vor allem was Ablauf und Ursache des Unglücks betraf, da waren oft Berggeister im Spiel, die von gewissen Heiligen nicht abgeschirmt werden konnten, was natürlich wieder an einem nicht eingehaltenen Ritual oder Segensspruch lag.

Es schien so, als kannten sie die Welt nur von unten und in Dunkelheit, aber da kannten sie sich aus, das war ihre Welt, mühelos spazierten sie, notfalls auch ohne ihr Grubenlicht, durch Schächte und Sohlen und Flöze, das ganze Ruhrgebiet kannten sie von unten, tief unter der Erdoberfläche waren sie zu Hause. Über Tage, im Sonnenlicht, auf der Erdoberfläche, verirrten sie sich leicht, fuhren aus Versehen nach Bochum statt nach Essen, wußten nicht, in welcher Himmelsrichtung Dortmund lag, unter Tage hätten sie den direkten Weg eingeschlagen, und hätte es Flöze bis ins Rheinland gegeben, sie hätten mit einem *Bütterken* unter dem Arm den Weg zu Fuß gemacht und wären an der richtigen Stelle ans Tageslicht gekommen.

Wollte ein Fontana Genaueres wissen, woher man denn da aus Polen komme, wurden die Geschichten weitläufiger, treidelten ziellos durch Polen, landeten mal in dieser, mal in jener Provinz, die Erzähler lösten sich ab, beschrieben ein Land, das mal existierte, dann mal wieder nicht existierte, in verschiedenen Grenzen zu Preußen, Rußland, Österreich gehörte, und die Lukacz' immer zwischen den Grenzen, die preußischen Lukacz' und ihre russischen und österreichischen Verwandten, aber eben doch Polen, obwohl es das Land nicht gab. Die Geschichten zogen sich bis zu den ältesten Ahnen, die aber offenbar heute noch lebten, jedenfalls waren sie in fragmentarischen Geschichten immer gegenwärtig, Land und Leute, Zeiten und Ereignisse vermischten sich, verschmolzen zu einer einzigen Geschichte, deren Anfang und Ende unklar war. Dazwischen wurde immer mal wieder ein Lied auf der Klarinette gespielt, auch ein Tänzchen gedreht, der schöne Tag gelobt, die Familie gelobt, das selbstgebackene Brot und die selbstgemachte Wurst und der schöne selbstgebrannte Doppelkorn, der das traurige Leben versüße.

Danach fingen die Erzählungen wieder von vorne an, die Frage war längst vergessen, auch der Anlaß des Erzählens, nie fiel der eine einzige klare Satz, auf den die Fontanas ausschließlich warteten. Es war ihnen einfach unmöglich, in einem Satz zu antworten, jede Frage beantworteten sie mit einer mehr oder weniger langen Geschichte, die auf alles, aber niemals auf die Frage Antwort gab, man mußte sich die annähernd richtige Antwort heraussuchen.

Es war ein Denken, Fühlen und Erleben, das den Fontanas fremd war. Gustav trug dann oft, nur um das zu beweisen, in knappen Sätzen die Familiengeschichte der Fontanas vor. Er erhob sich, klopfte an ein Glas, nahm seine Eisenbahneruhr in die Hand, gab sich selber zwei Minuten und legte los: Seidenweber aus der Toscana, zunächst Lucca, dann Florenz, unabhängige Kaufleute, die weiterzogen, wenn die Stadtrepubliken ihre Freiheit verloren, dann Seidenweber in Lyon, als Hugenotten über Basel geflüchtet, teils Berlin, teils Iserlohn, teils Düsseldorf, Metallwarenfabrik, Königlich-Preußische Lokomotivführer, in Düsseldorf lebe der Zweig der Familie, der die Kunst und die freie Phantasie bevorzuge, politische und antikirchliche Haltung eindeutig, fügte er noch hinzu, um die gläubigen Lukacz' zu ärgern. Damit war er fertig, blickte mit erhobenem Haupt über die Runde, ein freier Mensch, der frei seine Gedanken vortrug, während die Lukacz' bei ihren Geschichten immer auf die Erde sahen. Die Gelsenkirchener nickten erstaunt und hochachtungsvoll mit den Köpfen, aber ihre Gesichter waren geprägt von schlichter Ratlosigkeit. Sie verstanden Gustavs klare Sätze, die Jahrhunderte zusammenfaßten, genausowenig wie er ihre dunklen Geschichten.

Zwischen den beiden Familienblöcken, die sich geschlossen gegenübersaßen, stand Maria, je nach Situation Puffer oder Scharnier. Ihr Geburtstag wurde an zwei Tagen gefeiert, denn die Fontanas hielten sich an den Kalender, die Lukacz' an den Namenstag, anfangs weigerte man sich, gemeinsam zu feiern, später entdeckte man die Vorteile zweier Feste, aber der Vorbehalt blieb bestehen. Maria verstand alle und wurde von beiden Familien respektiert und geliebt.

Gustav gab sich zu dieser Zeit gerne als Privatgelehrter aus, eine kleine Erbschaft aus Iserlohn habe ihm eine Zeit des Nachdenkens geschenkt, wie er sich ausdrückte. In einem eleganten hellen Gehrock, mit einem mächtig ausladenden Hut, den alle Ententeich nannten, und einem Bambusstock mit Elfenbeinknauf eilte er vom Planetarium zur Matinee im Opernhaus, vom Naturwissenschaftlichen Verein zur Geologischen Gesellschaft, vom Mathematischen Institut zur Tonhalle, vom Malerkreis um Mutter Ey zum Kunstverein. Fin begleitete ihn gelegentlich zu Matineen und Kunstausstellungen, immer schwarzgekleidet in langen wallenden Gewändern, die eine Kommune im Quartier webte, färbte und verkaufte, mit einem schwarzen Zopf, der ihr bis zur Hüfte ging und den sie mit kurzen schnellen Drehungen in eine kreisende Bewegung versetzte. Die beiden waren ein interessantes Paar. Fin sah immer noch aus wie Carmen auf der Zigarettenmarke *Carmen*, wenn auch schon einige weiße Haarsträhnen den Zopf durchzogen, und Gustav hätte sich jederzeit als Professor der Kunstakademie vorstellen können. Mit seinen interessierten wasserblauen Augen, seinem rosig aufgeblühten Gesicht, dem Siegelring, den er in kunstvollen Gebärden aufleuchten ließ, und den radikal abgeschnittenen Haaren, denn er trug mal wieder Glatze, war er eine imposante Persönlichkeit.

Zu Hause residierte er auf einem Ledersofa neben einem großen Bücherregal, in fünf Meter Entfernung vor einem auf die Wand tapezierten Bühnenbild der Stadt, das für eine Entfernung von fünfzig Metern gemalt worden war. Auf dem langsam abblätternden Bild entstand eine zweite Struktur, die nur noch Reste der Stadt zeigte und von Gustav als Wüstenlandschaft bezeichnet wurde. Hier empfing er auch seine Familie, der Sonntagnachmittag war dafür reserviert, meist kam aber nur Maria mit ihren Kindern. Maria war eine zurückhaltende, kontaktscheue, fast menschenscheue Frau, die immer ein wenig traurig aussah, eine ernste Schönheit besaß, die Gustav mit den dunklen Bildern alter Meister verglich. Friedrich mit seinem römischen Profil und seinen krausen Haaren, der mit dem Satz leben mußte, krause Haare, krauser Sinn, tauchte nur gelegentlich auf, Elisabeth, seine Schwester, fast nie, wenn sie erschien, dann nur, um das neueste Modellkleid vorzuführen, das in dem von ihr geleiteten Modehaus Furore machte. Die künstliche Harmonie des vom Fotografen hergestellten Familienbildes war dahin, die Fontanas interessierten sich nicht so sehr für die Familie wie die Lukacz', so saßen Gustav, Fin und Maria um einen Kuchen, der nie so recht gelungen war, Fin konnte nicht kochen, und Gustav hatte keine Zeit mehr dafür. Der Junge spielte auf dem Boden, und aus dieser Perspektive sah er nicht nur seine Mutter und Fin, er sah vor allem seinen Großvater, der auf dem hohen Ledersofa thronte, unendlich groß schien, allmächtig, unsterblich, mit der Würde eines Königs das Wissen der Welt verkörperte, und es war immer der schönste

Moment an diesen Sonntagnachmittagen, wenn der Junge sich neben ihn auf das Sofa setzen durfte, sein Großvater ihm die alte Eisenbahneruhr der Fontanas zeigte, die er an einer goldenen Kette trug, ihm mit seiner ruhigen Stimme eine Geschichte erzählte, die von Maria als unglaubwürdig abgetan wurde. Sie begann sofort mit einer Geschichte, die von Gustav als unglaubwürdig abgetan wurde, und beide Geschichten verbanden sich für den Jungen mit dem Baß seines Großvaters und der dunklen, wohlklingenden Stimme seiner Mutter.

Marias Wohnung bestand aus einer Wohnküche und einem Schlafzimmer, beides nach ihren Vorstellungen eingerichtet: Pitchpinemöbel in der Wohnküche und Eichenmöbel im Schlafzimmer, Doppelbett und eigener Herd, und in der Wäsche das in vielen Abendstunden eingestickte ML der Maria Lukacz. Frühmorgens hatte sie schon alles *dibsche dobsche*, also blitzblank, stundenlang saß sie dann in einer Ecke und begutachtete ihre Wohnung, den gelblichen, mattschimmernden Linoleumboden, den großen und den kleinen Küchenschrank, übereck stehend, mit wunderbarer Pitchpinemaserung, mit spiegelnden Fenstern und Scheibengardinen und einer Würde ausstrahlenden Ruhe. Daneben die auf einem gußeisernen Gitterwerk unter einer Holzhaube schlafende Nähmaschine, in der Mitte ein kleiner Tisch mit einer gestärkten, hellen Tischdecke, deren Faltkanten die eingewebten Blumen in eine rechteckige Geometrie unterteilten, die auch die vier Hokker umfaßte, die in gehörigem Abstand, nicht zu nah und nicht zu weit, um den Tisch herum standen. An einer Wand, aus der sich ein schwarzes Ofenrohr umständlich und drohend aus einem Mauervorsprung herausschlängelte, der viel zu große Kochherd Marke Senking mit einem Aufsatz aus Nickel und weißem Email, die Augen blendend wie eine Militärkapelle im Sonnenschein, ein Monstrum, vor dem man nur salutierend »Tschingderassabum« ausrufen konnte. Schräg gegenüber die weißlackierte Wasserbank, ein Tempelaufbau aus vielen Eimern und Schüsseln, denn Wasser gab es nur im Hausflur. Die Wasserbank stand so, daß man beim Abwaschen in den Hof sehen konnte oder, mit einer leichten Drehung des Kopfes, durch die offene Schlafzimmertür in den großen dreifachen Spiegel der Frisierkommode, der das Schlafzimmer in vielfachen Perspektiven widerspiegelte. Ein Königreich an Ordnung und Solidität, wie es nur wenige vorweisen konnten.

Die Wohnung lag im Erdgeschoß eines Hinterhauses, jedes Zimmer hatte ein Fenster, durch beide Fenster sah man den Hof, der vorne vom Vorderhaus und den beiden Hinterhäusern umgeben war, hinten von einer hohen Fabrikmauer.

In einer Ecke des Hofes versuchte Maria Blumen zu pflanzen. Obwohl sie ihre Blumen nach den Erfahrungen des Ruhrgebiets auswählte, also Gewächse kaufte, die noch im Keller blühen, wollte die umhegte Pracht nicht recht gedeihen. Licht und Luft wurden gefiltert durch den gelbbräunlichen Rauch der Fabrikschornsteine und durch den Ruß, der sich auf die Wäsche niederließ, die immer auf den Wäscheleinen hing. Der

Hof war die Piazza des Hauses, auf der sich ein reiches Konzertprogramm präsentierte, das keine städtische Tonhalle vorweisen konnte.

Straßenmusiker kamen Stunde um Stunde, krächzten ihre falschen Tonleitern, begleitet von ungestimmten Instrumenten, erschienen mit singender Säge und Teufelsgeige, nannten das »künstlerischer Vortrag«, der je nach Gefallen und Zahltag mit einem Hagel von in Papier gewickelten Fünfern und Zehnern belohnt wurde. Die Straßenmusiker sammelten das gewichtige Papier rasch ein und zogen mit ihren falschen Tönen aus dem *Land des Lächelns* in den nächsten Hinterhof. Beliebt waren auch Drehorgelkonzerte von gutsehenden Blinden, weil die noch das alte Potpourri mit Küchenliedern, wie *Mariechen saß weinend im Garten*, auf ihrer Leier hatten. Da öffneten sich die Fenster weit, und ein vielstimmiger Frauenchor fiel mit ein, kannte den Text, zumindest den Refrain, so daß bei der neunten Strophe des Liedes der jubelnde, kräftige, gut eingestimmte Chor bis in die Nachbarhöfe schallte.

Jeden Tag kletterten Arbeiter über die Fabrikmauer, liefen mit einem versteckten Gruß über den Hof, verschwanden im Hausflur und von dort unauffällig auf die Straße. Sie umgingen so die Stechuhr, die dann von Freunden bedient wurde. Wer die Hintertüren der Häuser kannte, die Nebeneingänge der Höfe, die Löcher in den Zäunen, für den hatte das Quartier ein ganz eigenes Straßensystem. Auf der Vorderseite, zwischen dem Stuck, der auf den Hausfassaden Säulen, dreieckige Giebel, halbrunde Zierbögen, Löwenköpfe, Putten und Girlanden vortäuschte, verliefen die offiziellen

Straßen, die einen Namen hatten. Hinter den Häusern aber lagen die Höfe, ineinander verschachtelt und vielfältig miteinander verbunden, so daß da jeder seinen eigenen Weg fand. Man verschwand in einem Haus- oder Toreingang, entriegelte einige Türen, nahm flott einige Mäuerchen, schlüpfte durch Zäune und erschien überraschend im Haus- oder Toreingang einer anderen Straße. Wer sich auskannte, durchquerte das Quartier auf diese Weise zeitsparend und unauffällig von einem Ende zum anderen.

Das natürliche Chaos des Quartiers regelten nicht nur Sonne, Mond und Sterne in ihrem Lauf, sondern auch Herkunft, Sprache, Religion und Bräuche aus aller Welt. Aus der natürlichen Unordnung entstand mit der Zeit eine gewachsene Ordnung, denn das Quartier bestand aus vielen Quartieren, die sich straßenweise voneinander abgrenzten, ihre eigene Vorstellung von Ordnung hatten, auch ihre eigene Zeit, sowohl was den Tag als auch das Jahr betraf, Weihnachten, Silvester, Ostern, Pfingsten und Karneval verschieden feierten. Das hing von den Bewohnern der Straße ab, deren Mehrheit den Charakter des Teilquartiers bestimmte: Italiener, Polen, Flamen, Wallonen, Niederländer, Iren, Engländer, Franzosen, auch einige Ungarn, Tschechen, Slowaken, Russen, auch Süddeutsche und Norddeutsche, Ostpreußen und Eifeler Bauern, also Deutsche, deren Väter und Großväter, deren Mütter und Großmütter sich hier niedergelassen hatten, die ihre Herkunft nie vergaßen, nicht ihre Religion und ihre aus ferner Zeit und fernen Gegenden mitgebrachten Bräuche, und für jeden gab es hier ein paar Ecken, ein paar Straßen, die er Heimat nannte.

Dieser kleine Kosmos mit seinen Anziehungs- und Abstoßungskräften, dieses Chaos, das wie ein dichtgeknüpftes Netz alle erhielt, beschützte und ernährte, auch die, die schon lange keine Arbeit mehr hatten oder niemals eine fanden, auch die, die alt oder krank waren, war für alle, die darin lebten, ein Königreich, in dem jeder König war.

Der Grafiker, aus dem Quartier stammend, in Berlin in einer Behörde beschäftigt, deren Namen er nicht nennen wollte, erzählte Maria, die im Hof an ihren Blumen arbeitete, daß er Landkarten zeichne, auf denen Europa ganz anders aussehe, viele Länder erhielten einen neuen Namen, so wie in der Stadt die Straßen und Plätze einen neuen Namen erhielten. Wenn man zu Hause beginne, Ordnung zu schaffen, könne man sie den anderen ja nicht ersparen, und auf die Frage nach Polen antwortete er, daß dieses Land mal wieder gefährlich auf der Landkarte hin und her rutsche, fast täglich neue Grenzen erhalte, zeitweise überhaupt nicht mehr existiere. Natürlich liege Polen da, wo es immer liege, aber auf den Landkarten seien Länder eben nur Papier, und das Lieblingsspiel der Politiker sei von alters her, neue Muster auf die Landkarte zu zeichnen, neue Grenzen zu ziehen, das sei genauso ein Spiel wie das *Schiffeversenken* der Kinder. Sowenig wie dabei Schiffe versenkt würden, so wenig änderten sich die Länder, denn es seien ja die Menschen, die so oder so sprächen, dies oder das glaubten, Grenzen und Nationen gebe es nur auf der Landkarte, in der Welt der Menschen seien das ja alles nur fließende Übergänge, im Grunde bedeutungslos, wenn man nicht gerade Krieg gegeneinander führe. Insofern sei *Schiffeversenken* doch ein gefährliches Spiel, man könne es ja auch *Völker verschwinden lassen* nennen, und apropos Krieg, schloß er seine rätselhaften Sätze, ob Maria gerne Schokolade esse, oder ob Friedrich ein paar anständige Schuhe brauche, man solle sich um solche Dinge zeitig kümmern, denn in einem Krieg gebe es manchmal überhaupt nichts mehr.

Maria, die von diesen Sätzen, die der Grafiker leise und gedankenverloren vor sich hin sprach, nichts verstand, erzählte Friedrich davon, der sagte nur: »Der spinnt.« Sie erzählte Gustav davon, Gustav schwieg, lieh sich bei jedem, den er traf, Geld und legte es in Cognac und Zigarren an.

Friedrich Fontana, ein Mann von größter Sorglosigkeit, hatte sich durch seinen Leichtsinn in Schwierigkeiten gebracht, die sich nicht mehr durch ein paar freundliche Worte und eine lässige Handbewegung beseitigen ließen. Er nahm auch das leicht, er hatte dem Leben gegenüber eine artistische Haltung. So wie die Seiltänzer, die auf dem Hochseil oft eine schwankende Unsicherheit vortäuschten, ein absichtliches Stolpern in ihre Nummern einbauten, ja, sich sogar fallen ließen und sich gerade noch mit einer Hand am Seil festhielten, was die Sammelbüchsen spürbar füllte, denn das Publikum belohnt die, die soeben noch dem Tod entkommen sind, genauso baute auch Friedrich Fontana immer neue Todesnummern in sein Leben ein, steigerte deren Schwierigkeitsgrad ständig, als wolle er ausprobieren, wann einen der Teufel hole. Da sich auch Situationen, die selbst Freunde mit den Worten kommentierten: »Nun sieh mal zu, wie du da wieder rauskommst«, im Handumdrehen in freundschaftliche Umarmungen auflösten, genoß er mit der Zeit seine Kunststücke, diese phantasievolle Geistesgegenwart, sich im allerletzten Moment aus einer heiklen Situation mit Eleganz und Witz und spöttischem Lachen herauszudrehen, zu seiner eigenen Überraschung ohne Balancierstange und ohne Netz wieder auf den Füßen zu landen, selbst da, wo andere schon sagten: »Bei der Sache wirst du dir das Genick brechen.«

Ein Kunststück dieser Art wäre auch jetzt wieder willkommen gewesen, stellte sich aber so rasch nicht ein, es roch eher nach dem Auftritt des Teufels, Friedrich war in die Politik gestolpert. Daß er in einer geliehenen SA-Uniform heiraten wollte, hatte sich herumgesprochen, bei der Kommune, die das als Verrat ansah, bei der SA, die zumindest die Uniform wiederhaben wollte. Die Uniform aber war verschwunden, Fin hatte sie noch während der Hochzeitsfeier an Baas Koslowski verkauft, der dafür einen Liebhaberpreis zahlte. Das deckte die Kosten der Hochzeitsfeier und rentierte sich auch für Koslowski, der die Uniform im Hinterzimmer seiner Wirtschaft auslieh, als handle es sich da um einen Kostümverleih. Die Uniform, äußerst begehrt, weil echt, hing nie lange im Kleiderschrank, war fast täglich mit wechselnden Personen auf Reisen. Sie führte Menschen an die niederländische, belgische, luxemburgische Grenze, ermöglichte ihnen einen aufrechten Gang, gab ihnen Selbstbewußtsein, auch in den Momenten, wo die Angst, entdeckt zu werden, wie eine Ohnmacht in ihnen aufstieg. Sie kam im Persilkarton wieder zurück, war auch in der Stadt viel unterwegs und erledigte dabei Dinge, nach denen man besser nicht fragte. Jeder hatte davon gehört, wußte aber nichts Genaues, wollte auch nichts Genaues wissen, die Sache war entschieden zu heiß.

Friedrich schlief nachts im Volksgarten, nahm die Wege über die Hinterhöfe, denn vor der Wohnung trieben sich *unauffällig* Personen herum, denen man schon von weitem ansah, daß sie die Hand mit dem Schlagring kaum noch in der Hosentasche halten konnten. Bei aller Umsicht war es doch nicht zu vermeiden, daß Friedrich plötzlich vor diesem oder jenem stand, der dieser oder jener Partei angehörte, an jeder Ecke lauerte einer, er hing zwischen zwei verfeindeten Parteien und erfuhr zum ersten Mal, was *innere Überzeugung* ist.

Er kam oft schwer lädiert nach Hause, setzte sich in eine Ecke, hielt den schmerzenden Kinnladen, kühlte ein blutunterlaufenes Auge und lachte, lachte so sehr, daß er einmal vom Küchenhocker rutschte und sich am Herd auch noch den Hinterkopf aufschlug. Um nichts auf der Welt wollte er diese Geschichte missen, die er sich da eingebrockt hatte, die ihn endgültig allen bekannt machte, auch wenn ihm die Knochen weh taten, das war seine Geschichte, und man würde sie ewig erzählen.

Friedrich glaubte all diesen Leuten kein Wort, wenn

sie sich mit ihren schlichten Sätzen vor ihm aufbauten, um ihn davon zu überzeugen, er habe heilige Werte verletzt, das deutsche Vaterland verraten, die nationale Idee beleidigt, dem Klassenfeind genutzt. Er glaubte nicht einmal, daß diese Sätze einen Sinn hatten, ihre Verkünder waren für ihn Menschen, denen die Worte einen Drehwurm ins Gehirn gesetzt hatten, das waren alles bedeutungslose Sätze, die wie bunte Luftballons in den Himmel stiegen und da verschwanden und unhörbar zerplatzten, ohne etwas zu hinterlassen. Diese Sätze gibt es im Leben überhaupt nicht, meinte Fin, die sowieso alles auf die falschen Worte schob. Es gehe immer nur um die Nation, das Vaterland, die Idee oder um den Erbfeind, um die Macht, das Volk und die ewigen Werte, eben um Dinge, die es in Wirklichkeit gar nicht gebe, die nur in den Worten existierten, vor allem ginge es immer nur um Deutschland, und ob es das gebe, da habe sie auch ihre Zweifel. Fin, die keine Schule besucht hatte, daher ihre Schwierigkeiten mit Lesen und Schreiben hatte, mit dem Mund aber gut zurechtkam und im Kopfrechnen von keiner Marktfrau überboten wurde, galt in der Familie als radikalste Denkerin. Gustav brauchte Theorien, dachte nie ohne Bücher, hatte sie bei seinen Welterklärungen gerne in der Hand, legte auch Wert auf gute Formulierungen. Fin stand wie ein Eckstein an einer befahrenen Straße, für sie zählte nur, was sie im Leben erfahren hatte, Wörter sprach sie überlegt und bedachtsam aus und prüfte sie dabei, wie man früher Münzen auf ihre Echtheit geprüft hatte, indem man sie in den Mund nahm und mit Zunge und Zähnen befühlte, waren sie inhaltsleer, bedeutungslos und überflüssig wie falsche Münzen, spuckte sie sie aus.

Friedrich dachte nie über etwas nach, weil ja am nächsten Tag sowieso wieder alles anders war. Auch Elisabeth hing mehr der in der Stadt vorherrschenden Meinung »Et kütt wie et kütt« an, war der Ansicht, das Schlimme im Leben komme von allein, und wenn es da sei, sei es da, dann könne man immer noch sehen, bis dahin solle man sich auf keinen Fall Sorgen in den Kopf setzen, »Das verbittert«, schloß sie meist, und verbitterte Menschen konnte sie nicht ausstehen. Solche Ansichten äußerte sie gerne über üppige Sahnetorten hinweg, durch die sie ihr Körpergewicht auf zwei Zentner gebracht hatte, sie sah das als Vorrat für schlechte Zeiten an, viel konnte ihr also nicht passieren. Gustav war in seinen Überlegungen, ob nun dieser Hitler, dieses Phantom aus dem Radio, das aus einer verzerrten Stimme bestand, wirklich und endgültig an die Macht komme und wenn ja, für wie lange, auch noch nicht sehr weit. Er hatte sich mit Mommsen und Gibbon tief in die Geschichte des Römischen Reiches verstrickt und war der Ansicht, die Veranstaltungen der Braunen seien eine Mischung von katholischem Hochamt und römischen Kohortenaufmärschen. Das war eine Erkenntnis für ein wissenschaftliches Seminar, nicht für Fin, die es genau wissen wollte, Friedrich legte die Beine auf die Fensterbank, Elisabeth nahm noch ein Stück Torte, die Analysen Gustavs waren zeitaufwendig.

Maria, die dieses Palaver ausgelöst hatte, weil sie sich Sorgen um ihren Mann machte, die im Gegensatz zu den Fontanas Gefahren witterte, vorausfühlte, durch eine ungewisse Vorahnung sofort zu einer Handlung getrieben wurde, die sich hinterher als sehr vernünftig herausstellte, obwohl sie zunächst allen sehr unvernünftig schien, Maria sprang auf, stürzte aus dem Zimmer, ließ die sorglose Familienrunde bei Kaffee und Kuchen zurück, lief zur Hauptpost, meldete ein Gespräch nach Gelsenkirchen an, wartete ungeduldig, bis ihr eine Sprechzelle zugewiesen wurde, sprach mit einer Tante und mit einem Onkel über die Familie, über das Wetter, einige polnische Sätze fügten sich in das Familiengeplauder, die alte Gewohnheit, man lachte darüber. Ein ähnliches Gespräch wurde von Gelsenkirchen nach Lens geführt, da das in Frankreich lag, entstand ein Kauderwelsch aus deutsch-französisch-polnischen Sätzen, das dann auch unterbrochen wurde durch die ermahnenden Worte eines Fräuleins vom Amt: »Sprechen Sie deutsch«, und eine andere Frauenstimme fuhr knisternd dazwischen: »Parlez-vous français«, worauf zwei Männerstimmen sagten: »Parlez vous, chakrev, das gutes Deutsch«, und weiterredeten, bis die Leitung unterbrochen wurde.

Am Abend fuhr ein Lastwagen der Zeche Dahlbusch langsam durch das Quartier, hielt an, der Fahrer beugte sich aus dem Fenster, fragte nach dem Weg, zufällig stand da ein junger Mann, der sich auskannte. Als der Fahrer immer noch nicht begriff, wie er von hier am besten über den Rhein komme, stieg der junge Mann ein mit der Bemerkung, er müsse auch in diese Richtung. Der Lastwagen stieß eine bläuliche Wolke aus seinem Auspuff, verschwand Richtung Rheinbrücke, und mit ihm verschwand der so freundlich Auskunft gebende junge Mann, Friedrich Fontana.

Als in der Nacht eine SA-Streife mit einem hilflosen Polizisten die Wohnung durchsuchte, die Betten zerwühlte, die Schränke aufriß, war keiner überraschter als Maria, und keiner schimpfte so sehr auf diesen Herumtreiber von Ehemann wie sie. Letzteres war echt, denn Politik hin, Politik her, allein war allein, eine Ehe hatte sie sich anders vorgestellt. Es war das erste Mal, daß Friedrichs Künste versagten und Marias Ahnungen weiterhalfen, und die Fontanas lachten nicht mehr, wenn Maria von Wundern sprach.

Friedrichs Briefe, die ohne Frankatur und ohne Absenderangabe von Hand zu Hand gingen, kamen aus einem Niemandsland und lasen sich auch so, Berichte eines Reisenden, der Neuland betritt, Bordbücher eines die Erde umsegelnden Großadmirals, der für die Daheimgebliebenen neue Kontinente aufzeichnet.

Friedrich schrieb, er sei in einer kleinen Welt gelandet, begrenzt von spitzen Hügeln aus grauem Gestein, von den Eingeborenen *Terrils* genannt. Die hier Lebenden hätten ihm in verschiedenen Sprachen erklärt, daß das Land *Bassin du Nord* heiße. Die *Terrils* kämen aus der Erde und seien auf der Erde wiederaufgeschichtet worden, als sichtbarer Maßstab ihrer Arbeit. Das Interesse der Eingeborenen gelte aber der Kohle, die sie hier aus der Erde holten. Nach einigem Durcheinander habe sich herausgestellt, daß sie zur französischen Nation gehörten, sich aber als *Westphaliens* oder als ehemalige *Westfalczyks* bezeichneten und die ursprünglich hier lebenden Franzosen *Ch'timi* nannten. *Ch'timi* sei genauso wie *Terrils* ein unübersetzbarer Begriff. Sie sprächen zu Hause deutsch, beim Einkaufen in den Läden und bei der Arbeit im Bergwerk patois und während der Messe polnisch. In den französischen Läden gebe es eine polnische Zeitung, den *Narodowiec*, der auch deutsche Artikel enthalte, und in den Metzgereien und Bäckereien polnische Wurst und Brot, *fait maison*. Den Fördertürmen und den Häusern nach befinde man sich im Ruhrgebiet, den Fahnen vor dem Hôtel de ville nach in Frankreich, den Prozessionen und Festen nach in Polen. Jetzt werde er noch ein *Makocz* essen, ein herrliches Mohngebäck, und dann lege er sich auf seine *Pierzyna*, das sei ein eigenhändig mit Gänsedaunen vollgestopftes Duvet, auf deutsch ein Kopfkissen, und er habe den Eindruck, daß die Polen nur deshalb so viele Gänse hielten, um sich in ganz warme, fast kugelrunde, bis zum Platzen mit Gänsedaunen gefüllte Betten zu legen.

Gustav war von den Schilderungen seines Sohnes so angeregt, daß er sich einige Tage in sein Zimmer einschloß, um einen Globus zu konstruieren, der nicht mehr aus festen Kontinenten und den Grenzen der Nationen bestand, sondern aus losen verschiebbaren Täfelchen, die die jeweiligen Völker darstellten und leicht über Kontinente und Meere zu ziehen waren. Nach einigen Tagen gab er auf mit der Bemerkung, daß der Globus sich nicht mehr drehe, die Sache sei undurchführbar, weil sich eben immer alles verschiebe. Er zog sich mit der weisen Bemerkung zurück, das Ganze müsse mit der Erdumdrehung zu tun haben, so wie die großen Wind- und Meeresströmungen in ständiger Bewegung seien, so seien eben auch die Menschen in ständiger Bewegung.

Maria war allein. Gustav ging seinen sich nie verwirklichenden Plänen nach, Fin trug in der Einkaufstasche Flugblätter von einer kleinen Hinterhofdruckerei zum Hauptbahnhof, um sie dort einer anderen Frau unauffällig zu übergeben, Friedrich versteckte sich immer noch, erschien nur kurz, um dann wieder zu verschwinden, Elisabeth brachte gelegentlich ein unverkäufliches Kleid aus dem Modehaus, das Maria auseinandernahm und nach ihren Ideen für sich neu zurechtschnitt und zusammennähte. Das Stoffeler Kapellchen war nicht weit, wenn es ihr danach war, lief sie schnell dorthin, zündete eine Kerze an für die Menschen, an die sie dachte.

Als Maria sich bei Fin vorsichtig erkundigte, was Friedrich denn eigentlich könne, erinnerte sich Fin an den Überlebenskampf, den sie mit ihm zusammen in den Hungerjahren nach dem Ersten Weltkrieg durchgestanden hatte, und sagte mit Gewißheit: »Der kann alles«, und mit der Erfahrung einer Frau, die schon einmal ein Kriegsende und eine Nachkriegszeit, den Zusammenbruch eines Staates und Ordnung als Chaos erlebt hatte: »Die Zeit für ihn kommt noch.« Als Maria meinte, sie hätte gerne jetzt schon einen Mann, der etwas taugt, schüttelte Fin widerborstig den Kopf, sie solle mal abwarten, wer jetzt etwas tauge, der werde entweder ein Goldfasan, so ein hohes Tier in der Partei, oder er stehe bald da, wo man ihn günstig erschießen könne, mit nachträglich verliehenem Heldenorden auf dem Sarg. Es gebe Zeiten, in denen man sich dumm, blöd und dämlich anstellen müsse, in solchen Zeiten nichts zu taugen sei eine hervorragende Eigenschaft, sie solle nur abwarten, über ihren Friedrich werde sie noch staunen.

Maria hätte gerne jetzt schon gestaunt, denn das Leben war hart, Geld war nie viel vorhanden, aber das ging den meisten hier so. Die Arbeitslosen standen vor den Kneipen und diskutierten, die Frauen sprachen in den Hinterhöfen miteinander, sie fühlten sich dort sicher, denn auf den Straßen liefen ganz ungeniert Männer mit Pistolen in der Hand herum, nie wußte man, wann eine Diskussion, ein Streit in eine Schießerei überging. Die Knallerei war so alltäglich geworden, daß deswegen schon keiner mehr aus dem Fenster sah, nur bei Maschinengewehrfeuer und der Detonation von Handgranaten schaute man vorsichtig über die Kante des Fensterbretts oder, auf allen vieren flach im Hausflur liegend, aus der Haustür. Die Polizei erschien nur, wenn einer tot auf dem Pflaster lag, dann war die Knallerei für eine Stunde vorbei, und die Polizisten konnten ungefährdet ein Protokoll aufnehmen, worin man kurz festhielt, daß der Tote erschossen wurde und beerdigt werden könne, Name und Wohnsitz wurden erfragt, die Angehörigen benachrichtigt, die den Namen dann, auf dem Grab in ein Holzkreuz geschnitzt oder in einen Stein gemeißelt, noch eine Weile der Welt erhielten. Der Name des Mannes, der geschossen hatte, blieb meist unbekannt, schließlich waren alle schuld, alle hatten geschossen, auch der, der nun tot war, keiner war hier so dumm, genau nachzufragen, schließlich wollte jeder weiterleben. Die, die geschossen hatten, freuten sich über den Tod des anderen, »Einer weniger«, sagten sie, und wußten genau, daß in wenigen Tagen einer von ihnen auf dem Friedhof unter seinem Namen lag, denn die Toten wurden hier immer gerächt, »Einer weniger«, sagten dann die anderen.

Immer öfter marschierten jetzt auch lange Kolonnen durch die Straßen, eingeteilt, formiert, im Gleichschritt, zweihundert, dreihundert, vierhundert Mann, alle in einer bräunlichen Uniform, wie Ameisen aus der Eisenbahnunterführung herauskommend, im Vorbeimarsch knallten die Stiefel auf das Pflaster, verbreiteten die Angst, die eine organisierte Menschenmasse ausstrahlt. In den Straßen verschwindend, wirkten sie von hinten wie eine Gefangenenkolonne, die zur Arbeit geführt wird.

Wie sah er aus, dieser Hitler, für den diese Kolonnen marschierten? Man konnte ihn sich nicht recht vorstellen. Da gab es die Bilder in den Zeitungen oder Illustrierten. Näherte man sich mit der Lupe einem Zeitungsfoto, löste sich alles in flimmernde Punkte auf. In den Illustrierten war er deutlicher zu erkennen, aber er wirkte retuschiert, puppenhaft aufgemalt. Seine Stimme hatten alle mal gehört, aus schlechten überdrehten Lautsprechern, aus denen die Worte pfeifend und jaulend hervorstießen, die Menschen verstanden nicht viel, wandten sich ab, kümmerten sich um ihre Probleme.

Maria wußte, ein Krieg würde kommen, das wußte sie einfach, das ahnte sie. »O bitterste Bitterkeit, du sollst meine liebe Schwester sein.« Wer sprach denn von Glück, von Freude, von einem schönen Leben. Wer fand schon auf der Erde einen friedlichen Platz. Das Schicksal, das ist das, was ist. Was vom Leben zu erhoffen war, das wußte sie nicht, das kannte sie nicht, viel Gutes würde nicht dabeisein. Sie wartete mit einer nie endenden Geduld, mit einem nie zu übertreffenden Stolz auf alles, was da kam. Denn wer da unten lebt, der braucht Geduld und der braucht Stolz, beides hatte sie, die Geduld und den Stolz ihrer Vorfahren, der unzähligen Marias und Josephs, die einer mythischen Vergangenheit angehörten, die in allem, was geschah, immer gegenwärtig war, weil die Tag und Nacht ablaufende Zeit auch immer eine andere Zeit enthielt, eine unbewegte Ewigkeit, in der die vielen Ereignisse nicht mehr zu unterscheiden waren, alle Erzählungen und Geschichten immer nur von einem Joseph und einer Maria handelten. Nie wurde klar, wann war der Damm gebrochen, wann war das Getreide verfault, wann war die große Dürre, wann war das Haus abgebrannt, es war geschehen, es konnte sich jederzeit wiederholen, das genügte. Maria lebte so in einem unauflöslichen Gegensatz zu den Fontanas, bei denen die Jahreszahlen und die Orte und die Geschehnisse auf den Tag festlagen, es war datiert, es war vorbei, ohne die Chronik wäre es vergessen, zu Recht vergessen, wie die Fontanas meinten, denn der Augenblick gehörte dem freien Entschluß, die Zukunft war unbekannt, aber verheißungsvoll und offen, allen Wünschen und Träumen zugänglich. Die Vergangenheit, das war die Chronik, man hatte es aufgeschrieben, um es zu vergessen, Lucca, Florenz, Lyon, Basel, Iserlohn, vergessen die vielen Fluchten, die immer wiederkehrende Vernichtung der Existenz, vergessen. Was zählte, war die undatierte Zukunft, was sollte da die dunkle Vergangenheit, der Weg der Menschheit führte aufwärts zu Freiheit, Wissen und menschlichem Können. So konnte Maria bei jedem Unglück sagen, das habe sie erwartet, während die Fontanas sagten, das habe sie doch sehr überrascht.

Maria erkundete das Quartier, das ihr so fremd war wie Friedrich das Land der *Terrils*, allein oder mit ihren Kindern. Es wurde bewacht von in den Fenstern liegenden Frauen mit einer Katze auf dem Sims, auf Balkonen standen Hühner- oder Kaninchenställe, überall wurden Versuche mit Weintrauben und Tabakpflanzen gemacht, fast an jedem Fenster stand ein Vogelkäfig. Blinde verkauften Lotterielose und konnten erstaunlich gut Wechselgeld herausgeben, Männer mit dem Schild *Nehme jede Arbeit an* schauten mit einem Bierglas in der Hand aus den Kneipen, und ansehnliche Mädchen spazierten vor freundlich geöffneten Häusern auf und ab. Straßenweit hörte man die verschiedenen Radiomusiken, aus den engen Häusern ertönten Lieder, ein verstimmtes Klavier wurde mit Auferstehungsmärschen der Heilsarmee traktiert, dazwischen übte jemand auf der Blockflöte Weihnachtslieder, und eine Geige versuchte unverzagt, Mozart zu erobern.

Diese vielfältige Harmonie, die sich auch in dem System privater Straßenbenennung ausdrückte, in den präzisen, allgemein anerkannten Namen für die vielen

Unterquartiere, die immer mehrere Straßen umfaßten, auch ganz willkürlich Straßen teilten, der obere Teil gehörte manchmal zu einem anderen Unterquartier als der untere Teil, Namen, die aus der Herkunft der ursprünglichen Bewohner entstanden waren, oft auch die gegenwärtigen Bewohner bezeichneten, sich also auch wieder verändern konnten, aber immer dieselben drei oder vier Straßen umfaßten und charakterisierten, so daß man vom Namen her immer schon genau wußte, was einen dort erwartete, eine so genaue Übersicht gab es in keinem anderen Stadtviertel.

Der Volksgarten, das war Sonne, Himmel, Unendlichkeit, in die man sich mit geschlossenen Augen fallen ließ, in sonnenwarmes Gras, das in der Hitze knisterte und nach Unbekanntem duftete. Sommerwolken trieben in der ruhig fließenden Düssel, schwammen ungestört im See, kräuselten sich unter der Wasserfontäne. Im Sonnenlicht flirrende Blätter schwebten mit den Bäumen davon, unter denen man lag, stiegen mit dem warmen Wind empor in ein glühendes Blau, das man sowenig beschreiben konnte wie die vielen Grünschattierungen, weil man nicht glauben konnte, daß es so viele Arten von Grün gab. Die warmen Stämme mit ihrer trockenen rauhen Rinde dufteten intensiv, Bäume, deren lateinische Namen auf kleinen Schildchen vermerkt waren, die man durch blinzelnde Augenlider entzifferte, phantasievolle Namen aus einer anderen Welt. Zwischen den Bäumen lag eine große Wiese, über die man langsam schritt, um die Weite zu spüren. In der Mitte blieb man stehen, ringsum schien die Wiese unendlich, so groß war die Welt, man drehte sich verwundert im Kreis, halb schwindlig sah man am Horizont die Baumkronen und darüber die Sonne, direkt über einem, in einem Licht wie bei der Erschaffung der Welt, eine betäubende Glocke, die sich über einen stülpte, einen Atemzug lang war man alleine auf der Erde. Da konnte man sich nur wieder ganz behutsam ins Gras legen, um den sanften Druck der Grashalme zu spüren, sich mit ausgebreiteten Beinen und Armen an der Erde festzukrallen, die sich doch so rasend drehte, aber es stimmte nicht, sie war ruhig, ganz ruhig, so still, daß man einen Käfer hörte, der sich mühsam an einem Grashalm emporarbeitete.

Erst nachdem man sich an die Stille gewöhnt hatte, vernahm man wieder die Lebensgeräusche der Menschen, schreiende Kinder in kleinen Ruderbooten auf dem See, vor Freude mit dem Ruder in das aufspritzende Wasser schlagend, rufende Mütter, brüllende Männer, aber all das klang hier anders, leichter, schwebender, nicht so hart und aggressiv wie zwischen den Häusern, die jetzt weit hinter dem Bahndamm lagen, nur selten der flüchtige Pfiff einer Lokomotive, nur sehr fern der verzerrte Heulton einer Fabriksirene, die vom Rauschen der Bäume übertönt wurde. Unter den Bäumen spielten Rentner und Arbeitslose an verwitterten Holztischen ihren Skat, entspannt ihre Karten haltend, die sie mit einer kurzen Handbewegung auf den Tisch warfen, um nach dem Spiel in ein murmelndes Rechnen zu verfallen. Dazwischen das Surren der Radrennfahrer, die in einem beständigen Kreisen rund um den Volksgarten ihre Rennen austrugen, blitzende Radspeichen und bunte Trikots huschten hinter den Bäumen vorbei. In einem Boxring klatschten Boxhandschuhe auf nackte Oberkörper, während andere Boxer, Handtuch um den Hals, Mundschutz in der Hand, die Schläge kommentierten. Weiter weg die Stimmen vom TURU-Platz, die Zurufe der Spieler und das dumpfe Aufspringen des Balles. Vor der Konzertmuschel drehten sich Paare, die Walzerklänge des Orchesters hörte man bis zur Ballonwiese, die ein Stelldichein der Liebespaare war. Eine Dame vom Stadttheater sang *Wiener Blut*, ihre Koloraturen verschmolzen mit den Bässen eines Männergesangvereins, der an einem offenen Grab ein letztes *Lebewohl* sang, denn die freien Flächen des Volksgartens endeten zwischen den Gräbern des Stoffeler Friedhofs, wo immer eine Menschengruppe mit einem Sarg unterwegs war, die sich nach der Beerdigung bei *Kolvenbach* einfand, der Gaststätte, in der die Leidtragenden ihr Leichenbegängnis mit Verwandten, Freunden und Bekannten an langen Tischen beschlossen, sich bei einem viele Gänge umfassenden Leichenschmaus aufrichteten, das seelische Gleichgewicht wiederfanden.

Marija starb schnell. Sie richtete sich in ihrem Kinderbett auf, röchelte laut, schrie etwas, entglitt langsam den Händen der herbeistürzenden Maria, lag ruhig auf dem Kissen und war tot. Der Arzt sagte, das sei im Quartier nichts Besonderes, die Luft hier sei nicht gut, die vielen Fabriken, die vielen Schornsteine, und stellte den Totenschein aus. Marija war erst zweieinhalb Jahre alt und lag nun kalt und hart wie Marmor in einem weißen Kindersarg, dessen Holz sich gegen ihren Körper warm anfühlte. Ihr nur handgroßes, bläulich angelaufenes Gesicht mit den geschlossenen Augen verweigerte jeden Abschied.

Der Junge stand am Sarg seiner Schwester, es war das erste, woran er sich später erinnern konnte, und er verstand nun, was die Erwachsenen meinten, wenn sie Tod sagten. In einem unbeobachteten Augenblick nahm er ihre Hand, weil er diese Hand immer genommen hatte, wenn sie zusammen in den Volksgarten gingen, er spürte eine Kälte, die er nie mehr vergessen sollte. Nie mehr konnte er sich davon befreien, das Leben hatte sich für ihn verändert, ehe es für ihn begann.

Gustav, der in seinem Leben viel erlebt hatte, sich dabei an wenig Erfreuliches erinnern konnte, denn das Entsetzliche gräbt sich in den Menschen ein, und das Lachen kommt aus der Verzweiflung, Gustav weinte und verbrachte die Nacht vor der Beerdigung am Sarg. Das war ein unerhörter Vorgang, denn Trauertage waren für die Fontanas verlorene Lebenstage, unnütz und unbedingt zu meiden wie der Gedanke an den Tod.

Maria saß schwarzgekleidet, einen schwarzen Schleier vor ihrem Gesicht, regungslos auf einem Hocker mitten in der Küche, verstummt und versteinert wie ein undeutbares Monument aus der Vorzeit der Menschen. Sie sah keinen, sie sprach mit keinem, sie war nicht anwesend. Das Leben war für sie der Tod und der Schmerz darüber, die Erstarrung, die sprachlose Trauer, die höchste Form des Lebens.

Friedrich kam gerade noch rechtzeitig zur Beerdigung, verstand die ganze Zeremonie nicht, er kannte sich nur im Leben aus. Er konnte nicht begreifen, daß man sterben kann, für ihn war das Leben endlos, eine zeitliche Begrenzung sah er nicht. In seiner Hilflosigkeit nahm er den Tod einfach nicht zur Kenntnis, fast wäre er pfeifend zur Beerdigung gegangen, das war für ihn alles sinnlos. Er betrank sich nach der Beerdigung so wütend wie noch nie, man fand ihn erst drei Tage später schlafend in einer Altstadtkneipe.

Als der Sarg aus dem Haus gebracht wurde, folgte Maria ihm in einer Art Trance, folgte ihm auch so von der Friedhofskapelle zum Grab, fixiert auf den kleinen weißen Holzsarg, in dem Marija lag und der sich auf den rumpelnden Rädern des Begräbniswagens mitsamt den Blumen zuckend hin und her bewegte. Sie stand isoliert zwischen der Verwandtschaft, erkannte keinen, sah keinen an, streute als erste Erde auf den Sarg, erschrak bei dem prasselnden Geräusch, drehte sich um und lief nach Hause.

Nach der Beerdigung saß Maria Tag und Nacht in der Küche auf ihrem Hocker, aufrecht, steif, bewegungslos, aß und trank nicht, reagierte nicht, sprach nicht. Die Fontanas bemühten sich, Maria ins Leben zurückzuführen, wählten die falschen Worte, hatten nicht gelernt, mit der Trauer umzugehen, waren ratlos, wußten nicht, daß tröstende Worte hier nicht halfen. Die Lukacz' aus Gelsenkirchen wurden gerufen, sie waren mit der Todestrauer aufgewachsen, wußten sofort, was zu tun war, stellten Brot und Salz und ein Glas Wasser vor Maria, so wie man Gaben vor dem Altar einer archaischen Göttin ausbreitet, zogen einige Hocker heran, setzten sich in einem Kreis um Maria, falteten die Hände, schwiegen und trauerten mit. All das lief ganz ruhig und umsichtig ab, das Ritual war allen bekannt. Tagelang saßen sie bewegungslos in der Küche um Maria herum, bildeten nachts eine Schattengemeinschaft, aus der man flüsternde Stimmen vernahm, Namen von Toten und längst Begrabenen, wie eine Litanei heruntergebetet, Geschichten, die vom Ende zum Anfang erzählt wurden, Familienerinnerungen, die rückwärts erzählt wurden, wie es auch Maria stets tat. Immer fing es mit einem schrecklichen Schicksal in einem dunklen Bergwerk in Gelsenkirchen an: welch schlimmes Unglück, beide Beine weg, welch schlimmes Unglück, elend erstickt an der steinernen Lunge, ging über nach Dabrowa, wo einer, welch schlimmes Unglück, verschüttet im Berg lag und zu atmen versuchte, ging in ein fernes Land, wo ein Haus, welch schreckliches Unglück, abgebrannt war, während alle auf dem Feld waren, wo ein Deich brach, welch schreckliches Unglück, und ein Dorf vernichtete, wo ein um das andere Jahr die Ernte verdarb, Unglück über Unglück, das Wasser das Land besiegte, Unglück über Unglück, Menschen starben, kaum daß sie geboren, Unglück über Unglück, und endete in der Auferstehung Josephs, welche Freude, der Himmelfahrt Pawels, welche Freude, der starken geduldigen Maria, die ihr Haus wieder aufbaute, welche Freude, dem Wunderbild von

Tschenstochau, das, welch unendlicher Trost, seinen Segen für alle bereithielt, Maria und Joseph, und dann noch einmal von vorne nach hinten, wieder von Gelsenkirchen nach Bombst, und vom Gut bei Posen und seinem Herrenhaus zur eigenen Kate, und vom freien Feld mit dem weiten Himmel zur ersten Einfahrt in die Schwärze der Kohlengrube von Dabrowa, und von dort zur Zeche Dahlbusch, und wieder zurück zu den Hochzeiten, Geburten und Todesfällen, so zahlreich wie die Sterne am Himmel, und Marija wurde nun in diese Litanei aufgenommen, diesen Rosenkranz von Lebenden und Toten, fand ihren Platz für die Ewigkeit, ihr Schicksal wurde verbunden mit dem Schicksal der anderen, auch ihrer würde man nun auf ewig gedenken, jetzt war sie der Anfang aller Geschichten, nun ging es von ihrem Tod über die in den letzten Jahren Verstorbenen zu den alten Toten der Familie, hundert Generationen waren wie ein Tag, und der Junge lernte, daß die Geschichte rückwärts läuft, daß nur das Vergangene wirklich ist, durch alle Jahrhunderte hindurch gab es nur eine Maria, nur einen Joseph, immer nur eine Maria und einen Joseph, und alle Lukacz' waren wie Maria und Joseph.

In den Nächten nach Marijas Tod saß Gustav über dem Musterbuch, das man nach ausdauerndem Suchen in einem alten Koffer wiederfand, den Gustav von seinem Großvater, Königlich-Preußischer Lokomotivführer, geerbt hatte. Er war in den Haushalt seiner Schwester Wilhelmine geraten und wurde auf dem Dachboden von Wilhelmines Wirtschaft in der Altstadt entdeckt. Das Musterbuch war in der Familie geblieben, es hatte sich aber niemand mehr dafür interessiert. Durch Marias Geschichten angestachelt, wollte nun auch Gustav mehr wissen als nur einige Ortsnamen und Jahreszahlen.

Das Musterbuch war ein aus der Bindung herausgebrochenes Konvolut, dessen Seiten selbst bei vorsichtigem Umwenden je nach Papierart stöhnten, ächzten, raschelten, knackten und, über Jahrzehnte ungeöffnet, kaum zu trennen waren. Vom hartgewordenen Pergament brachen Stücke heraus, die dünneren, inzwischen fast durchsichtigen Zwischenblätter rissen ein, zähes festes Büttenpapier wellte sich an der Luft, Stoffe zerfielen zu Staub und hinterließen ungeordnete Webfäden, herausgerissene Blätter waren anscheinend wahllos wieder in diesen Papierberg hineingestopft worden, an einigen Stellen klebten sie unauflöslich zusammen, als wäre Farbe oder Dreck oder Blut in das Buch geraten und hätte einzelne Seiten für immer verschlossen. Der Lederrücken hing wie eine Klappe an der Bindung, die, obwohl mehrmals erneuert und mit jetzt ausgefransten Leinenbändern verstärkt, die einzelnen Blätter nicht mehr hielt, so daß Gustav ganze Teile des Buches äußerst vorsichtig öffnete, um nicht sofort nur noch ungebundene Seiten, Papierstaub und Leimreste in der Hand zu haben. Die Notate von so vielen Händen in so vielen Schriften und Sprachen, Griechisch und Lateinisch, Italienisch und Französisch, in kaum lesbaren Kürzeln, unverständlichen Wörtern und Zeichen, winzig an den Rand der Seiten gesetzt oder zwischen zwei Stofflappen eingefügt, hätten jeden Alchimisten entzückt.

Gustav blätterte von vorne nach hinten und von hinten wieder nach vorne, es war das Familienbuch, kein Zweifel, das Geschichtsbuch einer Seidenweberfamilie, nur war die Geschichte, die es erzählte, nicht mehr deutbar, die Ordnung, die es zusammenhielt, nicht mehr zu begreifen, der Sinn des sorgfältig Notierten unbekannt. Zwischen Stoff- und Farbmustern mit fremdartigen Bezeichnungen, Webmustern mit präziser Webanordnung, standen die Geburts- und Todesdaten von Familienmitgliedern, zwischen genau gezeichneten Patronen für Kette und Schuß eines nicht zu erkennenden Blumenmusters, in einem Satz das besondere Schicksal eines Familienmitglieds: *mit 13 Jahren in der Hoffnung des Lebens und aufblühender Schönheit an der Pest*, enträtselte Gustav. Dann folgten wieder Texte in Spiegelschrift, Namen von Kunden oder Lieferanten, von Fürsten und Bürgern, mit der bestellten Menge, der bestellten Qualität, dem Preis, dem Lieferdatum, unbekannte Maße, vergessene Geldsorten, kunstvoll gedrechselte Stoffnamen, *Mandorla della Medici*, *Brokat pour le Roi Henry IV.*, dazwischen Gewinn- und Verlustrechnungen mit genauer Kalkulation in allen europäischen Währungen, gewissenhaft bis drei Stellen hinter dem Komma, in Prozente umgerechnet. Einzelne verblaßte Farbmuster verbreiteten noch einen matten Glanz, ließen ein tiefes Rot, ein königliches Blau, ein leuchtendes Gold erahnen, streckten sich knisternd, wenn man vorsichtig mit einem Finger darüberfuhr, aber die Beschriftung darunter war verblaßt, die Farbbezeichnung verloren, viele Stoffmuster waren herausgefallen oder herausgerissen, so daß ihre noch schwach zu lesende Beschreibung der Phantasie nicht weiterhalf, die Schönheit war aus der technischen Benennung der Webart nicht ersichtlich, so wie aus den Geburts- und Todesdaten der Familienmitglieder, die unmittelbar danebenstanden, nicht ein ganzes Menschenleben rekonstruiert werden konnte. Ein Buch mit mehr als sieben Siegeln, verschlüsselt durch die Zeit, durch menschliche Eingriffe zerstört, voll dunkler Flecke, rätselhafter Wörter und Sätze, undeutbarer Geschehnisse, verlorener Erkenntnisse, vergessener Geschichten.

Auf einer der letzten Seiten fand Gustav einen Text in steiler deutscher Schrift, zwischen den technischen Angaben eines Webmusters und einer Kalkulation eines Seidenstoffes *pour le Château Benrath* stand da, von einem Unbekannten eingetragen: *Geschichte für meine Enkel von meinem Großvater erzählt*, mit dem Zusatz, *Die Begebenheit wurde von unseren französischen Vorfahren immer mit dem Hinweis erzählt, sie habe sich bei unseren italienischen Vorfahren ereignet.*

Ein verkrüppelter Junge, eingestellt, um unter dem Webstuhl gerissene Kettfäden zu knüpfen, habe einmal die Firma – die folgende Seite war zu Gustavs Enttäuschung herausgerissen, der Text endete auf einer anderen Seite mit dem Satz: *Dies solle man nie vergessen, und bei jedem Brokat solle man ein kurzes Gedenken für ihn einlegen.*

Gustav nahm seinen Füllfederhalter, schraubte ihn auf und schrieb sorgfältig unter diese Eintragung: *Marija Fontana starb mit zweieinhalb Jahren. Alle Wahrheit liegt in der Vergangenheit der Gräber. Die Geschichten der Menschen beginnen mit ihrem Tod.* Er setzte seinen vollen Namen darunter, dazu auch das Datum, er sah auf die ins Undeutliche verlaufende Tinte, die in das alte Papier einsank, sich mit ihm verband, aber lesbar blieb, und hatte das Gefühl, etwas Sinnvolles getan zu haben. Er sah die Welt im Licht uralter Geschichten, und sie war neu für ihn.

Maria hatte nach einer langen, durcherzählten Nacht zu Brot und Salz gegriffen, sich wieder bewegt, sie stand von ihrem Hocker auf und sah aus dem Fenster, Polka-Paul spielte einige Töne auf der Klarinette, keine Melodie, Töne, zusammenhanglos, so wie man ein Instrument ausprobiert, das man lange nicht mehr in der Hand hatte, um zu prüfen, ob es noch klingt, ob man noch darauf spielen kann, das war das Ende der Trauerzeit Marias, von der einige behaupteten, sie habe Monate gedauert. Maria entzog sich dem Tod und interessierte sich wieder für die Lebenden, dachte aber weiterhin an die tote Marija, erzählte ihr die kleinen Erlebnisse des Tages, erklärte ihr auch alle Probleme, die sie hatte, rief sie in heiklen Situationen an, so wie man die Heiligen anruft, erhielt offenbar auch Auskunft und Rat. Die Familie gewöhnte sich daran, und es kam vor, daß der eine oder andere bei einem unlösbaren Problem sagte, frag doch mal Marija. Die tote Marija lebte weiter, war lebendig, obwohl sie auf dem Friedhof lag, aber was hieß das schon.

Der Junge lernte, daß es neben den Lebenden auch noch Verstorbene gab und daß die Verstorbenen manchmal mehr zu sagen hatten als die Lebenden, daß beide gleichzeitig existierten, die Menschen, die er sah und die zu ihm sprachen, und die Menschen, die man nicht sah und die nicht sprachen, die man deshalb Verstorbene nannte, die aber anwesend waren wie die Lebenden.

Das hatte auch Auswirkungen auf das Familienleben. Während Gustav der Meinung war, man sollte zwei Leben haben, eines, um alles über das Leben zu erfahren, und ein zweites, um mit den Erfahrungen des ersten ein richtiges Leben zu führen, dabei je nach Stimmung wehmütig oder wütend auf das Musterbuch blickte, das so wenig weiterhalf, war Maria mit dem einen Leben zufrieden, denn das andere Leben, das waren die immer gegenwärtigen Toten mit ihrem Netz von Geschichten, Überlieferungen und Ahnungen, das dichtgeknüpft in jeder Sekunde zur Verfügung stand und ihr ein vollkommen in sich ruhendes Leben ermöglichte. Gustav produzierte für jede Situation ein Dutzend Analysen und Voraussagen, Maria tat das einzig Richtige, wie sich immer wieder herausstellte, erklären konnte sie das nicht, sie handelte instinktiv, was bei Gustav Wutanfälle auslöste, denn der Mensch sollte nach seiner Überzeugung vernünftig handeln und darüber Rechenschaft ablegen können. Während er zu Büchern griff, um eine Entscheidung im Licht großer Geister zu überprüfen, hatte Maria schon gehandelt, »weil ich die Welt eben kenne«, wie sie dann immer sagte. Als Gustav ihr mit Kant beweisen wollte, daß man diese Welt gar nicht erkennen könne, erklärte Maria, daß jeder Analphabet ein Buch auswendig lernen könne, genau wie der alte Pawel, also beweise das gar nichts, die Welt sei auch ohne dieses Buch vorhanden. Diese Wortschlachten dauerten Tage, Wochen, Monate, denn Maria gab nie nach, wie ein Fels im Meer, der nun einmal seinen Platz hatte und, von jeder intellektuellen Interpretation unberührt, nur Fels war. Gustav, auf Logik angewiesen, auf Argumente, auf Gedankengänge, strandete immer wieder, Logik war für Maria von vornherein ein Absurdum, weil es im Leben keine Logik gab, und jedes Argument, jedes Gedankengebäude, vor dem selbst ein Philosophieprofessor seine Segel eingeholt hätte, zerschmetterte sie mit ihren haarsträubenden, wunderreichen, phantasievoll ausgemalten, selbst den Naturgesetzen widersprechenden Geschichten, mit denen sie immer das Gegenteil bewies. Gustavs Wutanfälle steigerten sich, er warf mit Büchern nach Maria, schrie so laut, daß die Fenster in den Nachbarhäusern dicht gefüllt waren, schrie, sie solle gefälligst erst mal Aristoteles lesen, die Farbe ihrer Augen verwandelte sich ins Tiefschwarze, was immer das Zeichen eines heraufziehenden Jähzorns war, und sie fragte kalt: »Wer ist Aristoteles?« Gustav, außer sich, die Fassung verlierend, luftschnappend, griff nach dem, was ihm gerade einfiel, und schrie, der habe unter anderem entdeckt, daß ein fester Körper das Wasser verdränge, wodurch der Wasserspiegel steige, und daran sei zu erkennen, was ein Kopf mit logischem Denken alles entdecken könne. Maria sagte steinern, das habe ein Joseph, der Fischer war, auch entdeckt, als er sein Boot zu Wasser ließ, er habe es nur nicht aufgeschrieben. Danach verließ sie türeknallend Gustavs Studierzimmer, schrie noch aus dem Treppenhaus, er solle sich ja nichts auf seine Bücher einbilden, da sei ja nicht mal ein Kochbuch dabei. Gustav schrie aus dem Fenster hinter ihr her, er habe zwei Dutzend Kochbücher in allen Sprachen, während sie nur Dr. Oetkers Kochbuch habe, Maria schrie zurück, sie könne auch ohne Anleitung durch Bücher kochen, und war mit dem Jungen schon auf dem Weg zum Leihbuchhändler Simon, verlangte ein Buch für ihn, der Leihbuchhändler Simon drückte in einem Augenblick seliger Eingebung dem Jungen *Don Quichotte* in die Hand und sagte noch: »Für den Anfang nur das Beste.« Das Buch war dunkelrot gebunden und hatte auf dem Buchdeckel goldene Buchstaben, es lag kühl in der Hand und sah fremd und verheißungsvoll aus, als wäre es nicht von dieser Welt, und Maria setzte sich zu Hause neben den Jungen, schlug das Buch auf und las ihm das erste Kapitel vor. Gustav aber hockte in einer Ecke seines Studierzimmers und zwang sein Gehirn, unlogische Geschichten zu erfinden.

»Das Quartier ist größer als die Welt«, sagte der Junge zu seiner Mutter, Maria holte mit der Hand aus, ließ sie dann wieder sinken, meinte, er solle ja rechtzeitig, ehe es zu spät sei, mit diesen Flausen aufhören, und sagte noch etwas auf polnisch, in dem mehrmals das Wort Fontana vorkam. Der Junge ging mit der Erkenntnis zu seinem Vater, der im Hof ein Fahrrad auseinandernahm, mit einem Ölkännchen an der Gangschaltung arbeitete, die Kette aufzog, das kleine Rad drehte und so das große Hinterrad in sausende Bewegung setzte. Friedrich meinte, das sei *tout même chose*, das war seine Lieblingsantwort auf alle wichtigen Fragen. Für die einen sei das Quartier ein Stadtteil, für viele die Mitte der Stadt, für andere existiere es überhaupt nicht, das dürfe man alles nicht so genau nehmen, denn das sei das Schlimmste auf der Welt, daß die Menschen immer alles so genau wissen wollten, jeder wolle dann recht haben, und das ende immer nur im Streit.

Der Junge ging mit der Erkenntnis zu seinem Großvater, der stimmte sofort zu und machte sich mit Elan und den nötigen wissenschaftlichen Hilfsmitteln, wie einer Wasserwaage, einem Senkblei, einem Zollstock und einem Korkenzieher, daran, den Satz zu beweisen. Er ging zu einem Stadtplan, der mit Heftzwecken an einer der Wohnungstüren befestigt war, legte die Wasserwaage daran, die Luftblase stieg nach oben: »Damit haben wir schon Norden«, sagte er, »da kann nicht mehr viel schiefgehen«, dann hielt er das Senkblei vor die Karte, fragte sich: »Ob die Erde wirklich rund ist?«, markierte den gesuchten Ort mit dem Korkenzieher und maß das Quartier mit dem Zollstock aus. Er verhundertfachte den Maßstab, denn: »Die Karte ist ja kleiner als das Quartier«, und hielt den nun voll entfalteten, zwei Meter langen Zollstock an eine fingergroße Weltkugel, in der sich ein Bleistiftspitzer verbarg. Die Sache war wissenschaftlich einwandfrei geklärt, das Quartier war sogar sehr viel größer als die Welt.

Blieb die damit verbundene philosophische Frage, wie ein Teil der Welt größer als die Welt sein könne, aber das war Gustavs Spezialgebiet, darin kannte er sich aus, er liebte es, mit spekulativen Ideen die Welt auf den Kopf zu stellen. Mit einer gewissen Grazie setzte er sich auf sein Ledersofa, nahm eine Flasche Wein, die immer im Bücherregal stand, füllte andächtig ein Glas, trank es aus und glitt mit den Augen über die Bücherrücken. Sein Gesicht blühte rosig auf in der Vorfreude der mitzuteilenden Erkenntnis, und so verkündete er, die Augenbrauen hebend, das sei sehr wohl möglich, im übrigen eine uralte Idee, von der Menschheit leider vergessen. Die eigene Welt sei immer größer und umfassender als der Rest der Welt, von der man ja nicht viel wisse, während man die eigene Welt sehr genau kenne, sie müsse also zwangsläufig größer sein, das entspräche den Gefühlen der Menschen, und nur die seien in diesem Kasus anwendbar. Alle Lebenserfahrung, die ein Mensch habe, alle Gesetze und Maßstäbe entstünden immer nur in der eigenen Lebenswelt, der Rest sei Schul- und Universitätskram, aber diese Herrschaften hätten sich so oft geirrt, daß ihr Gewicht beim Abwägen dieses Falles nicht zähle.

Der Junge, der auf seine Entdeckung sehr stolz war, fragte, ob man diesen Satz nicht in das Buch eintragen könne. Gustav sagte, das könne man nicht nur, das müsse man unbedingt, es sei die heilige Pflicht jedes Entdeckers, seine Entdeckungen der Nachwelt schriftlich zu hinterlassen. Er stand auf, ging zu einem Schrank, holte eine metallene Werkzeugkiste heraus, schleppte sie stöhnend heran und knallte sie auf den Tisch. In der Werkzeugkiste lag, in Ölpapier eingewickelt, das Musterbuch der Fontanas, Gustav nahm es heraus, klappte es auf, schraubte mit ernster Miene seinen Füllfederhalter auf und trug den Satz in das Musterbuch ein. Fin, die dazukam, meinte, das sei ja eine schöne Wissenschaft, wenn die Vorfahren ähnliche Erkenntnisse eingetragen hätten, sei das ein fröhliches Narrenbuch. Gustav reagierte bissig, die Wissenschaftler behaupteten ständig, die Erde drehe sich um die Sonne, aber jedermann wisse, die Sonne gehe auf, die Sonne gehe unter, er habe jedenfalls von keinem vernünftigen Menschen einen anderen Satz gehört. Fin tippte mit dem Zeigefinger an die Stirn und ging, Gustav zwinkerte mit dem Auge und sagte zu dem Jungen, er sehe ja, wieviel einfallslose Menschen es gebe, er rate ihm zwar, bei seinem Satz zu bleiben, auch wenn im späteren Leben Leute auftauchen sollten, die ihm mit irgendwelchen Maßstäben, geometrischer oder moralischer Art, das Gegenteil beweisen möchten, aber vielleicht sei es gescheiter, den Satz erst einmal für sich zu behalten, so ein Satz nütze sich leicht ab, wenn man mit Menschen darüber diskutieren müsse, aber wenn er, Gustav, tot sei, dann solle er ihn noch einmal aufschreiben und begründen, weil er ihn dann auch erst richtig verstehe. Gustav setzte sich wieder auf sein Sofa und griff nach der kleinen Weltkugel, in der sich ein Bleistiftspitzer verbarg.

Im Frühjahr und im Herbst deckte Maria eine lange Tafel im Hof. Tische und Stühle aus den Wohnungen der Nachbarn wurden aneinandergestellt, und mit einem schwungvollen Heben ihrer Arme, so wie ein Dirigent vor dem Beginn eines Konzerts das Orchester auf sich aufmerksam macht, entfaltete sie ihre Damasttischdecken, die wie ein Fallschirm aufstiegen und niedersanken, sich frischgestärkt auf die Tischplatten legten, das feingestickte Monogramm ML in den Ecken präsentierten. Das Fest begann schon mit dem Aufdecken der Tafel, der Parade der Damastservietten, des 24teiligen Silberbestecks, des Porzellans für 24 Personen und all den kleinen und großen Gläsern, die man braucht für ein Diner. Mit dem Besteck konnte man sämtliche Fisch-, Fleisch-, Geflügel- und Vogelarten mundgerecht tranchieren und auf einer Variation von Terrinen, Platten, Schüsseln und Tellern servieren.

Da man schon Tische und Stühle aus den Wohnungen geräumt hatte, ging man auch gleich zum Hausputz über, verteilte die Gardinen und Vorhänge auf die Teppichstangen im Hof, legte die schweren Bettplumeaus auf die Hofmauer, die Kissen auf das Fensterbrett, auch alle Wellensittiche, Papageien und zahmen Raben wurden in ihren Käfigen zum Auslüften in den Hof gehängt, schlugen den Ofenqualm aus ihrem Gefieder und palaverten mit den heranschwirrenden Spatzen und Tauben, als würden sie wieder in die Freiheit entlassen. Der Hof sah aus wie ein überreich dekoriertes Opernhaus in Südamerika, sämtliche Logen waren besetzt und jeder Mauervorsprung mit einem Vorhang drapiert.

Die Gesellschaft fand sich ein zwischen Rebstöcken, Tabakpflanzen, Hopfenstangen, die Gustav unter dem Kopfschütteln der Nachbarschaft gesetzt hatte, weil er der Ansicht war, irgend etwas müßte auch auf diesem Boden wachsen, während die Nachbarschaft von ihren Balkons herab beteuerte, in diesem Hof wachse nichts, man habe schon alles versucht. Maria hatte mit ihrem Efeu und dem wilden Wein mehr Erfolg, der zum Erstaunen aller die verrußte Fabrikmauer mit einem aparten Muster überzog, an Drähten entlangkletterte, unter dem Ast eines Baumes, der vom Josefplatz herüberragte, sogar eine kleine Laube bildete, die bei diesem Festessen das Ende der Tafel und Gustavs Stammplatz war. Hier saß er als Zeremonienmeister und Gott Bacchus, behielt die Weinflaschen auf der Tafel im Auge, kontrollierte die Qualität des Weines durch einen kleinen, genießerischen Schluck und achtete darauf, daß keiner aus Versehen mit seinem Stuhl in die Pflanzungen geriet. Ab und zu mußte ein entflogener Vogel eingefangen werden, der eine oder andere vertrug auch weniger Alkohol, als er dachte, aber im ganzen waren es entspannte Stunden.

Der Junge kletterte über die Laube auf die Fabrikmauer, von da auf den Baum, saß unbemerkt über der Tischgesellschaft, sah auf die weiß in weiß gepunktete, schimmernde Tischdecke, die ihr Muster über die Servietten inzwischen auf alle Bäuche ausgedehnt hatte, auf funkelnde Gläser, leuchtende Teller und das polierte Silberbesteck, das seine scharfen Lichtreflexe an die Hauswand warf, die Zuschauer in den Fenstern blendete, während die Kristallgläser, je nach Art des Weines, regenbogenfarbene Kreise auf das Tischtuch warfen, zwischen denen die Blumen auf den Tellern erblühten. Das Porzellan mit dem Blumenmuster hatte Maria aus Belgien, sie hatte es gekauft, obwohl es viel zu teuer war, aber sie wollte es nun mal haben, und alle bewunderten immer wieder die Blumen auf den Tellern, die nach jedem Gang so schön zum Vorschein kamen, und lehnten sich zurück nach dem ersten Gang und dem ersten Glas und lachten. Oft kreuzte sich das Lachen vom oberen Ende der Tafel mit dem vom unteren, begegnete sich, mußte gegenseitig erklärt werden, wanderte weiter, kehrte wieder zum Ausgangspunkt zurück, löste ein erneutes Lachen aus, weil die, die da etwas Heiteres in die Welt gesetzt hatten, inzwischen zum zweiten Mal darüber lachen konnten.

Im Frühjahr begann es mit einem Spargelessen, zu dem kommen durfte, wer wollte. Maria stand dann schon früh auf, fuhr zu einem Bauern nach Niederkassel, der gerade Spargel stach, und holte ihn frisch vom Feld, präsentierte ihn nach stundenlangem Schälen und kurzem Kochen mittags zwischen Töpfen mit selbstgeschlagener, goldgelber Mayonnaise und saftigem, rosigem Schinken auf angewärmten Platten, das war ein Schmatzen und Schlürfen, die ersten grünen Blätter entfalteten sich am Ast über dem Tisch, und wenn sie sich im Herbst bräunlich und rötlich getönt vom Ast lösten, fielen sie auf eine schmatzende und schlürfende Muschelgesellschaft, die zwischen roten Weinblättern saß, das Laub verteilte sich um die kunstvoll zu Ringen zusammengesteckten leeren Muschelschalen, die bläulichschwarz mit weißgelb Gequollenem aus einem großen Eisentopf am Ende der Tafel geschöpft wurden, mit Schwarzbrot und Butter und einem leichten Weißwein genossen, während Maria in der Küche vor dem nächsten Topf stand, viel Pfeffer hineintat, dicke Zwiebelringe, Porree und Sellerie, die Muscheln in wenig Wasser kochte, bis sie aufplatzten, früh war sie dafür wieder unterwegs gewesen, direkt am Hafen bei Maassen holte sie ihre Muscheln, erschöpft stand sie am Herd und war glücklich, einer der wenigen Momente, in denen sie wirklich glücklich war, jedesmal und immer wieder erneut stolz darauf, daß ihre Kochkunst so viele Menschen zusammenführte, das leise Platzen der Muscheln verband sich mit dem melodiösen Schnattern und Pfeifen der Vögel, die vor dem Winter noch einmal ins Freie durften, und dem lachenden an- und abschwellenden Geplauder an der langen Tafel im Hof.

Maria begann jeden Tag, als wäre es der erste Tag der Schöpfung, begann ihn wie ein noch nie dagewesenes Ereignis in ihrem Leben, obwohl sich der Ablauf und die Arbeit dieses Tages kaum von den anderen unterschied. Immer schien es, als ob sie ausgerechnet auf diesen einen Tag gewartet hätte, und alles, was an diesem Tag geschah, war so unerhört neu und aufregend und voller Überraschungen, daß sie ständig davon erzählen mußte. Selbst die Dinge, die sich absolut nicht veränderten, das Frühstück für die Kinder, das Mittagessen, das Aufräumen und Putzen der Wohnung, all die vielen Handgriffe, von denen viele der Meinung waren, man müsse dafür Automaten erfinden, waren für Maria so spannend, abwechslungsreich und interessant, daß man ihr ruhigen Gewissens ein ewiges Leben wünschen konnte, sie hätte sich in ihrem Alltag nie gelangweilt. Alles, was sie tun mußte, tat sie anscheinend zum ersten Mal, alles, was täglich passierte und was andere gar nicht mehr bemerkten, sah sie immer neu, war erstaunt darüber, fand es erzählenswert, und wenn man ihr sagte, das war doch gestern, das hast du doch gestern auch schon erzählt, sagte sie: »Aber heute noch nicht«, für sie war die Welt eben jeden Tag neu.

Maria war heimisch geworden im Josefsviertel, einem Teil des Quartiers, das den Vornamen aller Männer ihrer Familie trug und ihr daher etwas Vertrautes gab. Sie nähte gerne und mit Geschick, das sprach sich herum, und so wurde in ihrer Wohnung manches Kleid entworfen und verändert, enger oder weiter gemacht, mancher Mantel gewendet. »Wie neu«, hieß es dann übereinstimmend, und eifrig wurde zwischen Schneiderkreide, Bandmaß und Schere mit Stecknadeln im Mund über Säume und Kappnaht, Zickzackstich und Abnäher diskutiert. Dann kurbelte die Nähmaschine wieder stundenlang, es war das einzige Geräusch in der Wohnung.

Marias Kopf spiegelte sich dann durch die offene Schlafzimmertür in den drei Spiegeln der Frisierkommode, was ein vierfaches Bild ergab. Der Junge verstellte die Spiegel, verschob sie so lange gegeneinander, bis Marias Spiegelbild nur das vervielfachte Spiegelbild eines Spiegelbildes war, für den Jungen ein Spiel aus Erstaunen und Verwunderung, mit dem er so schnell nicht zu Ende war. Aus einem Bild entstanden auf diese Weise viele Bilder, aber all die vielen Bilder waren doch nur das Bild einer Person, die sich in jeder Spiegelung anders zeigte. Für den Jungen, der inzwischen schon mit mehreren Handspiegeln vor dem dreiteiligen Frisierspiegel arbeitete, war klar, daß, wenn er einmal tausend Spiegel hätte, er aus einer Person auch tausend Bilder machen könnte, und alle diese Bilder wären nur das Bild eines einzigen Menschen.

Der Junge verspiegelte so seine Welt, schob mit den Spiegeln Tisch, Schrank, Ofen, Nähmaschine ineinander, vergrößerte die Räume ins Unendliche, vervielfachte die Gegenstände, holte die Fenster des Nachbarhauses mit dem sich darin spiegelnden Himmel in die Wohnung, den Kirchturm der Josefskirche, bis dieser Irrgarten eine in sich geschlossene Spiegelwelt von innen und außen war, die Nähmaschine in den Wolken trieb, der Ofen auf einem Balkon stand.

Sogar die Vergangenheit erschloß sich ihm auf diese Weise. Neben dem an der Wand befestigten Volksempfänger war mit Heftzwecken eine Doppelseite aus der *Berliner Illustrirten* angebracht, ein Bildbericht über Verdun mit dem Titel *Fremdenindustrie auf den Schlachtfeldern*. Dieses Blatt spiegelte er kunstvoll auf seine Größe herab, er sah Katakomben, Kasematten und unterirdische Gänge, durch die hübsche Mädchen von freundlichen Soldaten geführt wurden. Über den Rändern eines Granattrichters schwebten die Hüte der Besucherinnen, die fast ganz in der Erde verschwunden waren. Ein alter Bauer rauchte genüßlich eine Pfeife in Revolverform und sah auf das Schaufenster eines Ladens, in dem sich Granaten, Helme, Patronen, Tornister und Auszeichnungen stapelten. Viele Granaten waren zu Tischaufsetzern verarbeitet, einige hatte man schön graviert zu Blumenvasen verarbeitet, einige andere bildeten den Sockel eines Kruzifixes, an dem Jesus Christus an einer Patrone hing. Das große, klobige Denkmal für die Toten und die endlosen Gräberfelder mit den uniformen weißen Kreuzen, die sich wie eine riesige Panzersperre bis an den Horizont erstreckten, Bilder, die der Junge auf Postkarten gesehen hatte, die Maria besaß, waren in diesem Bericht nicht zu sehen. Dafür konnte man dort lesen, daß organisierte Ausflugsdienste auf guten Autostraßen Rundfahrten von Fort zu Fort gestatteten, so daß man bequem die gemarterte Erde besichtigen könne, das Grabengewirr, die zerdrückten Stolleneingänge, die Granattrichter, löcherige Stahlhelme, verrostete Feldkessel, Reste von Stielhandgranaten und Gewehre. Auf den Forts stehend, könne man in die Todesschluchten hinabsehen, und im übrigen seien überall Erfrischungshallen und Andenkengeschäfte vorhanden.

Maria wollte immer einmal vor dem Grab ihres Vaters in Verdun niederknien, vor einem der vielen weißen Kreuze, aber sie hatte nicht das Geld für eine Reise, es gab nur Gruppenreisen, das waren Vergnügungsreisen, so wie sie in der *Berliner Illustrirten* geschildert wurden, da wollte sie nicht mitfahren, sie hatte eine andere Vorstellung vom Tod.

Von Friedrich kamen wieder Briefe, die keinerlei Rückschlüsse auf seinen Aufenthaltsort zuließen. Maria las sie so oft, daß sie alle auswendig konnte. Dabei ging es ihr auch um das, was zwischen den Sätzen stand, denn die Briefe kamen ohne Ortsangaben aus einem Niemandsland, in das sich Friedrich anscheinend immer wieder verirrte. Während seiner Rekrutenzeit war er als Sanitäter ausgebildet worden, die einzig sinnvolle Tätigkeit beim Militär, wie er sagte. Er verpflasterte und verband die ganze Nachbarschaft, setzte zur Not auch Spritzen, und alle bedauerten, daß er nun wieder weg war. Aber es gab immer noch keine Arbeit, und da kam das Angebot einer Organisation, die Deutschlands Autobahnen bauen wollte, gerade recht. Man suchte Sanitäter, die für Unfälle auf den Baustellen bereitstanden. Friedrich meinte, besser als gar nichts, und saß nun in einer Sanitätsbaracke, die sich aber seltsamerweise nicht an einer Autobahn, sondern an der westlichen Reichsgrenze befand, an der mehrere tausend Arbeiter Löcher in die Erde gruben und einen Bunker neben dem anderen errichteten. Maria konstruierte aus den versteckten Angaben in den Briefen und aus Rückfragen bei Friedrichs Freunden das Wort *Westwall*, mehr erfuhr sie leider nicht. In welcher der vielen Sanitätsbaracken an der offenbar unendlich langen Baustelle Friedrich saß, wußte sie nicht. Sie las seine Briefe, lernte sie auswendig und legte sie zu den Postkarten aus Verdun.

Der Tod war immer in Marias Gedanken, der Tod war immer bei ihr. Sie verwandelte das alltägliche Geschehen, all die furchtbaren Krankheiten, all die entsetzlichen Unfälle, das lange Siechtum und das jähe Sterben, das die Menschen unerwartet überfiel, Morde und Verbrechen, das ganze Unglück der Welt, in tausend Geschichten, die sie immer im Gedächtnis hatte, bei jeder Gelegenheit erzählte. Keiner konnte sich entsinnen, von Maria jemals eine heitere Geschichte gehört zu haben, all ihre Geschichten schlossen immer mit einem Todesfall und endeten auf dem Friedhof, sie war die mythische Göttin der Friedhöfe. Sie reicherte ihre dunklen Ahnungen über zukünftige Verhängnisse und bedrängende Schicksale mit diesen Geschichten an, die ihr als Beweis dienten, als ständige Nahrung für ihren kassandrahaften Zukunftsblick. Traurig war sie deswegen nicht, das Leben bestand nun mal aus Leid, im Unglück aufrecht zu leben, das war die Würde des Menschen. Im Glück konnte jeder leben, aber was war das schon für ein Leben, absolut nicht lebenswert, schließlich war der Mensch nicht für das Glück geschaffen. Im Unglück zu stehen und den Kopf hochzuhalten, das wurde vom Menschen verlangt. Einwände gegen diese Weltsicht erledigte sie mit einigen polnischen Sätzen. Friedrich, der in der Ehe mit ihr gelernt hatte, daß Widerspruch in diesen Dingen sinnlos war, schloß mit einem »Basta, finita la musica«, und Gustav setzte meist ein ironisches »C'est la vie« dazu.

Der Junge gewöhnte sich an diese Geschichten, erkannte die Welt in ihnen, hörte sie, wie andere Kinder Märchen hören. Stundenlang saß er regungslos auf einem Hocker in der Küche und sah, während er diese Geschichten hörte, durch seine Spiegel auf das Wetterhäuschen mit den Blumen vor dem Fenster, dem kleinen Kamin und den Schindeln auf dem Dach, den beiden Türen, vor denen ein finsterer Schornsteinfeger und eine lächelnde Dame mit Schirm immer wieder abwechselnd ihren Auftritt probten. Maria stopfte dann meist die Wäsche oder die Strümpfe, Nadel und Faden zogen sich schlangenartig, von ihren raschen Händen geführt, durch das Gewebe, schlossen die Löcher. Nichts war danach zu sehen von der kunstvollen Reparatur, und schon nahm sie das nächste Wäschestück und begann mit einer anderen Geschichte. Die Zeit schien nicht zu vergehen, war aufgehoben in den Geschichten, blieb stehen und endete nie. Sie beschleunigte sich erst wieder, wenn Gustavs Kopf in einem der Spiegel auftauchte, mit einem Buch in der Hand lockte und den Jungen fragte, ob er schon diesen Reisebericht über Ägypten gelesen habe, Pharaonen, Pyramiden, Kairo, Alexandria, die Wüste, oder diesen Reisebericht über Afrika, Großwildjagd, Löwen, Elefanten, die langen Trägerkolonnen in der Savanne, Massa, Massa. Er fütterte ihn geradezu mit Büchern, weil er Marias Geschichten nicht mochte, *Totengräberklagen* nannte er sie, aber Maria war nie zu stoppen. Während der Junge sich die Minarette Kairos oder die Giraffen Afrikas ansah, erzählte sie weiter, und beides verband sich für ihn, die Entdeckung der Welt und die vergangenen Geschichten darin.

Schwierige Dinge, die Maria mit den Fontanas nicht besprechen konnte, für die es wenig schwierige Dinge auf der Welt gab, zumindest keine, die sich nicht im Licht eines klaren Verstandes lösen ließen, schwierige Dinge also besprach sie auf ihre Weise mit der Marien-Ikone in der Josefskirche, auf der neben einer Maria mit Kind vieldeutige Zahlen und Buchstaben zu sehen waren. Es war nicht die herrliche Maria Mutter Gottes von Tschenstochau, aber ein sehr schönes, in Goldtönen gehaltenes Bild, von dem keiner so recht wußte, wie es in diese Kirche gekommen war, jedenfalls stammte es aus einer anderen Weltgegend. Immer brannten hier Kerzen, Maria zündete auch eine an, stellte sie zu den übrigen und ließ ihre unklaren Gefühle vor der Ikone zu einem Entschluß reifen, der dann ohne Zögern ausgeführt wurde, in eine Handlung umgesetzt, die allen anderen und wohl auch ihr erst einmal unklar blieb.

So holte sie nach einem Ikonenbesuch ihren Schließkorb aus dem Keller und packte ihn über mehrere Tage hinweg schweigend, grübelnd, überlegend, packte ihn wieder aus, packte ihn neu, tat Sachen hinein, nahm sie wieder heraus, tat sie doch wieder hinein. Und an dem, was sie aussortierte und was zum Schluß wirklich hineinkam, erkannte man, daß sie ihre wichtigsten und wertvollsten Besitztümer in den Schließkorb packte, Fotos der Familie, eine besonders gute Wäscheausstattung für zwei Betten, einen Teil des Silberbestecks, auf Zuwachs gekaufte Schuhe und Wintermäntel für die Kinder. Gustav lästerte: »Sie baut sich eine Arche Noah.« Sie reagierte darauf nicht. Elisabeth kam, sah sich alles an, zuckte mit den Schultern, ging wieder. Fin wurde vorgeschickt, als letztes Mittel, Maria zum Reden zu bringen, denn Fin bildete für Maria eine Brücke zu den Fontanas. Nach einem Tag gütlichen Zuredens erfuhr sie von ihr, daß sie in der Ikone eine brennende Stadt gesehen habe. Fin gelobte ewiges Schweigen und erzählte es sofort der Familie, die fassungslos war. Elisabeth rauschte beleidigt ab, für so was mache sie sich keinen schweren Kopf. Gustav hatte wie immer die einfachste Lösung: Die brennenden Kerzen hätten sich in der Ikone gespiegelt. Alle waren daraufhin zufrieden bis auf Fin, die ging in die Kirche, besah sich die Ikone von allen Seiten, die Theorie Gustavs war vor Ort nicht zu beweisen. Gustav marschierte daraufhin zu einem Ikonenmaler und führte dort ein längeres Gespräch über Ikonen, er kam mit der Erkenntnis zurück: »Ikonen machen das Unsichtbare sichtbar.« Gemeinsam begaben sie sich zu Maria, um Näheres über den Inhalt und den Verwendungszweck des Schließkorbs zu erfahren, doch der Schließkorb war verschwunden, Maria hatte ihn mit einer Nachbarin in den Bierkeller eines mit der Familie befreundeten Wirts geschleppt. Alle standen ratlos herum, sahen vorwiegend aus dem Fenster, keiner wollte etwas Falsches sagen. Da nun an der Sache nichts mehr zu ändern war, beschloß die Familie in stiller Übereinkunft, die Geschichte so zu nehmen, wie sie sich abgespielt hatte, auf keinen Fall solle man sich Sorgen machen.

Da die Sonne schien und endlich einmal wieder alle beisammen waren, entschied man sich, den bedrükkenden Tag in einen schönen zu verwandeln, und beschloß einen ausführlichen Spaziergang den Rhein entlang, in Richtung der Gastwirtschaft Meuser. Unterwegs zog Gustav einen Zettel aus der Tasche und las vor, was er sich beim Ikonenmaler notiert hatte: »Ta Symbola tou Pathous, Passionsmadonna, byzantinisch-griechisch-kretisch-italienischer Mischstil, wahrscheinlich von Lombardos«, er beugte sich über den Zettel, um einen Zusatz zu entziffern, »wegen der kammartigen Lichtreflexe in den Draperien.« Er steckte den Zettel wieder weg und marschierte weiter.

Fin, die sich knapp hinter ihm hielt, fragte: »Und wie kommt sie in das Quartier und in die Kirche?«

Gustav antwortete: »Die Ikonen wanderten mit der Seidenstraße, sie waren bei den italienischen Patrizierfamilien sehr beliebt.«

Die Familie marschierte nun hintereinander auf einem schmalen Pfad zwischen den flachen Rheinwiesen und dem Rhein, Kühe starrten breitbeinig und unbewegt kauend auf die trägen Rauchwolken vorbeidampfender Schlepper, die mit ihren Lastkähnen kleine Wellen ans Ufer trieben, hinter der nächsten Flußkrümmung verschwanden, während die Kühe immer noch dastanden, als wären sie eingepflanzt, nur der etwas aufgeregte Wellenschlag des Wassers erinnerte daran, daß hier ein Dampfer mit seinen Schleppern vorbeigezogen war. Der Junge blieb oft stehen, warf kleine Zweige in den Fluß und sah zu, wie sie flußabwärts trieben und in den Wellen verschwanden. Der Spaziergang verlief stiller als sonst. Gustav war mit der Ikone beschäftigt, das wußten alle und hielten den Mund, wenn er sich etwas erklärte, hatte man zu schweigen. Jedenfalls war das Bild, selbst als mögliche Kopie einer Kopie, so uralt wie Marias Geschichten und von ebenso unbekannter Herkunft. Keiner wußte, woher es kam, wann und wie es hierhergekommen war, aber was wußte man schon. Wann und wie waren sie selbst hierhergekommen, woher waren sie gekommen, die Fontanas, die Lukacz', das Bild war da, wie sie da waren. Die einen hatten ihre Ikonostasen, jede Ikone an ihrem Platz, die anderen ihr Musterbuch mit den Musterpatronen. Das eine und das andere, Zeitlosigkeit und ablaufende Zeit.

Gustav blieb plötzlich stehen, holte aus seinem Portemonnaie einen Fünfzigmarkschein, hielt ihn hoch und schrie, ohne die anderen über seine Gedankengänge aufzuklären: »Heute reicht das Wissen nur dazu, Geld zu produzieren. Das ist der neue Glaube. Jede Währungsreform verkündet einen neuen Staat, mit neuen Helden und neuen Idealen. Da haben wir etwas zum Glauben, wissen tun wir überhaupt nichts mehr.« Er steckte den Schein in den Mund und schluckte ihn hinunter: »Zum Ausscheißen, das ist alles.« Fin sah entsetzt auf das leere Portemonnaie, aber zur Erleichterung aller hatte er den Fünfzigmarkschein noch rechtzeitig gegen einen Notizzettel ausgewechselt, den er in der anderen Hand hielt, man wollte ja noch zu Meuser, und sein neuestes Interesse galt der Zauberei.

SA-Kolonnen marschierten durch die Straßen, schrien: »Licht aus! Fenster zu! Straße frei!«, mitgeführte Scheinwerfer leuchteten die Häuserfronten ab, und sah man in irgendeinem Fenster noch Licht, ging das auf einem Lastwagen montierte schwere Maschinengewehr sofort in Stellung.

Die Menschen standen hinter den geschlossenen Fenstern, etwas seitlich neben den Vorhängen, um nicht von dem herumgeisternden Scheinwerferlicht erfaßt zu werden. Auch Gustav stand, von einem Vorhang gedeckt, an seinem Fenster, schwieg, und Fin meinte, es sei jetzt wohl soweit. Nachts holte Gustav seine Armeepistole hinter den Büchern hervor, fettete sie mit Wagenschmiere ein, wickelte sie in Ölpapier, in das er alles Wertvolle einpackte, steckte das Paket in ein Eßgeschirr, verklebte es mit Uhu, ging im Morgengrauen in den Volksgarten, stellte sich breitbeinig in die hier flach fließende Düssel und schob seinen Schatz unter der Wasseroberfläche in die Uferböschung. Als ihn ein Spaziergänger fragte, was er da mache, antwortete er: »Stichlinge fangen« und stakste mit seinen nassen Hosenbeinen nach Hause.

Fin empfing Gustav zu Hause mit der Munition in der Hand, die hatte er in der Eile vergessen, Gustav nahm die Schachtel mit den so harmlos aussehenden kleinen Kügelchen und warf sie in einem seiner Wutanfälle an die gegenüberliegende Hauswand, die Schachtel zerplatzte an einem Puttenkopf, und die Kugeln prasselten auf das Straßenpflaster. Das war sein politisches Abschiedsfeuerwerk, mit dem er seinen Rückzug ins Private ankündigte. Er weigerte sich ab sofort, sein Studierzimmer zu verlassen, ja überhaupt noch aus dem Fenster zu sehen, denn das deutsche Volk laufe nur noch in Uniformen herum, und Uniformen waren ihm verhaßt. Er setzte sich auf sein Ledersofa neben dem Bücherregal und beschloß, diesen Platz, koste es, was es wolle, zu verteidigen, um von nun an alleine auf seinem Ledersofa durch das Weltall zu kreisen.

Gustav hatte seine Pistole keinen Tag zu früh der

Düssel anvertraut. Schon am nächsten Tag erschienen zwei SA-Männer und wollten einen Blick auf seine Bücher werfen. Gustav gab gereizt zurück, er habe keine Leihbibliothek, nannte den älteren der beiden Besucher Jupp und fragte ihn, seit wann er sich für Bücher interessiere. Jupp hatte in früheren Zeiten die Zukunft des Deutschen Reiches eher in roten Farben gesehen, die Situation war ihm unangenehm, er wollte gehen, aber da war noch der Jüngere. Der stellte sich zackig vor die Bücher, als riefe er zum Appell, ohne jede Ahnung, daß ein Mensch sich vor einer Bibliothek leicht blamieren kann. Er war auf Marx und Engels dressiert wie ein Hund, den man auf eine bestimmte Fußspur setzt. Da lag er nun bei Gustav falsch, denn für Gustav fing schon bei Marx und Engels die Bourgeoisie an. Dafür fand er Kropotkin, er sah Gustav fragend an, Gustav, der es nicht gerne hatte, daß man seine Bücher anfaßte, befand sich in einem Zustand, in dem er anderen Menschen ungerührt die Erdkugel als Würfel darstellen konnte, antwortete: »Der hat das Brandenburger Tor erbaut.« Das Gegenteil war im Moment schwer zu beweisen. Der Kerl fand Bakunin, und Gustav antwortete: »Der hat ostpreußische Märchen gesammelt.« Der Kerl zog Blanqui heraus, Gustav, schon lauter: »Feldmarschall unter Friedrich dem Großen.« Jupp, der eine Keilerei ahnte, nahm gutmütig und als Friedensangebot einen Band Shakespeare aus dem Regal, und Gustav brüllte: »Kannst du doch nicht mal buchstabieren!« Der Jüngere sagte: »Da werd ich Ihnen mal zeigen, was ich kann«, griff mit beiden Händen hinter die Seitenwand des Bücherregals, stemmte sein Stiefelbein gegen die

Wand, schrie den anderen an: »Du auch!«, und mit einem »Hauruck« warfen sie das Bücherregal um.

Das Bücherregal war zumindest für Gustav *die Ordnung der Welt*. Gustavs Bücher hatten sich in seinem Leben so zusammengefunden, daß Dichtung und Philosophie, Geistes- und Naturwissenschaften, nach seinen Gedanken neben- und übereinandergelagert, durch Lesezeichen, Fragezeichen und Ausrufezeichen miteinander verbunden, ein einziges Buch darstellten, in dem man gedankenvoll leicht von einem Thema zum anderen fand. Das Bücherregal war für ihn die Zivilisation, das Reich der Gedanken, und daß es nun am Boden lag, war die Vernichtung des Denkens, das Reich der Barbarei. Als sich die Staubwolke gelegt hatte, standen sich drei verdreckte Männer gegenüber, von denen zwei am liebsten mit dem Messer aufeinander losgegangen wären. Plötzlich stand auch Fin da und hatte ein Brett in der Hand. Eine reglose Menschengruppe, voller Staub und Spinnweben, und nach dem vorhergegangenen Donnerschlag war es lange sehr still. Dann gingen die beiden SA-Männer, nicht ohne anzudrohen, gelegentlich wiederzukommen. Gustav verbot Fin, das Bücherregal wieder aufzurichten, die Bücher sollten so liegenbleiben, wie sie da lagen, der jetzt herrschenden politischen Ordnung gemäß.

Eine alle Gedanken und alle Gefühle lähmende Bewußtlosigkeit überzog die Stadt, kam mit der Dämmerung, kam mit dem Morgengrauen, beherrschte die Nacht, beherrschte den Tag, erstickte das Leben.

Menschen verschwanden. Die Zurückgebliebenen hielten den Atem an, verstummten, schwiegen, flüchteten sich in Ahnungslosigkeit, beherrscht von einer unbestimmten, unbenennbaren Angst. Man hörte Grauenhaftes und vergaß es vor Entsetzen, obwohl es einem eindrücklich geschildert worden war. Man blickte gebannt auf irritierende Vorgänge und hatte sie doch nicht gesehen, konnte sich nicht an sie erinnern. Die Menschen versteinerten wie Vögel, auf die ein Raubvogel herabstößt, sich bewegungslos duckend, stellten sie sich tot, starrten mit aufgerissenen Augen auf das Opfer neben sich, sahen zu, wie der Raubvogel tötet und den getöteten Körper zerreißt. Menschen verschwanden. Wohnungen waren plötzlich leer, der Wohnungsinhaber verschwunden, er tauchte auch nicht wieder auf, hatte auch nichts hinterlassen, der eine oder andere hörte noch einen Motor laufen, aber sonst nichts, absolut nichts. Die Menschen verschwanden geräuschlos und unauffällig, keine Polizeisirenen, keine aufsehenerregende Verhaftung, verschwanden sogar von der Straße. Eben ging noch ein Mann vor einem her, plötzlich hielt ein Auto neben ihm, ein Zivilist stieg aus, zog den Mann ins Auto, das Auto fuhr ab, eben noch ging ein Mann vor einem her, nun war er verschwunden, kein Schrei, kein Menschenauflauf, als hätte die abendliche Dunkelheit ihn verschluckt. Es blieb nur die Stille der Dämmerung, das Klirren eines Fensters, das hastig geschlossen wurde, der Schlag einer Haustür, die ins Schloß fiel, ein Schlüssel, der sich im Schloß drehte. Menschen verschwanden. Wie Sandkörner durch eine

Sandhur fallen, so still und unauffällig fielen die Menschen aus der Welt.

Raffte sich einer auf und ging zur Polizei und meldete, daß ein Mann vor seinen Augen in einem Auto verschwunden sei, sprachen die Polizisten von einer Sinnestäuschung, der Mann sei sicher in einem Hauseingang verschwunden. Erwiderte man, daß man einen Hauseingang von einem Auto unterscheiden könne, antworteten die Polizisten, es wäre besser, wenn man das nicht unterscheiden könne. Meldete man eine leerstehende Nachbarwohnung, sagten die Polizisten, der Bewohner sei vielleicht über Nacht nach Australien verreist. Wenn man dann fragte: »Ohne Abschied?«, hieß es, wer viel frage, sei selber schuld, so einer sei dann auch eines Tages verschwunden, und kein Hahn würde nach ihm krähen.

Es verschwanden nicht nur Politiker der Opposition oder Menschen mit einem festen Glaubensbekenntnis oder Ausländer mit einer fremden Sprache, es verschwanden stolze Offiziere aus dem Ersten Weltkrieg, von denen man wußte, daß sie ihre ganze Hoffnung auf die neue Ordnung setzten, es verschwanden joviale Staatsbürger, die einen Witz über die Nullen eines angeblich tausendjährigen Reiches machten, es verschwanden Ladeninhaber, die sich nie mit Politik befaßt hatten und lediglich der Meinung waren, Lebensmittelkarten seien kein Ersatz für Lebensmittel, ja, es verschwanden sogar Menschen, die bisher mit erhobenem Arm für das neue Reich durch die Straßen marschiert waren. Das Unheimliche war, daß jeder verschwinden konnte, ohne Spuren zu hinterlassen, das hatte man noch nie erlebt, egal, ob einer dafür oder dagegen oder neutral oder unwissend war, die neue Ordnung wischte die Namen der Menschen aus wie Kreide auf einer alten Schultafel.

Bei einer Nachfrage auf einer Polizeiwache war es daher lebenswichtig, einen Weimarer zu finden. Das waren die älteren Polizisten, die noch in der Weimarer Republik ihren Beruf erlernt hatten, die noch ganz altmodisch zwischen Dieben, Einbrechern, Betrügern und Menschen mit einer politischen Meinung unterschieden und noch altmodischer der Ansicht waren, daß man Verhaftete auf keinen Fall während des Verhörs mit Ohrfeigen, Fußtritten, Gummiknüppeln, brennenden Zigaretten, eiskaltem Wasser behandeln dürfe oder der Drohung, sie in diesem Zimmer auf der Flucht zu erschießen.

Gustav suchte zusammen mit Fin einen von ihnen auf und fragte, ob es Sinn habe, einige Vermißtenmeldungen abzugeben. Der Polizist sagte, es habe so viel Sinn, wie das Wort *Weimarer Kriminalpolizeihauptkommissariat* rückwärts zu buchstabieren, beides führe zu nichts. Hier gebe es nur noch Gefangene, die einen seien schon abgeholt, die anderen würden noch abgeholt. Die draußen auf der Straße herumliefen und von neuen Zeiten träumten, wüßten es nur noch nicht, aber auch sie ständen auf der Liste, das sei nur eine Frage der Zeit, auch die beste Organisation könne nicht alles auf einmal lösen. Einstweilen müsse man sich das Gefängnis nur groß genug vorstellen, dabei zeigte er auf die Landkarte des Deutschen Reiches in den zur Zeit gültigen Grenzen, die fett und schwarz wie der Trauerrand einer Todesanzeige einen geschlossenen Kreis bildeten.

Aus Gelsenkirchen kam eine Todesanzeige, verbunden mit der Nachricht, Polka-Paul sei mit seiner Klarinette, die er nicht hergeben wollte, in ein Heim eingeliefert worden, auch Tante Josephine, die Schwester von Marias Mutter, die mit dem Tanzlehrer verheiratet war, schwache Nerven hatte und in letzter Zeit immer nur weinte, sei abgeholt und in dasselbe Heim gebracht worden. Nach einer Woche erhielt die Familie von beiden gleichzeitig die Todesnachricht. Sie waren laut diesem amtlichen Schreiben zur gleichen Zeit am gleichen Ort an Herzversagen gestorben, die Kremation habe stattgefunden, die Rechnung hierfür und für die Beisetzung der Urne liege bei und sei innerhalb acht Tagen zu begleichen.

Die Familie wollte das Urnengrab sehen, um wenigstens Blumen niederzulegen, aber in den Akten des Heims fand sich kein diesbezügliches Verzeichnis, und als die Familie Polka-Pauls Klarinette und den Schmuck von Tante Josephine, den sie bei ihrem Abtransport angelegt hatte, wiederhaben wollte, fand sich auch hier kein diesbezügliches Inventar. Als sie das der Polizei meldeten, sagte ihnen ein Inspektor auf dem Revier, als ehemalige Polen sollten sie lieber die Schnauze halten, und als Onkel Heinrich, Zugführer bei der Deutschen Reichsbahn, sich in seiner Uniform aufrichtete und sagte, daß ihre Vorfahren in Polen preußische Bürger gewesen seien, sagte der Inspektor, Preußen gebe es nicht mehr, das neue Reich brauche eine neue Rasse, und als Onkel Heinrich sagte, das sei ja dann wie bei der Hundezucht, bekam er hundertfünfzig Mark Ordnungsstrafe wegen Beleidigung der Behörden, und der Inspektor sagte, wenn man das der Partei melde, komme er noch ganz woandershin. Onkel Heinrich war bald darauf kein Zugführer mehr, nur noch einfacher Schaffner, und auch das nur, weil er so beliebt war und so viele Freunde hatte.

Maria sprach mit Polka-Paul und Tante Josephine vor der Marien-Ikone, mehr konnte sie nicht tun. Und an einem langen Abend erzählte sie dem Jungen die Geschichte von Tante Josephine, die ihr die ersten Ohrringe geschenkt hatte, für die in einem Schmuckladen die Ohrläppchen durchstochen wurden, Tante Josephine mit dem Porzellangesicht, wie alle sagten, weil sie so schön war, unglücklich verheiratet mit einem deutschen Tanzlehrer. Und die Geschichte von Polka-Paul, der auf seiner Klarinette alle Tanzlieder beherrschte und damit die Feste dirigierte, dem nach dem Krieg die Töne durcheinandergerieten, weil er in Verdun in einem Bunker verschüttet wurde. Und der Junge wußte, daß er das alles behalten sollte.

Im Quartier konnte man noch recht lange unter seinem eigenen Fahndungsplakat stehen, ohne von der Polizei behelligt zu werden. Die Polizisten grüßten respektvoll die Politiker, die sie ins Parlament der Stadt und in den Landtag gewählt hatten und die sie nun verhaften sollten, was ja bedeutete, daß man die eigene Meinung einsperren mußte, für viele immer noch ein Problem. Personen, die man in ordentlichen Gemeinden längst gefaßt hätte, fuhren hier mit der Straßenbahn durch die Stadt, saßen in ihren Stammkneipen, obwohl sie bekannt waren und jeder wußte, wo sie wohnten. Wurde dann einer von irgendwelchen Staatsstellen dringend angefordert, weil die für ihn bestimmte Zelle immer noch nicht belegt war, kam die Polizei ins Haus und unterbreitete Reisevorschläge, die zumeist Holland als sehenswert bezeichneten.

Gustav schlief um diese Zeit selten zu Hause, er kannte das Quartier, wandelte unbehelligt durch Höfe und Hinterhöfe, durch Häuser und Hinterhäuser, Flure und Wohnungen, denn das Quartier war für die, die sich auskannten, ein Haus mit tausend Türen und Fenstern, größer als jedes Schloß. Fin schlief bei Maria, gemeinsam brachten sie das Mittagessen in den Volksgarten, wo sie Gustav an einer bestimmten Stelle trafen. Fin vertraute Maria an, daß sie sich Sorgen um Gustav mache, Gustav vertraute Maria an, daß er sich Sorgen um Fin mache, Maria vertraute den beiden an, daß sie sich keine Sorgen machen müßten, sie habe für jeden eine Kerze im Stoffeler Kapellchen angezündet. Gustav trat nach dieser Eröffnung wie immer gegen etwas Unbewegliches, diesmal eine Parkbank, schlug sich wie immer sein Bein auf, Fin hielt einen Vortrag über Aberglauben im allgemeinen und die römische Kirche im besonderen, Maria lächelte über die Unwissenden, verzieh ihnen und behielt recht: Gustav und Fin wurden nur einmal verhaftet und nach wenigen Stunden wieder freigelassen, für beide ein Zufall, für

Maria die schützende Wirkung gesegneter Kerzen. Gustav und Fin waren da in Beweisnot, was war schon das abgenutzte Wort Zufall gegen das konkrete Vorhandensein zweier gesegneter Kerzen. Das Schicksal Polka-Pauls und Tante Josephines war zugleich der Gegenbeweis, da hatte man Maria keine Gelegenheit gegeben, Kerzen aufzustellen.

Viele lebten im Volksgarten und zählten die Tage bis zu ihrer Verhaftung. Das war schwierig, denn wer wußte schon, wann er entdeckt und verhaftet wurde, eine Rechnung mit vielen Unbekannten und dem Ende der eigenen Lebenszeit. Man genoß jeden Tag der Freiheit unter dem offenen Himmel des Parks, besah sich die Bäume, die Frühling, Sommer, Herbst und Winter anzeigten, die Düssel floß verschwiegen über Pistolen, Gewehre, Handgranaten und Munition. Viele schliefen auch hier, sahen morgens zum ersten Mal in ihrem Leben die Sonne zwischen den Bäumen aufgehen, sahen abends den rotglühenden Ball, sich stark vergrößernd, wieder verschwinden. Da wo die Sonne aufging, lag Rußland, da wo sie unterging, Frankreich, beides war nicht nur weit weg, sondern auch eine Glaubensfrage, so daß sich die Weiseren unter denen, die sich im Dunkel versteckten, mit der Mittagssonne über den Grabsteinen des Stoffeler Friedhofs begnügten.

Maria saß gerne im Volksgarten. Die Kinder spielten, wo sie wollten, versuchten, in der Düssel schwimmen zu lernen, zeigten stolz die gefundenen Pistolen, mußten sie leider wieder in die Düssel werfen, spielten mit der glänzenden, in der Sonne schimmernden Munition im Sandkasten.

Gustav und Fin saßen mit Freunden zusammen, denn neben Menschen, die sich nur wegen ihrer politischen Überzeugung oder ihres Glaubens in der freien Natur wiederfanden, gab es viele, die hier schon seit Jahren lebten, Menschen ohne Arbeit, ohne Wohnung, das eine kam durch das andere. Sie hatten sich eingerichtet, aus Dachpappe, Wellblech und alten Matratzen ein wohnliches Heim geschaffen. Manche waren aus dem Heinefeld hierhergezogen, weil es ihnen da zu voll war. Das Heinefeld war eine Stadt der Obdachlosen, eine viele tausend Menschen umfassende Siedlung aus Nissenhütten und selbstgebauten Baracken, fern von Wasser und Strom und den bürgerlichen Gesetzen, eine Ansammlung von Menschen und Hütten, wie sie der Zeitungsleser eigentlich nur aus Südamerika kannte. Aber sie befand sich am Rande der Stadt und trug den ehrenvollen Namen Heinefeld, und der große Maler Otto Pankok malte dort seine Zigeuner und wurde von ihnen *Molari* genannt.

Im Volksgarten lebten Individualisten, Leute, die allein leben wollten, die auf einer kleinen Lichtung zwischen zwei Bäumen wie auf einer Insel residierten. Sie zeigten den Neuen, die oft nur mit ihrem Winterpaletot kamen, wie man im Freien ein kleines Feuer macht, was man von den Sträuchern essen kann und was nicht, wie man Zeitungspapier zu einer warmen Schlafdecke rollt, wie man in der Düssel badet und dabei seine Wäsche wäscht, wie man Igel röstet und wie man aus Zweigen und Blättern einen guten Windschutz baut. Sie zeigten ihnen, wie man außerhalb einer Vierzimmerwohnung mit Dienstmädchen, fern von allen Läden, Banken, Restaurants, ohne Geld überlebt.

Die Stadt veränderte sich. Bücher verschwanden aus den Bibliotheken, Bilder verschwanden aus den Museen, Ladengeschäfte und Gebäude erhielten neue Namen, neue Fahnen hingen an den Häusern, und die Straßen und Plätze wurden umbenannt. Auch die Geschichte der Stadt veränderte sich, selbst die ältesten Menschen, die sich noch genau an ihr Leben erinnern konnten, die sich sogar noch an die Erzählungen ihrer Großeltern erinnern konnten, erfuhren nun, daß alles, was sie wußten, falsch war, daß die Erzählungen ihrer Großeltern falsch waren, daß die Erinnerungen an ihr Leben falsch waren, daß die Zeit, an die sie sich erinnerten, ganz anders abgelaufen war. Und jüngere Menschen lernten eine Heldengeschichte auswendig, die es nie gegeben hatte, die frei erfunden war.

Und weil alles, was bisher Sinn und Bedeutung hatte, verschwand oder umbenannt wurde, fiel es auch nicht mehr auf, daß Menschen verschwanden oder umbenannt wurden. Man hatte sich an das Verschwinden und Umbenennen gewöhnt, man hatte jede Orientierung verloren, man hatte jede Meinung verloren. Altmodische Begriffe wie Gut und Böse verschwanden und wurden umbenannt, die neue Zeit verlangte das, das deutsche Vaterland war gut, alles andere war böse, es gab eine neue Moral und neue Tugenden, Treue, Ehre, Glaube, Heldentum.

Die Stadt veränderte sich. Die Keller der Häuser hießen nun *Luftschutzräume*, sie wurden ausgebaut und mit Balken abgestützt, eine Stelle wurde mit einem roten Quadrat markiert und hieß nun *Durchbruch*, Feldbetten wurden übereinander aufgestellt, Wassereimer, Feuerpatschen, Brandspritzen standen auf allen Stockwerken des Hauses. Luftschutzwarte wurden ernannt, die einen Luftschutzhelm trugen, jeden Tag alles inspizierten, Polizeichef des Hauses waren und Appell anordnen konnten. Die Kellerfenster und Hauseingänge wurden von außen mit weißer Farbe markiert, die Bürgersteige wurden mit weißer Farbe markiert, Hauswände und Straßen mit einem Zeichensystem aus Zahlen, Buchstaben, Abkürzungen und Pfeilen überzogen. Die Straßen sahen aus, als hätte sich ein australischer Ureinwohner mit Farbe beschmiert. »Wie tätowiert«, sagten die Bewohner, und da alle Straßen und Häuser ganz systematisch so markiert wurden, sagten einige auch, daß diese Ordnungszeichen wohl für andere, auf keinen Fall für die Bewohner der Häuser aufgemalt würden, denn die hätten sich ja bisher ganz gut ausgekannt.

Sirenen wurden montiert und ausprobiert und heulten ihre Signale über die Stadt. Volksempfänger wurden verteilt, damit jeder das Wunschkonzert und die Nachrichten und die Stimme des Führers hören konnte, ausländische Sender waren mit diesem schwarzen Kasten nicht zu empfangen. Die Volkswohlfahrt brachte die Volksgasmasken, und ein paar Tage spazierten die Menschen, um etwas Spaß zu haben, mit der Volksgasmaske auf der Straße herum. Die Volksempfänger schrien alle das gleiche Programm aus den Fenstern, Bernd Rosemeyer und Caracciola kämpften mit dröhnenden Motoren auf dem Nürburgring, der Führer eröffnete eine Autobahn, *Die Meistersinger von Nürnberg* offenbarten sich in Chören und herrlichen Stimmen, der Führer eröffnete eine Ausstellung, die *Olympischen Spiele* jubelten mit Fanfaren und Siegerehrungen, der Führer eröffnete den Reichsparteitag, und Schalke wurde Deutscher Fußballmeister. »Wird schon nicht so schlimm werden«, sagten die Menschen und sprachen über Jesse Owens, »Es geht alles vorüber, es geht alles vorbei«, sangen die Menschen, Ilse Werner pfiff, Heinz Rühmann lachte, Zarah Leander schluchzte, die Sirenen heulten, und auf der Straße schrie der Luftschutzwart: »Da ist noch Licht!« Denn alle übten nach Vorschrift *Verdunkelung*, an jedem Fenster wurde ein Rollo mit starkem schwarzen Papier angebracht, das man bei Voralarm herunterziehen mußte, bei Vollalarm hatte man im Keller zu sein, bei Entwarnung durfte man wieder in die Wohnung, und das wurde nun geübt. Keiner wagte, darüber zu lachen, denn die, die das getan hatten, waren verschwunden, und man sah sie nur noch einmal, wie sie Splittergräben in den Parkanlagen aushoben und Feuerlöschteiche auf den Plätzen ausmauerten.

Einige grübelten, konnten sich aber nicht so recht erinnern, wann das alles angefangen hatte. Den Anfang hatte man nicht so beachtet, immer hatte man gedacht, nun sei es wohl gut, das Ende aller Veränderungen sei erreicht, aber die Sache ging weiter und nahm kein Ende, und keiner konnte sich mehr an den Anfang erinnern. Auch die Bewegungen der Menschen veränderten sich, Schultern hochgezogen, liefen sie schneller als sonst über die Straßen, blieben öfter zu Hause, saßen seltener in ihren Stammkneipen, sprachen hastig und undeutlich, leiser als früher, die Worte nur andeutend, Mitwissen voraussetzend. Alten Freunden sahen sie in die Augen, um zu erkennen, ob der Freund noch Freund war oder zu denen gehörte, die paradierend durch die Straßen marschierten, mit irgendeinem Sammelsurium bekleidet, das sie nationale Uniform nannten und das es in vielen Variationen gab, denn die Einheitspartei, die anstelle der alten Parteien getreten war, schuf sich ständig neue Unterorganisationen, die sich jeweils anders kostümierten, eine uniforme Ordnung, wie man sie noch nie erlebt hatte. Es gab inzwischen Hunderte von Organisationen und Einheiten, von Unterorganisationen und Untereinheiten, jede Parteiorganisation, jede Waffengattung, jede Hilfstruppe, jeder Heimatschutz hatte eine eigene Uniform oder zumindest ein besonderes Detail an der Uniform, damit jeder gleich erkannte, wer zu welcher Untereinheit oder Unterorganisation gehörte. Aber kein Mensch hatte alle Uniformen und alle Details an den Uniformen im Kopf, man hätte ein dickes Buch mitschleppen müssen, um jeden an seinen Markierungen zu erkennen, es gab keinen, der das verstand, ein Mensch konnte diese Ordnung nicht verstehen, und es gab ja auch kaum noch Menschen. Man war Parteigenosse, Wehrmachtsangehöriger, Dienstverpflichteter, kriegswichtig, kriegsverwendungsfähig, stand zur besonderen Verfügung, und in dieser Eigenschaft hatte man zu funktionieren. Das ganze Volk war durchnumeriert und durchorganisiert, vom Führer bis zur deutschen Hausfrau, und der Führer hatte sie alle in seinem Organisationsschema, und keiner erinnerte sich mehr, wann das anfing, und keiner erinnerte sich mehr an das, was vorher war, und keiner erinnerte sich mehr an alte Zeiten, weil es nur die neue Zeit gab. Die Menschen verloren ihr Gedächtnis und warteten ergeben auf den Befehl des Führers, standen bereit in ihren Uniformen, und auch die, die verschwunden waren, trugen nun die verschiedensten Uniformen mit den verschiedensten Zeichen, so daß der Uniformierte, der sie bewachte, an der Uniform und an dem Zeichen und an der eintätowierten Nummer den Gefangenen erkannte und der Gefangene an der Uniform seinen Bewacher. Und die so Uniformierten mußten dann später unter der Aufsicht von Uniformierten anhand der weißen Zeichen an Häusern und Straßen die im Keller verschütteten und erstickten und verbrannten Frauen und Kinder bergen, die Toten bergen, um dafür getötet zu werden, wie auch ihre Bewacher getötet wurden. Das war der Sinn der Zeichen. Die Stadt hatte sich verändert.

Gustavs *Akademie* traf sich in unregelmäßigen Abständen in kleinerer oder größerer Besetzung in seinem Studierzimmer, saß in einem offenen Kreis in sehr verschiedenen, überall eingesammelten Sesseln mit durchgedrückten Polstern und verschlissenen Bezügen um den auf dem Boden liegenden Bücherstapel, der durch das ständige Stöbern nach gewichtigen Werken an Höhe verlor und an Breite gewann. Einzelne Ausläufer verteilten sich bis in die Nachbarzimmer, deren Türen nicht mehr geschlossen werden konnten, so daß die Bücher schließlich mit den Füßen durch die Wohnung wanderten, denn nie durfte eines aufgehoben werden. Die Akademiemitglieder saßen daher bald zwischen den Büchern, eine äußerst bequeme Sitzordnung, die das Zitieren erleichterte, man mußte nur die Hand ausstrecken oder ein anderes Akademiemitglied bitten, die Hand auszustrecken, der Gang zum Bücherregal erübrigte sich. Neben jedem besetzten Sessel stand mindestens ein freier Stuhl, denn auch die alten, inzwischen verschwundenen Freunde Gustavs fanden in dieser Runde ihren Platz, waren durch Nichtanerkennung der Wirklichkeit und der Tatsachen anwesend. Gustav nagelte auf die verlassenen Stühle ein Brett mit ihren Namen, schlug die Nägelköpfe nicht ganz ein, ließ sie etwas hochstehen, keiner sollte mehr darauf sitzen. Er ernannte diese Stühle zu korrespondierenden Mitgliedern, er kannte ja die Gedanken der Stuhlinhaber, vertrat deren Meinung auch nach ihrem Ableben immer korrekt, zitierte sie wörtlich, holte auch bei Abstimmungen ihr Votum ein, so daß bei entscheidenden Fragen die Lebenden und die Toten gemeinsam abstimmten. Das Ergebnis trug Gustav in eine Kladde ein, eine Art Gedankenbuch als Fortsetzung des Musterbuchs, denn es ging ernsthaft zu. Sicher, es gab immer noch von Gustavs selbstgemachtem Madeira beflügelte Nächte, in denen Gustav ruhig und völlig überzeugend von seiner Zeit als Perlentaucher in der Südsee erzählte, sich genau an jede Einzelheit erinnerte, die Unterwasserwelt der Südsee allen farbig vor Augen stand, aber das waren Ausnahmen, Erholungspausen, die Fragen der Zeit warteten dringend auf Klärung.

Gustav, in der Wahl seiner Freunde so unerbittlich streng geworden, daß er nur noch Charakter akzeptierte, wunderte sich über seine plötzliche Einsamkeit. In seinem unübersehbaren Bekanntenkreis fand sich aber doch der eine oder andere, der auch nach einer fast jesuitischen Prüfung Gustav immer noch in die Augen sah. Der Auserwählte sollte weniger vernünftig als verständig sein, damit er nicht gleich alles besser wisse, er sollte glaubhaft, aber nicht gläubig sein, damit er nicht mit fremder Wahrheit daherkomme. Gustav wollte auch keinen *gesunden Menschenverstand*, der war ihm verdächtig, weil er meist aus Sprichwörtern wie *Morgenstund hat Gold im Mund, Ohne Fleiß kein Preis, Sich regen bringt Segen* und ähnlichem trockenem Unfug bestand, der mehr zur Verdunklung als zur Erhellung der Welt beitrug. Auch bürgerliche Moral war nicht das, was er suchte: Ehrlichkeit, Wahrheitsliebe, Anständigkeit, das hörte sich schön an, waren sicher auch notwendige und in friedlichen Zeiten schätzenswerte Eigenschaften, aber wie viele ehrliche und anständige Menschen waren der Wahrheit zuliebe in die Partei dieses Hitlers eingetreten. Auch Menschen, die gerne von der schönen Erhabenheit der Kunst oder von der schönen Erhabenheit der Berge oder des Meeres faselten, waren ihm zuwider. Das Meer war ein verdammt großes und meist stürmisches Wasser, die Berge waren Steinhaufen und Geröllhalden, auf denen fast immer Schnee lag, und was die Kunst anging, so konnte man darüber überhaupt nicht reden, ohne sich zu blamieren. Für Gustav waren das alles durch Bildung erpreßte Geständnisse, da wurde die Seele ins Gehirn gepumpt, um das Gefühl zu erhalten, das von jedem Oberlehrer eine Eins erhielt. Das Erhabene und Schöne lag für Gustav nur im interpretierenden Blick der Menschen, die hastig zu diesen Worten griffen, weil man ihnen sonst den Rohrstock um die Ohren schlug, kein Kind finde die Berge oder das Meer erhaben und schön, und Kunst mache es selber. Im übrigen wüßte er gerne, warum so viele erhaben denkende Menschen Hitler als den Retter Deutschlands ansähen und warum so viele das Schöne liebende Menschen ihn als den neuen Jesus Christus anbeteten, womit auch die Worte *erhaben* und *schön* erledigt waren. Gustav suchte Menschen, die angesichts der Endlichkeit des Lebens und der Zweifelhaftigkeit der Welt ihre kindliche Freude am Dasein nicht verloren hatten.

Zu den ständigen Akademiemitgliedern, die an jeder Sitzung teilnahmen und sogar in den Rang von Untermietern aufstiegen, gehörte Terboven, geschätzt wegen seiner unendlichen Lust am Fragen. Er war unwissend wie ein Narr und fragte ebenso ungenau und ziellos, jede seiner Fragen löste viele, viele Antworten aus, die von ihm sofort mit neuen Fragen beantwortet wurden, so daß man von ihm sagen konnte, er wußte auf jede Antwort eine Frage. Terboven hatte sich mit fünfzig Jahren mühsam anhand von Zeitungen das Lesen beigebracht, saß dicklich und aufgeregt fast immer hinter einer Zeitung und genoß mit staunenden Augen die vielen Zeilen, die die Welt in eine so angenehme Ordnung brachten. Er besaß das Zutrauen des Naiven und war daher der Meinung, daß auf der Welt genau so viel passierte, wie in der Zeitung stand. Fuhr ein Personenwagen gegen einen Lastwagen, so geschah das für ihn in Form einer frischgedruckten, in einer Spalte gesetzten Meldung, aus der während des Zusammenstoßes die Überschrift *Verkehrschaos* entsprang, darunter die mit Orts- und Zeitangaben von der Polizei bestätigten und *von unserem Berichterstatter* ereignisreich ausgemalten Einzelheiten der Meldung, wobei die Meldung das Ereignis war. Ob ein Zug in Neu-Delhi acht Uhr vierundzwanzig Ortszeit im Hauptbahnhof entgleiste und auf den Bahnsteig raste (neun Tote, einundzwanzig Verletzte), *ausführlicher Bericht in der Abendausgabe*, ob in Mexiko City, *Kabel unseres Korrespondenten*, Gerüchte von einem versuchten Attentat auf den Präsidenten die Runde machten, oder ob in Ratingen ein Bauer mit seinem Fuhrwerk verunglückte, weil ein Bienenschwarm sich auf die Pferde setzte, die turbulente, unberechenbare Welt fand für ihn in der Zeitung ihre Ordnung.

Diese Weltharmonie zerbrach, als Terboven einmal zufällig mit ansah, wie SA-Männer einige Zivilisten mit einem gelben Stern an der Kleidung auf einen Lastwagen jagten. Er kaufte sich sämtliche Abend-, Morgen- und Hauptausgaben, doch alle Zeitungen vergaßen anscheinend darüber zu berichten. Drei Tage studierte er jede Zeile, er fand nichts, die Welt war in

Unordnung, da war etwas nicht ordnungsgemäß bewertet und für die Nachgeborenen notiert worden. Er nahm sein Fahrrad, fuhr guten Gewissens zur Redaktion, beschwerte sich, daß die Zeitung die Welt in Unordnung bringe, die Redaktion schickte ihn zum Chefredakteur, der schickte ihn zur nächsten Polizeiwache, die schickten ihn ins Polizeipräsidium, dort wurde er so verhauen, daß er in ein Krankenhaus gebracht werden mußte. Er lag mit seinen grünen und blauen Flecken, seinen blutigen Schrammen, ganz verwundert in einem Bett und weinte, er weinte weniger über seine Schmerzen als darüber, daß ihm seine Zeitungswelt zerrissen war, und er verfluchte den Tag, an dem er den Entschluß gefaßt hatte, sich das Lesen beizubringen.

Terbovens Antipode war der Leihbuchhändler Simon, der so breit wie lang war, einen kühnen Haarschopf bändigte, indem er den Kopf ständig nach hinten warf, dazu seine Sätze mit theatralischen Gesten unterlegte, die aus dem jahrelangen Kampf mit seinem ihm viel zu kleinen Morgenmantel entstanden waren. Sein Lieblingswort hieß *Obwohl*, warnend und mit angehobener Stimme ausgesprochen, was soviel hieß wie: »Man weiß es nicht, es könnte auch anders sein.« So wie der Papst für sich in Anspruch nahm, ex cathedra, unfehlbar zu sein, so nahm Simon bei seinen gewissenhaften und gut durchdachten Ausführungen für sich in Anspruch, daß alles eben auch ganz anders sein könne, wer wisse denn schon, wie es wirklich sei, kein lebender Mensch, und von den Toten höre man ja nicht viel. Es könne so sein, es könne aber auch so sein, es könne sogar nicht so sein, es könne sogar nicht nur nicht so sein, es könne sogar ganz anders sein. Die Größe des Menschen lag für ihn darin, daß er alles um sich herum ständig anders sehen konnte, an allem grundsätzlich und immerzu zweifelte, alle Gewißheiten in Frage stellte. Er haßte daher Menschen, die ihre Argumente mit dem Satz »Ich stehe mit beiden Beinen auf der Erde« untermauerten, und bewies ihnen mit zwei großen Handbewegungen, daß er A außer im Zirkus noch keinen Menschen gesehen habe, der auf Händen laufe, B die Kunst darin liege, zu schweben. »Schlimmer kann es nicht mehr kommen«, das war auch so ein Satz, der ihn in Rage brachte, sofort antwortete er: »Das ist der dümmste Satz, den ein Mensch sagen kann, weil es immer schlimmer kommt, wie die Weltgeschichte beweist. Zumindest solange Menschen leben, die solche Sätze von sich geben. Doch wann das Ende naht, das weiß weder Gott noch die Wissenschaft. Über das Ende entscheidet der Blockwart, und so es ihm gefällt, bestimmt er unseren Tod. *Obwohl* –.« Diese Worte verkündete er auch in seinem Laden vor einer stumm nickenden Gemeinde, indem er vor leeren Buchregalen in seinem alten, wattierten, grünlich schimmernden Morgenmantel, den er mit einer goldfarbenen Vorhangkordel zusammenhielt, auf und ab spazierte.

Die Stadt war von den neuen Machthabern zur Hauptstadt der Kultur ernannt worden, keiner wußte, warum, es löste allseits Überraschung aus. Die Irritation wurde noch größer, als die neuen Machthaber den Spielplan des Theaters umstellten, Bilder aus den Museen und Bücher aus den Bibliotheken abtransportierten, ja sogar verbrannten. Manche sprachen von Vernichtung der Kultur, die neuen Machthaber von der neuen Kultur, keiner wußte mehr, was Kultur war, aber die Stadt war die Hauptstadt davon. Die neuen Machthaber übersahen auch nicht die zahlreichen Leihbüchereien, eine Zierde der Stadt, sie fuhren mit einem Lastwagen vor, rissen alle Bücher aus den Regalen, verschwanden damit und hinterließen leere Bretter und Leihbuchhändler, die nichts mehr zu verleihen hatten.

Auch der Leihbuchhändler Simon, der gewöhnt war, seine prophetischen Worte vor einer Wand von vielfarbigen Leinenbänden und goldglänzenden Lederrücken auszubreiten, einer Wand, die jedem seiner Worte überhaupt erst Gewicht gab, stand nun in einer Höhle, denn das helle Holz der Regale hatte sich in Jahrzehnten vergeblichen Staubwischens in schwärzliche Bretter verwandelt. Seltsamerweise fanden aber immer mehr Menschen Gefallen an diesem kargen Interieur, die leere Höhle schien interessanter zu sein als die Wand mit den farbigen Büchern, die Bücher waren weg, aber der Laden war voll. Es hatte sich herumgesprochen, daß der Leihbuchhändler Simon alle wichtigen Bücher im Kopf habe. Allein um das zu testen, kamen mehr Menschen als früher, und wirklich, Simon lag bequem in einem Sessel, in dem er sein bisheriges Leben lesend verbracht hatte, mehrere Flaschen Wacholder, Doppelkorn und Gläser mit eingemachten Pflaumen in Reichweite, und erzählte jedem, der sich dafür interessierte und ein paar Groschen in die Kasse warf, die Weltliteratur. Seine Meisterleistung war *Krieg und Frieden* von Tolstoi, mit genauer Aussprache aller russischen Namen, da mußte man allerdings vier Wochen lang jeden Nachmittag zu ihm kommen und bis zum Abend bleiben. *Moby Dick* von Melville erzählte er an vierzehn Nachmittagen, wobei er gerne Erinnerungen an eigene Seereisen mit einflocht. Joseph Conrads *Lord Jim* dauerte eine Nacht, nur um zu beweisen, daß Joseph Conrad recht hatte mit seiner Behauptung, daß man diese Geschichte in einer Nacht erzählen könne, was eine Frau in einem Brief an Joseph Conrad bezweifelt hatte, was Joseph Conrad sehr geärgert hatte, und der Leihbuchhändler Simon wollte ihm nun Genugtuung geben. Balzacs *Verlorene Illusionen* erzählte er in jeder Mittagspause in Fortsetzungen, auch hier flocht er gelegentlich »So etwas Ähnliches habe ich auch mal erlebt« ein. Den *Schwejk* erzählte er immer, sozusagen zwischendurch. Manchmal fing er auch mit *Krieg und Frieden* an und endete unbemerkt mit *Moby Dick*. Das hatte nichts mit seinem Gedächtnis zu tun, das geschah nur, wenn er Wacholder und Doppelkorn, die er sonst immer auseinanderhielt, in ein Glas mit eingemachten Pflaumen kippte, die Pflaumen genußvoll aus dem Glas schlürfte, die Kerne über die Köpfe der auf dem Boden sitzenden Zuhörer in die leeren Regale spuckte, sich am Rest, immer wenn er das Glas ganz nach oben hielt, regelmäßig verschluckte und Pflaumen, Steine und Schnaps ins Regal hustete, dabei aber immer weitererzählte. Ein solcher

Kopf war für Gustavs Akademie gerade richtig, und Gustav sorgte dafür, daß der Leihbuchhändler Simon nie eine Sitzung verpaßte.

Die Sitzungen eröffnete man mit Fragen der folgenden Art: »Warum fallen die Wolken nicht vom Himmel, wo doch jedes Blatt auf die Erde fällt?« »Warum bleibt das Meer, wo doch jede Pfütze im Garten sofort versickert?« Diese Fragen waren beliebt, weil sie gleich zu Anfang einer Sitzung unorthodoxe Gedanken auslösten, die, unbeeinflußt von den Gesetzen der Naturwissenschaft, überraschende Antworten ergaben. Dies hatte zur Folge, daß auch althergebrachte Axiome der Geisteswissenschaft außer Kraft gesetzt wurden, wie überhaupt erlerntes Wissen sich in phantasievollen Ausführungen auflöste wie unedles Metall in einem Säurebad. Die auf den Kopf gestellte Welt führte unweigerlich zu Fragen nach dem menschlichen Handeln und Denken, wobei man auch hier vor ganz einfachen Fragen nicht zurückschreckte: »Warum tragen Menschen unterschiedliche Uniformen, wo sie doch alle nackt auf die Welt kommen?« »Warum wollen die Menschen ständig Ordnung schaffen, obwohl sie dadurch Unordnung bewirken?« »Warum wollen Menschen andere von ihrem Glauben überzeugen, indem sie sie notfalls töten?« »Warum folgen Menschen den Befehlen eines Führers, obwohl jeder sehen kann, wie sein eigenes Leben dadurch zerstört wird?« Sie diskutierten dies ausführlich und gingen dann zur Bewertung des Sachverhalts über, indem sie alle Dispute mit drei Fragen beendeten: »Ist das vernünftig?« »Ist das zu ändern?« »Gibt es Gegenbeispiele?« Die ersten zwei Fragen endeten regelmäßig in einem ernüchternden Nein. Vernünftig war es nie, zu ändern war es auch nie, wenigstens stand es nicht in ihrer Machtvollkommenheit. Hoffnung bot lediglich die letzte der drei Fragen, es gab immer Gegenbeispiele. Menschen, die sich anders verhielten als die Masse, die für ihre Meinung einstanden, Menschen, die Juden mit Lebensmitteln versorgten und dafür abenteuerliche Pläne austüftelten, Menschen, die sich bei einer Schießerei auf andere warfen, um sie zu schützen, weil sie Kinder hatten. Menschen, die andere Menschen versteckten, mit denen sie durchaus nicht einer Meinung waren. Die Runde beschloß daher, die Frage nach dem Grundsätzlichen als unlösbar beiseite zu legen und die Gegenbeispiele zu sammeln, die man auf den ersten Blick als irrational bezeichnen mußte.

Laterne, Laterne, Sonne, Mond und Sterne, der Junge stolperte über Steine, rutschte auf Glasscherben aus, Maria zog ihn an der Hand, in der anderen Hand trug er eine Papierlaterne mit dem Clownsgesicht, Mondgesicht, Sonnengesicht, das er nicht auseinanderhalten konnte, Augen und Mund, mehr war nicht zu erkennen, ein spöttisches, grinsendes Gesicht, das in der Dunkelheit tanzte, vor seinen Augen tanzte, die Kerze flackerte hinter dem Gesicht, das Gesicht verzog sich höhnisch, irrlichterte in der tiefschwarzen Nacht.

Maria zog ihn an der Hand, sie ging zu schnell, zu hastig, sie war nervös, der Junge spürte das, dabei sollte er mit der anderen Hand die heftig schwankende

Laterne ruhig halten, damit sie nicht in Flammen aufging, in einer Stichflamme vor seinen Augen verbrannte, hell aufloderte, Augen und Mund entsetzt aufleuchteten, in der Glut vergingen.

Laterne, Laterne, Sonne, Mond und Sterne, überall kleine Lichter in der Nacht, so schwach, daß man die Menschen nicht erkennen konnte, Sterne an einem dunklen Himmel, Lichter auf einem dunklen Fluß, zuckende Irrlichter in einem dunklen Moor, dessen schmale Wege man nicht verpassen durfte, ohne für immer ins Vergessen zu sinken. Maria ging Umwege, der Junge merkte das, er stolperte wieder, rutschte über große Schaufensterscheiben, die wie gesprungenes Eis glatt und gefährlich auf der Straße lagen, vorbei an finsteren Läden mit eingeschlagenen Scheiben, *Hier wohnt ein reicher Mann, der uns vieles geben kann.*

Maria rannte gegen eine Ladenkasse, die aufgesprungen auf der Straße lag, ging jetzt vorsichtiger zwischen zerborstenen Ausstellungsvitrinen und zersplitterten Kronleuchtern über Schuhe, Röcke, Blusen, Mäntel, Hüte, Handtaschen, eine Stimme rief: »Wo wollen Sie denn hin?«

Maria nahm den Jungen auf den Arm, er hatte das gern, sie hatte viel Kraft in den Armen, sie lief schnell, er hatte das immer gern. Die Laterne tanzte wild durch die Dunkelheit, beleuchtete zertrümmerte Schränke, zerschmettertes Porzellan, zersprungene Gläser, die, über die ganze Straße verteilt, aufleuchteten, in allen Farben funkelten, das Licht der Laterne zurückwarfen, die sich, immer größer werdend, in einem schwarzglänzenden Flügel widerspiegelte. Der

Junge hielt die Laterne an das polierte Holz, wunderte sich, daß sich die Laterne auf dem schwarzpolierten Holz verdoppelte, und vergaß es nie. Maria blieb stehen, setzte den Jungen ab, aus den langgezogenen Drähten des Flügels war ein undurchdringlicher Drahtverhau geworden, die weißen und schwarzen Tasten lagen verstreut herum. Der Junge wollte eine dieser schönen Tasten aufheben, Maria zog ihn weiter, *Vieles soll er geben, selig soll er sterben, das Himmelreich erwerben.*

Jetzt sah man wieder mehr Laternen, hörte Kinderstimmen, Gesänge, der Junge trat gegen Töpfe und Pfannen und stand plötzlich mit seiner Laterne mitten in einem zerborstenen Spiegel, das war wie ein Loch in der Erde, in dem ein Feuer brannte, das bis in den Himmel leuchtete. Maria nahm den Jungen wieder auf ihren Arm, trat aus Versehen auf ein Ölgemälde, verhedderte sich, der Rahmen schlug gegen ihr Bein, sie stolperte über einen Teppich, rannte gegen einen Gummibaum, stieß gegen Bücher, Fotoalben, Aktenordner, aus denen das Papier herausquoll, sah aus den Augenwinkeln Bürostühle, Schreibmaschinen, Rechenmaschinen, und immer wieder ging es über knirschendes Porzellan, ein unerträglich kreischendes Geräusch auf dem Pflaster, über knackende Glasscherben, die die Schuhsohlen aufschnitten. Sie setzte den Jungen ab, zog ihn weiter, er klammerte sich an seine Laterne, an das Licht vor ihm, das immer vor ihm war, wie er auch ging, es war vor ihm, er drehte sich um, es war vor ihm, führte er das Licht, oder war das Licht vor ihm da? Sie waren jetzt am großen Martinszug angelangt, der sich schon auflöste, die Kinder schrien und gripschten, und Maria forderte den Jungen auf, dieses alte Spiel mitzuspielen, auch zu gripschen, sich wie alle anderen auf die Sachen zu stürzen, die da aus Haustüren und Fenstern flogen, sich wie alle anderen darauf zu werfen, sich mit ihnen zu schlagen, um das größte Stück an sich zu reißen, aber der Junge wollte nicht, er wollte sich nicht mit den anderen auf den Boden werfen, um etwas an sich zu reißen, er hielt die Laterne fest, die aufgerissenen Augen, den schreienden Mund, im heftig flackernden Kerzenlicht zukkend. Maria schrie etwas, aber der Junge wollte nicht, er schlug mit der Laterne um sich, die in einer hellen Flamme aufloderte, lief weg, stolperte, fiel, stand auf, hatte einen Glassplitter im Knie, das Blut lief an dem weißen Kniestrumpf herunter, den er nie schmutzig machen durfte. Maria war wieder bei ihm, zog den Splitter heraus, wischte das Blut ab, ein Mann sagte: »Ein deutscher Junge weint nicht«, und der Junge, der gar nicht weinte, dem Schmerz egal war, der nur erschreckt war über das, was sich in ihm tat, spürte zum ersten Mal in seinem Leben den Jähzorn in sich aufsteigen, den er von seiner Mutter geerbt hatte, und trat und spuckte nach dem Mann. Maria nahm ihn wieder auf ihren Arm und lief davon, keuchend, hustend, denn es war schon kalt, feuchte Novemberkälte, die in die Lungen stieß, und sie setzte ihn in einer Nebenstraße wieder ab.

Das Haus, das steht auf einem Bein, das klang schon alles weiter weg, wieder ging es über Glasscherben, Porzellanscherben, knirschend durch die jetzt so finstere Nacht, in der keine Laterne mehr zu sehen war, die ganze Stadt schien aus Glas und Porzellan zu bestehen, als hätte man alle Bürgersteige damit gepflastert und die Menschen wären darin eingebrochen. Die Erde war ganz löchrig geworden, die Menschen balancierten vorsichtig, ohne Laterne, ohne Licht, die sonst so hellerleuchteten Schaufenster lagen hinter herabgelassenen, eisernen Jalousien, die keinen Halt boten.

Maria ging jetzt langsamer, sie schaute genauer hin. Gustav hatte gesagt, geh hin, erzähl mir alles, ich kann nicht gehen, wenn ich da herumstehe, werde ich verhaftet. Maria versuchte, sich Einzelheiten zu merken, Adressen, Namen, gab es wieder auf. Da war nichts zu merken, zu viel war passiert, Läden, die sie vom Einkauf kannte, waren nur noch verlassene Höhlen, in die man sich nicht hineintraute, ab und zu bemerkte man einen Menschen darin, der offenbar irgend etwas suchte, ging man näher, lief er weg, rief man einen Namen, kam kein Echo. Am Horizont einer langen Straße sah man Feuerschein, einige Scheinwerfer huschten über den Himmel, irgendwo wurde wieder marschiert, wurden wieder Häuser angeleuchtet. In den Straßen da und dort eine Laterne, eine kleine Flamme, begleitet von Gelächter und ausgelassenen Rufen, aber sonst wenig Menschen. Der Martinszug war vorbei, still war es, nur das Knirschen unter den Schuhsohlen war zu hören.

Maria näherte sich mit dem Jungen einem mächtigen Steinhaufen, der in der kalten Nacht Wärme ausstrahlte, ein großes Haus hatte da einmal zwischen anderen Häusern gestanden, jetzt roch es brandig nach verkohlten Balken, nach ausgeglühten Steinen, die kalte Luft mischte sich mit den ruhig aufsteigenden gasigen Rauchschwaden, die ätzend in die Lunge eindrangen. Der Junge wollte weg, er spürte, wie sich in der kalten Luft und in dem Gas der Rauchschwaden seine Lunge verkrampfte, aber Maria hatte Gustav versprochen, sich auch das anzusehen. Von einer Hauswand löste sich ein Mann und sagte: »Wie in Malakka.« Maria sah unter einem großkrempigen Hut ein vorgeschobenes Kinn.

»Als die Synagoge brannte, zogen sich SA-Männer die Gewänder der Rabbiner über ihre Uniform und tanzten um die Thorarolle. Die Hitze, die Flammen, die tanzenden Schatten in den Priestergewändern, wie in Malakka, wenn in einer Palmenhütte die Dorfpriester ihre Götter beschwören.«

Maria wollte etwas sagen, aber der Mann sagte: »Sieh weiter geradeaus, wir werden beobachtet. Geht es dir gut?«

»Ja«, sagte Maria in die Nacht, »wolltest du Europa nicht rechtzeitig verlassen?«

»Ich bin nur gelegentlich hier«, sagte der Mann mit dem breitkrempigen Hut, »ich bin überall nur gelegentlich, nicht die schlechteste Lösung.«

Maria fragte: »Was machst du hier?«

Der Mann sagte: »Es gibt immer noch Schiffspassagen, für sehr viel Geld. Dr. Levi hätte rechtzeitig eine buchen sollen.«

Dr. Levi war der Arzt der Familie, der sich am Tag der Hochzeit von Maria und Friedrich erhängt hatte. Der Junge kannte die Geschichte, die vor dem Hochzeitsbild immer erzählt wurde, weil darauf alle so erschreckt in die Kamera starrten, und daran war Dr. Levi schuld. Aber wer dieser Mann war, der von Malakka sprach, das wußte der Junge nicht.

Ein Polizist kam näher und fragte nach den Ausweisen. Der Mann zog einen Diplomatenpaß aus der Tasche und sagte laut: »Uruguay.«

Der Polizist sah Maria an. »Wir waren beim Martinszug«, sagte sie und ging mit dem Jungen weiter, ging gewollt ruhig die Straße hinunter Richtung Schwanenspiegel, der Junge merkte das, sie hätten eine andere Richtung einschlagen müssen, nach einer Weile sah sie sich um, der Mann und der Polizist waren nur noch ein Schatten, Maria wartete an der Ecke, bis beide sich trennten und jeder in eine andere Straße ging. Maria kehrte um und ging wieder in Richtung des Quartiers. Im Quartier war es still, keine Glasscherben, kein Porzellan unter den Schuhen, viele Fenster waren erleuchtet.

Sätze hingen in der Luft, begannen mit dem Wort Krieg, wurden nicht vollendet, zerfielen in Andeutungen, in ein Geflecht von Nebensätzen, die nur der verstand, der darin eingeweiht war. Alltägliche Sätze erhielten eine andere Bedeutung, viele Worte wurden überhaupt nicht mehr erwähnt, fielen aus der Sprache, versteckten sich hinter anderen Wörtern.

Das war eine Reaktion auf die offizielle Sprache des neuen Reiches, das pausenlos etwas mitteilte und doch nichts sagte. Es war schwer, dieser Sprache überhaupt etwas zu entnehmen, jede Interpretation führte in die

Irre. Die Wörter erzählten nichts mehr, die Sprache war blind geworden, man tappte hilflos zwischen Vergangenheit und Zukunft, die offizielle Sprache verhinderte jede Verständigung. Man vertraute nur noch den alten Wörtern, Sätzen und Geschichten, die aus einer langen Tradition kamen, aus einer Welt des Erzählens. Da konnte man laut über die Straße rufen, daß die Gestapo eben dabei sei, einen Nachbarn zu verhaften, weil das so klang, als wünsche eine Hausfrau einer anderen einen guten Tag. Und wenn dann am Abend ein Mann erzählte, daß er am Wochenende mal wieder ins Bergische fahre, da sei ein Onkel von ihm begraben, dessen Grab wolle er doch mal wieder besuchen, so konnte man sicher sein, daß der von der Gestapo Gesuchte sich nun in einem Versteck befand und dort auch verpflegt wurde.

Aber manchmal, und das war das Tückische an den harmlosen Sätzen und bedeutungslosen Worten, redete einer gedankenlos daher, meckerte am frühen Morgen in der überfüllten Straßenbahn, daß er nicht schlafen konnte, weil ihm etwas im Magen gelegen habe, dazu jeden Tag die Überstunden für die blöde Wehrmacht, die Scheißpanzerketten würden ja doch nichts taugen, wo das noch hinführen solle, wisse er auch nicht. So einem schlug dann an einem anderen frühen Morgen das Fallbeil ins Genick, weil er sich bei seinen Worten nichts gedacht hatte, sondern nur etwas quengelig aus dem Bett gekommen war, und sein letzter Gedanke war voller Ratlosigkeit, denn er wußte überhaupt nicht mehr, was er gesagt hatte, aber die offizielle Sprache hatte in einem Urteil entschieden, seine Worte seien mit dem Tode zu bestrafen, weil sie hochverräterisch Volk, Reich und Führer sabotiert hätten.

Der Junge konnte sich unter dem Wort Krieg nichts vorstellen, ein Wort aus der Welt der Erwachsenen, ein Name, eine Bezeichnung für etwas Unbekanntes, das man nur vage beschreiben konnte, ein fernes, unentdecktes Land. Die, die einmal dort gewesen und unter glücklichen Umständen in die Heimat zurückgekehrt waren, wollten nicht darüber reden, manche verfielen in panische Angst, andere in eine Hektik, als ginge es auf Goldsuche. Gustav meinte, das sei der Ersatz für das ausgebliebene Land Utopia, die Weihwasserbecken würden jetzt öfter nachgefüllt, und der Zeitungsumsatz steige durch Sonderausgaben, denn die Gläubigen liefen in die Kirche, und die Ungläubigen kauften Zeitungen, der eine suche Trost und der andere Rat, beides zeuge von Unkenntnis.

Der Junge sah, daß die Menschen seltsam auf das Wort reagierten. Ein vernünftiger, bedächtiger Mann sammelte Wintermäntel und sprach von einem Vermögen, das er damit machen werde. Sparsame, jede Ausgabe überlegende Hausfrauen verwandelten ihr Schlafzimmer in ein Speiseöllager und sprachen von Sachwerten. Als Maria dem Jungen ein Paar Schuhe kaufen wollte, erhielt sie im Schuhgeschäft die Auskunft, es gebe keine Schuhe mehr, erst nach längerem Gewisper unter vier Augen wurde Maria mit dem Jungen in einen Keller geführt, der von Schuhen überquoll. Als sich der Junge beim Briefmarkenhändler nach *Deutschen Kolonien* erkundigte, war dessen Lager ausverkauft, weil viele Menschen jetzt statt Geld lieber Briefmarken in der Tasche hatten. An versteckten Orten hingen Zettel: Perlenkette gegen Kartoffeln, Pelzmantel gegen Kaffee, Lederkoffer gegen Briketts, Kinderwagen gegen Kanonenofen. An unauffälligen Zeichen konnte man erraten, wo und wann und durch wen die angebotenen und gewünschten Waren ausgetauscht werden konnten, die mit den vom Staat zugeteilten bunten Marken nicht zu erhalten waren. Diese Zeichensprache, dieses Hieroglyphensystem, das die Abkürzungssprache der Ersatzmarken ergänzte, lernte der Junge früher als die deutschen Gedichte in den Schulbüchern. Er wußte, wie man unauffällig, selbst unter den Augen der Polizei, die Waren im Vorbeigehen auf einer Straße austauschte, Fernglas gegen Speck, und dabei noch anständig den Polizisten grüßte, wie es in den Schulbüchern stand, zwischen den Gedichten mit all den schönen Worten von Sonne und Himmel, unter dem die Spatzen zwitscherten und die Wolken zogen, von der guten Mutter Erde, wo der Bauer hinter dem Pflug ging, der Arbeiter in die Fabrik, die Kinder bei der Mutter saßen und brav waren und die Menschen den ganzen Tag jauchzten, weil das Leben so herrlich war. Abends versammelten sich alle zufrieden vor dem Volksempfänger und tranken Klosterlikör, und Weihnachten war dann bald Kriegsweihnachten, und die Gocken läuteten aus dem Lautsprecher über ganz Europa zu allen Fronten, an denen der deutsche Soldat Wache hielt, dem Ansturm der Barbaren widerstand, und die Soldaten packten Päckchen aus, und die Kinder sangen Weihnachtslieder, und alle weinten über das unverdiente Schicksal, das über sie hereingebrochen war.

Maria stellte Weihnachten immer eine Kerze vor das Bild ihres in Verdun gefallenen Vaters, das war der andere Großvater, still, aber immer anwesend, denn Maria hatte das Bild ihres Vaters in der schlechtsitzenden Uniform, in der er wie verkleidet aussah, auf den Küchenschrank gestellt. Von da blickte er abwesend und teilnahmslos auf das große Hochzeitsfoto und wurde immer mehr zum Unbekannten, von dem der Junge so wenig wußte, der aber gelebt hatte und sein Großvater war und zur Ikone der Abwesenden und Toten wurde. Und der Junge wuchs auf zwischen den dunklen Worten seiner Mutter Maria, den scharfen Sätzen seines Großvaters Gustav und dem Schweigen seines Großvaters Joseph, wuchs auf in einem langen tödlichen Krieg.

II War das Erzählen lediglich die menschliche Interpretation des großen, unerkennbaren, hinter allem stehenden Musters, wie die einen sagten, oder waren die Geschichten selber das Muster, wie andere meinten, das war schwer zu beurteilen, weil die Geschichten, an die man sich erinnerte, entstanden waren aus Geschichten, von denen man nie gehört hatte, weil es die Geschichten derer waren, die tot in der Erde lagen. Aber ihre unbekannten Geschichten bestimmten das Leben der jetzt Lebenden, wie auch deren Geschichten einmal das Leben der dann Lebenden bestimmen würden, auch wenn man sie schon längst vergessen hatte.

Die einzige Gewißheit, wie ein ewiges Licht in der Dunkelheit schimmernd, fand sich im ununterbrochenen Erzählen, im unaufhörlichen Weitererzählen über Tausende von Jahren, das irgendwann begann, als in einer Höhle oder an der Quelle einer Oase ein Mensch anfing zu erzählen, und das seitdem die Welt darstellte, wirklicher als die Wirklichkeit war, denn das alles existierte nur, solange es erzählt wurde, was nicht mehr erzählt wurde, war vergessen, es existierte nicht.

In der Erzählung war die Vergangenheit gegenwärtig und die Gegenwart vergangen, denn das Gegenwärtige wurde erzählend der Zukunft anvertraut, war Zeit und Ort, nahm Gestalt an, den Sinn eines Geschehens und gab damit dem Leben einen vorläufigen Halt. Am Ende war natürlich der Tod, war alles menschliche Bemühen vergebens, aber während des Erzählens war noch kein Tod und noch nicht alles vergeblich, man nahm teil an der Mühe menschlichen Lebens, man erlebte es mit, solange es eine Stimme erzählte, für genau diese Zeit war es nicht vergangen und verloren und vergessen, so lange lebte es in der Stimme dessen, der es erzählte, und in der Vorstellung seiner Zuhörer, es lebte, solange einer lebte, um zu erzählen, und einer, um zu hören.

Der Junge wollte sich das alles merken, er wollte es zusammenfügen, aber er wollte auch lange darüber schweigen, denn das Erzählen brachte ihn in die Nähe der Toten, das fühlte er, ohne es genauer sagen zu können, er war damit ein Teil vergangenen Lebens. Die Zeit war immer sinnlos, ohne jede Ahnung, jede Sekunde immer schon vorbei, es blieb nur seine Erinnerung. In der Phantasie des Jungen war daher alles *jetzt*, der erlebte Augenblick, der aus der Vorstellung entstand und nicht nur aus dem, was er sah, denn das verwandelte er sofort in eine Erzählung, die mit einer Erzählung aus der Vergangenheit verschmolz. Jedes Ereignis sah er so, als ob er es einem Nichtanwesenden erzählte, und er merkte sich sofort die Besonderheiten, die er später hervorheben würde, gewisse Details, die wichtig waren, so daß alles, was geschah, für ihn eins wurde mit dem, was geschehen war, und dem, was zu erzählen war, und dem, was seine Phantasie dazuerfand, all das, was nötig war, um die Geschichten miteinander zu verbinden, um sie so zu gestalten, daß es gute und wichtige Geschichten waren, bedeutender als die Wirklichkeit um ihn herum. Das war eine Welt, mit der die anderen Mühe hatten, die die anderen nicht verstanden, nicht erkannten, aber der Junge lebte darin, und so erzählte er sich selber die Geschichte, in der er lebte.

Es waren Zeiten, in denen die Erinnerung wichtig war, um weiterleben zu können, denn die Erinnerung sagte einem, daß es einmal anders war und daß es daher auch wieder anders werden könne, ja müsse. Denn das, was war, kommt immer wieder, man mußte nur Ausdauer haben, Geduld, man mußte das ertragen, um es zu überstehen. Es ging nicht ums Überleben, denn das war ungewiß, es ging ums Leben, und darum war es so wichtig, daß alle in ihren Erinnerungen zu Hause waren, von alten Zeiten erzählten, so daß keiner auf die Idee kam, die heutige Zeit sei der Grundstein einer unabänderlichen und unveränderbaren Zukunft. Das war inzwischen ein unumstößlicher Grundsatz der Akademie, die zwar immer noch tagte, aber ihr Ende voraussah.

An den Wänden, auf den Schränken, in den Schränken, unter den Schränken standen und lagen immer mehr Bilder bekannter und unbekannter Maler, schufen, an die Bücher gelehnt, auch schon mal eine Gasse, so daß man ordentlich und ohne zu fallen von Gustavs Arbeitszimmer in die Küche gehen konnte. Einige Bilder befanden sich auch in der Küche, wo Fin sich einen Verschlag gebastelt hatte, in dem sie ein Huhn hielt, das zwischen leuchtenden expressionistischen Farben besonders gut Eier legte, wie Fin meinte, oder sie benutzte ein Bild, das ihr nun gar nicht gefiel, um ihre Kartoffeln auf dem Balkon vor Regen zu schützen. Es waren zu viele Bilder in der Wohnung, das konnte man nicht leugnen. Gustav hatte als Visitenkarte in der Weste die rosafarbene Eintrittskarte zur Ausstellung *Entartete Kunst, Düsseldorf, Ausstellungspalast im Ehrenhof, Rm. 0,50, gilt nur zum einmaligen Besuch der Ausstellung, nach Verlassen der Räume ungültig.* Wenn er sie vorzeigte, wußte er immer, wen er vor sich hatte. Fragten ihn die Leute: »Was ist das denn?«, sagte er »Die Kinokarte von gestern« und entschuldigte sich mit dem Satz »Man wird alt und vergeßlich und vertrottelt.« Sahen ihn die Leute aber ernsthaft an und begannen sie zusammen mit Gustav zu schwärmen, daß dies die schönste Ausstellung gewesen sei, die man je gesehen habe und daß man dem Staat dankbar sein müsse, der einem Massenpublikum eine Ausstellung von solch einmaliger Qualität biete, so führte ihn der Betreffende oft zu einem Maler, der einige Bilder *für später* deponieren wolle. Gustav konnte bei Büchern und Bildern immer nur ja sagen, und so stapelten sich die Bücher und Bilder bei ihm wie vor vielen Jahren bei seinem Vater, der auch die Symbiose von Büchern und Bildern schätzte, allerdings noch verzaubert durch die Koloraturen seiner Frau, der schönen Helena, die zwischen den Bildern und Büchern ihren Gesangsunterricht gab. Fin hatte auf diesem Gebiet, außer einigen alten und unverständlichen sizilianischen Volksliedern, die ihr Vater ihr als einziges Erbe hinterlassen hatte, nicht viel zu bieten. Was das Politische in diesem Fall betraf, ging Gustav zu Recht von der Annahme aus, daß die Beamten des Staates der Meinung seien, »der wird sich hüten, belastendes Material zu sammeln«.

Wenn sich auch die alkoholischen Getränke von früher in einen heißen Tee mit Glühweingewürz verwandelten, die Kälte alle in Wintermäntel, Schals, Handschuhe, Wollmützen und Fußdecken zwang, weil der Ofen nicht mehr zu beheizen war und kalter Wind aus den Löchern im Mauerwerk pfiff, die von den Splittern der Bombeneinschläge stammten, die Elektrizität für das Licht nur spärlich und zufällig floß, so daß man von der Glühbirne wieder auf Kerzen umstieg, denn die Fenster waren mangels Glasscheiben mit Pappe verschlossen, so hielt sich die Runde der in ein unendliches Gespräch vertieften Männer tapfer, bis auch sie sich lichtete. Gustav nagelte unentwegt Bretter mit den Namen der Abwesenden auf deren Stühle, bis er alleine in seinem Arbeitszimmer saß, das sich nun fast im Freien befand, denn die Wand zur Straße war halb herausgeflogen. Seine letzte Sitzung war nur beschlußfähig, weil alle Abwesenden und Toten volles Stimmrecht hatten, und so beschloß Gustav, auf einen frühen Antrag eines inzwischen verstorbenen Mitglieds zurückzukommen, nach dem Krieg alle Uniformen auf der ganzen Welt abzuschaffen, nicht nur Militäruniformen, das sowieso und zuerst, auch Polizeiuniformen, Rotkreuzuniformen, Ärztekittel, Richterroben, Professorentalare, für jeden nur noch Schlips und Kragen oder offenes Hemd. Der Antrag wurde von allen Abwesenden, von allen Verhafteten und allen Toten, einstimmig angenommen. Gustav erzählte später, mehr hätten sie nicht tun können, es sei nicht allzu weise, vielleicht auch zu wenig utopisch gewesen, aber es sei ihnen nichts anderes eingefallen, wer etwas Besseres wisse, könne es ihm ja schreiben.

Wenn der Junge krank war, saß Gustav an seinem Bett und erzählte ihm von den Sitzungen. Die Akademie wuchs bei diesen Erzählungen auf fast hundert Personen an, und der Junge wußte nicht, ob Gustav all diese Personen erfand, um ihm eine Freude zu machen, oder ob diese Menschen tatsächlich lebten und regelmäßig zu den Sitzungen der Akademie kamen oder zumindest mit ihr korrespondierten. Gustavs Gesicht sah man das nicht an, er ließ den Jungen im ungewissen, mit der Begründung, die Namen müsse er für sich behalten, nach dem Krieg werde er sie alle aufschreiben, und als der Junge sagte, wenn nun nach dem Krieg alle tot wären, sagte Gustav: »Dann hat sich die Sache damit erledigt.«

Der Leihbuchhändler Simon war verschwunden. Der Junge hatte ihm noch oft Bücher aus Gustavs Bibliothek gebracht, damit der freundliche Herr Simon, der Bücher immer so liebevoll in die Hand nahm, etwas zum Verleihen hatte. Er hörte dabei aus Simons Mund auch einige Kapitel aus verschiedenen, ihm unbekannten Romanen, die er für sich neu zusammenfügte, indem er Zwischenkapitel erfand, die eine Handlung in Rußland mit einer Handlung in Amerika verband, die ihre Fortsetzung in Borneo hatte. Diese neu zusammengesetzten Bücher hatten keinen Anfang und kein Ende, sie waren fortwährende Handlung, vom Anfang aller Zeiten bis zum Ende aller Zeiten und daher dem Leben gleich.

Der Leihbuchhändler Simon, der, wie viele meinten, verschwunden war, weil er allzuoft die Stelle aus *Krieg und Frieden* rezitiert hatte, in der beschrieben wird, wie General Kutusow sich mit seinen Truppen immer mehr zurückzieht, um Napoleons Truppen – und hier schloß er seine ausgebreiteten Arme und schlug seine Hände fest zusammen, daß es nur so patschte – in einer grandiosen Umgehungsstrategie zu vernichten, hinterließ Gustav eine *Bibliothek des 19. Jahrhunderts*, von der er oft geheimnisvoll erzählt hatte, *Bücher für den Jüngsten Tag*. Er hatte sie Gustav überlassen mit der Auflage, sie unbedingt in seinem Keller einzumauern. Als Gustav das Bücherpaket, das der Leihbuchhändler bei einer Nachbarin deponiert hatte und das ungemein schwer war, in sein Arbeitszimmer schleppte und die Bände, von denen jeder einzelne sorgfältig verpackt war, öffnete, hielt er Bücher mit Titeln in der Hand wie: »Die Anlegung der Blitzableiter zu sicherem Schutze von Thürmen, Kirchen, Schlössern, Pulvermagazinen, Seeschiffen und Privatwohnungen« »Die Wasserleitung im Wohngebäude, eine Beschreibung sämtlicher Einrichtungen, Apparate, Hähne etc.« »Der Fabricant von Kautschuk- und Guttapercha-Waaren, nebst umfassender Anweisung über die Verfertigung wasserdichter Zeuge« »Handbuch der Essigfabrikationen und Senfbereitung« »Licht und Feuer oder die Feuerzeugfabrikation«.

Gustav murmelte etwas von einem besoffenen Aufklärer, mauerte die Bücher aber gewissenhaft in seinem Keller ein.

In der Küche saß nur noch Onkel Toni. Er schrieb den täglichen Kalenderspruch in sein Gegenteil um, was auch einen Sinn ergab, oft überhaupt erst einen Sinn ergab, spielte dann mit sich selbst *Mensch, ärgere dich nicht!*, verzog dabei sein altes, gefurchtes Weißclowngesicht in viele Längs- und Querfalten, schnarrte regelmäßig wie eine Uhr: »Jönnen se einem nit die eijene Jenöchlichkeit«, und fügte anschließend hinzu: »Ich jlaub, ich häng mich auf.«

Onkel Toni besaß ein Büdchen. Er gehörte zur Familie, und weil er es auf der Lunge hatte und keine Arbeit fand, hatte die Familie zusammengelegt und ihm das Büdchen gekauft. Bei Onkel Toni gab es Zigaretten, Zigarren, Feuerzeuge, Feuersteine und deutsche Sicherheitsstreichhölzer, Bier und Limonade, Brausepulver und Bonbons in allen Farben und Geschmacksrichtungen, Lakritzstangen, Lotterielose, Schuhwichse und Taschenlampenbatterien, etwas unauffälliger auch Schnaps für die männliche Stammkundschaft. Aber auch die Frauen tranken hier gern einen auf die Gesundheit, wenn sie Strickanleitungen mit den dazugehörenden Stricknadeln suchten, ein Garnröllchen brauchten, Stecknadeln oder Sicherheitsnadeln. Die Kinder spielten *Eckstein, Eckstein, alles muß versteckt sein*, immer um das Büdchen herum, in dem Onkel Toni saß und sich die Welt durch ein kleines Fenster besah.

Wollte man etwas erfahren, ohne eine Zeitung zu kaufen, stellte man sich eine halbe Stunde neben das Büdchen, und man wußte alles, was im Quartier, in der Stadt, in der Welt geschah, erfuhr zugleich die verschiedensten Interpretationen, wußte also auch, was man glauben durfte und was nicht, was Wahrheit und was Propaganda war. Wollte man etwas erfahren, was nicht in der Zeitung stand, ging man auch zum Büdchen, denn auf Dinge, die nicht in der Zeitung standen, war Onkel Toni spezialisiert. Er wußte Bescheid, und wenn er nicht Bescheid wußte, wußte er doch, wer Bescheid wußte, und den würde er dann mal fragen.

Hier wurden Wohnungen vermittelt, Bekanntschaften gemacht, Ehen gerettet, Stellen gesucht, Fahrräder gegen Briketts getauscht, Uhren gegen Werkzeug und Küchenschränke gegen Doppelbetten, entlaufene Katzen und entflogene Wellensittiche wiedergefunden. All das funktionierte hervorragend, keiner verließ enttäuscht Onkel Toni, es gab für alles und jedes eine Lösung oder zumindest die Hoffnung darauf. Zeitungen gab es bei Onkel Toni nicht mehr, jetzt gab es nur noch eine Zeitung, die hieß *Völkischer Beobachter*, die mußte er aushängen, das ließ sich nicht ändern. Er hatte immer einige Monate drei oder vier Exemplare an der Hinterwand hängen, da zog es sowieso, und sie dichteten die Ritzen ab. Geschickt gefaltet stand da immer der Titel, wer schaute schon aufs Datum, und die halb sichtbaren Schlagzeilen ähnelten sich auf verwirrende Weise. Der Führer sprach, sagte, redete, und da er immer dasselbe sprach, sagte, redete, waren es auch immer dieselben Schlagzeilen, und da er sich in seinen vielen Reden wie ein Waisenkind immer an das Volk wandte und wie ein Heimatloser immer über das Vaterland sprach, sah man nur die obersten scharfen

Spitzen der Buchstaben von Volk, Führer und Vaterland. Je nach Wind und Wetter nahm Onkel Toni alle Vierteljahre einige Ausgaben dieser Zeitung dem Vertrieb ab, der wußte, daß man dieses Blatt hier nicht verkaufen konnte. Natürlich führte Onkel Toni auch andere Druck-Erzeugnisse, vornehm in der Schweiz gedruckt, so groß wie eine Hand, und wenn die Leute sich darüber wunderten, sagte Onkel Toni immer, die Schweiz sei nun mal ein kleines Land. Auf diesen handgroßen Blättern stand außen meist »Persil bleibt Persil«, das war im Quartier bekannt, innen stand etwas anderes, das weniger bekannt war, Meldungen, für die der *Völkische Beobachter* unverständlicherweise keinen Platz mehr gefunden hatte, obwohl es doch die Erläuterungen seiner übergroßen Schlagzeilen waren. So sah man denn an manchen Tagen, an denen Onkel Toni ein kleines unauffälliges Schild heraushängte *Tausch und Verkauf von Briefmarken aller Länder*, im Umkreis des Büdchens überall Menschen, die mit einer Lupe in der Hand ein Stück Papier studierten, obwohl sie eigentlich keine Philatelisten waren.

Eines Tages war das Büdchen abgebrannt. Wer es angezündet hatte, wußte man, es war sogar einer aus dem Quartier, ein Feind der kleinen, unauffälligen Dinge, ein Anhänger großer, weltbewegender Ereignisse, und Onkel Toni saß nun in der Küche und sagte: »Jönnen se einem nit die eijene Jenöchlichkeit. Ich jlaub, ich häng mich auf«, und schrieb die Sprüche der Kalenderblätter um und spielte mit sich selbst *Mensch, ärgere dich nicht!* bis zu dem Tag, an dem er sich wie angekündigt aufhängte. Terboven sprang ganz unangekündigt aus dem Fenster, und der Leihbuchhändler Simon verschwand aus dem Polizeigefängnis ins Nichts.

Den Gestellungsbefehl erhielt Maria so überraschend, wie ihn ihre Mutter erhalten hatte, und so eilig und hastig, wie ihre Mutter im Jahre 1914 zur Zeche Dahlbusch lief, ihren Joseph aus dem Berg holte, um ihn, gewaschen und mit den Sakramenten versehen, an den Tod auszuliefern, lief Maria zu ihrem Friedrich, der vom Leben am *Westwall* die Nase voll hatte und sich gerade als Hersteller von Brotschneidemaschinen für Bäckereien etablieren wollte. Gustav und Fin meinten zwar, Friedrich habe ein Geschick dafür, Produkte herzustellen, die demnächst keiner mehr benötige, Brot werde sich in etwas Rares verwandeln, das man in kleinen Stücken wie Marzipan genieße. Aber Friedrich haßte pessimistische Sätze und Haltungen, diese ewigen Warnungen, diese Prophezeiungen, daß morgen die Welt untergehe, er war ein Mensch, der fest damit rechnete, spätestens morgen das große Los zu gewinnen, und wenn nicht morgen, dann eben übermorgen, das war für ihn die einzig angemessene Lebenseinstellung. Sollte sich das Paradies auf Erden, das die Welt ihm schuldete, denn wozu war man geboren, wider Erwarten und gegen alle Wahrscheinlichkeit und Gewißheit nicht einstellen, hatte man wenigstens in der Hoffnung der Glückseligkeit gelebt, die ihren goldenen Schimmer Tag und Nacht auf Friedrichs Leben warf, das er im voraus und auf Vorschuß genoß, denn jedes Darlehen war ja nur ein kurzfristiger Kredit auf die demnächst zu erwartende Lösung aller Probleme. Er war sein Leben lang verschuldet, ohne daß ihm das jemals etwas ausgemacht hätte, die Zahl seiner Gläubiger und die Höhe des ihm zur Verfügung stehenden Kredits waren unbegrenzt wie seine Hoffnung. Gläubiger, die nach Jahren des Wartens Friedrichs Schulden als uneinbringbar strichen, liehen ihm bei nächster Gelegenheit jede gewünschte Summe. Unwiderstehlich war seine strahlende Lebensfreude, seine herzlichen Umarmungen, sein freundliches Lachen, seine treuen Augen, seine großzügige Geselligkeit, die einen Teil des geliehenen Geldes zusammen mit dem Gläubiger sofort einem gepflegten Frühschoppen zuführte, der zu einem Spätschoppen wurde, der alle Beteiligten, und das waren zum Schluß immer sehr viele, ebenfalls in der Gewißheit zurückließ, spätestens morgen würden sich alle Probleme von selbst lösen. Vielleicht war es diese Leichtigkeit eines unbekümmerten Lebens, die auch traurige Seelen wieder aufleuchten ließ, die diese Freude als Zinsen für das geliehene Kapital nahmen und lieber das Kapital sausenließen, als diesen Friedrich aus ihrem Leben zu vertreiben, denn was war es ohne ihn, ein freudloses, grämliches Sparen auf den Tod.

Friedrich steckte den Gestellungsbefehl gleichgültig ein, das habe Zeit, das werde er sich noch einmal überlegen, darüber werde er sich heute jedenfalls keine Sorgen machen, und es schien sich jetzt schon abzuzeichnen, daß die deutsche Wehrmacht mit Friedrich einige Probleme bekommen würde, zumal sie ihm seine Brotschneidemaschinenfabrik, die als Weltfirma gedacht war, schon in den Anfängen zerstörte. Während Gustav und Fin laut überlegten, was man mit Brotschneidemaschinen in Zeiten ohne Brot anfangen könne, und Gustav wütend mit seinem Spazierstock auf die Maschinen schlug, saß Elisabeth, deren Geld ebenfalls in dem Projekt steckte, in dem Ledersessel des kleinen Büros, das Friedrich samt Inventar übernommen hatte, rauchte eine Zigarette nach der anderen aus einer goldenen Zigarettenspitze und überlegte, wie sie einen netten Abend verbringen könne. Es war ihr egal, ob das Geld verloren war oder nicht, sie konnte sich über so etwas nicht grämen. Als Friedrichs Schwester teilte sie nicht nur seine Lebenseinstellung, sie lebte sie. Mißtrauisch allen Versprechungen gegenüber, hoffte sie nicht auf morgen, sie inszenierte das Paradies schon heute mit einer Schar von guten und weniger guten Freunden, näheren und ferneren Bekannten und angeblich letzten Kavalieren, die sie kunstvoll miteinander verband, so daß immer ein hilfreicher Arm und ein freundliches Lächeln in ihrer Nähe waren. Als Direktrice eines Modehauses verdiente sie viel Geld und gab noch mehr aus. Elisabeth hatte mit ihrer glücklichen Hand das große Los bereits herbeigezaubert, denn das Haus stand trotz der schlechten Zeiten wider Erwarten in voller Blüte. Es exportierte fast seine gesamte Frühjahrs- und Herbstkollektion ins europäische Ausland, das brachte dem verschuldeten Deutschen Reich für seine unseriös finanzierten Pläne Devisen und dem Modehaus Sondergenehmigungen. Elisabeth reiste selbst in Zeiten, in denen kaum noch einer über die Grenze kam, nach Paris, Brüssel und Amsterdam, wußte, wie Franc, Gulden und Dollar aussahen, und verhandelte mit Einkäufern aus dem Ausland in der Bar des Parkhotels. Hochelegant sah man sie in den Cafés auf der Königsallee, im Führring neben den Jockeys auf der Grafenberger Rennbahn, sie raste im offenen Cabriolet zum Nürburgring, verlobte sich dort mit viel Champagner auf der Karosserie eines rotleuchtenden Rennwagens mit einem Rennfahrer, der kurz darauf tödlich verunglückte, verlobte sich mit dem Besitzer einer bolivianischen Zinnmine, der kurz darauf in Belgien als Spion erschossen wurde, verlobte sich mit einem holländischen Kunstkenner und Galeristen, der sich kurz darauf erhängte, weil er gefälschte Impressionisten mit echten Testaten versehen hatte. Elisabeth trug dann Schwarz, weil sie wußte, daß sie das noch attraktiver machte, und leitete damit regelmäßig eine neue Verlobung ein, um den vorausgegangenen Schicksalsschlag leichter zu überwinden. In den Cafés und Restaurants, in den Blumen-, Schmuck- und Parfumläden war sie beliebt wegen ihrer großzügigen Trinkgelder, die sie sogar in den Banken verteilte. Bei jeder Kontoauszahlung ging ein Teil der Summe an das Personal, wie sie sich ausdrückte, sie rauschte wie ein Weihnachtsengel an den Schaltern vorbei, legte überall einen Schein hin, stöckelte hinaus, platinblond und graziös, hinterließ eine Parfumwolke und träumende Gesichter hinter den Milchglasscheiben, die dem Duft nachschnupperten und auf die nächste Auszahlung warteten, die schnell kam, denn Elisabeth war der Meinung, daß eine Bank kein Geld brauche, ein Guthaben auf einer Bank hätte sie als Todsünde betrachtet.

Der Junge kroch zwischen den Brotmaschinen umher, langgestreckte, vergitterte Ungeheuer mit scharfen, sich drehenden Messern, in seiner Phantasie gefräßige Alligatoren, die träge an einem Fluß lagen. In der heißen Werkstatt fühlte er sich wie im Dschungel, er schlich vorsichtig an diesen reglos sich duckenden, auf Beute lauernden geschuppten Panzern vorbei, die eine einmal geschnappte Beute gleichgültig zerteilten. Als er ihnen eine Katze zum Fraß vorwerfen wollte, um die Götter des Dschungels durch ein Tieropfer friedlich zu stimmen, holte ihn eine Ohrfeige Marias in die Wirklichkeit zurück.

Später erzählte sie ihm, er habe diese Ohrfeige nur erhalten, um sich an diesen Moment zu erinnern, es sei ja schließlich der Abschied von seinem Vater gewesen, den er vielleicht nicht mal mehr als Toten wiedersehen würde. Friedrich stellte die Maschinen ab, es war plötzlich sehr still. Gustav benutzte die Stille, um einige Worte loszuwerden, kam aber nicht sehr weit und behalf sich schließlich mit der Erkenntnis, es gebe Momente, in denen man von der Erdkugel abspringen möchte, aber das gehe nun mal nicht. Maria, die ihn wohl trösten wollte, sagte zur Überraschung aller, es sei aber doch schön, daß die Familie immer ihren Prinzipien und Traditionen gefolgt sei, und das bis zum heutigen Tag. Sowohl die Technik wie die Mode seien immer noch in der Familie vertreten, und was ihre Familie betreffe, sie habe Land gewonnen, Kohle gefördert, auch das bis zum heutigen Tag. Die einen hätten es mehr mit der Vernunft, die anderen mit dem Gebet, aber das sei ja vielleicht gar kein so großer Unterschied, zumindest nicht in einem solchen Moment. Gustav, der ihr wohl vor allen seinen Respekt für diese Zusammenfassung bezeugen wollte, sagte, es sei nur tragisch, daß es immer so ende wie in Lucca und in Florenz und in Lyon und in Iserlohn und, er verneigte sich leicht vor Maria, wie in Bombst, in Dabrowa und in Gelsenkirchen. Es war das erste Mal, daß er die Schreckensstationen der Lucacz' mit den Schreckensstationen der Fontanas verband, sie zu einem gemeinsamen Kreuzweg zusammenfügte.

Um eine allzu große Ernsthaftigkeit im Keime zu ersticken, gingen dann alle auf ein Bier in eine Wirtschaft, wo es dann noch sehr schön wurde, der Junge seinen ersten Genever bekam und die umsitzenden Familien mit ihren uniformierten Männern so viel Fröhlichkeit angesichts des Todes nicht begreifen konnten.

Der Junge sah seinen Vater noch einmal in der Nacht. Er stand auf, weil er nicht schlafen konnte, sein Vater saß am Volksempfänger und versuchte vergeblich, diesem schwarzen Trauerkasten einige vernünftige Informationen zu entlocken. Seine Mutter packte Unterwäsche und andere Kleinigkeiten, die sie auf dem Küchentisch ausgebreitet hatte, in einen alten Koffer, dessen Schloß immer wieder aufsprang.

Am anderen Morgen wurde dem Jungen vorschriftsmäßig eine Gasmaske übergezogen, die alle anprobieren mußten, der Junge schrie in der Gasmaske, die so eng war, daß die Haare beim Überziehen abrissen, er schrie in der graugrünen stinkenden Gummihülle, die mit Gewalt über seinen Kopf gezogen wurde, ein Folterinstrument, das Gesicht und Kopfhaut und Ohren und Nase zusammenpreßte, die Luft abdrückte, abschnürte, er schrie, ohne seine Stimme zu hören, suchte verzweifelt und in der Angst, zu ersticken, durch die kreisrunden Augenscheiben, die die Sicht nahmen, die nur zwei kleine Blicklöcher waren, seine Mutter, sah seinen Bruder, der in der gleichen Maske vor ihm stand, sah damit sich in der Maske, die nun seine Maske war, die er überzuziehen hatte in den kommenden Jahren.

Gustav saß mit violetter Zunge und einem Tintenstift in der Hand vor seiner alten Stadtkarte, um die neuen Straßennamen einzutragen, wobei er nach jedem eingetragenen Namen über die Sisyphusarbeit fluchte, die der Staat seinen Bürgern auferlege. Er saß auf einem Hocker vor der Karte, versperrte den Kücheneingang und führte mit ruhiger Hand seinen Tintenstift, mit der Zunge immer wieder gut angefeuchtet, über die Straßen und Plätze der Stadt. Die Karte war an der Küchentür befestigt, war von da auch nicht mehr zu entfernen, weil Gustav bei einer Wohnungsrenovierung zwar gewissenhaft alle Türen lackiert, dabei aber in Gedanken versunken exakt um die Karte herumlackiert hatte. Gustav dachte nicht daran, noch einmal zu streichen. Bei jeder Renovierung wurde immer wieder erneut um die Karte herumlackiert, die Karte hatte damit ihren festen Platz gefunden, klebte auf der Küchentür, wer sie entfernen wollte, hätte sie aussägen müssen.

Die gewissermaßen notariellen Eintragungen der neuen Straßennamen, die er aus historischen Gründen vornahm, aber auch, weil es höchste Zeit war, denn alle anderen hatten schon lange die neuen Stadtkarten, so eine alte Stadtkarte war Hoch- und Landesverrat und konnte den Kopf kosten, diese Sisyphusarbeit, wie er pausenlos stöhnte, sei schwieriger als die Fälschung der Konstantinischen Schenkung. Natürlich hätte er sich auch eine neue Karte kaufen können, aber er hing an den alten Namen, die neuen wollte er sich gar nicht erst merken, aber sie mußten nun einmal eingetragen werden. Die Schwierigkeit lag darin, daß er schon beim letztenmal, und das war erst einige Jahre her, mit dem Tintenstift gearbeitet hatte, so daß jetzt auf dieser alten Karte aus dem Kaiserreich alle wichtigen Plätze und Straßen mit mindestens vier Namen prunkten, denn die Republik wollte mit neuen Namen das Kaiserreich auslöschen, die Spartakisten die Republik und die jetzige nationale Herrschaft alles, was vor ihr war. Auf Gustavs Stadtkarte waren sie aber unauslöschbar mit Tintenstift eingetragen, dadurch alle gleichzeitig versammelt, die kaiserlichen Namen neben den bürgerlichen, den revolutionären und denen der Diktatur, so daß der Graf-Adolf-Platz/Ecke Königsallee sich in Adolf-Hitler-Platz/Ecke Karl-Liebknecht-Straße verwandelt hatte, vom Horst-Wessel-Platz war es nur ein Sprung zur Rosa-Luxemburg-Straße, ehemalige Kaiser-Wilhelm-Straße, die Friedrich-Ebert-Straße hieß nun Litzmannstraße, die Rathenaustraße Theodor-

Körner-Straße, und der Schlageter-Platz lag direkt am Spartakuswall, früherer und jetziger Hindenburgwall, in ruhigen Zeiten neutral und unverfänglich Allee-Straße, ganz früher einmal Boulevard Napoleon. An diese Straße hatten die Bürger der Stadt sinnigerweise ihr Schauspielhaus gebaut, das auf diese Weise immer wußte, was es zu spielen hatte.

Die Karte, auf der sich nur noch Gustav auskannte, auf der nun viele aneinander- und übereinandergesetzte Namen die Karte schraffierten wie ein besetztes Gebiet, wie die Generalstabskarte eines lange andauernden Krieges, der Grenzen, Völker und Nationen hin und her schob und mit seinen Frontlinien überzog, wies neben der räumlichen Ordnung inzwischen auch eine zeitliche Dimension auf, so daß Gustav auf die Frage: »Wie heißt die Straße vor dem Bahnhof?« mit der Gegenfrage antworten konnte: »Wann?«

Als bei einem Luftminenangriff die Türen und Fensterläden der nicht zerstörten Häuser wie ein Schwarm aufgeschreckter Vögel richtungslos über das Quartier flatterten, sich in alle Himmelsrichtungen verteilten, sich hierhin und dorthin wendeten, drehten, wirbelten, stürzten und knallend auf Dächern, Höfen, Straßen und Plätzen landeten, segelte auch Gustavs Küchentür mit der festgeklebten Stadtkarte durch die Luft und platschte nach einem eleganten Flug mit mehreren Loopings, sauberen Rechts- und Linkskurven, die die herumstehenden Menschen in Deckung trieben, auf dem Markt des Quartiers in eine Pfütze, Stadtkarte nach oben, so daß die sich wieder aufrappelnden Menschen einen Kreis um die interessante Stadtkarte bildeten, die mit ihren vielen Straßennamen die Erinnerung belebte. Und die Karte studierend, sahen die Menschen zu, wie die einzelnen Namen, all die angeblich unauslöschlichen Eintragungen, Buchstaben für Buchstaben sich auflösten und ineinander verliefen, ein Namensbrei entstand, eine trübe tintenfarbene Wasserlache, in der die Stadt ersoff.

Auch die Straße, in der Maria wohnte, wurde umbenannt. Viele hatten es gar nicht bemerkt, wer schaut schon auf das Straßenschild der eigenen Straße, aber einige berichteten, daß Männer mit einer Leiter erschienen seien, sie hätten die Leiter hier und da an eine Hauswand gelehnt, seien eifrig hinauf- und hinuntergeklettert, hätten Schilder ab- und angeschraubt, und dann habe ein neuer Name auf dem Emailschild gestanden. Der Name war allen unbekannt, keiner interessierte sich für ihn, man hatte für die verschiedenen Straßen und Häuser seine eigenen Namen, und im übrigen war das hier die Josefstraße am Josefplatz an der Josefskirche, das war eine Einheit, die jedem geläufig war, ein Stück Welt, entstanden mit diesem Quartier. Selbst wenn man das alles umbenannt hätte, diese Namen hätten sich nie verändert, Generationen lang hätte das alles noch den Namen Josef getragen, und da es keine Regierung gab, die ihre Namensumbenennungen lange durchhielt, waren diese alten Namen die ewigen Namen, mit denen die Menschen lebten, geboren wurden und starben, auch wenn auf den Geburts- und Sterbeurkunden zeitweise ein anderer Name eingetragen wurde.

Denn in der Zeit lebt immer auch eine andere Zeit, leben viele Zeiten, aufgehoben in den alten Namen und Geschichten, die alle Zeiten enthalten, weil das Ende einer Geschichte immer der Anfang einer neuen Geschichte ist, die in Wirklichkeit eine ganz alte, allen bekannte Geschichte ist, so daß die Menschen erst beim Erinnern der Namen und der Geschichten die Zeit erfahren. Die Zeit umgibt sie wie ein großer Kreis, dessen Anfang und Ende man nicht bestimmen kann, ein Kreis, der größer ist als das eigene kurze Leben, der aber alle umschließt und das Leben jedes einzelnen bestimmt.

In diesem großen Kreis gibt es viele kleine Kreise, die sich durch die alltäglichen Geschichten unauffällig miteinander verbinden. So sagte Fin, als die ersten Bomben fielen und alle überrascht am Boden lagen und die Köpfe einzogen: »Angefangen hat es mit dem Lari. Das ist jetzt der Segen dafür.«

Der Lari war Bürger der Stadt, verheiratet, zwei Kinder, ein beliebter Steptänzer, Liebling aller Kinder, weil keiner so gut radschlagen konnte wie er, ein junger, lustiger, immer lachender Kerl, der dunkelhäutig und mit einer Weißen verheiratet war, der deswegen aus seiner Wohnung geholt und am Rheinufer erschlagen wurde, indem man sein Lachen im Rheinsand erstickte und ihm die Arme aufs Kreuz drehte, ihn mit Messern erstach und mit Schüssen tötete. All das ging Fin bei der Detonation der Bomben durch den Kopf, und deshalb sagte sie: »Angefangen hat es mit dem Lari.«

Aber der große Kreis, über den Gustav nachdachte, weil das so seine Art war, der erschloß sich ihm eines

Tages in einem Flug von zwanzig Metern, als er gerade vier Flaschen Rotwein aus einem Güterwagen der Gauleitung entwendete. Zu der Zeit zogen schon die langen, grauen, ausgemergelten Kolonnen von Russen, Polen, Tschechen, Franzosen, Belgiern, Niederländern durch das Quartier, arbeiteten in den Fabriken, räumten die Trümmer weg. Gustav sah den Beginn, den Anfang im Quartier, mit Menschen aus ganz Europa, die freiwillig gekommen waren, um hier zu leben und zu arbeiten, eine neue Stadt mit vielen Fabriken erbauten, die jetzt wieder zerstört wurde, weil keiner von ihnen frei war, weder die Fremden noch die Einheimischen, weder die Gefangenen noch die Einwohner. Sie waren unfrei und gefangen in einem System, das sich national nannte und alles Ausländische haßte, nicht begriff, nicht begreifen wollte, daß das hier alles einmal Fremde waren und doch Bürger eines Quartiers geworden sind, freiwillig, und daß sie an diesem Zwangssystem alle gemeinsam, Einheimische und Gefangene, sterben würden und die Stadt mit ihnen. »Das war der Sündenfall«, sagte Gustav, als ihn eine Luftmine von einer Sekunde auf die andere zwanzig Meter weit an einen anderen Ort trug, an dem Tag, an dem auch seine Küchentür mit der Stadtkarte durch die Luft segelte und er sein Leben nur rettete, weil er auf einer Gruppe am Boden liegender KZ-Gefangener landete. »Das war der Sündenfall«, sagte er noch einmal, als sich auf diese Weise der Kreis für ihn schloß, die zusammengepreßten Lungen das Blut in den Kopf drückten, ihn betäubten für die Erkenntnis des hundert Jahre alten Kreises, der in der Freiheit begann und in der tödlichen Gewalt der Unfreiheit endete. Gustav kroch auf allen vieren davon, weil der Gewehrlauf eines der Bewacher auf ihn zielte, zog sich an den Resten einer Hauswand hoch, lief verdreckt, leicht humpelnd und blutend über die Straße und spielte in einer Dunstwolke aus Rotwein, der aus den zersplitterten Flaschen in seine Kleider gedrungen war, den ahnungslosen Betrunkenen.

Als die ersten Bomben fielen, kletterte Gustav mit einem alten Feuerwehrhelm auf dem Kopf und einem Sofakissen zwischen den Zähnen auf das Dach, plazierte das Kissen auf den First, setzte sich rittlings darauf, zog seine Hosenträger über den Kamin, breitete seine Sternenkarte aus, schrie zur Dachluke, aus der Fins Kopf heraussah, als geborener Agnostiker könne er sich unmöglich das göttliche Ereignis eines Weltuntergangs entgehen lassen, ein Ereignis, das alle Fragen mit einem Schlag in Antworten verwandle. Feuer und Schwefel falle vom Himmel, Blitz und Donner beherrsche die Welt, Rauch und Asche steige auf, alle in der Bibel angekündigten Plagen seien jetzt auf einmal zu besichtigen, das müsse man gesehen haben, da setze er sich nicht in den Keller. Ein Weltuntergang wiederhole sich nicht, das sei ein einmaliges Ereignis, das wolle er, Gustav Fontana, der so lange wie ein Wurm auf der Erde herumgekrochen sei, doch noch gerne miterleben, er wolle sehen, wie die Hand Gottes diese Erdenkugel in die Hand nehme und in das All werfe.

Schrie der Luftschutzwart von der Straße: »Komm sofort da herunter, oder ich melde dich!«, warf er mit

Dachziegeln nach ihm und brüllte zurück, wenn schon einmal das seltene Stück *Aufstieg und Untergang Roms* gegeben werde, wolle er, nachdem er den Anfang miterleben mußte, das Ende nicht verpassen. Und so saß er mit eingezogenem Kopf zwischen splitternden Dachziegeln, sich an den Kamin klammernd, dessen Risse immer breiter wurden, im zuckenden Licht vor seinen geliebten Sternen, vor der Andromeda, der Cassiopeia und den Plejaden, vor der Nördlichen und Südlichen Krone und dem Großen und Kleinen Bären, vor der ganzen unendlichen Milchstraße, die im Widerschein des Feuers auf der Erde verblaßte, sich ins All zurückzog, vor den Bomberpulks, den dunklen Sternen einer anderen Milchstraße, die sich vor den alten Sternenhimmel schob, der nicht mehr zu sehen war zwischen den weißen, scharfgeschnittenen Scheinwerferstrahlen, die wie stürzende Säulen hin und her schwankten, der Leuchtspurmunition der Flak, Meteore, die durch die Nacht schossen und in der Dunkelheit erloschen, dem gleißenden Licht der Markierungszeichen, bewegungslos am Himmel stehend, ganz unhimmlische Christbäume zwischen schimmernd herabschwebendem Lametta, Aluminiumstreifen, die von den Bombern ablenken sollten. Gustav, der von diesen Streifen übersät war, verwandelte sich vor den flackernden roten Rauchwolken in eine im Feuerschein leuchtende unirdische Gestalt, die neben dem Kamin saß und schrie: »Das ist nicht Gott, das ist nicht mal der Antichrist, wäre es Gott und wären es seine Zeichen, ich würde auf den Knien nach Compostela rutschen, aber es sind Menschen, und der Teufel bewahre mich davor, ihnen jemals etwas zu glauben, es lebe der Unglaube.«

Und so, mit geballter Faust gegen den Himmel, kam er, als das Haus in Flammen aufging, auf die Erde zurück, in einem einzigen Satz, mit dem brennenden Dachstuhl, mit dem brennenden Treppenhaus, durch die weggesprengte Vorderfront des Hauses sah man, wie er funkenstiebend mit den funkenstiebenden Dachbalken herabrutschte, wie er, im Wettlauf mit den brennenden Balken, durch das brennende Treppenhaus stürzte, in einem einzigen gewaltigen Satz mehr fiel als lief, wie ein feuerspeiender Kobold durch sein Arbeitszimmer sprang, brennende Bücher an sich riß, zurücksprang, mitsamt den inzwischen glühenden Dachbalken und dem flammenden Treppenhaus ins Erdgeschoß fiel, vom Treppengeländer zurückgeschleudert in der Haustür stand und in der Haustür stehenblieb, stehenblieb unter den noch stützenden Mauern. Und das rettete ihm das Leben, sagte er später immer, denn der Dachstuhl schlug direkt vor ihm auf der Straße auf, schleuderte seine Glut zurück in den Himmel und schlug noch einmal auf, und Gustavs Schatten stand nun im Feuer, denn hinter ihm brannte jetzt die ganze Treppe, fiel zusammen, und Gustav, mitten in den Flammen, sprang in großen Sätzen durch das Feuer auf der Straße und war gerettet. Hell leuchtete in Gustavs Zimmer das wandgroße Bühnenbild der Stadt, nun endlich einmal in der richtigen Entfernung zu besichtigen, verbrannte vor aller Augen, langsam, fast gemächlich, als wolle es sich Zeit lassen dafür.

Der Junge, vor dem brennenden Haus stehend, in dem er so viele Bücher gelesen hatte, stand in seinem Erinnern gleichzeitig vor dem brennenden Haus der Lukacz' in Polen und dem angezündeten Haus der Fontanas in Lyon, immer erzählt in den alten Geschichten, und so war er in seinen Geschichten in der Realität. Gustav lag vor ihm am Boden, man hatte ihm die brennenden Kleider weggerissen, die brennenden Bücher aus der Hand geschlagen, seine Wunde am Bein blutete.

Am nächsten Tag fiel Gustav ein, daß noch nicht alles verloren sei. Im Keller eingemauert, lag die Bibliothek des Aufklärers und Leihbuchhändlers Simon mit so wichtigen Titeln: »Wie lege ich eine Wasserleitung« »Wie errichte ich ein Dach« »Was ist Elektrizität«. Sie blieb unversehrt und wurde von Gustav wie eine Heilquelle aus der Wand geschlagen. In den verkohlten Trümmern fand sich auch noch das einzige Buch, das von all den wertvollen Büchern, die die Fontanas gesammelt hatten, übriggeblieben war, ein angesengter und verrußter einbändiger Volksbrockhaus. Gustav schenkte das Buch dem Jungen, es war für ihn der Grundstein der Bibliothek, die er sich in seinem Leben wünschte.

Die Sirenen jaulten, brüllten ihre eintönigen Melodien, an- und abschwellende Gesänge, langgezogenes Wehklagen, tief aufbrummend, schnell hochsteigend in schmerzhafte Höhen, die in den Ohren lagen, ins Gehirn drangen, sich festsetzten, sich nie mehr aus dem Körper entfernten, so daß man sie auch hörte, wenn keine Sirene lief, wenn Stille war, aber das war selten. Da hörte man schon wieder etwas in der Ferne, und gleich danach wieder aufjaulend, aufsteigend die Sirene über einem, dieser stahlharte Ton, der sich auf das Quartier legte, es einschloß, wie die Eisenbahnschienen, die das Quartier umschlossen, ein stählernes Band durch die Luft zogen, das Quartier vom freien Himmel abschnitten, in einen Tonkäfig versetzten, aus dem kein Lebewesen herausfand, in dem die Vögel tot vom Himmel fielen. Dieses Sirenengeheul, unterschiedlich durch den Standort der einzelnen Sirenen, nicht ein einziger Ton, sondern in Sekundenbruchteilen nacheinander einsetzende Töne, diese Gefahr und Alarm und Tod signalisierende Disharmonie, die keinen gemeinsamen Klang ergab, sondern ein ständiges, leicht verzögertes Auf- und Abschwellen der Töne, die in der Ferne nach unten absackten, während die Heulboje der nächsten Sirene ihren monotonen Gesang wieder nach oben jagte, und während sie absinkend Atem holte, erklang in der Ferne ein gellendes, jammerndes Klagen, ein ständiges unaufhörliches Auf und Ab, begleitet von den Sirenen der Polizei, der Feuerwehr, der Krankenwagen, die durch ihre rasche Bewegung das Geheul verstärkten und wieder abschwächten, begleitet von Lautsprecherdurchsagen, deren unverständliche Stimmen sich vom Geheul der Sirenen nicht unterschieden, Nebentöne eines unmenschlichen Konzerts. Ehe die Luft durch die Bomben zerplatzte, zerriß sie unter dem schmerzhaften Stöhnen der Sirenen, Voralarm, Vollalarm, Entwarnung, Voralarm, Vollalarm, Entwarnung gingen ineinander über, so daß manch einer die Orientierung verlor, wahnsinnig wurde, bei Vollalarm aus dem Keller wollte, bei Entwarnung in den Keller stürzte, und man mußte ihn fast totschlagen, damit er wieder zu Verstand kam, den eigentlich keiner mehr hatte, weil das neue Zeitsystem nicht mehr Tag und Nacht hieß, nicht mehr Morgen und Vormittag und Mittag und Nachmittag und Abend und später Abend und späte Nacht, sondern Voralarm, Vollalarm, Entwarnung, Voralarm, Vollalarm, Entwarnung, bis das alles in den Daueralarm überging.

Der Ablauf der Zeit wurde zuerst zerstört, weil Tag und Nacht nicht mehr existierten, nur noch die verschiedenen Alarm- und Entwarnungsstufen, die ineinander übergingen, denn die Bomber kamen, wann sie wollten, und die Jagdbomber kamen später ohne jede Pause, und oft fielen die Bomben noch vor dem Voralarm oder in die Entwarnung hinein, so daß man einen Todessinn entwickelte und oft schon in den Keller lief, bevor Alarm gegeben wurde, oder bei Entwarnung doch noch lieber im Keller blieb, denn auch die Sirenen verloren den Zeitsinn und jammerten nur noch wahllos in die Bombenangriffe hinein, in die Luftminen, Sprengbomben, Brandbomben, Phosphorkanister, die man an ihren Geräuschen schnell unterscheiden lernte, die verschieden starken Druckwellen der Luftminen und Sprengbomben, den kurzen Knall der Brandbomben und das Rauschen der Phosphorkanister, dieses ausgeklügelt zusammengefügte Muster der Bombenteppiche, die alles zudeckten und zerstörten. Und so sah man auf zu den Lichtzeichen, die ruhig über der Stadt schwebten, den Menschen unter ihnen den Tod verkündeten, horchte in den Himmel, um am tiefen Brummen über den Köpfen der Menschen die Zahl der Flugzeuge und die Stärke des Angriffs abzuschätzen, suchte mit den Scheinwerfern, die durch das Dunkel hin und her jagten, den Himmel ab, so wie man ihn früher nach Sternen abgesucht hatte, aber da war nur eine totale Mond- und Sonnenfinsternis. *Guter Mond, du gehst so stille*, *Weißt du, wieviel Sternlein stehen*, *Sonne, Mond und Sterne*, das war vor vielen tausend Jahren, ehe die Menschen anfingen, die Sterne zu erkunden, jetzt donnerten da fliegende Festungen, die tiefer kamen, das Brummen ging in ein Dröhnen über, das die Trommelfelle betäubte und alle zum Schweigen brachte, denn die einzelnen Stimmen waren unter diesem Dröhnen nicht mehr zu verstehen, und wenn dann die schwere Flakbatterie aus dem Volksgarten loslegte, ihre Granaten heiser bellend in die Luft schickte, öffnete man schnell den Mund und hielt die Hände vors Trommelfell, sah sich mit aufgerissenem Mund, halb zugedrückten Augen und den Händen auf den Ohren gegenseitig an, zog sich in den Keller zurück, denn was die Flak jetzt nicht vom Himmel herabholte, das kam durch und würde alles abladen, und jeder wußte in diesem Moment, daß er getötet werden sollte, daß man ihn, ja genau ihn, zerfetzen, verbrennen und ersticken wollte, und jeder ging auf seinen Platz in seinem Keller und ergab sich in sein Schicksal, der Boden schwankte und rüttelte, die Kellerwände bewegten sich, Mörtel und Steine wurden herausgedrückt, die Eisentüren bogen sich durch, das Licht erlosch, die Kellerluft verwandelte sich in Staub und Gase, in eine erstickende Hitze, das krachende, berstende Detonieren der Bomben kam immer näher, kam rasend näher in betäubenden Explosionen, lief auf das Haus zu, in dessen Keller in dem Moment die einzigen Menschen der Welt saßen, die wußten, daß sie jetzt sterben mußten, zerfetzt, verbrannt, erstickt, in diesem Weltuntergang, der über dem Haus zusammenschlug in einem einzigen, nie zuvor gehörten und niemals beschreibbaren Geräusch, das aus dem tiefsten Inneren der Erde kam – und sich entfernte, eine kurze, ohnmächtige Stille hinterließ, eine Totenstille, so ruhig wie nie zuvor, weil die Stille nach diesem Geräusch die größte Stille war, die ein Mensch geschenkt bekam, die Stille, die um einen ist, wenn man aus dem Grab auferstehen darf, eine Stille, die den Jungen ein Leben lang begleiten wird, weil er in dieser Stille, für immer unvergeßlich, seinen Atemzug hört und weiß, daß er lebt, daß es sein Atem ist, und der tastend erfährt, daß er nicht alleine überlebt hat in einer schwarzen, tiefschwarzen Nacht, aus der er nichts erfährt, außer daß um ihn noch andere Stimmen sind, Stimmen, die in der Dunkelheit fragen, ob das Haus noch steht oder ob es über ihnen zusammengebrochen ist, sie daher eingeschlossen sind, Stimmen, die fragen, ob die Straße noch da ist, die Stadt, die Welt, die Menschen, Stimmen, die auf ihre Fragen keine Antwort erhalten, die nicht einmal sagen können, wo sie sich genau befinden, die nur wissen, daß hier einige hilflose, wehrlose, leicht zu tötende Menschen ohne jeden Schutz in einem dunklen Loch in der

Erde hocken, die wieder verstummen, weil die nächste Bombenwelle heranrauscht, sich schnell nähert, dröhnend, krachend, berstend über ihnen zusammenbricht, und danach wieder die Stille, in der man ohne nachzudenken spürt, was das ist, Leben, was das ist, Tod, und erfährt, wie man sich danach sehnt, weiterzuleben, und eine, die das nicht verkraften kann, wimmert vor sich hin, schreit los, schlägt um sich, will raus, will in den Tod, und einer wirft sich auf sie, und das Schreien geht wieder in ein Wimmern über, das aufhört, als die nächste Bombenwelle sich berstend nähert, die Explosionen, auf die man sich konzentrieren muß, die Luft ist zum Ersticken, der Boden bebt unaufhörlich, die Wände rütteln und brechen ein, und der Moment ist da, wo man sich lieber doch den Tod als so ein Leben wünscht, und wieder stürzt die Welt über einem zusammen, das ist jetzt wohl der Weltuntergang, da draußen lebt kein Mensch mehr, und das hier ist vielleicht der einzige Keller in der Stadt, in dem noch Menschen apathisch hoffen, langsam erstikken, in der Glut vergehen, mit blutendem Körper und zerbrochenen Gliedern auf ihr erlösendes Ende warten, stundenlang, tagelang, nächtelang, bis einer das Kellerfenster oder die Außentür aufreißt und, umgeben von Rauch und Flammen, schreit: »Rauskommen!« Die Auferstehung vom Tod zum Leben, für wenige Stunden und ohne Hoffnung, denn die hat man verloren, für immer verloren, von ferne hört man ein schweres Brummen, die Sirenen ertönen, der nächste Bombenangriff, ehe alle aus dem Keller sind, kriechen sie wieder hinein, der Tod ist ihnen gewiß.

Anziehen, ausziehen, anziehen, ausziehen, und auch das gab man später auf, man schlief angezogen, blieb in seinem Trainingsanzug, dämmerte auf dem Bett vor sich hin, ließ das Radio laufen, bis die Musik von einem gleichmäßigen Ticken unterbrochen wurde, hörte die Sirenen, war schon wieder auf. Auch der Junge hatte seine Aufgabe, auch er schlief, wenn er überhaupt schlief, nur noch angezogen, beim ersten Sirenenton jagte er hoch, zog die Schuhe an, zog noch den Mantel über, zerrte seinen jüngeren Bruder aus dem Schlaf, zog ihm seine Schuhe und seinen Mantel an, nahm ihn an die rechte Hand, in die linke Hand nahm er den kleinen Koffer mit den wichtigsten Sachen für sie beide, etwas Verpflegung, etwas Wäsche, Medikamente, Angaben über die Eltern, die Ausweise hatten sie in einem Brustbeutel um den Hals hängen, alles für den Fall, daß man sie einmal getrennt von ihrer Mutter aus dem Keller holen würde, für den Fall, daß ihre Mutter tot war, so hatte man es ihnen erklärt, und stolperte, während die ersten Bomben schon einschlugen und die Flak schwieg, um ihre Stellung nicht zu verraten, was bedeutete, daß es jetzt um Sekunden ging, mit dem Koffer an der Wand entlangschrammend und dem schlaftrunkenen Bruder, der nie die Beine richtig voreinandersetzte, in den Keller, geschoben und gedrückt von den Menschen, die vor ihm und hinter ihm die Kellertreppe hinunterrannten, im Dunkeln und ohne jedes Licht, denn schon das Licht einer Taschenlampe löste ein panikartiges Geschrei aus. In wenigen Minuten war er auf seinem Platz im Keller, atmete heftig, erschöpft von der Anstrengung, während Maria in der gleichen Zeit den Weg von der Wohnung in den Keller zweimal zurücklegte, zwei schwere Koffer mit den wichtigsten und wertvollsten Sachen der Familie hinunterschleppte, dann genügte ein Blick zwischen Maria und dem Jungen, der bestätigte, daß alles wie besprochen abgelaufen war, jeder mußte sich auf den anderen verlassen können, beide mußten voneinander wissen, daß das vorher Besprochene genau ausgeführt wurde, denn die Bomben fielen schon fast auf das Haus, von der Kellerdecke rieselte Kalk, Staub, Mörtel, fiel wie ein weicher grauer Vorhang, matt beschienen von der Notbeleuchtung, die jetzt auch ausfiel, der Luftschutzwart warf die Eisentür zu, schloß die großen Hebel, da kam nun keiner mehr herein und keiner mehr hinaus, man war gefangen in einer Höhle, von der man nicht wußte, ob sie sich je wieder dem Licht öffnen würde. Sie saßen auf einer Holzpritsche, eingeengt von ihrem Gepäck, auf dem ihnen vom Luftschutzwart zugewiesenen Platz, eine winzige Ecke in einem kleinen Keller, dessen Decke mit Holzbalken abgestützt war, ein Labyrinth von Balken, Pritschen, Koffern, Menschen unter Wolldekken, in dem jeder seinen amtlich vorherbestimmten Platz hatte und verteidigte, auch Maria, der Junge und sein jüngerer Bruder, der langsam wieder einschlief. Stundenlang saßen sie so, bewegungslos, eingepackt wie Mumien, und wenn die Bombeneinschläge sich ihrem Keller näherten, legte Maria sich über sie, der Junge spürte ihren Atem, erstickte fast unter der Wärme ihres Körpers, der ihn vor der einstürzenden Kellerdecke schützen sollte, und wenn sie sich nach dem Angriff wieder aufrichtete, war es so, als ob man zum ersten Mal die Welt erblickte, noch schattenhaft, im Licht von Kerzen, aber sie war da. Nach der Entwarnung zog der Junge seinen Bruder wieder die Treppe hoch, fiel in seinem Bett erschöpft in einen ohnmächtigen Schlaf, aus dem die Sirenen ihn wieder hochjagten, noch betäubt vom Schlaf führte er die gleichen Handgriffe aus wie vor zwei, drei Stunden, zog sich an, zog seinen Bruder an, nahm den Bruder und den Koffer, stolperte wieder in den Keller, wurde erst im Keller langsam wach, hatte alles im Schlaf ausgeführt, und das zwei-, dreimal in jeder Nacht, und später auch am Tag, bis sie dann endgültig im Keller blieben, ein Höhlenleben entwickelten, das auf engstem Raum aus Schlafen, Wachen, Essen bestand, ein Leben in einem zeitlosen Dämmerlicht, und nur noch gelegentlich nach oben gingen, wenn die Stickluft im Keller nicht mehr zu ertragen war, wenn man frische Luft atmen mußte, Luft, die vom Brandgeruch gebeizt war.

Einmal stürzte Maria die Treppe hinunter, der Junge hörte nur den Schrei, sah seine Mutter im Licht der Notbeleuchtung auf der Treppe liegen, die Menschen trampelten über sie hinweg, die Eisentür zum Luftschutzkeller wurde zugeschlagen, er nahm ihre Hand, zog sie nach oben, drückte sich Stufe um Stufe nach oben, ließ die Hand nicht los, arbeitete sich in dem dicken, viel zu großen Mantel schwitzend, keuchend, sich mit den klobigen, viel zu großen Schuhen abstützend, nach oben, während sich Maria mit der anderen Hand am Treppengeländer hochzog, sie rutschte über den Flur hinter ihm her, sein jüngerer Bruder weinte, stand immer neben ihm, so wie es ihm befohlen war, er schaffte es, seine Mutter in die Wohnung zu ziehen, während sie vor Schmerzen stöhnte, schaffte es, sie auf das Federbett neben ihr Bett zu legen, er schob den Bruder unter das Bett, legte sich ebenfalls darunter und zog seine Mutter nach, das alles, während die Bomben fielen, die er gar nicht mehr gehört hatte. Eine Bombe explodierte im Garten, riß einen Krater auf, der Luftdruck wirbelte die Pappen vor den Fenstern durch das Zimmer, Erde flog in das Zimmer, begrub sie fast, und der Junge dachte, die Erde hält die Splitter ab, die Betten auch, gut, daß keine Glasscheiben mehr in den Fenstern waren. Da keiner kam, keinem ihr Fehlen auffiel, lagen sie zwei Tage und Nächte in dem Zimmer unter dem Bett, die Bombenangriffe rollten über sie hinweg, der Junge wußte nicht mehr, wann Alarm oder Entwarnung war, aus dem Wasserhahn kam nur rostiges Wasser, der Junge riß Stoffetzen vom Fenstervorhang, hielt sie unter das Wasser und kühlte damit die Stellen, auf die Maria zeigte, die Blutergüsse an ihrem Körper, die von den Menschen stammten, die auf ihr herumgetrampelt waren, die Schwellung am Bein, die von dem Sturz stammte. Zwischendurch schlief er mehrmals ein, schreckte immer wieder hoch, sah einmal, wie sein Bruder die Erde aß, hörte immer wieder sein Wimmern, hoffte, daß seine Mutter, die mehrmals versuchte, sich aufzurichten, die aber immer wieder zurückfiel, irgendwann einmal wieder sitzen konnte, wieder stehen konnte, wußte inzwischen, daß nichts zu tun war als zu warten, sah in der leeren Fensteröffnung Tag und Nacht, Dämmerung und Morgengrauen, bis Gustav plötzlich vor ihm stand.

Der Junge konnte nicht mehr sprechen, er brachte keine Sätze über die Lippen, auch einzelne Worte nicht, der Junge stotterte, er verlor seine Sprache, wurde stumm und sprach lange nicht mehr. Maria brauchte Monate, um ihm wieder die ersten Worte und Sätze zu entlocken, sie sprach ihm so lange Geschichten vor, zeigte auf ihren Mund, sprach deutlich und langsam, bis der Junge ihre Sätze nachsprach und langsam wieder sprechen lernte.

Die Monate vergingen und wurden nach den Angriffen benannt und gezählt, Monate im Keller, Monate in der in sich zusammensinkenden Stadt, in der es nach verkohlten Trümmern und verwesenden Leichen roch, bis dann auch ihre Stunde kam. Die Kellerdecke bebte, schwang durch, das Notlicht erlosch, der Lärm war infernalisch, Maria sprang auf, zog ihre Kinder in einem Ruck mit sich, nahm die Hacke, die immer griffbereit neben dem roten Quadrat im Keller stand, schlug mit ihrer ganzen Kraft, mit der explodierenden Wucht ihres Lebenswillens ein Loch in die Mauer, schlug wie besessen zu, öffnete in drei, vier Schlägen den Fluchtweg in dem Moment, als die Mauer hinter ihr, vor der sie und die Kinder immer gesessen hatten, zusammenbrach, nach vorne kippte, auf die Holzpritsche schlug, auf der sie all die Bombennächte verbracht hatten, ihren Platz, auf dem sie noch vor Sekunden gesessen hatten, unter sich begrub. Sie kroch auf allen vieren in das Mauerloch, die Kinder hielten sich an ihr fest, sie schleifte sie mit wie eine Wölfin ihre Jungen, hinter ihr drängten die anderen nach, die, die nicht unter der Mauer lagen, hustend, schreiend, sich auf allen vieren verbissen voranarbeitend durch dieses enge Mauerloch, über Mörtel und herausgebrochene Steine, fast gemeinsam fielen sie in den Keller des nächsten Hauses, stolperten über Körper, die am Boden lagen, suchten durch Rauch und Flammen den nächsten Durchbruch, krochen hinein, hasteten weiter, der nächste Keller, der nächste Durchbruch, keine Stimme war zu hören, man hörte nur das Keuchen der sich voranarbeitenden Menschen, der nächste Keller, der nächste Durchbruch, der Junge und sein Bruder hingen an ihrer Mutter, hatten sich fest in ihr Fleisch gekrallt, in ihren Körper verbissen, der wie ein wildes Tier sich voranarbeitete, ruckartig, stoßartig in den nächsten Keller sprang, mit einem Satz in den nächsten Durchbruch, immer schneller wurde, um sein Leben kroch, lief, hetzte, sich aufrichtete, die Kinder mit beiden Armen packte, fest an sich preßte, durch eine Feuerwand sprang und dann liegenblieb, die Lungen voller Rauch, der Körper angesengt, die Kleider verbrannt, mit hervorquellenden Augen, die weiß und blutig waren. Sie lagen lange auf der Straße ausgestreckt, atmeten, das Atmen war schmerzhaft, jeder Atemzug tat weh, aber das Atmen war das Leben, jeder Atemzug eine Sekunde des Lebens. Wer sich gerettet hatte, wer tot war oder lebte, keiner wußte es, verletzt waren sie alle, aus einer Todesgruft zurückgekehrt in ein vorläufiges Leben, versehen mit dem

Schrecken derer, die schon einmal fast tot waren, mit einem Kainszeichen, das sie nie mehr verlieren sollten, das ihnen bleiben sollte ein Leben lang.

Der Junge bemerkte als erster, daß sie mitten auf der Kölner Straße lagen, da wußte er, daß sie durch viele Keller gekrochen waren, er richtete sich auf, neben ihm lag seine Mutter und röchelte, sein jüngerer Bruder blutete am Kopf. Sie lagen vor einem Trupp Feuerwehrleute, die auf der Straße neben ihrem Löschfahrzeug saßen, in ihrer verdreckten Drillichmontur, mit ihren geschwärzten Gesichtern saßen sie da wie Schaufensterpuppen, in unnatürlicher, verrenkter Haltung, von nichts Notiz nehmend. Aus der Aufschrift auf ihrem Wagen sah man, daß sie aus Gelsenkirchen kamen, um hier die Feuer zu löschen, aber sie hatten das Löschen aufgegeben. Die ganze Straße brannte. In den leeren Fenstern der Häuser waren Flammen zu sehen. Die Dächer waren schon weggebrannt. Oft standen nur noch Teile der Fassaden, die die Glut zurückhielten. Die Luft war voller Staub, Ruß, Dreck, Qualm, Hitze. Vor einem Haus versuchte man vergeblich, Menschen aus einem Keller zu ziehen, sie hingen verbrennend im verschütteten Kellerfenster. Vor einem anderen Haus stand bewegungslos eine Gruppe Menschen, so bewegungslos, als hätten sie da schon immer gestanden, einer von ihnen fiel plötzlich um, die anderen bewegten sich nicht. Dann sah der Junge, nachdem sich seine Augen an das schummrige, unregelmäßige Feuerlicht gewöhnt hatten, daß die Straße voller Menschen war, die alle in einer ungeordneten Bewegung unterwegs waren, oft nur hin und her liefen, sich dabei umrannten, sich nicht ansahen, einfach wieder weitergingen, auf der Stelle kehrtmachten, über Trümmer fielen, ohne es zu bemerken, wieder aufstanden und weitergingen. Das alles geschah stumm und ohne Hast in einer Art bedächtiger Eile, als ob sich alle in einem Traum bewegten, ein Traum, der sie gefangenhielt, aus dem sie noch nicht erwacht waren. Auf dieser Straße, auf der früher alles wie an straffen Fäden gezogen hin- und herschnurrte, liefen die Menschen nun ziellos mit den wenigen geretteten Habseligkeiten umher. Sie gingen weg, kamen wieder zurück, gingen wieder weg, schleppten die geretteten Sachen von einem Platz auf den anderen. Eine Frau zog einen halbverbrannten Kinderwagen ohne Räder hinter sich her. Eine andere Frau trug vorsichtig einige Kleiderbügel, auf denen einmal etwas gehangen hatte. Ein Mann oder eine Frau, es war nicht zu erkennen, hockte vor einem Bündel, einem Kind, das sich nicht mehr bewegte, und bekreuzigte sich immerzu. Ein Soldat mit einem Bein stelzte auf seinen Krücken vorbei. Eine Frau trug einen leeren Koffer, von dem der Deckel abgerissen war. Ein Mensch, auf einen anderen Menschen gestützt, humpelte mühsam vorwärts, zog ein Bein nach. Eine Gruppe von Männern und Frauen näherte sich, vollführte einen unbeholfenen Tanz um einen Menschen, der in ihren Armen hing. Ein Mann zog mit aller Anstrengung ein kleines Holzwägelchen, dessen Räder querstanden, auf dem Holzwägelchen war nichts. Ein Kind mit einer Puppe im Arm drehte sich suchend auf der Stelle. All die Dinge, die da unter großer Anstrengung hin und her geschleppt wurden, waren meist ganz nutzlos, wertlos, man konnte sie gar nicht mehr gebrauchen, man hatte in der Not gar nicht das gerettet, was man sich vorgenommen hatte, sondern einfach irgend etwas gegriffen, bei vernünftigem Verstand hätte man alles sofort weggeworfen, aber die meisten Menschen sahen die Sachen gar nicht mehr, sie hielten sich einfach an ihnen fest, klammerten sich an sie, wie ein Artist auf dem Seil sich an eine Balancierstange klammert, auch wenn er schon fällt, wenn er stürzt, sich aus Gewohnheit an seine Balancierstange klammert.

Der Junge sah, daß ein Mann ein großes glühendes Stück Metall vor sich hertrug, aber das konnte nicht sein, obwohl es genauso aussah, dann dachte der Junge, es sei ein Stück aus dem Goldrahmen des Kinos *Scala*, der immer in allen Farben aufglühte, bevor ein Film anfing, dann sah er, daß es ein Spiegel war, in dem die Flammen sich widerspiegelten, so daß viele erschreckt auswichen, weil da Feuer auf sie zukam. Die Welt darin, die Flammen, die Menschen, alles lief spiegelverkehrt nach hinten weg, in einen fernen Fluchtpunkt, der hinter ihm lag. Je weiter sich der Mann entfernte, desto mehr entfernte sich die Welt, wurde zu einem Lichtpunkt, vor dessen blendendem Widerschein man die Augen schließen wollte, aber nicht konnte, der einen zwang, die Welt von da an durch diesen Spiegel zu sehen. Der Mann mit dem Spiegel war noch lange zu sehen, entfernte sich, funkelte immer noch wie ein Irrlicht, zog sein Licht in Schlangenlinien über die Straße, verschwand dann.

Immer wieder stürzte ein brennendes Haus ein und überschüttete die Straße mit Licht. Erst jetzt bemerkte der Junge, daß das brausende Geräusch der Flammen alle anderen Geräusche übertönte, ein fauchendes, sausendes Geräusch, das selbst den Lärm der zusammenstürzenden Fassaden überdeckte. Die Flammen zogen sich an den Häuserfronten entlang bis zum Ende der Straße, da war der undurchdringliche Abschluß der Welt, dahinter war nichts mehr. Die dunklen, rotvioletten Wolken, die Flammenwand, die alles umhüllte, die Menschen, die wie in Zeitlupe vorüberzogen, alle Bewegungen verlangsamt, sich mühsam wie in Trance bewegend, das Ende der Welt war ein apathisches, fast friedliches Bild. Der Junge hatte das Gefühl, er wäre allein auf der Welt und sähe alles aus einer einsamen Distanz, aus einer anderen Entfernung als bisher, die Menschen und ihre Welt. Alles trieb stumm, geräuschlos, in einer ewigen Stille langsam, ja fast bewegungslos an ihm vorbei, wie ein ruhiger, träger Fluß, der nach einem Unwetter Bäume und Balken, Vieh und Menschen vorbeischwemmt, das, was er in seinen Strudeln gefangenhält, noch einmal zur Ansicht freigibt, ehe es verschwindet, unbemerkt verschwindet, so trieben die Menschen an ihm vorbei, ohne etwas zu wissen oder auch nur zu ahnen, ihr Leben nicht kennend, trieben sie durch die Zeit, da bewegte sich ein Kopf, da ein Arm, da eine Hand, da fiel ein Satz, es war vorbei, ehe es bemerkt wurde, Menschen, die im Strom der Zeit geboren wurden und die in ihm starben, ohne diese Bewegung zu erkennen. Das war das Todesbild, das der Junge nie mehr vergaß, das er sein

Leben lang mit sich trug. Solange er lebte, würde er das vor Augen haben.

Maria stand vor dem Haus, das nun ein sanft gerundeter, staubiger Hügel aus Steinen und Mörtel war, unter dem alles lag, was sie besaß, was sie erarbeitet und erspart hatte, stand da und rührte sich nicht. Die Sonne schien, und alles war friedlich, bis auf den seltsamen Umstand, daß die Straße nicht mehr vorhanden war. Keiner hätte sagen können, wo einmal die Häuserfronten verliefen, die Menschen standen in einer ungefähren Mitte zwischen den Schuttbergen auf der von Schutt bedeckten Straße. Maria weinte nicht, sie sah sich nur alles an, etwas anderes hatte sie vom Leben sowieso nicht erwartet, und das hier, das war nur der Anfang, das wußte sie. Gebrannt hatte es nicht, eine Luftmine war haargenau in den Teil des Hauses eingeschlagen, in dem Marias Wohnung lag, und hatte das Haus zerpulvert. Die Menschen husteten, weil der Sommerwind in seiner lauen Wärme Staubwolken mit sich zog, sie über alle und alles verteilte, so daß die Menschen bald so grau aussahen wie die Straße.

Maria auf dem Felde, sagte Maria leise, und der Junge wußte, woran sie jetzt dachte, was sie meinte, er kannte die Geschichte, es war eine der meisterzählten Geschichten, so traurig und so tragisch und deshalb immer wieder erzählt. *Maria auf dem Felde* war eine von den vielen Marias, die vor ihr gelebt hatten, die mit ihrem Mann Joseph auf dem Feld war, als ihr Haus abbrannte, erst sahen sie die Rauchsäule, dann, auf dem Rückweg ins Dorf, das brennende Haus. Aber Maria baute, noch im hohen Alter, ihre Kate eigenhändig wieder auf, während Joseph verzagte und bei den Nachbarn in der Küche saß und warme Milch trank und aus dem Küchenfenster zusah, baute die Kate wieder auf, deckte sie eigenhändig, saß auf dem Dach und triumphierte, siegte und verlor doch so tragisch, denn die Familie verlief sich. Maria saß allein auf einem Stuhl vor dem leeren Haus und grüßte jeden, der vorbeikam, aber die Familie, inzwischen wie die Wolken in alle Himmelsrichtungen gezogen, fand sich nie mehr zusammen unter diesem Dach.

Der Junge sah einige weiße Blätter, die vom Wind auf den Trümmern des Hauses hochgewirbelt wurden, wie Schmetterlinge umeinandertanzen, er kletterte über die wegrutschenden Steine hinauf, sammelte die Blätter ein, sah sofort, es waren die Briefe seines Vaters von der Front, brachte sie seiner Mutter. Maria lächelte und nahm es sofort als Zeichen, daß Friedrich den Krieg überleben würde.

Einige vermummte Figuren, die aussahen wie unbeholfene, zerfledderte Vögel, suchten die Schutthügel ab und begannen, Bretter aus den Trümmern zu ziehen, die von weitem so aussahen wie das Holz von Marias Kleiderschrank. Der Junge stieß seine Mutter an, die in den Briefen las, und erlebte zum ersten Mal, wie schnell sie aus ihrer Apathie, ihrer Trauer, ins Leben zurücksprang, wenn es darum ging, um dieses Leben zu kämpfen. Wie ein Tier, dem man sein Futter entreißt, jagte sie los, war schon auf dem Trümmerberg, schnappte sich ein Brett, schlug alle anderen in die Flucht und begann nun selbst die Steine wegzuräumen, um zu sehen, was der Luftdruck nach oben geschleudert hatte. Bis zum Abend rettete sie mit Hilfe des Jungen die Hälfte des Kleiderschrankes in verschieden großen Brettern, einige zerrissene Bettlaken, ein zerlöchertes Tischtuch mit ihrem Monogramm, einige zerbeulte Kochtöpfe, verbogene Löffel, Messer und Gabeln und sechs Matratzenteile, einige Federn waren gebrochen oder eingedrückt, aber die Matratzen waren weiterhin zu gebrauchen. Maria glühte vor Stolz, daß sie beim Kauf so auf Qualität geachtet hatte, ihre Schlaraffiamatratzen hatten eine Luftmine und ein einstürzendes Haus abgefedert.

Man hatte Matratzen, Bettlaken, Kochtöpfe, diverse Besteckteile und eine Tischdecke, am Rande des Untergangs, im Kampf um das tatsächlich nackte Überleben genügten ein paar erhaltene Reste, und schon entfaltete die Zivilisation wieder ihre trügerischen Hoffnungen. Noch am Abend gab es eine Suppe aus einer Straßenküche, Gustav hatte Brot organisiert, man löffelte reihum aus eigenen Kochtöpfen an einer Tischdecke, die auf der Straße lag, und wehe, es trat einer auf das Monogramm. Man schlief unter freiem Himmel, den Bürgersteig als Kopfstütze, doch auf eigenen Matratzen. Fin, Gustav, Maria und die beiden Kinder, die Familie war mal wieder fast beisammen, und als die Sirenen heulten, interessierte das keinen, auch als Bomben fielen, schliefen alle weiter, sollten Gott oder seine Stellvertreter auf Erden, die Bomberpiloten, einen Volltreffer beschließen, waren sie eben alle hin, wenn nicht, na dann eben nicht, mit dieser

Einstellung ließ sich gut schlafen, man hatte erst einmal überlebt, und das Weitere würde sich finden.

Gustav entdeckte am nächsten Tag eine neue Wohnung. Sie lag etwas versteckt in einem Hinterhaus, das Vorderhaus war ausgebrannt, nur noch die schwarzgebrannten Fassaden und einige Quermauern standen, man mußte also erst durch die nach Feuer und Rauch stinkenden kahlen Wände klettern, über ausgeglühte Eisenträger balancieren, die einmal einen Boden getragen hatten und nun frei und sehr hoch über einem Keller lagen. Dann sah man schon das Hinterhaus, zwar auch zerstört, aber nur von Sprengbomben, so daß einiges übriggeblieben war, auch eine leidlich eingerichtete Wohnung im zweiten Stock. Darüber und darunter war nichts außer schräghängenden Fußböden vor den bunten Tapeten der Zimmer, die mit ihrem Muster das Haus wie ein Kartenhaus aussehen ließen, nur diese Wohnung im zweiten Stock, die man durch eine herausgeflogene Seitenwand besichtigen konnte, schien sich zu halten. Bis zum ersten Stock kam man über eine Leiter, von da führte der Rest der Treppe, ohne Geländer und seitlich etwas durchhängend, in die Wohnung, von der keiner wußte, wem sie gehörte. Von ihren früheren Bewohnern aufgegeben und verlassen, konnte sich da jeder einrichten, wie er wollte, das war so üblich, ein neues, aus dem Leben entstandenes Gesetz. Vorhanden waren ein Küchenschrank und ein Wohnzimmerbuffet, beide mit Bombensplittern gespickt, ein kleiner Herd, das Schlafzimmer gab es nicht mehr, aber sie hatten ja ihre eigenen Matratzen, die sie nachts auf den Boden der zwei Zimmer legten, die nun zu einem Zimmer wurden, denn die Türen waren herausgeflogen. Strom war nicht vorhanden, Wasser mußte man vom Hydranten auf der Straße holen, die zerstörte Außenwand, dieses unheimliche Loch, würde Gustav zumauern, Steine lagen genug herum. Alle sprangen durch die Wohnung, horchten, ob es im Mauerwerk knisterte, es schien alles noch recht stabil zu sein.

In den Jahren der Erinnerung daran wurde diese *Sommerresidenz*, wie Gustav sie taufte, fast zur Idylle. Die immer wieder frischgemauerte Wand lag nach jedem Luftangriff im Hof, so daß man sich schließlich an das Loch gewöhnte, durch das die Sonne schien, und sich mit einem provisorischen Geländer aus den Brettern des Schlafzimmerschranks begnügte. Gustav hatte eine Bibel gefunden und las laut das Buch Hiob vor. Der Junge sortierte währenddessen auf den einzelnen Steinen der herausgebrochenen Mauer seine umfangreiche Splittersammlung. Splitter zu sammeln war das bevorzugte Spiel aller Kinder, möglichst bizarre und möglichst große Bombensplitter mußten es sein, damit man mit anderen tauschen konnte, wie man früher Briefmarken getauscht hatte. Um wertvolle und schöne Stücke zu bekommen, mußte man sofort nach dem Bombenangriff auf die Straße rennen, die schweren, noch heißen, scharfkantigen Bombensplitter mit einem Handschuh einsammeln, in einem Blechkanister nach Hause schleppen, bevor der nächste Angriff kam. Nur dieser Mut brachte außergewöhnliche Stücke, die von allen bewundert wurden, die kleinen

Splitter konnte jeder einsammeln, die lagen ja sogar in der Wohnung. Wenn er von seinem Spielplatz aufsah, hatte er einen weiten Blick über das zerstörte Quartier, in dem nur noch wenige Hausmauern standen, und auch die waren durchlöchert. Er sah den Horizont, was eine Sensation war, so weit hatte er noch nie gesehen, frei schweifte der Blick über eine Mondlandschaft, die sich durch Gustavs Fernglas, mit dem er eines Tages grinsend ankam und mit dem der Junge sich stundenlang beschäftigen konnte, in unerhört spannende Einzelheiten auflöste. Er sah Menschen, die sich langsam und mühselig durch Trümmer arbeiteten, konnte Gebiete beobachten, die nur von Katzen und Hunden beherrscht wurden, fremdes Gebiet, weißes Land, das der Junge bisher nur aus Gustavs Abenteuerbüchern kannte.

Die Munitions- und Waffenfabriken, die zwischen den zerstörten Wohnhäusern lagen, waren intakt und arbeiteten Tag und Nacht weiter. »Das ist Präzision«, meinten die meisten, »die Amis brauchen die Fabriken noch, die wollen doch mit uns noch gegen die Russen marschieren. Der Kölner Dom und die Fabriken werden nicht bombardiert, das ist alles abgemacht.« Und da auch das Regierungsviertel der Stadt nicht bombardiert wurde, verbreitete sich das Gerücht, die Stadt werde nach dem Krieg Hauptstadt der Niederlande. Die, die ein wenig Holländisch konnten, sahen sich bereits als Übersetzer, viele träumten von Käse, Butter und der holländischen See, die Sache galt als ausgemacht. Die Menschen glaubten fest daran, sie wollten an etwas glauben.

Gustav lachte über so etwas und las laut aus der Offenbarung des Johannes, während der Junge mit seinem Bruder auf zehn, zwölf Meter hohen, fußbreiten Eisenträgern balancierte, unter denen nichts war, nur nackte Kellerlöcher, oder mit Karbid Erdhügel sprengte oder zusammen mit anderen vier Stockwerke hohe Mauern mit guten Ziegelsteinen zum Einsturz brachte, indem sie am Fuß der Mauer so lange Steine herausschlugen, bis die Wand sich knisternd neigte und mit einem Donnerschlag und einer gewaltigen Staubwolke zusammenbrach. Der Mörtel wurde von den Steinen abgeklopft und die Steine tausendstückweise verkauft. Gustav sollte eigentlich auf die Kinder aufpassen, weil Maria mit Fin den ganzen Tag unterwegs war, um irgendwo irgend etwas zum Essen zu besorgen, es gab genug Kinder, die nur noch einen Arm oder ein Bein hatten, weil sie aus Versehen beim Spielen an einen Blindgänger geraten waren, aber Gustav sagte nie etwas. Als Maria mit ihm deswegen einmal Krach hatte, meinte er, daß er kein Anhänger einer ruhigen, ereignislosen, bürgerlichen Erziehung sei, mit der man im späteren Leben nur Schwierigkeiten habe, weil sie Illusionen erzeuge, während hingegen eine Kindheit im Chaos eines Krieges, eine Jugend im Untergang eines Staates durchaus charakterfeste, illusionslose und freie Menschen erschaffe.

Vielleicht waren all diese Spiele nur Versuche, den Tod herauszufordern, weil man immer wieder der einstürzenden Mauer entkam, immer wieder über den Eisenträger gehen konnte, ohne abzustürzen, immer wieder rechtzeitig über einen Blindgänger sprang, entstand die Gewißheit, daß das Leben noch auf einen wartete. Es waren wichtige Tage, Tage der Erkenntnis, was das Leben ist und was es nicht ist, was wichtig ist im Leben und was nicht, Tage der Selbstfindung, ohne sie hätte man sich eigentlich sofort das Leben nehmen müssen.

Der Junge genoß die Dämmerung, wenn er, auf dem zersplitterten Fußboden hockend, die Beine aus dem Mauerloch baumeln ließ, unter denen fünf Meter nichts war, hinter sich hörte er die Stimmen der Familie, am Horizont sah man die Kondensstreifen aufsteigender Nachtjäger, aus der Richtung kamen bald die Bomber, gelegentlich verirrte sich eine Leuchtkugel, stolperte in den Abendhimmel. Im ganzen Quartier hörte man die dumpfen Schläge und die Stimme von Radio BBC, alle Radios waren weit aufgedreht, damit die, die keinen Strom oder kein Radio hatten, mithören konnten, im übrigen Deutschland stand darauf die Todesstrafe, das wußte jeder, aber hier versteckte man sich nicht mit dem Radio unter Wolldecken, hier herrschte ein anderes Gesetz. Der Junge vergaß das nie.

Diese schöne Zeit dauerte nur zwei Monate. Als sie nach einem der vielen Luftangriffe wieder aus dem benachbarten Keller kamen, war nicht nur die Wohnung weg, das ganze Haus war weg, einfach verschwunden, nur die Matratzen fanden sich wieder, drei Straßen weiter, die Matratzen waren unzerstörbar. Sie zogen damit in einen Keller, holten einen Kanonenofen aus einem der zerbombten Nachbarhäuser, der Abzug war die offene Tür, sie konnten ihn nur heizen, wenn diese Tür offenstand, bei den Angriffen saßen sie in der Kälte, und so entwickelte sich ein Höhlenleben, das bis zum Ende des Krieges und weit darüber hinaus andauerte. Sie wurden noch zweimal ausgebombt. Da sie nichts mehr besaßen, konnten sie nichts mehr verlieren. Das ersparte Tränen über Verlorenes. Eine Zukunft ohne jeden Besitz erschien auf einmal aussichtsreich und lebenswert. Falls man mit dem Leben davonkam, leben wollte man. Und man baute sich ein neues, gut abgestütztes Kellerloch. Und feierte darin jeden Geburtstag, den es zu feiern gab, denn ein Jahr weiterzuleben, nur mit dem, was man auf dem Leib trug und was man mit einer Hand tragen konnte, das war eine unerhörte Leistung. Das mußte man feiern. Die wenigen Sirenen, die es noch gab, die inzwischen nur noch blechern ihre Töne leierten, verachtete man.

Und es begab sich zu der Zeit, die man Weihnachten nannte, da der Himmel sich verdunkelte und Feuer auf die Städte fiel, die Häuser zerstörte und ihre Bewohner verbrannte, daß der Junge sich einer Gruppe anderer Jungen anschloß, die an diesem Abend Brandwache in der Josefskirche hatten. Weihnachtsbäume standen am Himmel, Silberstreifen rieselten leise herab, ein silberner Vorhang im schimmernden Licht der Scheinwerfer, die den Himmel erleuchteten, einen hellen Punkt festhielten, sich vereinigten zu einem himmlischen Lichtdom, die schwere Flak aus dem Volksgarten donnerte ihr Ehrensalut in den Himmel, Gott sei gelobt in der Höhe, Leuchtspurmunition zog ihre Feuerwerksbahnen, Gloria in excelsis Deo, und während der Punkt am Himmel grell aufleuchtete und als himmlisches Zeichen auf die Erde fiel, steigerte sich das ferne Brummen und Grollen, die Luft zitterte, schnell näherten sich die Detonationen, die Feuerwand der Brände, die Glasscheiben der Kirche klirrten wie silberne Glöckchen, das Gewölbe der Kirche bewegte sich, die Häuser rund um die Kirche erhoben sich in die Luft, Dachpfannen und Ziegelsteine knallten gegen die Kirchenmauern, zerschlugen die Fenster, die Flamme der auf dem Altar brennenden Kerze schlug seitlich aus, die Motoren dröhnten, die Bomben fielen in immer höheren, schrilleren Tönen, zerrissen in immer dumpferen Explosionen, die alle in der Kirche auf den Boden warfen, auf die kalten Steine, denn es gehörte sich, so lange stehenzubleiben, bis die Explosion einen durch die Kirche schleuderte, hochhob und wieder fallen ließ, an einen anderen Ort trug, so daß man sich erst wieder orientieren mußte. Hell wurde es, taghell, und jetzt war der Zeitpunkt gekommen, zu dem versteckten Grammophon zu kriechen, jetzt war der Moment da, wo man in äußerster Lautstärke, verstärkt durch die Akustik des Kirchenschiffes, Louis Armstrongs Cornet hörte, die glorreiche Einleitung zum *West End Blues*, das Schönste, was es auf Erden gab, ein Halleluja in der untergehenden Welt, Louis Armstrongs Cornet höher als das Klirren der Glasscheiben und das Schrillen der Bomben und das Dröhnen der Motoren, Halleluja, Louis Armstrong, und alle Menschen aus den tausend Geschichten, die man ihm erzählt hatte, schwebten durch das Gewölbe der Kirche, tanzten einen Kreis wie die Engel im Himmel, ein Glorienschein der Ewigkeit, und Marija sah schweigend aus dem Kindersarg, und Gustav rannte mit seinen Büchern durch das Feuer, und Fin schlug sich mit einem Polizisten um ein Stück Brot, und Friedrich fiel an einem Fallschirm vom Himmel, und Maria stand in der Kirchentür, umgeben von roten Flammen, und schrie etwas. Gott und die Welt mochten vergehen, aber Louis Armstrong lebte und blies sein Horn, und seine zärtliche Stimme sang *Oh Jericho*, und es war für den Jungen undenkbar, daß Louis Armstrong jemals sterben könnte.

Die Josefskirche, nach den Begriffen des Quartiers eine sehr alte, sehr schöne und sehr große Kirche, viel älter, schöner und größer als der Kölner Dom, war im vorigen Jahrhundert aus jahrelangen Geldsammlungen unter den Arbeitern des Quartiers entstanden, deren Pfennige sich in Backsteine verwandelten. Dazu bedurfte es auch eines Kirchbauvereins, mit einem Vorstand, von dem die Chronik schreibt: »Einer von ihnen besucht überhaupt keine Gottesdienste, der zweite ist ein vollständiger Rationalist, er kniet nicht einmal bei der Wandlung, und der Dritte ist ein leichtsinniger Mensch.«

So entstand die Kirche mit viel Streit und Krach, unter handgreiflichen Auseinandersetzungen und persönlichen Beleidigungen, unter Ein- und Austritten aus dem Kirchbauverein, mit wechselnden Architekten und Handwerkern unter Verwendung vieler Stile, wie man sie von den Fabriken her kannte, wobei man vergaß, Verträge abzuschließen, so daß der Vorstand nur protokollieren konnte: »Sie bauten im Vertrauen auf die Sache selbst.« Das war eine der Grundweisheiten dieses Quartiers, daß man ohne allzuviel Planung, Überlegung und Absicherung am weitesten kommt, was soviel hieß wie: »Es wird schon werden.«

Der Bau entstand je nach Kassenlage, zog sich über Jahre, blieb gelegentlich liegen, wurde wiederaufgenommen, als man endlich mit dem Turm begann, stellte einer die Frage nach den Glocken. Nach längerem Überlegen war klar, entweder ein Turm oder Glocken, man beschloß daher, den Turm, der gerade die Höhe des Hauptschiffes erreicht hatte, so zu lassen, wie er war, und entschied sich für die Glocken, den Turm konnte man ja immer noch errichten.

Bei der Beschaffung der Glocken erinnerte man sich an die Volksweisheit, daß aus Kanonen gegossene Kirchenglocken niemals und unter keinen Umständen, auch nicht unter Hinzuziehung des übelsten Teufelswerks, sich wieder in Kanonen verwandeln würden. Da man die kommenden Zeiten weise voraussah und sich im Schrottwert gebrauchter Kanonen auskannte, die in den Fabriken des Quartiers ständig Metamorphosen erlebten, gebot die Vernunft einen kühnen Schritt. Man schrieb an Seine Majestät, den Kaiser und König in Berlin, und bat um die unentgeltliche Überlassung von zwölf Zentnern Geschützbronze für den Guß von Kirchenglocken. Seine Majestät geruhte allergnädigst zu genehmigen, und so holte man sich aus dem Artilleriedepot in Straßburg die benötigten Kanonen. Sie verwandelten sich in gesegnete Kirchenglocken, die man auf diese Weise fast umsonst bekam.

Auch der Turm für die Kirchenglocken entstand nach und nach, und die Prophezeiung, daß Metall, einmal dem Kreislauf der Kriege entzogen, für alle Zeiten nur noch friedlichen Zwecken diene, erfüllte sich. Im Ersten Weltkrieg wurde das bis dahin noch ergänzte Geläut zum schönsten weit und breit erklärt, entging darum dem Kanonenschicksal, und auch im Zweiten Weltkrieg blieb es unversehrt. Die Glocken wurden zwar demontiert und abtransportiert, aber man fand sie nach dem Krieg, genau durchnumeriert, auf einem Glockenfriedhof, sie waren erneut dem Umschmelzen entgangen, zufällig, wie es amtlich hieß, aber im Umkreis der Kirche wußten die Menschen, daß es kein Zufall war.

Die Josefskirche wurde in vielen Bombenangriffen total zerstört. Schuld daran waren nach Ansicht vieler vor allem diejenigen, die ein Loch in den Kirchturm geschlagen hatten, um die Glocken abzuseilen, denn so ein Loch, in eine Kirchenwand geschlagen, zieht andere Löcher nach, das wußten alle. Von der Kirche blieb nur eine Ruine, damit paßte sie sich in ihrem Stil erneut dem Quartier an, dessen Häuser auch nur noch Ruinen waren. Und da der Segen, der alle beschützte, offenbar nicht mehr existierte, fielen die Bomben auch in das Josefskrankenhaus, in dem der Junge geboren wurde. Er stand vor dem einstürzenden Krankenhaus und hörte, daß über hundert Menschen darunter lagen, die Ärzte, die Vincentsschwestern, die Mütter mit ihren Kindern auf der Entbindungsstation, Säuglinge, deren Geburtsstunde auch ihre Todesstunde war. Und als ein viermotoriger Bomber vollgeladen mit Bomben neben dem Krankenhaus auf die Häuser am Markt des Quartiers stürzte, fünf Häuser in einen brennenden Sarg verwandelte, hundert Meter entfernt von dem Keller, in dem der Junge saß, da wußten alle im Keller, daß da mehr heruntergekommen war als nur ein paar Bomben. Die Explosion des Flugzeugs warf sie alle durcheinander, sie rannten aus dem Keller, um zu helfen, konnten aber nicht helfen, obwohl die Menschen unter den brennenden Häusern aus ihren Kellerlöchern schrien. Auch Pastor Lefarth, der vor den Kellerlöchern auf der Straße lag und die letzte Ölung über sterbende Augen strich, waren die Wunder abhanden gekommen.

Pastor Lefarth hatte zum Ende des Krieges mehr Seelen im Himmel als auf Erden. Und die Menschen, die nun starben, konnte er nicht auf dem Stoffeler Friedhof beerdigen, der lag unter dem Dauerfeuer der Amerikaner, die mit ihrer Artillerie über den Rhein herüberschossen. Beerdigt wurde im Vorgarten, im Hinterhof, da, wo man starb, falls man überhaupt noch beerdigt wurde. In seiner Kirche, wenn man es wagte, sie zu betreten, denn man konnte jederzeit von herabfallenden Mauerteilen erschlagen werden, blickte man zwischen kahlen, kalten, ausgeglühten Mauern in den offenen Himmel, und auch der sah nicht heilig aus, sondern regnete ganz gewöhnlich seinen Regen herab, seine Messen fanden in einem Heizungskeller zwischen wenigen Getreuen statt, das Meßgewand über einen Trainingsanzug gezogen, gewaschen im dreckigen Löschwasser eines Eimers, denn es gab weder Wasser noch Wärme, noch Licht.

Er starb auf dem Weg zu einem tödlich Verletzten durch ein Artilleriegeschoß der Amerikaner und lag noch lange verblutend auf der Straße. Man hielt ihn für einen Fremdarbeiter.

Hundert Jahre nach dem Beginn der großen Zuwanderung, die das Quartier erschuf, wurden wieder Menschen aus ganz Europa in das Quartier transportiert. Wie früher kamen sie zu Fuß, mit Wagen, mit der Bahn, aber waren sie früher weitgehend freiwillig der Arbeit gefolgt, wurden sie nun zur Arbeit gezwungen. Gefangene, Verschleppte, Zwangsarbeiter, Fremdarbeiter, es fehlte keine Nation vom Atlantik bis zum Ural, vom Nordkap bis zum Mittelmeer. Das Quartier wurde nun endgültig zu einem Ghetto innerhalb der Stadt, eine Welt für sich, eingeschlossen von den haushohen Bahndämmen, durch die nur wenige dunkle Unterführungen ins Freie oder in die Stadt führten. Zwischen den großflächigen Stahlwerken, die nur noch für den Krieg arbeiteten, hauste die Bevölkerung zusammen mit den Zwangsarbeitern in schmalen, ausgebombten Straßen, in Baracken auf dem Fabrikgelände. Sie arbeiteten zu Tausenden zusammen in den Rüstungsbetrieben, lebten zusammen in Häusern und Notunterkünften, ertrugen mit der Apathie der Gepeinigten die Bombennächte, gruben sich gegenseitig im Dämmerlicht des Tages aus den verschütteten Kellern und Bunkern. Jeder Mensch in diesem Lager hatte seine Nummer, war eingeteilt, war Teil dieses Zwangssystems. Die Rüstungsarbeiter hatten eine numerierte und registrierte Bescheinigung, daß sie an der

Heimatfront kriegswichtig waren, die Kriegsgefangenen trugen fast alle noch die Uniformen ihrer alten Armeen, gekennzeichnet durch große Buchstaben, die Zwangsarbeiter waren gekennzeichnet durch Nummern und Abzeichen, die man ihnen auf die Kleidung genäht hatte. Namen hatten sie alle keine mehr.

Am genauesten waren die KZ-Insassen gekennzeichnet. Der Ordnungssinn, der zuvor schon die Bevölkerung in einer Vielzahl von Uniformen und Organisationen erfaßte, hatte hier eine so gründliche Ordnung geschaffen, daß die daraus entstandene Verwirrung total war. Die KZ-Gefangenen waren übersät mit Zahlen, Zeichen, Symbolen in allen nur denkbaren Kombinationen und in allen Farben des Regenbogens, so daß der auf diese Weise ausgezeichnete Mensch kein Mensch mehr war, sondern ein klassifiziertes Etwas, dessen Namen und Geburtsort und Alter vielleicht noch auf einer Karteikarte standen, dessen Person aber auf der Straße eine anonyme Gliederpuppe war, dem äußeren Anschein nach ein Mensch, bei näherem Hinsehen ein kahlgeschorenes, verhungerndes Wesen in einem gestreiften Kittel, das von niemandem identifiziert werden konnte, weil kein Mensch die Unzahl der Zeichen kannte. Das war Aufgabe der Wärter, deren Uniformierung auch nicht immer Aufschluß gab, zu welcher Truppe sie gehörten, was natürlich beabsichtigt war, niemand sollte diese Ordnung durchschauen können, jeder sollte möglichst wenig wissen, nur so war die Ordnung aufrechtzuerhalten. Näherte man sich den Gefangenen, richtete sich ein Gewehr auf den Neugierigen, sein

Ausweis wurde kontrolliert, die Nummer, die Stempelzeichen darin, von einem SS-Mann mit einer Nummer und verschiedenen Zeichen auf der Uniform, der den Neugierigen wieder auf seine Seite der Ordnung zurückstellte. Und wenn daraus ein numeriertes Protokoll entstand, waren alle Nummern untereinander aufgeführt, standen auf einem Blatt, landeten in einem numerierten Archiv in Berlin, in dem alle als Gefangene geführt wurden.

Der halbe Quieter war einmal ein ganzer Mann. Mit den ruhig ausholenden Bewegungen eines Feldmarschalls, der seine Truppen sicher durch das unübersehbare Getümmel einer Schlacht dirigiert, stand er meist auf einem Sandhaufen und warnte seine Männer verantwortungsbewußt vor der herannahenden Gefahr. Die Gefahr bestand in den Straßenbahnwagen der Rheinbahn, die allzu rasch auf Gleisbaustellen zufuhren, in denen die von Quieter befehligten Männer alte Gleise durch neue ersetzten, hämmerten, schweißten und fluchten, wenn sie immer wieder bei einer heiklen Arbeit auf Quieters Zuruf neben die Gleise treten mußten, um einen nun langsam fahrenden Straßenbahnzug vorbeizulassen. Das war Quieters Aufgabe, die er mit Ernst erfüllte, unübersehbar stand er auf seinem Sandhaufen, eine erhobene Hand bremste den Straßenbahnzug, die andere Hand führte ein blinkendes Signalhorn an den Mund, dessen Tröten seine Männer warnte. Dann schlug er die eine Hand an die Mütze, um den Fahrer zu grüßen, und gab mit der anderen Hand letzte warnende Anweisungen an seine

Männer, verbunden mit einem »Achtung!«, das sämtliche Passanten erschreckte, denn er verfügte über eine im Männergesangverein des Quartiers ausgebildete Stimme. In den Pausen sang er auf seinem Sandhaufen mit kleinem gespitzen Mund und verhalten dirigierend die Arie des Sarastro aus Mozarts *Zauberflöte*, seine Lieblingsarie, die er vollendet beherrschte, und hielt so sich, seine Arbeiter und die Spaziergänger bei Laune. Es kam, was kommen mußte, wie viele hinterher sagten, weil im Leben immer das kommt, was kommen muß, alles stehe im Buch des Lebens, Schicksal sei Schicksal, die Diskussion über den Vorfall dauerte jedenfalls lange, und auch Quieter rätselte mit. Dabei war es ganz einfach. So wie Artisten einmal in ihrem Leben danebengreifen, tausendmal sicher das Seil überqueren und doch einmal die Balance verlieren, so geschah es auch hier. Hunderte von Straßenbahnwagen hatte Quieter verantwortungsvoll und sicher durchgelassen, und nur dieses eine Mal, war es die Hitze des Tages, waren es die immer gleichen Bewegungen, waren seine Gedanken zu sehr bei der Arie des Sarastro, verlor er die Balance, der Sandhaufen unter ihm gab nach, Quieter bemerkte nichts und rutschte grüßend und trötend unter die Räder der gerade vorbeifahrenden Bahn. Übrig blieb das, was man danach den halben Quieter nannte, ein Mann, der in einem Rollwägelchen durch das Quartier kariolte und sich unbändig über seine *sehr anständige* Unfallrente freute. Immer wieder erzählte er seine Geschichte, die inzwischen lang geworden war, die Leute weinten über sein Schicksal und hatten gleichzeitig Tränen vor

Lachen in den Augen, weil jeder sich vorstellen konnte, wie Quieter da vom Sandhügel ruhig dirigierend und nichts bemerkend – es war zum Lachen und zum Heulen. Quieter, der nun ein bekannter Mann war und sein zweites Leben genoß, tat das, was er immer getan hatte, er paßte auf andere auf. Schon frühmorgens fuhr er durch den Volksgarten, achtete darauf, daß die Wege sauber waren, pickte mit seinem Stock, mit dem er sein Wägelchen kräftig voranstieß, herumliegendes Butterbrotpapier und alte Zeitungen auf, meldete der Müllabfuhr größere Unreinlichkeiten, achtete darauf, daß die Kinder nicht allzuhoch in die Bäume hinaufkletterten oder zu weit in den See hinausschwammen. Das hätte er gerne bis an sein Lebensende getan, wenn nicht im Buch des Lebens, Schicksal ist Schicksal, aber der halbe Quieter wußte noch nichts davon, obwohl der Bote, der ein großes Unglück, eine Tragödie ankündigt, doch immer zuerst getötet wird – wenn nicht eines Abends der halbe Quieter aufgeregt durch die Straßen gerollt wäre, vor Läden und an Kneipen hielt und das Unheil verkündete: »Die bauen da ein KZ.« Er informierte weiter ausführlich Tag für Tag, es fiel daher sofort auf, als er ausblieb, man suchte ihn und fand ihn im Volksgarten tot in einem Graben, in dem er mit seinem Wägelchen lag.

Das KZ lag im Volksgarten neben dem Stoffeler Friedhof, zwischen dem Stoffeler Kapellchen und der Konzertmuschel mit dem träumenden See, der von Vergangenem erzählte, davon, wie Maria in einem

Ruderboot Friedrich ihren Heiratsantrag machte, von den sommerlichen Ruderabenteuern und den winterlichen Schlittschuhläufen des Jungen, während die Muschel des Musikpavillons stumm blieb, gelegentlich hörte man von dort die Mundharmonika eines Soldaten, meistens das unharmonische Echo der Bomben, der Flak, der Schüsse aus dem KZ. Auf der Ballonwiese hatte sich eine schwere Flakbatterie eingegraben, für Verliebte war da kein Platz mehr, der Park war zu einer Todeslandschaft mit abgeholzten Bäumen und Splittergräben zwischen Gemüse- und Kartoffelanpflanzungen geworden. Nur auf dem Stoffeler Friedhof herrschte Leben, er wurde benötigt wie nie zuvor, die Erde nahm geduldig all die Toten auf, Helden und Opfer versanken in ihrer unerschöpflichen mütterlichen Güte, die jeden in ihre Arme nahm, Gebein zu Gebein, Asche zu Asche, ohne Musik und Totenrede, hastig und in aller Eile und in Angst vor dem nächsten Bombenangriff. Die frischen Gräber paradierten in ordentlichen Reihen, bildeten Quadrate und Rechtecke, nannten sich Feld achtzehn, neunzehn, zwanzig, genauso durchnumeriert und exakt geordnet wie die Baracken des KZs neben dem Friedhof, dessen Tote hier täglich eingeäschert wurden. Die vierzehn Nothelfer des Stoffeler Kapellchens schwiegen, wie die Menschen schwiegen.

Alle Bewohner des Quartiers kannten das KZ, gingen am Tag an den hohen Stacheldrahtzäunen vorbei, der über ihre Köpfe reichte, sahen in der Nacht die Scheinwerfer auf den Wachtürmen, die das Lager taghell erleuchteten, die nur bei den Luftangriffen erloschen, sahen jeden Morgen, wie die Häftlinge in ihren gestreiften Anzügen, die zerrissen an ihnen herunterhingen, in ihren aufgeplatzten Schuhen, die von den Füßen mitgeschleift wurden, in Gruppen von dreißig, vierzig, fünfzig Mann schwere Pferdewagen in die Innenstadt zogen, um dort verschüttete Keller freizulegen, Blindgänger auszugraben, Trümmer wegzuräumen, Bombentrichter in den Straßen mit Schutt aufzufüllen. Abends kamen sie mit ihren Pferdewagen zurück, ausgemergelt und vornübergebeugt schleppten sie in Kisten ihre Toten mit, wankten, oft in Kolonnen zu hundert, wieder ins Lager zurück, kilometerweite Wege der Demütigung, des Hungers, der Angst, des Todes. Die Menschen in der Stadt fuhren mit der Straßenbahn an ihren Gesichtern vorbei, nur getrennt durch eine Scheibe, die stumme Blicke zuließ auf Gefangene, die im eisigen Regen zitterten, auf kurzgeschorene, gelbliche, bis auf die Knochen abgemagerte Schädel, in erloschene Augen. Die Gesichter der Menschen in der Straßenbahn wandten sich wieder ab, die Augen waren versteinert, die Frauen weinten, für jeden Spitzel war die Stille in der Bahn ein Schrei.

In dem KZ waren Deutsche, Russen, Ukrainer, Polen, Tschechen, Slowaken, Jugoslawen, Niederländer, Belgier, Franzosen, Norweger, Dänen, Ungarn, Italiener, Österreicher. Die Menschen des Quartiers lebten mit ihnen zusammen, Haus an Haus, Wand an Wand, viele Tausende waren in Kriegsgefangenenlagern, Zwangsarbeiterlagern, KZ-Außenlagern untergebracht, in Fabrikhallen, Schulen, Gaststätten, getrennt nach Nationalität, nach Mann und Frau, und mittendrin die Menschen des Quartiers. Der Mensch ist geboren, um mitzuleiden und anderen Menschen zu helfen, in einem System, das diese menschlichen Regungen mit dem Tode bestrafte, sie ein für allemal unterdrücken wollte, wurde diese dem Menschen angeborene Regung zur hohen Kunst entwickelt. In den Fabriken, wo man zusammenarbeitete, war es einfacher, dieser Neigung nachzugehen, selbst unter der Aufsicht fanatischer Aufseher und Bewacher, auf der Straße mußte man sich schon mehr einfallen lassen. Man konnte eine gerade angezündete Zigarette so wegschleudern, daß sie den Gefangenen der Kolonne direkt vor die Füße flog, ohne daß man es selber bemerkte. Man konnte in Zeitungspapier gewickelte Lebensmittel in Sichtweite der Kolonne in Mülltonnen verstecken, so daß sie im Vorbeigehen mitgenommen werden konnten. Man konnte bei Aufräumungsarbeiten nach einem Luftangriff einen Suppentopf in die Trümmer stellen, das mußte man aber so machen, daß die KZ-Gefangenen es bemerkten und die SS-Bewacher nicht, das war schwer, und manch einer mußte im letzten Moment abdrehen, weil ihn ein SS-Mann fixierte. Man konnte unter den Eisenbahnunterführungen die Kolonnen abpassen, die sich in der Enge der Tunnel dicht an den Menschen vorbeizwängen mußten, die SS verlor in diesem Gedränge und in der Dunkelheit der Unterführungen für kurze Zeit die Übersicht, so daß man den Gefangenen schnell etwas zustecken konnte. Jeden Abend standen hier Menschen, die auf die ins Lager zurückkriechende Kolonne warteten, die immer gerade zufällig vorbeikamen und ganz zufällig ein Päckchen verloren, ohne daß es ihnen weiter auffiel.

Die Kinder waren noch geschickter, sie spielten so lange scheinbar intensiv und selbstvergessen Fußball neben den KZ-Gefangenen, die zerstörte Häuser sicherten, Schutt wegräumten, Bahngleise reparierten, bis der SS-Posten ihnen den Rücken drehte, dann warfen sie das Brot, das sie zerteilt dabeihatten, in die Kolonne. Wenn der SS-Posten auf dem Absatz kehrtmachte und sie wieder im Auge hatte, spielten sie schon wieder, warteten auf den nächsten Dreh des Postens, dann flogen Stücke einer langen Mettwurst in die Kolonne, während mit großem Geschrei das Spiel weiterlief, Pässe geschlagen wurden, Steilvorlagen, Tore bejubelt, über die mit dem Tormann ein heftiger Streit ausbrach, so daß man das Spiel abbrach und nach Hause lief, um wieder Brot zu holen.

An die Polinnen, die die Straßen reinigen mußten und die immer in der Mitte der Straße hintereinandergehen mußten, auch bei Bombenangriffen und Artilleriebeschuß, auch wenn die Bomben oder die Splitter in ihre Reihen schlugen und sie töteten – an die Polinnen kam man nur heran, wenn man den Posten mit Schnaps oder Zigaretten bestach, damit er sie für eine Stunde zum Schuttwegräumen abkommandierte, dann konnte man ihnen etwas neben die zertrümmerten Steine legen.

Es gab Heldentaten, von denen nie einer berichtet hat, weil die, die ihr Leben riskierten, das mit einer Handbewegung abtaten. Hatte man erst einmal die

Adresse eines Gefangenen, zugeflüstert im Vorbeigehen, zugeflüstert beim Aufräumen der Wohnung, des Kellers, des Ladens nach einem Bombenangriff, konnte man seine Familie informieren, konnte Pakete für ihn annehmen und deren Inhalt beim nächsten Einsatz rasch verteilen, hinter einer Wand, einem Mauervorsprung, einer Treppe. Es gab Menschen, die für Minuten sogar Telefonverbindungen herstellten, so daß ein Gefangener ein paar Sätze mit seiner Frau, seiner Mutter, seiner Schwester austauschen konnte. Es gab Menschen, über deren Auslandspostschein, den nur wenige hatten, ein reger Briefwechsel zwischen Gefangenen und ihren Angehörigen in viele Länder lief. Es gab Menschen, die ausgebrochene KZ-Gefangene versteckten, obwohl die SS das ganze Quartier durchsuchte. Es gab Menschen, die Deserteure versteckten, junge Soldaten, die den Krieg nicht mehr ertrugen. Beides gelang nicht immer, und die, die ein Herz hatten und anderen helfen wollten, wurden zusammen mit denen erschossen, die sie versteckt hatten.

Es gab Menschen, die Treffen zwischen Gefangenen und Angehörigen ermöglichten, weil sie für bestimmte Arbeiten angeblich bestimmte Gefangene brauchten, die dann in einem Zimmer auf ihre von weither angereiste Frau trafen, die man vorher informiert und versteckt hatte. Einer zerschlug einige Dachpfannen seines Hauses, ging zum Lagerkommandanten, forderte einen bestimmten Gefangenen an, einen Zeugen Jehovas, der hier für seinen Glauben büßen mußte, weil nur der ein Dach, das beim Luftangriff zerstört worden sei, richtig reparieren könne, und während der Gefangene in der Dachstube auf seine in einem Schrank versteckte Frau traf, hielt der geschädigte Hausbesitzer die SS-Wache, die den Gefangenen begleitete, an der Haustür fest, verwickelte sie geruhsam in ein Feierabendgespräch, während auf dem Dach ein anderer herumkletterte, laut fluchte und mit den Dachziegeln herumwarf. Nach einer Viertelstunde war es dann vorbei, der Gefangene erschien wieder, verschwand mit der SS, und das zerstörte Dach wurde leise repariert.

Es gab Geschichten und Gerüchte, die keiner so recht glauben wollte, von denen aber viele doch Genaueres wußten, *unglaubliche Geschichten* nannte man sie. Sie wurden von Eisenbahnern erzählt, die von langen Güterzügen mit Juden sprachen, die in ferne, unbekannte Orte fuhren, sie wurden von Soldaten erzählt, die von Erschießungen hinter der Front sprachen, sie wurden von Ärzten erzählt, die von Krankenhäusern sprachen, in denen Wachsoldaten lägen, die von dem, was sie gesehen hätten, wahnsinnig geworden seien.

Unglaubliche Geschichten, die auf unerkennbaren Pfaden durch das Quartier wanderten, sich verbanden mit dem, was man täglich vor Augen hatte, und mit dem, was viele wußten, dem Abtransport der Juden vom Schlachthof der Stadt. Ein dunkles Halbwissen verbreitete sich, Furcht und Angst vor den ungewissen Dingen, die da im verborgenen geschahen und die nach dem Krieg keinen wirklichen Frieden mehr zulassen würden.

Der Junge saß oft mit anderen in den Schrebergärten neben dem KZ, zwischen den Kaninchenställen hörten sie die Schallplatten, die sie mit dem Plattenspieler immer mitschleppten, Bessie Smith und Louis Armstrong, während nicht weit von ihnen ein SS-Mann Gefangene herumhetzte, die mit einer Schubkarre Sandhügel aufschütten mußten, höher als das Lager, und dann diesen Sandhügel abtragen und hundert Meter weiter wieder aufschütten mußten und danach wieder abtragen und wieder auf der alten Stelle aufschütten mußten. Währenddessen langweilte sich der SS-Posten und überlegte wahrscheinlich, ob er einen von denen auf der Flucht erschießen sollte, was schon geschehen war, da brauchte er nur die Kappe des Gefangenen von dessen Kopf wegzureißen und in die Luft zu werfen, lief der Gefangene seiner Kappe hinterher, knallte es schon, denn das war eindeutig ein Fluchtversuch, oder ob es ihm mehr Spaß machen würde, einen von denen am Abend nackt an einen Pfahl zu binden, ihn mit Wasser zu übergießen und die Nacht über erfrieren zu lassen, auch das war schon geschehen. Jeden Morgen wurden die Toten aus den Baracken geworfen, lagen übereinander auf der Erde, das Krematorium rauchte den ganzen Tag.

Der Junge wußte nicht, daß ihm solche Schikanen auch noch bevorstanden, daß auch er das alles noch erleben würde, er konnte noch nicht sagen, was das für ihn bedeutete, formulieren konnte er das alles erst viel später, aber er fühlte, daß das, was er da sah, auf dieser Welt immer geschehen würde, daß es aber auch immer Musik und Bilder und Bücher geben würde, das andere, das er noch nicht so genau bezeichnen konnte. Er hatte eine Abneigung gegen Menschen, die von dem kommenden Paradies auf Erden erzählten, die davon redeten, daß der Mensch glücklich sein werde, er hatte das Gefühl, daß diese Leute lügen, aber er konnte es ihnen natürlich nicht beweisen. Er fühlte nur, es würde immer das geben, was er da sah, die menschliche Bestialität und Sinnlosigkeit, die mit dem Tod endete, und das andere, und das war immer und ewig und endete nicht mit dem Tod.

Früher hatten sie, nachdem sie ihre Platten in einem Gebüsch zwischen Flakbatterie und KZ abgespielt hatten, sich oft auf den TURU-Platz zurückgezogen, auf dem einmal der schönste Fußball der Stadt gespielt wurde, er lag direkt hinter dem Bahndamm am Volksgarten, aber auf dem TURU-Platz stand jetzt eine Baracke mit Zwangsarbeitern aus Polen. Auch Varna war nicht mehr da.

Varna war einer von diesen langen dünnen Kerlen, von denen man nie recht wußte, was sie machten. Eine Hand immer in der Hosentasche, in der anderen immer eine Zigarette, die er in der hohlen Hand rauchte, den Hut halb im Nacken, schlenderte er von Kneipe zu Kneipe. Sein Vater stammte aus Prag, Varna war im Quartier geboren, fühlte sich aber als Prager. Einen Stadtplan von Prag in der äußeren Jackentasche, so gefaltet, daß das Wort Prag für jeden zu lesen war, warf er mit tschechischen Straßennamen um sich, die er aus seinem Stadtplan hatte, und fühlte sich mitten im Quartier wie in Prag, das er noch nie gesehen hatte.

Er war hübsch, hatte Umgangsformen, sagte mitten in einem Streit: »Wenn Sie gestatten, würde ich Ihnen gerne die Frage stellen, wozu die Meinungsverschiedenheit, es ist immer die Frage, warum man sich streitet, man muß sich bedenken, man muß sich befragen, wie leicht tut man einem ein Unrecht, wie leicht bereut man seine Taten, und hinterher tut es einem leid, und es wäre alles gar nicht nötig gewesen.« Über so einen Satz mußte man erst nachdenken, da vergaß so manch einer den Streit, die Keilerei blieb aus, obwohl man sich doch fest vorgenommen hatte, dem anderen die Faust aufs Kinn zu setzen. Solche überlangen Sätze, die keiner verstand, die ihn selber aus jeder mißlichen Situation heraushielten, vergaß Varna leider beim Fußball, im Hauptberuf war Varna nämlich Fußballanhänger des Vereins TURU. TURU war der Verein der Studenten und Akademiker, seine Farbe war ein königliches Blau, das sich dezent und für das Auge angenehm vom grünen Rasen abhob. Die Spieler siezten sich selbstverständlich auch während des Spiels, fiel ein Tor, hörte man schon einmal ein »Gratuliere, Herr Doktor«, und der so geehrte replizierte, sich leicht verneigend, »Danke Ihnen für die Vorlage, Herr Studienrat.« Fußball mit Handkuß nannten das die Anhänger von Fortuna, der ein Arbeiterverein war, aber der Fußballplatz von TURU lag nun einmal neben dem Volksgarten, direkt hinter dem Eisenbahndamm, sein Stammpublikum bestand daher aus den Arbeitern des Quartiers. Die Ästhetik des von TURU gepflegten und geschätzten Spiels war ein schöner Gegensatz zum ruppigen Ton in den Fabriken, und deshalb wurden wohl auch die TURU-Spieler, die samtweich den Ball streichelten, ihr Spiel in einer filigranen Technik aufzogen, von ihrem Publikum besonders energisch verteidigt, wenn so ein öder Treter eines Gastvereins mit seinem Holzbein dazwischenfuhr und mit einem nicht anzusehenden Foul das elegante Spiel von TURU zerstörte.

Varna war nach einem solchen Foul einmal, alle hatten es gesehen, auf das Spielfeld gerannt, um dem gegnerischen Spieler den passenden Kinnhaken zu versetzen, kam aber nicht dazu, weil er voll in einen Fußballstiefel lief. Die Tragik wollte es, daß es der Fußballstiefel des Gefoulten war, den er rächen wollte. Varna ging schweigend zurück zu seinem Platz an der Eckfahne, wo er immer stand, weil man ein Fußballspiel diagonal sehen müsse, wie er an der Theke dozierte, und hielt den Mund fest geschlossen. Auch nach dem Spiel preßte er die schmalen blutigen Lippen aufeinander, sagte kein Wort. Als er in der Vereinskneipe auf die Toilette ging und den Mund vor dem Spiegel öffnete, fielen ihm bis auf einige Stummel alle Zähne aus dem Mund. Von da an sprach Varna nur noch das Allernotwendigste. Hielt er den Mund, war er immer noch ein schöner Kerl, öffnete er ihn, war er ein alter Mann. Mit der Zeit entwickelte er aber, als Ausgleich zu den fehlenden Worten, die ihm früher so überreich zur Verfügung gestanden hatten, eine derart starke Mimik, daß er jedes Gespräch durch die pausenlose Arbeit seiner Gesichtsmuskeln in einen spannenden Dialog verwandelte. Schweigend saß er dabei, aber seine Stirnfalten, seine Augenbrauen, seine

Augen, seine Backenknochen, seine Nasenflügel, seine Lippen, sein Kinn waren in ständiger Bewegung, sein interessanter Vogelkopf entwickelte eine enorme Halsartistik. Er drehte den Kopf, wie er wollte, und war stumm beredter als je zuvor, stellte Fragen mit einem herausfordernden Blick, zweifelte mit seinen Augenbrauen, stimmte mit vorgestrecktem Kinn zu und lachte mit hochgezogenen Mundwinkeln, stand auch so wieder neben der Eckfahne, und seiner Mimik konnte jeder sofort entnehmen, was er vom Spiel hielt. Wenn er nicht in der Kneipe der Iren saß, wo sich die trafen, deren Väter aus Irland eingewandert waren, und sich mit ihnen über Querpaß- und Steilpaßspiel stritt, meistens mit Fettstiften auf einer Ansicht von Dublin ausgetragen, die dunkel verräuchert unter Glas hing, saß er meist im Volksgarten, weil er sich nicht weit vom TURU-Platz entfernte, um ja kein Training zu verpassen, und ruckte mit seinem Kopf hin und her.

Auf dem Weg dorthin lief er auf eine übersehene und nicht entschärfte Zeitzünderbombe und verwandelte sich in Sternenstaub. Das Loch, das er in der Straße hinterließ, füllte sich nach und nach mit Wasser, man ließ es so, wie es war, weil man anderes zu tun hatte, auch eine gewisse Scheu stellte sich ein, genauso wie auf einem Friedhof. Kinder spielten nicht in diesem Loch, die Erwachsenen schauten nachdenklich hinein, es wurde so etwas wie ein heiliges Stück Erde, genannt Varnas Loch, zu einer Wegmarke, an der man sich orientierte, rechts ging es in den Volksgarten, links zum Markt, geradeaus in die Stadt. Das waren die neuen Orientierungspunkte im Quartier, von denen es jetzt viele gab, sie waren nicht nur geographisch exakt, sie erzählten auch das Geschehene, jeder kannte ihre Bedeutung, fand sich danach zurecht, räumlich und zeitlich, jeder kannte die Richtung von Varnas Loch zu Odysseus' Mauer.

Odysseus war ein kleiner Kerl, fast durchsichtig, Haut und Knochen, ein Klappergestell, das von einer Jockeybluse zusammengehalten wurde, und kam aus Ungarn. Alle nannten ihn Odysseus, weil er einmal zehntausend Reichsmark vierzig zu eins auf einen Außenseiter, ein Pferd namens Odysseus, gewonnen hatte, aber das war zu der Zeit, in der man ihn noch als Jockey engagierte und er wußte, wer gewann. Odysseus behauptete von sich, er pflege die Grafenberger Pferderennbahn, aber alle wußten, er folgte sonntags den Fußstapfen der Pferde, trat die von den Hufen aufgerissenen Löcher in der Grasnarbe zu, signalisierte seinen Bekannten tiefes, mittelschweres oder hartes Geläuf, denn mit den Pferden war er per du, er wußte, welches harten Boden oder Regenpfützen liebte, was über Platz und Sieg entschied. Er kannte auch alle Jockeys, Futtermeister, Trainer und Rennstallbesitzer, wußte, ob der Auswieger ein Pferd zu tief eingestuft hatte, das dann mit einem Jockeylehrling und seiner Gewichtserleichterung eine unverhoffte Chance hatte, plötzlich unbedingt auf Sieg zu wetten war, wenn das Geläuf stimmte, aber da war er ja zuständig.

Er hatte einmal gute Tage gesehen, sogar einen eigenen Rennstall besessen, der allerdings nur aus einer

Stute bestand, die er mit der Hoffnung, sie als Dreijährige ins Derby zu schicken, ersteigert hatte. Leider entpuppte sich die Stute als absoluter Flieger, bei tausend Meter war sie immer Längen vor dem Feld, bei 1600 Meter Längen dahinter, an 2400 sommerliche Derby-Meter war nicht zu denken, und die Jockeys rieten ihm, die Stute im Herbst beim 3600 Meter langen *St. Leger* zu melden, als Pacemacher für die anderen Rennpferde, die bei einem so langen Rennen nach dem Start gerne bummelten.

Von diesem Schicksalsschlag und vom Hohn der anderen verbittert, betrat er eines Morgens den Stall mit einem Eimer Farbe, strich seine Stute dunkelbraun und schickte sie unter dem Namen einer bekannten Steherin ins Rennen. Er wettete den voraussichtlichen Sieger, alle anderen die vermeintliche Steherin. Als die aber bei tausend Metern mal wieder abrupt stehenblieb, sich schweißüberströmt ins Hellbraune färbte, platzte die Sache, und der Rennstallbesitzer Odysseus war seinen Rennstall und seine Jockey-Lizenz los.

Jetzt schleppte er meistens Pferdeteile durchs Quartier, Reste eines Gestüts, an dessen Endverwertung er beteiligt war. Mit einem Pferdekopf auf dem Rücken kam er an der Ecke von Danneborg, dem holländischen Kaffeegeschäft, unter eine einstürzende Mauer. Sie erschlug ihn. Die Ecke hieß von da an Odysseus' Mauer.

Von Odysseus' Mauer zu Varnas Loch führte ein Weg, den ein von der Feldpolizei aufgestöberter Deserteur in seiner Angst blind gefunden hatte. Er rannte einfach los, sie schossen hinter ihm her, er lief quer durch die Trümmer, aufwärts über Schuttberge in Höhe des ersten Stocks eines Hauses, abwärts durch Keller und deren Durchbrüche, die wieder ins Freie führten, und verschwand. Er hatte den schnellsten und sichersten Diagonalweg durch das Quartier entdeckt, der sich danach zu einem Trampelpfad ausweitete. Es gab viele Wege dieser Art. Da die alten Straßen verschüttet waren und die Häuser zerstört, entwickelte sich ein neues Wegesystem, Pfade durch eine leere Welt, die jeder im Kopf hatte und auch in völliger Finsternis fand, mit Wegweisern aus Mauervorsprüngen, Fensterhöhlen, Kellerlöchern, Pfade durch eine versteinerte Wüste, die Fremde nicht erkennen konnten. Jeder falsche Schritt nach rechts oder links, jede Abweichung vom nächsten Anlaufpunkt konnte den Tod bedeuten, den tiefen Fall in eine Kellerhöhle, den Absturz über eine Mauer, die Sackgasse eines in sich zusammensinkenden Treppenhauses. Andererseits wurden auf diese Weise neue Wege entdeckt, Abkürzungen, die durch den mit Schnapsflaschen gefüllten Keller einer ehemaligen Drogerie führten, durch das mit Eingemachtem gefüllte Gemäuer eines zerstörten Wohnhauses. Die neuen Pfade wurden nach den damit verbundenen Funden benannt, so wie man früher eine Straße Seidenstraße, Diamantenstraße, Bernsteinstraße nannte.

Der Junge kannte mit einigen anderen einen unentdeckten Ausgang aus dem Quartier. Ein Tunnel, der unter der Eisenbahnlinie hindurchführte, war eingestürzt, galt als unbegehbar, war abgesperrt, aber sie hatten im Dunkel am Ende der schrägliegenden Betonflächen und Eisenträger ein kleines Loch entdeckt, das sie vorsichtig vergrößerten, ein wenig abstützten. Wenn sie hier den Kopf heraussteckten, sah es fast so aus wie auf der alten Zeichnung, die Gustav einmal besessen hatte und auf der ein Mensch neugierig den Kopf aus dem Erdkreis in das Weltall steckt. Schnell und unbemerkt konnten sie aus dem Quartier in den Volksgarten verschwinden, ebenso schnell und unbemerkt konnten sie aus dem Volksgarten zurück ins Quartier, zwei Welten, zwischen denen man sich gekonnt und zum Erstaunen der Erwachsenen hin- und herbewegte.

Sie hatten ihre Ausblicke im fünften Stock zerstörter Häuser, von denen nur noch die Mauern standen, aber einige Teile der Treppen schwebten wie eine Hängebrücke zwischen den Mauern, der Rest war mal innen, mal außen über Mauerteile und Fensterlöcher zu erreichen. Sie kannten Keller, in die keiner hinabstieg, weil nur noch das senkrechte Fundament vorhanden war, wer aber den Mut hatte, die drei Meter hinunter ins Dunkle zu springen, der fand unten eine aus Holzresten zusammengenagelte Leiter, durch die man wieder ans Tageslicht gelangte. Es gab auch Keller, die nur halb eingestürzt waren, da zwängte man sich durch das Kellerfenster hinein und versuchte, ganz langsam und sehr vorsichtig unter den schräghängenden Schuttmassen Kohlen oder Briketts herauszuziehen, immer auf dem Sprung, denn es kam der Moment, wo die Trümmer des Hauses nachrutschten, den Keller mit einem gewaltigen Getöse zuschütteten, und dann mußte man durch das kleine Kellerfenster schon wieder draußen sein.

Und wenn sich einer verstecken wollte, ein paar Tage verschwinden mußte, so konnte er mitten im Quartier, fast direkt am Markt, sich in Luft auflösen. Da stand noch die Ruine des Josefskrankenhauses, Stockwerk für Stockwerk sah man die Reste, leere Etagen, die ins Freie hingen, keiner ging dahin, keiner kam da hinauf, aber der Junge und einige andere wußten, daß der Schacht des Speiseaufzugs fast intakt war, im ersten Stockwerk anfing, bis zum Dach führte, und wenn einer nicht zu dick war, und das war um diese Zeit keiner, konnte er sich mit Händen, Armen, Füßen und Beinen wie in einem Kamin nach oben schieben. Die Feldpolizei stand dann ratlos herum, denn daß sich einer in Luft auflösen konnte, das war nur in Märchenbüchern möglich. Aber nun war die Welt zum Märchen geworden, zu einem vielfach erzählten Todesmärchen, denn jeder durfte sagen: »Wenn wir heute nicht sterben, dann leben wir noch morgen.«

Mit diesem täglichen Stoßgebet, das die geduldige und alles erduldende Ausdauer von Generationen enthielt, lebten die Menschen in diesem Gewirr von Fluchtwegen, in dieser Höhlenstadt, in diesem Labyrinth mit seinen unentdeckten Ausgängen und seinen unsichtbaren Verstecken, mit seinen zerstörten Wohnungen und Kellern, noch einmal unterteilt durch Verschläge, Betten, halbverbrannte Schränke, auf Wäscheleinen hängende Tücher, durch aufgestapelte Steine, die wie in frühen Zivilisationen zusammengefügt waren und durch ihr Eigengewicht hielten, untereinander verbunden durch mauerschmale Pfade, in Schuttkegel geschlagene Treppen. Fenster wurden zu Türen, durch die man in die Tiefe der Keller stieg, in Hohlräume ohne Licht, die durch ein Loch belüftet wurden, eine Höhlenstadt mit Kreidezeichen an ihren Mauern, Pfeile, Markierungen, Hieroglyphen, die der Orientierung dienten, eine ständig wechselnde Höhlenmalerei, denn die Menschen mußten oft ihre Keller wechseln, hinterließen ihre Zeichen, damit man sie in ihrer neuen Höhle finden konnte. Schaute man von einem Balkon, der aus unerklärlichen Gründen wie eine Opernloge an einer freistehenden Mauer hing, auf dieses Höhlensystem hinab, hatte man den Eindruck, als ob hier Tausende von Menschen auf der Suche nach einem neuen Troja sich durch die verschiedenen Schichten der Zivilisation in die Erde gruben.

Nachts mit den vielen Kerzenlichtern war es ein eigenes Sternensystem, am Tag eine von Stimmengewirr erfüllte Welt, in immer neuen Variationen erzählt und berichtet, ein immer gleiches Muster vorwärtsstrebender Lebenslinien und zurückschauender Geschichten, ein in sich selbst zurücklaufender und doch ewig weiterführender Mäander, der sich mit dem täglichen Geschehen verband in Schleifen und Windungen wie ein müder Fluß, von weit her kommend, aus den Bergen, die schneebedeckt in der Dunkelheit der alten, uralten Erinnerungen liegen, sich ständig verändernd, Berge umkreisend, Flüsse aufnehmend, tote Wasser ausscheidend, mit der Gewalt seiner Bewegung vorwärtsdrängend, dem toten Gestein ausweichend, durch die Ebene seinem Ende entgegenströmend, dem schweigenden Meer, in dem die Kontinente, Inseln der Erinnerung, träumend schwanken wie angebundene Kähne, um wieder aufzusteigen zu den schneebedeckten Bergen.

Die Menschen spürten die vorbeigleitende Zeit ihres Lebens, versuchten, sie aufzuhalten durch ihre tausend Geschichten, die sie ansammelten wie einen Schatz, versuchten, die Zeit in den ineinander verflochtenen Kreisen und Halbkreisen ihrer Geschichten, deren Anfang und Ende immer gleich war, zu fassen, zu bündeln, zu ordnen zu einem Wissen, zu einem Glauben oder wenigstens zu einem Rätsel für die, die nach ihnen kamen. Denn daß es Menschen nach ihnen gab, wie es Menschen vor ihnen gab, das war die einzige Gewißheit, die man in dieser Welt haben konnte. Und so schrieben sie an die zerborstenen Mauern ihrer zerstörten Häuser, an die stehengebliebenen Mauerpfeiler, die die Eingänge zu ihren Todesgruften waren, mit Kreide oder mit Hammer und Meißel, als handle es sich um Pyramiden der Ewigkeit, ganze Familienchroniken, ganze Menschheitsgeschichten, ein Mäander aus Lebenszeichen und Todesmeldungen, wie aus den alten mythischen Zeiten: »G. K. in Eller. W. K. tot in Rußland. Heinz und Anne in Benrath. Mutter tot. Werner vermißt. Wo ist Koffer Familie Weber. Willi Lazarett Königsberg. Erna mit Kind in Bayern. Ruth bei Braun. Schulz Keller Bogenstraße. Wo ist Familie Hermann.« Und manchmal stand da sogar an einer umgestürzten Wand in eckigen harten Buchstaben die über Tod und Verderben triumphierende Kreideschrift: »Alle sind gerettet.«

Die erschossene Frau lag im Park und rief: »Man hat mich erschossen«, Frauen, die Holz sammelten, die den Satz erst gar nicht verstanden, liefen in die Richtung des monotonen, sich gleichmäßig wiederholenden Satzes: »Man hat mich erschossen«, liefen in Richtung eines Gebüsches und fanden dort *Die erschossene Frau*. Sie trugen sie ins ehemalige Parkcafé, das ausgeräumt und ausgebombt wie eine romantische Ruine zwischen zerfetzten Bäumen stand, legten sie auf eine Matratze, und *Die erschossene Frau*, die aus der Nase und dem Mund blutete und hinten im Genick ein rotes Loch hatte, sagte: »Man hat mich erschossen.« Sie erzählte bei vollem Bewußtsein, daß sie einen Fahnenflüchtigen versteckt habe, das sei entdeckt worden, dann hätten Soldaten sie aus der Wohnung geholt und hier im Park mit einem Genickschuß erschossen, zusammen mit zwei anderen Soldaten, und die lagen auch da und waren tot, aber sie lebte und sagte immerzu: »Man hat mich erschossen.«

Die erschossene Frau hätte noch ein langes Leben gehabt, wenn nicht einer, der noch an Ordnung glaubte, der nicht begriffen hatte, daß nur die Unordnung Leben retten konnte, der Polizei ordnungsgemäß den Fall gemeldet hätte. Die Polizei rief ordnungsgemäß die Heeresstreife an, die Heeresstreife als Garant der Ordnung kam mit einem Feldwebel, der eine Beinprothese trug, er hinkte und schwenkte seine Prothese dabei in einem Halbkreis nach vorne, das gab ihm etwas Mechanisches, Unerbittliches. Mit seinem Totenschritt kam er näher, pinkelte erst einmal, ließ dann die Frau herausholen, und dieselben Männer, die die

Frau erschossen hatten, nahmen sie wieder mit, zwängten sie in einen Wagen, sie wehrte sich und schrie, aber sie nahmen sie ordnungsgemäß mit. *Die erschossene Frau* wurde nie mehr gesehen, keiner wußte, wer sie war, sie blieb in Erinnerung als *Die erschossene Frau.*

Die Heeresstreife erschien kurz vor Ende des Krieges im Quartier, beschlagnahmte eine der wenigen noch nicht zerstörten Wohnungen und war von nun an für die Ordnung im Quartier zuständig. Von ihren Ordnungspatrouillen kam sie mit Mehl und Zucker, Schmalz und Würsten zurück, schleppte die vielen Säcke und Eimer in die Wohnung, handelte damit, besaß Lebensmittel, die die Menschen seit Jahren nicht mehr gesehen hatten, besaß echten Cognac und alte französische Weine in einer Menge, daß man meinen konnte, das Kriegsziel des Deutschen Reiches sei die Anschaffung von Wein und Cognac gewesen. Sie besoffen sich, holten schwankend, kotzend, pissend, sich an ihren Karabinern festhaltend, alte Männer, die nicht zum Volkssturm wollten, und Sechzehnjährige, die nicht mehr an die Front wollten, aus ihren Verstekken, holten Frauen, die ihre Männer, Väter, Brüder, Söhne versteckten, aus ihren Wohnungen, trieben sie gefesselt auf einen Lastwagen, karrten sie durch die Gegend, folterten sie, schlugen sie blutig und erschossen sie irgendwo. Sie waren die letzte und sinnfälligste Ordnungsmacht des Dritten Reiches, das den Weltuntergang nach den Regeln der Opernkunst inszenierte, den heldischen Liebestod für Volk, Führer und Vaterland, Männer, die sich im Suff jeden Tag gegenseitig beförderten, zu Offizieren ernannten, aus einem ganzen Arsenal von Kriegsorden, die sie in einer großen Kiste mit sich herumschleppten, die tollsten heraussuchten, sich umhängten und salutierten und Heil Hitler schrien, in einer von ihnen inzwischen vollständig zerstörten Wohnung, die voller Blut war, Blut an den Wänden, Blut auf dem Boden, in der sie Frauen eine Gardinenkordel um den Hals zogen, damit sie schon mal das Erhängen genießen konnten, in der sie junge Männer gefesselt niederknien ließen und hinter ihnen mit dem Abzug der Maschinenpistole spielten, das knackende Geräusch, das den Tod ankündigte. Und der Feldwebel mit dem amputierten Bein schnallte jeden Tag seine Prothese an, zog den Kradmantel über seine Uniform, legte den Karabiner um, soff sich voll und marschierte los, um Menschen zu foltern, zu erschießen, zu erhängen, marschierte seinen Todesschritt auch noch, als die Amerikaner schon vor der Stadt lagen, als man schon die Panzer brummen hörte, marschierte weiter mit dem alten Lied, das er immer gesungen hatte: »Und wenn alles in Scherben fällt.« Er folgte dem Befehl seines Führers: »Denn heute gehört uns Deutschland«, folgte dem Befehl des Tötens, war der verkörperte Tod.

Opa Winter war Jude, ein kleiner, weißhaariger, immer höflicher und hilfsbereiter Mann mit einem Schnurrbart und einem kauzigen Lächeln, mit gutmütig zwinkernden Äuglein, die immer zu sagen schienen: »Das wird schon wieder. Das kriegen wir wieder hin. Alles nicht so schlimm. Es wird schon alles gut werden.« Opa Winter reparierte alles und war daher ein sehr begehrter Mann, eigentlich war er Klempner, aber im Laufe seines Lebens und mit fortschreitender Zerstörung des Quartiers wurde er auch Schlosser, Schreiner, Glaser, Dachdecker, stand oben in der Dachrinne und winkte, fuhr mit seinem Kärrchen durch die Straßen und grüßte jeden, tröstete Alte und Kinder, die weinend in den Resten ihrer zerstörten Wohnungen hockten, und sagte: »Alles nicht so schlimm, wird alles wieder gut.«

Alle kannten Opa Winter, und alle wußten, daß er Jude war. Er trug keinen gelben Stern auf seiner Kleidung, weil er das nicht wollte und weil das im Quartier auch nicht nötig war. Er besaß gefälschte Papiere, keiner fragte ihn danach. Er wohnte weiter im Quartier, sicher wie in Abrahams Schoß, auch als die Juden der Stadt in langen Zügen vom Schlachthof abtransportiert wurden. Er sagte: »Die kriegen mich nicht«, zog mit seiner Karre durchs Quartier, und weil er keine Lebensmittelkarten bekam, beschäftigten ihn die Menschen mit vielen kleinen Aufträgen, die sie ihm gut bezahlten, damit er nicht hungern mußte, und Opa Winter zwinkerte mit den Augen, lächelte unter seinem Altmännerschnurrbart und sagte: »Wird schon alles gut werden.«

Opa Winter wohnte, auch das wußten alle, beim Herkules, der eine Wirtschaft betrieb und im Quartier als der stärkste Mann der Welt bezeichnet wurde. Er war vielfacher Deutscher Meister, Europameister, Weltmeister und Olympiasieger im Gewichtheben, Stemmen und Ringen und einfach ein Koloß, ein Herkules. Er hatte so viele Siege errungen, daß er selber nicht mehr sagen konnte, wie viele, die vielen Welt- und Europameisterschaften, die vielen Olympiasiege gerieten ihm durcheinander, die deutschen Meistertitel zählte er schon gar nicht mehr. Vor seinen Kämpfen trainierte er gerne öffentlich zur Freude der Zuschauer mit Billardtischen, die er mit vier Mann belud, anhob, um die eigene Achse drehte und geräuschlos wieder absetzte, wobei er ein Gesicht machte, das allen Zuschauern mitteilte, daß so etwas die leichteste Sache der Welt sei. Hinter seiner Theke hing, eingerahmt von Diplomen und Siegerkränzen, eine Sammlung von Gold-, Silber- und Bronzemedaillen, deren Gesamtgewicht auf mindestens zwei Zentner geschätzt wurde. Dazwischen hingen Bilder, die Herkules im Trikot zeigten, behangen mit Medaillen, stand er breitbeinig da, die Arme ausgebreitet und rechtwinklig nach oben gebogen, bildeten Nacken, Schulter und Oberarme eine hügelige Landschaft, ein Muskelgebirge, das in zwei großen Fäusten endete. Die zwei Arme packten zu, wenn ein Gast in seiner Wirtschaft einem anderen »Schäle Kopp, fiese Möpp, dummes Arschloch!« zurief, worauf der Schreier ungehindert in einem schönen Steig- und Sinkflug durch die Kneipe in das kalte Luftloch der Straße segelte, ungehindert deshalb, weil sich der stärkste Mann der Welt für diese Zwecke eigens eine Schwingtür hatte einbauen lassen, die das freie, segelnde Schweben erst so richtig ermöglichte.

Wenn der Junge abends einen Krug Bier für Gustav beim Herkules holen mußte, trödelte er oft eine

Stunde herum in der Hoffnung, einen solchen olympischen Hinauswurf mitzuerleben, denn das geschah oft, weil viele Gäste ihn provozierten, und Gustav verzieh ihm dann das abgestandene Bier, dessen Schaum der Junge auch noch abgetrunken hatte, wenn er dieses Schauspiel in allen Einzelheiten seines Ablaufs erzählte.

Herkules war Opa Winters bester Freund. Wenn die zwei durchs Quartier gingen, konnte sich jeder die Geschichte von David und Goliath vorstellen, nur daß David und Goliath hier Freunde waren. Opa Winter wohnte im Haus des Herkules in einer Dachwohnung, und wenn die SA erschien, und das tat sie oft, um Opa Winter abzuholen, stand sie zunächst einmal vor dem stärksten Mann der Welt, der sie vor die Tür setzte. Und wenn sie doch die Treppe hochliefen, weil es viele waren, mehr, als auch ein Herkules festhalten konnte, drückte er auf eine Klingel. Opa Winter wußte Bescheid, sprang aus dem Fenster und tanzte leicht und klein, wie er war, über die Dachrinnen ins Nachbarhaus. Sie bekamen ihn nie.

Als es kaum noch etwas zu essen gab, fuhr Opa Winter mit seinem gefälschten Ausweis über die Rheinbrücke an allen Kontrollpunkten vorbei ins Linksrheinische, ließ sich dort seine kleinen Reparaturen mit Speck, Brot, Kartoffeln und Butter bezahlen und verteilte diese Schätze an die Menschen im Quartier, so daß ein höflicher, gutmütiger Jude mitten im Krieg viele Menschen vor dem Verhungern rettete. »Es wird schon alles gut«, sagte er und verkündete allen mit der Überzeugung eines Propheten: »Nach dem

Krieg werde ich Bürgermeister. Dann geht es euch allen gut. Dann bekommt ihr Butter, Eier und Speck, soviel ihr wollt.«

Als er beim Herkules nicht mehr wohnen konnte, weil das bei der Stadt nun einmal aktenkundig war, nahmen ihn andere Familien auf. Er lebte mit ihnen in ihren Wohnungen, mit Einverständnis der Hausbesitzer und der Nachbarn, obwohl alle wußten, daß die Todesstrafe darauf stand, aber sie nahmen ihn auf und nahmen ihn bei den Luftangriffen mit in den Keller, obwohl auch das bei Todesstrafe verboten war. Wurden die Wohnungen ausgebombt, fand er andere Wohnungen, in die er einziehen konnte, er erschien mit seinem Köfferchen, brachte ein paar Blumen mit, lächelte, zwinkerte mit den Augen: »Wird schon alles gut werden.«

Als die meisten Wohnungen zerstört waren und die Menschen in Kellern und Höhlen lebten, lebte er zunächst in einem Gartenhäuschen, das man ihm zur Verfügung stellte, und später in einer Erdhöhle auf einem kleinen Gartengelände, in dem der Junge mit anderen Jungen auf der Suche nach etwas Eßbarem herumstromerte. Oft trafen sie dabei auf Opa Winter, sie wußten, Opa Winter versteckt sich hier, weil er Jude ist, es war für alle das Selbstverständlichste von der Welt.

Die Heeresstreife, die auf der Suche nach Fahnenflüchtigen, nach jungen Männern, eigentlich noch Kindern, die sich vor ihrem ersten Einsatz fürchteten, und nach alten, an Körper und Seele zerschundenen Soldaten, die sich verkrochen hatten, um nicht noch in den letzten Kriegstagen zu sterben, das Quartier mit Hausdurchsuchungen und wahllosen Erschießungen terrorisierte, fand auch Opa Winter. Ihr entkam keiner, ihr Todeswille herrschte unumschränkt. Zwei Tage bevor die Panzer der Amerikaner über die Hauptstraße und den Markt des Quartiers in die Stadt einfuhren, erhängten sie ihn am Markt, wählten bewußt diesen Platz, um dem Quartier ihre Macht zu zeigen, am Luftschacht eines Bunkers, in dem Hunderte von Frauen mit ihren Kindern saßen, damit alle in diesem Quartier Opa Winter hängen sehen konnten.

Drei Männer in Kradmänteln mit umgehängten Karabinern, darunter der Feldwebel mit der Beinprothese, schleppten ihn, der immer wieder hinfiel, über den Platz, banden eine Schlinge an den Luftschacht, während er mit blutunterlaufenem Gesicht, dick geschwollenen Lippen, verletzten Augen, zerschunden und geschlagen, danebenstand. Sie hoben ihn hoch, legten ihm den Strick um den Hals und ließen ihn los, sie wiederholten das, weil es beim ersten Mal nicht klappte, der Körper zuckte ein paarmal und war dann ruhig.

Die Frauen, die schreiend und protestierend aus dem Bunker kamen, wurden von einem vierten Soldaten mit einer Maschinenpistole wieder in den Bunker zurückgejagt. Dann hängten sie Opa Winter ein Schild um *Ich bin ein Volksverräter* und marschierten als letzte Einheit der deutschen Armee ab, angeführt von dem Feldwebel mit der Prothese, der in seinem staksigen Stechschritt der Truppe pflichtbewußt voranschritt. Das war an einem Sonntagmorgen. Opa

Winter hing den ganzen Tag dort. Auf einem großen Platz, auf dem ihn alle sehen konnten, auch sein bläulich zerschundenes Gesicht mit der heraushängenden Zunge. Er hing ruhig und in Frieden, umgeben von den Ruinen der ausgebrannten Häuser, die die Totenwache hielten.

Varnas Loch, Odysseus' Mauer, Quieters Graben, Lefarths Todesstraße, Opa Winters Luftschacht, der Park der erschossenen Frau wurden neben den neuen Verbindungspfaden zu einem Geflecht von Gedenkstätten, Tabuzonen, Vergangenheitsgeschichten, das sich über die alten Straßennamen legte, eine neue Orientierungs- und Erinnerungsebene bildete, neue Geschichten, die an die alten Geschichten anschlossen, eine Welt menschlicher Traditionen, in denen neue Generationen aufwachsen konnten.

Und auf einem Balkon, zwischen Fensterhöhlen, saß Homer, ein halbblinder Kriegskrüppel ohne Arme und Beine, den man füttern mußte und mit durchfütterte, jeden Tag ein anderer, und schrie wie ein Papagei auf der Stange, weil ihm nur noch seine Stimme geblieben war. Er lebte nur, wenn die Menschen stehenblieben und ihm zuhörten, wie ein alter Erzähler aus vergangener Zeit, existierte nur als Erzähler seiner Geschichten und schrie sie durch die Nacht, auch wenn alle schliefen oder in den Bunkern saßen und keiner ihn sah und hörte. Er schrie, damit er wußte, daß er lebte, schrie und schreit noch heute zwischen den neuen Straßen und den Hochhäusern aus Glas, Stahl und Beton, die man einfach auf die alten Erinnerungspfade setzte, auf die alten Tabuzonen und Gedenkstätten, damit die Menschen alles vergessen und nicht mehr wissen, was geschehen war, und nicht mehr wissen, warum und wozu sie leben.

Dem Jungen fiel das Atmen schwer. Er wurde von Maria aus dem Keller getragen, sie setzte ihn auf einen Stuhl inmitten der Trümmer. Gustav saß vor dem Pyramidentor, wie er es nannte, einem stehengebliebenen Portal, auf dessen Steinen Zeichen, Symbole, Hinweise in nur für Eingeweihte lesbaren Hieroglyphen aufgemalt waren. Er hatte sich aus den herumliegenden Steinen einen Thron gebaut, saß wie eine Sphinx vor dem Eingang, hinter dem eine Kellertreppe ins Dunkel führte, und redete laut, wie er es in letzter Zeit immer öfter tat: »Jesselmeer, die Stadt der Ratschputen, die legendäre Stadt, die verlassene Stadt, ewig in der Zeitlosigkeit, in der Erinnerung fern und nah, groß in der Vergangenheit, Mahnung an die Zukünftigen.«

Vögel kreisten über der Stadt, deren Rufe man noch nie gehört hatte, Geier, Seeadler, Kondore, auf zerstörten Häusern saßen Papageien und schreiende Affen, afrikanische Zwergziegen und asiatische Wildschafe liefen durch die Stadt, Wasserbüffel und Flußpferde lagen in den Straßen, Zebra- und Antilopenherden trabten von einem Stadtteil zum anderen. Gustav, der Jäger vor seiner Höhle, holte eine Pistole hinter dem Kanonenofen im Keller hervor und ging auf Antilopenjagd. Die alten Phantasiegeschichten von Tierjagden in Afrika, dem Enkel erzählt, wurden Wirklichkeit in der Stadt. Der Zoo war bombardiert worden. Der große Vogelkäfig war nur noch ein verdrehtes Eisengestänge, Löwen und Elefanten lagen zerfetzt in ihren Gehegen, Giraffenteile hingen an den Zäunen, die langen Beine schlenkerten im Luftdruck der explodierenden Zeitzünderbomben, die in Abständen hochgingen. Gustav stieß auf eine indische Kuh, die gerade kalbte, hatte plötzlich einen schreienden Affen am Hals, der aus einer Hauswand auf ihn herabsprang, sich an ihm festklammerte. Gustav, ein steinzeitlicher Jäger auf der Jagd nach Fleisch für seine Familie, mußte sich der Tiere erwehren, die ihm, hungriger und erschreckter als er selbst, nachliefen. Konnte man Zebras essen? Keiner wußte es so recht. Die Antilopen waren schon wieder in einem anderen Teil der Stadt. Gustav kehrte ohne Fleisch zurück, steckte die Pistole wieder hinter den kalten Ofen, setzte sich auf seinen Thron vor dem Pyramidentor und sagte: »Und der Herr sprach: Es reut mich, daß ich den Menschen gemacht habe.«

Die Sirenen krächzten weiter, der Ton kroch in die zerstörten Wohnungen, in die Keller, setzte sich in den Menschen fest, machte alles grau und stumpf, An- und Abschwellen, Ebbe und Flut, ständige Last auf den Schultern der Menschen, die mit schmalen Gesichtern gebückt durch die Hügellandschaft der Trümmer schlichen, halbverhungert in verlassenen Gebäuden herumsuchten, oft nicht mehr wußten, was sie suchten. Mit nervösem Augenzucken, vom Rauch geröteten Augen, von Explosionen tauben Ohren, in zerrissener Kleidung, das Haar weiß vom Mörtelstaub, eine Generation von Hundertjährigen, wurden sie am Leben erhalten durch die Sirenen, die täglich neuen Schrecken, bis sie nicht mehr aufstanden oder auf der Straße tot umfielen, vor Hunger und Entsetzen in den Tod fielen.

Friedrich, zwangsverpflichtet, durch die Zeitläufte und das Weltgeschehen auf eine große europäische Reise geschickt, die über sechs Jahre dauern sollte und leider keine Bildungsreise war, in einer Uniform, die er nicht mochte, in einen Krieg, den er für unnötig hielt, hatte die großartigen Zeiten gründlich satt, die ihm jede normale Existenz verweigerten und ihm nun auch noch das Familienleben und die Freunde genommen hatten. Überdies hatte er keinen Sinn für militärische Ordnung, für Befehle und Disziplin und was es sonst noch an Erfindungen gab, um möglichst viele Menschen mit möglichst wenigen Worten in eine Reihe zu stellen, wo sie sich abzählen durften, *Habtacht* und *Augengeradeaus*, zu Kolonnen zu formieren, *Rechtsschwenktmarsch, Linksschwenktmarsch, Vorwärtsmarsch, Imgleichschrittmarsch*.

Friedrichs bevorzugte Gangart konnte man mit Flanieren umschreiben, er erschien zu spät beim Appell, war beim Zapfenstreich selten in der Kaserne, das ganze Theater lag ihm nicht. Er liebte das Leben in seiner legeren Form, Uniformen gehörten für ihn zum Karneval, und daß er bei einem Urlaubsspaziergang in der Stadt alle zehn Meter einen Offizier grüßen mußte, brachte ihn so in Rage, daß Maria ihn in die nächste Wirtschaft zog. Auch der Junge, der neben ihm ging, spürte die Wut, immer härter fuhr der Arm mit der steifen, kratzigen Uniform in die Höhe, schnellte zurück, immerzu ließ ihn sein Vater, der ihn an der Hand hatte, los, um die Hand an die Mütze zu führen, worauf er sie wieder zurückschnellen ließ und der Junge sie wieder festhielt.

Friedrich war ein Ungehorsamer und ein Ungläubiger in einer Zeit des absoluten Gehorsams und des totalen Glaubens an den Sieg einer Idee. Er mißtraute grundsätzlich jedem, der von einer Idee sprach, und erst recht denen, die von einer Idee so erfaßt waren, daß sie ihr unbedingt die Welt unterwerfen wollten. Friedrich hatte die angeborene Eigenschaft, mit allen Menschen dieser Welt, gleich welcher Nation oder welchen Glaubens, sofort Freundschaft zu schließen, friedlich und gesellig sein Bier zu trinken, er wollte keinen erschießen. Er konnte auch nicht begreifen, warum so viele Menschen sich danach drängten, für Deutschland zu sterben, was wollte Deutschland mit so vielen Toten, war Deutschland nur für Tote ein schönes Land?

Er war Sanitäter, in den Lazaretten war weniger Drill und mehr menschliche Hilfe vonnöten, alles schien vernünftiger, sinnvoller, ein Verletzter war ein Verletzter, ein Sterbender ein Sterbender, und die Offiziere waren Ärzte, mit denen konnte man auskommen. Er fuhr einen Sanka, einen Sanitätskraftwagen, raste zwischen Artillerieeinschlägen über freie Felder zur Front und zurück ins Lazarett, schleppte Verwundete auf ihren Tragen, hörte ihre Schreie, watete im Blut. Er machte in diesem Zweiten Weltkrieg das gleiche, was Gustav, sein Vater, im Ersten Weltkrieg tat, als er die Verletzten in umgebauten Straßenbahnwagen durch die Stadt begleitete.

Niemals konnte der Junge ihm ein Wort über den Krieg entlocken, da konnte er fragen, so lange er wollte, sein Vater sprach nie darüber. Aber immer öfter passierte dann wahrscheinlich das, was in der Militärsprache Befehlsverweigerung hieß, zu Degradierung und Bunker führte, denn Friedrich hatte bei jedem Urlaub einen anderen Rang. Es waren kleine Geschichten, wie die Familie aus verschiedenen Angaben erriet. Einmal war er wohl entgegen dem Befehl über weiche, verschlammte Wiesen gefahren, die unter Beschuß lagen, statt befehlsgemäß über den sicheren, aber härteren Knüppeldamm, auf dem die Verwundeten sich in ihren Schmerzen zu Tode geschrien hätten. Ein andermal hatte er den Befehl verweigert, zunächst einen Offizier zu einem Befehlsstand zu fahren und danach erst die Verwundeten ins Lazarett. In einer ähnlichen Situation hatte er einen Offizier aus dem Wagen geworfen, einmal war es wohl auch zu einer Schlägerei gekommen, mehr war nicht zu erfahren.

Eines Tages erschien Friedrich überraschend in der Stadt mit Bordeaux und Burgunder bester Qualität, erzählte allen, daß er Fronturlaub habe, Sonderurlaub wegen Tapferkeit vor dem Feind, genoß das Leben mit Maria in guten Lokalen bei alten Freunden, verschwand kurz darauf, ohne Maria ein Wort zu sagen, dafür erschien die Feldpolizei und fragte nach Friedrich, aber Maria wußte ehrlicherweise von nichts. Tage später erschien Friedrich wieder, unbekümmert, lachend, hatte erneut Urlaub und Heimweh nach dem

Quartier und Rotwein aus Frankreich, verschwand in der Nacht, dafür kamen wieder die Feldjäger. Für den Jungen war es wie das Hütchenspiel: Wenn Friedrich weg war, war die Feldpolizei da, wenn die Feldpolizei weg war, war Friedrich da.

Maria war ratlos, und Gustav sagte: »Das ist kein Fronturlaub«, und Fin sagte: »Das ist ganz was anderes.« Dann kam die Nachricht, man habe ihn in Lyon gefaßt, der Stadt, aus der die Fontanas als Hugenotten nach Deutschland geflüchtet waren, um dem Tod zu entgehen. Man werde ihn vor ein Militärgericht stellen.

Das Militärgericht trat in der Kaserne einer kleinen deutschen Garnisonsstadt zusammen. Maria fuhr mit dem Jungen dorthin, erhielt Zutritt, nahm den Jungen mit. Erst gab es deswegen Scherereien, aber Maria hielt den Jungen fest an der Hand, zerrte ihn an dem Posten vor der Tür vorbei, der Junge verlor einen Zahn, weil er mit dem Kopf an den Gewehrkolben des Postens schlug, der Junge schrie, Maria schrie den Posten an, dann ließ man sie endlich hinein. In dem Raum war es still, er hatte etwas Dunkles, Muffiges, wie das Klassenzimmer einer alten Schule. Auf der einen Seite stand ein mit einer Fahne behängter Tisch, ein blutroter Altar, auf der anderen Seite standen ein paar Stühle. Eine Gruppe Offiziere kam, setzte sich an den Tisch, gleichzeitig kam sein Vater mit zwei Wachposten, die sich stramm neben ihm aufbauten, während er Maria und dem Jungen zuwinkte. Der Junge hielt den herausgeschlagenen Zahn in der Hand, dachte an den Roller, den sein Vater ihm bei seinem letzten Urlaub mitgebracht hatte, von ihm selbst gebastelt, mit Kugellagerrädern von der Luftwaffe, dann verlas einer der Offiziere einen kurzen Text, Friedrich wurde wieder abgeführt. Es war vorbei, ehe der Junge verstand, worum es ging.

»Das ist so gut wie ein Todesurteil«, sagte der Posten an der Tür und führte sie beide in ein Zimmer mit vergitterten Fenstern. Maria durfte ihren Mann noch zehn Minuten sprechen. Der Junge war wieder dabei, weil Maria ihn nicht losließ, ihn mit der Hand eisern festhielt, als klammere sie sich an ihn. Friedrich war gutgelaunt und begann sofort Pläne zu entwerfen über das, was er und Maria nach dem Krieg alles anfangen würden. Der Junge saß in der Ecke des Zimmers auf einem Holzstuhl, der bei jeder Bewegung knarrte, und der Junge versuchte, ruhig zu sitzen. Er hatte immer noch den Zahn in der Hand, der Posten in der Ecke gegenüber sah ihn an, begann dann unter seinem Helm allerlei Grimassen zu schneiden, schielte, verdrehte die Zunge, blies die Backen auf, drückte mit einer Hand seine Nase seitlich, spielte einen wunderbaren Clown, der aber von dem Gespräch zwischen Friedrich und Maria nicht ablenken konnte.

Beide saßen sich an einem Tisch gegenüber, der Junge hörte die Worte Diesseits und Jenseits, die kannte er, ohne sich viel darunter vorstellen zu können, die Worte fielen oft, wenn die Fontanas und die Lukacz' zusammensaßen. Die Lukacz' zeigten dann immer mit dem Rosenkranz in der Hand gegen die Zimmerdecke und sagten, dort im Jenseits werde es Gerechtigkeit geben, während Gustav wutschnaubend seine Armeepistole hervorholte, mit der Pistole auf den Fußboden zielte und sagte: »Gerechtigkeit wird es nur im Diesseits geben.«

Der Streit zwischen Friedrich und Maria wurde lauter, beide sprachen gleichzeitig, auch der Posten schielte jetzt mehr auf das Ehepaar. Maria sprach vom Jenseits, in dem man sich wiedersehe und auf das er sich vorbereiten solle, Friedrich sprach vom Diesseits, in dem er sich sehr wohl fühle, und weigerte sich, über das Jenseits überhaupt einen Gedanken zu verlieren. Er sprach von seinen Zukunftsplänen, von der schönen Zeit nach dem Krieg, er kenne inzwischen viele Franzosen, herrliche Sachen gebe es in Frankreich, die werde er importieren, und während er mit gefesselten Händen seine Pläne darlegte, die für ihn, wie bei allen Fontanas, mit dem Verkünden fast verwirklicht waren, lediglich die Frage, wie das Firmenschild zu gestalten sei, war noch zu überlegen, sah Maria, die so viel Phantasie nicht aufbringen konnte, den Tod vor Augen und erinnerte Friedrich an das Urteil. Friedrich wurde wütend, das Urteil sei doch lächerlich, das sei doch nur für die Front gesprochen, damit nicht alle wegliefen, das sei schlimmstenfalls unerlaubtes Entfernen von der Truppe, was er da gemacht habe. Da man Soldaten brauche, werde man ihn begnadigen, und damit er nicht in eine Strafkompanie an die Ostfront komme, habe er sich schon freiwillig zu den Fallschirmjägern gemeldet, zu den *Grünen Teufeln*, da kenne er einen, der werde ihn anfordern, die brauchten kleine, wendige, kräftige Leute. Sorgen brauche sich Maria überhaupt keine zu machen, wenn sie noch ein paar Kerzen im Stoffeler Kapellchen anzünden wolle, habe er nichts dagegen, das könne nicht schaden. Dann wurde er vom Posten wieder abgeführt, wobei er dem Jungen noch einen Blick zuwarf, der wohl besagen sollte: »Deine Mutter spinnt mal wieder.«

Alles geschah so, wie Friedrich es vorausgesagt hatte. Schon kurze Zeit später schwebte er als *Grüner Teufel* vom Himmel herab auf Florenz, die alte Heimat der Fontanas, aus der sie nach Lyon geflohen waren, schickte Fotos, auf denen er in seiner Fallschirmjägeruniform vor Tempelsäulen neben einem Maschinengewehr zu sehen war, entspannt wie ein Weltreisender, der sein Ziel erreicht hat, schickte Maria aus Lucca, der Stadt, aus der die Fontanas nach Florenz flohen, eine Postkarte mit dem Volto Santo, dem Heiligtum der Stadt, einem Kruzifix aus den Zedern des Libanon, das vor undenkbaren Zeiten am Strand angeschwemmt wurde, Anfang aller Geschichten, Ursprung aller Phantasien. Der Gekreuzigte breitet die Arme aus, als wolle er fliegen, doch der Balken, an den man ihn genagelt hat, läßt ihn nicht los, braungebrannt, mit langen Haaren und einem langen Bart, betrachtet er mit leicht schiefgelegtem Kopf, mit einem erstaunten Gesicht und traurigen Augen die Menschen, als sei er doch sehr verwundert und erschrocken über diese Welt.

Elisabeth, zwangsverpflichtet, saß in einem Bunker der Stadtverwaltung, in dem das Chaos eines untergehenden Reiches und einer nicht mehr vorhandenen Stadt auf stabilen Schreibmaschinen im Einfingersystem erfaßt und registriert wurde. Die Zeit als Direktrice eines Modehauses gehörte einer Vergangenheit an, von der man erzählte: »Weißt du noch...«, wie alles in der Stadt ein »Weißt du noch...« war, zerstört, verschüttet, schon halb vergessen. Die Verwaltung, angetreten, eine blühende Stadt zu regieren, stellte nur noch Totenscheine aus, hackte sie in die Schreibmaschinen, eiserne schwarze Urnen, die den Tod amtlich bescheinigten. Manchmal brachte Elisabeth einen Durchschlag mit, manchmal ein paar Notizen, und gab sie Fin, die damit sofort verschwand, wohin, wollte keiner wissen. Fin erschien auch schon mal in der Verwaltung, und während sie vor Elisabeths Schreibtisch eine Geschichte erzählte, die weitläufige Erklärungen verlangte, holte Elisabeth eine Akte, legte sie offen vor Fin auf den Schreibtisch und führte dann am Telefon, das ein museumswürdiger Kurbelapparat war, Dienstgespräche.

Elisabeth wußte immer, wo die Front verlief, was tatsächlich geschah, wie es wirklich stand. Und was sie nicht in der Verwaltung erfuhr, erfuhr sie von Offiziersfrauen, alten Kundinnen ihres Modehauses, das nun ein Schuttkegel war. Während in den Zeitungen und im Radio nur Meldungen vom kurz bevorstehenden Endsieg zu lesen und zu hören waren, tippte Elisabeth auf ihrer Schreibmaschine ganz andere Berichte und Anordnungen:

»Betrifft: Bericht über den Großangriff in der vorletzten Nacht. Es fielen 908 Sprengbomben, 124 Minenbomben, 312 Phosphorkanister, 26 500 Phosphorbrandbomben, 190 000 Brandbomben aller Art, 8200

Brandbomben mit Sprengsatz, 188 Blindgänger, davon 83 detoniert, entschärft oder entfernt. Gesamtfläche der Brandstelle: 8 mal 5 Kilometer. Bisher wurden festgestellt: 1444 Großbrände, 1840 mittlere Brände, 5500 Kleinbrände. Personenverluste: Gefallene 1054, Verwundete 2159, Vermißte 106, Obdachlose 140 000. Zerstörte und schwerbeschädigte Wohngebäude 9709, mittelschwer beschädigt 6140, leicht beschädigt 16 009. Zerstörte und schwerbeschädigte öffentliche Gebäude 106. Zerstörte und schwerbeschädigte Industrieanlagen 104. 5 Krankenhäuser, mehrere Kirchen, Schulen und sonstige Kulturstätten zerstört oder beschädigt. Sämtliche Versorgungswerke der Stadt wurden durch den Angriff schwer beschädigt, ebenso das Rohrnetz, so daß zu Beginn des Angriffs die Versorgung mit Strom, Wasser, Gas und Elektrizität schlagartig ausfiel, ebenso das Telefonnetz, der gesamte Nahverkehr ist durch Zerstörungen an den Schienen und Stromleitungen lahmgelegt. Durch die vielen Brandherde war die Staub- und Rauchentwicklung über der Stadt schon nach kurzer Zeit derart heftig, daß nur die Hauptschadensstellen festgestellt werden konnten. Die Toten, die meist unter den Trümmern verschüttet waren, wurden entweder durch die herabstürzenden Trümmer erschlagen oder erstickten infolge der Staub- und Rauchentwicklung und mangelnder Luftzufuhr. Viele Personen waren bis zur Unkenntlichkeit zerstückelt und vielfach durch die unter den Trümmern herrschenden Brände stark verkohlt. Die eingesetzten Kräfte kostete es einige Überwindung, diese Leichen, die nach kurzer Zeit schon stark in Verwesung übergegangen waren, zu bergen. Die Ausgabe von Alkohol und Rauchwaren an diese Kräfte war dringend erforderlich. An die Bevölkerung wurden folgende Sonderzuteilungen vergeben: Mit Genehmigung des Reichsbeauftragten für die Zigarettenversorgung an die Inhaber von Kontrollkarten für den Einkauf von Tabakwaren, die vom Wirtschaftsamt der Stadt ausgestellt und mit dem Siegel der Stadt versehen sind, für die Inhaber von Männerkarten 10 Zigaretten, für die Inhaber von Frauenkarten 5 Zigaretten. Es wurden weitere Sonderzuteilungen auf Lebensmittelkarten ausgegeben: 50 Gramm Bohnenkaffee, ein halber Liter Branntwein für alle Versorgungsberechtigten über 18 Jahre, ein Viertelpfund Süßwaren für Jugendliche bis zu 18 Jahren, ein Ei pro Kopf. Darüber hinaus wurde eine weitere Sonderzuteilung bewilligt: 150 Gramm Fleisch, 950 Gramm Brot, 90 Gramm Butter, 1 Büchse Kondensmilch. Am Tag nach dem Angriff waren die Dienststellen der Stadt mit 37,46% der beschäftigten Personen besetzt.«

Elisabeth, trotz allem immer mit der seltsamen Eleganz der Frauen dieser Jahre, die sich nicht hängenlassen wollten, die ihren Kopf hochhielten, die aus Tuchresten und umgefärbten Militärstoffen, aus verschlissenen alten Kleidern und Mänteln neue Kleider und Mäntel schneiderten, mit passender Kappe und Schal, exquisite Modelle, die als hochmodern galten, eine Mode aus Flicken und Resten, karierten Tüchern und bunten Lappen, mit Schuhen aus Holz und Stoff, eine Mode gegen die Einheitsuniform der Männer – Elisabeth schleppte ihre Schreibmaschine von einer ausgebombten Dienststelle zur anderen, denn die Schreibmaschinen waren das Kriegswichtigste überhaupt. Sie erhielten den deutschen Behörden die Illusion, das Deutsche Reich zu regieren. Aber immer öfter saß Elisabeth, statt die vorgelegten Berichte abzutippen, still und bewegungslos vor der Schreibmaschine, sah starr auf die Risse in der Wand, die sich vor ihren Augen öffneten, aufplatzten, vergrößerten, eine Landkarte ferner Kontinente, fremder Länder, unbekannte Grenzen einer anderen Welt. Kollegen tippten sie an, um sie aus ihrem Tagtraum zu wecken, sie fiel dabei vom Stuhl, rappelte sich wieder auf und tippte weiter die vielen Berichte, schielte dabei auf die Risse in der Wand, saß wieder bewegungslos. Eines Tages blieb sie im Keller sitzen und ging nicht mehr an ihre Schreibmaschine, ging überhaupt nicht mehr in die Stadt, die Risse zogen sich durch die Stadt, und sie starrte darauf, ferne Kontinente, fremde Länder, unbekannte Grenzen.

Gustav, zwangsverpflichtet wie alle, die noch in der Stadt lebten, Zwangsarbeiter oder zwangsverpflichtet, einen Unterschied gab es nicht mehr, die Bewachung war gleich, die Lebensmittelration war gleich, der Tod war gleich, saß in einem kleinen Verschlag neben Maschinen, die aus der zerstörten Maschinenhalle in ein Kellergewölbe ausgelagert waren. Ein unterirdisches System von Maschinen und Menschen, Zwangsarbeitern und Zwangsverpflichteten, mit babylonischer Sprachenvielfalt, dunkel, feucht, lärmend, Stickluft unter Ventilatoren, Notbeleuchtung in langen Gängen, eine tosende Unterwelt, denn die Maschinen liefen ununterbrochen, stanzten, frästen, drehten Stahlteile, die alle kriegswichtig waren, auch wenn man im einzelnen gar nicht wußte, wofür sie gebraucht wurden, liefen weiter, auch wenn die Bomben fielen, und erst im allerletzten Moment, wenn die Bomben auf dem Fabrikgelände einschlugen, die Bunker und Notausgänge zu verschütten drohten, durfte Gustav die Drehbänke, Fräsmaschinen und Stanzen ausschalten. Das war seine Aufgabe, dafür saß er in seinem Verschlag an den Schaltern, und neben ihm saß ein verwundeter Soldat mit einem Gewehr, der den Befehl hatte, Gustav zu erschießen, wenn er vorzeitig die Produktion lahmlegen sollte, und das auch getan hätte, weil man sonst ihn erschossen hätte.

Amerikanische, britische und kanadische Divisionen verbanden sich, der Ruhrkessel schloß sich zu einer Falle, in der die Flüchtlingstrecks, die vor der Roten Armee nach Westen flohen, und die Flüchtlingstrecks, die vor den Amerikanern nach Osten flohen, sich begegneten, im Kreis umherzogen, sich ineinanderdrehten, mit den Resten der deutschen Armee, die von einer Front zur anderen marschierten oder in langen Fahrzeugkolonnen vor dem Feind flüchteten. Allesamt verdreckt, erschöpft, verstört, in einem tödlichen Strudel gefangen, ein Menschenstrom, der sich gegenseitig in die Tiefe zog, Soldaten und Bevölkerung, Flüchtende und Kommandierende, so daß Front und Heimat eins wurden, von Angst und Panik und Propaganda umhergejagt, vom Feind immer mehr in die Enge getrieben.

Die Stadt sollte die letzte Festung dieses Kessels werden, sollte mit wehender Fahne untergehen. Volkssturm und Hitlerjugend, Vorwärtsmarschierende und Zurückweichende, Flüchtende und Gefangene, KZ-Kolonnen und Flüchtlingstrecks irrten durch die Straßen, lagerten auf Plätzen, schlugen sich um ein Stück Brot, rissen sich die Kleider vom Leib. Die amerikanische Armee stand in der einen Hälfte der Stadt vor der gesprengten Rheinbrücke und schoß in den anderen Teil der Stadt, während die deutsche Artillerie von dieser Seite des Rheins in den gegenüberliegenden Teil der Stadt schoß, ein über Monate sich hinziehendes Artillerieduell zwischen den beiden Stadthälften. Der Beschuß wurde nur unterbrochen von den Angriffen der Jagdbomber, die im Tiefflug über die Stadt brausten. Die Menschen krochen, Deckung suchend, an den zerstörten Häusern entlang, sprangen auf, liefen im Zickzack über freie Plätze und Straßen, warfen sich wieder hin, warfen sich übereinander, einer den anderen schützend. Die Jüngsten und Schnellsten krochen aus den Kellern, hasteten durch die Trümmer, jagten nach etwas Eßbarem, rasten wieder zurück, warfen sich auf diese oder jene Seite der Straße, je nachdem, welche Artillerie schoß und wie die Granaten einschlugen oder ob die Jagdbomber mit ihren Bordkanonen auf sie niederstießen und eine Feuerspur zogen. Arme, Beine, Köpfe lagen auf der Straße, gehörten keinem mehr, zerfetzte blutende Körper klebten an den von Einschüssen überzogenen Mauern. Militärtrupps trieben Menschen vor sich her, die Panzersperren errichten mußten, Schützengräben ausheben,

Schanzen bauen, freistehend im Beschuß der Artillerie und der Jagdbomber, Zwangsarbeiterinnen und Zwangsverpflichtete, die zu Dutzenden dabei umkamen, buchstäblich in die Luft flogen und zerrissen auf die Erde niederschlugen, während neben ihnen weitergegraben werden mußte, das eigene Grab gegraben werden mußte.

Und während die Menschen im Ruhrkessel wie hungrige Tierrudel umherstreunten, Soldaten und Zivilisten sich auch in der Kleidung vermischten, die sie sich gegenseitig abnahmen, Millionen zusammengepfercht auf einem kleinen Stück Erde, auf dem es nichts mehr zu essen gab, das abgegrast, abgeweidet war, Baumrinde, Weidenkätzchen, Blätter, Gras, Erde in sich hineinstopften, einander in den Schlamm traten, gemeinsam in die Erde versanken, erdenschwer sich nicht mehr weiterbewegen konnten, sich zu Tausenden unter freiem Himmel nebeneinander auf die Erde legten, die Lebenden neben die Toten, die sich der Erde endgültig anvertraut hatten, die nicht mehr beim Morgenlicht aufstehen mußten, Nahrung suchen mußten, die liegenblieben, erdfarben und in sauberen Reihen, wie ein frischgepflügtes Feld in der aufgehenden Sonne dalagen und sich nicht mehr bewegten, von Erde bist du, zu Erde wirst du, fielen Blätter vom Himmel.

Bedrucktes Papier, abgeworfen mit den Bomben, das mitteilte, daß dieses Gebiet bis zur vollständigen Vernichtung der Kriegsindustrie ein Schlachtfeld sei, daß Frauen und Kinder auf einem Schlachtfeld nichts zu suchen hätten, und deshalb werde die Zivilbevölkerung aufgefordert, diese Todeszone zu verlassen. Den Toten war es egal, den Lebenden war es so egal wie den Toten, wer in einer Todeszone lebt, ist ein Toter, auch wenn er sich noch aus alter Gewohnheit fortbewegt, die Reflexe des Lebens zeigt, und viele aßen das Papier, steckten es in den Mund, kauten und schluckten es hinunter und waren satt für einen Tag.

Auch die deutschen Befehlshaber kamen zu der grundlegenden strategischen Einsicht, daß die Menschen auf dieser Erde nur störten. Um das deutsche Vaterland verteidigen zu können, mußten die Menschen, die in diesem Land wohnten, von der Erde verschwinden. Und sie erließen den Befehl an die Zivilbevölkerung, daß sie die Festung, wie die Stadt sich jetzt nannte, aus militärischen Gründen sofort und total zu räumen habe und in Trecks nach Osten ziehen solle, damit man in dieser Festung ungehindert die Fahne des Widerstandes aufpflanzen könne. Doch die Menschen gingen nicht. Dieser Befehl, der nichts anderes war als das logische Befehlsende von Tausenden von Befehlen, war der Befehl, der nicht mehr auszuführen war. Apathie und Widerstand vereinten sich zur stärksten Waffe der Menschen, sie harrten aus und ertrugen alles.

Da beschloß der Führer seinen letzten Befehl, er nannte ihn *verbrannte Erde*, und seine Armee, die die Menschen verteidigen sollte vor einem Feind, befolgte ihn, um die Überlebenden endgültig zu vernichten. Die Armee sprengte die Fabriken, die Straßen, die Brücken, die Eisenbahnlinien, die Versorgungsleitungen, die Elektrizitäts- und Wasserwerke, das Quartier wurde von der Stadt abgeschlossen, war wieder eine Insel wie vor hundert Jahren, keiner konnte mehr hinaus oder herein, über die Bahndämme oder die Gleise zu klettern war der sichere Tod.

Heldentaten gab es, die man auch Homer auf seinem Balkon nicht geglaubt hätte, obwohl man ihm als einzigem alles glauben durfte, weil er seine Geschichten wie ein Kirmesausrufer mit dem Zusatz erzählte: »Alles wahr, alles erlebt, alles geschehen.« Junge Frauen warfen sich, wenn die Artilleriegranaten einschlugen, mitten auf der Straße auf ältere Frauen, die Kinder hatten, einen Mann hatten. Alte Männer schickten die jungen Soldaten in den Keller und zogen die von den Pionieren angebrachten Sprengladungen aus den Fabrikmauern, zerstörten die Zünder, immer in der Gefahr, selbst in die Luft zu fliegen oder wegen Sabotage auf der Stelle erschossen zu werden. Frauen und Männer entschärften Zeitbomben und Blindgänger, angeleitet von einem französischen oder polnischen Gefangenen, der glaubte, sich darin auszukennen, aber in seinem gebrochenen Deutsch oft nicht recht mitteilen konnte, ob man den Schraubenschlüssel nun linksherum oder rechtsherum ziehen sollte. Hunderte von Zwangsarbeitern und geflüchteten KZ-Gefangenen wurden in Verstecken untergebracht, wurden ernährt von Leuten, die selber kaum etwas zu essen hatten, und die, die die Stadt übergeben wollten, die mit den Amerikanern schon verhandelten, wurden noch hastig vor dem Abzug der Armee standrechtlich erschossen, und das Urteil gilt bis heute.

Dem Jungen fiel das Atmen schwer. Ein Zustand, der Tag und Nacht anhielt. Er lag in einer Ecke des Kellers und las, lag in einer engen Bücherhöhle, las all die Bücher, die die Familie für ihn gesammelt hatte, aus zerstörten Häusern und Kellern und von der Straße, auf die sie durch den Luftdruck der Bomben geflogen waren, vom Feuer versengt, vom Wasser aufgequollen, mit abgerissenem Einband. Von *Tom Sawyers Abenteuer* nur der Anfang, *Candide* ohne das Ende, *Robinson Crusoe* mit herausgerissenem Mittelteil, *Schwejk* in losen Blättern, *Tote Seelen* auf jeder Seite mit Tinte beschmiert, Bücher mit Widmungen, die sich für den Jungen mit dem Buch verbanden, Widmungen von Menschen, die vielleicht schon tot waren, an Menschen, die vielleicht nur noch in ihren Widmungen lebten. *Der lieben Sarah zu Pessach von Moischele, München 1901. Zum 50. Geburtstag von Gretchen, Köln 1920. Zur Erinnerung an die schönen Tage in Berchtesgaden, Walter, Juni 1938.* Auch mit Widmungen, die den Besitz anzeigten, als könne man Bücher auf ewig besitzen: *Dieses Büchlein ist mir lieb, wer mir's stiehlt, der ist ein Dieb. Kurt bin ich getauft, dies Buch hab ich gekauft, Brink bin ich geboren, wer's find, ich hab's verloren. Lederstrumpf* hatte auf dem Titelblatt eine Anschrift aus Berlin mit Datum 27.11.06 und dem Aufkleber des Ladens, in dem das Buch gekauft worden war, *L. Juergens, Papierhandlung, Alexander-Platz.* Der *Lederstrumpf* lag nach einem Luftangriff auf der Straße, und der Junge schrieb an den ehemaligen Besitzer, daß das Buch nun bei ihm sei, erhielt aber nie eine Antwort. So verband sich der *Lederstrumpf* für ihn mit dem

Alexander-Platz und einem Menschen in Berlin, und der Junge überlegte, ob der Inhaber das Buch selbst gekauft hat, oder ob einer das Buch gekauft hat, um es ihm zu schenken. Wie sich überhaupt die Schicksale der Menschen, die sich in den Büchern verewigt hatten, mit den Geschichten in den Büchern verbanden, der Inhalt seiner Bücher, die er auswendig kannte, mit den Geschichten der ehemaligen Besitzer, die er dazuerfand, so daß sein *Lederstrumpf* über den Berliner Alexander-Platz spazierte. Schlug er ein Buch auf, blieb die Zeit stehen, so wie man den Arm des Plattenspielers immer wieder auf Anfang stellen konnte, immer wieder Louis Armstrong hören konnte, immer wieder die Bilder Paul Klees in dem halbverbrannten, aufgequollenen Bildband betrachten konnte, Bilder, in denen keine Zeit war, nur der Augenblick, so schlug er seine Bücher auf, die er immer wieder von vorne las, für die meisten um ihn herum unbekanntes Land, das sie nicht betreten mochten, für ihn ein sicheres Refugium, dessen Tore ihm immer offenstanden, das er unbehelligt von der Last der ihn umgebenden Realität und befreit von der Last seines Körpers jederzeit betreten konnte, herzlich begrüßt von Personen, die ihn kannten, wie er sie kannte. *An einem Orte der Mancha, an dessen Namen ich mich nicht erinnern will, lebte vor nicht langer Zeit ein Junker, einer von jenen, die einen Speer im Lanzengestell, eine alte Tartsche, einen hageren Gaul und einen Windhund zum Jagen haben. In Westfalen, auf dem Schloß des Herrn Barons von Thunder-dentronckh, lebte vor Zeiten ein Jüngling, ein ausnehmend sanfter und gutherziger Mensch, von der Natur liebevoll mit einem Gesicht bedacht, dem man schon von weitem sein gutes Herz ansah. Es war ein bitterkalter scharfer Dezembertag des Jahres 1793, die Sonne im Untergehen, da bewegte sich langsam ein Schlitten den gewundenen Weg hinauf, der zur Hochfläche eines jener Berge führt, die in dem Quellgebiet des Susquehannah sich nebeneinander, aneinander drängen.* So war er aufgehoben in einem Raum fern der Welt, in dem die Dinge verschwanden, in einer endlosen Dauer, unerzählbare ewige Erinnerung.

III Die Krähen schwebten über der zerstörten Bahnhofshalle, die nun ohne Dach war, stießen schreiend in Schwärmen auf die Menschen herab, zogen wieder hoch, eine dunkle Wolke, die aufstieg und niedersank, hastig und hektisch ihre Kreise zog, um die ausgeglühten verbogenen Eisenpfeiler, um den ausgebrannten Bahnhofsturm mit der großen Uhr, deren Zeiger auf einer falschen Zeit bestanden.

Der Junge saß auf dem Bahnsteig neben dem Schließkorb und beobachtete seinen Bruder, der auf der Bahnsteigkante balancierte, ihn dabei aus den Augenwinkeln ansah, weil er wußte, daß er das nicht sollte. Auf den Schließkorb mußte man nicht aufpassen, den konnte nur Maria anheben, das Weidengeflecht knarrte, ächzte und knackte dann und kam erst nach Stunden wieder zur Ruhe. Der hellgelbe geflochtene Korb enthielt die letzte Habe der Familie Fontana, die notwendigste Kleidung für Maria und ihre beiden Söhne, Wäsche zum Wechseln, Bettwäsche und die Bücher des Jungen. Von allem zuwenig für eine lange Reise, wie Landstreicher würden sie herumlaufen, hatte Maria gesagt und nahm wieder einige Blusen, Pullover und Röcke, die sie für sich eingepackt hatte, heraus, um noch Bücher einzupacken. Darüber wurde nicht gestritten oder groß palavert, zwischen Maria und dem Jungen gab es eine stillschweigende Übereinkunft, daß die Bücher das Wichtigste seien, man werde versuchen, das Leben zu retten und die Bücher, alles andere könne zum Teufel gehen.

Auf der anderen Seite des Schließkorbes saß Gustav und sagte: »Sie könnte jetzt aber bald kommen.« Maria war mal wieder unterwegs, weil es an irgendeinem Bahnhofskiosk auf irgendwelche Marken etwas gab, was man irgendwann und irgendwo eventuell gebrauchen konnte. Maria hatte es sich wie alle Frauen angewöhnt, sich an jede Schlange anzustellen, die sie sah, keiner wußte, was es gab, aber wo eine Schlange war, da gab es auch etwas, ob man es gebrauchen konnte, wußte man nicht, aber man konnte es dann zumindest tauschen. Das, was man früher Einkaufen genannt hatte, war in ein Organisieren und Hamstern und Tauschen umgeschlagen, das die meisten Frauen den ganzen Tag beschäftigte.

Der Bahnsteig war überfüllt mit Soldaten, die sich in Gruppen mit ihrem sperrigen schweren Marschgepäck und ihren Karabinern durch die Menschen drängten, zu Zügen rannten, über Menschen sprangen, die auf dem Boden lagen und schliefen. Feldpolizei marschierte in Doppelposten auf und ab, Sanitäter trugen Verletzte quer über die Schienen, Rote-Kreuz-Helferinnen drängten jedem ihren heißen Tee auf, Kinder schrien, alles war in Bewegung, auch die Schlafenden richteten sich immer wieder auf, sahen auf die Uhr, fielen zurück, schliefen weiter, wirkten wie aufgezogene Puppen, die nicht mehr abzustellen waren. Zivilisten kamen, zeigten verstohlen Schnapsflaschen oder Zigarettenschachteln, Unteroffiziere brüllten Befehle, kontrollierten Papiere, grüßten Offiziere, die, ein Bein vorgestellt, die Hand locker am Koppelschloß, sich von ihren Frauen oder Freundinnen verabschiedeten mit kurzen flüchtigen Umarmungen, jeder Kuß löste ein Johlen der Soldaten aus, die aus den Fenstern der Züge hingen. Leutnants trugen ihren Dolch spazieren, Spanienkämpfer die Troddel an ihrem Käppi, Gebirgsschützen ihre Narvikspangen, Panzersoldaten ihre schwarzen Uniformen mit Zeichen für die Zahl der Abschüsse, Afrikakämpfer ihre hellen Uniformen mit dem Kretaschild, Marinesoldaten die Namen ihrer Schiffe auf den Mützen, Luftwaffenoffiziere ihre Ritterkreuze, die Feldpolizei ihre blanken Brustschilde. Jeder hatte eine Aufgabe, jeder hatte einen Befehl zu erfüllen, jeder war uniformiert und ausgezeichnet und gehörte zu einer bestimmten Einheit, die aus irgendeinem Grund von einem Ort in einen anderen Ort verlegt wurde, von einem Land in ein anderes Land, warum, wußte keiner. Alles war in einer unüberschaubaren Bewegung, flüchtig geordnet durch die ein- und ausfahrenden Züge, die an großen Spruchbändern vorbeifuhren, *Räder müssen rollen für den Sieg*, an Plakaten, die mitteilten *Pst, Feind hört mit* oder einen schwarzen Mann zeigten, der *Kohlenklau* hieß.

Der Schließkorb war dagegen ein ruhender Pol, zumal Gustav jetzt sein Bein darauf gelegt hatte, ein Gepäckwagen war umgekippt und ein Koffer an sein Bein geschlagen, Gustav fluchte, er hatte das Hosenbein hochgekrempelt, die Wunde war zu sehen, begann sich zu verfärben, die dünne Haut darüber war nahe daran aufzuplatzen. Er rieb sich die wunde Stelle mit Johannisöl ein, das er immer dabeihatte, während der Junge seinen Bruder beobachtete, der weiter auf der Bahnsteigkante balancierte.

»Paß auf deine Mutter auf«, sagte Gustav, sein Bein massierend, »sie ist unvernünftig.«

Der Junge nickte. Er mußte immer öfter auch auf sie aufpassen. Sie hatte die Neigung, sich ohne Bedenken in das nächste Unglück zu stürzen, sie überlegte nicht, sie handelte, der Junge mußte oft für sie eine Situation durchdenken, sie fragte ihn auch, aber dann tat sie doch wieder das, was ihr gerade in den Sinn kam.

»Hat sie auch ihren Hausaltar dabei?« fragte Gustav.

Der Junge nickte.

»Dann kann ja nichts schiefgehen«, sagte er und verzog das Gesicht, weil ihm das Bein weh tat.

Maria hatte das letzte Bild ihres Vaters in der schlechtsitzenden Uniform, aufgenommen kurz vor seiner Abfahrt nach Verdun, und das letzte Bild ihrer Mutter, aufgenommen in der Granatenfabrik, eingepackt. Dazu den vom Papst gesegneten Rosenkranz aus Korallenperlen und das kleine Bild der Heiligen Maria Mutter Gottes von Tschenstochau. Sie hatte alles obenauf in den Schließkorb gelegt, auf dem jetzt Gustavs Bein mit der Wunde ruhte.

Der Junge ärgerte sich, daß Gustav immer darüber lästerte. Maria war eigentlich nicht fromm, er hatte sie nie beten gesehen, sie ging auch nie in die Messe, auch sonntags nicht. Die Reliquien, die sie immer bei sich hatte, waren Andenken an Geschichten aus der Vergangenheit. Mit ihrem Herrgott, wie sie ihn immer nannte, hatte sie gelegentlich eine private Aussprache, dazu gehörten Kerzen im Stoffeler Kapellchen, aber was sie da mit ihm aushandelte, wußte der Junge nicht, sie sprach nie darüber.

Ein Offizier, der Gustavs Bein verständnisvoll und sachkundig ansah, fragte: »Vierzehnachtzehn und wo?«

Gustav antwortete stolz: »Neunzehn Hindenburgwall« und sah ihm strahlend in die Augen.

Der Offizier ging weiter, drehte sich aber noch ein paarmal um.

»Nach dem Krieg graben wir das Musterbuch aus«, sagte Gustav, »das liegt gut verwahrt unter den Trümmern, eingewickelt in Ölpapier in der eisernen Werkzeugkiste, geschützt gegen Erdbeben, Feuer und Wasser. Und dann werden wir noch ein schönes Kapitel über diesen Krieg hineinschreiben, mit Vernunft und Klarheit gegen die Dummheit.«

»Nach dem Endsieg«, sagte der Offizier, der wieder vorbeikam.

»Selbst dann«, sagte Gustav.

In der letzten Zeit sprach er oft davon, das Musterbuch weiterzuschreiben, und sah den Jungen dann immer aufmunternd an, als wolle er ihm sagen, es geht weiter, das hier ist nicht das Ende, es geht weiter, und immer sagte er wir, wir schreiben, wir tragen da noch ein schönes Kapitel ein, und der Junge hatte das Gefühl, daß er gemeint war, daß er das aufschreiben solle. Und vieles um ihn herum zog deshalb an ihm vorbei wie ein Kapitel eines alten und ewigen Musterbuches.

Der einfahrende Personenzug, der zur Hälfte aus Güterwagen bestand, löste eine Schlacht aus, ein Getümmel von Menschen und Gepäck, in das auch Soldaten mit dem Gewehr in der Hand keine Ordnung mehr bringen konnten, sie wurden einfach unter den Zug gedrückt. Es ging weniger um die Fensterplätze, die waren ohne Scheiben und mit Pappe vernagelt, es ging um die Sitzplätze, wer keinen hatte, mußte stehen oder sich in den Güterwaggons auf seinen verschnürten Pappkoffer setzen, und da keiner wußte, wie lange die Fahrt dauern würde, wie viele Tage und Nächte, wie viele Wochen, war ein Sitzplatz lebenswichtig.

Maria, die gerade noch rechtzeitig angerannt kam, benutzte den Schließkorb als Rammbock, der Junge hielt sich mit einer Hand an ihrem Mantel fest, krallte sich in ihr Fleisch, mit der anderen zog er seinen Bruder hinter sich her, der sich an ihn klammerte. Maria zog sie in den Zug, sie stolperten beide hinter ihr her, fielen beinahe, wurden von ihr weitergerissen, wurden im Zug fast erdrückt, schrien, Maria schrie, die anderen schrien, alle schrien, jeder quetschte jeden an die Wand, war bereit, ihn totzutreten, um einen Sitzplatz zu erobern, den nur die Starken und Jungen sich erkämpfen konnten. Die Älteren, die Schwächeren standen hilflos im Gang, wußten mit ihrem Koffer nicht, wohin, wußten nicht, wie sie sich festhalten sollten, wie sie die Fahrt ununterbrochen stehend überleben sollten, und beschwerten sie sich deswegen, wurden sie angeschrien: »Sie sind alt, haben das Leben hinter sich, ich hab noch Kinder zu versorgen«, und das hieß ganz klar, du wirst jetzt vielleicht draufgehen, aber ich muß noch weiterleben.

Maria hatte einen Sitzplatz ergattert, der Junge und sein Bruder saßen auf ihrem Schoß, der Schließkorb stand hochkant zu ihren Füßen und versperrte allen Nachrückenden den Eingang zum Abteil, man konnte ihn nicht hochwuchten, weil in den Gepäcknetzen Menschen lagen, die ihren Platz verteidigten. Der Zug fuhr mit einem Ruck an und warf alle noch einmal durcheinander, draußen auf dem Bahnsteig hörten sie die Stimme Gustavs, die irgend etwas schrie, aber sie verstanden es nicht. Die meisten Menschen um sie herum weinten, sagten, sie wären lieber in ihrem Keller geblieben, sagten, sie wären lieber von einer Bombe getötet worden, eine alte Frau mit einer zersplitterten Brille, die man an den Haaren wieder aus dem Abteil gezogen hatte, stand mit einem Haarbüschel in der Hand vor dem Schließkorb im Gang und schrie: »Ich wollte, ich wäre tot«, und schrie immer nur diesen einen Satz: »Ich wollte, ich wäre tot. Ich wollte, ich wäre tot!«

Der Bahnhof der nächsten Stadt wurde bombardiert. Sie rannten zwischen brüllenden Kommandos und den Explosionen der Bomben aus dem Zug und eine Treppe hinunter, rannten weiter, weil der Bahnhofsbunker schon überfüllt war, auf den Bahnhofsvorplatz, auf dem umgekippte Straßenbahnen brannten, wurden von Soldaten in einen Keller gestoßen, der voll war mit schreienden, wimmernden, jammernden Menschen. Der Junge geriet in Panik, weil er dachte, das sei nun das Ende, sein Bruder schrie, er schrie, Maria zog sie beide am Genick durch den Keller, sie kroch wie eine Katze über Menschen, arbeitete sich durch, bis sie an einer festen Außenmauer saß, direkt neben einem Durchbruch. Sie sah sich ständig nach allen Seiten um, sagte, wir kommen hier wieder raus, wir kommen hier wieder raus, und erzählte die Geschichte von der *Maria im Stollen*, hastig, in Stichworten, denn der Junge kannte sie auswendig: die Geschichte von der *Maria im Stollen*, die ihren Joseph ins Leben zurückholte, der verschüttet in der Grube lag, eingeklemmt zwischen gebrochenen Stempeln und dem rutschenden Berg, nach Luft schnappte, Maria vor sich sah, ihr etwas zurief, schrie, man hörte ihn schreien, fand ihn, zog ihn aus dem Berg, nie wurde klar, ob Maria wirklich im Stollen gewesen war, aber Joseph hatte sie gesehen, und Maria schwieg. Es krachte furchtbar, Menschen umklammerten sich, die Decke wippte wie eine Schaukel, das Haus über ihnen mußte eingestürzt sein, sie drückten sich in die Kellerecke, sie warteten. Der Junge konnte sich später nicht mehr erinnern, wie lange sie dort gesessen hatten, eine Stunde oder eine Nacht, er wußte es nicht mehr. Wasser lief in den Keller, umspülte ihre Füße, stieg an, sie hörten ständig das Wasser rauschen und erinnerten sich der vielen Berichte von Ertrunkenen, die in ihren Kellern im Wasser der geborstenen Wasserleitungen ertrunken waren. Irgendwann wurden von außen Holzbohlen unter die Kellerdecke getrieben, die Kellerlöcher wurden aufgeschlagen, sie wurden herausgezogen, man warf ihnen eine Decke über den Kopf, weil die Luft zum Versengen heiß war, sie stolperten, fielen hin, sie standen wieder auf, schauten unter ihrer Decke hervor, standen auf einer Reihe ordentlich nebeneinandergelegter Toter, die, vom Feuer verkohlt oder vom Wasser aufgeweicht, auf ihr Massengrab im Löschkalk warteten, während ein zusammengetragener Haufen von Köpfen, Beinen, Armen, geteilten Rümpfen von KZ-Gefangenen mit großen Schaufeln auf einen Lastwagen geladen wurde. Ein Offizier mit der Pistole in der Hand schrie ununterbrochen: »Weitergehen, weitergehen, weitergehen!« Sie rannten zurück in den Bahnhof, der noch glühte, Löschtrupps rollten Schläuche ein, es war warm wie im Hochsommer, der Zug stand noch da, vom Militär bewacht, die Lokomotive war explodiert, ihre Dampfröhren waren wie Spinnenbeine auseinandergerissen, der Zug von Splittern durchlöchert. Soldaten verteilten Schnaps, auch an die Kinder, jeder wurde gezwungen, aus der Flasche einen großen Schluck zu nehmen, sie kletterten wieder in ihren Wagen, fanden ihren Schließkorb, vor dem die alte Frau lag, die ständig geschrien hatte, sie wolle lieber sterben, nun war sie tot und wurde an den Füßen aus dem Wagen geschleift, in der zusammengekrallten Faust hielt sie immer noch ihr Haar. Nicht alle kamen wieder zurück, man wartete nicht, wer im Zug war, war im Zug, der jetzt langsam aus dem Bahnhof geschoben wurde. Kinder wurden vermißt, Gepäck wurde vermißt, alles schrie durcheinander, der Zug glitt langsam auf ein Abstellgleis im Freien, aus der offenen Tür konnte man die Stadt brennen sehen, Maria zeigte ihnen die Türme des

Doms, die schwarz in den Himmel ragten, sich nicht bewegten, wie zwei Berggipfel dastanden. Der Junge vergaß nie das Bild dieser beiden Türme über der brennenden Stadt.

Der Zug fuhr durch Deutschland, fuhr viele Tage und Nächte, er kroch langsam durch abgedunkelte Städte, stand wartend vor brennenden Fabriken, zog an Feldern vorbei, auf denen Gefangene arbeiteten, bewacht von Soldaten, überquerte im Schrittempo die Flüsse auf Behelfsbrücken, neben denen Flakbatterien lagen, tauchte in dunkle, nasse Wälder ein, blieb stundenlang auf freier Strecke in einer unbekannten Gegend stehen. Oft mußten sie dann aus dem Zug springen und sich auf den Bahndamm legen, Flugzeuge brausten über sie hinweg, dann krochen sie wieder auf allen vieren in den Zug, fuhren weiter, fuhren endlos weiter, ohne zu wissen, wohin.

Die Frauen in diesem Zug erzählten sich ihre Geschichten, Geschichten von gefallenen Söhnen, vermißten Ehemännern, verlorenen Eltern, Todesgeschichten aus allen Erdteilen, Geschichten vom Land, vom Himmel und vom Meer, von ausgebrannten Panzern, abgeschossenen Flugzeugen und verschollenen U-Booten, Geschichten von zerstörten Häusern und Wohnungen und den auf ewig verlorenen Dingen, an denen ihr Herz einmal hing, von denen die herumgezeigten Fotos nur noch ein blasses Abbild der Erinnerung waren, zusammen mit den Fotos der Männer über die Köpfe der Kinder weitergereicht, begleitet von Namen wie Westfront, Ostfront, gefallen in Smolensk, gefallen in El-Alamein, verletzt in der Bretagne, verletzt in Belgrad. Briefe wurden hinterhergereicht, über die Köpfe der Kinder hinweg vorgelesen, letzte Briefe, letzte Grüße, die Gewißheit des Todes, immer wieder vorgelesen, mit lauter Stimme, hundertmal, tausendmal, Tag und Nacht durchzogen die Geschichten den Zug, wanderten von vorne nach hinten und kamen wieder zurück. Und da war keine, die all diesen Geschichten nicht eine besonders tragische hinzufügen konnte, so daß all diese Geschichten zu einer einzigen Geschichte aus Tod und Verderben und Schmerz und Trauer wurden, die sie alle zusammenführte. Und die, die sich beim Einsteigen noch gegenseitig totschlagen wollten, teilten ihr letztes Brot, legten sich gegenseitig ihre Mäntel über, weiter rollte der Zug, fuhr durch Deutschland, und die, die ihm auf den morgenfrühen Feldern nachsahen, winkten nicht, und Dörfer und kleine Städtchen duckten sich in der Abenddämmerung, stellten sich schlafend, wollten nichts hören von den Geschichten, die da vorbeirollten, schlugen ihr Kreuz in der Hoffnung, der Zug möge niemals anhalten, vor allem nicht bei ihnen.

Sie wurden in süddeutschen Kleinstädten ausgeladen, standen mit ihren Pappkoffern, Rucksäcken und verschnürten Bündeln auf den Bahnhofsvorplätzen, angegafft von der Bevölkerung, deren Sprache sie nicht verstanden, die herbeigerannt kam, als sei eine Jahrmarktstruppe mit vielen Abnormitäten angereist und zu besichtigen. Feindlich standen sie sich gegenüber, denn diese seltsam vermummten Frauen und Kinder waren nicht auf der Durchreise, gaben keine einmalige Galavorstellung, um danach wieder in der Nacht zu verschwinden, sie wollten dableiben, sie forderten sogar eine Unterkunft. Da sie keiner freiwillig aufnahm, wurden sie vom Bürgermeister in dieses oder jenes Haus eingewiesen, aber oft gab der Hausbesitzer dem Mann, der der Kolonne vorausging, Geld, dann wurden sie weitergeführt, bis sie endlich, hier und da, in einem kleinen Zimmer landeten, ein Bett, ein Schrank, ein Stuhl, eine Waschschüssel.

Es war Abend, als der Junge aus dem Fenster des ihnen zugewiesenen Zimmers in einen Hof sah, in dem ein Mann eine große Blutlache mit einem Wasserschlauch wegspritzte. Als er am Morgen aus dem Fenster sah, wurde eine Kuh brüllend und sich wehrend an einem Strick in einen weißgekachelten Raum gezogen, ein Mann mit einer Gummischürze setzte ihr einen armgroßen Gegenstand an die Stirn, die Kuh fiel um und zappelte am Boden liegend mit ihren Beinen, als wolle sie immer noch weglaufen. Man hatte Maria und ihre beiden Kinder im Schlachthaus untergebracht, jeden Morgen brüllten und zappelten die Tiere, jeden Abend wurde das Blut weggespritzt, der Junge hatte blutrote Schuhe, weil der Weg zur Straße nur über diesen Hof führte.

In den engen verwinkelten Straßen des Städtchens, die immer im Dunkeln lagen, die der Stadt etwas Hexenhaftes gaben, etwas Heimtückisches, konnte man die evakuierten Frauen nicht nur an ihrer abgetragenen, dürftigen Kleidung erkennen, man erkannte sie vor allem an ihren Bewegungen, hastigen, schnellen, fahrigen Bewegungen, an die sie in ihren zerstörten Städten gewöhnt waren, immer im Laufschritt durch die Straßen jagend, auf der Suche nach etwas, das es in der nächsten Minute vielleicht nicht mehr gab. Aber hier gab es alles, und die Einwohner gingen mit bedächtigen Schritten, anständig gekleidet, so wie es sich gehörte, durch ihre altvertrauten Gassen und Winkel, durch die schon ihre Großväter dickbäuchig, breitbeinig und gottesfürchtig gegangen waren. Sie schüttelten den Kopf über so viel unnötige Hektik, über so viel Nervosität, und beklagten sich beim Pfarrer und beim Bürgermeister über die Plage, die sie nun heimgesucht habe, und fragten, ob man diese Weiber mit ihren Kindern nicht wieder abschieben könne.

Der Junge schlief mit seiner Mutter und seinem Bruder in einem Bett, neben der Tür stand der Schließkorb, den Maria mit einer schönen Decke in einen Tisch verwandelt hatte, mehr Platz war nicht. Sie konnten sich nur nacheinander anziehen und waschen, wenn einer die Schranktüren öffnete, mußte der andere ins Bett kriechen. Jede Nacht schreckte der Junge hoch, hörte im Schlaf die Sirenen, sprang aus dem Bett, zog sich an, zerrte seinen Bruder aus dem Bett, zog ihn an, wollte mit ihm aus dem Zimmer rennen. Darüber wurde Maria wach, sie holte beide zurück und erklärte jede Nacht mit ihrer beruhigenden, wohltuend angenehmen Stimme, hier gebe es keine Sirenen. Der Junge konnte sich das nicht vorstellen, er konnte sich eine Stadt ohne Sirenen, ein Leben ohne nächtliches Sirenengeheul nicht vorstellen, er war auf diese Sirenen trainiert, hörte sie im Tiefschlaf, sprang weiterhin aus dem Bett, fügte sich dann Marias Stimme, die ihn zurückrief, Marias Stimme, der er vertraute, der er glaubte, die ihn beruhigte, die immer wiederholte, hier gebe es keine Sirenen.

Natürlich gab es auch hier Sirenen, die gelegentlich aufjaulten. Das wurde eine Übung genannt, und die Menschen gingen weiter, als wäre nichts geschehen, sie gingen oft ganz besonders langsam, um zu beweisen, daß sie sich durch eine Sirene nicht erschrecken ließen. Der Junge, der sofort in den nächsten Keller rannte, wurde ausgelacht, und in den kleinen Lebensmittelläden wurde den Frauen gesagt, die Städter hätten überhaupt keine Nerven. Sie schnitten mit einem breiten Messer ihre Butterrollen durch und meinten, sie täten sich vor nichts fürchten, sie könne man nicht erschrecken, seine Ruhe dürfe man sich nicht nehmen lassen.

Hier war seit hundert Jahren nichts passiert, einmal war eine Kuh aus dem Schlachthof weggelaufen, das Tagblatt erinnerte jedes Jahr daran, und der Junge, der an jedem Vormittag vor dem vergitterten Aushang des *Tagblatts* stand, um die Meldungen zu lesen, fand nie eine Meldung über die Bombardierungen im Reichsgebiet, immer nur Gedanken des Führers und Gedanken des Gauleiters und Gedanken des Ortsbürgermeisters und schwäbische Geschichten: *Als einmal der Teufel einem Schwab erschien.* Hier herrschte Frieden, hier gab es keinen Krieg, hier gab es nur ein verhetztes Ausland, eine jüdisch-bolschewistische Verschwörung, die dem deutschen Mann seinen Acker und sein Haus nehmen wollte und der deutschen Frau ihre Ehre. Die Soldaten marschierten durchs Städtchen und sangen: »Schwarzbraun ist die Haselnuß, schwarzbraun bin auch ich, ja bin auch ich, schwarzbraun soll mein Mädel sein, geradeso wie ich.« Die Parteimitglieder stolzierten wie Gockel durch die Straßen und über die Promenade mit den hohen Bäumen, standen auf dem Marktplatz, besahen sich die Welt, die ihnen gehörte, über die sie herrschten, die ihnen schon immer gehörte, aber jetzt durften sie es offen zeigen, und schrien, genauso, wie ein Hahn auf seinem Mist kräht, um anzuzeigen, daß der Mist sein angestammtes Eigentum ist, alle paar Minuten ein »Heil Hitler«, brüllten die evakuierten Frauen und ihre Kinder an, die lediglich Guten Tag sagten, warum sie nicht mit Heil Hitler grüßten, brüllten mit Kegelbruderstimme und vor Jähzorn roten Stammtischköpfen. Die Frauen waren den Hitlergruß aus den großen Städten, aus denen sie kamen, nicht gewohnt, der Junge hatte ihn überhaupt noch nie gehört, bei Aufmärschen mal, am 1. Mai, aber als Tagesgruß vom Morgen bis zum Abend noch nie, sie sagten weiterhin Guten Tag, sie wurden weiterhin angeschrien, mitten auf der Straße, mitten auf dem Marktplatz, es heiße Heil Hitler, und wurden der örtlichen Parteileitung gemeldet, die sie vorlud und ermahnte, sie sagten weiterhin Guten Tag.

Maria ging mit ihren beiden Kindern gerne ins Café, das war der Höhepunkt der Woche und etwas ganz Wunderbares, der Junge träumte vorher und nachher von dieser Stunde. Herausgeputzt saßen sie in dem besten Café der Stadt, in dem auch die Einheimischen saßen, die Frauen allerdings in der Überzahl, dazu Offiziere mit ihren argwöhnisch beobachteten Damen: ein Café, in dem alles alt und gediegen war, die Einrichtung, die Holztäfelung, die Stofftapete mit ihrem grünen Rankenmuster, die grünen Plüschsessel, die Marmortischchen. Sonntags spielte ein Geiger mit Klavierbegleitung hinter einem großen Notenständer, in der Woche hörte man Musik aus dem Radio, das neben einer Voliere stand, die bis zur Decke reichte und in der bunte Vögel herumhüpften, die Musik mit ihrem Gezwitscher begleitend. Hier gab es, zur Verwunderung Marias, Kuchen und Kaffee, ohne Marken, nur gegen Bezahlung, serviert auf geblümtem Porzellan. Sie lauschten der Radiomusik, sie hatten kein Radio auf ihrem Zimmer, klatschten zusammen mit den anderen dem Geiger ausgiebig Beifall, bewunderten die bunten Vögel in ihrer Voliere und genossen es, in dem warmen Raum in Plüsch zu versinken, heißen Kakao zu trinken, Erdbeertorten zu loben, leise miteinander zu reden. Während sein Bruder still vor sich hindämmerte, weil er versprochen hatte, nicht herumzuschreien und nicht durch den Raum zu laufen, versuchte der Junge, mit seiner Mutter ein Gespräch zu führen, wie es die anderen Erwachsenen taten. Maria ging darauf ein, beugte sich vor, sprach mit ihm nachdenklich über dieses und jenes, und der Junge gab sich Mühe, mit ebenso gedankenvollen Vorschlägen für das tägliche Leben den fehlenden Ehemann zu ersetzen, denn es war ihm unangenehm, daß Maria hier mit ihnen alleine saß, von den Nachbartischen kamen oft mißbilligende Blicke.

Sie versuchten, diese Stunde zu genießen, wußten aber nicht, daß sie in dieser Umgebung nur »über nichts« reden durften, wie der Junge das später nannte, also nur über das Wetter, über Verwandte oder Bekannte, über die Kunst des Operettensängers, der gerade im Radio zu hören war. Die wirkliche Welt war in dieser Gesellschaft ausgeschlossen und durch eine Scheinwelt ersetzt, deren Sprachregelung der Junge nie begreifen sollte. Er war gewohnt, über die Wirklichkeit zu reden, über das, was er und andere erlebt hatten, aber das war hier verpönt, über so etwas sprach man nicht. Man sprach in einer steifen, unnatürlichen Haltung, als wäre man in seinem Plüschsessel aufgespießt, als säße man schmerzerfüllt auf Nägeln, als hätte man Angst, jeden Moment vom Sessel zu fallen und sich auf dem Boden wiederzufinden, und so rutschte man auf der Kante hin und her, erhob sich ganz unnatürlich und setzte sich noch unnatürlicher, ein Akt der Selbstfesselung, der oft ins Lächerliche umschlug, weil gerade durch das umständliche Aufstehen und Setzen der Sessel oft wegrutschte. Der Junge hatte das zunächst für Zufall gehalten, erst in der Erinnerung bemerkte er, daß das Wegrutschen des Sessels zum Zeremoniell gehörte, das gerade noch rechtzeitige, den Sturz verhindernde Auffangen am Marmortischchen, das in einen Satz über das Wetter, über die Verwandten und Bekannten, über die Kunst des Operettensängers, der gerade im Radio zu hören war, überging, in die Formalität inhaltsleerer Sätze.

Die Gespräche, die der Junge mit Maria führte, waren offenbar so provozierend, daß eines Tages ein Herr von einem Marmortischchen herüberschrie, das sei Greuelpropaganda der Alliierten, und eine Frau rief, sie würden der Front in den Rücken fallen und Deutschland verraten, und eine andere Frau rief, man werde sie anzeigen, wenn sie weiter darüber sprächen, und dann kämen sie dahin, wo sie hingehörten, in ein Lager. Sie wurden in dem Café nicht mehr bedient, und Maria erklärte ihren Kindern, daß sie über die Bombennächte und die Zerstörungen in der Stadt, über den Hunger und die Toten und die KZ-Gefangenen nicht mehr sprechen dürften, nur noch unter sich auf ihrem Zimmer, aber nicht mehr auf der Straße oder in einem Café.

Sie schwiegen, sie sagten nichts mehr, sie gingen allein durch die Straßen, beobachtet von Frauen in geblümten Kleidern, mit kleinen Hütchen auf ihren Haarknoten, beobachtet von Männern mit Weste, steifen Hemdkragen, altmodischen Jacken und hochgeschnürten Lederschuhen, die herabsahen auf Maria und ihre Kinder, die in zu klein gewordener Kleidung und mit selbstgeflickten Holzsandalen von den Spazierstöcken der Männer und den Blicken der Frauen an die Hauswände gedrückt wurden. Der Junge hatte nur diese Holzsandalen, er hatte keine Lederschuhe, und er haßte diese Schnürstiefelmenschen, die sich als Volksgenossen bezeichneten und ihn mit ihren Lederschuhen am liebsten in den Rinnstein getreten hätten, die ihnen verboten, die Wahrheit zu sagen, die ihnen verboten, von dem zu sprechen, was sie erlebt hatten, die kein Wort hören wollten von dem, was geschehen war, die ihnen nachschrien, weil nur sie, nur sie allein in ihren ausgewählten Worten und vorgeschriebenen Sätzen wußten, was Wahrheit ist und immer bleiben wird.

Sie reisten ab. Die Bomben in der zerstörten Stadt waren ihnen lieber, im zerstörten Quartier durfte man alles sagen, und der Junge schwor, sich das alles zu merken und es nie zu vergessen, den Menschen, die, angeblich im Namen der Wahrheit, ihn mit ausgewählten Worten und vorgeschriebenen Sätzen traktierten, nie mehr etwas zu glauben.

Sie wurden erneut evakuiert, in andere süddeutsche Städte voll alteingesessener Harmonie, hinter der sich Haß verbarg, Haß auf alles Fremde, Haß auf die Zeit, die früher besser war, man hatte *Sieg Heil* geschrien und fand nun Kriegsflüchtlinge vor dem Haus und schlug die Tür zu. Sie reisten zurück in ihre Kraterlandschaft, wurden wieder abtransportiert, kamen wieder zurück, wurden wieder in Züge gesteckt, die durch Deutschland krochen, landeten mit anderen Frauen und Kindern in einem Barackenlager, in dem auch Kriegsgefangene lebten, Franzosen und Polen, mit denen man sich verstand, mit denen man sich verbündete, einige Zeichen genügten, und sie wußten, welcher Bauer Brot und Speck und Eier und Kartoffeln gegen Eheringe, Ohrperlen und Armbanduhren eintauschte. Der gemeinsame Feind waren die Wachen am Eingang, die jede Tasche kontrollierten und das eingeschmuggelte Essen beschlagnahmten, vor den Augen der Frauen und Kinder die Eier austranken und den Speck in sich hineinstopften. Ohne die Hilfe der

Kriegsgefangenen, die nachts über den Zaun kletterten und die in den Feldern versteckten, gehamsterten Lebensmittel ins Lager brachten, hätten sich viele aus Verzweiflung über dieses Lagerleben aufgehängt.

Maria putzte in Villen, die nebeneinander auf einem Hügel standen, sie war von Tür zu Tür gegangen, hatte gefragt, ob sie gegen Verpflegung arbeiten könne, hatte hier und dort zögernd Einlaß gefunden in eine Welt aus Spitzendeckchen, wolkigen Gardinen und dicken Teppichen, in der alles geschont wurde, was man besaß, weil man es schon so lange besaß und auf keinen Fall verlieren wollte. Die Hausherrin saß unbeweglich in einer Ecke der Sitzgarnitur, schaute auf die polierten alten Schränke, schaute auf das Muster des frischgebohnerten Bodens, erhob sich mühsam, ging steif um alte Vasen und Gummibäume herum, zog die Vorhänge mit der wandernden Sonne immer weiter zu, weil das Sonnenlicht den alten Bildern schade, riß ein Blatt vom Kalender ab, sagte: »Die Zeit vergeht so schnell« und bereute jeden Tag den großmütigen Entschluß, fremden Menschen zu helfen, weil dieses Pack aus dem Lager doch alles stehlen würde, wenn man es nicht im Auge behielt.

Von unten, aus den Fenstern der Baracken im Tal, überfüllt mit Menschen, die auf übereinanderstehenden Feldbetten in kleinen Stuben schliefen, getrennt durch einen schmalen lichtlosen Flur, so daß immer alle Türen offenstanden, weil sich die Menschen sonst umgerannt hätten auf dem Weg zur Kochstelle, zur Wasserstelle, zur Toilette, von da unten sah man auf ein Schloß, das vergessen auf einem Hügel lag, im

Mondschein ein dunkler unheimlicher Klotz, tags im Licht der Sonne funkelnd, die sich in den vielen Fenstern spiegelte. Der Junge lag am offenen Fenster auf einer Pritsche, um Luft zu bekommen, und schaute stundenlang auf das Schloß, das so unerreichbar hoch war, das sich in seiner Phantasie zu einem schwebenden Gegenstand entwickelte, der sich jederzeit von der Erde lösen konnte, ein Phantasiegebilde, das über allem schwebte.

Maria spazierte mit ihren beiden Kindern dort hinauf, ein steiler Weg, der durch ein dunkles Tor führte, von da in einen kiesbedeckten dämmrigen Innenhof, ein steingrauer Würfel mit Türmen an den Ecken, efeubewachsenen Mauern, Fenstern mit rotweißen Holzblenden, in einer Ecke ein Durchgang zu einer Terrasse, auf die die Sonne schien, von der aus man auf den Fluß blickte und auf die Baracken, die von hier oben wie ein Ameisenbau aussahen.

Der Schloßherr kam aus einer der vielen Türen, stellte sich als Graf Eberhard vor, war froh, mal wieder Menschen zu sehen, wie er sagte, ein schmaler, freundlicher, weißhaariger Herr, der sich beklagte, daß er hier doch sehr einsam sei, und um Wiederholung des Besuchs bat. Maria ging nun öfter mit ihren Kindern auf das Schloß, Graf Eberhard erwachte aus seinem Dornröschenschlaf, und da er den Jungen mochte, zeigte er ihm nach und nach das ganze Schloß, an einem Tag hätte man das auch nicht geschafft. Dem Jungen wurde schwindlig in dieser spiegelnden Aneinanderreihung leerstehender, schön möblierter Zimmer, in denen sich auch der Graf gelegentlich verlief, weil auch er nur selten durch das Schloß ging, und oft stand er vor einer Tür und wußte nicht, wohin sie führte. Der schönste und für den Jungen unvergeßlichste Saal aber war die Bibliothek. Als er sie betrat, wußte er, wenn es einen Himmel geben sollte, würde er so aussehen, unbedingt, er war ganz sicher. Er ging auf Zehenspitzen über das leicht knarrende Parkett, um die Stille nicht zu unterbrechen, das Schweigen der Bücherrücken, die, in Leder gebunden, zwischen polierten Holzsäulen standen. Wendeltreppen führten zwischen Marmorsäulen zu einer Büchergalerie, über der vergoldete lateinische und griechische Inschriften von schwebenden Engeln präsentiert wurden. In den Fensternischen standen hölzerne Lesepulte mit Stühlen davor, und jedes Buch durfte man nehmen, auf eines der Pulte legen, aufschlagen und das ewig wiederholbare Wunder der Entdeckung der Welt durch das langsame Umblättern von Buchseiten erleben, die auf jeder Seite an nie Vergangenes, stets Gegenwärtiges erinnerten, die die Zeit aufhoben, weil alles im Moment des Lesens geschah. Stunden der Stille, des ruhigen Atmens und des Wissens auf einer Insel des Friedens. Und Graf Eberhard legte ihm stolz die Chronik des Bauernkrieges vor, ein schwerer Band mit alten Stichen, und zeigte ihm durch das Fenster, wo die Bauern vor dem Schloß bei der großen Schlacht ihr Leben lassen mußten. Über die alten Stiche hinweg, über die verschnörkelten Buchstaben hinweg hatte man durch die Butzenscheiben den Ausblick vom Himmel hinab in die Hölle der im Sumpf des Flusses erstochenen, erstickten, ertrunkenen Bauern.

Sie reisten abermals zurück, wurden nach kurzer Zeit wieder auf offenen Militärlastwagen mit anderen Frauen und Kindern abtransportiert, fuhren Tag und Nacht, hielten nur, um von Soldaten Verpflegung zu erhalten, wurden an einem Morgen, durchgeschüttelt und halb erfroren, auf einer Straßenkreuzung in einem Dorf abgesetzt und saßen dort den ganzen Tag, einige Frauen mit Kindern und ihren Koffern. Die Dorfbewohner fanden sich langsam ein, standen in einem Kreis schweigend um sie herum, gafften, staunten, bis ein hinkender schielender Mann heraussprang, »Bombenweiber« schrie und wieder in den Kreis zurücksprang, der sich kichernd schloß. Andere taten es ihm nach, es wurde zu einem dunklen, angsteinflößenden Ritual, immer mehr Männer und Frauen sprangen vor, riefen »Bombenweiber« und retteten sich wieder mit einem Sprung zurück in den Kreis. Bauern drängten sich nach vorn, begutachteten sie wie Schlachtvieh, verschwanden wieder, kamen zurück, nahmen nach langem Feilschen mit dem Ortsvorsteher, mit viel Zögern und Überlegen einige Frauen mit, die ein älteres Kind hatten, das auf dem Feld helfen konnte. Maria saß mit ihren beiden Kindern auf dem Schließkorb, keiner näherte sich ihnen, als brächten sie Pest, Cholera, Typhus ins Dorf, man gab ihnen nichts zu trinken, zu essen, hätte sie am liebsten mit Mistgabeln und Sensen aus dem Dorf gejagt. Es dämmerte, die Bauern verzogen sich in ihre Höfe, Lichter brannten in den Fenstern der alten Häuser, sie saßen allein auf der Straßenkreuzung. Maria fixierte den Kirchturm, marschierte zum danebenliegenden Pfarrhaus und sagte dem Pfarrer, wenn sie nicht sofort ein Zimmer bekomme, werde sie in der Nacht das ganze Dorf anzünden. Nach einer Stunde, es war schon dunkel, kam ein Mann und sagte im Vorbeigehen, sie könnten mitkommen. Er ging und drehte sich nicht mehr um, Maria schleppte den Schließkorb hinter ihm her, der Junge und sein Bruder hielten sich müde an dem Korb fest, trotteten hinterher, landeten im Dunkeln in einem Haus, in einem Zimmer, in einem Bett.

Das Land, in dem sie nun lebten und dessen Bewohner sich in einer lautmalerischen Sprache verständigten, die nicht für Fremde gedacht war, war zwar im Schulatlas vorhanden, lag aber auf einem anderen Kontinent. Das Leben verlief hier, wie es schon immer verlaufen war, nach der Natur und den Gewohnheiten von Generationen. Frühjahr, Sommer, Herbst und Winter, Saat und Ernte, Kirchweih und Winterschlaf, die Höfe waren alt, die Häuser mit dicken Mauern und kleinen Fenstern trugen stolz alte Jahreszahlen und Segenssprüche, lagen breit und mächtig in der Landschaft. Das Land gehörte ihnen, die Erde gehörte ihnen, alles war, wie es war, wer durfte ihnen widersprechen, ihren Jahreszahlen und Segenssprüchen, angeberisch und großsprecherisch wie ihre Bewohner, die in der Dorfwirtschaft, Bier trinkend und Pfeife rauchend, erzählten, was sie alles so trieben, ausgefuchst seien sie, jawohl, und schlugen ihre Trumpfkarten auf den Tisch zwischen die nassen Bierdeckel, während ihre Frauen mit den französischen Kriegsgefangenen, die ihnen als Feldarbeiter zugeteilt waren, in den Ställen verschwanden.

Der Pfarrer war die einzige Autorität im Dorf. Im Sommer ging er in langen Spaziergängen über die Felder, schwarzgekleidet mit einem schwarzen Schirm gegen die Sonne, ein schwarzer Mond, der das Dorf umkreiste, alles immer im Auge hatte. Die Bauern versuchten, ihn zu umgehen, aber dann stand er doch wie Gottes Ausrufezeichen vor ihnen, und die Bauern zogen ihre Hüte, und die Frauen knicksten, und alle sagten: »Gelobt sei Jesus Christus«, und der Pfarrer antwortete: »In Ewigkeit. Amen.« Sie wollten hier ihren Frieden haben, so wurde es ihnen immer wieder gesagt, einen Frieden wollten sie haben. Die Misthaufen dampften in der Sonne, und die Jauchewagen rollten kleckernd hinter breiten Ochsengespannen durchs Dorf, verteilten ihren Duft. Zur Erntezeit lagen sie mittags mit nacktem Oberkörper auf Strohballen, kauten Schinken, schnitten lange Scheiben Brot von großen runden Brotlaiben, bestrichen sie mit Butter von kühlliegenden Butterbollen, tranken ihren Most und ihr Bier, machten Witze über die Stadtfrauen, die ihnen bis zur Erschöpfung halfen. Und während sie auf den Strohballen lagen und in der Mittagshitze schnarchten, zogen über ihnen, ganz hoch im blauen Himmel, in der Sonne blinkend, silbern schimmernd und leise brummend, Bombergeschwader ihre Bahn, Amerikaner oder Engländer, das war von hier unten nicht zu erkennen, Pulks mit vierzig, sechzig Maschinen, dicht beieinander und schon geordnet zum Angriff. Tag für Tag zogen sie über das Land, doch nie sah ein Bauer deswegen in den Himmel, während der Junge anhand der Richtung auszurechnen versuchte, wohin sie wohl zogen.

Maria schuftete wie ein Ackergaul, um sich der Gnade der Aufnahme und der täglichen Nahrung würdig zu erweisen, bei jedem Tischgebet wurde ihnen gesagt, daß man sie durchfüttern müsse, obwohl man selbst kaum etwas habe. Maria fütterte Schweine, konnte Kühe melken, half bei der Ernte auf dem Feld, half beim Dreschen im Hof und beim Schlachten, wenn die Säue abgestochen wurden und ihr Blut in Schüsseln verspritzte und ihr Gedärm sich mit Wurstmasse füllte, Arbeiten, vor denen sie als junges Mädchen weggelaufen war. Jetzt mußte sie das alles tun, und sie tat es mit der Ergebenheit, die ihr eigen war, mit dem geduldigen Ertragen der Welt, das sie so stark machte, wenn die Welt nicht zu ändern war. Sie putzte das Haus und lebte mit ihren beiden Kindern in einer kleinen Kammer, während die schönen Zimmer leer standen.

Sie waren in einem stattlichen Bauernhof mit großen Kuh- und Schweineställen und einer riesigen Scheune untergebracht. All das lag mit Zwischengebäuden um einen weitläufigen Hof, in dem die Ochsen die klobigen Holzwagen schwerfällig um den Misthaufen zogen, durch Hühner- und Gänseansammlungen stampften, bevor sie den Wagen durch das schwankende Holztor auf die Straße bugsierten. Im Haus war auch die Gastwirtschaft und Bäckerei des Dorfes, beides wurde von einem der Söhne des Bauern, von Pius, betrieben. Morgens war er in der Bäckerei, abends in der Gastwirtschaft, morgens roch er nach Mehl, kam weißbestäubt aus der Backstube, abends roch er nach

Bier und kam mit nassen Händen vom Gläserwaschen aus der Gaststube. Das Gasthaus, das zur Straße lag, bildete mit dem Pfarrhaus und der Kirche ein Rechteck, in dem auch der Pfarrgarten lag und eine Treppe tiefer zur Kirche hin das Gefangenenlager, eine stacheldrahtumzäunte Baracke mit französischen Kriegsgefangenen und einem schläfrigen Posten davor.

Der Junge, dem das Atmen schwerfiel, saß meist in dem kleinen Zimmer, das er mit seiner Mutter und seinem Bruder über der Gastwirtschaft bewohnte, in einem Sessel in Reichweite seiner Bücher, die sich ständig vermehrten, und sah aus dem Fenster auf die Baracke mit den Gefangenen und auf den Pfarrgarten, in dem die schönsten Blumen wuchsen, die er bisher gesehen hatte: große Pfingstrosenbüsche mit ihrem Tiefrot und Grün. Die französischen Kriegsgefangenen, die tagsüber den Bauern halfen und am Nachmittag in ihr Lager zurückkehrten, rissen im Vorbeigehen oft einige Blumen ab, um damit ihre Baracke zu schmücken. Sie sahen dann zu ihm hinauf, legten den Finger auf den Mund, er nickte, dieser Garten war sowieso ein unerhörter Luxus, in der Stadt hätte man daraus schon lange ein Kartoffel- oder Tabakfeld gemacht. Er kam dadurch in Kontakt zu den Gefangenen, sie riefen immer etwas zu ihm hinauf, er verstand sie ganz gut und konnte bald einige französische Sätze.

Meist saß er aber in seinem Sessel und las, die Bibliothek wuchs und wuchs, die wunderbare Vermehrung der Bücher war Marias Werk, auf allen Stationen der Reise fand sie Bücher, die es in keiner Buchhandlung gab, sie opferte dafür so manches Bettuch, das im

Schließkorb von den Büchern sowieso verdrängt wurde. Sie wußte immer, was der Junge haben wollte, hatte einen Zettel mit Autoren und Titeln bei sich, und fand sie bei Familien, bei denen sie putzte, Bücher, brachte sie eine Auswahl mit, was der Junge nicht haben wollte, gab sie zurück, um die anderen feilschte sie mit Geduld.

Oft hielt sich der Junge auch in der Gaststätte auf, in der am Tag keiner war, ein großer, dunkler holzgetäfelter Raum mit vielen Stühlen, Tischen und Bänken, einer mächtigen Theke mit einem Zapfhahn, mit Wasserhähnen, die tropften, die Stille in ein ruhiges Gleichmaß unterteilten. Ein kleiner Raum war durch gedrechselte Holzstäbe abgeteilt, hier saß er, schaute auf die leeren Stühle und Tische, die geordnet im Raum standen, es war kühl, das Sonnenlicht, das durch die Fenster fiel, wanderte langsam über den Boden, kletterte über die Stühle auf die Tische, schob sich auf die Zapfsäule und die Wasserhähne zu, leuchtete dort noch einmal auf, verschwand dann im Herrgottswinkel. Vor den Fenstern knarrten die Ochsenkarren vorbei, die aufs Feld fuhren, dort waren auch Maria und sein Bruder. Er war allein, spazierte durch den Raum, setzte sich wieder in die Ecke, war in Gedanken, war fern der Welt.

Er aß hier auch allein. Alle anderen, auch Maria und sein Bruder, aßen in der Küche an einem Tisch mit der Bauernfamilie, sie aßen alle aus einem Topf, der Bauer duldete keine Ausnahme. Der Junge versuchte anfangs, auch dort zu essen, er würgte jeden Bissen wieder heraus, es schüttelte ihn, er brachte nichts hinunter, so viel Fett war sein Körper nicht gewohnt, fette Milch, fette Grieben in der Pfanne, Kartoffeln im brutzelnden Schmalz, ein sabbernder Altbauer, unzählige Fliegen in der Pfanne. Er aß nichts mehr, ein Arzt mußte seinen Magen auspumpen, danach durfte er in der Gaststube essen, kleine Portionen, die Maria ihm brachte. Sie holte den Teller auch wieder ab, dann mußte sie zurück aufs Feld. Der Junge blieb allein zurück, verbrachte den ganzen Nachmittag in der Gaststube, saß bewegungslos, hörte das Knacken des Holzes, wartete auf die Bewegung der Sonne, sah, wie das Licht den Raum veränderte, begriff den schnellen Ablauf der Zeit in der Bewegungslosigkeit des Ortes.

Waren alle auf dem Feld und das Dorf so still wie sonst nie, drehte er das Radio an, das auf der Theke stand, nur leise, denn es war verboten, Radio zu hören. Beim Drehen des großen Senderknopfes, der den senkrechten durchsichtigen Stab ruhig über die Radiostationen gleiten ließ, matt erleuchtet von einer kleinen Birne, las er die aufregenden Namen fremder Städte, unbekannt, weit entfernt, Namen einer Radiowelt, die sich auf einer Skala zusammenfügte. Er hörte die Sondermeldungen des Oberkommandos der Wehrmacht, des Führerhauptquartiers, hörte den Sender mit dem »Bum Bum Bum Bum«, vorsichtig mußte man ihn hören, hörte Radio Beromünster, eine Stadt, die für ihn einen magischen Klang bekam, hörte die Fanfaren und die triumphalen Berichte von Siegen in den deutschen Sendern, die sich in den ausländischen in Niederlagen verwandelten, Berichte von den Fronten Europas, deren großer Kreis immer enger wurde, immer mehr sich diesem Radio näherte, vor dem der Junge stand, das Ohr am Stoff des Lautsprechers, den Worten lauschend.

An Backtagen ging er zu Pius, der mit seinen dicken behaarten Armen den Brotteig knetete, zu Kugeln formte, mit Mehl bestäubte und auf ein Brett warf, wo er sich langsam zu Fladen ausdehnte. Dann nahm er die breiten Teighaufen, öffnete die schwarze eiserne Ofentür und schob sie mit einer Holzschaufel, die an einer langen Stange befestigt war, in die rotglühenden Holzscheite, deren Hitze man in der ganzen Backstube spürte, schob die Asche zur Seite, holte gleichzeitig die braungebackenen Brote mit der Holzschaufel heraus, schlug die Ofentür zu, bespritzte die Brote mit Wasser und legte sie auf ein Brett. So viele Brote nebeneinander – in der Stadt hatte der Junge gesehen, wie eine junge Frau einer alten auf der Straße ein Stück Kommißbrot entriß. An den Backtagen durfte er nicht Radio hören, denn da brachten die Bauern des Dorfes ihre großen Kuchenbleche, holten sie später in der Gaststube, in der sie zum Auskühlen lagen, wieder ab. Pius, der wußte, daß der Junge das Radio anmachte, sah ihn an den Backtagen daher lieber in der Backstube.

Die Dorfschule war ein schmutziges, unaufgeräumtes Zimmer mit zerbröckelnden Lehmwänden und ausgetrockneten Dielen, in deren breiten Ritzen so mancher Griffel verschwand. Ein alter Lehrer versuchte, zwischen Gerümpel aus verrosteten und zerbrochenen Sensen, Forken, Rechen, den zwei Dutzend Kindern des Dorfes, die nach ihrem Alter in den Bänken verteilt waren, das Alphabet und das Einmaleins beizubringen. Die Kinder interessierten sich nicht dafür, und dem Lehrer war es egal, es war ihm auch gleichgültig, ob sie zum Unterricht erschienen. Wenn ein Bauer seine Kinder auf dem Hof benötigte, fragte er den Lehrer nicht, die Kinder kletterten aus dem Fenster direkt auf den vorbeifahrenden Wagen, der aufs Feld fuhr, sprangen von der Fensterbank auf den rundbauchigen Jauchewagen, verschwanden einfach.

Der Junge hatte keine Verbindung zu dem Lehrer, der ihn überhaupt nicht bemerkte, auch nicht zu den Dorfkindern, die sich in Urlauten anschrien und sich nicht mit Flüchtlingskindern abgaben. Er langweilte sich, was der Lehrer erzählte, wußte er bereits, er ging nicht mehr in die Schule, es fiel keinem auf. Er war auch in den süddeutschen Kleinstädten nur immer für kurze Zeit in die Schule gegangen, meist waren dort Schulferien oder Sondereinsätze gewesen: Kartoffelkäfer sammeln, Eicheln sammeln, Bucheckern sammeln, Altpapier sammeln, Spinnstoff sammeln, Ähren lesen, für das Winterhilfswerk mit der scheppernden Geldbüchse sammeln. Die übrige Zeit lag er krank mit seinen Schulbüchern im Bett und studierte sie allein.

Als sie dann wieder längere Zeit in der Stadt waren, wurde er in eine Klasse gesteckt, die sich zwischen den Bombenangriffen in einem halbzerstörten Schulhaus zusammensetzte, die Mäntel anbehielt, denn die Fenster waren ohne Glas. Der Junge bekam neue Schulbücher vom Lehrer, er schlug sie auf und war plötzlich blind. Er saß in der Bank, fror, rührte sich nicht vor Schreck, war erstarrt, der ganze Körper tat ihm weh, er saß da voller Entsetzen, die Welt war ihm plötzlich verschlossen. Konnte er früher, als er stotterte, die Worte nicht hervorbringen, so konnte er die Worte jetzt nicht mehr erkennen, er, der schon vor der Schule viele Bücher gelesen hatte, saß vor einer Schrift, die er noch nie gesehen hatte, Buchstaben, die in einem steilen Auf und Ab wie ein Stacheldrahtverhau aussahen. Er versuchte, Ähnlichkeiten mit seiner bisherigen Schulschrift zu erkennen, versuchte, rätselnd und Worte erahnend, laut vorzulesen, blieb hängen, wußte nicht weiter. Der Lehrer schickte ihn wütend nach Hause, und erst Maria erkannte im Vergleich der Schulbücher, woran bisher keiner gedacht hatte: In Süddeutschland schrieb man die lateinische Schrift, in der Stadt schrieb man die deutsche Schrift, Sütterlin genannt. Der Junge lernte neu schreiben, konnte auch bald wieder lesen, beherrschte endlich mit viel Mühe diese Sütterlinschrift, da kamen sie erneut nach Süddeutschland, und er begann von neuem mit der lateinischen Schrift, die er inzwischen fast verlernt hatte. Schrift und Sprache, die um ihn herum ständig wechselten, wurden zu etwas Fremdem, Unvertrautem, eine sich rasch verändernde Welt, in der er nicht zu Hause war. Er konnte nie gedankenlos sprechen oder schreiben wie andere, die ihre alten vertrauten Worte, ihre alten vertrauten Dialekte besaßen, so wie man ein altes Haus besitzt, in dem man selbst im Dunkeln jedes Zimmer durchschreitet, er mußte immer erst überlegen, wie er schreiben und sprechen sollte, weil das überall verschieden war. Schrift und Sprache wurden für ihn etwas Künstliches, er war fremd in der Welt der alltäglichen Sprache, er zog sich immer mehr in die Druckbuchstaben der Schriftwelt, in die vollendeten Sätze seiner Bücher zurück.

Sein Bruder starb innerhalb einer Woche. Er hatte sich im Dorf bei einem Kind mit einer offenen Lungentuberkulose angesteckt, wurde in das Krankenhaus einer Kleinstadt gebracht, die Ärzte zeigten auf ihre leeren Schränke, erklärten, sie hätten keinerlei Medikamente, so starb er nach wenigen Tagen.

Der Junge fuhr mit seiner Mutter in das Krankenhaus. Viele Treppen unter der Erde, im Leichenkeller, lag sein Bruder in einem steifen weißen Hemd. Der Junge faßte ihn an, wie er seine tote Schwester Marija angefaßt hatte, und spürte die Kälte und die Härte des Fleisches, das sich anfühlte wie ein Stück Eis. Der Bruder, den er noch vor wenigen Tagen an der Hand gehalten hatte, um wie immer auf ihn aufzupassen, mit dem er Hand in Hand über ein abgeerntetes Feld gegangen war, den er von der Dorfstraße zum Essen geholt hatte, der etwas dicklich gewesen war, lebendig, kräftig, und beim letzten Bad schrie vor Vergnügen und Lebenslust, der Bruder war tot. Die weichen hellblonden Haare, vor Tagen noch in der Sonne auf einem warmen Feld leuchtend, schimmerten nun blaß im Licht der Lampe. Maria ließ sich eine kleine Schere geben, schnitt einige Haare ab und steckte sie ein. Der Junge hatte Angst, daß Maria schreien würde, doch sie sagte nichts. Sie bewegte sich unnatürlich ruhig, sie erlebte das Unglück, das sie stets heimsuchen würde, das sie erwartet hatte, das immer wieder eintraf, sie war jetzt eins mit dem Tod. Der Junge stand hilflos neben dem Sarg, er wußte, daß er jetzt ganz allein war. Immer hatte er auf seinen Bruder aufpassen müssen, sein Leben lang hatte er ihn neben sich, aber nun ahnte er, daß dies auch eine Stütze gewesen war, daß ein Mensch dagewesen war, fast so alt wie er, der mit ihm aufwachsen sollte, der ihn jetzt allein ließ, allein für immer.

Er wurde nach der Sitte des Dorfes in einem offenen Sarg vor dem Haus aufgebahrt, einige Bewohner des Dorfes gingen daran vorbei, legten Blumen nieder, während sein Bruder mit geschlossenen Augen dalag und sich nicht mehr rührte. Der Sargtischler legte den Deckel auf den Sarg, nagelte ihn zu. Der Pfarrer kam mit zwei Ministranten, vier französische Gefangene nahmen den kleinen weißen Sarg ganz mühelos in ihre Hände, trugen ihn zum Friedhof, voran der Pfarrer mit den Ministranten, Maria und der Junge gingen hinter dem Sarg. Er wurde in die Ecke des Friedhofs getragen, in der die Fremden lagen, wurde an Stricken in das Erdloch hinabgelassen, das der Totengräber ausgeschaufelt hatte, ein kleines Loch, und doch war der weiße Sarg noch viel kleiner. Keiner sagte ein Wort, der Pfarrer sprach ein Gebet, segnete den Toten und verschwand mit seinen Ministranten. Maria weigerte sich, Erde auf den weißen Sarg zu werfen, sie wollte ihn nicht beschmutzen, der Totengräber nickte verständnisvoll. Dumpf schlugen die Erdbrocken auf dem weißen Sarg auf, er schaufelte das Grab zu, das man ihm, dem Jungen, immer prophezeit hatte, hier werde er liegen, hatte man ihm immer gesagt. Nun lag dort sein Bruder, der, obwohl jünger, viel kräftiger und stärker als er gewesen war und vor allem kerngesund. Sie blieben stehen, bis der Totengräber das Holzkreuz einrammte, den Namen, der auf einem Zettel stand, mit Heftzwecken an dem Kreuz befestigte, nach den Bräuchen des Dorfes noch einige Heiligenbilder anbrachte: ein weißes Kreuz mit einem Namen und einigen bunten Bildern auf einem Erdhügel. Über ihnen war das unheilvolle Brummen der Bomber zu hören, sie konnten sie nicht sehen, die Wolken hingen tief.

Maria saß in dem kleinen Zimmer, das sie bewohnten, schwarz gekleidet saß sie unbeweglich auf einem Stuhl, sprach kein Wort, aß und trank nicht, sah in eine Ferne, die sich keiner vorstellen konnte, die tief in der Vergangenheit lag, die in Geschichten in polnischer Sprache aufgehoben war. Der Junge setzte sich neben sie und wartete, er wußte, daß sie irgendwann wieder aufstehen würde, auch ihn wieder ansehen würde, bis dahin mußte man warten. Tagsüber kreischten die Mauersegler vor dem Fenster, huschten im hastigen Zickzackflug vorbei, nachts sah er aus seinem Bett die Silhouette seiner Mutter gegen das Fenster, sie saß wie eine Statue aus Stein gehauen, wie die Monumente, die von einer Insel aufs Meer blickten und die der Junge aus Gustavs Büchern kannte. Die Bauersfrauen brachten Essen, holten den Teller, so wie sie ihn gebracht hatten, wieder ab, unberührte Opfergaben, auf der Treppe flüsterten sie miteinander. Sie alarmierten Friedrich, was sehr umständlich war, weil es außerordentliche Genehmigungen erforderte. Er erhielt einen Tag Urlaub vom Militär, kam in einer seltsamen Uniform, der Junge erkannte ihn erst nicht. Schweigend saßen sie einen Tag in dem Zimmer, Friedrich wußte auch nicht, was er machen sollte, er wäre wohl am liebsten geblieben, aber diesmal hätte man ihn wahrscheinlich erschossen, er reiste wieder ab, das Monument war nicht zum Leben zu erwecken. Der Junge setzte sich neben Maria, ging nicht mehr ins Bett, schlief auf dem Stuhl neben ihr ein, wurde von den Bauern geweckt, aß und trank etwas, fiel wieder in einen träumenden Schlaf, hörte die Kinder des Ortes als Sternsinger vorbeiziehen, so war auch er einmal mit seinem Bruder gezogen, als Bettler verkleidet, ohne den Brauch zu verstehen, in einem der vielen Orte, in denen sie gewesen waren. Die Zeit und die vielen Orte verschmolzen zu vagen Erinnerungsklumpen, die Reisen mit seiner Mutter zu Kasernen und Fliegerhorsten quer durch Deutschland, zu Orten mit Decknamen, um einen Tag lang seinen Vater zu sehen. Er hörte die Ratschen, mit denen die Kinder in der Karwoche durchs Dorf zogen. Er blieb so lange neben ihr sitzen, bis auch sie etwas aß und trank, in einer Nacht stand sie plötzlich mit einem Ruck von ihrem Stuhl auf, packte den Schließkorb, am anderen Morgen reisten sie ab.

Sie wurden diesmal in eine Stadt transportiert, die sich Spielzeugstadt nannte und wie eine Spielzeugstadt zwischen bewaldeten Hügeln lag. Alle Bausteine waren exakt an ihrem Platz, kein Baustein war umgeworfen, alle Häuser standen brav nebeneinander, das

Rathaus am Rathausplatz und die Kirche am Kirchplatz, der Bahnhof lag quer vor der Stadt am Bahnhofsplatz, und die Bahnhofstraße war die Hauptstraße, sie führte gerade und ordentlich in die Stadt. Vom Aussichtscafé auf einem der Hügel, zu dem man am Sonntagnachmittag über einen in schönen Windungen angelegten Weg hinaufspazierte, sah die Stadt so aus, als habe ein Kind die Lust am Spielen verloren, sei vor Langeweile eingeschlafen und habe die Stadt vergessen. Sie lag da wie die Bauklotzdörfer und Holzeisenbahnen zwischen den schlafenden Puppen und Stofftieren im Spielzeugmuseum, in dem sich alle Stunde schweigend ein Karussell drehte, das pyramidenförmig mit Spielzeug beladen war.

Die Straßen und die Häuser waren einheitlich mit großen Hakenkreuzfahnen dekoriert, so daß man von weitem nur Fahnen sah, als hätte sich die Stadt in rotes Tuch eingewickelt. Die Fahnen hingen da vermutlich seit dem Tag von Potsdam, also über ein Jahrzehnt, die Bewohner kannten nicht mehr ihre Hausfassaden, sie kannten nur noch die Fahne, die alles so hübsch und idyllisch verpackte. Und so, wie die Bewohner bisher nichts vom Krieg bemerkt hatten, so merkten sie nun auch nicht, daß dieses große Reich, in dem sie sich geborgen fühlten, das sie feierten, langsam, aber doch vernehmbar knirschend wie ein altes Haus in sich zusammenbrach. So etwas dauert, obwohl es hinterher nur ein Datum ist, es dauert sogar ziemlich lange, hier hatte man es noch gar nicht bemerkt. Man sprach vom Endsieg über Rußland, Amerika, England und den Rest der Welt mitsamt seinen Kolonien, begrüßte sich morgens, wenn man zur Arbeit ging, den Laden aufschloß oder sich im Haus begegnete, laut und vernehmlich mit Heil Hitler, und wer nicht mit Heil Hitler antwortete, wurde umgehend, Pflicht ist Pflicht, mit großem Eifer unter Angabe vieler Zeugen wegen Volksverhetzung angezeigt. Denn man fühlte sich sicher und geborgen im Schoß des Führers und war daher bereit, jeden Volksfeind, der den Frieden störte, sofort zu eliminieren.

Maria und der Junge, die beide weiterhin nur Guten Tag sagten, wurden mehrmals zu Aufklärungsveranstaltungen bestellt, in denen eine Frau oder ein Mann Reden hielt vom einmaligen Wert der deutschen Kultur, die man beschützen und erhalten wolle, nichts anderes sei das Anliegen des Führers. Auch wenn wir seine Entscheidungen nicht verstünden, dürften wir ihm vertrauen, man sehe sich dagegen doch einmal die amerikanische Kultur an: degenerierte Niggermusik für jüdische Bankiers, alberne Filme, in denen eine Lokomotive über ein Auto springe, was doch unmöglich sei, Eisenhower solle sich schämen, ein ursprünglich deutscher Name, Marlene Dietrich solle sich noch mehr schämen, sie kämpfe gegen das eigene Volk. Anschließend wurden Filme gezeigt, in denen der große Otto Gebühr als Friedrich der Große in großen Stiefeln vergrämt und sorgenvoll über das Schlachtfeld ging, die toten Soldaten zählte, sich die Fahnen zeigen ließ und sich in einem Zelt zu einfachen Soldaten setzte, die ihn nicht erkannten, seine Hände am Feuer wärmte, etwas Belangloses fragte und eine herzhafte und aufmunternde Antwort erhielt.

Strafverschärfend wurden sie auch zu Reden des Gauleiters bestellt. Stundenlang saßen sie dann mit anderen in einem großen Saal, alle fünf Minuten erschien ein Parteileiter am Mikrofon des Rednerpults und sagte, der Gauleiter werde dienstlich aufgehalten, bedeutsame Entscheidungen seien zu treffen, er werde aber noch erscheinen, um eine wichtige Rede zu halten. Und während der Gauleiter in einem guten Lokal zu Abend aß, was sich mittlerweile herumgesprochen hatte, wurden sie zwei Stunden lang mit Marschmusik betäubt. Dann kam der Gauleiter, satt und zufrieden, schrie herum, fuchtelte mit den Armen und ging wieder.

In dieser Stadt sahen Maria und der Junge zum ersten Mal den Führer, allerdings nur in der Wochenschau im Kino, in das sie beide gerne gingen, denn so ein richtiges Kino mit einem schönen Film, das kannten sie noch nicht. Auf den Dörfern gab es kein Kino, in den kleinen Städten auch nicht, zu Hause waren alle Kinos zerstört. Als sie noch spielten, ging man wegen der Luftangriffe nicht hinein, und vor dem Krieg ging man eigentlich auch nicht ins Kino, im *Scala* auf der Hauptstraße des Quartiers liefen Tom-Mix-Filme, die Männer zogen die Kneipe vor, die Frauen hatten andere Sorgen. Kino, so richtiges Kino, sahen sie erst in der Spielzeugstadt, in der alles noch wie früher war. Und da sahen sie zum ersten Mal den Führer, dessen Stimme sie aus dem Radio kannten, dessen Foto sie aus der Zeitung kannten, aber nun schritt er genau wie Otto Gebühr eine Front von Soldaten ab, grüßte mit einem Kopfnicken einige Offiziere, verlieh Orden an einige einfache Soldaten, spazierte mit einem Schäferhund vor dem Führerhauptquartier herum, lachte dümmlich und etwas verlegen in die Kamera, weil er offenbar nicht mehr wußte, was er jetzt noch machen sollte, und ging dann einfach aus dem Bild. Maria und der Junge sahen sich ratlos an, das Ganze wirkte wie einer der amerikanischen Filme, vor denen man sie so eindrücklich gewarnt hatte. Aber dann kam auch schon Zarah Leander und sang *Davon geht die Welt nicht unter* und sang *Ich weiß, es wird einmal ein Wunder geschehen* und sah mit nassen Augen ins Publikum, und Hans Albers flog als *Münchhausen* auf einer Kanonenkugel in die Festung des Feindes, wobei er seinen Dreispitz zog und in die Kamera lachte und mit seinen blauen Augen strahlte, als wolle er sagen, das ist doch gar nichts, und Heinz Rühmann landete als *Quax, der Bruchpilot* in seiner Heimatstadt auf dem Marktplatz, das ganze Städtchen staunte, und Heinz Rühmann winkte in die Kamera, als wolle er sagen, so sind wir eben, übermütige Lausejungs, wir spielen der ganzen Welt einen Streich, und alle sahen immer wieder, genau wie der Führer, für einen kurzen Moment ratlos in die Kamera, als ob sie vom Publikum wissen wollten, wie es denn weitergehen solle.

Maria und der Junge hatten in einem Mietshaus an der Hauptstraße ein Mansardenzimmer neben einem Speicher erhalten, durch den sie auch ihr Zimmer betreten mußten, weil sie nicht durch die Wohnung der Wohnungsinhaberin gehen durften. Ihr Mann war im Ersten Weltkrieg gefallen, sie lebte in mehreren mit Möbeln vollgepackten Räumen, die sie gegen die Eindringlinge verteidigte, und erwartete mit Ungeduld den Endsieg des Zweiten Weltkriegs, der dem Tod ihres Mannes, der sich für sein Vaterland im Ersten Weltkrieg geopfert hatte, endlich einen Sinn geben sollte. Aus diesem Grund hing wohl auch ein großes Bild des Führers an der Wand, direkt gegenüber einem ebenso großen Spiegel, sein strenger Blick kontrollierte über den Spiegel den ganzen Raum, und an seinem Geburtstag wurde der Ersatzehemann mit Fähnchen dekoriert.

Das Verhältnis zwischen Maria und der Wohnungsinhaberin war gespannt, weil Maria, die nicht in die Küche durfte, auf einem Kochherd bestand, für den Kochherd mußte ein Kachelofen abgebaut werden, die erste größere Zerstörung in diesem Haus, sie wurde Maria nie verziehen. Wasser mußte sie mit einem Eimer aber aus der Küche holen, was nur mit einem Streit über ein lautes Heil Hitler möglich war, sonst gab es kein Wasser. Maria wurde jedesmal wütend, ihre Augen funkelten, sie setzte sich unerbittlich durch, sie und ihre Familie hatten alles verloren, hier regte man sich auf, wenn sich eine Fahne im Wind verfing.

Der Junge begriff zum ersten Mal, daß Menschen sich nur das vorstellen können, was sie erlebt haben, was sie nicht erlebt haben, können sie sich auch nicht vorstellen. Mühe mit seiner Vorstellungskraft hatte auch der Hausbesitzer Hatzelberger. Er saß unten im Haus in seinem Haushaltswarengeschäft inmitten waghalsig aufgebauter Porzellan-, Glas- und Keramikpyramiden, die ihm Ruhe abverlangten. Seine Spezialität waren Sammeltassen, die er in allen Farben, Formen und Preisklassen führte, darunter schöne Stücke aus der Vorkriegszeit, zwischen denen er, staubwedelnd und den schrumpfenden Umsatz beklagend, die Nachkriegszeit erwartete. Er hatte wenig zu tun, hier ein Teller, da ein Glas, das ersetzt werden mußte, ansonsten beobachtete er mit gerunzelter Stirn über seine Brille hinweg die Fliegen, die mit einem torkelnden Brummen gegen seine Sammeltassen klatschten.

Die Geschichten, die Maria und der Junge erzählten, Geschichten von Bombennächten und Evakuierungen, beantwortete er mit dem Satz, den Maria und der Junge schon kannten: »Das kann ich mir nicht vorstellen.« Darauf folgte die Frage: »Wie können Menschen so etwas ertragen?« Und dann, nach einer Weile des Bedenkens und zu seinem Trost: »So schlimm wird es wohl nicht gewesen sein.« Maria und der Junge beschlossen, nichts mehr zu erzählen, denn das ärgerte Herrn Hatzelberger nur und drückte auf sein Gemüt. Daß es in der Welt anders zuging, als er es sich vorstellen konnte, war ihm unverständlich. Er begriff auch nicht, daß es Zeit sei, seinen Keller mit Balken abzustützen und die Fenster zu verdunkeln, damit man wenigstens nachts mit einer Taschenlampe durch das Haus laufen könne. Maria hatte sich den Keller angesehen, eine Mausefalle, sagte sie und verlangte die Abstützung. Herr Hatzelberger aber hatte den Einschlag einer Bombe noch nie erlebt und konnte es sich daher auch nicht vorstellen, er hielt das alles für Gerede überdrehter Großstädter. Selbst als auf dem gelblichen verholzten Papier des Lokalblatts, das nur noch gelegentlich erschien, der Bevölkerung die Bedienung einer Panzerfaust und eines Panzerrohrs anhand detaillierter Bildbeschreibungen erklärt wurde, sagte Herr Hatzelberger: »Das kann ich mir nicht vorstellen, so schlimm wird es schon nicht werden.« Sollte allerdings jemals eine Luftmine nicht nur Herrn Hatzelbergers Laden samt Sammeltassen, sondern auch sein Haus in Pulverstaub verwandeln, würde Herr Hatzelberger – und Maria und der Junge spielten sich diese Szene immer wieder vor – sicher bis zum Ende seines Lebens klagen: »Warum muß das ausgerechnet mir passieren. Stellen Sie sich dieses Unglück vor. Es war ein so wunderschöner Laden. Das Leben ist ungerecht. Wie soll man da noch an einen Gott glauben«, im festen Glauben, daß Gott ihn, ausgerechnet ihn, ungerechterweise zum Hiob gemacht habe, während alle anderen um ihn herum im unverdienten Glück lebten. Maria und der Junge waren sich darin einig, daß jeder nur sein eigenes Unglück empfinden kann und für das Unglück anderer keine Empfindung hat, und das sei wahrscheinlich das Unglück der Menschheit und auch ihr Untergang. Erst wenn die ganze Erde zerstört sei, sei die Menschheit sich einig in ihrem Unglück, bis dahin hoffe jeder, auf seine Weise davonzukommen und pflege seinen geruhsamen Schlaf mit dem Satz: »Das kann ich mir nicht vorstellen.«

Maria wurde zwangsverpflichtet wie ihre Mutter, die im Ersten Weltkrieg in einer Granatenfabrik arbeiten mußte, und war jetzt eine von vielen Zwangsarbeiterinnen. Die Spielzeugstadt stellte schon lange kein

Spielzeug mehr her, in den großen Hallen, in denen an langen Holztischen Frauen einmal Puppenteile zusammengesetzt hatten, saßen nun die Frauen und stellten Flugzeugarmaturen her. Sie lernten, mit einer Schieblehre umzugehen, lernten, wie man lötet, mußten Kabel und Zifferblätter miteinander verbinden, alles exakt und millimetergenau, denn am Ende des Tisches stand ein Aufseher, maß alles nach, testete die Armaturen, und wenn sie zu oft zurückgingen, weil irgend etwas nicht exakt und millimetergenau war, fiel schnell das gefährliche Wort Sabotage. Die Frauen arbeiteten im Akkord, Schieblehren und Lötkolben wechselten hastig an den kleinen schwarzen Armaturen, die von anderen Frauen mit Leuchtpunkten versehen wurden. Maria hatte sich das ebensowenig ausgesucht wie ihre Mutter, sie verstand nichts von den Armaturen, wußte nicht, wozu die einzelnen Teile in einem Flugzeug dienten, der Staat hatte sie zwangsverpflichtet, wie er Friedrich, Gustav und Elisabeth zwangsverpflichtet hatte, wie er ihre Mutter und ihren Vater zwangsverpflichtet und in den Tod geschickt hatte.

Der Junge war oft in der Fabrik, sah den Frauen zu, langweilte sich, hatte selten Schulunterricht, belagerte den Buchladen, der gegenüber Herrn Hatzelbergers Sammeltassensammlung lag, in dem sich zwar viel Gedrucktes, aber kaum etwas Lesenswertes fand. Der Junge erstand nach zähen Verhandlungen mit dem Buchhändler gegen Fettmarken einen Volks-Goethe, sechs Bände in grünem Leinen mit verblaßtem Goldschnitt. Die Fettmarken herzugeben war risikolos, denn es gab kaum noch Fett, das wußte auch der Buchhändler, aber Goethe-Ausgaben hatte er genug auf Lager, Goethe gab es immer. Der Junge lernte den *Faust* auswendig, weil es ihm Spaß machte, und er überraschte seine Mutter abends nach der Fabrikarbeit mit einem Vortrag des *Vorspiels auf dem Theater*, das seine theatralische Phantasie entzündete, die sich bisher nur in Spielen mit einem Papptheater und den dazugehörenden Spieltexten ausgetobt hatte. Das waren zwar wunderbare Kulissen und schön bemalte Pappfiguren, aber den Text lesen, die Figuren bewegen, die Kulissen wechseln, den Vorhang aufziehen, hinter der Bühne spielen und mit vorgebeugtem Oberkörper und seitlich verrenktem Kopf sein eigener Zuschauer sein, war ermüdend und wenig zufriedenstellend. Da war das *Vorspiel* doch eine lebendige, wenn auch nur im Kopf ablaufende Theatervorstellung, und er begann Theaterstücke zu schreiben.

Der Junge erfuhr bald, daß das Schreiben und das Aufführen von Theaterstücken eine interessante, vielfältige und amüsante Tätigkeit ist, die Darstellung des Lebens mittels Dialogen auf einer imaginären Bühne mit dem Leben aber nichts zu tun hat. Die Organisationen, in denen viele Menschen ihre Erfüllung finden, die ihnen Leben und Bühne sind, diese Organisationen schickten einen Marschbefehl, das war ihr Stichwort. *Die Pfosten sind, die Bretter aufgeschlagen, und jedermann erwartet sich ein Fest.* Bisher hatte Maria den Jungen aus allen Organisationen heraushalten können, die das Deutsche Reich beherrschten, alle Befehle und Anordnungen abgewehrt mit der Begründung, er sei krank. Das wurde ihm nun zum Verhängnis, weil ein kranker Junge ordnungsgemäß in ein Erholungsheim gehört, das Deutsche Reich habe auch für solche Fälle vorgesorgt und verfüge über die entsprechenden Einrichtungen, im Weigerungsfalle usw., unterschrieben und gestempelt, mit deutschem Gruß.

Maria und der Junge glaubten nicht an das Wort Erholungsheim, das sah nach Ertüchtigungslager aus, nach Stahlbad, wenn nicht noch Schlimmeres dahintersteckte. Sie hatten sich noch nie getrennt. Aber das war ein Gestellungsbefehl. Er wurde nun auch zwangsverpflichtet. Was war zu tun? Er würde jeden Tag schreiben. Schreibend würde er mit ihr in Verbindung bleiben. Sie tüftelten Zeichen aus, die der Junge versteckt in seinen Briefen anbringen sollte, um Maria über seine wirkliche Lage zu informieren, denn die Wahrheit werde er nicht schreiben dürfen, das ahnten sie schon. Das Hauptzeichen war eine Wellenlinie unter einem Satz und hieß, sofort und unter allen Umständen zurückholen.

Das Erholungsheim erinnerte den Jungen an das KZ im Volksgarten, es war eine Barackenansammlung, umgeben von einem hohen Stacheldrahtzaun mit einem bewachten Eingangstor, ein Lager, in dem sich nur Schäferhunde frei bewegen durften. Die in einer Kolonne einmarschierenden Kinder wurden von ihnen beschnüffelt, die Kinder rührten sich nicht, standen voller Angst in ihrer Kolonne, während sich die Erzieher über die Angst der Kinder amüsierten, einer von ihnen schrie: »Entweder die Hunde fressen euch, oder ihr freßt die Hunde.« Ihre Namen wurden aufgerufen, sie erhielten eine Nummer, danach wurden sie auf die Schlafsäle verteilt, dreißig bis vierzig Betten in einer Baracke.

Jeden Morgen war Appell. Zu nachtdunkler Zeit wurden die Kinder geweckt, hatten ihre Betten zu machen, zackzack, sich zu waschen und anzuziehen, und zwar zackzack, sich in Kolonnen aufzustellen, zackzack, zum Appellplatz am Rand des Lagers zu marschieren, wo sie ein Rechteck bildeten, in dessen Mitte eine Fahnenstange stand. Sie mußten ein Lied singen, langsam wurde die Fahne gehißt, mußten stillstehen und die Fahne grüßen, dann kam der Morgengruß des Lagerleiters, in dem viel von deutschen Jungen die Rede war, sie mußten wieder ein Lied singen, in Kolonnen abmarschieren und durften endlich ihren Platz vor der Haferschleimsuppe einnehmen, die schon kalt war. Danach mußten sie wieder zurück in die Schlafsäle, die meisten Bettdecken lagen am Boden, der Inhalt der Spinde lag auf dem Boden, beides mußte sofort wieder in Ordnung gebracht werden, dann ging ein Erzieher an den Betten vorbei, an deren Fußende die Jungen strammstanden, warf wahllos die Hälfte der Decken samt Matratze wieder auf den Boden, warf den Inhalt der Spinde hinterher, beides mußte sofort wieder in Ordnung gebracht werden.

Vormittags Exerzieren auf dem Hof, rechtsum, linksum, im Gleichschritt marsch, stundenlang übten die Kinder das Marschieren in Kolonnen, der Gang eines einzelnen über den Hof war undenkbar, dazwischen Unterrichtsstunden über die Rasse, das Volk, das Reich, den Führer. Nachmittags Übung im Gelände, Panzer von rechts, Artillerie von links, Jagdflieger von vorne, sie mußten sich in Schlammpfützen werfen, Abhänge hinunterspringen, Bunker erobern und sich erneut in den Dreck werfen.

Der Junge haßte das alles, er haßte diese deutschen Provinzhitler, die ihre Schäferhunde streichelten und Kinder durch den Schlamm robben ließen, die mit Exerzieren und Bettenbauen ihre Macht demonstrierten, er haßte sie. Er wünschte ihnen eine einzige grausame Bombennacht, nur eine, diesen Tretern, diesen Duckmäusern, diesen Befehlsheinis, diesen Schreiern, diesen Brüllern, diesen feigen Dreckscheißern, die sich in ihrer Uniform als Herren der Welt fühlten, Feiglinge, die zu nichts im Leben taugten, als Befehle zu brüllen und Kinder in den Dreck zu treten.

Es gab im Lager nur eine Latrine, die zudem abseits der Baracken lag, die jüngeren Kinder hatten Angst, in ihren dünnen Schlafhemden durch die nächtliche Kälte zu gehen, an den schnüffelnden Hunden vorbei, und machten vor lauter Angst ins Bett. Das wurde morgens entdeckt und von den Erziehern zu einer großen Strafexpedition benutzt. Zunächst wurden diese Jungen vor allen anderen als Bettnässer lächerlich gemacht, dann wurden Freiwillige für die Prügelstrafe gesucht, die fanden sich und dienten sich hoch, indem sie ihre Schlagtechnik verfeinerten. Sie bohrten Löcher in Kastanien, zogen eine Schnur durch, verknoteten sie und schlugen mit den an der Schnur surrenden Kastanien fünfzigmal auf den entblößten Hintern der Kinder, so daß das Blut an den Beinen herunterlief, alle hatten dabei in strammer Haltung zuzusehen. Da die Jungen vor Angst in der Nacht wieder ins Bett machten, wurde an jedem Morgen nach dem Fahnenappell in jeder Baracke an den Bettnässern das Ritual der Prügelstrafe vollzogen. Viele der Kinder weinten den ganzen Tag, wurden deshalb wieder geschlagen, eingesperrt, bekamen nur Wasser und Brot, weil ein deutscher Junge nicht heult, und wollten sie nach Hause und hatten Heimweh, wurden sie wieder geschlagen, weil ein deutscher Junge kein Heimweh hat.

Dasselbe erzählten ihnen auch die SS-Offiziere, die ins Lager kamen und sie wohlwollend betrachteten und ihnen bedeutsam eröffneten, wer das hier durchstehe, der könne einmal SS-Offizier werden, wer hier schon versage, sei bestenfalls Kanonenfutter. Und so wurden sie wieder durchs Lager getrieben, Tag für Tag, Nacht für Nacht, denn Nachtübungen mußten auch sein: »Alarm, alle Mann raustreten!«, die Sortiermaschine lief auf Hochtouren. Die, die nur noch im Gleichschritt marschierend rechtsum oder linksum wie eine Holzpuppe über den Hof staksten, keine Pfütze sehen konnten, ohne sich hineinzuwerfen, jeden Tag drei feindliche Bunker mit dem Flammenwerfer ausräucherten, die rückten auf zu Kolonnenführern, Gruppenführern, Fähnleinführern, um die nun ihrem Befehl unterstellten anderen Jungen wie Sklaven wahllos zu schikanieren, ja, sogar neue Schikanen zu erfinden. Das erfreute und amüsierte die Erzieher außerordentlich, denn sie sahen von weitem zu, wie die Jungen sich nun gegenseitig fertigmachten, und wenn die frisch Beförderten den Erziehern Meldung machten, waren sie alle sehr stolz auf dieses Erziehungssystem, das, wie der

Lagerleiter beim Morgenappell verkündete, »uns so schnell keiner nachmacht«.

Der Junge lag in den Nächten wach, war wie gelähmt, fürchtete sich vor dem Schlaf, hatte Angst vor dem Tag. Er setzte seine ganze Hoffnung auf den ersten Brieftag. Einmal in der Woche durfte man einen Brief nach Hause schreiben, der dem Erzieher offen übergeben werden mußte. Der Junge hatte in seinem Brief unter dem vorgeschriebenen Standardsatz *Hier ist es sehr schön, es gefällt mir sehr gut, wir treiben viel Sport, was mir guttut*, die mit Maria vereinbarte Wellenlinie untergebracht, unauffällig unter den Worten *sehr schön* und *sehr gut*, die Wellenlinie, die bedeutete, *sofort herausholen*. Der Erzieher grinste und zerriß den Brief, er hatte wohl Erfahrung mit solchen Zeichensystemen. Der Junge geriet in Panik, er wußte nicht, wie er hier herauskommen sollte, die Verbindung zwischen Maria und ihm war abgerissen. Würde sie es mißtrauisch machen, wenn kein Brief von ihm kam, von ihm, der doch täglich schrieb, würde ihr Instinkt ihr sagen, daß dies hier die Hölle war? Aber selbst, wenn sie bei der Lagerleitung anrief, man würde sie belügen: »Ihr Sohn fühlt sich so wohl, der denkt gar nicht ans Schreiben.« Der Junge grübelte, und dann schrieb er an einem Posttag einen Brief voll kleiner dummer Wortfehler, falsch gebauter Sätze, falsch angebrachter Satzzeichen, er, der eine Eins in Deutsch hatte und fehlerlos und fließend schreiben konnte, schrieb den Brief eines schlechten Schülers. Er schrieb einen Brief, den ein deutscher Mann, der deutsche Schäferhunde und deutsche Kinder erziehen will, für deutsch hielt, und der Erzieher nickte wohlwollend und steckte den Brief in den Briefumschlag und warf ihn in den Postkorb.

Der Junge wartete, er rechnete aus, wann der Brief ankommen könnte, wie schnell Maria hier sein könnte, er bereitete sich unauffällig darauf vor. Am vierten oder fünften Tag nach Absendung des Briefes erschien der Erzieher im Schlafsaal, schrie ihn an: »Koffer pakken!«, der Junge warf die Sachen aus dem Spind in seinen Koffer, der Erzieher schrie: »Mitkommen!«, sie marschierten ins Lagerbüro, da stand Maria. Sie mußte getobt haben, das sah er ihr an, sie nahm ihn an die Hand und ging mit ihm vorbei an den schnüffelnden Schäferhunden, vorbei an den Wachposten aus dem Lagertor, sie sahen sich nicht um, aber sie hörten, wie hinter ihnen einer etwas Unverständliches schrie.

Der Junge konnte sich lange an nichts mehr erinnern. Viele Einzelheiten fielen ihm erst Jahre später wieder ein. Maria fragte ihn oft, was geschehen war, er konnte sich nicht mehr erinnern, da war nur ein schwarzes Loch. Der Schreck war so groß, daß die Erinnerung versagte. Oder gehörte das auch zum Plan dieser Erziehung, die Erinnerung auszulöschen, Menschen ohne Erinnerung aufzuziehen, Menschen, die nur noch in Kolonnen leben, die alle dasselbe denken und fühlen und denselben Befehlen gehorchen, Menschen, die keine persönliche Geschichte mehr haben, die nie mehr etwas erzählen können. Nur bruchstückhaft und in großen Zeitabständen tauchte das Vergessene wieder auf, floß in die Erinnerung des Jungen ein. Vieles blieb Fragment, wurde zu einer unerzählten Geschichte.

Die Sirenen folgten ihnen nun auch in die Spielzeugstadt. Der Junge, der wie immer allein zu Hause war, trug dann einen Koffer die Treppen hinunter auf die Straße, holte einen zweiten, wartete auf Maria, die von der Fabrik her die Straße heraufgerannt kam, dann liefen sie beide in den Bunker, wie der in einen Hügel hineingetriebene Erdstollen genannt wurde, in dem Hunderte von Frauen und ihre Kinder aneinandergereiht auf Holzbänken saßen. Es roch nach feuchter Erde, nach Schweiß, Urin und Erbrochenem, die Hysterie in diesem Erdloch stieg mit jedem Alarm, die Menschen kannten noch keinen Bombenangriff. Maria und der Junge beschlossen, nicht mehr in den Bunker zu gehen, denn bei der ersten schweren Bombe, die vor oder auf dem Bunker explodierte, würden diese Menschen aus dem Erdloch stürzen und sich gegenseitig tottreten.

Sie blieben zu Hause, die Bomber überflogen dieses Städtchen nur, und machten es sich gemütlich. Die wenigen Kartoffeln, die es gab, brieten ohne Fett auf der Herdplatte, Tannennadeln wurden als Gemüse, Salat, Brotaufstrich und Heilmittel verwendet. Um den Ofen für einige Stunden zu heizen, bekam Maria einen Festmeter Holz zugeteilt, einen gefällten Baumstamm, den sie im Wald in Holzscheiben zersägen mußten, nach Hause schleppten und im Hof mit einem Beil zerkleinerten. Die Holzscheite wie die Kartoffeln wurden sparsam verwendet, der Junge las, Maria pendelte mit ihrem Ehering, den sie an einem Haar befestigt hatte, über einem Foto von Friedrich, daraus konnte man ersehen, ob er noch lebte. Sie hatten lange nichts von ihm gehört, sie wußten nicht, wo er war. Berichte von Gustav und Elisabeth kamen sehr selten und immer verschlüsselt, sie wurden daher oft studiert und mehrfach laut vorgelesen.

Der Junge hatte eine Europakarte, so groß wie ein Tischtuch, die bunten Flecke am linken Rand der Karte waren die kleinen europäischen Länder, der Rest bestand aus einem schneeweißen Rußland mit weit auseinanderliegenden Ortschaften, als hätte man diesen Teil der Karte gedehnt. Auf dem Tisch lag entweder Europa, und Rußland hing wie eine Schleppe herab, oder Rußland bedeckte den Tisch, und Europa hing seitlich wie eine kleine, bunte Stickerei, wie eine Verzierung. Europas bunte Flecken wurden vom Meer aufgefangen, tiefblau und schön konturiert, während Rußland in zwei Meter Entfernung vom Rand der Karte zerschnitten wurde, es war außerhalb der Karte wahrscheinlich noch viel größer, reichte bis zur Wand der kleinen Mansarde, in der sie lebten. Zwei Betten standen hintereinander unter der Dachschräge, ein Tisch, zwei Stühle, der Herd und ein Korbsessel vor dem kleinen Fenster, das seitlich in der Giebelwand zum Nebenhaus angebracht war, nur einen schmalen Ausblick in den Himmel gestattete. Hier saß der Junge meist, die Bücher in Reichweite, die Karte auf dem Schoß, sah hoch über dem Fenster den wirren Zickzackflug der Mauersegler, die ihre Ornamente in den Himmel zeichneten.

Überraschend kam ein Brief mit dem freundlichen Hinweis, daß am nächsten Sonntag die letzte Gelegenheit zur ersten Kommunion auch für die Kinder der Evakuierten sei, man möge sich darauf vorbereiten und daran teilnehmen, Stempel, Unterschrift. Die Vorbereitung bestand darin, daß Maria die ganze Woche versuchte, ein Paar Schuhe für den Jungen zu bekommen. Sie erhielt sie in der Nacht vor der Kommunion im Keller eines Schuhgeschäfts gegen einen Sack Holzscheite und zwei Kilo Kartoffeln. Am Sonntag stand der Junge in den neuen Schuhen, die viel zu groß waren und mit Zeitungspapier ausgestopft werden mußten, und in seinem Fischgrätenmantel, aus dem er schon längst herausgewachsen war, in einer eiskalten Kirche, die er noch nie gesehen hatte, zwischen einigen Kindern, die er nicht kannte und die genauso froren wie er. Ein Priester, den er ebenfalls noch nie gesehen hatte, erschien, die Orgel dröhnte, und mit der Orgel heulten die Sirenen, die Kirche war Sekunden darauf leer, und der Junge stand mit Maria und einigen anderen in einem Splittergraben vor der Kirche. Der Splittergraben war naß und schlammig, die neuen Schuhe versanken in einem lehmigen Boden, das Zeitungspapier in ihnen sog sich voll Wasser. Die Entwarnung kam spät, und der Priester verschob die Kommunion mit sehr viel Gottvertrauen auf den nächsten Sonntag.

Maria und der Junge, herausgeputzt, wie sie nun einmal waren, wollten sich doch noch einen schönen Tag machen, sie wanderten auf den Hügel in das Aussichtscafé, stopften die Schuhe unterwegs mit trockenen Blättern voll und genossen im Café bei Kaffee-Ersatz und einer Scheibe Kommißbrot mit Kunstbutter und Kunsthonig den Ausblick, der sich bald belebte. Die Sirenen heulten unten in der Stadt, aber mit den Sirenen waren schon die Jagdbomber da, dröhnend, fünfzig Meter über ihren Köpfen, stießen auf die Spielzeugstadt nieder. Ihre Schatten huschten über die Stadt, die im Sonntagsnachmittagsschlaf lag, sie schossen aus den Bordkanonen und warfen ihre Bomben ab, deutlich konnte man sehen, wie sie herabkugelten, wie sie, noch kurz mit der Bewegung des Flugzeugs mitgehend, in die Stadt schlugen.

Die Jagdbomber drehten ab, erschienen wieder, Maria und der Junge beobachteten die Flugzeuge, die durch das Tal jagten und in der Stadt eine Feuerspur hinterließen. Einige Häuser brannten, die Feuerwehr fuhr ratlos herum, sie sahen auf das Haus, in dem sie wohnten, wunderten sich, daß es nicht getroffen wurde, sahen, wie zufällig die Bomben fielen, wie zufällig die Treffer waren, wie zufällig ein Haus zerstört wurde und Menschen starben. So ungefähr sah wohl auch Gott auf das Treiben der Menschen, und sicher war er ratlos, wessen Gebete er erhören sollte, die der Bomberpiloten oder die der Bevölkerung in den Kellern. Die Bombardierung hielt an, immer neue Jagdbomber kamen, das war kein Irrtum, wie sie zunächst dachten, die hatten das Städtchen im Visier. Sie liefen in den Wald, denn so ein Aussichtscafé war ein gefährlicher Punkt, in so einem Haus steckte schon mal ein Leitstand der Artillerie, und kaum waren sie im Wald, krachte es auch dort, das Aussichtscafé brannte.

Während sie unter dem Sturzfluggeheul der Maschinen zwischen Tannen hangabwärts gingen, ohne

Eile, weil sie den Angriff abwarten mußten, fatalistisch, weil die Bomben nun mal fielen, wie sie fielen, da konnte man nichts machen, es war ihnen egal, ob sie ihr Zimmer noch vorfinden würden oder nicht, entdeckten sie eine versteckte Ecke mit Waldbeeren, sie futterten sie aus der Hand, waren ganz blaubeschmiert und lachten darüber. Ein schöner Tag war es, und zu Hause angekommen, sahen sie, wie Herr Hatzelberger keuchend vor Anstrengung und mit herausquellenden Augen Holzstämme in den Keller schleppte, um ihn abzustützen.

Der zweite Versuch einer feierlichen Kommunion am nächsten Sonntag endete wie der erste, Priester und Orgel hatten kaum begonnen, da fielen die Sirenen ein, wieder standen alle im Splittergraben vor der Kirche, und als sie nach Hause gingen, hörten sie in der Ferne ein leises Grollen, das war Artillerie, das war die Front. Die Front kam näher, und vor ihr her zog der längste Elendszug, den der Junge je gesehen hatte, die geschlagene deutsche Armee. Eine graue, wie ein Wurm aus dem Horizont den Hügel herabkriechende Kolonne von Lastwagen mit Anhängern, Lafetten, Geschützen, Motorrädern, Kübelwagen, und auf den Wagen sitzend, liegend, sich festklammernd, erschöpft und zerlumpt, Soldaten in den verschiedensten Uniformen. Sie rumpelten an ihm vorbei, auf holpernden, schwankenden Wagen, deren Motoren müde aufbrummten, wenn sie an der Kreuzung um die Ecke bogen. Der Junge stand alleine an der Kreuzung, die bei Paraden so voller Menschen gewesen war, daß man sich hartnäckig hindurchdrücken mußte, um überhaupt etwas zu sehen, um durch die Absperrung der Polizei die Kolonnen der verschiedenen Waffengattungen zu sehen, die bei Marschmusik hinter ihren Offizieren im Gleichschritt paradierten, hinter ihren Fahnen in exakter Ordnung über die Kreuzung zogen.

Stundenlang stand er jetzt alleine an der Kreuzung, und wer vorbeikam, lief schnell weiter, wollte sich von dem Jungen nichts berichten lassen, winkte ab, sah woandershin, rannte voller Angst die Straße hinunter, wollte nichts mehr sehen und nichts mehr hören, lief voller Panik in seinen Keller, um sich dort zu vergraben.

Der Junge lag die ganze Nacht wach, hörte das Rumpeln der Militärfahrzeuge, das Aufbrummen der Motoren beim Schalten, ein gleichmäßiges Geräusch, und als er am Tag wieder zur Kreuzung ging, war es genauso wie am Tag zuvor. Im gleichbleibenden Tempo zogen die Wagen ohne jede Ordnung vorbei, die Soldaten, die nicht apathisch vor sich hinsahen oder verwundet dalagen, sahen ihm erstaunt ins Gesicht, machten die fragende Geste des Rauchens, waren schon wieder vorbei. Sie sahen aus wie Bettler aus einem fernen Land, einen Schal um den Kopf gewickelt, in Decken gehüllt, die Mantelkragen hochgeschlagen, mit Gasmaskenbrillen, abenteuerliche Gestalten in zerlumpten Kostümen, Verwundete mit schmutzigen Verbänden, dazwischen Rotkreuzschwestern, die blutbeschmiert unter dreckigen Militärmänteln kauerten. Andere Verwundete schwenkten ihre Krücken, als wollten sie ihm zurufen, halte diesen Zug an, aber dieser Zug hielt nicht an, schien überhaupt nie mehr anhalten zu wollen, hatte keinen Anfang und kein Ende, das drehte sich wie ein Karussell, die ersten schienen sich wieder hinten anzuschließen. Keiner konnte mehr sagen, woher sie kamen und wohin sie zogen, ein Elendszug verbeulter und beschädigter Wagen, die ohne Ziel hintereinander herfuhren, an den sich die Menschen anklammerten, als sei er die letzte Rettung, der letzte Halt auf dieser Welt, Schreckensaugen, offene Münder, verwilderte Gesichter, vermummte Gestalten.

Die Stadt gewöhnte sich an das Geräusch, das sich viele Tage und Nächte in ihr einnistete, und der Priester setzte kurzfristig und hoffnungsvoll einen neuen Termin für die Heilige Kommunion an, am Nachmittag solle man schnell vorbeikommen, es fanden sich nur noch wenige ein. Die Zeremonie begann, und mit ihr kamen die Jagdbomber, die ohne jede Vorwarnung über die Kirche donnerten, ihre Bordkanonen knatterten, und wieder lagen alle im Splittergraben, der sicherer als die Kirche schien, selbst der Priester fand sich in seinem Ornat und seinem Gottvertrauen dort ein, duckte sich, kniete, betete und setzte die Heilige Kommunion für den nächsten Tag morgens um sieben Uhr an.

Als sie an den Häusern entlang nach Hause schlichen, bemerkten sie erst die Stille in der Stadt. Die zurückflutende deutsche Armee war nicht mehr vorhanden, verschwunden wie ein Zirkus, der über Nacht die Zelte abgebrochen hat, die Kreuzung war menschenleer, der Lindwurm zog nun durch andere Städte.

Die Stadt war jetzt Niemandsland, sie gehörte den Plünderern, die mit Wolle, Tüchern, Stiefeln unter dem Arm durch die Straßen rannten, Scheiben klirrten, Explosionen waren zu hören, ein Schrei, wieder Stille, dann das Hasten schwer atmender, schwer bepackter Menschen, die geduckt die Straße überquerten, aus der Richtung des Militärdepots kamen. Maria und der Junge liefen dorthin, was war da los, die ganze Stadt lief zum Militärdepot, hatten die alle bisher in ihren Wohnungen gehockt wie Raben auf der Stange, und nun war der Käfig offen, und alle waren unterwegs? Am Militärdepot öffneten sie die Stahltore mit Panzerfäusten, schossen sie aus kurzer Entfernung auf, standen auf Leitern an der Außenwand und schlugen Löcher in Höhe des ersten Stocks, krochen hindurch, schlugen sie von innen weiter auf, warfen alles, was sie fanden, auf die Straße, in die Menge, die sich darum schlug: gefütterte Pilotenstiefel, blaugraue Wollknäuel, Offiziersuniformen, Tuchballen, Unterwäsche, Socken. Der Inhalt eines Luftwaffendepots, viele Stockwerke voll, gehortet, gestapelt, hinter Mauern versteckt für einen jahrelangen Krieg, jetzt flog er von oben in eine wildgewordene Menschenmenge, die aufeinander einschlug, sich gegenseitig wegdrängte, sich die begehrten Stiefel aus den Händen riß, unter dem Gewicht der herabfallenden Stoffballen stürzte, niedergetreten wurde von anderen, die über sie näher an das Loch wollten, die auch da hineinwollten, in dieses Paradies, angefüllt mit schönen Dingen für den Krieg. Wie hungrige Tiere sprangen sie hoch, schnappten nach der Beute, und wer nicht stark genug war, andere beiseite zu drängen, dem Nächsten ins Gesicht zu schlagen, ihn endgültig niederzutreten, damit man ihm die Beute entreißen konnte, der schlug in den Nebenstraßen die Schaufensterscheiben der kleinen Läden ein, raubte sie aus, nahm alles mit, egal, was es war, ein Ausbruch von Habgier und wilder Lust am Besitz, jahrelang zurückgestaut durch Gesetz und Ordnung. Aber hier war jetzt Niemandsland, hier herrschte Gewalt, wer hat, der hat, und wer tot ist, ist tot, und sie schleppten die Beute in ihre Wohnungen, in ihre Häuser, an denen noch die roten Hakenkreuzfahnen hingen, die sie gehißt hatten, um Recht und Ordnung zu bejubeln.

Morgens um sieben standen nur noch drei Mütter und drei Kinder in der Kirche, der Priester kam angerannt und sagte, es gehe ganz schnell, ohne Messe, einfach so, er müsse sich nur noch rasch umziehen, und verschwand in der Sakristei, und in dem Moment, es war unglaublich, es war gegen Gottes Ordnung, aber so war es nun mal, in dem Moment jagten die Amerikaner ihre erste Artilleriesalve in die Stadt. Es krachte beängstigend, alle lagen auf dem Boden, und schon kam die zweite Salve und detonierte in der Nähe, der Priester stand halb angekleidet in der Tür der Sakristei, schrie etwas mit äußerster Lautstärke und malte dabei mit einem Arm ein riesenhaftes Kreuzeszeichen in die Luft. Der Junge wußte später nicht mehr, ob das ein Höllenfluch oder eine ewige Absolution war, Maria und er krochen auf allen vieren aus der Kirche, hinter ihnen schrie der Priester: »Haut ab! Raus hier! Verschwindet!«, aber da war schon keiner mehr in der Kirche. An den Häusern entlang liefen sie nach Hause, sich immer wieder hinwerfend, denn die Amerikaner schossen sich ein.

Sie zogen in den Keller um, horchten auf die Explosionen, die Art, die Nähe, hörten deutlich das Maschinengewehrfeuer letzter deutscher Einheiten, die in den Bergen rund um die Stadt lagen, und den ganzen Tag einzelne Schüsse in den Straßen. Es gab Pausen im Artilleriebeschuß, dann rannten sie hinaus, in Richtung des Militärdepots, da gab es Hallen, in denen Schmalz und Mettwürste und Rotwein und Lachs und Kaviar lagerten. Sie aßen und tranken Köstlichkeiten, die sie nicht kannten, die sie noch nie gesehen hatten. Auf dem Rückweg in den Keller liefen sie um das Gebäude herum über eine Wiese und standen vor einem Dutzend nackter Leichen, die erschossen in ihrem verkrusteten Blut lagen, etwas weiter weg ihre Kleider, ihre Schuhe, sie sahen die Spuren der nackten Füße bis zur Rückwand des Depots, wo die Leichen ineinander verhakt, seltsam verrenkt, vor einigen halb ausgehobenen Löchern lagen und sie anstarrten. Maria riß den Jungen zurück, aber er hatte es schon gesehen, erstaunte Blicke zwischen leeren Augenhöhlen, blekkende Zähne, Vögel, die heranschwirrten und sich auf die Toten setzten, er hatte es schon gesehen.

Eine Woche lang saßen sie in einem überfüllten Keller, weil immer noch versprengte deutsche Truppen auf die Amerikaner schossen, die mit pausenlosem Artilleriefeuer antworteten. Sie lagen auf Matratzen, der Junge in einer Ecke, die Luft war schwer und verbraucht, und das Atmen machte Mühe. Durch halb Deutschland waren sie gezogen, aber die Sirenen und Bomben und Granaten waren ihnen gefolgt. Der Junge wäre am liebsten tot gewesen. Er rang nach Luft und wußte nicht, wozu er noch leben mußte. Maria rannte in den Pausen zwischen zwei Salven nach oben, um nach einem Einschlag sofort löschen zu können, rannte nach Lebensmitteln. Der Junge war wütend auf sie, weil sie unbedenklich ihr Leben einsetzte, niemals auf die Idee kam, irgend etwas könne ihr passieren, sie half jedem, der Junge hätte es lieber gehabt, sie wäre in seiner Nähe geblieben. Herr Hatzelberger und seine Gattin erörterten tagelang, wann man die Hakenkreuzfahne gegen eine weiße Fahne eintauschen müsse, Herr Hatzelberger wollte sein Haus retten und war für einen sofortigen Wechsel, seine Gattin hielt das für Verrat am Vaterland, am Deutschtum, am Nationalsozialismus, hoffte auf den Werwolf, der zusammen mit einer noch unbekannten Wunderwaffe den Umschwung bringen werde, und war nach wie vor vom Endsieg überzeugt. Maria explodierte einmal bei diesem Geschwätz, alle schrien sich an, die Nerven gingen durch. Draußen krachte es wieder, das Haus über dem Keller bewegte sich, es knisterte in den Kellerwänden, der Junge erstickte fast in der heißen Luft, Maria schleppte ihn die Kellertreppe hinauf in den Hausflur. Er lag auf den kalten Fliesen, es reichte ihm, der Krieg sollte endlich aufhören. Wie lange dauerte das schon. Wie lange warteten sie auf das Ende. All die vielen Berichte in den Zeitungen und im Radio über das Attentat auf den Führer, über die Verhaftungen und Hinrichtungen und die Invasionen der feindlichen Armeen in Italien, in Frankreich, millimeterweise rückten sie auf der Landkarte vor, monatelang hatte er jeden Tag am Radio gesessen, die gelblichen dünnen Zeitungen gelesen, hatte die deutschen Siegesmeldungen mit dem Vormarsch der feindlichen Armeen verglichen, der Führer war tot, ein Großadmiral regierte jetzt das Reich von einer nördlichen Kleinstadt aus, der Endsieg war die Niederlage, wann war es denn nun soweit.

Er setzte sich auf die Treppe zur Straße und schaute die Hauptstraße hinunter in der Hoffnung, endlich den ersten Amerikaner zu sehen, er sah nur einen Mann, der mit müden, langsamen Schritten mitten auf der Hauptstraße in Richtung des Waldes marschierte, ein Mensch, wie er ihn bisher nur auf den Bildern gesehen hatte, die die Maler bei Gustav abgestellt hatten und die ihn damals so erschreckten, daß er Alpträume bekam, ein Mensch, den man nicht beschreiben konnte, ein Phantomwesen, dreimal zerhackt und wieder zusammengesetzt. Er hatte ein Loch in der Hüfte, hinkte an einer Krücke, die bis unter die Achsel reichte, ein Arm hing zerstückelt an ihm herab, pendelte im Gleichschritt, der Kopf war verbunden, nur die Augen waren noch zu sehen, quer über der Brust hing sein Gewehr. Er ging, immer exakt in der Mitte bleibend, die Hauptstraße hinauf, in einer Uniform, die aus Resten vieler Uniformen bestand, die Stiefel waren mit Stroh ausgestopft, über seinem

Rücken hingen ein Fuchspelz und ein Schafspelz, und während der Junge dachte, der Mann werde jeden Moment tot umfallen, ging er stetig weiter, als hätte er noch etwas zu erledigen.

Dann war die Straße leer, man hörte ein mahlendes Geräusch, am unteren Ende der Straße tauchte der erste amerikanische Panzer auf, schwenkte suchend sein Rohr, stieß eine Rauchwolke aus und rollte langsam die Hauptstraße herauf. Der Junge kroch in den Hausflur zurück, um nicht als vermeintlicher Heckenschütze im Visier eines Soldaten zu erscheinen. Der Hausflur war voll Menschen, die alle noch schnell das Bild des Führers und die kleinen Hakenkreuzfähnchen und *Mein Kampf* in ihre Öfen gesteckt hatten und nun eine Gruppe bildeten, für die jeder Bildhauer dankbar gewesen wäre. Da sie nicht mehr Heil Hitler rufen konnten, um ihre Angst herauszuschreien, sich nicht mehr in einem Sieg Heil unbezwingbar vereinigen konnten, standen sie in stummer Angst nebeneinander, so einsam und so verlassen von Gott waren sie schon lange nicht mehr. Keiner sah den anderen an, sie starrten auf das Tapetenmuster oder das Fliesenmuster, als wäre da eine neue Ordnung zu erkennen. Der Haß würgte im Hals, das Mitleid mit sich selbst erzwang Tränen. Gestern noch den mit Gewißheit verkündeten Endsieg vor Augen, stand man nun vor der demütigenden, alle heiligen Werte vernichtenden Niederlage, auf Gedeih und Verderb dem Feind ausgeliefert. Die Gesichter versteinerten, je näher die Panzer kamen, die Körper wanden sich in mühsam zurückgehaltenen Krämpfen, die die Knie zittern ließen. Herr Hatzelberger verlor die Fassung, schrie nach einem Bettuch, seine Gattin beklagte jammernd die Schmach, fand sich plötzlich einem Neger gegenüber, der mit vorgehaltener Maschinenpistole in der offenen Haustür stand, schrie auf, der Neger streckte ihr die Zunge heraus, die Gattin von Herrn Hatzelberger fiel in Ohnmacht, der Neger grinste und tippte, zum Jungen gewandt, mit dem Zeigefinger an die Stirn.

Die ganze Stadt war in weiße Tücher verpackt, war bereit zu einer jungfräulichen Hochzeit mit den neuen Herrschern, lag so unschuldig da wie ein Sonntagvormittag nach der Messe. Man hatte sich ergeben mit Herz und mit Hand, man erwartete demütig und gehorsam die neuen Befehle, an allen Fenstern, Balkonen, Fahnenstangen hingen weiße Bettücher, blähten sich im Morgenwind, als hätte die Stadt große Wäsche gehabt, die blutroten Tücher waren verschwunden, man hatte umdekoriert. Im Fenster der Buchhandlung lagen an der Stelle, an der bisher die Bücher der NSDAP gestanden hatten, kleine Hefte mit der Aufschrift *Do you speak english?* Herr Hatzelberger stand in seinem Schaufenster, schob die Sammeltassen nach vorne und malte neue Preisschilder.

Die Amerikaner zogen auf ihren leisen Gummisohlen mit vorgehaltenen Waffen durch die Hauptstraße, begleitet von Jeeps, auf denen Maschinengewehre montiert waren. Sie stellten Posten auf, besetzten die Stadt, musterten die Häuser, sahen nur weiße Tücher.

Schon am nächsten Tag rannten die Kinder zur Kaserne, vor der sich die Soldaten in ihren Jeeps langweilten, riefen: »Have you chewing-gum? Have you chocolate?«, hielten sich an die Neger, die gutmütiger waren, mit breitem Lachen in eine ihrer vielen Uniformtaschen griffen und Dinge hervorzauberten, die keiner kannte. Da war er nun, der erbarmungslos kämpfende Todfeind, der sie rücksichtslos unterjochen wollte, wie es im Radio hieß, der sie zu Sklaven machen wollte, die in einem grauenvollen Hungertod untergehen sollten. Da waren die Feinde nun und verteilten Schokolade und Kaugummi, dösten in der Sonne, hörten Musik, die aus einem Radio dröhnte, das auf einem der Jeeps stand, und schlugen mit den Füßen den Takt, Zivilisten, die man in Uniformen gesteckt hatte, die von etwas anderem träumten als vom Krieg, so wie sie sich gaben, waren das gar keine richtigen Soldaten, es waren eindeutig die Söhne von Louis Armstrong und Glenn Miller.

Der Junge kam oft hierher, er wollte die Musik hören. Er lag dann an einem sonnigen Bach hinter der Kaserne auf der Uferböschung, aus den Fenstern der Kaserne ertönten Glenn Miller und Benny Goodman und Billie Holiday, die den Schmerz dieser Welt in eine Stimme verwandelten, die er nie mehr vergaß, und an einem Nachmittag legte jemand *West End Blues* von Louis Armstrong auf, die Zeit blieb stehen, als der erste Ton der langen Einleitung von Louis Armstrongs Cornet erklang. Er beobachtete den Bach, der im Sonnenlicht glitzernd über dunkle Steine plätscherte, die ruhig und unbewegt unter dem gleichmäßig fließenden Wasser lagen, aus ihren dunklen Farbtönen einen Kontrast zur Helligkeit bildeten, hier und da hochragten, kleine Wirbel verursachten, mit ihren Erdfarben gegen die Lichtspritzer des Baches standen. Frieden. Die Zeit stand still, bewegte sich nicht, ewig hätte er so sitzen können, es war Frieden, ein Wort, das für ihn bisher ohne Inhalt war, er wußte nicht, was Frieden war, er kannte keinen Frieden, er ahnte in dieser Stunde nur, was das Wort alles bedeuten konnte. Er atmete durch, lag auf der Böschung und hoffte, der Soldat würde die Platte niemals weglegen, würde den Plattenarm immer wieder auf Anfang stellen.

Die Regierenden der Welt beugten sich mit besorgten Blicken über die Landkarte Deutschlands, zogen Striche darüber, lehnten sich wieder zurück, fanden, daß es gut war, und die Spielzeugstadt lag bei Sonnenaufgang, obwohl sie in der Nacht nicht gewandert war, in der russischen Zone. Die Amerikaner zogen ab, die Stadt wäre gerne mitgezogen, sie hatte sich inzwischen ganz in das Sternenbanner gehüllt, aber da die Stadt nicht auf Rädern stand, blieb sie da, wo sie war, und warf sich in rote Tücher, die in kyrillischen und deutschen Buchstaben verkündeten *Die rote Armee wird euch vom Faschismus befreien.* Unter den vielen Transparenten, die wie ein Baldachin über der Hauptstraße hingen und auf denen Hammer und Sichel die siegreiche Sowjetarmee grüßten, marschierte mit schwermütigen Marschgesängen, die aus einer unbekannten Ferne stammten, die Rote Armee ein. Und wieder standen alle vorsichtig in den Hauseingängen und hatten Angst, und während die Gesänge in triumphalen Chören bedrohlich über der Stadt lagen, verbrannten viele die Hollywoodsterne und die rotweißen Streifen in ihren Öfen, in denen sie schon ihre Nazifahne verbrannt hatten. Herr Hatzelberger verpackte seine Sammeltassen wieder in Kisten voller Holzwolle, und im Buchladen gegenüber lagen schmale Hefte *Russisch für Anfänger*.

Über die englisch-deutschen Anordnungen der amerikanischen Militärregierung, die an den Hauswänden klebten, wurden nun die russisch-deutschen Anordnungen der russischen Militärregierung geklebt, der Unterschied war nicht groß, man mußte die Sperrstunde einhalten, man hatte den Befehlen der Militärregierung widerspruchslos zu gehorchen, aber das hatte man ja alles schon viele Jahre vorher gemußt, daran war man gewöhnt. Wie immer bei solchen Gelegenheiten fand in der Zivilbevölkerung auch ein Währungswechsel statt, die alte Währung hieß *Ami-Zigaretten*, die neue *Wodka*. Vorher wurde mehr geraucht, jetzt wurde mehr getrunken. In der Kaserne herrschte wieder Ordnung, das erfuhren als erstes die Kinder. Konnte man vorher ganze Kartons mit Nahrungsmitteln heraustragen, ohne daß sich irgendeiner darum kümmerte, die Wachen waren meistens mit ihren Freundinnen beschäftigt, hatten jetzt alle den Eindruck, daß da nicht mehr viel zu holen war, die hatten selber nichts zu essen, und der Kommandant verteilte bestenfalls Flugblätter über die deutsch-sowjetische Freundschaft.

Maria, die schon einen amerikanischen Ausweis für die amerikanische Besatzungszone hatte, erhielt nun einen russischen Ausweis für die russische Besatzungszone, später, wieder zu Hause, erhielt sie noch einen britischen Ausweis für die britische Besatzungszone, was ihr den Beinamen *Maria mit den drei Pässen* eintrug. Sie war damit eine der wenigen Personen, die fast ungehindert durch Deutschland reisen konnten, sie mußte nur der französischen Besatzungszone ausweichen. Und so unternahm sie später viele Reisen, was an eine Geschichte der Pilgerreise von Maria und Joseph nach Tschenstochau erinnerte, die seinerzeit durch das deutsche, russische und österreichische Polen führte.

Auch eine andere Geschichte aus der Vergangenheit wurde wieder lebendig; als Maria sich in den Wirren des Militäraustausches am letzten Tag mit dem Jungen in einer amerikanischen Straßenkontrolle verhedderte und festgehalten wurde, erschien plötzlich ein Offizier in einer fremden Uniform, der bisher nur zugesehen hatte, ließ sich Marias Ausweis geben und sagte den Amerikanern, daß die Angelegenheit »o. k.« sei. Maria aber blieb stehen, der Offizier lachte, der Junge wußte nicht, was los war, dann sagte Maria: »Ich denke, du sitzt in deinem Sultanspalast in Malakka.«

»Das Leben macht Umwege«, sagte der Offizier in bestem Deutsch.

»Der Genueser«, sagte Maria zum Jungen, er kannte die oft erzählte Geschichte aus der Zeit vor Marias Heirat und erkannte auch den Fremden aus der Martinsnacht.

»Was bist du jetzt?« fragte Maria.

»Polnischer Oberst«, sagte der Genueser.

»Gehörst du zu den Amerikanern oder zu den Russen?« fragte Maria.

»Zu den Franzosen«, sagte der Genueser und lächelte, »eine lange Geschichte, ich werde sie dir ein andermal erzählen.«

Dann gingen sie in ein Offizierskasino neben den Kasernen, dort war man schon beim Packen, konnte nur noch Tee und Fruchtkuchen aus Büchsen anbieten. Sie saßen zwischen kaugummikauenden und colatrinkenden amerikanischen Offizieren, die von Idaho, Oklahoma, Texas und Florida schwärmten, Lionel Hampton spielte pausenlos *Flying Home*, Maria unterhielt sich mit einem polnischen Oberst über Malakka, der Junge saß vor einem Coca-Cola-Kalender mit fremdartigen Landschaften und hatte das Gefühl, endgültig in einer anderen Welt zu leben. Er lehnte sich zurück und fuhr in seinen Gedanken mit Joseph Conrad auf einem alten Handelsdampfer den Kongo hinauf, durch einen Dschungel kreischender Tiere, den Windungen des Flusses folgend, das Herz der Finsternis suchend.

Der letzte Teil der Reise durch Deutschland, die Rückkehr Marias und des Jungen in ihre Heimatstadt, wurde zu einer Pilgerfahrt besonderer Art.

Maria und einige Frauen erkundeten das Gelände, suchten die Grenze zur amerikanischen Zone zwischen Wäldern und Wiesen, versuchten mehrere Tage lang, einen Weg über eine Grenze zu finden, die noch nicht markiert war, und wurden dabei von einer russischen Patrouille entdeckt. Ein Jeep mit drei Soldaten schoß heran, stoppte, die drei Soldaten sprangen heraus, aus einem ruppigen Wortwechsel mit russisch-deutschen Sprachbrocken wurde ein Streit, bei dem sich Maria nicht zurückhielt, und der Junge sah mit Entsetzen, ganz starr und ganz hilflos, wie die drei seine Mutter griffen und sie abführen wollten. Gustav fiel ihm ein, der gesagt hatte, er solle auf seine Mutter aufpassen, sie sei unvernünftig. Es war unvernünftig, sich an einer Grenze mit drei russischen Soldaten anzulegen, die sie einfach erschießen konnten. Ein Handgemenge entstand, Maria wehrte sich, biß, kratzte, spuckte, trat mit den Füßen, schlug mit den Händen um sich, es wurde ein stummer Kampf auf Leben und Tod, bei dem die drei Russen die Vernünftigeren waren, Maria schließlich wieder losließen, ihre Käppis zusammensuchten, mit zerrissenen Uniformblusen und blutenden Gesichtern den Jeep bestiegen und wegfuhren.

Aus der Wut Marias und der Enttäuschung der Frauen über das Scheitern des Plans entstand die Energie eines Protestzuges. Die vielen Frauen aus verschiedenen Gegenden Deutschlands, die in der Spielzeugstadt gestrandet waren, zogen Sprechchöre rufend durch die Stadt, standen stundenlang vor der Kommandantura, johlten, pfiffen, schrien wild durcheinander, riefen »Dawai, dawai«, wiederholten das jeden Tag, bis der russische Kommandant vor aller Augen den neu eingesetzten Bürgermeister anschrie. Der schrie vor aller Augen den Bahnhofsvorstand an, und plötzlich verbreitete sich ein Gerücht, das immer wieder bestätigt und mit jedem Tag gewisser wurde: Ein Zug werde fahren, wann, wisse man nicht, wohin, wisse man auch nicht, aber er werde fahren, das wisse man aus sicherer Quelle, ein Zug, welche Hoffnung, und das auf einer Strecke, auf der schon lange kein Zug mehr fuhr, auf der Gras zwischen den Schienen wuchs, der Bahnhof ein Gefangenenlager für deutsche Soldaten war.

Tatsächlich wurde ein Zug zusammengestellt, es dauerte Tage, bis man aus den auf verschiedenen Gleisen herumstehenden, zerschossenen Waggons die aussortiert hatte, die noch fuhren. Mit Holz und Pappe wurden die Einschußlöcher und die scheibenlosen Fenster von deutschen Kriegsgefangenen zugenagelt, die beim Rangieren auch die Weichen stellten. Eine heftig schnaufende Rangierlokomotive verschob die Wagen, rangierte, solange sie Kohlen hatte, blieb dann stehen, wartete, bis ein Lastwagen eine Ladung Kohlen brachte, schaukelte dann wieder unermüdlich über die Gleise, rackerte sich ab, stöhnte und prustete, gab nicht eher Ruhe, bis auf einem Hauptgleis einige Wagen auf eine große Lokomotive warteten. Die kam bereits nach wenigen Tagen, und der Lokführer verkündete stolz, er werde versuchen, von Station zu Station zu fahren, immer den Gleisen nach, die in Ordnung wären. Wo sie schließlich ankämen, wisse er auch nicht, mit Glück in der Nähe eines offiziellen Grenzübergangs, falls bis dahin die Kohlen reichten, wo es unterwegs Kohlen gebe, könne er allerdings auch nicht sagen. Dann winkte er einige Frauen näher heran, zeigte auf die Räder der Lokomotive und auf die Schienen und erklärte, beides gehöre zusammen, er könne nicht querfeldein fahren. Nach der Belehrung verschwand er für einige Tage mit dem Abschiedssatz, wenn die Maschine genügend Kohlen habe, werde ihn sein Heizer schon finden.

Zwischen dem Bahnhof und den Zimmern der evakuierten Frauen entstand eine Ameisenstraße. Die Frauen spannten sich vor kleine, gefährlich hoch beladene Holzwägelchen, zogen die schwankende, abenteuerlich verschnürte Last auf quietschenden Rädern zum Bahnhof, rannten wieder zurück, bepackten das nächste Holzwägelchen. Der Zug war viel zu klein für die vielen Menschen, trotzdem mußten das wenige Gepäck und die Holzwägelchen auch noch mit. Die Fenster wurden zugebaut, die Abteile, die Gänge, es entstand eine fahrbare Höhle, durch die man sich hindurchzwängte, hindurchkroch, hindurchkämpfte. Sitzplätze gab es nicht, man saß auf Holzkisten und Pappkoffern, auf Stoffsäcken und Matratzen, mittendrin saß der Junge auf dem Schließkorb und zählte die Koffer, die Maria heranschleppte. Da in der Spielzeugstadt kaum etwas zerstört war, gab es hier genug Kleidung und Bettwäsche, Matratzen und Wolldekken, Porzellan und Gläser, viele hatten sich wieder etwas *angeschafft*, wie das hieß, alltägliche, aber wertvolle Dinge, die man in die zerstörten Städte mitnehmen wollte, wo es mit Gewißheit sehr lange nichts geben würde.

Irgendwann stand die Lokomotive unter Dampf, der Lokomotivführer erschien, und der Zug fuhr ab, wer drin war, war drin, wer ihn verpaßte, blieb zurück, keiner interessierte sich dafür, Mütter und Kinder wurden getrennt, ihr Geschrei begleitete die ganze Abfahrt. Der Junge war wütend auf die Frauen, die für einen Korb Wäsche oder Porzellan riskierten, den Zug zu verpassen, auch Maria hatte zuviel Gepäck, sie bekamen deswegen ihren ersten Streit.

Der Sonderzug der Deutschen Reichsbahn, Abfahrt unbekannt, Zielort unbekannt, Ankunft unbekannt, rollte los, folgte den Schienen, kroch rumpelnd, zugig und ungeheizt durch eine gefrorene Landschaft, stand stundenlang auf freier Strecke, kämpfte sich durch Schneestürme, fuhr mal nachts, mal am Tag, fuhr wieder rückwärts, rangierte mehr, als er fuhr, schien sich im Kreis zu bewegen, so daß keiner sagen konnte, wo man war. Die Frauen und Kinder hingen zwischen dem Gepäck, das sie fast erdrückte, das sie mit ihrem Körper abstützen mußten, weil es sonst über ihnen zusammengeschlagen wäre. Sie lagen in einem Dämmerzustand, hatten sich der Zeitlosigkeit ergeben, wurden langsam zu Eis, froren, hungerten, hatten Durst, aber keiner verließ den Zug an den vielen Haltepunkten, alle klammerten sich an dieses rollende Gestell, das irgendwann ja einmal ankommen mußte, wann und wo, war eine Frage der Hoffnung, die Realität sprach für eine ewige Fahrt.

Menschen starben in diesem Zug, wurden ausgeladen, blieben an einem Bahnwärterhäuschen liegen, auf einer kalten Erde, neben einer dickvermummten Frau mit einer Signalfahne. Kinder, die ihre Mütter verloren hatten, schrien sich in die Hölle, wurden halb totgeschlagen, weil es keiner mehr ertragen konnte, und dann kurzerhand von einer Frau adoptiert, die meinte, es kommt auf einen mehr oder weniger nicht an.

Kranke stöhnten im Fieber, schlugen um sich, phantasierten, hielten Reden vom Weltuntergang und den Sünden der Menschen, während neben ihnen einige Frauen sich so mit Wodka betranken, daß eine von ihnen mit ihrem Koffer, den sie wegwerfen wollte, aus der Tür des fahrenden Zuges fiel, eine Frau zog an der Notbremse, aber die funktionierte nicht. Auf einem nächtlichen Bahnhof ohne Licht wurde eine Schwangere ausgeladen, auf einem Gepäckkarren im Schein von Taschenlampen weggefahren, sie schrie nach ihren Koffern, die mit dem Zug verschwanden.

Der Zug rollte weiter, kahle Äcker zogen vorbei, dunkle Wälder, die in der naßkalten, dunstigen Luft bedrohlich näher kamen, Leiber von Riesen, die sie begleiteten, auf ihr Ende warteten, um sie dann in eine Schlucht zu versenken. Doch der Zug rollte weiter mit seinen hämmernden Rädern, überquerte Straßen, auf denen Menschen mit Pferdefuhrwerken kampierten, schob sich langsam über zerstörte Brücken, begleitete einen Fluß, in dessen Wellen sich Leichen wiegten, sie schwammen mit dem Rücken nach oben, trieben pendelnd und sich ausruhend mit dem Fluß, drehten sich im Kreis, versammelten sich in einer Bucht, wo ein Mann mit einer langen Stange stand und sie wieder in den Fluß zurückdrückte.

Frauen turnten außen am Zug entlang, sprangen von Trittbrett zu Trittbrett, von Haltegriff zu Haltegriff, verrichteten während der Fahrt in der Hocke ihre Notdurft, kletterten über die Puffer auf das Wagendach, versuchten, die Namen vorbeiziehender Städte zu erkennen, verteidigten ihren Zug gegen

Menschen, die an den Gleisen standen, von dem Zug anscheinend gehört hatten und sich nun an die Türgriffe hängten, auf die Trittbretter sprangen, sich festhielten mit erfrorenen Fingern und flehenden Gesichtern, sich mit den Füßen tretend gegen die nächste Welle verteidigten, die an einem verbrannten Bahnhof stand und über sie hinweg in den Zug kletterte, die mit Pappe vernagelten Fenster eindrückte, sich Platz schuf, indem sie das Gepäck anderer aus dem Fenster warf. Der Zug wurde so voll, daß alle nur noch stehen konnten, kaum noch atmen konnten, im Stehen schliefen, im Schlaf redeten, Tag und Nacht verwechselten, Personen verwechselten, Gespräche mit Menschen führten, die gar nicht vorhanden waren, mit ihren vermißten Männern und verschollenen Eltern redeten, sich von ihnen verabschiedeten, sich auf den Tod vorbereiteten.

Nach einer unendlichen Fahrt, wie lange sie gefahren waren, wußte keiner, hielten sie an einem zerstörten Bahnhof, russische Posten forderten sie auf, auszusteigen. Sie zerrten ihr Gepäck aus dem Wagen, stapelten es im Freien übereinander, ein Kofferhügel, der von einigen Frauen bewacht wurde. Überall sah man diese neuen Zusammenschlüsse von Menschen, die sich unterwegs kennengelernt hatten, als würden neue Stämme gegründet, kleine Nationen, die zusammenhielten. Jede Stunde lösten sie sich ab, kreisten wachsam um ihren Besitz, schlugen mit Latten, die sie von einem Zaun gerissen hatten, Plünderer in die Flucht, Menschen, die auf das Gepäck losrannten, einen Koffer schnappen und damit verschwinden wollten. Manchmal gelang es ihnen, denn sie kamen zu viert oder fünft von verschiedenen Seiten angerannt, manchmal wurden sie von den Frauen fast totgeschlagen, lagen blutend im Dreck, keiner kümmerte sich um sie, die nächsten Plünderer rannten über sie hinweg auf den Gepäckberg zu.

Der Junge lag mit Maria, die auch regelmäßig Wache hatte, in einem ehemaligen Wartesaal auf dem Steinboden, Hunderte lagen da dicht zusammen, in zerrissene und verdreckte Militärmäntel und Pferdedecken verpackt, im Schlaf atmende Tiere, die sich gegenseitig wärmten. Ein Mann schrie ein Lied, er sang es nicht, er schrie es, *You are my Sunshine, my beautiful Sunshine*, er wiederholte immer wieder dieselben Worte, man schrie ihn an, er solle endlich Ruhe geben, er schrie sein Lied weiter, bewegungslos liegend, in den Frosthimmel starrend, denn ein Dach hatte der Wartesaal nicht. Ein Mann stand auf, schlug wortlos auf ihn ein, der Mann schrie sein Lied weiter, der andere schlug auf ihn ein, danach hörte man nichts mehr. Am anderen Morgen, als alle den Raum verließen, lag er immer noch da und bewegte sich nicht und starrte in den Himmel und war tot. Der Junge sah noch lange diesen dunklen, bewegungslosen Klumpen, für den sich keiner interessiert hatte, das Lied und den schreienden Gesang vergaß er nie mehr.

Sie mußten einen Fluß überqueren, direkt neben einer gesprengten Eisenbahnbrücke, die teilweise im Fluß lag, sie rutschten mit ihrem Gepäck, mit ihren Holzwägelchen einen Hang hinunter, kletterten auf einen Pionierponton, der sie zum anderen Ufer brachte, durch das schwarze, gurgelnde Wasser, das voller Eisstücke war, die dumpf gegen den Ponton schlugen. Am anderen Ufer schleppten sie ihre Koffer und Taschen und Stoffsäcke wieder eine Böschung hoch, zogen ihre Holzwägelchen ebenfalls nach oben, kletterten in einen Zug, der dort stand, fuhren wieder einen Tag und eine Nacht und wußten überhaupt nicht mehr, wo sie waren.

Der Zug hielt auf einem freien Feld, sie mußten aussteigen, eine Straße führte in einen Wald, die Straße sah man nur, weil sich darauf eine unübersehbare Menschenmenge aneinanderreihte, in dicke Mäntel und Kopftücher und Mützen eingepackte, vermummte Menschen, die sich mit ihrem Gepäck schrittweise vorwärtsbewegten. Sie reihten sich ein, ohne zu wissen, wohin diese Kolonne zog, gingen einfach mit, schleppten ihr Gepäck wie alle anderen und standen nach einigen Stunden auf einem Hügel, der die russische Grenze sein sollte, jedenfalls entnahm man das den Worten der Menschen, die vor ihnen waren, und der Tätigkeit der russischen Soldaten, die eingehend und mit Mißtrauen Papiere kontrollierten, Gepäck kontrollierten, die Menschen kontrollierten.

Viele mußten mit ihrem Gepäck aus der Menschenschlange heraus, mußten sich seitlich aufstellen, durften nicht über die Grenze, warum, wußte keiner. Man wußte auch nicht, wonach die Soldaten suchten, wie die Papiere auszusehen hatten. Langsam kamen sie näher. Maria und der Junge sahen sich an, es war wohl Zufall, ob man über diese Grenze durfte, die mitten in einer freien Landschaft lag, oder ob man wieder zurückmußte. Dann standen drei russische Soldaten um sie herum, einer prüfte Marias russischen Ausweis, prüfte Stempel und Foto, ein anderer besah sich die hochbepackten und festverschnürten Holzwägelchen, es dauerte, es dauerte. Ein Offizier stand einige Meter abseits, sah geradeaus, war in Gedanken wahrscheinlich Tausende Kilometer entfernt, hinter anderen Grenzen, in einer Landschaft, die er Heimat nannte, während er im Niemandsland stand und auf die gebeugten Rücken einer Menschenkolonne sah, die von Sonnenaufgang bis Sonnenuntergang über einen Hügel zog, sich im Schatten eines Tals verlor, in einer schwachen Wintersonne wieder auftauchte. Der Offizier sah plötzlich den Jungen, sah ihn nachdenklich an und nickte ihm zu, immer noch in seinen Gedanken versunken, so als wolle er sagen: »Sieh es dir an, Junge, so sieht es aus, das Leben.« »Dawai«, endlich das erlösende Wort, und die Freude über den Grenzübertritt wurde verstärkt durch einen leichten Abhang, den man mit dem Druck der Holzwägelchen im Rücken von selbst hinunterrutschte, über unebenes, zertretenes Eis in ein schattendunkles Tal, dessen eisige Luft schmerzend in die Lunge stieß. Und dann standen sie vor dem steilsten Berg, den der Junge je gesehen hatte, in der Erinnerung wurde er länger und steiler, als er vielleicht war, aber schon in diesem Moment schien er unüberwindbar, ein Berg aus schwarzschimmerndem Eis, er stand da wie eine Wand. Eine stumme Menschenkolonne erstieg ihn Schritt um Schritt mit ihrem Gepäck, der Junge mußte sich einreihen, sich in das Eis stemmen, in die Löcher, die die Vorderleute getreten hatten, den hochbepackten Wagen hinter sich, beide Hände an der Deichsel, einen Strick um die Brust, in den er sich mit seinem ganzen Gewicht hineinlegen mußte, um den Wagen zu halten, während Maria von hinten mit einer Hand schob und mit der anderen Hand und einem Strick um den Körper einen weiteren Wagen zog, an dem ein kleiner dritter hing. Wer stehenblieb, wurde aus der Kolonne gedrückt, rutschte mit seinem Gepäck den Berg hinunter, vorbei an der schweigenden Menschenkolonne, die in sich einen schwankenden Halt hatte, eine Verbindung aus gegenseitiger Feindschaft und Hilfsbereitschaft, aus Haß und Nächstenliebe. Ohne diese freiwillige Ordnung, die von allen sofort und instinktiv eingehalten wurde, ohne den gleichmäßigen Schritt aller, ohne die Fußstapfen der Vorderleute, ohne den abstützenden Halt der Hinterleute wären alle, in einem kurzen Moment der Schwäche, des Ausrutschens, den Berg hinabgerutscht. Allein kam hier keiner hinauf, allein erreichte keiner den Gipfel, der für alle unsichtbar war, weil sie auf ihre Füße sahen, der nur eine Vorstellung in ihren Köpfen war, ein Wunschglaube, daß da oben ein Gipfel sein müsse, daß diese Menschenkolonne einfach ein Ziel haben müsse.

Der Junge sah nur das schwarze Eis, er versuchte Schritt zu halten, seinen Wagen zu halten, der schwerer war als er, er wußte, Maria schiebt, Maria ist stark. Der Berg wuchs mit jedem Schritt, wurde höher und steiler, der Weg wurde länger mit jedem Meter, den man zurücklegte. Neben der Straße standen Bauern, bewegungslos wie Götzenbilder, aufgereiht wie in

Stein gehauene Dämonen. Sie verfolgten den Menschenzug aus den Augenwinkeln, starrten auf die Gepäckstücke, die von den Menschen weggeworfen wurden, Habseligkeiten, gottweißwielange mitgeschleppt, an diesem Berg geopfert, um lebend den Gipfel zu erreichen. Mit jedem Meter bergauf lagen mehr Gepäckstücke im Straßengraben, auf halber Höhe umgekippte Wagen, aufgegeben, herrenlos, die Bauern bewegten sich plötzlich rasch und in Rudeln wie die Schatten großer Tiere, die ihre Beute jagen, rissen die Verschnürung auf, wühlten in den Koffern, suchten Radios, Besteckkästen, Schmuck, Bettwäsche, warfen das andere in den Dreck. Ihre Frauen schleppten die erbeuteten Sachen ab, während die Männer auf den nächsten Wagen lauerten, auf Lederkoffer, auf Uhren, und die Fotos und die Andenken in den Graben traten.

Der Junge konnte nicht mehr atmen, er kam sich vor wie Jesus unter dem Kreuz am Kalvarienberg, ihm fielen die alten Geschichten ein, die ihm erzählt worden waren, die vielen Geschichten, die er gehört hatte, die Geschichten des Ausharrens in Polen, die Fluchten aus Lucca und Florenz und Lyon, und immer erneut Hab und Gut verloren, Leib und Leben riskiert, vor den Dragonern des Königs in die Wälder geflohen, über die Grenze geflohen, Webstühle und Stoffe wegwerfend, die erstochene Fiorentina, die das Musterbuch retten wollte, die Flucht während des Martinsfestes, das Ausharren zwischen den Deichen, das Ausharren im Berg, das langsame Weiterziehen auf einem Kahn, durch die Nacht treibend, den Tag stumm wie Erdhügel im Schilf verbringend. Die alten

Namen und die vergangenen Geschichten wurden lebendig, und wenn er diesen Berg überlebte, würde er alle Geschichten noch einmal erzählen, alles noch einmal von Anfang an erzählen, und der schwarzvereiste Berg wäre nur noch eine dieser Geschichten. Er blieb stehen, es ging nicht mehr, das Gewicht des Wagens zog ihn zurück, drückte ihn auf den Boden, er spürte seine Hände an der Deichsel nicht mehr, der Strick um seine Brust nahm ihm endgültig den Atem, dann sah er, wie Maria ihre beiden Wagen in das Feld neben der Straße kippte, ihn von seinem Strick und von der Deichsel erlöste, auf den Wagen legte und mit ihrer ganzen Kraft loszog, weil sie jetzt nur noch ihn retten wollte.

Als er wieder zu sich kam, stand er fast bis zu den Knien im Schlamm eines Lagers, das sich Friedland nannte, obwohl es kein Friedensland und kein friedliches Land war, sondern ein Schlammloch, durch das menschenähnliche Wesen wie urzeitliche Echsen auf allen vieren krochen. Maria trug ihn in eine seltsam niedrige Baracke, die früher einmal ein Schafstall war, Hunderte saßen da in langen Reihen in den Futtertrögen der Schafe, sahen aus wie gefesselte Mißgeburten, weil sie in die Futtertröge gerutscht waren, so daß die Beine in der Luft baumelten und der Oberkörper nach vorne fiel, saßen in ihren Mänteln aneinandergedrückt, schliefen, röchelten, schnarchten erschöpft in der Luft, die zum Ersticken war. Maria fand mit Mühe und vielen Bittworten für den Jungen einen Platz auf einem der Futtertröge, er rutschte in den Trog, saß zwischen fremden, schlafenden Menschen, blieb allein. Maria mußte draußen im Schlamm den Schließkorb bewachen, das einzige, was sie noch besaßen, während der Junge in einem langsamen, quälenden Erstickungsanfall sein Bewußtsein verlor.

Als er aufwachte, lag er im Freien auf dem Schließkorb und bekam eine Spritze. Er ging nicht mehr in den Schafstall, Maria eroberte für ihn eines der raren Betten, darin lag er eine Nacht auf einem Strohsack, angekleidet, weil es keine Decken gab, zusammen mit einem anderen Jungen, neben einem sterbenden Mann. Am Morgen kroch er zum Schließkorb zurück, blieb auf dem Schließkorb liegen, bekam so lange Spritzen, bis keine mehr da waren. Er konnte später nicht sagen, wie viele Tage und Nächte er und Maria im Schlamm des Lagers herumgekrochen waren, sie wurden alle entlaust und desinfiziert, schneeweiß liefen die Menschen durch den zähen Schlamm, der wie Schleim auf der Erde lag, schneeweiß mit schneeweißem Haar, wie Maskierte eines tödlichen Karnevals.

Dann saß er wieder mit Maria in einem Zug, der Tage und Nächte fuhr, zweimal wurde er aus dem Zug ausgeladen, weggetragen. Er erinnerte sich nur, daß er auf dem Bahnsteig saß, während Maria herumrannte, er erinnerte sich, daß seine eisigen Füße, während er eine Spritze bekam, in einen heißen Backofen gesteckt wurden, seine erfrorene Lunge in der warmen Zimmerluft langsam auftaute, ihm wieder das Atmen gestattete. Wo sie waren, wie viele Tage und Nächte sie blieben, daran erinnerte er sich nicht mehr, er wußte nur noch, daß sie wieder in einem Zug saßen, lange fuhren, Tag und Nacht, hell und dunkel verschwammen in eins, Tagundnachtgleiche der Erinnerung, Tagundnachtgleiche des Lebens.

An der Stadtgrenze endete die Fahrt, sie kletterten aus dem Güterwagen, in dem sie gelegen hatten, Polizei und britische Soldaten hielten sie an, Zuzugssperre, der Zuzug in die Stadt war wieder verboten wie nach dem Ersten Weltkrieg. Maria erfand einen Wohnraum, der für sie bereitstehe, sie phantasierte und log und redete mit solcher Überzeugungskraft, daß sie weiterziehen durften. Noch einmal desinfiziert, standen sie auf den Hügeln des Grafenberger Waldes wie zwei weiße Engel über der dunklen, lichtlosen Stadt, deren Konturen nicht zu erkennen waren. Der vagen Erinnerung an ehemalige Straßenzüge folgend, schleppten sie ihren Schließkorb quer durch die Trümmer einer vergangenen Stadt, mit letzter Anstrengung, mit letztem Atem, beinahe bewußtlos, nur das nahe Ziel hielt sie noch aufrecht, die Familie im Quartier, von der sie nicht wußten, wo sie war und ob sie noch lebte. Maria suchte Kreideschriften an verbrannten Hausmauern, erhielt Hinweise von Menschen, die aus Kellerlöchern sahen, fand eine verwischte Inschrift an einem Eisenträger, irrlichterte mit ihrer Taschenlampe durch die dunklen Gemäuer. Der Junge saß auf dem Schließkorb mitten auf dem Markt, wie lange, wußte er später nicht mehr, die Erinnerung löste sich auf in ein Atmen, ein ununterbrochenes konzentriertes Atmen, ohne jede Vergangenheit und Zukunft, ohne jede Gegenwart, weil nur noch das Atmen zählte.

Sein Vater stand plötzlich vor ihm in einer deutsch-amerikanischen Uniform, er sah auch Gustav und Fin und Elisabeth, dann lag er in einer schwarzen Gruft, in die man ihn hinuntergetragen hatte, lag auf einer Decke, Maria schob den verdreckten Schließkorb neben ihn, packte seine Bücher aus, stellte sie an die Wand, sagte: »Wir sind zu Hause«, sagte: »Alle sind da«, sagte: »Es ist Heiligabend.«

Er sah sie alle um ein Hindenburglicht auf dem Boden sitzen, schweigend, sah Maria in ihrer Erschöpfung, sah die harten Furchen im Gesicht Friedrichs, sah Fin, deren schwarze Haare nun weiß waren, sah Elisabeth in Lumpen mit kahlgeschorenem Kopf, sah das grimmige Gesicht Gustavs, der sein Bein ausgestreckt hielt, die Wunde war offen, sie schimmerte blutrot im Kerzenlicht.

Er schreckte hoch, es war dunkel und kalt, er konnte sie nicht sehen, er hörte nur, wie sie leise redeten, sie sprachen über ihn, sie erzählten eine Geschichte über ihn, sie erinnerten sich an ihn, die verschiedenen Sätze fügten sich zu einer Geschichte, die in der Vergangenheit lag, in einer lang vergessenen Zeit, es war dunkel und kalt, er fiel vornüber.

In der Erinnerung

I

Es müßte *gleichzeitig* die Geschichte
des Endes einer Welt sein – durchzogen von
der Sehnsucht nach jenen Lichtjahren.
Der erste Mensch
ALBERT CAMUS

In der Erinnerung war das Fenster viel größer, so groß wie die Welt, die er durch das Fenster sah, in den vielen Tagen und Nächten, die in der Erinnerung zu einem Bild wurden, zu einer unbewegten, atemlosen Zeit, lautlose Nächte und stumme Tage, die vergingen, wie sie erschaffen wurden, unter einer kalten Sonne, die vom Morgen bis zum Abend die Erde mit ihrem Licht überzog, versteinerte Überreste einer versunkenen Welt unter weiß leuchtenden Sternbildern, stumpfe Mauern, zerstörte Häuser, verschüttete Straßen, verglühte Kirchenschiffe, die Silhouette einer untergegangenen Stadt mit ihren schroffen Konturen im Mondlicht.

Wieder ein Sonnenaufgang, wieder ein Hoffnungsschimmer, obwohl sich doch nur die Erde nach den Gesetzen der Natur um die Sonne drehte, aber alle klammerten sich an das alte Bild vom neuen Tag, der aus der Nacht heraufsteigt; an das verheißungsvolle Licht, das auf die zerbröckelnden Mauerreste eingestürzter Häuser, auf den Schutt in unpassierbaren Straßen, auf die Ruinen einer Trümmerlandschaft schien, eine vergessene Wüstenstadt, vor langer Zeit zerstört und von den Menschen aufgegeben.

Staubwolken erhoben sich aus dem Geröll, zogen über die versteinerte Wüste, in der es keine Bäume und keine Gärten, keine Seen und keine Parkanlagen mehr gab, so daß man kein Blätterrauschen hörte, kein Plätschern der Wellen, kein Rascheln in den Sträuchern und im Gras, nur ein monotones an- und abschwellendes Sausen, verbunden mit dem dumpfen Poltern abstürzender Mauerteile, dem hohlen Klappern von Heizungskörpern an verbrannten Wänden, dem Flattern einer Gardine in einem leeren Fenster.

Staubwolken, die den Mund austrockneten, ihn verschlossen zu einer wortlosen Todesstille, in der kein Vogelschrei zu hören war, kein Flügelschlag; es gab keine Vögel mehr, wie es keine Hunde und Katzen mehr gab, deren Gebell und Geschrei schon vergessen war, erstorben zwischen den Grabhügeln aus grauem Gestein, verkohlten Balken, zerbrochenen Ziegeln, rostigen Eisenträgern. Eine erkaltete Welt im verwirrenden Flimmern aufleuchtender Glassplitter, nur belebt durch die Explosionen von Blindgängern, das morsche unheimliche Grummeln in sich versinkender Keller, aus denen Verwesungsdünste aufstiegen, die mit dem Wind zogen, verendete Tiere, erstickte, zerstückelte, aufgedunsene Menschen, ein süßlicher Gestank, der sich klebrig auf die Haut legte, anders als der scharfe Geruch der verbrannten Leichen, der die Augen tränen ließ. Und auf den eingestürzten Kellern, zwischen den in der Feuerluft versteinerten Bäumen, standen Blumen in exotischen Farben, Pflanzen, die man nicht berühren durfte, weil sie giftig waren, gedüngt mit Phosphor und Leichengift.

Eine von den Menschen erschaffene zweite Natur, von Feuerstürmen durchgeschüttelt, von Explosionen zerfetzt, mit einer aufgerissenen schorfigen Erdkruste, nackt und erstarrt im Licht der Sonne.

Das Drahtgestell, das sein Bett war, schwebte fast frei in der Luft zwischen den nach Rauch stinkenden, eingestürzten Mauern eines ehemals fünfstöckigen Mietshauses. Geschützt durch eine Mauerecke, sah er aus dem Erdgeschoß, durch verbogene dunkle Eisenträger und abgeknickte Gas- und Wasserleitungen, senkrecht in den freigelegten Himmel, wartete auf die Stunden der Sonne, die ungehindert durch Stockwerke und Dächer direkt auf sein Bett schien, wartete geduldig, auch wenn es Tage und Nächte regnete und er in seinen Kleidern naß unter der durch die Nässe immer schwerer werdenden Pferdedecke lag.

Vor einem Mauerloch links vom Bett hingen offene Wohnungen, die er vom Morgen bis zum Abend im wechselnden Licht betrachtete wie die wertvollen Schätze eines Museums. Sie erinnerten an die zur Straße offenen Stadtbilder mittelalterlicher Maler, die die Dinge nicht nach einer kunstvoll ausgeklügelten Perspektive, sondern nach ihrer Bedeutung darstellten. Sich dem Sonnenlicht öffnende Zimmer mit gestreiften, karierten, geblümten Tapeten, ornamentale Muster in verblichenen Farben, Lindgrün, Altrosa, Preußischblau, angebrannt und verrußt; Feuerbilder zwischen geborstenen Balken, die schwarz wie ausgetrocknete Mumien in den Himmel ragten. Auf den zersplitterten Möbelstücken und den zerrissenen Teppich- und Stoffresten lag in dicken Schichten bräunlicher Mörtel, so daß selbst die Sonne diese blinden Bilder nur mit einem ganz fahlen grauen Licht streifte.

An klaren Abenden hatte er bei Sonnenuntergang einen weiten Blick durch die Skelette der Häuser in den goldfarbenen Himmel, der die Bilder einrahmte, ehe die Nacht in der lichtlosen Stadt schnell hereinbrach, plötzlich da war mit ihrer frostigen Härte, die Welt in eine Gruft verwandelte, in Todesangst, die man ertragen mußte. Manchmal, eine aufatmende Erleichterung, Schüsse in der Ferne oder auch ganz nah, das Brummen eines Motors, der Jeep der Militärpolizei, Menschen, die sich etwas zuriefen. Dann wieder die Stille, nur noch der Schrei eines im Schlaf Erschreckten, das mühevolle, quälende Röcheln eines Sterbenden, das auch verstummte. Später, nach Mitternacht, das schleichende Tappen und verlorene Piepsen der Ratten, die einem ins Gesicht sprangen, huschende Geräusche zwischen den knisternden Mauern. In der tiefen Nacht nur noch die Stimmen der Toten.

Wartend auf den Tag, wartend auf den neuen Atem, eingesponnen in seine Tag- und Nachtgeschichten, die die Zeit auslöschten, die zwischen der Realität und seiner Gedankenwelt nicht mehr unterschieden, mußte er doch auch immer hellwach sein, falls Steine aus den abbröckelnden Mauern auf sein Bett fielen, ein Eisenträger wummernd tiefer rutschte, Risse im Boden sich erweiterten, zu gefährlichen Löchern wurden, eine halblaute Stimme auf der Straße etwas von Brot oder Kartoffeln rief. Wenn er aus dem Bett stieg, mußte er genau auf den mittleren Balken treten, mit beiden Füßen sicher auf dem verbrannten Holz stehen, das über den Steinen der löcherigen Kellerdecke lag, und so, Schritt für Schritt, die andere Hälfte des Zimmers erreichen, in der auf einigen quergelegten Brettern die Familie hauste, die ihm das rostige Drahtgestell und die braune Roßhaardecke mit den zwei breiten roten Streifen überlassen hatte.

Das Bett stand unter dem Fenster, das eigentlich kein Fenster war, sondern ein Mauerloch zur Straße, das auch als Ein- und Ausgang zu dem Raum diente. Die kleineren Löcher im Mauerwerk, von den Bombensplittern, waren mit Steinen zugestellt, auf Steinen ruhte auch das Bett, das keine Beine hatte, das nur ein scharfkantiger Rahmen war, mit einem verbrannten Kopfende aus Eisen.

Der Raum lag offen in einer Hügellandschaft aus Schutt, direkt neben dem zerborstenen Giebel des Nachbarhauses, in dessen Spalten ein Dornengestrüpp wucherte. Kopflose Putten, mit den Resten eines Wappens in den Händen, versanken im staubigen Unkraut. Das Portal, von den Schuttmassen hochgedrückt, ragte in den Himmel wie ein ausgegrabener Tempel.

Das Rechteck zwischen den Hügeln, von der Familie als Glückstreffer bezeichnet, das sie einfach in Besitz nahmen und nicht wieder hergaben, das auch sofort gegen andere verteidigt werden mußte, war der vordere zur Straße gelegene Raum einer ehemaligen Zweizimmerwohnung.

Der Keller unter diesem Raum war verschüttet, die Kellerdecke aber stabil, den daraufliegenden Schutt schoben sie mit Blechen auf die umliegenden Hügel, so hatten sie einen festen Untergrund, den sie mit halbverbrannten Balken auslegen und verstärken konnten. Die Brandmauer zum anderen Nebenhaus stand bis zum zweiten Stock sehr stabil, die Wand zur Straße mit dem

Fensterloch hielt bis zum ersten Stock, so daß sie zwei Mauern mit einem festen Boden hatten und das Bett, das sie aus den Trümmern herauszogen. Sie nannten den Raum von nun an ihr Zuhause.

Die fünf Stockwerke über ihnen, die einmal das Haus darstellten, waren wie weggeblasen, waren einfach auseinandergeflogen und hatten das Dach mitgenommen. Die Familie lag an der Brandmauer auf einigen Brettern, aneinandergedrückte, gestrandete, dick aufgeplusterte Vögel unter ziehenden Wolken. Wenn man lange nach oben starrte, hatte man den Eindruck, der Raum fliege wie eine gekenterte Arche Noah durch das Weltall.

Die Mauer zum Hausflur war weggedrückt, da lag der Schuttberg der Nachbarwohnung, über den man direkt auf den Giebel des Nebenhauses gelangte. Auch die Mauer zum hinteren Zimmer hatte sich in Staub aufgelöst, eine Artilleriegranate hatte ein tiefes Loch bis zum Fundament des Hauses gerissen, ein Schritt genügte, um in eine Schlucht zu stürzen.

Von seinem Bett aus hatte er daher einen freien Blick auf die hinter dem Haus liegende Trümmerlandschaft, die mehrere Häuserblöcke und Straßen umfaßte, erst am Horizont sah man wieder löcherige Fassaden. Davor lag ein flaches, unbegrenztes Feld mit vielen Trampelpfaden, teilweise ausgehöhlt, Ofenrohre ragten wie Wegmarken in einem unbekannten Gelände aus dieser Steinlandschaft hervor. Jedes Rohr bezeichnete die Lage einer Höhle, dickvermummte Menschen krabbelten daraus hervor, krochen mühsam wie unbeholfene Käfer mit Balken, Wellblech oder Säcken über das Feld.

Nachts sah er Feuer brennen, sie flackerten im Freien,

zwischen den versteinerten Baumresten eines alten Obstgartens, drum herum die Schatten von Menschen, hochspringend und mit den Armen um sich schlagend, Menschen, die aus ihren Höhlen herauskletterten, sich um das Feuer lagerten, ihre hell angestrahlten Gesichter leuchteten im Dunkel. Mit dem kalten Nachtwind roch man den Rauch des Holzfeuers, unbestimmbares Fleisch und den herben Duft gerösteter Kartoffeln.

Am Tag näherten sich diese Menschen mißtrauisch und vorsichtig wie Tiere der Wohnung, standen am Kraterrand des hinteren Zimmers, als nähmen sie Witterung auf, oder starrten durch das Mauerloch von der Straße in den vorderen Raum. Gesichter, grau wie die Steine der Stadt, verwittert, mit zersprungenen Lippen, aufgerissener Haut, wirren, staubigen Haaren und tiefliegenden Augen, eingehüllt in Decken, Planen, Zeltbahnen. Überhänge in Tarnfarben bedeckten Uniformreste sämtlicher bestehender und nicht mehr bestehender Armeen, Männer und Frauen waren nicht zu unterscheiden. Perfekt an ihre Umgebung angepaßte Lebewesen, man bemerkte sie erst, wenn sie losrannten, mit ihren Umhängen wie ein Vogelschwarm flatternd, von einem zerstörten Haus zum anderen jagten, sie verschwanden in Mauerspalten, hockten auf den Steinhügeln, von den Steinen nicht mehr zu unterscheiden.

Die Familie, das waren einige kleine Erdhügel im Schutz der kahlen Brandmauer, bedeckt mit dunklem Ziegelstaub und weißgrauem Mörtel, der von der Mauer herabrieselte. Es fehlten eigentlich nur noch die Kreuze.

Zuweilen bewegte sich einer dieser Hügel, nahm eine andere Stellung ein, sackte wieder zusammen wie ein frischaufgeschüttetes Grab. Von seinem Bett aus hörte er gedämpfte Stimmen, die aber rasch verstummten, sich undeutlich verloren in dem offenen Raum.

Gelegentlich regte sich etwas, schob die Lumpen von sich, kroch schnaufend und stöhnend zum Loch des hinteren Zimmers, verrichtete seine Notdurft, kroch in die wärmenden Lumpen zurück.

Morgens schälten sich alle aus ihren löcherigen Decken und Militärmänteln, einer ging mit einem Blecheimer zu einem Hydranten am Ende der Straße, wo alle ihr Wasser holen mußten, ein anderer zu einem offenen Feuer im Trümmerfeld, kochte dort mit den Essensresten des Vortages eine Wassersuppe, die Übriggebliebenen verschwanden, um etwas Eßbares aufzutreiben, meist kamen sie mit Steckrüben zurück, die an einer Sammelstelle ausgegeben wurden.

Maria, seine Mutter, mit der er den Bombenkrieg und eine barbarische Flucht durch Deutschland überlebt hatte, kletterte auf die Trümmerberge und versuchte, aus zerstörten fremden Haushalten halbwegs brauchbare Dinge auszugraben, eine Schöpfkelle war eine seltene Trophäe, ein zerbeulter Kochtopf eine Sensation, ein Sieb etwas Unerhörtes.

Am Nachmittag legten sich alle, um Kalorien zu sparen, wieder an die Brandmauer, wickelten sich in ihre Lumpen ein, schwiegen, führten schon mal Selbstgespräche, erzählten unvermittelt grausige Details, ernüchternde Erkenntnisse, die der Sprechende sich selbst klarzumachen versuchte. Keiner achtete darauf, ob einer zuhörte, ob die anderen wach lagen oder schliefen, es ging nur darum, die eigene Stimme zu hören in der Stille, während die anderen, in einem Dämmerzustand liegend, im Unterbewußtsein ihre Erinnerungen dazutaten, manchmal auch ins Erzählen kamen, dann aber wieder abrupt schwiegen, als könnten sie ihre Erinnerungen, von denen ihre eigene Stimme erzählte, nicht ertragen, als sei die unmenschliche Stille das geringere Übel.

Oft waren da auch fremde Stimmen, Menschen, die hereinkamen, weil sie sonst auf der Straße liegen müßten, wie sie sagten, obwohl das angesichts des Zustands der Wohnung keinen Unterschied machte, man hätte genausogut auf der Straße liegen können, aber vielleicht suchten sie nur die Nähe von Menschen, das Atmen eines Schlafenden in der Nacht, in der kein Licht war. Sie saßen aufrecht an der Brandmauer, weil sie nicht wußten, wo sie waren, Angst hatten, beraubt oder erschlagen zu werden; sie rauchten Zigarettenstummel, die im Dunkel mit jedem Zug aufleuchteten, erzählten zusammenhanglose Geschichten, die sich ständig wiederholten, keinen Anfang und kein Ende hatten, mit irgendeinem Befehl, den irgendein Oberleutnant gegeben hatte, begannen oder mit einem Granateneinschlag dicht neben ihnen oder mit einer Frau in einem anderen Ort; Geschichten, die sich im Kreis drehten, ohne Ausweg immer wieder dasselbe Geschehen. Überlebensgeschichten, die nur berichten sollten, daß sie durch einen grotesken Zufall noch lebten, ohne zu wissen wo und warum und wozu, sie redeten sich durch die Nacht, nahmen am Morgen ihren mit Bindfaden verschnürten Pappkarton, verschwanden ohne Gruß.

Er lag in dem engen Raum, in einem Ort ohne Zeit, wie vor der Erschaffung der Welt, ohne Aussicht, ins Leben zu finden, wären da nicht die Stimmen von Menschen gewesen, die wie ausgesetzte Lichter auf einem dunklen Fluß dahintrieben. Die Stimmen der Lebenden, die Stimmen der Toten. Er hörte sie, er vergaß sie nie. Die Stimmen der Lebenden übertönten bald die Stimmen der Toten, aber die Toten hatten recht, weil sie tot waren, und die Lebenden wußten sich nicht zu rechtfertigen, denn sie hatten nur durch Zufall überlebt. Die Gerechtigkeit hätte alle töten müssen, sagten die Toten. Die Lebenden sagten, die Gerechtigkeit hätte keinen töten dürfen. Einig waren sie sich darin, daß man auch die Gerechtigkeit getötet habe, daß die Ungerechtigkeit überlebt habe und daß alle, die nach der Nacht den Tag sehen würden, im ungerechten lebten.

Das Morgenlicht erwachte in einem zersplitterten Spiegel, der auf der Straße lag, warf seinen hellen Schein auf einen verschütteten Hauseingang direkt gegenüber seinem Mauerloch, auf die stehengebliebenen Quader voller Zeichen und Namen und unverständlicher Abkürzungen; Hieroglyphen, dick mit Kreide aufgetragen, mit Nägeln und Messern eingeritzt, Familiennamen, Straßennamen, ineinandergeschrieben, über ältere Schriften hinweggeschrieben, verwaschen, schwer entzifferbar, Schriftzeichen an den Mauern einer versunkenen Stadt. Aber jeder beschriebene Stein bedeutete, ich lebe, bedeutete dem, der suchte, such mich da oder dort, ich lebe, frag die oder den nach mir, ich lebe, hoffte darauf, daß ein Mensch zu den beschriebenen Steinen kam, um die Lebenszeichen zu enträtseln, und immer wieder erneuerten Männer und Frauen die Inschriften, kratzten ihre Namen in die Mauersteine.

Die Sonne schien in den Spiegel, blendete ihn mit ihrem Feuer, erinnerte ihn an die Brandnacht in der Stadt, in der ein Mann das Feuer durch die Straßen trug, in einem Spiegel, den er retten wollte; während die Spiegelsplitter auf der Straße jetzt die offenen, schräg herabhängenden Wohnungen durch die heraufziehenden Wolken segeln ließen, ein harmonisches Bild in der kunstvollen Ordnung der Splitter, für ihn das natürliche Bild seiner Welt.

Die eingebrannten Lackreste am Kopfende des Bettes erglühten im Sonnenlicht in allen Farben des Regenbogens, Leuchtzeichen einer Ordnung hoch über dieser Welt, von der keiner mehr träumte. Farbige Punkte, die vor den Augen verschwammen, Irrlichter einer vergangenen Zeit.

Er lehnte sich aus dem Mauerloch und sah die lange Straße, die sich unregelmäßig durch das Quartier schlängelte, die Schutthaufen der eingestürzten Häuser, die geschwärzten Fassaden der ausgebrannten Ruinen, und inmitten der Straße, auf einem schmalen Pfad zwischen den Trümmerbergen, sah er Friedrich; sein Vater kam mit einem Brot unter dem Arm, als wäre es die selbstverständlichste Sache der Welt. Ihm wurde schwindlig, er hielt sich an den Steinen fest, er hatte seit Tagen nichts mehr gegessen, er hatte nur noch das Gefühl des Hungers, diese Betäubung des Körpers, die in ein schwereloses Dahindämmern übergeht. Er roch den unvergleichlichen Duft des frischen Brotes, das in den

Dörfern gebacken wurde, in die man sie evakuiert hatte, er schmeckte die frische Butter, er spürte zum Greifen nah die Scheibe Brot mit Butter und Salz. Aber er halluzinierte das in einer so ohnmächtigen Lage, daß er das Bild nicht mehr mit seinem Zustand in Zusammenhang bringen konnte. Er sah wieder auf die Straße, da war kein Mensch, kein Vater, kein Brot, in dem zersplitterten Spiegel verblaßte die Sonne.

Gustav, sein Großvater, stand breitbeinig über ihm auf der Mauer zur Straße, stand zwischen Himmel und Erde und schrie, die Erschaffung der Welt sei bitte schön nichts gegen ihre ständige Restaurierung, Gott, falls es ihn gäbe, in dubio pro reo, wie der tolerante Mensch sage, hätte sich nie mit altem Krempel abgegeben, hätte nie etwas wegräumen müssen, hätte wie ein berühmter Architekt nur mit niet- und nagelneuem Material gearbeitet und sei nach dem Richtfest mit unbekanntem Ziel verreist, ohne sich jemals um die Schäden der Zeit zu kümmern.

Maria rief von unten, er solle Gott aus dem Spiel lassen. Gustav konzentrierte sich schweißüberströmt auf einen verkohlten Balken, auf der gegenüberliegenden Mauer von Friedrich gehalten, der ebenfalls breitbeinig balancierend den Dialog mit seinen aus dem Krieg mitgebrachten deutsch-italienischen Flüchen begleitete: »Porca miseria. Mamma mia, papa roma, mio grande casa kaputt.«

Friedrich jonglierte mit Todesverachtung auf der von allen gemeinsam zum hinteren Zimmer hin errichteten neuen Mauer. Sie hatten die verschiedensten Steine herangeschleppt, den Mörtel mit anderen Steinen weggeschlagen, bis ihre Hände bluteten, denn sie besaßen keine Handschuhe und kein Werkzeug, sie legten die Steine so aufeinander, daß sie sich zusammenfügten, da sie aber nicht genau paßten, war eine Mauer mit vielen Unebenheiten, Vorsprüngen und Ritzen entstanden, durch die man immer noch das Trümmerfeld sehen konnte.

»Gebaut für die Ewigkeit wie die Pyramiden«, sagte Gustav. Fin rief beschwörend: »Das hält nie, das hält nie, das hält nie!« Elisabeth meinte, das wäre dann ja auch egal, dann wäre eben alles wieder wie vorher.

Eine zweite Mauer entstand zum ehemaligen Hausflur hin, so daß sie nun vier Mauern hatten, auf die sie ein Dach setzen konnten. Gustav und Friedrich schoben die Balken, die sie aus den Trümmerhaufen gezogen hatten, auf die neuerrichteten Mauern, es knisterte gewaltig und furchterregend, allen stockte der Atem, die Steine drückten sich nach unten, Maria sandte ein Stoßgebet in den immer noch freien Himmel über ihnen, aber zur Überraschung aller ruhten die Balken, hielten die Mauern.

Wären sie zusammengebrochen, hätten sie Friedrich in das Granatloch gestürzt, in dem man ihn dann auch gleich hätte beerdigen können, tief genug war es. Aber daran mochte keiner denken, und Friedrich dachte sowieso nie an solche Schreckensbilder.

Alle krochen über die Balken und bedeckten sie mit verschieden langen Brettern, Wellblechstücken und Resten von Teerpappe, die er, auf seinem Bett stehend, hochreichte. Sie beschwerten das Sammelsurium mit

Steinen, das einzige Material, das im Überfluß vorhanden war, und nannten es von nun an ihr Dach.

Auf der schmalen, sich nur langsam durch das Gescharre der vielen Füße verbreiternden Straße zogen von Sonnenauf- bis Sonnenuntergang Menschen an seinem Fenster vorbei. Sie kamen von weit her, eine Handbewegung zeigte in eine unbestimmte, hinter ihnen liegende Richtung, und zogen in eine ebenso unbestimmte Ferne, die sich auch nur vage andeuten ließ. Oft waren sie auch ohne Ziel unterwegs, weil es einfacher war, weiterzuziehen, wo sollte man anhalten, wo sollte man bleiben?

Erst waren es einzelne, dann Gruppen, dann ganze Kolonnen, die in einem gleichbleibenden Tempo, wie schlafend, durch die Straße gingen, über Steine stolperten, sich wieder auffingen, weitergingen, überladene Holzwägelchen hinter sich herziehend, deren Räder über den Boden schleiften, aneinandergebunden, um sich nicht zu verlieren.

Da sie aus beiden Richtungen aufeinander zuliefen, die einen hoffnungsvoll dahin wollten, woher die anderen verzweifelt kamen, verhedderten sie sich oft, stritten sich um den schmalen Weg zwischen den Trümmern, blieben zu Knäueln geballt stehen, entwirrten sich nur mühsam.

Manchmal fiel einer schweigend um, blieb liegen, gehörte er zu einer Gruppe, wurde er auf irgendeine Weise mitgeschleppt, war er alleine, wurde er zur Seite geschoben, von den Füßen in die Trümmer gestoßen, dort lag er, bis eine Streife der Militärpolizei ihn fand.

Treibgut eines müden Stromes, der in seinen Wirbeln alle gegeneinandertrieb und langsam weiterzog, eines Stromes, der sein Flußbett verlassen hatte und sich mäanderhaft immer neue Wege suchte, in immer neuen Schleifen und Kehren das mitgeführte Geschiebe ablagerte, schließlich irgendwo versickerte, mit dem Geräusch der scharrenden Füße spurlos im Erdboden versank.

Da alle das, was sie an Kleidung besaßen, übereinandergezogen hatten, Jacken, Hosen, Röcke, Mäntel, sahen sie aus wie ausgestopfte Puppen, die sich mit ihren nun seltsam kleinen Köpfen und Händen kaum umdrehen konnten, gravitätisch einherschritten, sich feierlich bewegten; Verhungerte, die als Übergewichtige daherkamen, Taube, die mit ihren unverständlichen Stimmen Lieder grölten, Blinde, die sich gegenseitig umrannten, Kinder wie kleine Stoffbälle, die hin und her trudelten oder als aufgedunsene Prinzen auf den Holzwägelchen wie auf einem Thron lagen, ein Totentanz als Kostümball.

Erst jetzt, nachdem sie einen Raum besaßen, weil es vorher doch wie ein Leben auf der Straße gewesen war, fiel ihnen auf, daß auch sie verkleidet herumliefen. In ihrer Wohnhöhle, zwischen den archaisch gebauten Mauern unter einem tropfenden Dach, wirkte ihre Kleidung unnatürlicher als auf der Straße.

Maria, die auf dem Rückweg aus der ehemals amerikanischen, dann russischen, in die britische Zone, auf ihrer Odyssee durch Deutschland, im Schlamm der Lager ihre Schuhe verloren hatte, barfuß über schneebedeckte Erde lief, besaß ein Paar braune amerikanische Soldatenschuhe, die ihr ein Schwarzer unterwegs aus einem Jeep zugeworfen hatte; sie trug sie immer noch, weil amerikanische Soldatenschuhe im Gegensatz zu deutschen Schuhen ewig hielten. Da sie keinen Mantel hatte, zog sie zwei Steppjacken übereinander, eine blaue der deutschen Luftwaffe, die aus einem bei Kriegsende immer noch gut gefüllten Wehrmachtsdepot stammte, eine grüne aus den Beständen der Roten Armee, die sie an einem Kontrollpunkt ergattert hatte. So kletterte sie wie ein Bergsteiger durch die Trümmer.

Friedrich, in Italien durch eine polnische Einheit in amerikanische Gefangenschaft geraten, sprach zur Verwunderung der Familie fast nur noch Italienisch, das er gelegentlich, wenn er wollte, ins Deutsche übersetzte. Unter seinem deutschen Militärmantel und einer kanadischen Militärjacke schlotterte eine amerikanische Militärhose, er hatte seine Fallschirmjägerstiefel gerettet und schmückte sich mit einem Bersaglierehut, dessen abgebrochene Federn ihm etwas Kühnes gaben. Er besaß ein Militärbesteck und ein verkratztes grünes Kochgeschirr, das er seinem Sohn später für die Schulspeisung feierlich überreichte, und, wertvollste Kriegsbeute, ein großes, schweres Nachtglas, durch das er ihm die Sterne zeigen wollte, das aber dann gegen Konserven eingetauscht wurde. Er sah aus wie eine Landsknecht-Karikatur aus dem Dreißigjährigen Krieg, wie eine Vogelscheuche, maulte Maria, während er meinte, etwas Besseres habe er noch nie getragen, und er werde es sich sehr überlegen, jemals etwas anderes anzuziehen.

Gustav rettete sich in den letzten Kriegstagen mit

flüchtenden deutschen Soldaten in den Schwarzwald, in einen Ort, aus dem seine erste, früh verstorbene Frau stammte, war dort aber in die Hände der Franzosen gefallen, hatte sich wieder abgesetzt, war auf Umwegen, die er auch auf einer Landkarte nicht mehr rekonstruieren konnte, wieder zurückgekommen, hatte als Reisesouvenir einen dicken französischen Wollstoff mitgebracht, aus dem Elisabeth, Friedrichs Schwester, so etwas wie eine Mönchskutte schneiderte. Der Freigeist lief nun als Kapuzinermönch herum, da er auch noch bis zur Hüfte reichende Anglerstiefel trug, konnte er als biblischer Prophet auftreten. Er verteidigte diesen Aufzug als warm und wasserdicht, nahm den Zuschnitt aber trotzdem übel, denn Elisabeth hatte ihm einen Mantel versprochen, doch ohne Nähmaschine, ohne Garn, ohne Knöpfe könne man nur etwas Traditionelles herstellen, meinte sie und grinste dabei.

Nun war es wirklich egal, was man trug, keiner kümmerte sich um Kleidungsfragen, Hauptsache, man hatte etwas, das vor Kälte, Regen und Wind schützte. Viele mußten die wenigen Kleidungsstücke, die sie besaßen, noch mit einem anderen teilen, so daß nur einer auf die Straße gehen konnte, der andere im Bett bleiben mußte. Jedes Stückchen Stoff war unglaublich wertvoll.

Elisabeth meinte, wenn sie die Familie anschaue, wäre es die interessanteste Kollektion, die sie je gesehen habe, sich damit an ihre Zeit als Direktrice eines Modehauses erinnernd. Diese Beurteilung traf zumindest auf ihre Garderobe zu, sie hatte sich aus mehreren angebrannten und zerrissenen Gardinen eine Art Hochzeitskleid einer Kronprinzessin umgebunden, das sie mit farbigen Stoffbahnen zusammenhielt, dazu trug sie Stoffschuhe mit Holzsohlen, wie man sie zu Kriegsende bekam, sie saß wie ein unausgewickelter Kokon in der Ecke und wartete entschlossen auf bessere Zeiten.

Fin, die nun schon lange mit Gustav zusammenlebte, besaß eine Uniform der Deutschen Reichsbahn, eine Uniform, die in dieser Zeit ihre Vorteile hatte, denn mit den passenden Passierscheinen, und Fin machte sie sich immer passend, überwand man sogar die Sperrstunden.

Sie unterschieden sich also nicht von dem Maskenball, der sich durch die Straße wälzte, diesem verkappten Totentanz, der sich im Kreis drehte, denn oft kamen Menschen durch die Straße, die schon einmal nach dem Weg gefragt hatten, die aus unbekannten Gründen wieder zurückgeschickt worden waren, nun auf einem zweiten Weg erneut in dieselbe Richtung wollten; während andere ihr ursprüngliches Ziel aufgegeben hatten, zurückströmten, um irgendwo, wo war ihnen inzwischen ganz egal, einen Platz zum Sterben zu finden.

Einzelne Gruppen lagerten manchmal vor dem Fenster, zeigten ein krankes schreiendes Baby, fragten höflich nach Wasser und Feuer, man zeigte ihnen die Wasser- und die Feuerstelle, sie bedankten sich, sagten, sie seien ehrbare und anständige Menschen, man könne ihnen die Hand abhacken, wenn sie stehlen würden.

Eine Frau stillte das Baby, das zuckende Bündel beruhigte sich, die anderen schlürften ihre Wassersuppe, die sie mit fast zeremonieller Umständlichkeit an der Feuerstelle zubereitet hatten; sie saßen noch eine Weile im Kreis, stumm, rauchten, tranken, sahen sich nicht an, blickten auf die Erde, rückten sich dann ein paar Ziegelsteine als Kopfkissen zurecht und legten sich auf die Straße zum Schlafen.

Immer wieder stellte sich auch ein Mann oder eine Frau vor sein Fenster, begannen zu erzählen, woher und wohin, erzählten ausführlich, waren froh darüber, daß er so geduldig zuhörte, daß sie das Durcheinander der Zeit und den Wirrwarr ihrer Gedanken in einer Geschichte einmal ordnen konnten, sich dadurch wieder in ihrem eigenen Leben zurechtfanden, das ihnen abhanden gekommen war und das sie nun wieder zusammenfügten, zumindest solange sie erzählten.

Die Männer kramten dabei alle Papiere aus, die sie besaßen, Berufszeugnisse, Diplome, Meldescheine, Militärpapiere, dokumentierten bürgerliche Existenzen, ein Haus mit Vorgarten, Direktor einer großen Firma, Inhaber eines Ladens, zum Militär eingezogen, da und dort in Europa gekämpft; ratlos falteten sie wieder die Papiere, die sich von selbst zusammenlegten, immer in denselben Knick, der schon zur Bruchstelle wurde und einriß. Auch die Fotos, die einen stämmigen, selbstbewußten, lachenden Mann vor seinem Haus oder seinem Geschäft zeigten, paßten nicht mehr zu dem ausgehungerten, leicht vornübergebeugten, weißhaarigen Mann, der sein Leben nicht mehr mit seinen Papieren und seinen Fotos in Einklang bringen konnte, der mit seinem hageren, zerfurchten Gesicht verwundert auf den lachenden Mann sah, zwei Existenzen, die nichts mehr miteinander gemein hatten.

Die Frauen zeigten die Fotos uniformierter Männer, Dienstgrad, Feldpostnummer, Kompanie, Bataillon, Regiment, Division, Armee, sie leierten diese Angaben herunter wie eine Litanei. Angaben, die die größtmögliche Ordnung suggerierten, eigentlich hätte man den Gesuchten und so perfekt Eingeordneten auf Anhieb finden müssen, aber all die Nummern und Namen und Bezeichnungen endeten in den alten chaotischen Fragen: »Haben Sie diesen Mann gesehen? Haben Sie von ihm gehört? Kennen Sie einen von seiner Einheit?« Fragen, wie man sie vor Hunderten von Jahren schon gestellt hat, wenn man die Hafenstädte nach Schiffbrüchigen abfragte, die Oasen nach verschollenen Karawanen, wenn man den Gestrandeten die Vermißten beschrieb. Die größte Menschenorganisation, die es je gab, hatte so viele Menschen verschwinden lassen, daß jede Suche aussichtslos war, und doch suchten die Menschen noch viele Jahre lang, standen an Straßenkreuzungen und auf Bahnhöfen, zeigten ein verblaßtes Foto und fragten Fremde im Vorbeigehen: »Haben Sie ihn gesehen?«

In der Erinnerung war diese Zeit in einem gleichmäßigen, sich kaum verändernden Dämmerlicht länger als die wirkliche Zeit.

Er lag auf seinem Bett in diesem grauen, regungslosen Licht, lag wie in einem vergessenen Grab einer aufgegebenen Ruinenstadt, in einer sich immer mehr ausbreitenden Totenstarre. Lieber hätte er auf der Straße gesessen, wo Tag und Nacht war, Licht und Dunkelheit, das mit der Zeit ablaufende Leben, die Stimmen der Menschen.

Eine alte abgeblätterte Wohnungstür stand vor dem Fenster, sie wurde nur beiseite geschoben, wenn einer hinaus oder hinein wollte. Der Raum lag im Halbdunkel, das Tageslicht schien in schmalen Streifen durch die Mauerritzen, die Stimmen der Menschen waren undeutliche Geräusche. So wie er sich durch die Art der Lichtstreifen den hellen Tag vorzustellen versuchte, den Morgen, den Abend, so versuchte er die Herkunft der Stimmen zu deuten, die halbverstandenen Sätze, um gegen das fahle Licht und die Totenstarre anzukämpfen.

Als sie ein Fensterkreuz fanden, das sie einsetzen konnten, wurde der Raum wieder heller, aber sie hatten kein Fensterglas, nur eine Rolle fast undurchsichtigen Plastikdraht, die sie mit Heftzwecken an den Fensterrahmen anklemmten. Die Menschen auf der Straße schwammen daran wie Fische vorbei, näherten sie sich, bekamen sie aufgedunsene Gesichter, entfernten sie sich, liefen ihre Körper auseinander zu einem milchigen Schleim, aus dem sich neue Menschen formten. Sein größter Wunsch war eine Fensterscheibe, damit er, wenn er alleine war, durch das Fenster sehen konnte.

Wenn die Familie mit dem Tageslicht loszog, um auf unsicheren Pfaden, auf gefährlichen Wegen, durch eingestürzte Häuser und verlassene Stadtteile in dieser versteinerten Welt etwas Eßbares, etwas Brauchbares zu erjagen, mit dem Blick urzeitlicher Jäger alles als Beute ansah, was in ihre Reichweite kam, blieb meist nur Gustav zurück, um den Raum mit ihm gegen Fremde zu verteidigen, die ebenfalls auf der Suche nach Beute waren oder sich auf diesem Lagerplatz festsetzen wollten. Neben seinem Bett lagen immer einige Steine, die er sofort warf, wenn ein Unbekannter hereinkletterte, und auch Gustav hatte für solche Fälle eine Eisenstange in Griffnähe.

Meist rumorte Gustav, laut vor sich hin redend, in ihrer Wohnhöhle herum, inspizierte die Mauern und Balken, prüfte die Lage der Steine, füllte die Ritzen mit Erde, dichtete die sich immer wieder bildenden Löcher im Dach, versuchte, aus verschieden großen splitternden Brettern, die von Schränken und Betten zerstörter Wohnungen stammten, mit einer Handvoll rostiger Nägel ein Regal zu zimmern, in das sie Töpfe, Teller und Tassen stellen konnten. Da er nur wenige Nägel besaß und keine Säge hatte, um die Bretter anzupassen, rutschte das Regal, ohnehin schräg gebaut, immer wieder zur Seite, fiel zusammen, und Gustav fing von vorne an, versuchte das Gleichgewicht der Bretter zu erkunden, um seine kostbaren Nägel nicht zu vergeuden, sondern sie an den strategisch entscheidenden Punkten mit einem Stein einzuschlagen.

Gustav fand auch ein schmales Stück Fensterglas für ihn. Er kroch hinter ihrer Wohnhöhle in eine Waschküche, in der Hoffnung, einen Waschkessel zu finden, sah dabei ein zugemauertes Fenster, das so dem Luftdruck der Bomben widerstanden hatte, baute es mitsamt dem Rahmen aus und setzte es in das Plastikdrahtfenster ein. Das war nun seine Luke zur Welt, sie ließ sich sogar öffnen, und er sah jetzt die Bewegungen der Menschen, ihre Gesten durch sein kleines Fenster wie unter einer Lupe. Er konnte wieder ihre Worte hören, nicht mehr nur ihre undeutlichen gedämpften Stimmen. Er sah auch wieder die Galerie der zerstörten Wohnungen, die in ihrer fortschreitenden Verwitterung und Auflösung sich ganz unnatürlich entblößten. Das Private und Intime persönlicher Räume, in denen man sich ungeniert bewegte, in denen man seine Besitztümer nach seinem Geschmack arrangierte, in denen der Fremde höflich und vorsichtig, um nicht als Eindringling zu gelten, in einem Wohnzimmersessel Platz nahm; all das lag jetzt für jedermann sichtbar da, wurde überwuchert von Holundersträuchern, junge Bäume schlugen Wurzeln, erste Mauersegler jagten kreischend durch die Wohnungen, bauten ihre Nester.

Offene Gräber mit anonymen Totengeschichten, leere Gehäuse, die er in Gedanken wieder mit Menschen bevölkerte, denen er ihre Geschichte erfand: Geboren, gestorben, Kinder gezeugt und großgezogen. Dreißig Jahre hier gewohnt. Die Möbel auf Raten gekauft, für die Wäscheaussteuer gespart, alles für später geschont. Sonntags Kaffee und Kuchen. Werktags um sechs aufstehen, Ofen heizen, Betten machen, kochen. Nach Feierabend die Nachrichten, das Wunschkonzert im Radio, Zeitungsabonnement, Lesezirkel, Sterbeversicherung. Dunkle Flecken um den Lichtschalter einer Lampe, Spuren von suchenden Händen. Die eingedrückten Kissen eines Sofas vor einem Mauerloch. Die kostbare Nachttischlampe kopfüber an der zerrissenen Tapete. Der Schatten einer verkohlten Wanduhr mit den Umrissen des Perpendikels. Ein verbrannter Rahmen, in dem einmal ein Bild hing. Ein aufgeplatzter Kachelofen, zersplitterte Ehebetten, Reste eines Spiegelschrankes, in den sich ein Laufgitter gebohrt hatte. Alles bewahrt und geputzt und aufgehoben und gepflegt, und oft eine Ohrfeige: »Warum hast du wieder mit den Händen an den Spiegel – Warum tobst du auf dem Bett – Warum putzt du dir nicht die Schuhe ab –«

Eine Leiter stand vor den Wohnungen, die man für jetzige Begriffe als gut erhalten ansehen konnte, neue Besitzer kletterten hinein, warfen auf die Straße, was nicht mehr zu gebrauchen war, richteten sich in dem Rest ein, gingen vorsichtig an der Rückwand entlang, denn man konnte nicht wissen, ob der Raum nicht doch noch abstürzen würde.

Das Trümmerfeld hinter dem zerstörten zweiten Zimmer belebte sich mit Notunterkünften: Hütten, Baracken, Schreberhäuschen aus Holz, Pappe, Blech und Sackleinen, je nach herangeschleppten Materialien, halbrunde Nissenhütten aus Wellblech, die schon fast komfortabel waren, wenigstens nach Meinung derer, die in zugigen Hütten zwischen Kleiderschränken, Pappwänden und angelehnten Türen hausten, während die aus den Nissenhütten antworteten, sie wären dafür zusammengepfercht wie die Lemminge und würden ihre Flöhe und Läuse und Wanzen und die verdammte Krätze nicht los, und die anderen meinten, lieber Flöhe, Läuse, Wanzen und Krätze, als morgens erfroren oder verhungert aus dem Schreberhäuschen getragen zu werden, worauf die Nissenhüttenbewohner zurückgaben, bei ihnen würde man mit Tuberkulose, Typhus und Ruhr hinausgetragen.

Auf der zerstörten Stadt entstand, wie nach jeder Katastrophe in der Menschheitsgeschichte, eine neue Stadt. Zunächst behelfsmäßig, jeder baute, wie er wollte und wo er wollte, Straßen gab es nicht, nur Pfade von Hütte zu Hütte, wie in einem Goldgräberdorf. Es gab keinen Bebauungsplan, keine Stromleitungen, keine Kanalisation, keinen Gas- oder Wasseranschluß. Es gab auch keine Polizei, kein Amt, keine Behörde, die etwas vorschrieb, jeder machte, was er wollte, tat in vollkommener Freiheit das, was ihm gerade einfiel, dachte nicht mehr an Vorschriften, denn keiner fragte danach, wirklich niemand kam daher, hatte eine Uniform an oder einen Ausweis bei sich und sagte: »Was machen Sie da?«

Vielleicht gab es noch Gesetze und Verordnungen, aber welche davon aufgehoben oder abgeändert worden waren, welche noch in Kraft waren, das wußte niemand. Für die Menschen existierten keine Gesetze und Verordnungen mehr, das war das herrschende Grundgesetz. Wer von Recht und Ordnung sprach, wurde ausgelacht. Wer nach dem Gesetz rief, wurde für verrückt erklärt. Die Staatsordnung war erloschen und mit ihr jede Autorität. Es herrschte das Chaos, und die Menschen fanden sich gut darin zurecht, sie bemerkten, daß das so verschriene Chaos auch seine Regeln hatte, die Unordnung wies im Gegensatz zu den mit ihrer Ordnung prunkenden Staatsgebilden ganz angenehme Seiten auf. Der Schwarzmarkt übernahm die Versorgung der Bevölkerung, die Banden den Schutz der Quartiere, oberste Staatsbehörde war die Militärpolizei. Wenn die Männer mit dem Jeep heranpreschten, scharf bremsten, in ihren braunen Uniformen mit den leuchtend roten Mützen und dem blendend weißen Koppelzeug betont lässig ausstiegen, sich mit schlendernden Schritten näherten und ihre Hände unmißverständlich auf die Pistolentaschen legten, herrschte Ruhe. Schuld und Unschuld wurden an Ort und Stelle entschieden, der Schuldige auf den Kühler des Jeeps gepackt und mit Vollgas abtransportiert.

Die Familie beschloß, auch den zweiten Raum wieder aufzubauen, das gut drei Meter tiefe, zimmergroße Loch mit den Trümmern des Hofes aufzufüllen.

Eine von der Militärregierung eingesetzte Notbehörde verteilte Schaufeln und Hacken, etwas anderes hatte sie nicht zu verteilen, es war wohl die stillschweigende Aufforderung, das Land wieder herzurichten, wobei zunächst jeder an seine Wohnung, sein Haus, seine Straße dachte.

Die Schaufel und die Hacke wurden von der Familie in einer harten Auseinandersetzung mit Mitbewerbern nach stundenlangem Anstehen erkämpft. Sie waren nicht im Überfluß vorhanden, waren zunächst nur ein Gerücht, das erst durch energisches Aufspüren der Ausgabestelle, durch hartnäckigen Einsatz im Verteilungskampf, bei dem Maria zum Schluß über vor ihr stehende Menschen einfach hinweggeklettert war, stolzer Besitz wurden. Diese Schaufeln und Hacken waren ein unerhörter Fortschritt in der gerade herrschenden Zivilisation, man mußte nicht mehr alles mit den Händen machen, man konnte an größere Projekte denken.

So stand Maria mit ihren festen Amischuhen und ihren zwei wattierten Jacken auf dem Trümmerberg des Hofes, schwang die Hacke, schlug sie in die Steine, schob das Geröll mit der Schaufel nach unten, übergab beides Friedrich, der auf halber Höhe unter ihr stand, sich immer wieder in seinen Militärmantel verheddernd, das Gemisch aus Mörtel und Gestein weiter nach unten schaufelte, wo der *Kapuziner* Gustav und die *Eisenbahnerin* Fin es mit Händen und Füßen verteilten und festtraten.

Elisabeth fiel bei solchen Arbeiten aus, sie sah überall nur Erdrisse und Erdspalten, hatte Angst, hockte in ihre Gardine eingepackt wie ein toter Schmetterling am Rand des Lochs und hielt sich an einer Mauer fest. Man konnte ihr nicht mal die Mäntel und Jacken anvertrauen, die hinderlich waren und in denen sie schwitzten, Elisabeth paßte nicht auf, sah gedankenverloren auf ihre Holzschuhe. Die Kleider hinter sich zu legen war zu gefährlich, sie wurden sofort gestohlen, selbst wenn man sie anhatte, mußte man sie noch verteidigen.

Sie füllten das Loch, legten dabei einen betonierten

Hinterhof frei, schoben Balken und Bretter auf die Trümmer, hatten einen Fußboden, mauerten wie beim ersten Zimmer ohne Mörtel und mit passenden Steinen, hatten nun mehr Routine, auch etwas Glück, daß sie für die Seitenmauer graue grobkörnige Schwemmsteine beschaffen konnten, Quader, die hohl und daher leicht aufeinanderzustellen waren.

Und während sie das Dach aus Teerpappe und Blechen errichteten, verschönerte Elisabeth den neuen Raum, indem sie aus einem aus den Trümmern herausgezogenen gebundenen Illustriertenjahrgang Blatt für Blatt rausriß und ganz abwesend und vollkommen in sich versunken mit Kleister an die Wände klebte: *Stukas über Warschau. Deutsche Truppen auf dem Vormarsch in Rußland. Siegesparade vor dem Arc de Triomphe. Deutsche Panzer in Afrika. U-Boote im Skagerrak.*

Gustav kam wie der Teufel vom Dach herab, riß die noch nassen Illustriertenblätter wieder von der Wand, schrie etwas von Krieg und Schnauze voll, Elisabeth weinte, weil sie die Sache nicht richtig verstand, Maria nahm sie in Schutz, sie wollte doch nur Papier gegen den Durchzug kleben, Friedrich war es mal wieder egal, Fin meinte, sie könnten ja die Engländer zur Besichtigung der Gedenkstätte rufen. Gustav, der sich die Finger beim Abreißen der Illustriertenblätter an den rauhen, unverputzten Steinen aufgerissen hatte, mit blutenden Händen dastand, schrie mehrmals: »Verdammte Hurenscheiße!«, das hatte er noch nie gesagt. Maria rief empört: »Vor dem Jungen!«, aber der hatte in dieser Zeit schon ganz andere Schimpfworte gehört.

Die Illustriertenseiten waren nicht mehr ganz zu entfernen, der Kleister hatte sich schon mit den Steinen verbunden, und so blieben überall Reste hängen, da ein Soldatenhelm, da das Rad eines Kübelwagens, da eine Panzerkette, da eine halbe Siegesparade, da der Flügel eines Stukas, eine gefleckte Wand mit den Versatzstücken des Krieges, das Unterste zuoberst gekehrt, den Arc de Triomphe über ein Cockpit geneigt, die Warschauer Altstadt unter einem U-Boot, Berlin im Fahnenschmuck.

Das Leben wurde vom Notwendigsten bestimmt und änderte sich täglich, keiner dachte an später, für nichts gab es einen Plan, ein Tag hatte vierundzwanzig Stunden, und damit mußte man zurechtkommen. Man lebte mit Sperrstunden, die bestimmten, wann man auf die Straße durfte und wann nicht, nach dem ersten Sirenenalarm hatte man noch zehn Minuten Zeit, nach dem zweiten Sirenenalarm hatte die Straße leer zu sein, oder es wurde scharf geschossen. Man lebte mit Stromsperren, mit Lebensmittelkarten, Bezugs- und Berechtigungsscheinen für minimalste Rationen, ein rein fiktives Ernährungs- und Bekleidungssystem, nur in Ausnahmefällen gab es auf irgendeine Karte irgendeine Zuteilung, die auf den bedruckten Papierschnitzeln angegebenen offiziellen Rationen organisierten nur das gleichmäßige Verhungern aller.

Auch die Geldscheine prunkten mit Zahlen, die so irreal waren wie die Welt, in der man lebte. Der untergegangene Staat existierte nur noch in diesen drohenden, düsteren Zahlen zwischen unheilvoll verschlungenen Ornamenten, schmuddeliges, hundertmal gefaltetes Altpapier, das keiner haben wollte. Das neue Geld nannte sich Ami-Zigaretten, es war die anerkannte Währung, ein Mann mit tausend Ami-Zigaretten war ein unvorstellbar reicher Mann.

Auch die Menschen erhielten neue Standesnamen, die für jeden Fragebogen wichtig waren und eine neue Gesellschaft bezeichneten, die mit den alten bürgerlichen Kategorien nicht mehr erfaßbar war. Es gab Kriegstote, Kriegerwitwen, Kriegsgefangene, Kriegswaisen, Vermißte, Gefallene, Spätheimkehrer, Flüchtlinge, Fremdarbeiter, Zwangsverpflichtete, KZ-Gefangene, Displaced Persons.

Sie lebten mit ihren neuen Namen und mit dem neuen Geld – keiner hätte sagen können, wie viele Währungen es in diesem Jahrhundert schon gegeben hatte – in einer Stadt, in der auch die meisten Straßen und Plätze mal wieder ihren Namen verloren hatten und auf eine neue Bezeichnung warteten – und keiner hätte sagen können, wie viele Namen die Straßen in diesem Jahrhundert schon getragen hatten –, in einer Stadt, in der die Denkmäler und die alten Häuser verschwunden waren, in der ganze Stadtteile nicht mehr existierten, so daß sogar die ältesten Straßen sich umorientierten und einen neuen Weg durch die Trümmer einschlugen; verwehte Wege, die ständig ihre Richtung änderten in dieser grauen, staubigen Landschaft, die zur Steppe wurde. Wer hoffte, mit einem wenige Jahre alten Stadtplan sich zurechtzufinden, der verlor sich in einem Labyrinth oder landete in einem Kellerloch.

Nur der große Fluß schob sich wie immer schwerfällig an der Stadt vorbei, umspülte die gesprengten vielnamigen Brücken, die gewaltigen Eisenträger, die, sich vergeblich aufbäumend, im Fluß lagen, und verschwand wie seit ewigen Zeiten im dunstigen Licht einer stillen Landschaft.

Etwas anderes als ein Leben im Chaos einer zerstörten Welt konnte sich keiner mehr vorstellen, auch er nicht. Es gab keine Wahl, keine andere Möglichkeit, so wie man es von früher her kannte, wo einer wie er andauernd gefragt wurde: »Na, was willst du denn mal werden?« So eine Frage war jetzt absolut lächerlich und überholt, und es stellte sie auch keiner. Diese Welt, so wie sie jetzt war, ungewiß und gefährlich, war auch sein Leben, etwas anderes, Träume von fernen Ländern, fremden Städten, von Universitäten und Berufen gab es nicht. Wer träumte, verhungerte oder erfror.

»Ich kann zaubern«, lachte das Pückelchen vor der Fensterluke und kugelte sich vor Freude im Dreck, ohne Rücksicht auf das Kleid, das es trug, denn das Pückelchen hatte nur ältere Schwestern, deren Kleider es auftragen mußte.

Das Pückelchen hatte rote Haare, einen Puckel hinter der linken Schulter, lachte ständig, zeigte seine vorstehenden Zähne und wurde von allen nur das *Pückelchen* genannt.

»Ich kann auch fliegen«, rief das Pückelchen, lachte laut, stampfte mit den Füßen, schlug mit den Armen wie ein Vogel und kletterte mit leichter Behendigkeit auf das Dach über ihm. Es tanzte auf den Blechplatten herum, schrie mit seiner hohen Vogelstimme und sprang zum Entsetzen aller auf die Straße, ohne sich weh zu tun, da es ja ein Vogel war.

Danach entschloß es sich, ein Käfer zu sein, kroch auf der Erde herum, bis ihm wieder einfiel, daß es ja ein Zauberer war, der alles konnte. Es zeigte auf die offenen Wohnungen der anderen Straßenseite, schrie: »Im dritten Stock links!«, verschwand in den Trümmern und stand darauf tatsächlich in der angegebenen Wohnung. Mit einem Taschenspiegel blendete es die Menschen auf der Straße, damit sie bewunderten, wie es da auf halber Höhe hing, blinkte ihm dann mit dem Spiegel die Nachricht zu, daß es sich auf einen freistehenden Giebel zaubern werde, erschien kurz darauf an der angegebenen Stelle, steckte sich ein Stück Blech in den Mund und spielte mit dem Finger darauf wie auf einer Maultrommel. Es begann zu tanzen, sprang wild auf der Mauer herum, rutschte ab, fing sich wieder, hing in einem leeren Fenster, denn es war ja ein Zauberer, die roten Haare leuchteten in der Sonne.

An Tagen, an denen er halbwegs atmen konnte, zog das Pückelchen ihn aus dem Bett, »Bergsteigen!« schrie es dann, »Bergsteigen!« Gemeinsam kletterten sie durch die Stockwerke der zerstörten Häuser, sprangen durch ein Fenster auf eine Steintreppe, von dort auf einen schräg liegenden Balkon, der zu einer Mauer führte, die wie ein Gletscher mit vielen Spalten steil nach oben reichte. Sie rutschten auf allen vieren über umgestürzte Wände, kamen zu einer Holztreppe, die wie eine verdrehte Girlande herabhing, auf ihr hangelten sie sich weiter aufwärts, bis sie in Dachhöhe auf einer schmalen Mauer saßen wie auf einem Berggipfel und einen herrlichen Ausblick auf das zerstörte Quartier hatten. Ein Alpenpanorama mit vielen steinernen Spitzen und der

Sonne über dem Horizont. Unter ihnen wuselten die Menschen im Zickzack durch die Trümmer, schleppten etwas von da nach da, dann wieder in eine andere Richtung, Ameisen, die einen zerstörten Ameisenhaufen wieder aufbauten. Sie warfen Steine hinab, die Ameisen blieben kurz stehen, rannten dann weiter, sahen nicht einmal nach oben, sie waren es gewohnt, daß von den Mauern Steine herabfielen. Sie riefen: »Juchhe!« und »Hallihallo!«, aber niemand hörte sie, und auch das Echo blieb aus.

Dann tanzte das Pückelchen immer noch seinen Mauertanz, entlockte seiner Maultrommel dumpfe Töne, stampfte mit den Füßen, schlug mit den Ellbogen, schrie: »Ich bin ein Vogel!«, hüpfte auf der zwei Backsteine breiten Mauer wie auf einem Felsgrat herum, passieren konnte nichts, denn das Pückelchen war ja ein Zauberer.

Auf dem Rückweg nahmen sie eine Abkürzung und rutschten auf einem Schuttkegel durch zwei, drei Stockwerke hinab. »Das war ein schöner Ausflug«, sagte das Pückelchen dann immer und lachte mit seiner blechernen Stimme und besah sich das schmutzige Kleid, das es anhatte.

Das letztemal sah er das Pückelchen auf einem Giebel in der Sonne stehen, die leuchtendroten Haare brannten im Sonnenlicht wie eine Fackel, dann sah er nur noch eine Staubwolke, die sich langsam vor die Sonne legte, als sie sich verzog, waren der Giebel und das Pückelchen für immer verschwunden, der Zauber vorbei.

So wie man früher wundersame Schätze aus der Erde grub, erst mit den Händen, dann mit primitivem, später mit besserem Werkzeug, erst nur der Nase nach, dann mit Kompaß und Metermaß, mit handgezeichneten Schatzgräberkarten: *Zweihundert Schritte vom Schornstein der Kesselwerke in Richtung Hochbunker*, so grub man planlos oder planvoll, je nach dem vermuteten Wert des vermuteten Schatzes, die Erde um.

Unter dem Gestein von Mietwohnungen fand man kleine Kohlenlager neben Wassereinbrüchen, wie in einem frühen Bergbaugebiet. Unter den eingebrochenen Dächern ehemaliger Lagerhäuser entdeckte man Schnapskanister, Dörrgemüse und Fleischkonserven. In den Parkanlagen grub man Baumstümpfe aus und angeblich eßbare Wurzeln. Überall wurde gegraben, Männer und Frauen gruben die Erde um, als wären sie von einem Fieber befallen, wer Pech hatte, stieß auf Munition und hatte den Traum vom großen Schatz für immer ausgeträumt. Rüben- und Kartoffelfelder, Traum aller Schatzsucher, lagen schon weiter weg, sie wurden bewacht wie Diamantenminen, wer sie betrat, auf den wurde geschossen. Selbst die Hungerlese, das Absuchen abgeernteter Stoppelfelder nach Kornresten, war lebensgefährlich, die Bauern warteten nur darauf, mit ihren meterlangen Holzprügeln jeden zu verdreschen, der sich ihren Feldern näherte, auch wenn die Menschen die Hungerlese abwarteten, sich danach noch einmal auf das Feld begaben, wurden sie verjagt.

So zogen die hungernden und frierenden Schatzsucher entlang den Gleisen und Straßen immer weiter, nachts brannten Feuer auf den Bahndämmen, tagsüber kroch der zerlumpte Haufen, von Hoffnung und Verzweiflung geleitet, quer über das Land, füllte seine Koffer und Rucksäcke mit dem, was man rechts und links der Straßen und der Nebenstraßen fand, sich erbettelte oder auch stahl.

Ein biblischer Elendszug, der das Recht und das Gesetz der Not auf seiner Seite sah, der den sich schon wieder anhäufenden Besitz anderer nicht als heilig betrachtete. Hatten in diesem Krieg alle alles verloren, wie es in den ersten zusammenfassenden Betrachtungen nun zu hören und zu lesen war, mußte man die übriggebliebenen Reste miteinander teilen. Gab es aber Unterschiede, waren viele in diesem Krieg sogar reich geworden, so mußte man erst recht das Vorhandene aufteilen, das war jedenfalls die Meinung derer, die nichts mehr besaßen als die Hoffnung auf einen Platz im Paradies. Die anderen standen entschlossen mit geladenen Gewehren hinter den schmiedeeisernen Fenstergittern unbeschädigter Villen, vor den großen Scheunentoren ausladender Bauernhöfe. Sie hatten ihr Recht, mit beiden Beinen auf ihrem Boden zu stehen und der Not gelassen ins Auge zu sehen, und die Vorbeiziehenden hatten lediglich ein Recht auf Hunger und Obdachlosigkeit. Und sie zogen weiter, wie sie es immer taten, zogen weiter über die Erde und in die Ferne, verloren sich aus den Augen derer, die ihnen verärgert nachsahen, und hofften auf eine Hungerlese im Nirgendwo.

Später, als die Züge mit ihren klagenden und jammernden Dampfpfeifen und ihrem stöhnenden Aufschnaufen wieder über die rostigen Schienen rumpelten, Schlag auf Schlag im Gleichmaß der Schienenstränge die in den Abteilen stehenden Menschen durchschüttelten, sie aneinanderpreßten, zusammendrückten zu einem Menschenknäuel; die Menschen auf den Trittbrettern, Puffern und Wagendächern ungeschützt durch Regen, Schnee und Sonnenschein schleuderten, den Fahrtwind in den flatternden Kleidern, kam man in Gegenden, wo man fern der Zeit lebte, wie man immer gelebt hatte, und wo die Schilderung der persönlichen Erlebnisse noch Entsetzen auslöste. Davon hatte man noch nie gehört, das hatte man nicht gewußt, das war ja grauenvoll, war das wirklich so schlimm gewesen?

Die Hamsterer mußten in Küchen Platz nehmen, den herbeigerufenen Nachbarn noch einmal alles erzählen, ihre Geschichten ersetzten die alten Gruselgeschichten, die man noch vom Urgroßvater kannte, sie saßen da wie Mißgeburten auf dem Jahrmarkt, wurden mißtrauisch belauert und mit prüfenden Blicken getestet, ob ihre Verkrüppelungen und Erfrierungen und ihre Narben auch echt waren, mußten ihre Leiden immer erneut vortragen, damit man sie nicht für Betrüger hielt. Ja, stimmt das denn tatsächlich? Ja, als der kleine Sohn auf die Straße ging, um die Weihnachtsbäume am Himmel zu sehen, krachte es gewaltig, und man konnte ihn nur noch mit dem Löffel von der Hauswand abkratzen, um etwas in den Sarg legen zu können. Ja, man habe drei Tage unter dem brennenden Haus im Keller gelegen, zwischen aufgequollenen, vom Löschwasser verbrühten Menschen. Ja, man habe ... Für diese Schreckensgeschichten erhielt manch einer Kartoffeln, Speck und Mehl für einen Wintermonat, natürlich mußte er noch den Kuhstall ausmisten.

Ein seltsames Grummeln kam aus der Erde, verstärkte sich, wurde lauter, ein unheimliches Beben und Dröhnen wie die Ankündigung eines Erdbebens, was war da los? Schon rannten Menschen mit Eimern und Säcken durch die Straße, dann ein qualvoller Pfiff, das war eine Lokomotive, das war ein Zug, das war ein schwerer, endlos langer Güterzug, wieder ein heulender Pfiff, alles war auf den Beinen, als riefen die Trompeten von Jericho.

Der Güterzug brachte etwas, er war bis oben hin beladen, und schon war Maria in ihren Amischuhen und mit einem Sack in der Hand aus der Tür und kam nach einer bangen Stunde mit einem halben Zentner Kohlen auf dem Rücken wieder zurück, von den fahrenden Waggons heruntergeholt.

Das Geräusch wiederholte sich in unregelmäßigen Abständen, und die Menschen hatten ein Gefühl, als sei der erste Frühjahrsvogelschwarm über sie hinweggeflattert. Sie hatten das Dröhnen der Züge, das früher Tag und Nacht zum Quartier gehörte, vergessen, nicht mehr im Ohr gehabt, es erschien ihnen jetzt als verheißungsvolles Lebenszeichen.

Jeden Tag rannten sie zu den Bahndämmen, enterten die fahrenden Güterzüge wie früher die englischen Freibeuter die spanischen Galeonen, kamen nicht mit Gold und Silber, dafür mit Kohlen und Kartoffeln zurück, die natürlich viel wertvoller waren. Auch er mußte mit, schnaufend sammelte er die Kohlen ein, die Maria vom Zug warf, schnaufend schleppte er sie in die Wohnung.

Ehe die Güterzüge ausrollten, war ihre Fracht schon

bei denen, die sie dringend brauchten. Entgegen der Behördenmeinung war es das beste Verteilsystem aller Zeiten, es unterband jede Korruption.

Die Familie hatte in einer Ecke des hinteren Zimmers, neben dem Fenster zum Hof, das noch ein breites Loch war und jetzt als Wohnungseingang diente, einen Kohlenberg angehäuft, der im Licht einer Kerze stumpf glänzte, aber sie hatten keinen Herd. Wenn sie in einem Kellerloch einen entdeckt hatten, kam ihnen entweder einer zuvor, der ihn vor ihren Augen abschleppte, sich auch durch Beschimpfungen und Steinwürfe nicht zurückhalten ließ, oder der Herd war zu schwer, er zerbrach auf halber Höhe. Friedrich war Tag für Tag auf der Suche nach einem Herd, durchstreifte die Keller ganzer Straßenzüge, kletterte durch Häuser, die hinter ihm zusammenkrachten, so daß er sich nur mit einem Sprung retten konnte. Aber wo er auch hinkam, alles war schon ausgeplündert, nirgendwo ein Herd, hier waren schon Hunderte hindurchgekrochen.

Er robbte vorsichtig, um nicht gesehen zu werden, in die noch gesperrten Straßen, deren Häuser jeden Tag mehr in sich zusammenfielen, und er fand einen Herd, einen wunderbaren Nickelherd, fast neu, schon zum Abtransport bereitgestellt.

Diesmal waren sie schneller, während Gustav die Mauern beobachtete, Friedrich sich mit einem Strick an den Herd band, schaufelten Maria und Fin eine Schräge, Friedrich zog an, Maria und Fin schoben, gemeinsam zogen und schoben sie den Herd aus dem Keller die Schräge hinauf bis zum Trümmersockel über der Straße, und alle erzählten später, wie Friedrich sich unter den Herd stellte, der seine zwei, drei Zentner hatte, sich den Herd auf seine Schultern schieben ließ, mit starren Schritten breitbeinig losmarschierte, begleitet von der Familie. Und so erschien er auch im Fenster zum Hof, das zum Glück noch ein Loch war, stand mit dem Herd auf dem Rücken im Fenster; naßgeschwitzt, mit rotem Gesicht und dickgeschwollenen Halsadern stieg er in die Wohnung hinab, ließ den Herd abrutschen, der donnernd und staubend aufschlug, stützte sich mit beiden Händen auf die Herdplatte, strahlte ihn an und sagte triumphierend: »Feuer«.

Nie vergaß er das Bild, wie sein Vater, riesenhaft, die Welt hinter sich verdunkelnd, mit dem Herd auf den Schultern im Fenster stand, eine Statue, die das Gewicht der Welt trug, ein Götterbote, der das Feuer brachte.

Ein unveränderbares, ihn bestimmendes Bild wie das Bild im Fensterrahmen, gesehen durch das kleine Waschküchenfenster. Wenn er, den Kopf an das Bettgestell gelehnt, stundenlang unbeweglich durch das dicke schlierige Fensterglas blickte, fügte sich das Chaos der Zerstörung zu einem grausigschönen Bild. Hunderte ehemals wichtiger, wertvoller, geschmackvoller, schöner oder häßlicher Dinge, vom verzierten Messingperpendikel einer Standuhr bis zu den Resten eines in allen Farben funkelnden Kristalleuchters, vom beinlosen Schaukelpferd bis zum verbrannten Seidensessel, von einer Schranktür aus poliertem Holz bis zu den Scherben eines vergoldeten Porzellangeschirrs, lagen zerschmettert, zerstückelt, zerrissen, verstreut zwischen zersplitterten Steinen, Dachpfannen und verkohlten Holzbalken. Als hätte die Welt sich in tausend Facetten aufgelöst, die jeden bisherigen Sinn aufhoben, eine neue Ordnung der Sinnlosigkeit schufen, eine neue nie gesehene Harmonie von Farben und Formen, ein exakt gerahmtes Vexierbild hinter Glas, eine Welt hinter der Welt.

Die Straße vor dem Fenster, eine Straße ohne besonderen Namen, die sich wie eine verrutschte Linie quer durch Häuserblöcke schlängelte, den Rechtecken der Straßenkreuzungen zustrebte, belebte sich im trüben Licht des Morgens, nach einer langen toten Nacht. Menschen eilten ohne aufzusehen durch die Straße, liefen wie aufgezogen von einer Kreuzung zur anderen, rannten sich um, beschimpften einander, zankten sich wie Kinder um einen Haufen Ziegelsteine, stürzten sich wie zerfledderte Vögel auf jede weggeworfene Zigarettenkippe, schlugen sich um einen verbeulten Eimer, verschwanden schimpfend in ihren Kellerlöchern, für wenige Stunden des Lichts zum Leben erwachte Vogelscheuchen.

Suchende erschienen, die von einem Trümmerhaufen zum andern stolperten, von einem Kellerloch zum anderen, ratlos einen Zettel vorzeigten, immer wieder denselben Namen aufsagten, wie blind im Kreis herumliefen, jeden ansprachen, das Achselzucken der anderen nicht mehr wahrnahmen, so sehr waren sie daran gewöhnt, immer dieselbe Auskunft zu erhalten, denn keiner kannte den Namen, und keiner wußte, wer vorher in den Häusern gewohnt hatte.

Oft stürzte auch einer, schlug der Länge nach hin,

blieb liegen oder ging plötzlich ganz sanft in die Knie, saß wimmernd, sich den Bauch haltend, auf der Straße, lehnte die Hilfe Vorübergehender ab, sagte etwas vom Sterben und starb mitten auf der Straße liegend, fand keine Zeit mehr, sich in eine Ecke zurückzuziehen, legte sich auf die Seite, rollte sich ein wie ein krankes Tier, war nicht mehr zu bewegen aufzustehen.

Vor seinem Fenster knickte eine Frau ein, saß erschrocken mit weit geöffneten Augen auf der Straße, japste nach Luft, riß sich den Schal vom Hals, versuchte noch einmal, auf die Beine zu kommen, fiel wieder hin, übergab sich, zog sich, von oben bis unten verschmiert, an einer Mauer hoch, rutschte ab, drehte sich wie ein sterbender Vogel, der immer noch einmal mit den Flügeln zuckt, um sich selbst, lag dann ruhig.

Gestalten krochen aus den Kellerlöchern, hockten sich um die Frau, warteten ab, ob sie sich noch einmal bewegte, stießen sie mehrmals an, dann zogen sie ihr die Schuhe aus, zerrten ihr den Mantel vom Leib, verschwanden mit den Sachen, die Frau lag auf dem Rücken in einer weißen Bluse und einem schwarzen Rock, als käme sie von einer Beerdigung und wolle sich nun ausruhen.

Manchmal blieben Menschen vor dem Fenster wie erstarrt stehen, standen einige Meter voreinander, gingen langsam und zögernd aufeinander zu, schrien: »Nein!«, schrien noch einmal: »Nein!«, als wären sie mit der unerwarteten Wendung in ihrem Leben nicht einverstanden, schrien beide: »Ich dachte, du bist tot!«, fielen sich in die Arme, klammerten sich aneinander, lachten und weinten gleichzeitig, bejubelten ihre Wiederauferstehung von den Toten, schrien wild, wie in einem Theaterstück auf offener Szene, unverständliche, stammelnde Worte, so daß aus der Kulisse, aus den Kellerlöchern und den halbzerstörten Häusern, die Menschen diese Wiedersehensszene mitgenossen, voller Rührung und Anteilnahme weinten und applaudierten, als falle der Vorhang über ein Happy-End.

An gleicher Stelle konnte kurz darauf ein wütender, ganz wortlos ausgetragener Streit ausbrechen, ein Mann entriß einem Vorbeigehenden eine Tasche, der hob einen Stein auf und schlug ihn in das Gesicht des anderen, der trat, blutüberströmt, mit einem Fuß wuchtig in den Unterleib seines Feindes, sich krümmend vor Schmerz fielen beide übereinander her, stürzten auf die Straße, schlugen aufeinander ein, ein sich hin und her wälzendes Lumpenbündel, das sich wieder trennte, schnaufend und blutend saßen beide noch einen Augenblick nebeneinander, rappelten sich dann auf, entfernten sich, hinkten fast brüderlich davon, um etwas weiter weg erneut übereinander herzufallen.

Geisterhafte Umzüge waren die Auftritte der großen Banden, die kostümiert und herausgeputzt, als hätten sie ein historisches Museum geplündert, wie ein Rosenmontagszug der Bettler und Gauner an seinem Fenster vorbei durch die Straße zogen.

Ihre Heldentaten eilten ihnen voraus, gingen von Mund zu Mund, wurden, rasch weitererzählt und immer neu ausgeschmückt, zu balladenhaften Sagen, die jeder kannte, so daß jede Bande ihren Mythos hatte, der ihr viel Munition ersparte. Es genügte, daß einige Männer in einem Vorratslager erschienen, den Namen der Bande nannten, und sie erhielten, was sie wollten.

Flüsternd erfuhr man vom Feldzug einer Bande. Die Straße leerte sich, Stille breitete sich aus. Dann trotteten zwanzig, dreißig, manchmal auch fünfzig Mann in kleinen Gruppen durch die Straße, das dauerte unangenehm lange, denn sie gingen gemächlich, ihrer Macht bewußt, manche Gruppen schweigend, andere sich unterhaltend, lachend.

Es waren Privatarmeen, die immer noch Krieg führten, desertierte deutsche Soldaten, untergetauchte Hitlerjungen, die mit einer Panzerfaust noch in den Krieg gerieten und kein Zuhause mehr hatten, geflohene belgische und holländische SS-Männer, russische Kriegsgefangene, die nicht mehr nach Rußland zurückwollten, weil man sie dort wegen Fahnenflucht erschießen würde, polnische Zwangsarbeiter, die nicht wußten, in welches Polen sie gehörten, KZ-Gefangene, die sich vor Kriegsende in den Trümmern versteckt hatten, Displaced Persons, die sich an ein Leben in unumschränkter Freiheit gewöhnt hatten. Internationale Truppen, die sich wie Landsknechte Phantasie-Uniformen zulegten, KZ-Kleidung unter deutschen Offiziersmänteln, Gefangenenkleidung mit Pilotenjacken und Marinemützen, HJ-Uniformen mit breitkrempigen Damenhüten und im Straßendreck schleifenden Pelzmänteln, englische und amerikanische Uniformen mit Seidenschals und langen Samtvorhängen verziert, die pompös über den Rücken fielen. Phantasievoll waren auch die Namen der Anführer: der lahme Hans oder Bullekopp, Tante Nora oder Jan, der Feldmarschall. In den Wäldern an der

Grenze zur Stadt kampierte die *Polenbande*, im Hafen hatten die *Holländer* ihr Gebiet, die bei Kriegsende einige Waggons besten Rotweins erbeutet hatten und durch ständige Verlängerung und Veredelung mit Schnaps noch lange das Rotweinmonopol besaßen.

Zur Legende wurde Graf Mocca von Tonelli, der mit seinen Lastwagen und mit Maschinenpistolen bewaffnet eine elegante und schnelle Bande anführte, die auch schnell schoß. Bei einem Überfall auf ein Lebensmittellager nahm er nicht nur die Wachmannschaft gefangen, er entwaffnete auch die heranrasende Militärpolizei und sperrte alle zusammen in einen Raum ein. Die waffenlos auf Fahrrädern hinter der Bande herradelnden ersten deutschen Polizisten beschoß er von den Dächern aus unter dem Jubel der Bevölkerung. Graf Mocca von Tonelli verteilte wie Robin Hood seine Beute an Hungernde, an Alte und Kranke, die ihm dafür die Hände küßten und ihn gläubig in ihre Gebete einschlossen. Er war der unumschränkte Herrscher eines großen Gebiets, er war der edle Graf, vor dem die Leute ihren Hut zogen, wenn er ihnen gnädig zuwinkte.

Waffen kaufte man ungehindert in den Hauptquartieren der Banden, meist gut erhaltene, immer hell erleuchtete Villen, strahlende Inseln in der dunklen Stadt, die ihren Strom mit eigenen Aggregaten erzeugten, amerikanische Luxuswagen standen quer auf der Straße, die Tanks voll Benzin, während die übrige Bevölkerung zu Fuß ging. Die Musik aus den Villen dröhnte bis auf die Straße, betrunkene Männer und Frauen stürzten heraus, sprangen in die Wagen, jagten davon, kamen wieder angebraust, meldeten sich mit Schüssen in die

Luft zurück, verschwanden im Hauptquartier, in dem ein ununterbrochenes Fest tobte.

Manfredo war sein Freund. Sie kannten sich von der Straße, mochten sich, Manfredo hatte keine Eltern mehr, sie waren bei einem Bombenangriff umgekommen, die Großeltern konnte er noch ausgraben, aber sie waren verbrannt. Er schlief schon mal auf dem Boden hinter seinem Bett, war aber viel unterwegs, ein Kerl mit schwarzen, immer ungekämmten Haaren, schweigsam, schüchtern lächelnd.

Eines Abends erschien er vor seinem Fenster und hatte an einem Lederriemen zwei verschieden große Pistolen um den Hals hängen. Er vertraute ihm an, daß er von einem Matrosen eine Jugendbande übernommen hatte, nannte sich von da an auch Manfredo, denn eigentlich hieß er anders.

Es gab viele Jugendbanden im Quartier, die Grenzen waren klar abgesteckt, jeder wußte auf Anhieb, welche Straße zu welcher Bande gehörte. Manfredo beherrschte ein Gebiet vom Markt des Quartiers bis hin zum kleinen Flüßchen der Stadt, das direkt hinter den Bahngleisen an einem Park lag. Er hatte sein Hauptquartier in den Ruinen eines ausgebombten Krankenhauses und lebte mit seiner Bande, neben dem üblichen Schutz von Dollarwechslern, Zigarettenschmugglern und illegalen Boxkämpfen, vom Waffenhandel. Das Flüßchen war seine Goldgrube. Hier hinein warfen traditionsgemäß die Männer der Stadt nach jeder verlorenen Revolution und jedem verlorenen Krieg ihre Waffen, und Manfredos Bande tauchte den ganzen Tag und holte sie aus der dunklen Verschwiegenheit des Flüßchens wieder zurück ans Tageslicht.

Manfredo trug bald feine Herrenanzüge, die er mit Sicherheitsnadeln an den Armen und Beinen auf seine Größe verkürzte, kunstvoll gebundene Schlipse und einen englischen Trenchcoat. Er erschien mit immer dickeren Geldbündeln vor seinem Fenster, besprach mit ihm seine Sorgen als Geschäftsmann, beklagte sich über den Verfall der Sitten: »Du kannst einfach keinem mehr trauen. Die Erwachsenen sind die Schlimmsten.«

Er besorgte in Stunden, was es offiziell in der ganzen Stadt nicht gab, auch auf Jahre hinaus nicht geben würde, er besorgte ihm aus dem Nichts heraus eine sauber vernickelte Spritze und eine Handvoll Ampullen, die er dringend benötigte, warf sie im Vorbeigehen, mit einem Auge zwinkernd, durch das Fenster, winkte, war schon wieder weg.

Manfredo brachte es zu einem Motorrad mit Beiwagen der untergegangenen deutschen Wehrmacht, einem Ungetüm in braungrünen fleckigen Tarnfarben, auf dem er immer etwas vorgebeugt saß, wenn er den Lenker hielt, denn er war immer noch zu klein für das Gefährt. Oft holte er ihn damit ab: »Damit du mal rauskommst«, raste mit der Maschine und ihm im Seitenwagen wie ein Testfahrer durch seinen Herrschaftsbereich und träumte davon, wie Caracciola in einem Rennwagen über den Nürburgring zu jagen.

Die Fahrt endete immer am Bahndamm neben dem Park und dem Flüßchen. »Hier ist noch gute Luft«, sagte Manfredo und zog ihn auf den Bahndamm. Dort saßen sie neben der gesprengten Eisenbahnbrücke, neben verrosteten, in den Himmel ragenden Schienen, an umgestürzte und ausgebrannte Waggons gelehnt. Die Bande tobte unter ihnen durchs Wasser und häufte an der Uferböschung Pistolen, Revolver, Handgranaten, Gewehre, Maschinenpistolen, SA-Dolche, Leutnantsdolche, Lederkoppel, Helme, Offiziersabzeichen und Munition aller Art aufeinander, während Manfredo auf dem Bahndamm Zigaretten mit Goldmundstück rauchte und über die Führung einer Bande philosophierte. Härte war klar, aber gerecht müsse er auch sein, alle gleich behandeln, Extratouren sofort unterbinden und natürlich immer neue Aufträge heranschaffen. »Die Wölfe wollen fressen. Wenn nichts mehr da ist, fressen sie mich.«

Unten schmirgelte und ölte die Bande die Waffen, sortierte die Munition, fettete das Lederzeug wieder ein, schliff die SA-Dolche zu Brotmessern um, restaurierte beschädigte Leutnantsdolche für die Engländer. Erschien ein Käufer, mußte Manfredo nach unten, Verkaufsverhandlungen führte nur er.

Vom Bahndamm aus sah er weit über den Park, in dem Maria an den Sonntagen vor dem Krieg mit ihm und seinem jetzt toten Bruder spazierengegangen war. Ein Park, der nur noch aus Kratern und verkrüppelten Bäumen bestand. Vermummte Menschen krochen darin herum, gruben die von den Bäumen übriggebliebenen Wurzeln aus, hackten die Bombensplitter aus den Baumstümpfen. Links lagen die aufgegebenen Bunker und Laufgräben der Flakstellung, dahinter die zerfallenen Baracken und der niedergetretene Stacheldrahtzaun des Konzentrationslagers, seitlich der alte Friedhof mit den umgestürzten Grabsteinen, den vom Artilleriebeschuß aufgerissenen Gräbern und herumgewirbelten Knochen. Geradeaus die Schrebergärten mit den verbrannten kahlen Obstbäumen und den Splittergräben, auf der Zufahrtsstraße eine Kolonne ausgeglühter Lastwagen. Rechts von der gesprengten Eisenbahnbrücke der Fußballplatz, auf dem Displaced Persons vor ihren Baracken saßen, ihre Wäsche zum Trocknen aufhingen. Zu seinen Füßen der kleine See, auf dem er einmal Kahn gefahren war, jetzt nur noch eine trübe Lache neben einer zerschossenen Konzertmuschel, in der einige Kriegsverletzte aus einem Lazarett in der Sonne lagen. Das alles war mit einem Blick zu übersehen.

In der Erinnerung blieb das Gefühl von Hunger und Kälte, das sich mit dem unaufhaltsamen Wechsel von Hell und Dunkel zu einer ohnmächtigen Hilflosigkeit verband, ein Gefühl, das immer da war, in Halluzinationen überging, in ungeordnete und wahllos herandrängende Bilder, die sich nicht an Zeit und Ort hielten, so daß auch die Erinnerungsbilder in einem unwirklichen Licht erstarrten, rasch abbrechend wieder verschwanden und an anderer Stelle auftauchten, wie in einem Film, dessen einzelne Szenen und dessen Handlung für immer durcheinandergeraten waren; keine gelassene und wohlgeordnete Erinnerung an eine über viele Sommer und Winter am gleichen Ort ruhig dahinziehende Jugend, kalte Bilder eines erstarrten Gefühls, die sich wie Eisschollen übereinanderschoben.

War die Nacht überstanden, galt es den Tag zu besiegen, und im Morgengrauen fragte jeder jeden, der noch neben ihm aufwachte und sich nicht schweigend und endgültig aller Sorgen ledig dem Tod anvertraut hatte: »Und heute?«; und verließ die Höhle, in der er übernachtet hatte, zog los, einzeln oder in Rudeln, ein witterndes Jagen nach Beute in einem instinkthaften, kreatürlichen Reagieren, das die alten Lebensformen ersetzte, die zerfielen wie die repräsentativen Fassaden der Rathäuser, zerbröckelten wie die Türme der Dome.

Wenn man der Toten gedachte, die man liegenließ wo sie lagen, dann nur in resignierenden Nebensätzen:

»Der hat es hinter sich. Der hat es besser als wir«, und obwohl der Tod im Vergleich zum jetzigen Leben als paradiesischer Zustand angesehen wurde, viele sich daher das Leben nahmen, von Hunger und Kälte und der grauen Steinwüste zermürbt, so kämpften doch die meisten, entgegen ihrer Einsicht, jeden Tag und jede Nacht um ihr Leben, bereit, andere totzuschlagen, die ihnen das Leben nehmen wollten.

Eine Existenz von Stunde zu Stunde, ein zufälliges Überleben, das seinen Sinn ausschließlich darin fand, ein Stück Brot zu ergattern, eine Wassersuppe, ein Paar Schuhe, einen Mantel, nicht von herabfallenden Trümmern erschlagen zu werden oder auf eine noch nicht entschärfte Bombe zu treten.

Auch die Familie erwachte jeden Morgen von den Toten, stellte fest, daß sie noch lebte, daß sie in der Eiseskälte der ungeheizten Wohnung nicht erstarrt war, daß der Körper sich meldete, sie zwang aufzustehen, sich aus den alten Mänteln und Militärdecken, unter denen sie auf dem Boden oder in den beiden anderen Bettgestellen abwechselnd lagen, herauszuwinden, unansehnliche Lebewesen, die aus unansehnlichen Kokons krochen, erst auf allen vieren, dann stöhnend und sich ins Kreuz fassend, gebeugt, sich mit einer Hand an der Wand abstützend, dann aufrecht in ihren Kleidern, die sie immer anhatten, Gewohnheit aus Mangel und Fluchtinstinkt, geradestehend, wach genug, um Regen, Sonne, Wind des neuen Tages zu registrieren, die Überlebenspläne des Tages zu erfinden.

Ihr erster Blick galt immer ihm, der die Nacht über

meist wach lag, nur am Tag einige Stunden schlief, er signalisierte von seinem Bett aus, ob man sich um ihn kümmern müsse oder ob er alleine zurechtkomme.

Es wurde kaum gesprochen, manchmal brummelte einer vor sich hin, die anderen nickten, jeder wußte, was er zu tun hatte, es gab nichts zu besprechen, worüber sollte man reden. Sie schlürften den heißen Ersatzkaffee, den es aber nur gab, wenn man genug Holz oder Kohle für den Herd hatte und Zeit und Geduld, die Glut anzublasen, sie aßen im Stehen ein Stück Ersatzbrot mit Ersatzhonig, aber das waren geradezu Feiertage, in der Regel gab es nichts, das hätte auch zuviel Zeit gekostet, man mußte sehen, daß man auf die Beine kam, ins Laufen kam, um nicht als letzter irgendwo anzukommen, wo eventuell etwas zu haben war, um nicht als letzter von einem Gerücht zu hören, das von einem Lebensmitteltransport phantasierte, um nicht als letzter vor einem amtlichen Anschlag zu stehen, der besagte, daß auf Nummer X des Abschnitts Y der Bezugskarte Z eine Rolle Stopfgarn zu beziehen sei.

Sein Vater gab ihm noch eine Spritze, damit er über den Tag kam, seine Mutter stellte ihm etwas zu essen hin, dann war er allein, denn alle anderen rannten mit leeren Mägen wie hungrige Wölfe davon, stürzten sich in das Gewühl der durch die Trümmer hastenden Menschen, sahen sich um, aus welcher Richtung die in der Nacht Aufgebliebenen mit ihrer Beute kamen, liefen in die gleiche Richtung, um dort auch etwas zu ergattern, sahen oft genug, wie Menschen von anderen, kräftigeren, niedergeschlagen und beraubt wurden, oder von der nun vereinzelt wieder auftauchenden Polizei angehalten und unter dem Vorwand der Ordnung um ihre gerade eroberten Lebensmittel gebracht wurden.

Raubüberfälle oder Diebstähle galten als unvermeidbare Zwischenfälle, fanden unter viel Geschrei und Hilferufen auf offener Straße statt, aber man konnte sich wehren, warf mit Steinen und Sand, schlug mit der Unterstützung Herbeigeeilter den Angreifer in die Flucht; die Beschlagnahme durch die Polizei aber erzeugte Tränen der Wut, galt als unglaublicher, empörender, durch nichts zu rechtfertigender Übergriff des Staates, der an diesem Scheißelend ja nicht unbeteiligt war und nun wieder in Uniform vor einem stand und Menschen drangsalierte, die um ihr Überleben kämpften und gegen eine Uniform ohnmächtig waren.

Elisabeth stellte sich an jeder Schlange, vor jedem Vorratslager an, lief um jeden Behördenstempel, denn die Behörden waren erstaunlicherweise wieder da. Erbärmlich gekleidete, halbverhungerte Damen und Herren saßen mit verbitterten Gesichtern in einem fensterlosen Bunkerloch um einen vom Löschwasser aufgequollenen Schreibtisch, erlaubten mit einem Stempel dies, mit einem anderen Stempel das und verboten alles andere, und ihre Verbotsliste war so maßlos, daß sich der Ehrlichste nicht daran halten konnte. Viele besorgten sich gefälschte Stempel, gefälschte Lebensmittelkarten, gefälschte Bezugsscheine, Arbeitsbescheinigungen und Zuzugsgenehmigungen, um nicht als Tote in die Behördenstatistik einzugehen. Auch Elisabeth wußte, wo sie ihre Beglaubigungsstempel und Berechtigungsscheine herbekam, sie trug eine alte Schaffnertasche um den

Hals, in die sie die Papiere hineinstopfte wie Stoffreste in einen Flickbeutel, und konnte sich zuletzt wirklich nicht mehr erinnern, welche Papiere in diesem Wust falsch oder echt waren.

Gustav versuchte, aus der Stadt in ländliche Gebiete zu kommen, zu Menschen, die noch etwas besaßen, die aber das, was sie hatten, Gottes Wille geschehe, behalten wollten, absolut nichts hergeben wollten, schon gar nicht für Gottes Lohn, so daß man ihnen die Kartoffeln und das Mehl fast aus den Händen reißen mußte. Bedächtige Menschen mit ausgeruhten Nerven, die die angebotenen Eheringe, Broschen, Teppiche, Silberbestecke mißtrauisch, unentschlossen, um jedes Ei feilschend, in aller Ruhe betrachteten, als hätte der Tag 48 Stunden. »Menschen von einem anderen Stern!« schrie Gustav jedesmal, wenn er nach Hause kam.

Friedrich nutzte die Erfahrung seiner Jugend, in der die Stadt schon einmal von mehreren ausländischen Militärmächten besetzt gewesen war, und handelte mit der Besatzungsarmee überaus komplizierte Geschäfte aus, von denen man nie wußte, was dabei herauskam, ob überhaupt etwas dabei herauskam, was davon legal war, was nicht. Gegengeschäfte, Tauschgeschäfte, Interzonengeschäfte, Luftgeschäfte, Geschäfte um neun Ecken, unter der Hand, und eine Hand wäscht die andere, und »Ich weiß aber von nichts«, und »Wegsehen schadet nicht«, und oft genug von der Militärpolizei kurz vor dem erfolgreichen Abschluß verhindert. Da hatte wieder einer nicht den Mund gehalten und sich schon dicke getan mit zwei Tonnen Ölsardinen, und die Militärpolizei fuhr vor, und Friedrich verschwand in den Trümmern, und keiner hatte ihn gesehen, schon lange nicht mehr.

Maria übernahm die langen Touren, mit ihrer Kraft und ihrer Ausdauer, mit ihrer Zähigkeit und ihrem Überlebenswillen zog sie die ganze Familie mit. Maria mit den drei Pässen, wie sie genannt wurde, denn sie hatte gültige und garantiert echte, mit ihrem Foto und vielen Unterschriften und unzähligen Stempeln versehene Identitätskarten der britischen, amerikanischen und russischen Militärregierung, dazu noch eine Farbpostkarte der Heiligen Maria Mutter Gottes von Tschenstochau, genaugenommen also vier Pässe, und als Reserve einen vom Papst gesegneten kleinen Rosenkranz aus Korallenperlen.

Mit so viel irdischem und himmlischem Schutz versehen, reiste sie durch Deutschland, auf klapprigen, alten Lastwagen, auf den Puffern, Dächern und Trittbrettern der gelegentlich fahrenden Züge, durchquerte mit ihren Pässen wie ein Diplomat Zonengrenzen, überzeugte Grenzkontrollstellen, Militärpatrouillen und Ortskommandanten, genauso wie einmal einer ihrer Vorfahren durch Deutschland, Österreich, Rußland zur polnischen Madonna gepilgert war, zeigte daher bei Schwierigkeiten als letzte Identitätskarte die Maria von Tschenstochau, und die half immer, wie sie sagte, da mochte keiner nach Unterschriften und Stempeln fragen.

Sie reiste weit, war immer ein, zwei Wochen unterwegs, kam in Länder, die andere nicht erreichten, in Paradiese, in denen kleine Städte und Dörfer verschlafen und unbeschädigt dalagen, Felder bestellt wurden, Vieh im Stall stand, die Scheunen und die Vorratskeller gefüllt waren, die örtliche Zeitung sich über die Übergriffe einiger Soldaten der vermaledeiten Besatzungsmacht beklagte, die einem Bauern ein Schwein gestohlen hatten, also in Gegenden, in denen der Krieg vergessen war, weil er hier nicht stattgefunden hatte. Sie fragte herum, wer eine Hilfe gebrauchen konnte, ging von Hof zu Hof, bis sie einer nahm, arbeitete eine Woche bei einem Bauern auf dem Feld oder im Stall, ließ sich in Naturalien bezahlen, feilschte, bettelte, handelte um ein Ei mehr, einen Löffel Mehl mehr, um ein paar Kartoffeln, um ein größeres Stück Speck, reiste zurück, beladen mit ihrem gefüllten Rucksack, ihren zwei Koffern und den Stoffbeuteln, die sie um den Hals gehängt am Körper trug, so daß sie aussah, als sei sie im neunten Monat schwanger. Sie stieg vor der Stadt aus, um den Kontrollen zu entgehen, schlich sich, naßgeschwitzt vor Aufregung, durch nächtliche Sperrstunden, klopfte ans Fenster, kam herein, Triumph, Sieg, Gloria und Halleluja, es war überstanden, es hatte mal wieder geklappt, sie hatten zu essen, Maria zog sich aus, vorsichtig, vorsichtig, denn in dem Beutel vor dem Bauch, in dem prallen Mehlsack, waren Eier versteckt.

Die Wohnhöhle, in der mit ihm sechs Menschen lebten, meistens aber acht oder neun übernachteten, weil Vorbeiziehenden die Übernachtung nie abgeschlagen wurde, verfügte nun über zwei Zimmer, so daß jeder seine Schlafecke hatte, in der sogar das eine oder andere Bettgestell stand, sie wurde langsam zur Wohnung.

Immerzu wurde gehämmert und gesägt, die Wände mit Mörtel verputzt, das Dach dicht gemacht, eine

Sisyphusarbeit, deren Vergeblichkeit auf der Hand lag, die aber immer wieder neu angegangen werden mußte, weil der Putz wieder von den Wänden fiel, das Dach trotz aller Bemühungen immer irgendwo tropfte, die eingesetzten Türen und Fenster mitsamt den Rahmen aus der Mauer fielen.

Aus Trümmerholz wurden Möbel zusammengehauen, die man nicht anfassen durfte, denn das Holz war splittrig, einen Hobel besaßen sie noch nicht. In offenen Regalen lagen nun die Koffer mit der Wäsche, die Töpfe und das Porzellan, alles Sachen, die bisher auf dem Boden gestanden hatten und über die man wie bei einer Springprozession hinwegsteigen mußte. Damit war zwar Platz gewonnen, da sie nun aber neben dem Ofen noch einen Tisch und drei Stühle aufgestellt hatten, war der Platz durch das Aufstellen der neuen Möbel und der zusätzlichen Betten wieder verschwunden. Die Wohnung war enger als zuvor, zu eng, wie alle sagten, wer von einem Ende zum anderen wollte, mußte sich mit allen anderen vorher verständigen, ganz zu schweigen von der Reihenfolge des Aufstehens, des Waschens und des Kochens, der Reihenfolge der großen und kleinen Wäsche. »Mußt du gerade jetzt …«, »Warum soll ich denn …«, »Nun laß mich doch hier auch mal …«

Einer verlor immer die Nerven und schrie herum, und wenn ein anderer wieder etwas heranschleppte, schrien mindestens zwei, ob man das denn überhaupt brauche, wohin damit? Und Gustav meinte, Zivilisation habe immer etwas Beengendes, jeder Schloßherr könne ein Lied davon singen, je mehr Räume, je mehr trage man hinein.

Ein Teil der Familie weigerte sich sowieso, noch einmal neu anzufangen, alles noch einmal von vorne, nein danke! Wortführer dieser Richtung war Friedrich, sein Vater, der bei jeder Gelegenheit kundtat, für ihn sei jetzt alles gelaufen, er jedenfalls rühre keine Hand mehr, er habe es satt, endgültig satt, sein ganzes Leben lang habe er von vorne anfangen müssen, immer sei irgend etwas aus der Weltgeschichte dazwischengekommen. Er habe zwei Weltkriege hinter sich, dazu Inflation, Depression, Diktatur, wie viele Staatsformen, Regierungen und militärische Besatzungen er erlebt habe, könne er gar nicht mehr zählen. Wenn das Ganze als Perpetuum mobile ablaufe, dann ohne ihn, das sei sein Gesetz. Basta. Finita la musica.

Fin schlug sich auf Friedrichs Seite. Sie kaufe nie mehr etwas, sie schwöre es, nie mehr, nur noch so viel, wie sie tragen könne, der nächste Krieg sei sowieso schon in Sicht, sie wolle im Gegensatz zu anderen nie mehr etwas besitzen.

Das ging gegen seine Mutter. Maria schleppte von den umliegenden Trümmerhaufen alles an, was sie fand, auch absolut unbrauchbare Dinge, von denen sie sagte, man wisse nie, wozu man sie gebrauchen könne, zumindest könne man sie reparieren. Friedrich nahm das dann, warf es auf den Trümmerhügel des Nachbarhauses mit der Bemerkung, er repariere nichts mehr und schon gar nicht Dinge, von denen keiner wisse, wozu man sie brauche.

Er hatte einmal unter dem Beifall Fins einen dritten Kochtopf, über den er gestolpert war, in die Trümmerlandschaft befördert, weil er mit Fin der Meinung war, ein großer und ein kleiner Kochtopf genüge. Maria geriet in Jähzorn, holte den Kochtopf zurück, war bereit, mit dem Topf auf der Stelle ihren Mann zu erschlagen, die ganze Wohnung zu demolieren, ja, die ganze Welt zu vernichten, wenn noch einmal – sie bekam einen vulkanischen Wutausbruch und hatte damit den ersten Sieg errungen.

Maria war die Anführerin der Gegenpartei, die von einem schönen, gemütlichen Heim für die Familie träumte, und fand unerwartet Unterstützung in Friedrichs Schwester Elisabeth, die ein herrliches, ungebundenes Leben vor Augen hatte: »Stell dir vor, auf der anderen Seite der Erde wird gerade ein Sommerball im Garten gefeiert, Candlelight, ein kaltes Büfett, Kleider aus leichtem Leinen und Seide.«

Die Sache stand unentschieden, täglich wurden neue Kompromisse geschlossen, noch ein Bett, noch ein Schrank, obwohl Friedrich auch da während der Arbeit meuterte, die Bretter auf den Hof warf, maulend wieder alles zusammentrug, jeden zusätzlichen Pappkoffer, halbemaillierten Kochtopf und zerbeulten Waschzuber mißtrauisch ansah. Fin wehrte sich tapfer gegen halbverbrannte Tischdecken, zerrissene Bettlaken und Kaffeetassen ohne Henkel.

Es kam auf Gustav an, sein Großvater rieb mit einer Hand seine Glatze, fuhr mit der anderen bedeutungsschwer in der Luft herum und meinte, man brauche selbst als Neandertaler ein Dach über dem Kopf, Regen und Schnee seien in diesen Breiten Naturgegebenheiten. Man brauche Mauern mit Türen und Fenstern darin, der Wind sei eine Folge von Hochs und Tiefs, also ebenfalls ein Naturgesetz. Man brauche einen Ofen, um der in diesem Klima auftretenden Kälte zu begegnen. Möbel müßten nicht unbedingt aus Trümmerholz bestehen, Matratzen seien nicht unwichtig, ein Bett wäre angenehm. Auch einige Teller und Tassen aus Porzellan statt aus Blech, mit einem entsprechenden Eßbesteck und Trinkgefäßen aus Glas statt Bakelit seien keine Sünde. Seine persönlichen Wünsche gingen über einen kleinen Teppich mit einem Lesesessel und einer Leselampe vor einem Bücherregal und einem exzellenten Rotwein, den er aus einem schönen Glas trinken wolle, nicht hinaus. Auch der reine Geist schätze ein gewisses materielles Behagen. Wie weit man in diesen Dingen gehen wolle, müsse von Fall zu Fall geklärt werden, die Interessen seien da eben sehr verschieden.

Das waren, wie immer bei Gustav, wohlformulierte allgemeingültige Einsichten, deren Auslegung er gern anderen überließ, ihm genügte es, wenn er sie gekonnt vor einem aufmerksamen Auditorium vorgetragen hatte.

Der Streit schwelte weiter. Fin meinte bei jedem neuen Teil, so fange es an und höre nie wieder auf. Erst wolle jeder nur ein Dach über dem Kopf und später eine Villa mit drei Schlafzimmern. Erst wolle sich jeder nur satt essen, später müsse es Champagner, Trüffel und Kaviar sein.

Elisabeth konterte, sie habe nichts gegen natürliche Sachen. Kunstbrot, Kunsthonig, Kunstbutter und Kunstfisch habe sie lange genug gegessen, auch Trockenkartoffeln, Trockenmilch, Trockenei und Fleischersatz. Kunststoffe habe sie ebenfalls lange genug getragen, das sei hier schließlich mal eine Seidenweberfamilie gewesen.

Maria schleppte, um Gustav auf ihre Seite zu ziehen, aus einem der umliegenden Häuser einen verschmutzten Sessel an. Friedrich warf ihn umgehend wieder aus der Wohnung, weil dafür nun wirklich kein Platz war. So ging das täglich, es war ein erbitterter Kleinkrieg, den natürlich Maria gewann.

Sie beendete die Diskussion mit der ihr eigenen dramatischen Art. Sie kam schweigend an sein Bett, riß die Pferdedecke weg, unter der ihr Sohn lag, zog ihm seinen Mantel aus, den er immer anhatte, zog die zwei Pullover, die er immer trug, über seinen Kopf, auch sein Hemd und sein Unterhemd, und präsentierte ihn so der Familie. Gustav sagte noch in späteren Jahren, er habe ausgesehen wie ein aus dem Grabe gerissenes Skelett, das habe nicht nur ihn gerettet, das habe die Familie aus ihrer Apathie gerissen, denn eigentlich wäre ihnen damals alles egal gewesen, das müsse man zugeben. Ausgenommen natürlich Maria, die wollte leben und ihn durchbringen.

Am Abend, wenn die Sperrstunde sie einschloß und die Ruinen in einer dunklen Stille versanken, saßen sie bei Kerzenlicht in einem Raum. An diesen Abenden war für ihn Frieden oder das, was er sich darunter vorstellte, weil er mit dem Wort Frieden nicht viel anfangen konnte. Sein ganzer Erfahrungsschatz, sein ganzes bisheriges Leben hatte mit dem Wort Krieg zu tun, und so entnahm er das Friedensgefühl den von Gustav ausgebuddelten sandigen, dreckigen Abenteuerbüchern, in denen Forschungsreisende am Ende der Welt ihr Behagen beschrieben, das sie nach einem langen mühseligen Fußmarsch durch die Wildnis überfiel, als sie, endlich in einer Oase angekommen, sich in ihrem Zelt ausstreckten und der sie umgebenden nächtlichen Wüste den Rükken zukehrten.

Der Herd, am Tag ein kaltes Stück Eisen, das man nicht anfassen mochte, schien sich in der Hitze auszudehnen, die erkalteten Ofensteine knackten in der Glut, auch das rostige Ofenrohr, das sich durch ein Mauerloch in den Hof ringelte, bewegte sich knirschend in der aufsteigenden Wärme. Wenn sie genug Kohlen hatten, heizten sie schon am Nachmittag, vor allem, wenn Maria Rüben bekommen hatte. Maria verkochte dann die Rüben, die sie vorher in Schnitze zerteilt hatte, in einem großen braunen emaillierten Topf zu Rübensaft, das dauerte viele Stunden, und der schwere süße Duft des Saftes breitete sich langsam mit der Wärme aus, erfüllte die Wohnung mit einem betäubenden Geruch, der sich auf die Sinne legte. Er saß auf einem Küchenstuhl vor dem Ofen, hatte die Füße in die Backröhre gesteckt, der Topf mit den Rüben blubberte, der Deckel hob sich regelmäßig und spritzte Wassertropfen auf die rotglühende Herdplatte, die sich knallend und zischend in kleine Dampfsäulen auflösten.

Er sah in das ruhige Licht der Kerze, die den Raum zu sich heranzog, so daß in dieser Enge alles übereinanderzustürzen schien. Schränke, Regale, Wände, alles neigte sich zum Licht, wollte aus der Dunkelheit heraus, ließ die Schatten hinter sich, überließ sie der Nacht, die hinter dem Fenster lauerte. Da sich auch die Familie zum Licht hin gruppierte, sich vorbeugte, ihre Arbeit zur Kerze hielt, wirkte sie wie eine aneinandergedrängte, von einem Maler gestellte Gruppe. Die Schattennacht, die von der Kerze erhellte Wohnung, die Familie, das alles war wie auf einem Bild zu sehen.

Maria flickte entweder Kleidung mit der ständigen Bemerkung, sie wisse nicht, wie sie das noch einmal zusammenbekommen solle, oder stand im Halbdunkel an einem Waschbrett und rubbelte mit Kernseife, raz dwa, raz dwa, eins zwei, eins zwei, ein Wäschestück sauber, dazu sang sie meist raz dwa, raz dwa, ein polnisches Kinderlied, von dem sie aber nur noch die Worte und die Melodie kannte, den Inhalt verstand sie nicht mehr.

Friedrich versuchte am Tisch mit einer Serie italienischer Flüche, die er nie übersetzen wollte, aus seinen ersten selbstgezogenen Tabakpflanzen unter Verwendung immer neuer Ratschläge gieriger Raucher Zigaretten herzustellen. Er schnitt gekräuselte, trockene Blätter mit einem Gerät, das einem Fallbeil ähnlich sah, in schmale Streifen, die sich raschelnd wieder ausdehnten, durch erneute Häckseleien wurden sie gewaltsam in einen gelbgrünen Tabak verwandelt, den er mit Zeitungspapier in eine Zigarettendrehmaschine stopfte. Der Tabak fiel vorne und hinten wieder heraus, war nur in der Pfeife zu rauchen, aber wer hatte schon eine Pfeife, zumal jetzt auch viele Frauen rauchten, die Kundschaft verlangte Zigaretten.

Gustav schnitt aus einem Autoreifen handgroße Stücke heraus und besohlte damit, kunstvoll mit kleinen Nägeln und einem schmalen Hammer arbeitend, Schuhe, auf denen man hinterher hoch über der Erde schwebte. Er hämmerte mit seinen altgewohnten, zahlreichen c'est ça und comme ça so lange, bis Sohle und

Schuhe eins waren und nicht mehr getrennt werden konnten. Das Werkzeug hatte er der Witwe eines Schusters abgeschwatzt, die Reifen besorgte er sich bei englischen Wachtposten, die eigentlich den Wagenpark der Armee bewachen sollten, denen er aber damit imponierte, daß er die komplette Aufstellung aller Cup-Finalisten der Vorkriegszeit herunterrasselte. Die Namen hatte er aus einer von den Engländern verteilten Broschüre über Demokratie.

Elisabeth las abends in dicken Schwarten, auf denen bunte Kinobilder leuchteten, sie hießen *Vom Winde verweht* oder ähnlich, waren auf braunem holzigen Papier gedruckt, mit Genehmigung des Kontrolloffiziers der Militärregierung, gut frisierte Köpfe wie Clark Gable und Vivien Leigh schwebten vor einem Sternenhimmel und strahlten sich an.

Fin schrieb am Tisch Briefe an verschollene Männer und Frauen, mit denen sie im Krieg zusammengearbeitet hatte, die oft lange im Gefängnis waren, die Briefe gab sie anderen Männern und Frauen mit, in der Hoffnung auf Antwort, die sie aber selten erhielt. Kam ein Brief, las sie ihn immer wieder, jeden Abend, dann weinte sie, und Maria weinte dann auch. Da war der Frieden wieder vorbei.

Elisabeth sagte: »Wer lebt, der lebt, und tot ist tot.« Solche Sätze gab sie ganz ungerührt von sich. Es war das, was das Leben sie gelehrt hatte, und man konnte sehr wenig dagegen einwenden.

Es waren die nackten Sätze, die zu den Fontanas gehörten, die auch Friedrich beherrschte. Gustav war darin der Großmeister, seine Welt- und Menschenanalysen entstanden aus Sarkasmus und Ironie, wuchsen aus den Erfahrungen seiner italienisch-französischen Hugenotten-Herkunft. Klare Sätze gegen das verklärende Brimborium und Klickedida, mit dem die Welt illuminiert wurde.

Friedrich und Elisabeth hatten lange im Waisenhaus gelebt, bis Gustav sich nach dem Tod seiner ersten Frau mit Fin zusammentat, waren in der Zeit der Wirtschaftskrise groß geworden, hatten danach den Krieg erlebt, standen jetzt in einer zerstörten Welt. Hoffnungsvolle und beschönigende Wird-schon-wieder-gut-werden-Worte konnten sie unendlich amüsieren, lösten Kaskaden von Spott und Hohn aus.

Maria, Kind polnischer Bergarbeiter und Vollwaise, aus dem Kohlengebiet zufällig hierher verschlagen, hatte sich mit den tausend Geschichten ihrer Vorfahren ein märchenhaftes Verhältnis zur Welt bewahrt. Ihre Geschichten verwandelten die Welt in ein mythenreiches Geschehen, das durch beständige Wiederholung den dunklen, vergoldeten Schimmer einer Ikonenwand bekam, ihr die Kraft gab zu leben, ohne den Sinn des Lebens zu erforschen, des Lebens, das die Wahrheit an sich war, die einzig erfahrbare gültige Wahrheit.

So unterschiedlich und unverrückbar diese Gefühle und Denkweisen auch sein mochten, verschieden wie Tag und Nacht, so schlossen sie sich doch zu einem unauflösbaren Ring zusammen. Für Maria galt das Credo der Familie Lukacz, daß das Leben eine Tragödie mit schrecklichem Ausgang sei. Das Schicksal zog unentrinnbar seine Bahn, für alle Zeiten unveränderbar und daher geduldig zu ertragen. Die Fontanas sahen das Leben als Komödie, über die man lachen durfte. Sie erkannten die Welt als ein Uhrwerk, das unbegreiflicherweise immer neu aufgezogen wurde, und weigerten sich, die Sache ernster zu nehmen als unbedingt notwendig. »Wenn es nicht zum Lachen wär, wäre es zum Weinen«, oder umgekehrt: »Wenn es nicht zum Weinen wär, wäre es zum Lachen.« Das Leben blieb gleich, aber die Haltung dazu relativierte sich sehr. Für die Fontanas galt natürlich die erste Formulierung, für Maria, als eine geborene Lukacz, immer nur die zweite.

Die Stunde Null, wie alle diese Zeit nannten, Niemandszeit im Niemandsland, wurde geboren aus dem Gefühl der Menschen, daß das Leben sinnlos war. Stunden wie Tage und Tage wie Jahre, ohne daß man ihren Ablauf bemerkte, denn die Turmuhren waren mit den Türmen verschwunden und die Glocken abwesend stumm, als wäre da wirklich nur diese eine einzige Stunde, die nicht zählte, die keine Zeit war, die die Welt anhielt, entstanden aus der Angst, die man nicht los wurde, entstanden aus den Todesbildern, die jeder in sich trug.

Maria behauptete abends im Dämmerlicht der Wohnung, zwischen den sich zum Licht krümmenden Wänden, die sich bei jedem Luftzug im flackernden Kerzenlicht bewegten, die Toten hätten die Macht, die Zeit anzuhalten, sie beschwerten das abgelaufene Gewicht der Zeit, bis sich kein Zeiger mehr rühre und den Lebenden keine Zeit mehr bliebe.

Gustav, den Kalender der Französischen Revolution

im Kopf, den er liebte und auswendig konnte, meinte ironisch, vielleicht beginne ja mal wieder eine neue Zeit und man fange demnächst mit dem Jahr 1 der neuen Zeitrechnung an, mit dem Jahre 1 nach dem letzten Krieg.

Fin sagte, das Jahr 1 werde nie eintreten, die Menschen würden einfach weiterzählen, als sei nichts geschehen. Er sah in die flackernde Kerze und stellte sich vor, daß die Stunde Null vielleicht nie vergehen werde, daß sie ein ganzes Leben lang andauern könne.

Auch die Jahreszeiten wurden nicht mehr wahrgenommen, die Erdkugel jagte wie ein erloschener Stern durch das Weltall. Sollten jetzt Bäume blühen, Vögel zwitschern, Schmetterlinge flattern? Man wußte es nicht mehr. War das jetzt die Hitze des Sommers, die man so herbeigesehnt hatte? Man wußte es nicht mehr. Müßte jetzt das Herbstlaub fallen, das einen stillen Schneefall ankündigte? Weihnachten, das neue Jahr, alles nur ein Schulterzucken. In dieser schattenlosen Steinlandschaft veränderte sich nichts, man verspürte keine großen Unterschiede. Man fror im Sommer wie im Winter, der Körper reagierte anders als früher. Es war mal wärmer, mal kälter, mal nasser, mal trockener, mal wehte ein ziegelroter Wind, mal rutschte man über zugefrorene Bombentrichter. Der nächtliche Wind wehte kalt und ungehindert durch Wohnungen, in die niemals die Sonne schien, jeder Sommerregen lief ungehindert in die Keller, in denen die meisten lebten, Sommer wie Winter naßkalte, dunkle, unbeheizte Löcher. Wer dachte schon an Jahreszeiten oder an die Feste, die den Ablauf des Jahres anzeigten, die alte und allen gemeinsame Zeit gab es nicht mehr. Er konnte sich nicht erinnern, jemals Weihnachten oder Ostern oder sonst ein Jahresfest gefeiert zu haben, weder im Krieg noch nach dem Krieg, selbst die Geburtstage fielen aus, es gab nichts zu feiern, es gab nichts zu schenken, es gab keinen Anlaß dazu, jeder Tag war wie der andere. Gefeiert wurde nur, wenn einer Alkohol aufgetrieben hatte, wüste Besäufnisse, um für kurze Zeit alles zu vergessen. Weihnachtsfeiern mit hellen Weihnachtsbäumen, Geburtstage mit überraschenden Geschenken, Sonntagsspaziergänge, Familienbesuche, das waren Rituale einer vergangenen Zeit, sie waren im Krieg untergegangen, keiner verspürte große Lust, sie wieder aufzunehmen, er kannte sie nur aus Erzählungen.

Das gleiche galt für die Nähe und die Ferne, die jetzt anders empfunden wurde. Man lebte enger zusammen als früher, oft qualvoll dicht aufeinander in wenigen Räumen, in wenigen Straßen eines Quartiers. Bis zu den bewohnten Straßen des nächsten Viertels war unsicheres Niemandsland zu durchqueren, halbwegs sicher war man nur in den Höhlen des eigenen Quartiers, des eigenen Clans. Und so gerieten die Entfernungen in Bewegung, nicht nur das Stadtzentrum der eigenen Stadt war nun weiter entfernt, eine Abenteuerreise für jeden, der dahin wollte, auch die Nachbarstädte drifteten auseinander, waren ohne Straßen, Gleise, Brücken, Bahnhöfe unerreichbare Ziele, lagen weiter auseinander als früher. Die Straßen, wenn überhaupt passierbar, wurden von Banden kontrolliert, Raubüberfälle waren zu erwarten, an jeder Ecke wurde ein anderer Passierschein verlangt, von dem man vorher keine Ahnung hatte. Jede Stadt hatte ihren Militärkommandanten, der je nach Laune sein Territorium regierte, seine Befehle ausgab, und jeder Militärpolizist konnte diese Befehle eng oder weitherzig auslegen, und so mußte man an jeder Straßensperre in einem internationalen Kauderwelsch darlegen, warum man überhaupt in die Stadt wollte. Die meisten sagten, zu einer Beerdigung, egal was sie wirklich wollten, und manchmal sagte der Militärpolizist, der genau wußte, daß ihn alle anlogen, »o.k.«, und manchmal sagte er »no«, und man durfte die Stadt nicht betreten und konnte wieder umkehren.

»Eine Fahrt durch Deutschland gleicht einer Reise wie im Dreißigjährigen Krieg«, sagten die Menschen, wenn sie von ihren Reisen zurückkamen. Mochten die Orte und auch die Länder auf der Karte immer noch ihren unverrückbaren Platz haben, versehen mit den alten Maßangaben, so waren sie jetzt weiter voneinander entfernt als früher China oder Indien oder Amerika. Die Fahrtroute war unbekannt und nicht zu planen, man konnte sich nur notdürftig nach den Himmelsrichtungen, nach der Sonne und den Sternen orientieren, man ging mutig und entschlossen los, verließ sich auf seine eigenen Füße, ein Zeitplan existierte nicht, wann und wo man ankam, wußte man nicht, und ob man zurückkehrte, wußte man erst recht nicht. Das Land war neu und unübersichtlich aufgeteilt, die frischgezogenen Grenzen, die sich rasch verändern konnten, unüberwindbar. Städte und Landstriche gehörten plötzlich zu fremden Staaten, deren Regierung weit weg war, sie wurden von Feldmarschällen und Generälen in ihrer Sprache nach ihren Gesetzen aus ihren Hauptquartieren regiert. Man lebte in einem fremden Land in einer unbekannten Zeit.

Wenn morgens alle den Raum verlassen hatten, schlief er ein, wachte nach kurzem unruhigem Schlaf wieder auf, schlief nie tief ein, war immer schnell wach.

Den engen Raum kannte er Stein für Stein, Balken für Balken, immer aus der Perspektive des Bettes am Fenster, die den quadratischen Raum in ein Rechteck verwandelte, die zwei anderen Betten an den Seitenwänden zu langgezogenen Gegenständen unter einem schrägen Dach auf spitzzulaufenden Fußbodenbrettern.

Genau gegenüber, in Augenhöhe, stand auf einem Küchenhocker neben Marias Bett in einem dunkelgrünen Papprahmen das letzte Foto seines in Verdun gefallenen Großvaters, aufgenommen und koloriert vom Fotografenatelier Hammerschlag in Gelsenkirchen, Bahnhofstr. 66, und vom selben Fotografen eine Fotopostkarte seiner Großmutter mit Maria und ihrer Schwester. Dieses Foto trug der Großvater bei sich, als er für Deutschland fiel, wie die zuständige Behörde seiner Großmutter in einem Formular mitteilte. Sie hatte in ihrer kleinen exakten Schrift die ganze Rückseite beschrieben, um auf dem dafür vorgesehenen Platz möglichst viel mitteilen zu können, ein Text in polnischer Sprache, den in der Familie keiner mehr lesen konnte, mit einem abschließenden Gruß in deutsch *Deine Marzurka*.

Der fremde Mann in der schlechtsitzenden Uniform sah ihn täglich an, als sei er bereit, sein Schweigen mit ihm zu teilen, von Grab zu Grab, von Krieg zu Krieg, als sei er jetzt gleichberechtigt.

Das Bild stand früher auf dem Küchenschrank ihrer ausgebombten Wohnung, aber da sah er doch mehr nach den Kinderbüchern, die direkt danebenlagen, sah ihn nur, wenn Maria die Kinderbücher herabholte, um ihm daraus vorzulesen. Er saß dann neben dem warmen Herd auf einer Fußbank, in der Stille war nur Marias ruhige melodiöse Stimme zu hören, den Kopf hatte er in Höhe der Bücher, die auf Marias Schoß lagen, er folgte ihren Worten anhand der Zeilen, lauschte dem gleichmäßigen, beruhigenden Fluß der Sätze, wenn sie ihm auf seinen Wunsch immer dieselben Geschichten vorlas, mit ihrer klangvollen Stimme, in der die Worte verführerisch aufleuchteten, eine Erzählung bildeten, in der die Welt geordnet vorbeifloß, immer wieder geduldig erklärt – so wie sie ihm Jahre später, als er stotterte, wieder das Sprechen beibrachte; mit ihren langsamen Worten, die er ihr vom Mund ablas, wieder zu sprechen begann.

Ihr Jugendfoto erinnerte ihn an diese Stunden. Aber da war auch der Großvater, der ihn mit starren fordernden Vogelaugen ansah, das sich langsam zersetzende Foto, das die ursprünglich weichen Gesichtszüge nun härter zeichnete. Die Glücksmomente waren aufgebraucht, die Toten herrschten mit ihrem endgültigen Schweigen, in dem alles Leben verstummte.

Die Erdkugel war ein fingergroßer Globus, in dem sich ein Bleistiftanspitzer verbarg, und stand in einem Mauerloch neben dem Fenster. Der Globus gehörte zu den wenigen Dingen, die Gustav aus seiner Bibliothek retten konnte, und das auch nur, weil er ihn zufälligerweise in der Hosentasche trug, als er mit dem brennenden Dachstuhl und der brennenden Treppe durch das brennende Haus segelte. Neben dem Globus lag immer der angesengte graublaue einbändige Volksbrockhaus, den Gustav zu seinem Ärger in den Händen hatte, als man ihn aus dem Feuer zog, er hatte blind in Richtung seiner alten Enzyclopädie gegriffen, sie aber leider verfehlt.

Globus und Brockhaus waren sein wertvollster Besitz, wenn auch die Kontinente und Meere auf dem Globus sehr klein und die Artikel im Brockhaus sehr kurz waren. Er hatte den Brockhaus schon mehrmals von A bis Z gelesen und fand, daß der Herr Brockhaus da einen bemerkenswerten und sehr intelligenten Roman geschrieben habe, man mußte sich natürlich aus den Fakten emportragen lassen in vielfach verflochtene Phantasiewelten, aus den unzähligen Stichworten, den Namen, Orten und Zeiten, die alles miteinander verknüpfende Handlung erkennen, denn alles hatte miteinander zu tun, alles war irgendwann entdeckt, erbaut, erforscht worden, war wieder vergessen, vernichtet oder als Irrtum erkannt worden, von Menschen, die zu Staub geworden waren und nur noch als Abbildung in einem Lexikon existierten. Ein monumentales Werk menschlicher Vergeblichkeit und Vergänglichkeit.

Schön waren die Stunden, wenn alle am Tag zu Hause bleiben mußten, weil ein Landregen herunterplatzte oder im Quartier mit Motorengeheul und mit Schüssen eine Razzia nach der anderen stattfand.

Gustav nahm dann gerne den Globus in die Hand,

um träumerisch eine den Hunger und die Kälte verdrängende Geschichte zu erzählen, während Maria mit den harten, knallenden Schlägen einer Schaufel auf Rattenjagd war. Ein Schlag, und die Ratte war hin. Gustav flüchtete sich nach Ägypten, wandelte unter den Rufen des Muezzins vorbei an Moscheen und Minaretten, durch die engen Gassen Alexandrias, deren Menschengedränge in der staubigen Hitze so fürchterlich war, daß er auf ein Nilboot stieg, nilaufwärts fuhr – Peng, die Schaufel –, seltsamerweise in Peking landete, wo Gustav ihn durch die Verbotene Stadt führte, die er als einer der wenigen Weißen genau kannte – Peng, die Schaufel –, und Gustav geriet endgültig aus dem Konzept, weil Maria erzählte, wie sie einmal mit einem Rucksack voller Kartoffeln von einem fahrenden Lastwagen abspringen mußte, weil eine fliegende Kontrollstelle in Sicht kam; seitwärts sich durch einen Wald schlagend hatte sie die Kontrollstelle umgehen und auf der Straße sogar noch einmal einen Lastwagen anhalten können, der aber in dieselbe Kontrolle geriet, irgendwelche Hilfspolizisten mit Armbinden, die sie zwangen, die Kartoffeln in eine Wiese zu werfen, heulend sei sie zu Fuß weitergegangen, und aus der Ferne habe sie gesehen, wie die Hilfspolizisten mit den Kartoffeln und dem Lastwagen davonfuhren.

Gustav wechselte erneut Zeit und Ort, lehnte sich mit dem Rücken an sein Bett, spielte mit dem Globus und erzählte die Geschichte von dem Pferdestriegel, den er gefunden hatte und den er jenseits des großes Flusses gegen Lebensmittel eintauschen wollte. Und er sah das Bild, das Gustav so gut beschreiben konnte, sah

Gustav auf seinem Damenfahrrad, in dem alten Hochzeitsanzug, den er einem Bauern abgeschwatzt hatte, sah ihn mit geblähtem Jackett und flatternden Hosenbeinen über das flache Land segeln, freihändig fahrend, laut singend, ein ganzes langes Leben schon hinter sich und immer noch auf der Welt, wer wollte ihm da noch etwas vormachen, wer wollte ihm noch erzählen, wie die Welt sich dreht. Er umkreiste die Bauernhöfe, fixierte den Bauer, fiel ein wie ein Habicht, lachend erzählte er ihm, ein Bein auf dem Fahrrad, ein Auge auf den Hofhund, die neusten Tommy-Witze, bis der Bauer in die Hocke ging, sich krümmte vor Lachen und der Hofhund sich wieder verkroch; bot ihm dann generös und ganz beiläufig den Pferdestriegel an, erhielt ein Stück Speck oder ein paar Eier oder eine Tüte Mehl, versenkte alles sorgfältig in seinen Rucksack, grüßte jovial, stieg aufs Rad, trat in die Pedale, sah, wie der Bauer den Pferdestriegel achtlos an das Stallfenster legte, umkreiste einmal den Bauernhof, rauschte heran, nahm im Vorbeifahren den Pferdestriegel wieder an sich, schließlich hatte er nichts anderes zum Tauschen, und radelte fröhlich pfeifend zum nächsten Bauernhof, wiederholte das Spiel; kam lachend an, erzählte seine Witze, merkte sich, wo der Pferdestriegel lag, kehrte zurück, nahm ihn im Fluge, strampelte weiter, enteilte mit dem Wind, zog mit den Wolken unter dem weiten Himmel der tiefliegenden Landschaft hinter dem Fluß, ein Mann auf einem Fahrrad, allein auf einer Straße zwischen endlosen Feldern und vereinzelten Bauernhöfen mit ihren bellenden Hunden, die auch schon einmal wild kläffend mit dem Bauern hinter ihm herjagten; doch Gustav verschwand hinter einer heraufziehenden Regenwand, hing sich, immer noch strampelnd, an die Wolken, trieb vor dem Regenwind, erreichte die Fähre, setzte mit ihr über den Fluß, erschien klatschnaß zu Hause, hatte keinerlei Verlust an Ware und doch sehr viel verkauft.

Gustav lachte zunehmend, wenn er das erzählte, sein Gebiß verrutschte, Tränen kullerten ihm übers Gesicht, und als Zugabe erzählte er immer noch die Geschichte von dem Bauern, der ihm vorgeschlagen hatte, Hundemaulkörbe zu verkaufen, und dem er entgegnet habe, Hundemaulkörbe seien für einen freien Reisenden ein schlechtes Geschäft, man könne sie nur einmal verkaufen, und er rutschte vor Lachen fast vom Stuhl, weil er das Gesicht des Bauern beschrieb, der aus seiner Antwort nicht schlau wurde.

Die Geschichten der Fontanas endeten immer in diesem Lachen, Marias Geschichten endeten stets tragisch. In Gustavs Lachen hinein berichtete sie von einem Menschen auf einer Hamsterfahrt, der im panischen Gedränge eines Zugabteiles erstickte, nicht mehr schreien konnte, die Hände oben, das Gesicht blau angelaufen, die Zunge herausgestreckt, zwischen ihnen hing und erst am Ziel, als alle ausstiegen, tot umfiel, einen ganzen Tag zwischen ihnen hing, weil vorher keiner ausstieg. Wären sie ausgestiegen, um den Toten herauszutragen, wären sie nie wieder in den Zug gekommen, weil die draußen Wartenden immer sofort in das Abteil drängten und die Ausgestiegenen mit Fußtritten ins Gesicht vom Zug wegschleuderten. Und am Ziel habe man dem Toten sofort Rucksack, Mantel und Schuhe weggenommen, weil er die ja nicht mehr brauchte.

Mit den Fingernägeln sei sie den anderen ins Gesicht gegangen, um ihren Platz zu halten. Auf der Rückfahrt mit den gehamsterten Sachen habe sie meist gar nicht erst versucht, in ein Abteil zu kommen. Am liebsten sei ihr der Puffer zwischen den Waggons, man dürfe nur nicht nach unten sehen, auf die dahinrasenden Schwellen und den Schotter, aber man sitze, sei nicht im Fahrtwind, und könnte sich besser festhalten als auf den Trittbrettern oder auf dem Dach. Vom Dach rutsche man mit seinen Koffern leicht herunter, und wenn einem auf den Trittbrettern nach stundenlangem Stehen die Beine versagten, oder ein Verrückter, der in Panik aus dem Zug wolle, während der Fahrt die Abteiltür öffne, liege man sofort unter dem Zug.

Viele habe sie gesehen, die ohne Beine unter dem Zug lagen, ganz erstaunt habe sie einer angesehen, während das Blut aus seinen Stumpen spritzte und die Beine ein paar Meter weiter wie verlorene Prothesen lagen. Und immer noch hätte er seinen Koffer festgehalten, und einer wollte ihm den Koffer entreißen und habe den beinlosen Mann mitgeschleift, so hätte er sich an seinen Koffer geklammert.

Eine alte Frau habe man auf der Bahnsteigtreppe zu Tode getrampelt, hätte wohl nicht mehr weitergekonnt, sei stehengeblieben, hätte ihren Koffer abgesetzt, von hinten habe die Menge geschoben und sei einfach über die Frau gegangen, plötzlich hätte auch sie auf etwas Weichem gestanden, viele seien dann gestürzt, hätten aufeinandergelegen, sie selbst habe sich gerade noch seitlich wegdrängen können.

Und das immer zwischen Gustavs Geschichten erzählt. Gleichzeitige Geschichten. Basso ostinato, sagte Gustav dazu und war dann auch still und nachdenklich, sah auf den Globus in seiner Hand und meinte, das wäre die richtige Größe für einen Globus. Je größer eine Landkarte, desto ungenauer sei sie. Sie zeige dann zwar jeden Feldweg und jeden Kotten, und jeder Hügel habe eine Höhenangabe in Metern und jede Straße eine Entfernungsangabe in Kilometern, aber das wären dann nur noch Details ohne jeden Zusammenhang, weshalb das Militär auch immer die größten Karten habe. So ein handlicher Globus sei dagegen gerade richtig. Er zeige die Erde und lasse doch genügend Distanz, um sich die Einzelheiten in der eigenen Phantasie vorzustellen, was die Erde ja überhaupt erst interessant mache. So interessant wie das Leben, und für das Leben gäbe es ja auch keine Karte im Maßstab eins zu tausend. Und er stellte die kleine bunte Kugel wieder in die Mauernische, sah versonnen auf den Globus, in dem sich ein Bleistiftanspitzer verbarg.

Gleise wurden in der Straße verlegt, nicht sehr gerade und etwas holprig, Gleise für eine kleine Dampflokomotive, die rumpelnd und im Zickzack die Straße hinauf- und hinunterstampfte, leere Loren hoppelten hinter ihr her, wurden mit Schutt gefüllt, rollten dann schwer zum anderen Ende der Straße, das dampfte und keuchte, fauchte und dröhnte den ganzen Tag.

Man drückte den Menschen eine Schaufel in die Hand und forderte sie auf, den Schutt wegzuräumen. Gustav und Fin waren zu alt, Friedrich verschwand in Geschäften, Elisabeth stellte sich so dumm an, daß man sie wegjagte, Maria schaufelte, als müsse sie die Straße allein räumen, und lag abends völlig erschöpft auf ihrem Bett.

Für die Kinder war es wunderschön. Sie sprangen auf die Kupplungen der Loren, fuhren winkend die Straße entlang bis zur Drehscheibe, wo die Loren geleert wurden, sprangen wieder auf, fuhren zurück. Auch er fuhr mit, es hatte etwas Prickelndes, wer konnte schon mit einem richtigen kleinen Zug durch die Straße fahren, eine Vergnügungsreise, vorbei an steilen Hügeln mit dem Ausblick auf romantisch verfallene Fassaden, mit dem Kohlegeruch der Lok und den Staubwolken des Schutts. Geschickte Kinder reisten so – aufspringend, abspringend – durch die ganze Stadt.

Kein Mensch schrie wie früher, laß das sein, das ist verboten, komm da runter, tu dies nicht, tu das nicht. Oder noch schlimmer, das tut man nicht, warum hast du das trotzdem getan, sag die Wahrheit. Die Erwachsenen hatten anderes im Sinn, und die Eltern waren froh, wenn sie phantasiereiche Kinder hatten, die immer wieder etwas Eßbares anschleppten, ob sie dabei gelogen hatten, ob sie dabei gestohlen hatten, wollte wirklich keiner wissen, und die Wahrheit war etwas, was es nicht mehr gab.

Kinder konnten einfach all die verbotenen Dinge besser erledigen, Kinder waren flinker, wendiger, verschwanden in Kellerlöchern, kamen auf der anderen Seite wieder heraus, kannten alle Schleichwege und Schlupflöcher in dieser Trümmerwelt, rannten quer durch die zerstörten Häuser, kein Erwachsener konnte ihnen folgen. Sie entzogen sich jeder Überwachung, witterten die Gefahren, hatten gelernt, in einem Krieg und in einer Nachkriegszeit zu überleben, schlängelten sich zwischen Militärpolizei und der deutschen Polizei hindurch, kannten die verschiedenen Schwarzmärkte mit ihren unterschiedlichen Handelspraktiken, wußten, welche Ware wo und bei wem zu bekommen oder abzusetzen war, kannten die geheimen Keller und Wohnungen, in denen die Hehler der Diebesbanden hofhielten, kannten die Klopfzeichen und Parolen, die ihnen die Türen öffneten, sie durch einen schmalen Spalt hineinließen.

All das war nicht ungefährlich, immer häufiger fanden Razzien statt, Lastwagen und Polizisten fuhren vor, sperrten die Straßen, kontrollierten jeden, konfiszierten alle Waren. Auch die Hehler wurden vorsichtiger, wechselten ihren Sitz, zogen sich in die Trümmerwelt zurück, für Erwachsene wurde es immer schwieriger, sie von der Straße aus zu erreichen, außerdem fielen sie mit ihren schweren Taschen jeder Streife sofort auf, und das, was sie gerade teuer erkauft hatten, wurde sofort beschlagnahmt.

Kinder kamen unerkannt durch zerstörte Häuser und Keller an die Lager heran, und so trug ihn Friedrich oft, nachdem es dunkel geworden war, auf den Schultern in die Nähe der Schwarzhändler, setzte ihn ab, er verschwand in den Trümmern, suchte den Weg, was im Dunkeln und ohne Licht schwierig war. Manchmal kannte sein Vater nicht die neusten Parolen, dann mußte er sie erst bei einem von Manfredos Leuten erfragen, die um diese Zeit vor den Türen der Schwarzhändler herumlungerten, irgendwelche verdrehten Sätze, die man kaum behalten konnte: Heute läuft der weiße Rappe rückwärts, oder: Heute hat der Himmel keinen Regenbogen.

Der Weg führte durch stille Ruinen, eine zerborstene Steintreppe hinab in verlassene Keller, durch nasse, tropfende Kellergänge, vorbei an verbogenen Heizungs- und Abwasserrohren. Stand man endlich vor der eisernen Luftschutztür mit ihren großen Hebeln und sagte seinen Satz auf, öffnete sich das Paradies. In mehreren Kellern hintereinander standen bis zur Decke gestapelte Türme von Büchsen in allen Farben und in allen Sprachen, Namen waren zu lesen, von denen er noch nie gehört hatte, die ihm auch nicht verrieten, was in den Büchsen war.

Der dicke Matthes, der allen immer erzählte, daß er wegen seiner Gutmütigkeit noch einmal verhungern werde, lag mit seinem Riesenbauch wie ein Krokodil auf einem Bett aus Büchsen, schob sich aus einer Büchse Schinken in den Mund und jammerte, daß er keinen Platz mehr habe, daß er schon auf den Büchsen schlafen müsse. Wenn ein Kind vor ihm stand, verknautschte er sein Gummigesicht in alle Formen des Abscheus, des Ekels, des Widerwillens, der Enttäuschung über die hinterhältige Gemeinheit der Menschen, schließlich, nachdem er wieder etwas die Fassung gewonnen hatte, märte er lauthals los: »Schicken se mir immer die verhungerten Jören, spekulieren auf mein Mitleid, damit ich noch wat drauﬂeg. Wer jibt mir wat? Wer trägt mich zu Grabe? Mir hilft keiner in der Not. Ich hab Schulden, ihr Aasjeier. Ich rechne in Dollars, ihr Banausen. Ihr mit eurem mickerigen Jeld, euch schickt der Satan. Ihr seid alle Kommenisten. Ihr reißt mir dat Fleisch vom Leibe.«

Man konnte ihn nur beruhigen, indem man bewundernd fragte, was er denn in all den Büchsen habe. Er zog eine selbstgefällige Schnute und sagte: »Kaviar, Lachs, Schinken, Schweinefleisch, Rindfleisch, Blutwurst, Leberwurst, Corned beef, Sardinen, Ananas, Pfirsiche, kommt aus der janzen Welt, Champagner hab ich auch.« Wenn man dann seine händlerischen Fähigkeiten ausgiebig bewunderte, beruhigte Matthes sich langsam und verlor das Gefühl, am nächsten Tag verhungern zu müssen.

Als er das Fernglas verhökern mußte – gegen seinen tränenreichen Widerstand, denn er sah nachts mit Friedrich durch das Glas zu den Sternen hinauf, aber sie hatten wirklich nichts mehr zu essen –, nahm er sich vor, hartnäckig zu sein.

Der dicke Matthes sah in aller Ruhe durch das Fernglas seine Vorräte an, ließ ihn lange warten, aber das gehörte zu seiner Taktik, und sagte dann: »Also jut, drei Büchsen Leipziger Allerlei, drei Büchsen Schweinefleisch.« Er blieb stehen und rührte sich nicht. Der dicke Matthes sagte: »Dat Ding is verkratzt, dat jibt Abzug.« Er wußte, daß er jetzt nur lange genug stehenbleiben mußte. Der dicke Matthes sagte: »Noch 'n Büchs Leberwurst«, verzog sein Gesicht, sah ihn mißtrauisch aus den Augenwinkeln an, »und noch 'n Büchs Blutwurst.« Er schüttelte mit dem Kopf und blieb stehen. Das Gesicht des dicken Matthes verzog sich in eine andere Richtung, Unverständnis über die Habgier der Menschen. »Wat soll ich überhaupt noch mit 'nem Fernjlas, hab ich schon mindestens hundert Stück von.« Er blieb weiter stehen, obwohl es jetzt ungemütlich wurde. Der dicke Matthes ließ sein Gesicht in Trauer fallen: »Also jut. Nimm dir noch ’n Büchs Corned beef aus Argentinien. Dat is wat Feines. Weil du et bist. Aber dann hau auch ab.« Aber er hatte noch einen zusätzlichen Trumpf. Der dicke Matthes gehörte, als er noch jung und schön war, zu den Verehrern Elisabeths, und so bestellte er noch einen herzlichen Gruß von Elisabeth. Das Gesicht des dicken Matthes verzog sich zu einer angewiderten Maske, die sich schüttelte vor Empörung und sich abwandte, weil sie den Anblick eines so verdorbenen Jungen nicht mehr ertragen konnte, eine gequälte Stimme sagte aus der Maske heraus: »Is jut, is jut, nimm dir noch ’n Dose Sardinen aus Portugal, aber verschwinde jetzt, sonst klatsch ich dich an die Wand.« Er nahm hastig nicht nur eine, sondern zwei dieser schmalen Dosen, der dicke Matthes sah das, warf mit einer Büchse nach ihm, aber da war er schon aus der Tür.

Er konnte seine Last kaum tragen, er zog den Rucksack, den man ihm mitgegeben hatte, durch die Kellergänge, die Treppe hinauf, da leuchtete ihm einer mit einer Taschenlampe ins Gesicht, er blieb stehen, eine weiter entfernte Stimme sagte: »Der gehört zu Manfredo«, das Licht erlosch, er konnte weitergehen und war froh, als er seinen Vater sah.

Es war gut, unter Manfredos Schutz zu stehen. Ohne diesen Schutz hätte er keine einzige Dose nach Hause gebracht, ohne diesen Schutz wären die vielen nächtlichen Lebensmittelbeschaffungen gar nicht möglich gewesen, nicht mal zu Tante Olga hätte er gehen können, obwohl die nicht weit entfernt wohnte. Man mußte durch ein ausgebranntes Vorderhaus über den Hof, dann eine freistehende Holztreppe hoch, die zu einer schweren braunen Wohnungstür führte, nach einem bestimmten Klopfzeichen steckte Tante Olga ihren weißhaarigen Kopf heraus, sah, wer da war, und öffnete. Tante Olga war Gesanglehrerin, wie sie sagte, Russin, wie sie sagte, hatte an allen Opernbühnen der Welt gesungen, wie sie sagte, und in der Diele saßen auch immer viele junge Mädchen, die offenbar auf ihren Gesangunterricht warteten und dabei seltsamerweise wie Tante Olga einen Morgenrock trugen. Die Wohnung bestand aus schweren, dunklen Vorhängen, Tante Olga humpelte in ihrem geblümten Morgenrock zu einem der Vorhänge, griff in den Spalt, gab einem die gewünschte Zigarettenpackung, die sie zufälligerweise immer vorrätig hatte, zeigte einem noch den Kupferring unter ihrem Knie, der sie gesund erhielt »Fiiier huuundert Jahrrre«, sagte sie, und dann hatte man zu verschwinden.

Manfredo stand oft mit einigen seiner Leute im Hof, rauchte, griente verschmitzt zu ihm herüber. Es war ein Schutzbrief fürs Leben, der auch noch anerkannt wurde, als Manfredos Reich unterging. Eine größere Bande, die die Behelfsläden unter Kontrolle hatte und sich ausdehnen wollte, stürmte Manfredos Hauptquartier, das zerstörte Krankenhaus. Die Schlacht dauerte einen Tag und eine Nacht, und obwohl das Krankenhaus, dessen vordere Räume schräg zur Straße hingen, eine Festung war, kaum zu erobern, nur durch den schmalen Schacht des alten Speisenaufzugs zu betreten, siegte die andere Bande.

Er schlich sich abends zum Krankenhaus, in dem er geboren worden war, aber es war umstellt von unangenehmen Kerlen, ab und zu fiel ein Schuß, von oben wurden schwere Steine heruntergeworfen, Jungens liefen durch die Stockwerke, kletterten an den Außenmauern hoch.

Nachts klopfte es leise ans Fenster, Manfredo stand draußen. »Ich hau ab nach Amerika.« Er zeigte einen holländischen Paß: »Ich heiß jetzt Willem de Heer. Ich bin jetzt Holländer.« Dann war da nur noch die Nacht. Manfredo kam nie wieder an sein Fenster.

Die Schule, eine mehrere Stockwerke hohe Festung, ein dunkelroter Steinkasten mit schmalen Fenstern und vielen Mauervorsprüngen über schweren Eisentoren, hätte auch das Stadtgefängnis sein können. Sie war Notunterkunft für ausgebombte Familien und für Flüchtlinge gewesen, sie war Kriegslazarett, Gefangenenlager, Standgericht für Deserteure und der letzte Kommandostand von Offizieren zusammengewürfelter restlicher Truppenteile. In ihren Räumen hatten hungrige Mütter Kinder geboren, verzweifelte Männer sich aufgehängt, Militärärzte Beine und Arme abgesägt, Offiziere Todesurteile ausgesprochen, sterbende Soldaten ihre letzte Zigarette geraucht, KZ-Gefangene ihren letzten Brief geschrieben, Displaced Persons sich an einem offenen Feuer gewärmt – nun sollte sie wieder in aller Unschuld die Schule der Kinder sein.

Zum Ärger der Kinder war sie von den Bomben und Artilleriegranaten nur teilweise zerstört, und es konnte vorkommen, daß Kinder, die als Soldaten mit der Panzerfaust in der Hand die Stadt verteidigen sollten, nun wieder als Schüler eingereiht wurden. Die Klassenzimmer waren seit langem ungeheizt, daher eiskalt, sie waren dunkel, sie waren finster, es gab nicht eine einzige Glühbirne. Vor den fensterlosen Löchern in der Mauer, durch die es hereinwehte, standen rostige Eisenplatten, die noch von den letzten Verteidigern stammten, auch alte Schiefertafeln, in eine von ihnen hatte einer mit einem Messer *Unsere Ehre heißt Treue* eingekratzt. Die Schulbänke waren in den umliegenden Kellerwohnungen verheizt worden, in die Räume paßten daher mindestens sechzig, siebzig Kinder, die alle standen.

Ein englischer Offizier hielt in mühseligem Deutsch eine Rede über die neue Zeit, die im Lärm der Kinder unterging, und endete mit einem Goethe-Gedicht, das keiner verstand. Nachdem er sich mit einem herzlichen »Good luck« und »Bye bye« verabschiedet hatte, stellte sich heraus, daß es nicht nur keine Schulbänke gab, es gab auch keine Lehrer, weil sie alle in der Partei gewesen waren, und es gab keine Schulbücher, weil sie alle von Pädagogen stammten, die auch in der Partei gewesen waren. Alles, was sie bisher von ihren Lehrern und aus ihren Schulbüchern gelernt hatten, war falsch. Das, was sie jetzt lernen sollten, war aber noch nicht entschieden, vor allem aber noch nicht geschrieben, gedruckt und in Bücher gebunden. Selbst wenn es einer über Nacht geschrieben hätte, es gab keine Druckmaschinen, keine Druckerschwärze und kein Papier. Die Kinder vermißten die Schulbücher nicht, sie wußten alles, was man zum Überleben in einer zerstörten Welt braucht, viele von ihnen ernährten ihre Familien, sie betrachteten es daher als Entgegenkommen ihrerseits, sich hier vor einen Lehrer hinzustellen.

Eine uralte, verhutzelte Frau mit einem dünnen Haarknoten, die sie Fräulein nennen sollten und die schon vor dem Krieg pensioniert worden war, sollte Kinder unterrichten, die mehr erlebt hatten, als sie ihnen je erzählen konnte. Sie baute sich mit einem mitgebrachten Stock vor ihnen auf, schlug ihn energisch an die Wand, so daß die Reste des Putzes, der mit Löchern von Bombensplittern übersät war, herabfielen, und begann mit dem Schulunterricht.

Da keiner Federn, Tinte, Papier oder Bleistifte bei sich hatte, weil es so etwas nicht gab, da auch alle froren, fast die Hälfte der Kinder barfuß auf dem eisigen Betonboden standen, die wenigsten einen Wintermantel besaßen, in kurzen Hosen und einer dünnen Jacke ihres Vaters oder ihrer Mutter vor Kälte zitterten, verordnete sie Turnen und Kopfrechnen. Eine Hälfte der Klasse hatte zu trampeln und mit den Armen um sich zu schlagen, die andere Hälfte hatte endlose Zahlenreihen, die das Fräulein laut schrie, im Kopf zu addieren und subtrahieren, zu dividieren und multiplizieren, wobei sie auch vor Prozentzahlen und Brüchen nicht zurückschreckte. Alle zehn Minuten wechselten Turnen und Kopfrechnen, so holte sich keiner eine Lungenentzündung, und alle lernten Rechnen.

Es gab nur einen Grund, zur Schule zu gehen, das war die Schulspeisung. Wenn sie in großen schwarzen Eimern angeliefert wurde, die entweder mit einem gelben sämigen Brei oder einer grünlichen Brühe gefüllt waren, oft auch mit einer Mischung aus beidem, mal mit Nudeln, mal mit Würmern, mal mit Keksen, in denen alles mögliche krabbelte, kamen aus allen Richtungen Kinder mit ihren zerbeulten, zerkratzten Militäreßgeschirren und ihrem blechernen Militärbesteck angeklappert, das einzige, was der große Krieg ihnen hinterlassen hatte. Sie schlugen sich mit Härte, Gewalt und List um eine möglichst große Portion, für viele die einzige Mahlzeit am Tag, fast immer war zu wenig da, und man durfte raten, wer wieder einen Eimer an der Schule vorbei verkauft hatte. Die, die zu spät gekommen waren oder sich hatten abdrängen lassen und nun vor dem leeren Eimer standen, kreisten um die hastig den Brei herunterschlingenden, eifrig löffelnden Gruppen und bettelten: »Gib mir doch auch was mit«, oder drohten: »Dich schlag ich heut nacht tot.« Manchmal brach eine gnadenlose Schlägerei aus, bei der Eßgeschirr, Besteck und Suppe durch die Luft flogen, Kinder sich am Boden wälzten, die Lehrer entfernten sich dann unauffällig, hätten sie sich eingemischt, hätte man auch sie verprügelt, zumal die Kinder den einen oder anderen Lehrer in Verdacht hatten, am Verschwinden des fehlenden Eimers nicht unschuldig zu sein.

Er ging selten zur Schule. Der Epileptiker, den man oft von der Schule nach Hause schickte, erzählte ihm, was in der Schule durchgenommen wurde. Manchmal blieb er noch bei ihm, weil er Angst hatte, allein zu sein. Wenn er einen Anfall bekam, mußte er ihn mit aller Kraft an den Armen halten, damit er nicht um sich schlug und sich dabei verletzte. Nach einer Weile wurde er ruhig, der zuckende Krampf ließ nach, er lag,

Schaum vor dem Mund, auf dem Boden und schlief friedlich und tief wie ein Toter.

Stalingrad stand wie ein gesprengtes Monument auf einem Steinsockel vor dem hinteren Fenster, stand einarmig auf einem Bein und einer Krücke und streckte mit dem Arm, unter den er die Krücke geklemmt hatte, ein umgehängtes Kochgeschirr in Richtung Fenster. Sein Gesicht war rotviolett verbrannt. Er trug einen völlig verdreckten weißen Tarnanzug. Der linke Ärmel und das rechte Hosenbein waren umgekrempelt. Er stand immer leicht schräg auf die Krücke gestützt. Maria traute sich erst nach einer Stunde an ihn heran, sie gab ihm eine Kelle Steckrübensuppe in sein Kochgeschirr, die trank er, dann stand er noch eine Stunde bewegungslos vor sich hin starrend auf dem Steinsockel, regte sich plötzlich, grüßte wie ein Soldat, drehte sich ruckartig um und stelzte in militärischer Haltung davon.

Am nächsten Tag kam er wieder. Er sah ihn vom Fenster aus, sah, wie er mit Hilfe der Krücke aus einem Erdloch kroch, aus einer der vielen Höhlen in dem weiten flachen Trümmerfeld hinter dem Hof. Er richtete sich auf, suchte die Balance zwischen den vorhandenen und fehlenden Gliedern und humpelte wie ein alter verschimmelter Rabe heran, betrat den Steinsockel, richtete sich auf, stand stramm und hielt das Kochgeschirr in Richtung Fenster. Maria gab dem über ihr stehenden Mann wieder eine Kelle von der täglichen Steckrübensuppe in das Kochgeschirr, er trank sie, blieb schweigend und sinnierend stehen, grüßte, drehte sich um, verschwand.

Er kam nun jeden Mittag, erhielt seine Steckrübensuppe, lehnte die Einladung, sich zu setzen, mit der knappen Mitteilung ab, er könne nur noch im Stehen essen. Sie hatten den betonierten Hof vor dem hinteren Fenster geräumt, er war von der etwa einen Meter hohen Grundmauer des früheren Hinterhauses begrenzt, in dieser Höhe lag auch das fast ebene Trümmerfeld, und auf der Mauer stand er wie der Gekreuzigte persönlich. Gustav zog ihn ins Gespräch, er behauptete, was viele behaupteten, mit der letzten Maschine aus Stalingrad ausgeflogen worden zu sein. Mehr wollte er nicht sagen. Also nannten sie ihn daher Stalingrad.

Ein Haufen Lumpen balgte sich vor seinem Fenster, wirbelte im Kreis wie eine Meute junger, buntgescheckter, wild kläffender Hunde, sprang lebendig wie ein Sack Flöhe um einen aus Stoffresten zusammengenähten Ball, umdribbelte die Gleise der Trümmerbahn, rannte mit dem Ball am Fuß hinter die Fassaden geräumter Häuser, um aus einer Mauerlücke überraschend zu flanken, trat den auseinanderfallenden, vor Nässe immer schwerer werdenden Stoffball jubelnd ins Tor, einem Tür- oder Fensterrahmen mitten auf der Straße.

Ein Jubelschrei, der die Erstarrung durchbrach, die zwischen den Häusern hing, das erstickte Leben der Menschen in den Kellerlöchern und Trümmerwohnungen, das stumme Verdämmern in versteinerter Geduld. Der Schrei eines überwältigenden, unbekümmerten Lebensgefühls, aufsteigend aus einem rabiaten Haufen, der durch die Straßen tobte, keine Grenzen kannte, keine

Erziehung, keine Normen. Kinder, die absolut frei waren, Kinder, die sich selbst ernährten, Kinder, die mit Tuberkulose oder Asthma durch die Straße keuchten, mit nur einem Arm oder einem Bein herumtobten, ein wildes Leben voller glücklicher Augenblicke, ein Leben zwischen Wut und Trauer und unbeherrschten Freudenausbrüchen. Da sie kein anderes Leben und keine andere Welt kannten, war dies hier die schönste aller Welten, Hunger und Kälte und Trümmer das natürliche Lebenselement, das einfach da war, wie das Wasser für einen Fisch und der Dschungel für einen Tiger, das Leben wunderbar und voller Herrlichkeiten, und die Zeit zwischen Tag und Nacht eine endlose Zeit, die nie vergehen wollte, weil jede Sekunde, jede Minute, jede Stunde spannendes, aufregendes, unwiederholbares Leben war – ihr Leben.

Hätte man sie über Nacht in eine schöne alte Stadt mit jahrhundertealten Häusern, mit Spitzengardinen und Geranientöpfen vor den Fenstern, mit gesäuberten Straßen und geruhsamen Plätzen und Parks voller Springbrunnen und Gesetz und Moral verkörpernden Gerichts- und Schulhäusern versetzt, sie wären starr vor Entsetzen, gelähmt und hilflos in dieser unbekannten Ordnung aufgewacht. Sie liebten ihre Welt, in der sie mit zahlreichen Freunden aufwuchsen, sie schrien sich durch diese Welt, in der es für sie keine Schranken, keine Aufsicht, keine Gesetze gab, und sie fühlten sich als die Herren dieser Welt.

Aus den Wohnhöhlen warfen vergrämt heimgekehrte Soldaten und alte Frauen mit ungekämmten Haaren voller Haß Steine auf diese Bagage, die sich vor seinem

Fenster versammelte. Kinder, die Zigarettenkippen von der Straße aufsammelten und mit spitzen Fingern zu Ende rauchten, die immer selbstgebrannten Schnaps, der *Knollibrandi* hieß, dabeihatten und auch oft betrunken waren, Kinder, die in einer eigenen Sprache miteinander redeten, für alles ihre eigenen Worte hatten und so unbändig und schallend lachen konnten, daß sich manch einer erschreckte.

Sie sahen aus wie kleine Erwachsene, weil sie die Kleider der Erwachsenen trugen, nichts paßte, alles war entweder zu groß oder zu weit. Unförmige Herren- oder Damenmäntel ohne Knöpfe, durch aufgeweichte Papierkordeln oder zerlöcherte Riemen zusammengehalten. Auf den wegen der Läuse oft kahlen Schädeln Schirmmützen, aus denen die Pappe heraussah, die seitlichen Klappen hingen lose über die Ohren, oder auch Soldatenkäppis von sämtlichen Armeen der Welt. Stoffschuhe mit aufgerissener Kappe und loser Sohle, ohne Schnürsenkel, mit Stoffbändern oder verknoteter Schnur an den Fuß gebunden. Zerrissene Hemden, angestrickte Pullover, verfärbte Hosen und Jacken mit löcherigen Ellenbogen und ausgerissenen Taschen, irgendwie um den Leib gewickelt, geschmückt mit einem Sammelsurium von Armbinden: Rot-Kreuz-Binden, Blindenbinden, Trauerbinden, Hakenkreuzbinden, Militärpolizeibinden.

Fast jeder hatte einen Feldbeutel der deutschen Armee mit der dazugehörenden braunen, filzigen Trinkflasche, viele noch eine Wolldecke oder einen Kochtopf.

Blieb einer von ihnen tot liegen, weil ihn die Tuberkulose besiegt hatte oder weil er unter eine einstürzende Trümmerwand geraten oder auf eine noch nicht entschärfte Bombe getreten war, so übernahm ein anderer den Spitznamen des Toten, und damit auch seine Aufgabe in der Gruppe, bis er sich durch eine besondere Tat einen eigenen Spitznamen erwarb. Wenn von dem Toten noch ein ganzer Körper vorhanden war, legte man ihn vor eine Kaserne mit einem Zettel in der Hand, auf dem sein Name stand, sonst begrub man seine Reste im Park und setzte ihm aus Ästen ein Kreuz, weil man das so bei den Erwachsenen gesehen hatte.

Das Essen wurde geraubt, verteilt und auf der Straße im Laufen verschlungen. Ihr Territorium lag hinter dem Bahnhof, in der Nähe der Bahndämme, wenn es ihnen schlecht ging, wenn sie Hunger hatten, nahmen sie den Reisenden schnell und geübt Koffer, Taschen, Rucksäcke weg, ein kreischender Kreisel, der sich um den Überfallenen drehte, ihm ins Gesicht lachte, weil das natürlich auch Spaß machte, im Grunde ein Spiel war, keiner sah darin Unrecht, sie verstanden das Gezeter und Gejammer der Erwachsenen nicht, die auch alle klauten und ihnen nur nichts abgeben wollten, und dann spielten sie vor seinem Fenster wieder Fußball. Eine Horde unterernährter, bleichgesichtiger Zwerge, Jungen und Mädchen, die ständig irgendwo herumkrabbelten, immer in Bewegung waren und unberechenbar wie ein Wolfsrudel herumjagten. Sie waren alle in seinem Alter, zehn, zwölf Jahre alt, die freiesten und lebendigsten Menschen, an die er sich erinnern konnte. Sie waren es, die diese Totenwelt wieder ins Leben zurückschrien.

Der Bahnhof der Stadt war ein Krater, gekrönt von einem gigantischen Durcheinander aus Stahl, Eisen und Beton, das von der Erde in vulkanischen Verbiegungen und Verzückungen zum Himmel strebte. Als hätte ein urzeitlicher Gott mit der Faust in den Bahnhof geschlagen, um sich an dem sisyphusartigen, ameisenhaften Gewimmel der ratlos umherirrenden Menschen zu amüsieren. Am Rand dieses Kraters hatten sich auf Bahndämmen Haltepunkte gebildet, auf denen man die gelegentlich ankommenden und abfahrenden Züge erwartete: Auf den Gleisen stehende technische Ungetüme aus der Frühzeit der Eisenbahn, ohne Bahnsteig über den Köpfen der Menschen schwebend, die unter ihnen hindurchkrochen, an den rostigen Rädern und dem schmierigen Gestänge vorbeihasteten, in zischenden Dampfwolken verschwanden.

Fahrkarten löste man an einer Holzbude, an der ein handgeschriebener, im Wind wehender *Vorläufiger Fahrplan* hing, dessen Abfahrts- und Ankunftszeiten, vom Regen verwischt, nur ungefähre Angaben darstellten, auf die angegebenen Zielorte war auch kein Verlaß, man durfte sich wundern, wenn man dort ankam, wohin man wollte. So fragte jeder jeden: »Wann fährt der Zug?«, »Wohin fährt der Zug?« und versicherte sich noch einmal bei einer zweiten und dritten und vierten Person, die Mehrheit der Unwissenden gab den Ausschlag für die eigene Überzeugung, die man als Gewißheit an andere weitergab: »Zwischen 14 und 15 Uhr in Richtung Braunschweig.« »Bis Braunschweig?« »Richtung Braunschweig.« »Worüber?« »Keine Ahnung.« Und wieder ging das Palaver von vorn los.

Die wenigen Bahnbeamten hatten sich in ihre Mäntel eingehüllt, in der Bude hinter einem Kanonenofen verbarrikadiert und gehörten wohl zu einem Mönchsorden, der sich dem ewigen Schweigen verpflichtet hatte. Die Fahrgäste eroberten über die Koffer und hingehaltenen Buckel der Mitreisenden die Trittbretter, zogen die Zurückgebliebenen nach, eine Bergtour ins Ungewisse.

Dicht daneben, auf toten Gleisen, die vor gesprengten Brücken endeten, standen Güterwaggons voller Menschen, Flüchtlinge aus dem Osten und ehemalige Evakuierte aus Süddeutschland, die man irgendwann und irgendwo in die undichten nassen Waggons gepfercht hatte und abtransportieren ließ. Nach einer Irrfahrt von Bahnhof zu Bahnhof, denn sie wurden immer wieder weitertransportiert, weil keiner sie haben wollte, waren sie zufällig hier gelandet, auf einem toten Gleis, und ihr Glück war, daß man sie vergessen hatte.

Sie richteten sich in den Waggons ein, besorgten sich Öfen aus den Trümmern, Stroh für ihre Bettsäcke, kämpften wie alle um Lebensmittel und schrieben ihre Namen an die Waggons, die nun für lange Zeit ihr Zuhause sein sollten. Da saßen sie nun, schauten aus den halbgeöffneten Türen auf die Reisenden, ihre Kinder spielten barfuß vor den Waggons, und der Qualm ihrer Öfen zog vom Bahndamm hinab über die zerstörte Stadt.

Er war oft an diesem Bahndamm, der als Halteplatz für Züge auch ein Umschlagplatz für nichtkontrollierte Lebensmittel war. Fin schob das alte quietschende Fahrrad, auf dem er saß, ein Gestell aus fleckigem Rahmen und geflickten, weil immer wieder zerlöcherten Reifen, ging in ihrer Eisenbahneruniform offiziell und mit leichtem Gruß an die Kappe durch sämtliche Sperren, stieg über die ausgetretene, glitschige Holztreppe zu den Gleisen hinauf, während er das Fahrrad bewachen mußte, das einen unschätzbaren Wert darstellte und ständig von Kerlen umkreist wurde, die seine Verteidigungsbereitschaft einschätzten. Man mußte immer ein Bein durch den Rahmen stecken, damit sie es nicht von der Seite wegreißen konnten.

Er war froh, wenn Fin endlich wieder die Treppe herabkam, ihrem Gesicht konnte er schon von weitem entnehmen, ob sie etwas bekommen hatte, sie deponierte eine Eisenbahnertasche neben dem Fahrrad, sagte: »Eier«, zog wieder los, und er ging über der Tasche in die Hocke und tat so, als ob er sich auf einem Felsstein ausruhe, jeder mußte glauben, daß in der Tasche nur altes unwichtiges Zeug war, die Hyänen um ihn herum hatten nun Tasche und Fahrrad im Auge, traten gegen das Fahrrad, um ihn einzuschüchtern, er hielt ein altes Taschenmesser mit einer abgebrochenen Klinge in der Hand und hätte sofort zugestoßen, wenn sie angegriffen hätten. Es war gut, wenn Fin endlich mit ihrem Rucksack auftauchte, denn dann zitterten ihm schon die Knie, keiner hätte ihm verziehen, wenn er, durch einen Stoß dieser grinsenden Kerle aus dem Gleichgewicht gebracht, auf die Eier gefallen wäre.

Alles wurde auf das Fahrrad geladen, er stieg auch auf, und Fin schob wieder los, spielte eine Rolle, die sie gut beherrschte: eine müde Eisenbahnerin kommt von der Arbeit. Wurden sie trotzdem unterwegs angehalten, lenkte sie die neugierigen Hilfspolizisten damit ab, daß sie sagte: »Der Junge muß rasch zum Arzt«, das war ganz offensichtlich der Fall, und so kamen sie meist gut zu Hause an.

Der Arzt war gar kein Arzt. Aber das stellte sich erst später heraus, als er verhaftet wurde. Jetzt saß er auf dem Hof hinter der Wohnung, hörte auf einem Kurbelgrammophon, das er bei ihnen deponiert hatte, immer dieselben alten Schallplatten: *Wenn der weiße Flieder wieder blüht*, oder *Heut ist der schönste Tag in meinem Leben*, oder *Es wird einmal ein Wunder geschehen* und besoff sich dabei an undefinierbaren Schnäpsen, die er als Honorar für seine Tätigkeit erhielt. Er ordinierte nur, wie er selbst zugab, im fortgeschrittenen Stadium einer immerwährenden Trunkenheit, da er dann das dritte Auge habe. Seine Diagnosen waren präzise, seine Therapien außerordentlich hilfreich, seine Patienten begrüßten ihn mit Hochachtung und Verehrung und bezahlten ihn mit selbstgebrannten Wässerchen, was die Weiterführung seiner ambulanten Praxis ermöglichte.

Sein umfassendes Wissen habe er sich als Oberfeldarzt in Lazaretten der Ostfront erworben, so das Gerücht, das leider wie alle Gerüchte etwas ungenau war. Das mit den Lazaretten stimmte, das mit dem Oberfeldarzt war erfunden. Vielleicht ahnten es die Leute, wußten es genauer, als sie es wissen wollten, aber seine Fähigkeit, ohne Medikamente Krankheiten zu heilen, war phänomenal, das ihm entgegengebrachte Vertrauen in einer Zeit, in der es keine Krankenhäuser gab, unbegrenzt. Er war erste und letzte Instanz, entweder er half, oder man starb. Wenn er mit seiner ausgebeulten und abgeschabten Ledertasche in einem grünlichen, gummiartigen Heeresmotorradmantel und einer auf die Stirn geschobenen gewaltigen Hornbrille auftrat, einem unrasiert, schnapsumweht und leicht schwankend in die Augen sah, »Aha« sagte, war er sofort der Großmeister aller Krankheiten, ein Wunderheiler, Paracelsus persönlich. Noch nach seiner Verhaftung pilgerten viele seiner Patienten zum Stadtgefängnis, um in schwierigen Fällen seinen Rat einzuholen.

Kam er in die Wohnung, segelte erst sein Motorradmantel mit der darinsteckenden Jacke durch die Luft, dann flog die Ledertasche hinterher, beides landete auf Marias Bett. Nach diesem Zeremoniell betrat er den Raum, ein Chefarzt auf großer Visite, sah sich um, schaute ihn an, Brille runter, Brille rauf, »Aha«. Dann nahm er seine Tasche, leerte sie auf dem Boden aus, indem er sie einfach umstülpte, inspizierte vornübergebeugt seine Vorräte und sagte: »Was haben wir denn überhaupt.« In der Tasche war ein Fieberthermometer, einige Scheren und Pinzetten, verschiedene Päckchen Verbandstoff, gebraucht, gewaschen und wieder aufgerollt, Flaschen mit Jod, mit Spiritus, mit Hustensaft und Crataegutt, Rizinusöl und Lebertran, der Rest bestand aus Chinosol und Aspirin.

Furunkel behandelte er mit Schmierseife: »Zieht alles raus.« Bei Bronchitis verordnete er Senfumschläge. Beinbrüche legte er zwischen zwei Ziegelsteinen ruhig, Armbrüche bandagierte er auf einen Ast. Lungenentzündung hieß bei ihm: Herz stützen und Krisis abwarten, wird schon gutgehen. Lungentuberkulose: Butter und Rotwein mit Ei, da nicht vorhanden, mach dir nichts draus, das verkapselt.

Wenn er in der Tasche nichts für ihn fand, klatschte er in die Hände, tanzte mitten in der Wohnung einen Hawaii-Tanz, wobei er kunstvoll die Hawaii-Gitarre nachahmte, das machte er so lange, bis alle, die mit sorgenvollen Gesichtern herumstanden, sich vor Lachen umdrehten.

Danach setzte er sich auf sein Bett, horchte ihn mit einem verpflasterten Stethoskop ab, nahm das Stethoskop weg, drückte ein Ohr an seine Brust, sah ihn lange an, nickte, sagte: »Medikamente gibt es auf dem Schwarzmarkt gegen Dollar.« Dollars besaßen sie nicht, das wußte er. »Du mußt Geduld haben, vielleicht kann ich was besorgen.«

Dann packte er seine Tasche, warf alle Medikamente wahllos hinein, klappte sie zu, zog sich im Vorbeigehen seinen Motorradmantel über und war verschwunden.

Einmal kam er mit einem Sack scheppernder Gläser zurück und sprach mit beschwörender Stimme: »Hab ich bei einem alten Apotheker aufgetrieben, der sammelt so etwas.« Die Gläser, die wie kleine Spucknäpfe aussahen, waren Schröpfköpfe. »Ableiten«, sagte er, »ableiten und Geduld.« Er zündete ein kleines Feuer auf dem Fußboden an, Maria konnte gerade noch ein Blech darunterschieben, hielt die Schröpfköpfe kurz darüber und drückte sie ihm auf den Rücken. Dann nahm er seine Schnapsbuddel, setzte sie sich an den Mund, ließ den Adamsapfel springen, setzte erleichtert wieder ab, erfreute sich an dem schönen Bild auf seinem Rücken, sagte: »Sieht gut aus. Hilft garantiert.« Der Arzt starrte auf die Flasche, die er mit einer Hand auf seinem Oberschenkel festhielt, und erzählte – während er nach vorn gekrümmt saß, keine Luft mehr bekam und die Spannung auf seinem Rücken immer größer wurde – ausführlich und detailliert von Bauchschüssen, Lungenschüssen, Kopfschüssen und Amputationen in den Lazaretten und wie er mit einer Knochensäge Beine und Arme abgesägt habe. »Das kommt alles von den Idealen. Ohne Ideale säßen die alle noch zu Hause. Merk dir das. Das Leben hat keinen Sinn. Laß dir nie etwas anderes einreden. Das Leben ist nur das Leben, weiter nichts. Ohne Sinn ist es sogar ganz schön. Ich weiß Bescheid. Ich hab Tausende verrecken sehen.«

Immer wieder brachte er ihm Medikamente. »Frag mich nicht, woher ich die habe, dafür werde ich noch mal erschossen.« Dann ging er zu Gustav, mit dem er in vielen Dingen einig war, vor allem aber zu seinem Grammophon.

Gustav war mit dem Fahrrad gestürzt, saß fluchend im Hof auf der Mauer, das Bein auf einem Haufen Ziegelsteine hochgelegt. Die alte Wunde am Bein, Andenken und Erinnerung an seine glorreichen Revolutionszeiten, war wieder aufgebrochen und wurde in ihrer regenbogenfarbenen Schönheit von allen bewundert. Der Arzt behandelte sie mit feinster Wagenschmiere, mit der angeblich nur britische Offizierswagen geschmiert wurden. Gustav war davon sehr angetan und meinte: »Besser als Johannisöl.«

Er fragte auch Stalingrad, ob er ihn behandeln solle. Stalingrad antwortete nie. Er stand auf dem Mauervorsprung und sah in die Ferne, als müsse er die Frontlinie am Horizont im Auge behalten. Der Arzt zog sein Grammophon auf und tanzte besoffen, aber selig im Rhythmus alter Schlager und schrie in den Himmel: »Weißt du noch?« Keiner wußte, wen er oder was er damit meinte, und Zarah Leander plärrte: »Es wird einmal ein Wunder geschehen.«

Die Welt bestand sowieso nur aus Wundern, Wundern des Wiedersehens, Wundern der Wiederauferstehung, Wundern des Überlebens. Nach den Naturgesetzen und nach der Statistik, die Kalorien und Heizmaterial, Bekleidung und Krankheiten erfaßte, hätten sie alle schon lange verhungert oder erfroren oder an einer der vielen Krankheiten gestorben sein müssen. Die Wahrscheinlichkeit, daß die örtlichen Notbehörden des zerborstenen Riesenstaates nur noch die Aufgabe hatten, die Bevölkerung zu beerdigen, war beängstigend groß.

Die menschliche Phantasie war aufs äußerste gefordert, alle lebten in einer gereizten Nervosität, die Überlebenskräfte waren so überanstrengt, daß vieles, weil in normalen Zeiten eigentlich unmöglich, ja undenkbar, jetzt nur als Wunder zu begreifen war.

Jeder erzählte jedem die unwahrscheinlichsten, unglaubwürdigsten, phantastischsten Geschichten und schwor, die reine Wahrheit zu sagen. Je unmöglicher die geschilderte Begebenheit, desto wahrscheinlicher, daß sie sich tatsächlich ereignet hatte. Die Welt schien nur noch aus verrückten Zufällen zu bestehen, drehte sich gegen die Naturgesetze, überwand alle Lebenserfahrungen durch die Notwendigkeit, jetzt hier auf der Stelle ein Stück Brot notfalls aus einer Mauer zu schlagen, weil man sonst vor Hunger in die Knie ging, oder einen Mantel vom Himmel zu reißen, weil man sonst erfror. Die Lebensweisheiten von Generationen zerfielen zu Staub, erwiesen sich als falsch, beruhten lediglich auf der schalen Einbildung einer geruhsamen, geregelten, gesetzlichen, geordneten Existenz für alle.

Wer vernunftgläubig war, sah sich von der Realität überrollt, denn die vernünftige Statistik bewies ja, daß die Menschen in der Stadt mit der vorgegebenen Kalorienzahl längst tot sein müßten, aber sie lebten noch. Wer das alles als eine Kette von absurden Zufällen erklären wollte oder, wie Gustav, als »kausalen Zusammenhang von unkausalen Handlungen irreal denkender Menschen«, scheiterte, weil die meisten, wie Maria, auf dem Wort Wunder bestanden.

Was war zum Beispiel mit den Matratzen? Wenn es noch erklärlich war, daß irgendeiner irgendwo auf den Gedanken kam, einige Matratzen einem Lastwagenfahrer mitzugeben, der sie an einem Knotenpunkt einem anderen Lastwagenfahrer übergab, der sie wiederum an einer Straßenkreuzung einem anderen weitergab, wie oft das geschah, war nicht herauszufinden, so blieb es doch auf immer und ewig ein Wunder, daß eines Morgens ein dreckiges, klapperiges Holzgestell mit einer verwitterten Plane auf abgefahrenen Rädern in einer Qualmwolke vor dem Haus anhielt; in einer Straße ohne Namensschild vor einem Trümmerhaus ohne Nummernschild, daß ein Fahrer in einer alten Lederjacke ausstieg, die hintere Ladeklappe herabriß, in den Wagen stieg und sechs Matratzenteile für ein Doppelbett auf die Straße warf.

Ehe Maria auf der Straße war, fuhr der Lastwagen schon wieder an, eine Hand winkte noch kurz aus der Fahrerkabine, deutete an, daß das Ganze eine Gefälligkeit sei, bei der man sich nicht länger aufhalten könne. Sie hatten, es war unbegreiflich, ihre Matratzen wieder, die Matratzen, die schon einmal unter den Trümmern eines Hauses gelegen hatten, sie waren anscheinend unzerstörbar und fuhren auch noch hinter ihnen her; auch Gustav konnte diesem Wunder nichts entgegenhalten.

Maria forderte sogar Wunder heraus. Sie beschriftete den Schließkorb, der sie schon als junge Frau begleitet hatte, mit dem sie durch den Krieg gezogen war, mit dem Namen eines Dorfes, in das man sie einmal evakuiert hatte, und setzte sich als Absenderin dazu. Gustav tippte sich an die Stirn und sagte: »Das ist gegen jede Vernunft«, und wollte den Korb verbrennen, »lieber einen Tag Wärme als diese Schnapsidee.«

Doch Maria verhandelte hartnäckig mit verschiedenen Lastwagenfahrern, bis einer sagte: »Mal sehen«, und den Korb in den Wagen warf. Maria segnete Schließkorb, Fahrer und Wagen, der in einer Rußwolke verschwand, Gustav warf vor Wut ein Brett hinterher.

Die Tage vergingen, die Wochen, nichts geschah, zwei Monate waren schon vorbei, alle hatten den Schließkorb längst vergessen, der sich offenbar, endlich einmal frei und ungebunden, auf eine Weltreise begeben hatte, bis es an einem Abend vor dem Fenster lang und anhaltend hupte, Maria rannte auf die Straße und zog von einem Lastwagen ihren Schließkorb herab. Er war wohl einmal voll Kartoffeln gewesen, man hatte ihn aufgebrochen, der Deckel hing vom Korb herab, immerhin, der Boden war noch bedeckt mit Kartoffeln, selbst der, der die Kartoffeln gestohlen hatte, hatte für sie noch etwas übriggelassen, es langte für viele Mahlzeiten. Dafür, daß der Schließkorb ganz alleine durch Deutschland reisen mußte, war das Ergebnis beachtlich. Gustav bestand auf Zufall, eins zu tausend.

Ein Wunder geschah auch an dem Tag, an dem er zum erstenmal nach dem Krieg satt wurde. Friedrich, der sich mit seiner alten Idee herumschlug, Brotschneidemaschinen herzustellen, in der Hoffnung, es werde wieder einmal so viel Brot geben, daß man Maschinen brauche, um es zu schneiden, der aber nicht wußte, wie und wo und mit welchem Material und Werkzeug er sein Projekt beginnen sollte, kam durch einen zufälligen Kontakt mit einem Bäcker, der zufällig eine Ration Mehl und ebenso zufällig einen Sack Kohle erhalten hatte, eines wundervollen Tages, einem der schönsten Tage seit der Erschaffung der Welt, mit einem ganzen Brot an, versteckt unter der Jacke, mit einem frischgebackenen Brot, so lang wie sein Arm. Die restliche Familie war nicht da, die einteilende Maria auch nicht, Friedrich liebte das Risiko, den Rausch der erfüllten Stunde, und sagte: »Iß soviel du willst.«

Das Brot lag mit einer braungoldenen Kruste duftend vor ihm auf dem Tisch, wölbte sich verheißungsvoll über einen glatten, mehlbestäubten Boden, antwortete dunkel, wenn man mit einem Knöchel des Fingers dagegenschlug, lag warm und wohlgefällig in der Hand, er verstand die Bauern, die mit dem großen Brotmesser segnend an der Kruste entlangkratzten, ein Wunder Gottes, mit dem herrlichsten Geruch, den es auf Erden gab. Friedrich schnitt es an, gab ihm eine Scheibe, die er hinunterschlang, die von selbst hinabrutschte, angesaugt vom leeren Magen, die nächste Scheibe versuchte er zu kauen, lange im Mund zu behalten, den Geschmack zu erhalten, sie verschwand so schnell wie die erste. Friedrich fragte: »Noch eine?«, er nickte, und so machten sie weiter, Friedrich fragte, er nickte, bis das Brot und auch der letzte Krümel in seinem Magen verschwunden war.

Friedrich fand das großartig und freute sich auf die Ankunft Marias, die so ein Brot eine Woche lang Scheibe für Scheibe an die Familie weitergegeben hätte. Er saß auf dem Küchenstuhl, die Hände auf dem Magen, und wußte zum erstenmal wieder, was es heißt, satt zu sein. Es war ein Wunder.

Kein Wunder war dagegen, daß der braunrote Saft, den Gustav aus den Beeren wildwachsender Sträucher in alten Benzinkanistern der Royal Air Force in echten Madeira verwandelte, auch tatsächlich nach Madeira schmeckte. Es war Können. Auf die Frage, wie er das mache, antwortete er bescheiden, er arbeite gewissenhaft nach der biblischen Rezeptur, die Wasser in Wein verwandle.

Sein wundes Bein hochgelegt, hantierte er im Hof mit Destillationsröhren und Stofflappen, mit Stahlhelmen, in denen er mit der Spitze einer Granate die Beeren zerstampfte, mit Gewürzen, die ihm der Arzt von einem Apotheker besorgte. Jeder mußte probieren, wenn die Gärung mal wieder erfolgreich abgeschlossen worden war, und er gab nicht eher Ruhe, bis alle mit Kennermiene um die Royal-Air-Force-Kanister herumstanden und sich zu der Meinung bekannten, doch, ja, diesmal sei der Madeira besonders gut gelungen.

Das bernsteinfarbene Gesöff wurde in Weckgläser abgefüllt, die er unauffällig in die umliegenden Kellerkneipen bringen mußte. In Flaschen umgegossen servierte man das Zeug dort als kostbaren Tropfen, als Hausmarke aus der Vorkriegszeit, nur für besondere Gäste gedacht.

Gustav konnte mit seinem Bein nicht gehen, die Frauen wollten nicht in die Kneipen, Friedrich durfte nicht, weil er sonst erst am nächsten Tag wiederkam, da blieb nur er übrig.

Die Kellerlokale lagen meist unter zerstörten Kneipen, in denen früher einmal in kühnen Gedankenflügen die Weltrevolution entworfen worden war. Dumpfe Luftschutzkeller, in die eine wackelige Holztreppe hinabführte, ein Holzverschlag als Tresen, einige Tische mit Stühlen und an den Tischen viele freundlich lächelnde Mädchen, auf englische Soldaten wartend. Wenn die erste Truppe die Treppe herabpolterte, wurden die Kerzen auf den Tischen angezündet, die angetrunkenen Soldaten balancierten johlend über die auf dem Boden liegenden Bretter, zwischen denen schwarze Wasserpfützen im Kerzenlicht glänzten. Sie zeigten ihre vollen Ginflaschen, aber die Mädchen nahmen sie ihnen rasch ab, sie wollten um jeden Preis echten Madeira trinken und gaben die Ginflaschen unter dem Tisch an den Wirt weiter, der ihm immer ein oder zwei Flaschen für Gustav zusteckte, weil der daraus wieder die zehnfache Menge Madeira produzierte.

In der Ecke saß eine Band, alle Heeresmusiker hatten den Marschtakt vergessen und den Jazz entdeckt und lebten nun davon, wie sie vorher vom Marschtakt gelebt hatten. Das war nicht immer stilsicher, aber es donnerte ganz schön, man hörte es bis auf die Straße. Er hockte sich hinter die Füße des Schlagzeugers, die Hi-hat und Baßtrommel bedienten, probierte den Gin aus den flachen hellen Flaschen, ein weichlich klebriges Zeug, hörte *Body and Soul, Mood Indigo, Nobody knows you, when you're down and out*, all die langsamen Nummern, die oft gespielt wurden, weil die Engländer beim Tanzen dann mit den Mädchen knutschen konnten.

Für die Pausen hatte die Band einen Plattenspieler mit vielen Jazzplatten, er saß dann neben dem Plattenspieler, bediente ihn, hörte die Jazzplatten, die er hören wollte, verteidigte seine Stellung gegen betrunkene Engländer, die *Tipperary* lallten oder *Tiger Rag*, legte Charlie Parker und Dizzy Gillespie auf oder einen alten Django Reinhardt, dazu konnten sie wieder tanzen. Paare, die zu einer Figur verschmolzen, schwankende Schatten an die Wand warfen in dieser schummrigen Atmosphäre, in der sich die Menschen mit Gewalt amüsieren wollten, verrückt und ausgelassen sein wollten, es aber nicht waren, mit aller Anstrengung etwas durch den Raum schrien, sich lustig gaben, obwohl sie am liebsten nur still nebeneinandergesessen hätten, um endlich auszuruhen, schwach erhellte, maskenhafte Gesichter zwischen herabgebrannten Kerzen. Mit den Fingern trommelte er auf den Drums leise den Rhythmus mit, schnipste gegen das Becken, das auf die kleinste Berührung reagierte, um einen Akzent zu setzen, während die Tropfen der Kerzen auf den dickbauchigen Champagnerflaschen wie Tränen an den verhärteten Wachsschichten vieler Nächte herabliefen, an einer Verdickung hängenblieben, ebenfalls hart wurden. Lange Stunden in den Kellern, in denen sich die Schreie der Bombenopfer in die Steine gegraben hatten, Folterkeller, in denen Menschen jetzt das Leben genießen wollten. Wäre nicht die alles erlösende Musik gewesen, wäre sie nicht gewesen …

In den Bereich unwirklicher Zufälligkeiten gehörte auch die Schicksalswende, die mit dem inzwischen alltäglichen Satz begann: »Ich dachte, du bist tot.« Dieser Satz, von der aufgeregten Elisabeth vor seinem Fenster ausgerufen, war für sie, so behauptete sie es wenigstens in den nächsten Tagen, der Beginn der langersehnten goldenen Zukunft.

Der Mann, der als »Lebender« seine Wiedergeburt ganz ungeniert genoß, Elisabeth umarmte, der staunenden Familie zunickte, stand in Vorkriegseleganz neben einem Holzvergaserauto, das friedlich wie eine Lokomotive aus den Anfängen der Eisenbahn vor sich hin dampfte. Einige Kinder aus der Straße warfen Holzstücke aus einem Sack in den zischenden Kessel, einige versuchten, den Wagen anzuschieben, irgend etwas war defekt, aber selbst wenn der Wagen sich nie mehr bewegt hätte, sein Besitzer hatte eine Aura wie ein Millionär aus der Schweiz. Wer fuhr schon einen eigenen Wagen? Wer besaß so etwas überhaupt? Wer hatte all die Genehmigungen, die man für so ein Vehikel benötigte?

Der Mann, der zur Verwunderung der ganzen Straße einen Stresemann trug, dazu einen kamelhaarfarbenen englischen Offiziersmantel lose über den Schultern, so als trage er ihn nicht gegen die Kälte, sondern nur für den kurzen Schritt vom Wagen zum geheizten Büro, stellte sich als früherer Freund von Elisabeth vor, begrüßte die Damen mit einem angedeuteten Handkuß, klopfte den Herren jovial auf die Schulter, zückte eine Visitenkarte, die er Elisabeth mit einer leichten Verbeugung überreichte, wobei er sagte: »Wie immer dein Kosmalla.«

Kosmalla besaß, was Elisabeth sofort erzählte, vor dem Krieg ein Antiquitätengeschäft, französische Möbel, englisches Silber, holländische Meister, alles echt oder in echten Kopien, sagte Elisabeth, worauf er elegant antwortete: »Schöne Dinge soll man vervielfältigen, die Menschen haben Anspruch auf die Schönheit.«

Den ganzen Ramsch hatte er bei Kriegsende verscherbelt und in Feuersteine angelegt, das Geschäft seines Lebens, wie er betonte, was alle sofort glaubten, denn wenn die Zigarettenwährung die neue Goldwährung war, so waren die Feuersteine die Diamanten.

Aufgrund seiner sicheren Vermögenslage schwärmte er von der Zukunft wie ein eitler Wahrsager, der seine Goldzähne vorführen möchte. Er verkündete blendende, ja unerhörte Zeiten mit einer Gewißheit, als wären sie von ihm schon im voraus bezahlt, zündete sich eine Zigarette in einer silbernen Zigarettenspitze an, schaute verklärt den ausgestoßenen Rauchkringeln nach, berichtete, daß er dem Vorstand einer Partei für den demokratischen Wiederaufbau angehöre, deren genauer Name noch gesucht werde, daß er einem deutsch-englischen Council zur Pflege der Beziehungen zwischen den beiden Ländern als zweiter Vorsitzender diene, daß er förderndes Mitglied einer Goethe-Gesellschaft sei, die jeden Sonntagvormittag in zerstörten Kirchen Goethe-Matineen veranstalte – mit ersten Schauspielern als Rezitatoren –, gerade befinde er sich, daher auch die etwas knapp bemessene Zeit, auf dem Weg zu einer reizenden alten Dame, Kundin aus alten Zeiten und Gattin eines ehemaligen hohen Polizeiführers, die den politischen Irrtum ihres Mannes eingesehen habe und nun einen überkonfessionellen Jour fixe veranstalte. Als er wieder Luft holte, warf er ein Foto auf den Tisch, das ihn mit dem kommandierenden englischen General zeigte, beide rauchten lachend Zigarren, echte Havannas, erklärte er, gibt es in ganz Europa nicht zu kaufen, feiner Kerl, der General, überhaupt anständige Leute, die Engländer.

Er sah sich um, genoß den Nachklang seiner Sätze, nahm das erstaunte Schweigen wie ein routinierter Schauspieler entgegen, der die Wirkung seines Monologes schon im voraus kennt. Während sie versuchten, notdürftig über den Tag zu kommen, reiste er gut gelaunt in großen Worten und war in Gedanken schon in einer fernen Zukunft.

Kosmalla beendete das Schweigen durch einen Kunstgriff, warf einen schwarzen Lederbeutel auf den Tisch, öffnete ihn mit zwei, drei Bewegungen und ließ einige grauschimmernde Feuersteine auf die Tischplatte rieseln. Da sah er, er hatte es bis jetzt nicht bemerkt, daß einige Finger mit schwarzen Lederkappen bedeckt waren, durch schwarze Schnüre am Handgelenk befestigt. Wie eine Spinne, die ihr Netz aufzieht, liefen die schwarzen Stummel eilig über den Tisch und schoben die Feuersteine vor sich her, während Kosmalla im vertraulichen Ton mitteilte, seine Tage seien angefüllt mit Vorbereitungen auf den Tag X, an dem das deutsche Volk wieder seinen Platz unter den zivilisierten Völkern einnehmen werde. Er sprach, mit den Feuersteinen spielend, von der neuen Zeit, die heraufdämmere, alles werde wieder so wie früher, sagte er, alles werde wieder gesetzlich geregelt, zivilisiert und ordentlich, mit den alten anständigen Tugenden, die sich schließlich bewährt hätten. So etwas wie hier wird abgerissen, sagte er und sah sich, an der Zigarettenspitze saugend, etwas angewidert in der Wohnhöhle um. Man wird wieder durch saubere Straßen flanieren, vorbei an schönen Läden, und Kosmalla erhob sich und eilte der Zukunft entgegen.

Er konnte sich diese neue Zeit, die da mit schwarzen Spinnenbeinen ankrabbelte, nicht vorstellen, es gab für ihn tatsächlich nichts Unvorstellbareres als eine Zeit der ewigen Gewißheiten, der unanfechtbaren Wahrheiten, der uralten Gepflogenheiten, eine Zeit, in der alles ein für allemal geregelt war wie in einem Marionettentheater. Wunder waren dann wohl nicht mehr zu erwarten. Zufälle waren dann wohl auch auszuschließen. Er hatte Angst davor.

Kosmalla hinterließ Elisabeth, in Erinnerung an die gemeinsam verbrachten, guten alten Zeiten, ein schimmerndes Häuflein Feuersteine, ein Kapital, das angelegt und vermehrt werden mußte, wie er zum Abschied mahnend mitteilte. Er stürzte die Familie damit in große Verlegenheit.

Friedrich versuchte erneut, seine Brotschneidemaschinen ins Spiel zu bringen, zog den Vorschlag aber wieder zurück, Brot war so rar, daß viele, wenn sie eins hatten, einfach hineinbissen und die Brocken ohne Messer mit den Zähnen abrissen.

Elisabeth versuchte es einige Tage lang mit einem kleinen Zigarettenhandel an seinem Fenster, stellte aber bald fest, daß damit nicht viel zu verdienen war, der Markt war aufgeteilt und in festen Händen, Kleinhändler hatten da keine Chance. Sie tauschte dann am hinteren Fenster größere Posten Zigaretten gegen Stoffballen, sie verstand etwas von Stoffen, wollte wieder wie früher Kleider herstellen, Mode entwerfen, sah sich schon als Direktrice eines eigenen Modehauses, die gute alte Zeit war auch hier greifbar nahe, bis Maria und Fin einschritten, die Familie saß inzwischen auf Stoffballen, wie und wo sollte man zuschneiden, heften, nähen, sie hatten keine Nähmaschine, kein Garn, keine Schere, keine Nähnadeln, nicht mal eine Stecknadel.

Die Stoffe wurden mit Verlust abgestoßen, die Zahl der Feuersteine hatte sich verringert, ohne etwas an ihrer Lage zu verändern, es ging ihnen wie Hans im Glück.

Die fehlenden Nadeln hatten Gustav auf eine Idee gebracht, die sich grübelnd in seinem Gehirn ausdehnte, bis er an nichts anderes mehr denken konnte. Er sprach vom kleinsten Einsatz und größten Nutzen, von einem Monopol ohne Fertigungs- und Lagerkosten, er tuschelte mit Friedrich, damit Maria das Geschäft mit den garantiert hundert Prozent Gewinn nicht schon in den Anfängen verhinderte, Friedrich sprach nach einigen Tagen von tausend Prozent Gewinn, Elisabeth wurde eingeweiht, sie sah sich schon im Cadillac über die Champs-Élysées fahren.

Eine Reise wurde geplant, Friedrich kundschaftete Fahrgelegenheiten aus, Elisabeth nähte die Feuersteine gut verteilt in Kleider, Jacken und Mäntel, sollten einige entdeckt werden, blieben immer noch die anderen. Beide machten sich auf den Weg in eine nicht allzuweit entfernte Kleinstadt, in der die Seidenweberfamilie der Fontanas vor langer Zeit, aus Italien, Frankreich und der Schweiz kommend, als Hugenottenflüchtlinge gelandet waren, sich mit den dort ansässigen Drahtfabrikanten verbunden hatten, eine weitverzweigte Großfamilie bildeten, die, so Gustavs Erinnerung, neben vielen anderen Dingen aus Draht auch Stecknadeln, Nähnadeln, Stopfnadeln, Sicherheitsnadeln, Stricknadeln herstellten.

Fin, die inzwischen auch zwei und zwei zusammengezählt hatte, denn Fin war nichts zu verheimlichen, überzeugte zum Schluß Maria, erinnerte sie an die mit Engelsköpfen und idyllischen Landschaften bedruckten kleinen Nadelheftchen der Vorkriegszeit, so groß wie eine Briefmarke, allen Hausfrauen vertraut, in jedem Haushalt benötigt, daher, das mußte auch Maria einsehen, eine seriöse Sache.

Die unscheinbaren Feuersteine verwandelten sich auf der Reise in einen Silberschatz, in Kisten mit verschiedensten Nadeln, die sich, einmal ausgepackt, in kleinen silbrigen Anhäufungen auf den Schränken, Tischen, Stühlen und Betten zu vermehren schienen, sich wie neugeborene Fische winzig und glänzend über den Boden schlängelten und in alle Ritzen krochen. Die Wohnung wurde zu einer stacheligen Igelhöhle, bald hatten alle blutige Fingerkuppen, denn das verdammte Zeug mußte gezählt und verpackt werden, ehe man es verkaufen konnte, daran hatte keiner gedacht.

Tag um Tag saß die Familie mit gesenkten Köpfen um den Tisch und zählte aus dem Nadelberg, der in der Mitte lag, jeweils ein, zwei oder drei Dutzend ab, die in Zeitungspapier verpackt und mit einer Nadel zusammengehalten auf jedem noch freien Platz gelagert wurden, dann kam der nächste stachelige Nadelberg auf den Tisch, und die Arbeit begann von vorn.

Sobald einer, sich stechend, sich verzählend, in Wut geratend über diese Sklavenarbeit, loslegen wollte mit einer Anreihung der wohlbekannten Worte, die alle mit *Verdammte* … begannen, schrien die anderen schon bei *Verdammte* … mit einer einzigen Stimme: »Ruhe!« und konnten nun ihrerseits wieder anfangen zu zählen, stachen sich in die Finger, weil sie sich darüber ärgerten, daß sie wieder von vorne anfangen mußten, fluchten heimlich in sich hinein, verzählten sich dadurch wieder, fingen erneut von vorn an; der Silberschatz verwandelte sich in Arbeit.

Nur die Aussicht auf den sagenhaften, unvorstellbar großen Gewinn hielt sie zusammen, denn der Preis für die Nadeln erhöhte sich von Stunde zu Stunde, je länger die Arbeit dauerte, desto größer die allgemeine Entschlossenheit, die Nadeln zum Preis von Gold zu verkaufen. Sie hatten schließlich das Monopol auf Nadeln in dieser Stadt. Wer besaß Nadeln? Keiner, nur sie! Eine Woche lang zählten sie vom Morgen bis zum Abend mit schmerzenden Fingern, schmerzenden Nacken, schmerzenden Körpern, die ganz unbeweglich nebeneinander hockten, jeden Abend suchten sie ihre Betten, die Stühle, die Schränke und Regale nach Nadeln ab, weil natürlich immer mal einer mit Ingrimm ein Paket Nadeln durch die Wohnung schmiß. Und als die Nadeln endlich gebändigt, gezähmt, gepackt hinter Zeitungspapier schlummerten, entlud sich der ganze Ärger auf die Nadeln in einem Fest, das sich vom Tag über die Nacht bis zum nächsten Tag hinzog und bei dem ein ganzer Kanister Madeira draufging, das war nun auch egal, demnächst würde man nur noch Burgunder oder Beaujolais trinken.

Er übernahm bei diesem Großunternehmen die verantwortungsvolle Aufgabe, eine Art Buchhaltung zu führen, die er sich auf den Vorsatzblättern eines dreifach veralteten, aus der Wilhelminischen Zeit stammenden Geschichtsbuches einrichtete – Einnahmen, Ausgaben, Lagerbestand. Nach dem ersten Verkaufstag wartete er mit gespitztem Bleistift auf die eingehenden Verkaufszahlen, die die Kasse füllen sollten. Die ganze Familie war unterwegs, auch der humpelnde Gustav, jeder ging in einer sorgfältig ausgewählten Straße mit dem Nadelsortiment von Haus zu Haus, von Tür zu Tür – als sie am Abend alle fußlahm um den Tisch herumsaßen, waren nur wenige Päckchen verkauft. Jeder hatte auf den anderen gehofft, im Glauben, eine schlechte Straße erwischt zu haben, die Enttäuschung war groß, die Hoffnung ungebrochen. Der nächste Tag verlief nicht besser, nun ja, kann vorkommen, aller Anfang ist schwer. Sie versuchten es am übernächsten Tag in anderen Vierteln der Stadt, in denen nicht so viele Häuser ausgebombt waren, ohne Erfolg, die, die alles hatten, hatten auch Nadeln, die, die nichts hatten, hatten kein Geld für Nadeln. Sie senkten den Preis, boten zwölf Nadeln für sechs an, versuchten es mit drei Dutzend für ein Dutzend, der Lagerbestand in seinem Geschichtsbuch, in dem Kaiser Wilhelm von einem Pferd herab herrliche Zeiten verkündete, änderte sich nur minimal. Er rechnete aus, daß sie bei dem jetzigen Absatz für hundert Jahre Nadeln vorrätig hätten, was ihm beinahe die erste Ohrfeige seines Vaters eintrug. Jeder bosselte an Verkaufsstrategien herum, jeder grübelte, warum eine Ware, die alle benötigten, nicht zu verkaufen war. Gustav beendete diese Diskussionen mit der Erkenntnis: »Das mit dem Kapitalismus ist ganz schön schwer.«

Die beste Verkäuferin war zu aller Erstaunen Maria mit ihren Mitleidsgeschichten, leider hatte sie den Leuten ihrerseits aus Mitleid selbstgehämmerte Schlüsselhalter, selbstgenähte Einkaufstaschen und selbstbemalte Zierteller abgekauft und daher mehr Geld ausgegeben als eingenommen.

Friedrich wurde in seiner Wut rabiat und drehte in den Treppenhäusern der besseren Viertel die Glühbirnen heraus, um sie anstatt der Nadeln zu verkaufen, das gab erst Ärger mit den Bewohnern, dann mit der Polizei, die in der Wohnung erschien und sich überflüssigerweise auch noch nach der Herkunft der Nadeln erkundigte. Maria fing an zu heulen über diese Schande, Friedrich beschimpfte die Polizei, die immer nur die Kleinen … Gustav warf sich in die Rolle des Weltmanns und trat als Unternehmer auf, der seinerseits die Polizisten höflich, aber bestimmt um Auskunft ersuchte, warum sie eine so bemerkenswerte Privatinitiative behinderten, Fin gab Elisabeth ein Zeichen, Elisabeth rannte zu Kosmalla, schilderte die Lage, Kosmalla fuhr mit seinem Dampfwagen vor, sie luden alles ein, die Nadeln waren weg, die Feuersteine verbraucht, die Sache hatte sich erledigt, das Geschichtsbuch zeigte eine vernichtende Bilanz.

Später, viel später, fragte Elisabeth Kosmalla, was er denn eigentlich mit den Nadeln gemacht habe. Kosmalla hatte geantwortet: ausgepackt und en gros über London nach St. Gallen verkauft.

Tage der Ohnmacht, der Enttäuschungen, der verlorenen Hoffnungen. Als hätte ein Gaukler seinen Flittervorhang, mit dem er sie angelockt hatte und hinter dem sie werweißwas erwartet hatten, im letzten Moment weggezogen und sie vor einer grauen Mauer stehenlassen, in der kein Notausgang zu sehen war.

Maria saß an solchen Tagen der Erschöpfung, in denen die Kraft nicht mehr reichte, wie eine Statue unbeweglich und stumm in der Mitte der Wohnung auf einem Stuhl, starrte einen Tag und eine Nacht auf einen Stein in der Wand, sah und hörte nichts, nahm nichts zu sich, saß aufrecht auf dem Stuhl, nicht angelehnt, beide Hände zu einer einzigen Faust verkrampft, blickte auf die Mauer, wurde selbst zu Stein. Ihre ganze Härte, ihr ganzer Stolz, ihr ganzer Widerstand drückte sich in dieser Erstarrung aus, in einer unbeugsamen Haltung, die wie ein gemeißelter Marmorblock unzerstörbar war.

Sie hatte unausschöpfbare Geduld, selbst dann, wenn es keine Hoffnung mehr gab, selbst dann, wenn kein

Ende abzusehen war, sie wurde geboren mit dem Willen, solange wie möglich an dem Ort, an dem sie lebte, in ihrem Schicksal auszuharren, so wie ihre Vorfahren mit diesem Willen geboren worden waren, hinter Flußdeichen die Flut abwartend, in schwarzen Bergwerksstollen das Licht erwartend, die ererbte Fähigkeit, alles auszuhalten, alles zu ertragen, in einer Art wilder Demut zu überleben.

Ihre Haltung war in solchen Stunden von unantastbarer Würde eine feierliche Demonstration gegen jedes tröstende Wort. Das Überleben als sinnlose Qual, als erschöpfender Trott und immerwährende Wiederholung, eine Demütigung, die durch Willen und Mut und eine aufrechte, fast störrische Haltung jeden Tag neu überwunden werden mußte.

Sie kam nur langsam wieder zu sich, wandte sich in mühsamen Bewegungen erst dann wieder dem Leben zu, wenn sie in einer Litanei sämtlicher Toten gedacht hatte, an die sie sich erinnern konnte, und das waren viele, das führte zurück über Jahrhunderte direkt in die Ewigkeit, Name, Geburtstag, Todestag, begraben in … Ein unglaubliches Totengedächtnis hatte sie, und fast immer von diesem oder jenem, dieser oder jener eine besondere Geschichte, die ihr einfiel und die ihr in ihrem augenblicklichen Unglück weiterhalf, eine tröstende Gnade spendete, denn wenn vor hundert oder zweihundert oder noch mehr Jahren irgendein Josef oder irgendeine Maria verzweifelt in einer Hütte saßen, weil ein großes Unglück über die Familie gekommen war, und Maria sich jetzt diese Geschichte erzählen konnte und darin erkannte, daß es immer so war, daß sich an ihr nur das gleiche Schicksal erfüllte, so war das schon wieder ein erster Schritt ins Leben; sie richtete sich auf, sie war sogar ein wenig stolz darauf, daß sie es genauso durchstehen würde wie ihre Vorfahren mit der Geduld, die sie ihr hinterlassen hatten. Und noch einmal ging die Litanei los, immer mit dem letzten Toten anfangend, das war sein Bruder, als Kind im Krieg und am Krieg gestorben, der jetzt auf einem Dorffriedhof irgendwo in Süddeutschland lag, in einem längst umgegrabenen Erdloch, in dem inzwischen andere Tote lagen, und das weiß gestrichene Holzkreuz mit seinem Foto darauf, das lachende strahlende Kindergesicht, das so voller Lebensfreude war, war nun schon lange unter Blumen verfault, auf irgendeinem Misthaufen gelandet. Und so lernte auch er, sich der Toten zu erinnern und in ihren Geschichten sein Leben zu begreifen.

Friedrich lief in diesen Ohnmachtsstunden auf und ab wie in einer Zelle, ging dann in einem Kreis, dessen Mittelpunkt Maria war, lief wieder auf und ab, rauchte eine Zigarette nach der anderen, sprach kein Wort mit Maria, weil das, wie alle wußten, in diesem Zustand sinnlos war.

Er fühlte sich in dieser Welt eingesperrt, je mehr er sich daraus befreien wollte, desto enger wurde sie. Er schaute aus dem Fenster in den nächtlichen Himmel und schrie: »Sia ammazzato il Signore Padre!« Und das bedeutete soviel wie: Tod dir, Herr Vater. Es war die Geste einer ohnmächtigen Revolution, denn Friedrich hatte keine Geduld, da war keine alles ertragende Demut, da war die Forderung nach dem Leben.

In diesen Stunden, die sich durch die Nacht zogen, war auch Friedrich bereit, an Ereignisse der Vergangenheit zu denken, obwohl die Vergangenheit bei ihm unbeliebt war, es genügte, daß sie im Musterbuch seiner Vorfahren stand, darin war alles aufgeschrieben, was man wissen mußte, zuklappen und vergessen; wer etwas wissen wollte, sollte dort nachschlagen, man mußte an die Zukunft denken, obwohl er wußte, daß das Musterbuch der Seidenweberfamilie für alle Zeit vernichtet, all die vielen gewissenhaften Eintragungen nicht mehr vorhanden waren, und weil das Geschriebene nicht mehr zur Hand war, war die Vergangenheit verloren, und die Zukunft nur eine von Tag zu Tag größer werdende Ungewißheit, die einen mal hierhin, mal dorthin führte, ohne daß man die Bedeutung der einzelnen Schritte erkennen konnte.

Die Tradition der Familie existierte nicht mehr, das Geschriebene war, im Gegensatz zu Marias Geschichtenwelt, für immer ausgelöscht. Und so flunkerte er sich aus purer Hilflosigkeit in eine Gewißheit, die er Zukunft nannte, die aber nur eine Aneinanderreihung von Ratlosigkeiten war.

Auf sein Befragen gab er dies und jenes gelegentlich zu, gab zu, daß er so schnell, wie er Maria vorgeflunkert hatte, doch nicht bei den Fallschirmjägern gelandet sei, damals, nach der unerlaubten Entfernung von der Truppe, nach dem unbeherrschten Ausbruch in die Freiheit, die dann für lange Zeit nur die Freiheit einer stinkenden winzigen Zelle gewesen sei. Aber schon drehte er sich wieder um, schaute in die Nacht, und als er ihm auch in dieser Nacht, wie so oft, eine Spritze geben mußte, sagte er ruhig, das sei ja nun vorbei, warum noch daran denken. Morgen werde er …, und immer fiel ihm etwas ein, was morgen sein werde. Morgen war sein Lieblingswort, unruhig wie er war, morgen werde man alle Sorgen ein für allemal und endgültig begraben können. Diese Flunkerei nahm nie ein Ende, je elender die Tage verliefen, je aussichtsloser alles schien, je schwieriger es wurde, für Friedrich begann morgen die neue Welt und dieses oder jenes herbeigeredete aussichtsreiche Geschäft, für alle anderen noch weit hinter dem Horizont, für ihn schon absolute Gewißheit. Jeden Abend glaubte er fest daran, daß sie morgen bereits aus dem Gröbsten herausseien, verlangten sie Rechenschaft, sagte er morgen und beschwor es und war beleidigt und gekränkt, wenn man ihm nicht glaubte. Er brauchte diese Unbekümmertheit, brauchte den schnellen Wechsel der Dinge, das Neue, das Sichverändernde, den raschen Umschwung, das phantastische Ziel, auch wenn es nie zu verwirklichen war. Und wenn die Pläne sich zerschlugen, war er sofort bereit wegzuziehen, von diesem Ort wegzugehen, der alle seine Pläne immer nur vereitelte, das Glück in der Ferne zu suchen, je unbekannter die Ferne, desto großartiger die Möglichkeiten. Er verstand das, aber Maria verstand das nie.

An diesen Tagen der Erstarrung fiel auch Elisabeth ins Elend, wurde von Maria herabgezogen, konnte sich gegen ihre Schwermut nicht wehren. Sie verkroch sich in eine Ecke und sah überall, auf dem Fußboden, an der Wand, in der Decke, sich ständig verbreiternde Risse und Spalten, schrie, das Haus stürze ein, lief auf die

Straße; Friedrich mußte sie einfangen, den Arm um sie legen, sie beruhigen und in die Wohnung zurückbringen. Sie lag dann weinend auf ihrem Bett, hielt die Arme über dem Kopf, damit sie nicht die Risse und Spalten sah, und behauptete, die Welt falle auseinander.

»Wenn sie das doch endlich täte!« schrie Fin dann gereizt, »andauernd wird der Weltuntergang angekündigt, nie findet er statt.« Friedrich, der um die versteinerte Maria herummarschierte, keine Zigaretten mehr hatte, und nichts, was man gegen Zigaretten eintauschen konnte, war wohl nahe daran, den Wunsch zu erfüllen, wenn er den dazu nötigen Sprengstoff hätte organisieren können.

Gustav zog sich in solchen Situationen in die Küchenecke zurück, saß neben der Wasserstelle, die sie sich aus zwei Wassereimern gebaut hatten, in der Hoffnung, der Tag werde kommen, an dem aus dem Wasserrohr Wasser fließe, zitierte dann gewundene, gedankenreiche Sätze aus den Weisheitslehren antiker Autoren, die er liebte, dachte anschließend darüber nach und sagte dann meist: »Stimmt aber auch nicht.«

Der Krieg war vorbei, der Krieg war nicht vorbei, die Zeit war trügerisch, Frieden konnte man das nicht nennen, was sich vor den beiden Fenstern abspielte, es war weiterhin ein verdeckter Krieg, eine Tag und Nacht andauernde stumme, verbissene Schlacht ums Überleben, ein schweigender Kampf ums Dasein.

Die Lebensmitteltransporte blieben aus, weil Lokomotiven ausfielen, Schienendämme wegrutschten, notdürftig reparierte Brücken erneut zusammenbrachen;

weil der Nachschub von Schiebern zurückgehalten oder umgeleitet wurde in andere Städte, so daß die Vorratslager ausgeräumt waren, nur erfüllt von den Schritten der patrouillierenden Wachmannschaften, die mit ihren Stiefeln und ihren Gewehren durch leergefegte Hallen marschierten, in denen keine Erbse, keine Linse, kein Bohne, keine Kartoffel auf dem Boden lag, ein schlurfendes gleichmäßiges Gehen, unterbrochen vom harten Schlag der auf dem Betonboden aufstoßenden Gewehrkolben, die die Pausen anzeigten, ein nachhallendes Geräusch, das in einem vollen Lager zwischen Säcken und Kisten kaum zu hören war, satter klang, nun aber ein Echo auslöste, das sich in die Köpfe der Menschen bohrte, das sie verrückt machte; die schleifenden Stiefel auf dem Betonboden, das Knallen der abgesetzten Gewehre, weit zu hören zwischen den Häusermauern, ständig in der Luft, Spannungen erzeugend in den Gesichtern der Menschen, grob hervorstehende Gesichtsknochen und ausgetrocknete Haut, die wie Vögel auf jedes Geräusch lauschten, ruckartig den Kopf drehten, wenn sich in ihrer Nähe etwas bewegte, fiebrige Augen, fahrige Gebärden, verwüstete Gehirne mit Halluzinationen von gebratenem Fleisch.

Vor seinem Fenster, auf der Straße, standen sie in Gruppen, abgerissene Menschen mit einer Kippe im Mundwinkel, unauffällig herumlungernd, verdeckt lauernd, wie Tiere vor dem Sprung; immer darauf wartend, daß etwas geschah, immer bereit, der Erste zu sein, rotteten sie sich rasch zusammen, bildeten schnell eine jagende Horde, nach Stunden des Wartens eine aufbäumende Bewegung wie eine erschreckte Tierherde, Gesicht an Gesicht, Schulter an Schulter, eine Menge, die zu einem Körper wird, der mit aufgerissenen Augen und gehetzten Mündern sich auf etwas wirft, erregt über etwas herfällt, das gestürzt ist und um sich schlägt, der zusticht, rasend und schreiend in eine dunkle weiche Masse sticht; ein Mann läuft am Fenster vorbei, läuft von der Menge weg, ruft: »Der gute Eugen, der gute Eugen!«

Die dunkle Masse liegt in einer Blutlache, die sich ausbreitet, sich auf die Menschen verteilt, die kniend, liegend, mit ihren Messern etwas zerlegen, blutige Klumpen in Eimer werfen, alle triefen vor Blut, das sich in Blasen verteilt, keiner nimmt Rücksicht darauf, keiner riecht in seiner Gier das ekelhaft stinkende Blut, sie reißen wie wilde Hunde Fetzen von der dunklen Masse, die, er konnte es jetzt sehen, ein Pferd war, der gute Eugen, ein gestürztes Pferd, das nicht mehr schnell genug hochkam, jetzt nur noch in Teilen auf der Straße lag, bald nur noch Knochen und Hufe und abgerissene Haut war, auch die verschwanden schnell, die Menge trottete befriedigt ab, wurde wieder zu einzelnen, die lachend ihre Beute abschleppten, übrig blieb ein dunkler Fleck, noch tagelang stinkend.

Auch Maria war darüber von den Toten erwacht, war zum Leben auferstanden und ihrem Grab entstiegen, sie hatten es gar nicht bemerkt, waren abgelenkt von der Menge, sie stand schwer atmend mit einem blutigen Stück Pferdefleisch in der Hand vor dem Fenster und strahlte vor Lebensglück.

Später spielten Kinder noch lange mit dem weißen Schädelknochen des Pferdes, galoppierten mit ihm durch die Straße und die ausgebombten Häuser, zwei Kinder unter einem Militärmantel, das hintere gebückt, sie spielten mit vorgehaltenem Schädel Pferd, erkletterten die Trümmer, so daß der weiß leuchtende Schädel wiehernd aus einem Fensterloch im zweiten Stock auf die Straße sah, die Menschen erschreckte, wie ein Geist herumspukte und nicht mehr aus der Erinnerung verschwand.

Gustav arbeitete im Hof weiterhin verbissen an der wunderbaren Vermehrung von Madeira durch Gin in Benzinkanistern, der Absatz ging leider zurück, je weiter sich der Ruf dieser Qualitätsmarke verbreitete, aber auch, weil die Alkoholschmuggler inzwischen alle Weltmarken herbeitransportierten. Er begann deshalb mit der Anpflanzung von Tabakstauden, der Herstellung von Mausefallen und der Produktion von Aktentaschen aus Wachstuch, reparierte aber auch noch die Schuhe der Nachbarschaft mit den Autoreifen der Engländer.

Er hatte einen Helfer gefunden, den alle nur Janosch nannten, ein ungarischer Offizier, der bei Kriegsende in einem der vielen Straflager des Quartiers gesessen hatte, die in jeder Wirtschaft, in jeder Schule und in jeder Fabrik untergebracht waren. Ein schlanker, ruhiger Mann, der blind geworden war, weil er durch ein explodierendes Minenfeld desertierte, und der jetzt nicht mehr nach Hause fand. Gustav kannte ihn, er hatte im Krieg mit ihm in einer Fabrik gearbeitet, wo Janosch blind und schweigsam immer die gleichen Schrauben anzog.

Er entdeckte ihn neben einer Notküche, einer Bretterbude auf einem kleinen Platz, vor der immer eine

Menschenschlange stand, weil gelegentlich, aus einem großen verschmierten Kessel, Suppe verteilt wurde an Menschen, die keinen Herd hatten und in Trümmerecken schliefen. Die Menschen standen immer da, obwohl der Kessel mit Suppe sehr unregelmäßig angeliefert wurde, mal vormittags, mal nachmittags, mal an jedem dritten Tag und auch schon mal eine Woche gar nicht. Aber sie standen dort, weil sie hofften, daß irgendwann wieder ein Kessel kommen würde, und nur die ersten in der Schlange hatten die Gewißheit, von der Suppe etwas zu erhalten. War die Suppe da und dampfte aus der Bude, hielten alle ihre Kochgeschirre in Richtung des Schöpflöffels, drängten sich gegenseitig weg, der Schöpflöffel tauchte in gleichmäßigen Abständen aus dem Suppenkessel auf, schlug mit einem blechernen Tock auf die Eßgeschirre, tauchte wieder ab, tauchte wieder auf, machte Tock, von der Seite sah es aus wie das Uhrenspiel im Rathausturm einer alten Stadt, wo der Knochenmann zur vollen Stunde mit seiner Sense zuschlägt.

Gustav hatte Janosch in seinen Hof mitgenommen, obwohl er keine große Hilfe war, aber er feilte die überstehenden Seiten der Schuhsohlen glatt und fragte Gustav in einem altmodischen melodiösen eleganten Deutsch, genauso altmodisch elegant wie seine Offiziersmütze, nach seiner Meinung über die Weltlage aus.

Fin war der Ansicht, Gustav habe ihn nur deshalb angeschleppt, weil er sich bei der Arbeit langweile und einen brauche, der ihm dumme Fragen stelle, die er dann tiefschürfend und weit ausholend auseinandernehmen und zu neuen unbeantwortbaren Fragen zusammensetzen könne. Es war so eine Art Schach, das er mit sich selbst spielte.

Der Arzt dudelte dazu seine Platten und kommentierte Gustavs Reden süffisant, nur Stalingrad stand weiterhin schweigend auf Wache. Wäre er nicht gewesen, hätte man den Eindruck eines Feierabendgespräches haben können. Männer, die den Lauf der Welt auf ihre eigene Art interpretierten, Männer, die zwischen Trümmern daherredeten, als säßen sie auf einem Dorfplatz unter dem Lindenbaum.

Friedrich sah aus dem vorderen Fenster, sah auf der anderen Straßenseite, rechts zur querverlaufenden Hauptstraße hin, einige Giebelwände, die kahl und verwittert in den Trümmern standen und lange Schatten warfen. Die Häuser zwischen ihnen gab es nicht mehr. Die Giebelwände standen da wie versteinerte Wüstenkrieger, die einsam und verloren in ihrer verlotterten Rüstung eine untergegangene Stadt bewachen.

Die Stadt sollte wieder aufgebaut werden, die Stadt brauchte Steine, Steine wurden gut bezahlt. Und Friedrich machte sich mit einem Vorschlaghammer daran, die Giebelwände, der solide Besitz ganzer Hausbesitzergenerationen, in ihren ursprünglichen Zustand zurückzuversetzen, in Ziegelsteine.

Den Vorschlaghammer schwingend wie der Vorarbeiter einer Sträflingskolonne, stand er mit nacktem, von staubigem Schweiß bedeckten Oberkörper neben der Wand und schlug von jeder Seite die Steine weg.

Seine Aufgabe war es, am Boden hockend, an der fünfstöckigen Wand zu horchen, die von da aus doch sehr senkrecht und steil über ihm in die Höhe ragte, viel höher, als es aus der Entfernung schien. Er hatte das Ohr an der Mauer und sah seinen Vater mit jedem Schlag näher kommen, die Steine zersplitterten unter der Wucht des Hammers, die Splitter wirbelten durch die Luft, sprangen wie Heuschrecken hüpfend über den Boden. Die Mauer knisterte, die Mauer flüsterte dunkel und warnend in sein Ohr, aber sie stand, ein alter, nun einbeiniger schwarzgebrannter Krieger, der sich aufrecht hielt. Friedrichs Hammer dröhnte in der Mauer wie dumpfe Glockenschläge, er kam immer näher, die Splitter der Steine trafen ihn schon, sprangen in sein Gesicht, das Flüstern wurde zu einem schrillen, steinebrechenden Kreischen, zu einem Schrei, dann war es höchste Zeit, wegzurennen, sehr schnell wegzurennen, zwanzig, dreißig keuchende Meter, wenn Friedrich ihn rennen sah, rannte er auch, und dann senkte sich die Giebelwand mit einem Ächzen, einem stöhnenden Seufzer, senkte sich nach vorn, schwebte für Sekundenbruchteile in der Luft, zerbrach noch im Fallen, in ihrem rasend schnellen Sturz auf die Erde, schlug auf, man spürte das Beben in den Füßen, Steine flogen krachend herum, eine undurchsichtige, fast schwarze Staubwolke stieg zum Himmel, verdeckte die Straße, dann der Schrei, mit dem sie sich durch die Staubwolke verständigten, der beiden sagte, daß sie nicht durch die wild herumfliegenden Steine getroffen worden waren.

Bei jeder Mauer war das ein gefährliches Spiel. Er durfte nicht zu früh weglaufen, weil die Mauer dann stehenblieb und Friedrich wütend mit dem Hammer nach ihm warf, denn es war viel gefährlicher, noch einmal anzufangen, weil die Mauer ihre Stimme verloren hatte, nur knisterte und jeden Moment überraschend in sich zusammenfallen konnte. Das war ihm am Anfang passiert, aber später verlor er die Angst vor der Mauer über seinem Kopf, er kannte jetzt ihre Stimme.

Wenn sich die Staubwolke verzogen hatte, kam regelmäßig ein Polizist auf einem Fahrrad angeradelt, es war sicher nicht erlaubt, einfach eine Giebelwand nach der anderen umzulegen, dazu noch ohne Absperrung und Sicherheitsmaßnahmen, vielleicht gab es ja auch noch einen Besitzer, aber sie hatten nicht danach gefragt, und Friedrich, der auf Uniformen immer gereizt reagierte, sagte: »Man muß leben«, und der Polizist nickte und wollte nur wissen, ob einer unter den Trümmern liege, das war nicht der Fall, und er radelte wieder ab.

Maria kam mit den kleinen Hämmern, und dann hockten sie einige Tage zu dritt wie Goldgräber in einem großen staubigen Steinbruch, schlugen den Mörtel von den Ziegelsteinen, Stein um Stein, Schlag um Schlag, der brüchige Mörtel, die rauhen Steine, der immer schwerer werdende Hammer, der immer gleiche kurze klopfende Schlag, der den Stein nicht beschädigen durfte; über die Steine gebeugt, hustend in der grauen Staubwolke, die immer um sie herum war, schlugen sie die Steine, mit denen die neue Stadt erbaut wurde. Sie schichteten die Steine auf der Straße auf, tausend Stück waren eine Pyramide, eine Giebelwand ergab mehrere tausend Stück, die alten Krieger verwandelten sich in eine Pyramidenstraße, die sich aus der Trümmerwüste erhob wie Verteidigungstürme einer untergegangenen Zivilisation.

Friedrich schickte ihn dann zu Boldt oder zur sel. Ww. Johnen, das waren die Speditionen, die inzwischen wieder Lastwagen besaßen, und dort feilschte er in Barackenbüros mit alten Männern, die ihn mißtrauisch über ihre Nickelbrille hinweg fixierten, ihn oft stehenließen und gar nicht mit ihm redeten, mit einer uralten ratternden Rechenmaschine beschäftigt waren oder mit Fahrern, die durch das offene Fenster hereinbrüllten, feilschte mit diesen Knochengestellen, die nur durch eine Weste mit versetzten Knöpfen zusammengehalten wurden, eine Weste, die vor dem Krieg den Bauch eines Prokuristen umspannte, feilschte erbittert um zehntel Pfennige für ihre Ziegelsteine. Waren sie sich im Preis endlich einig, kamen die Lastwagen, räumten die Pyramiden ab, fuhren sie zu den Baustellen der Innenstadt, in der schon wieder Häuser errichtet wurden, während sie sich die nächste Giebelwand vornahmen und neue Pyramiden erbauten.

Nach den Giebelwänden köpfte Friedrich auch die freistehenden Hausfassaden, saß rittlings auf der Mauer und in den Fensterhöhlen, winkte zu ihm herunter, baumelte mit den Beinen, schlug mit einem kleinen Hammer die Steine weg, bis er wieder mit den Füßen auf dem Boden stand und die einmal so stolze und sicher auch feierlich eingeweihte Fassade verschwunden war. Er beobachtete ihn stundenlang aus seinem Fenster, wie er sich langsam vom Himmel herabschwebend wieder der Erde näherte, sich dabei Zeit ließ, aus der Höhe die Stadt um ihn herum betrachtete oder, wenn er in den Fensterhöhlen etwas fand, es prüfend einsteckte. Er behielt seinen Vater so in Erinnerung, zwischen

Himmel und Erde mit den Beinen baumelnd, auf einer schmalen Mauer jonglierend wie ein Seiltänzer.

Im Hof vor dem hinteren Fenster, mit Ausblick auf eine freie Landschaft, saß Gustav inmitten seiner sich ständig vergrößernden Gemeinde. In seinem altertümlichen Hochzeitsanzug, zu dem auch ein Zylinder gehörte, den er gerne gegen die Sonne aufsetzte, hing er bequem, wie ein Zirkusdirektor im Ruhestand, in einem schiefen Liegestuhl, dessen Holz sich verzogen hatte, das Bein mit der offenen Wunde auf die Überreste eines Clubsessels gelegt.

Er rauchte seinen eigenen Tabak, trank seinen eigenen Wein und neigte der durch die Umstände und das Alter geförderten Einsicht zu, viel mehr könne das Leben, zumal im Sommer, nicht bieten. Es könne besser sein, sicher, aber es könne auch schlimmer sein, und letzteres zähle, in diesem Gleichgewicht hielt ihn auch der Liegestuhl. In Reichweite seiner Fidibusse, die in einem graublauen Steinguttopf mit plastisch herausgearbeiteten Abbildungen von Rheinburgen standen, dirigierte er, mit seiner weißen Tonpfeife in der Hand, längere Gespräche wie musikalische Kabinettstückchen, verhedderte sich dabei mit seinem Bein kontrapunktisch in den verbogenen Sprungfedern des Clubsessels, es dauerte, bis das Bein wieder frei lag, dadurch verrutschte allerdings der Liegestuhl, so daß er Gelegenheit hatte, Flüche zu sammeln, wie andere Leute Briefmarken. Aber im ganzen war er in diesem Sommer ausgeglichen wie das Lebensmotto der Künstler dieser Stadt: Ich komm doch durch komm ich doch.

Stalingrad, der sie mit seinen wäßrigen, geröteten Augen ansah, durch sie hindurchsah, sie gelegentlich auch alle erschreckte, indem er ruckartig seine Gasmaske überzog, das Treiben auf dem Hof nur als Gefechtspause in einem immerwährenden Krieg betrachtete, Stalingrad gab sich eines Abend selber Befehle, schrie gellend: »Alarm! Alles auf Gefechtsstellung!«, humpelte mit seiner Krücke davon, schrie über das Trümmerfeld: »Larm! Fechtsstellung!«, warf sich kopfüber in seine Erdhöhle, schrie dumpf weiter: »Arm! Stellung!« und begann wild in seinem Erdloch zu buddeln. Der Sand flog hoch, dann kam die Dunkelheit, sie hörten nichts mehr, nur ein Rumpeln tief in der Nacht.

Als sie am anderen Morgen nachsahen, war die Erdhöhle wie ein Grab eingesunken, die Querbretter gebrochen, an einer Seite sahen sie einen Stiefel aus der Erde ragen. Keiner hatte Lust, Stalingrad auszubuddeln, er blieb dort liegen.

Nach Jahren, als man das Trümmerfeld räumte, fand man Knochen mit Uniformresten. Da man beim Wiederaufbau der Stadt viele Leichen fand, die man nicht identifizieren konnte, interessierte es keinen. Nur er kannte noch die Geschichte des Mannes, der da lag, aber auch nur den letzten Teil davon.

Auch der Arzt war verschwunden, war viele Tage nicht mehr erschienen, sie erkundigten sich vorsichtig, anscheinend war er bei den Engländern in eine Falle gelaufen, sie sahen ihn erst nach Jahren wieder.

Das Grammophon übernahm er. Aus den Kneipen erhielt er abgespielte Jazzplatten, es gab auch Amateurmitschnitte von Rundfunksendungen, schlabberige, weiche, hauchdünne Platten, die sich unter der dicken Grammophonnadel verbogen, die über die Scheiben raste und ein schattenhaftes Echo der wirklichen Musik erzeugte, Benny Goodman, Carnegie Hall Concert, Sing, Sing, Sing, und Gene Krupa trommelte, trommelte, trommelte.

Den Platz des Arztes hatte der Kapitän übernommen, der als Flußschiffer vor dem Krieg den großen Fluß »von der Quelle bis zum Meer« befahren hatte, er kannte alle Biegungen und Untiefen bei Hoch- und Niedrigwasser, alle Schleusen und Brücken und Häfen, der Fluß war geblieben, die Schleusen, Brücken und Häfen verschwunden, und mit ihnen all die königlichen, buntbeflaggten Dampfschiffe mit ihrer stolzen Bugwelle, ihren aufrechten Schornsteinen und den schweren Rauchwolken, die dunkel über den nachfolgenden Schleppkähnen hingen.

Der Fluß und die Zeit hatten ihn an Land gespült wie ein abgestorbenes Stück Holz, da hing er nun auf einem wackligen Stuhl, der auf der Brust von einer Meerjungfrau gehaltene Anker, ihm als Vollmatrose eintätowiert, war mehrfach geknickt und auch von der Meerjungfrau, die sich durch die Hautwülste schlängelte, nicht mehr aufzurichten. Die beiden kleinen Anker auf den Oberarmen, »für die Beiboote«, waren über die schwindenden Muskeln in die weiche Haut gerutscht und hingen da wie ausgetrocknete Früchte an einem verdorrten Baum. All das war nur noch schwermütige Erinnerung, er litt unter seinem Schicksal und schnaufte regelmäßig wie ein Walfisch, der Luft ausstößt.

Er war in das ehemalige Kurz- und Weißwarengeschäft seiner Schwester eingestiegen, das zwar immer noch an derselben Stelle stand, an der sich einmal der schöne Laden befand, jetzt aber einige Meter höher lag und nur noch eine Holzbude auf einem Trümmerfeld war. An der Bude flatterten weiße, gelbe, rote, grüne Zettel im Wind wie die Wimpel an einem Ausflugsdampfer und erinnerten ihn unnötig oft an sein untergegangenes Schiff. Er hatte das Geschäft seiner Schwester in eine Tauschzentrale mit später angegliederter Mitfahrerzentrale verwandelt, eine zu der Zeit sehr beliebte und erfolgreiche Geschäftsform. Das Geschäft existierte durch die Waren, die ihm seine Kunden brachten, um andere Waren zu bekommen. Es gab keine Lieferprobleme, keine Verkaufsprobleme, was da war, war da, was nicht da war, war nicht da. Es war ein Geschäft ohne Buchhaltung und ohne Rechnungswesen, aber es florierte, denn man konnte hier einen Wintermantel gegen einen Kinderwagen, einen Herrenanzug gegen ein Radio, eine Bluse und einen Rock gegen einen Spiegel eintauschen. Die guten Stücke, wie elegante Hüfthalter, Lackschuhe, Seidenstrümpfe, gingen an die *Damen*, die in Zigaretten zahlen konnten, und die Zigaretten verwandelten sich wieder in Lebensmittel.

Immer standen Menschen vor der Bude, studierten die Zettel, auf denen die Tauschangebote standen, verhandelten mit der Schwester. Der Kapitän saß auf dem Hof, hatte *sein Geschäft* im Auge, nickte, wenn die Schwester einen Rock gegen einen Regenmantel hochhielt, und erhob sich nur von seinem Stuhl, wenn der Wert der zu tauschenden Gegenstände umstritten war.

»Muß mal an Deck«, sagte er dann und schlurfte in seinen ausgefransten, gelbkarierten Kamelhaarpantoffeln los, manövrierte mit seiner selbstgedrehten, auseinanderbröselnden Zigarre wie ein altes Dampfboot auf die Bude zu, wo ihn seine schwerhörige Schwester erwartete und ihn schon von weitem als *Schlickefänger* und *Eckensteher* beschimpfte.

Zu Gustavs Gemeinde gehörten noch einige andere Personen, die neu mit dem Haus verbunden waren, darunter eine handfeste Frau, die alle Julchen nannten. Sie hatte sich zunächst in einem der beschädigten Häuser eingerichtet, war aber, für ein tagelanges Gelächter sorgend, mitsamt der Toilette, auf der sie saß, vom dritten Stock ins Erdgeschoß gestürzt, entkam unverletzt dieser immer wieder erzählenswerten Katastrophe, mißtraute nun dem ganzen Haus und bat um die Erlaubnis, die hinter dem Hof liegende Waschküche freilegen zu dürfen und für sich herzurichten.

Sie schaufelte den Schutt aus der Waschküche, schneller als zwei Männer das gekonnt hätten, hantierte mit Hammer und Meißel und Maurerkelle wie ein Handwerker, sang dabei *La Paloma* und verwandelte die Waschküche in ein Zimmer, etwas dunkel, aber immerhin, es gab nichts Besseres, also war sie mit dem, was sie hatte, zufrieden.

Julchen hatte zwei Männer überlebt, mit einem hatte sie wenige Tage vor dem Krieg Hochzeit gefeiert, und einen, den sie während seines Fronturlaubs kennengelernt hatte, heiratete sie per Ferntrauung am Telefon. Beide waren auf dem Felde der Ehre gefallen, wie es in den Todesanzeigen stand, darüber lachte sie: »Im Krieg zerschossen worden, Jungchen, zerschossen, auf dem Felde der Ehre gefallen, da steh ich doch mit Leichtigkeit wieder auf, wenn ich auf dem Felde der Ehre fallen würde, bekäm ich sogar noch Dollars.« Sie erinnerte sich kaum noch an einen, verwechselte die Fotos und die Todesanzeigen, weil sie nur sehr kurz zusammen waren. »Die paar Stunden, und dann noch beim Bombenangriff.«

Jetzt wollte sie nicht mehr: »Eine Frau kommt ohne Mann viel besser aus«, das war ihre Erkenntnis, »mir kommt keiner mehr über die Schwelle.« Mußte etwas repariert werden, was ja andauernd der Fall war, erschien sie in langen Hosen mit ihrem Werkzeugkasten, den sie bei sich hatte, wie andere Frauen früher ihre Handtaschen: »Das sollte die Aussteuer für eine Frau sein.« Sie kannte sich aus, sie wußte Bescheid, drängte alle zur Seite, holte mit einem Griff das für die Behebung des Schadens notwendige Werkzeug aus dem Kasten und war auch schon fertig, ehe man genau wußte, was sie da machte.

Später ließ Julchen dann doch noch einen über ihre Schwelle, aber nur als Untermieter, Schlafstelle mit Verköstigung. Das war der Bombenentschärfer, der keine Frau bekam, weil keine *als Witwe* heiraten wollte, wie es Julchen einmal ausdrückte, obwohl er bei jeder neuen Bekanntschaft sich zuallererst mit der Höhe seiner Rente bei Todesfall vorstellte.

Ein starker, gutmütiger, schweigsamer Mann *im besten Alter*, so die Frauen in der Schlange vor dem Lebensmittelladen, eine Rarität, denn es gab kaum noch Männer, erst recht keine gesunden. Und ausgerechnet der saß jeden Tag rittlings auf einer wohlgeformten Bombe und drehte mit seinen zärtlichen Händen sanft und vorsichtig die verklemmten und eingerosteten Schrauben los.

Er stieg so ruhig in die Krater, in denen die freigelegten Bomben lagen, als hätte er ein unkündbares Abkommen mit der Ewigkeit. Die schwarzen, dreckverschmierten, zentnerschweren Ungeheuer, die tückisch dalagen wie unbekannte Tiefseewesen, zufällig ans Licht gehoben, warteten nur auf eine Berührung, um zu explodieren.

Andauernd wurden deshalb die Straßen gesperrt und die Häuser geräumt, sie saßen dann alle stundenlang in den Nachbarstraßen auf ihrem Bettzeug, das sie mitgeschleppt hatten. Viele meckerten, im Krieg seien die Dinger wie Hagelkörner auf sie herabgefallen, und jetzt so viel Theater für eine einzige Bombe. Im Frieden sei jeder Scheißdreck schrecklich, entsetzlich und furchtbar wichtig, so daß manch einer nicht mehr leben möchte. Im Krieg sei das Schreckliche und Entsetzliche ganz unwichtig gewesen, jeder sei froh gewesen, daß er überhaupt gelebt habe. »Und deshalb sind die Menschen im Frieden so unglücklich«, sagte Fin dann immer.

Endlich kam der Bombenräumer mit seiner Butterbrotdose unter dem Arm, ging ganz allein wie ein Sheriff in einem Westernroman mitten auf der Straße, ging auf den Horizont zu, verschwand in einem Loch, und tat ebenso einsam wie entschlossen seine Arbeit.

Wenn die Bombe dann abtransportiert wurde und der Bombenräumer mit der leeren Blechbüchse unter dem Arm, denn er hatte in Ruhe auf der Bombe gefrühstückt, schmunzelnd heranmarschierte, erhielt er von allen Seiten Beifall wie ein Torero, der seinen Stier besiegt hatte, er dankte mit einem verlegenen Kopfnicken und verschwand in Julchens Waschküche, um zu schlafen.

Er liebe die Bomben, sagte er zu ihm. »Man sitzt darauf, streichelt sie, das beruhigt sie, sie sind ganz still, man löst die Verschraubung, macht in Ruhe seine Arbeit, das merken sie gar nicht, sie schlafen ja.«

Er stützte den Arm auf die Fensterbank und sah Julchen zu, wie sie Wäsche aufhängte, während im Hintergrund Gustav mit Janosch schwadronierte.

»Eine stille Arbeit, keiner steht neben einem und beklagt den Zustand der Welt. Bei dieser Arbeit sind alle immer weit weg.« Dann kratzte er sich seinen Bart, denn er rasierte sich immer erst nach einer Bombenräumung, wegen der unnötigen Arbeit, die man sich im Falle eines Falles gemacht hätte. »Sicher, einmal wird eine aufwachen, und dann ist man tot. Es kann jede Sekunde geschehen, aber das ist ein beruhigendes Gefühl. Jeder Tag kann dein Todestag sein. Du weißt es, und darum ist jeder Tag so schön. Ich möchte nicht tauschen.« Dann schmunzelte er wieder, klemmte seine Brotbüchse unter den Arm, marschierte mit langsamen gelassenen Schritten los, ging jeden Tag mit Seelenruhe auf seinen Tod zu.

Auf dem Hof ertönte laut Gustavs Stimme, der in starken Worten und eindrücklichen Sätzen dem blinden Janosch die Landschaft schilderte: »Jeder romantische

Maler wäre glücklich gewesen. Verfallene Burgen und Schlösser, verträumte Mauern, von Efeu überzogen, eingestürzte Türme, von Sagen kündend, die keiner mehr kennt, dunkle Fensterhöhlen, in denen der Wind seine Harfe erklingen läßt.«

»Romantisch«, sagte Janosch und kullerte mit den Augen durch seine unsichtbare Welt.

»Romantisch«, bestätigte Gustav. »Eine weite Landschaft unter einem freien goldfarbenen Himmel mit violetten Wölkchen – Abenddämmerung. Die mühsam aus vielen Steinen und Quadern errichteten Gebäude der Menschen versinken mit den letzten Sonnenstrahlen im schwarzen Grün der ewigen Natur. Das Licht läßt nach. Schatten breiten sich aus. Jeder Landschaftsmaler würde jetzt mit glänzenden Augen zum Pinsel greifen und kühne Farben auf seiner Palette mischen.«

»Das Paradies«, sagte Janosch und hielt den Kopf so, als ob er alles mit dem Gehör erfassen wolle.

»Das Paradies«, bestätigte Gustav. »Vielleicht sah es ja einmal so aus wie diese Landschaft, es wurde in der Erinnerung nur immer schöner gemalt.«

Janosch zog seine ungarische Offiziersmütze über die Augen und sagte in seinem klangvollen, altmodischen Deutsch: »Werden die Menschen in fünfzig Jahren vielleicht sagen, eine abenteuerliche Zeit war das damals, haben wir doch so viel erlebt. Werden die Menschen in hundert Jahren vielleicht sagen, die gute alte Zeit, schade, daß sie vorbei ist.«

»Ja, so entstehen Paradiese«, sagte Gustav, »obwohl, das mit der guten alten Zeit ist vielleicht für immer vorbei. – Schreibst du das auf?« schrie er durch das Hoffenster. Er nickte, er hatte es gehört, er war mit seinen Kladden beschäftigt, die griffbereit auf den Büchern lagen.

Die Kladden waren wellig vom Löschwasser, Friedrich hatte sie aus einem Keller mitgebracht, auch die Bleistifte in einer Blechschachtel, Faber Nr. 6, dunkelgrün. Mit den Kladden wie mit den Bleistiften mußte man sparsam umgehen, es gab kein Papier, es gab keine Bleistifte, und es war immer ungewiß, wann einer aus der Familie durch einen glücklichen Zufall an diese Dinge herankam. Er schrieb Geschichten in die Kladden. Wegen des knappen Papiers feilte er in Gedanken lange an den Sätzen, ehe er sie niederschrieb, denn eine gestrichene Seite war Verschwendung.

Und immer der innere Kampf zwischen links und rechts, immer mußte er erst überlegen, in welche Hand der Bleistift gehörte, immer erst diese Sekunde des Zögerns, der Unsicherheit, bevor er schrieb, als suche man in der Dunkelheit erst den richtigen Schlüssel für ein Schloß. Er war Linkshänder, schreiben mußte er mit der rechten Hand, in einer erzwungenen, für ihn ganz künstlichen Haltung, die immer erst bewußt eingenommen werden mußte. Die Lehrer der Dorf- und Kleinstadtschulen, durch die er während seiner Evakuierungen geschleift wurde, hatten sich darauf konzentriert, ihm jedesmal, wenn er einen Griffel, Bleistift oder Federhalter in die linke Hand nahm, mit der scharfen Kante des Lineals auf die Hand zu schlagen. Die Hand war oft blutig, schmerzte, trotzdem nahm er immer wieder das Schreibzeug ohne Absicht in die linke Hand, die Schläge wiederholten sich ebenso automatisch, das Schreibzeug wanderte in die rechte Hand und war dann doch wieder unversehens in der linken, und wieder sauste das Lineal auf die linke Hand, hinterließ rote Striemen, hinterließ das Schreibverbot der linken Hand. Und so schrieb er nun als Linkshänder mit der rechten Hand, schrieb mit einer nach links gedrehten rechten Hand, in einer unnatürlichen Haltung, die oft Schmerzen bereitete, dazu auch noch in einer Mischung aus alter deutscher Schrift, die er noch gelernt hatte, und der jetzigen lateinischen Schrift, verschlungene Wortreihen, ineinanderlaufende Sätze, die sich unleserlich von links nach rechts schräg über das Blatt zogen, wie ein undurchdringliches Dornengestrüpp das Aufgeschriebene wieder verschlossen; schrieb in seinem Bett auf den angezogenen Beinen, schrieb im Dunkeln, in der unerträglich langsam verrinnenden Nacht, in der atemlosen Nacht, die zum Ersticken war, die wie ein stillstehender schwarzer Fluß auf den Tag wartete, auf die Helligkeit des Morgens, der behutsam und langsam herandämmernd alles wieder in Bewegung brachte; schrieb zwischen seinen Alpträumen, aus denen er schreiend hochfuhr, Wörter und Sätze, die wie Steine in einem Steinbruch übereinanderrutschten, Wörter und Sätze, in denen seine Angst lebte, die ihn wie ein treibender Strudel hinabzog in ein ewiges Erinnern, Nachtgeschichten über das, was er nicht vergessen konnte, Tagesgeschichten, die ein wildes Lachen durchzog, und so erfand er nachts oft Tagesgeschichten mit grellem Gelächter und schreiendem Leben, lachte darüber, hielt sich damit wach und sank, in einem kurzen Einnicken, wieder in die Nachtgeschichten zurück,

– in die jaulenden, heulenden Sirenen, das Dröhnen der Bomber, das schrille Kreischen der herabstürzenden Bomben, den durchschüttelnden Luftdruck der Explosionen, die einen taub machten, die zerberstenden Häuser, die zusammenbrechenden Straßen, deren Fassaden kopfüber in die hochschlagenden Flammen fielen, in die erstickende Hitze, die die Haut versengte,

– die hechelnde Schäferhundstille des Kinderlagers, in den nächtlichen Baracken mit den vielen Betten, in deren Fenster der von den Scheinwerfern angestrahlte Stracheldrahtzaun seine zackigen Schatten warf, regelmäßig und in kurzen Abständen unterbrochen von den Körpern der Wache, die in genauen Schritten ihre Runden drehte,

– die stumpf ratternden Räder des durch Deutschland irrenden Zuges, in dem die Menschen wie Leichen aufeinandergepackt lagen, durch den die eiskalte Nachtluft wehte, der in die Totenstarre führte und wie ein verlassenes Schiff an einem Eisberg strandete.

Der Tag begann mit dem holprigen Klappern einer alten Stechkarre, ein Geräusch, das ihn aus dem Schlaf riß. Auf der Karre lag immer ein Toter, der in einer Bretterkiste, wie sie die Bauern für Jungvieh zimmerten, zum Friedhof geschoben wurde, ohne Blumen, ohne Geleit, ohne Priester, wer wußte schon, wer der Tote war.

Die Karre wurde mit einem gurgelnden Schnaufen dirigiert von einem Männlein mit einem schiefen Gesicht, das Mühe hatte, den Bomben- und Splitterlöchern auf der Straße auszuweichen, in denen sich die großen rissigen Holzräder festhakten, was nicht nur für die schon sehr lose an der Achse hängenden Räder gefährlich war, sondern auch für den Toten, denn die leichten, aus dünnen Brettern mit breiten offenen Ritzen bestehenden Holzkisten, die man zu der Zeit Särge nannte, kamen schnell ins Rutschen, und wenn das Männlein nicht höllisch aufpaßte, rutschte der Bretterverschlag mitsamt der Leiche von der Karre, schlug auf, fiel auseinander, und der starre Körper stand, in seinem Papierhemd an die schräge Karre gelehnt, ratlos wieder auf der Erde, die er doch verlassen hatte.

Das war schon einmal passiert, aber es war früher Morgen, keiner war auf der Straße oder an einem Fenster, nur er hatte es gesehen, und das Männlein mit dem schiefen Gesicht zog, seltsam durch den Mund schnorchelnd, die Leiche wieder auf die Stechkarre, warf noch die Kiste darauf und rollte weiter.

Seitdem grüßte das Männlein ihn, blieb mit der Karre vor seinem Fenster stehen, um kurz zu verschnaufen. Das schiefe Gesicht stamme von einem Granatsplitter, sagte er, es behinderte ihn beim Sprechen, das ein tiefes Gurgeln war. Es stellte sich heraus, daß er nicht nur Leichen aus den Wohnungen holte und zum Friedhof fuhr, das sei eher eine Nebentätigkeit, weil er günstig an die Karre gekommen wäre, eigentlich sei er Totenprediger, er spreche bei Begräbnissen ohne Priester die letzten Worte eines ehrenden Angedenkens vor den Trauernden. Er mache es weniger wegen des Geldes, das Honorar sei lausig, aber es sei eine künstlerische Tätigkeit, und dafür gebe es eine besondere Lebensmittelkarte, und das sei heutzutage natürlich ein großes Glück.

Auch seine Stimme sei kein Problem, er habe durch

die Verletzung einen natürlichen Trauerton. Dann legte er das Gesicht in Falten und sagte ein »Friede der Asche«, und es klang wie der tiefste Ton einer Kirchenorgel.

Schwierigkeiten habe er nur mit den Texten, dafür fehle ihm die Zeit, jeden Tag mindestens eine Leiche, zu der man etwas sagen müsse, er improvisiere schon, aber wenn die Angehörigen einen anstarren und schnell wegwollen, weil es durch die Granatlöcher im Dach hereinregnet, werde er nervös, und dann falle ihm gar nichts mehr ein.

Und so schrieb er, gegen eine Handvoll Kartoffeln, dies die feste Vereinbarung, für das Männlein Grabreden. Er schrieb den schon vor der Beerdigung vergessenen Toten ausführliche Nachrufe, gut klingende, lang widerhallende, rhetorische Texte, deren Sätze am Ende in den Anfang liefen und mit höherer oder tieferer Stimme neu aufgenommen immer weiterlaufen konnten, solange eben einer reden wollte. Er nahm die kargen Angaben, die das Männlein ihm machte, erweiterte sie im Sinne der Toten, und wenn das Männlein gar nichts über die Leiche sagen konnte, die er wegkarrte, erfand er ihr nachträglich ein schönes, aufregendes, erfülltes Leben, so daß sich die Angehörigen wunderten, welch einmaliges Schicksal da ein gnädiges Ende gefunden hatte. Friede der Asche.

Das Männlein setzte ihn auch schon mal auf die Karre, neben die Kiste mit der Leiche, rumpelte mit ihm und der Leiche durch die vielen Schlaglöcher zur Begräbniskapelle auf dem Friedhof, ein dunkler Backsteinbau mit einem zerlöcherten Dach und freiliegenden Dachbalken, umstellt von zerbrochenen, verwitterten, ganz unleserlich gewordenen alten Grabsteinen, unter denen sich schon Generationen der Erde anvertraut hatten und mit denen man jetzt die neuen Knochen beschweren wollte, falls man Geld hatte, sonst mußte man mit einem selbstgebastelten Holzkreuz vorliebnehmen.

Die Särge stapelten sich vor der Kapelle, denn die in den Zeitungen ständig erwähnte, erschreckend hohe Sterberate nahm hier Gestalt an, es herrschte ein unheiliges Gedränge, Särge und Trauernde schoben sich ineinander, es war ein Wettlauf zum Grab, alle wollten es so schnell wie möglich hinter sich bringen, man prügelte sich wie bei einer Lebensmittelzuteilung, die Leichenkisten kippten um, die Leichen fielen heraus, die Trauernden warfen sie unter Flüchen und Gelächter wieder in die Holzkisten, es sah aus, als kämpften die Toten mit den Lebenden, und immer verloren die Toten.

Er blieb am Eingang stehen und sah, wie das Männlein mit gefalteten Händen und geneigtem, von Trauer zerfurchtem Gesicht mit seinen Worten um Fassung rang, sich in die Rede hineinsteigerte, gekonnt auf den Höhepunkt des Schmerzes zusteuerte, um in Worte des Trostes hinabzusinken, in tiefste Orgeltöne zu fallen, während der nachfolgende Redner auf Abbruch drang, denn die nächste Kiste wurde bereits hereingeschoben.

Mittags mußte das Männlein im Laufschritt mit der Karre und einer leeren Leichenkiste an die Böschung des großen Flusses, etwas abseits der Stadt, wo er aus Kähnen gehievte Säcke, Körbe und Flaschen auflud, die sich in einer Leichenkiste unauffällig transportieren ließen. Manchmal nahm er ihn auch hierhin mit, er legte sich dann auf die Böschung, das Wasser plätscherte in der Sonne, rollte in kleinen Wellen stromabwärts, am anderen Ufer lag ein zerschossener Lastkahn mit dem Heck tief im Wasser, das zersplitterte Steuerhaus hinterließ Wirbel, hielt Äste und Stämme fest, die sich drehend wieder befreiten, der hochstehende, verrostete Bug durchschnitt wie ein in den Boden gerammtes Schwert das leichte, wellige Wasser, ohne eine Spur zu hinterlassen, das Wasser glitt an ihm vorbei, als wäre die Schneide gar nicht vorhanden. Sah man lange auf die rostige Wand, schien sie sich schnell nach vorne zu bewegen, sah man wieder auf den Fluß, lag das eiserne Schiff bewegungslos auf Grund, immer noch an derselben Stelle, nur der Fluß trieb mit gleichbleibender Geschwindigkeit vorbei, und eine Boje tanzte auf dem Wasser.

Nachmittags mußte er mit Fin und ihrem Fahrrad oft zur Bahnhofsbrücke, die über den teilweise wieder in Betrieb genommenen Bahnhof führte, ein steiler, fast unüberwindbarer Menschenberg, Arme, Beine und Gesichter wie nach einem heftigen Erdrutsch, der Wurzeln, Steine, Äste in eine haltlose, gefährliche Lage ineinanderschiebt, so lagen die Menschen selbst im Regen über- und untereinander auf der breiten Holztreppe, für kurze Zeit Halt suchend, aneinandergebunden, mit ihrem Kram verschnürt, um nicht ins Rollen zu kommen und sich gegenseitig mitreißend die Treppe hinabzustürzen.

Ein schmaler, sich ständig verändernder Pfad führte in Kehren und Windungen um die Körper herum, führte nach oben auf den Holzsteg, der, mit einem teilweise schon wieder abgestürzten Geländer, über vollen Zügen hing. Eine Lokomotive dampfte pochend vor einem gesprengten Betonpfeiler, aus dem durchlöcherten Führerstand hing bewegungslos ein Mann, verbogene Signalmasten beugten sich über ausgebrannte Eisenkästen, die einmal Waggons waren. Trotz der vielen Menschen war es sehr still, der Regen prasselte auf den glitschigen Steg, Kinder schleppten einen dreckigen Kinderwagen die Treppe hoch, gaben ihm oben einen Tritt, der Kinderwagen sprang in wildem Zickzack die Treppe hinunter, über die Leiber hinweg, die sich nicht rührten, die Kinder trugen den Wagen wieder nach oben, gaben ihm wieder einen Tritt, wieder sprang er nach unten, sie rannten hinterher, um ihn wieder hochzuziehen und ihr Spiel endlos zu wiederholen.

Fin zog ihn mitsamt dem Fahrrad hoch, rollte ihn auf dem Fahrrad über den Steg, dann rutschten sie hinab zum Bahnhofsbunker mit seinen Schächten und Höhlen, die tief in die Erde führten, unübersichtlich wie ein verlassenes Bergwerk. Menschen drängten sich durch die schmale Eisentür, quetschten sich über die engen Betontreppen, hielten Koffer und Rucksäcke wie Schilde vor sich; war der Druck von innen größer, schoß ein Klumpen Menschen wie ein Tierrudel auf der Flucht heraus, durchstieß mit verbissenen Gesichtern den draußen stehenden Kreis von Menschen, der sich dann seinerseits zusammenschloß und mit aller Kraft in den Bunker drängte. Ein erbittertes Gegeneinander, das mit voller Konzentration ausgetragen wurde, ein Kampf mit allem Einsatz, als lägen da unten, tief in der Erde, im untersten Keller dieses Betonbunkers, die letzten Goldbarren.

Fin zog ihn weiter, er mußte mit, um auf das Fahrrad aufzupassen. Hinter dem Bahnhof, in den verschachtelten Mauern zerbombter Häuser, zwischen klammen, schwarzgebrannten Steinwänden, die einen Modergeruch verbreiteten, hatte sich ein Schwarzmarkt etabliert. Neben jeder Mauer standen Männer oder Frauen, kamen hastig und flüchtig und immer in nervöser Eile zusammen, flüsterten kurz miteinander, gingen wieder auseinander, liefen hinter die nächste Mauer, flüsternde Stimmen, die in der Unübersichtlichkeit des Gemäuers die Unachtsamen hierhin und dorthin lockten, sie in die Irre führten, mit ihrem ungewissen Echo immer tiefer hinter immer neue Mauern führten. Wer nicht wußte, hinter welcher Mauer und bei wem er seine Ware los wurde oder bekam, der verlief sich leicht in diesem Labyrinth aus bemoosten Steinen, in dem Büsche in Fensterlöchern wuchsen, Flieder und Goldregen von ehemaligen Torbögen herabhingen, der stand plötzlich vor einer Steinwand ohne Ausweg, geriet, den Weg zurück suchend, in eingestürzte Keller, hörte vielleicht noch Schritte auf dem knirschenden Schutt, war seine Ware und sein Geld aber schon los, und wenn einer so dumm war, auch noch laut um Hilfe zu schreien, verschwand die Umgebung vor seinen Augen mit einem dumpfen Schlag.

Er hielt das Rad, Fin flitzte herum, sie kannte ihre Leute, alles ging immer schnell und auch wortlos, bis ein Mann neben ihm auf den Fingern pfiff; alle rannten los, er rannte auch los, zerrte das Rad hinter sich her, Fin holte ihn ein, nahm das Rad, jagte davon, das Rad brauchten sie, das Rad war wichtig; Lastwagen kurvten heran mit ihren aufbrummenden Motoren, Uniformierte mit Gewehren sprangen herab, ehe die Wagen hielten, eine Großrazzia, ein Mist, ein Elend, eine Scheiße war das, nur damit die Zeitungen was zu schreiben hatten, wie sollte man sich denn ernähren, wie sollte man denn an etwas kommen. Sie schwärmten aus, liefen nach allen Seiten, überall Uniformen, »Halt. Stehenbleiben!«, sie rannten an ihm vorbei, er konnte nicht so schnell laufen, sie luden ihre Gewehre durch, ein hart anschlagendes Geräusch, wieder das »Halt. Stehenbleiben!«, sie schossen, aus allen Ecken Geschrei, wieder fielen Schüsse, er kam nicht mehr weg hier, er warf sich in eine Ecke, lag hinter einer Mauer und wartete. Als er nichts mehr hörte, stand er auf und ging langsam nach Hause.

An warmen Abenden saß er auf dem Hof, wo Gustav einen Lehrstuhl für Rhetorik eingerichtet hatte und dozierte, daß jeder Satz, der mit den Worten »Es ist doch so …« beginne, von vornherein falsch sei. Es sei nie so, es sei immer anders. Auch Sätze, die vierspännig daherkämen, mit Worten wie »Ich glaube …« oder »Ich denke …«, seien immer falsch, weil der Betreffende nicht wirklich glaube oder denke, sondern nur zu faul sei, sein Unwissen als intelligente Frage zu formulieren, und deshalb der Einfachheit halber behaupte: »Ich glaube …«, »Ich denke …«

Diese Thesen belegte er mit Geschichten, die er selbst unglaubwürdig nannte, die aber tatsächlich geschehen waren, daraus folgerte er, daß das Leben aus unglaubwürdigen Geschichten bestehe. Um aber vor den anderen nicht als Verrückter dazustehen, erarbeite sich jeder eine gereinigte Fassung seines Lebens, genau diese Fassung, die allen als glaubwürdig erscheine, sei aber dann eine völlig unglaubwürdige Lebensgeschichte.

Solche Beweisketten konnte er über Stunden durchhalten, er stoppte sie aber sofort, wenn von den Zigeunerwagen ein Lied herüberklang, abbrach, wieder von vorn begann, dann hörte er ganz versonnen zu, denn vor einem Lied habe die Logik zu schweigen, ein Lied stehe über dem Wissen sämtlicher Universitäten.

Die Zigeuner waren wie Frühjahrsvögel über Nacht eingeschwärmt und ließen sich auf demselben Rastplatz nieder, den sie vor dem Krieg schon bevorzugten. Es waren nicht mehr so viele wie früher, ein stark dezimierter Vogelschwarm auf der Suche nach den alten angestammten Rastplätzen. Sie richteten sich wieder in der Welt ein, aus der man sie vertrieben hatte, vorläufig, aber nach ihren alten Gewohnheiten, schwiegen über das, was geschehen war, hatten Angst vor Behörden und Staat, wollten nur in Ruhe leben. Ihre Sorgen besprachen sie mit dem Molari, dem Maler Pankok, dem sie als einzigen vertrauten, er hatte sie vor dem Krieg gemalt.

Sie hämmerten und sägten, bauten sich Wagen, aufgebockte, schwerfällige Holzburgen ohne Räder, mit Resten von Farben neu angestrichen. Schweigend saßen sie in der Sonne auf den kleinen Holztreppen, die in die Wagen führten, winkten herüber, lächelten. Später kamen sie zum Hof, versuchten etwas zu tauschen, mal konnte man es gebrauchen, mal nicht, sie erkannten auch diesen oder jenen von früher, freuten sich darüber, lachten, obwohl es nichts zu lachen gab.

Ein Kind kletterte nachmittags auf das Dach eines Wohnwagens, besah sich unlustig die Gegend, übte dann stundenlang auf einer Kindergeige, ein krächzendes Geräusch, das nur mühsame Fortschritte erkennen ließ, von der Stimme eines alten Weißbärtigen aber immer wieder streng eingefordert wurde.

Abends hörte man eine Frauenstimme ein Lied probieren, immer wieder abbrechend, immer wieder einsetzend, als suche sie eine verlorene Melodie. Maria hing dann mit Hilfe Julchens ihre Wäsche auf, gekocht in einem großen, freistehenden Waschkessel, unter dem ein offenes Feuer loderte. Die Wäsche blähte sich im Wind, flackerte rot im Widerschein des Feuers, die Bettlaken wurden zu Segeln eines Schiffes vor einer fremden Küste. Er träumte sich an einen anderen Ort, wo das Leben wie vor hundert oder zweihundert Jahren ablief, der Kapitän verhandelte mit Eingeborenen, die zwischen den Segeln auftauchten und etwas verkaufen wollten, der Bombenräumer rauchte seine Pfeife wie ein alter Seemannsmaat auf der Reling hockend, die kullernden Augen des blinden Janosch, der ihm gesagt hatte, ein Blinder ist nicht blind, ein Blinder ist gleichzeitig an den verschiedensten Orten und in den Stimmen vieler Menschen, er muß die Welt nicht sehen, er hat sie in sich, wurden ruhig.

Die Frauenstimme suchte immer noch die Melodie, probierte verschiedene Tonlagen, fand nicht den Bogen vom Anfang zum Ende, blieb in Bruchstücken hängen, verstummte dann endgültig, weil eine Männerstimme etwas Unverständliches dazwischenschrie.

Gustav führte sie ohne Kompaß, ganz auf seine Intuition und die Kenntnis der Sterne vertrauend, wieder zurück an die heimatliche Küste, und in der Dunkelheit versuchte er, mit seinem tief herabführenden Baß, sich an eine seiner vielstrophigen Balladen zu erinnern, die er vor dem Krieg so oft vorgetragen hatte, am liebsten: »Ich weiß nicht, was soll es bedeuten«, vom Harry Heine, aber auch ihm gelangen nur Bruchstücke.

Er liebte diese Stunden, er fühlte sich geborgen in dieser kleinen Ecke, die das Leben ihnen gelassen hatte, durch seine gerundeten Hände sah er wie durch ein Fernglas die Menschen, er sah alles ganz nah und auch wieder entfernt wie ein Beobachter, dem das alles zu einer Geschichte wurde, er erlebte es jetzt als Gegenwart, in der die Stunden sich dehnten, und empfand es gleichzeitig als kurzen Moment der Vergangenheit, in der alle diese Menschen um ihn herum tot sein würden –

»… daß ich so traurig bin« –

Frieden war an diesen Abenden, Frieden, dem er sonst hilflos gegenüberstand, weil ihn der Krieg beherrschte, alle seine Gefühle bestimmte, Frieden, der für ihn etwas Exotisches blieb, den er in seinem Innersten auf Dauer wahrscheinlich nie finden würde –

»Ein Märchen aus uralten Zeiten,
Es geht mir nicht aus dem Sinn.«

Ein Hauch von Leben, eine Spur von Lebendigkeit schien jetzt in manchen Augenblicken. Man empfand wieder Wärme und Kälte als natürliches, nicht unangenehmes Wechselspiel der Natur. Die harten, erstarrten Gesichter bekamen in gewissen Momenten einen Zug von Feinheit, die Schönheit eines Lächelns. Verwundert nahm sich einer die Zeit, vor einem toten Baum stehenzubleiben, überrascht und staunend einen kleinen Zweig zu betrachten, der aus einer schwarzverbrannten versteinerten Rinde herauswuchs und sich zum Licht drehte, oder er blickte ungläubig zum Himmel, weil dort ein Vogelpaar heftig und aufgeregt zwitschernd ganz unschuldig herumjagte, Kreise zog, sich fallen ließ, wieder aufstieg, in den kahlen Fassaden anscheinend ein Nest gebaut hatte. All das war einem aus dem Sinn gekommen, all das hatte man verloren.

Familien unternahmen auch schon mal wieder einen Sonntagsspaziergang, gingen in den Park, aus dem alle Bäume verschwunden waren, die ausgegrabenen Baumwurzeln hatten unregelmäßige Löcher hinterlassen, aber das Gras wurde grün und wuchs und überzog die Laufgräben der Flakstellung, die nun aussah wie eine romantische Eremitage, Wiesenblumen erblühten um die verlotterten Baracken der Displaced Persons, auf dem Aschenplatz des ehemaligen Konzentrationslagers spielten Männer in weißen Unterhemden und schwarzen Turnhosen Fußball, das Schlammloch des Sees füllte sich langsam wieder mit Wasser, spülte Uniformen und Knochen nach oben, nur in die wuchernden Gebüsche traute sich keiner, da lag noch Munition.

Es gab auch wieder Menschen mit einem Winter- und einem Sommermantel, mit einem Sonntagsanzug und einem Sonntagskleid, Menschen, die ein vollständiges Besteck hatten, Teller und Tassen aus Porzellan und eine Tischdecke. Es war nicht unbedingt eine Hochzivilisation, die sich da vorsichtig ankündigte, dafür war alles zu improvisiert, vieles noch zu unsicher. Der helle Staubmantel für das Frühjahr löste den umgefärbten Militärmantel ab, ein buntes, sommerliches Kleid das verschossene Trauerkostüm.

Der Luxus von Modefragen erreichte die Schlangen vor den Lebensmittelläden, eine Frau konnte ein *Stöffchen* organisieren, eine andere Frau wollte es ihr zuschneiden und wieder eine andere nähen, aber keine der Frauen wußte, was jetzt Mode war, man wollte den Stoff nicht verschneiden, großes Rätselraten. Einige hatten in der Wochenschau, die jetzt in den ersten neuen Kinos vor dem Film lief, etwas Schwingendes, Leichtes in einem Modebericht gesehen, die Mode für die *Neue Frau*.

Die *Neue Frau* trug in diesem Jahr bestimmte Schuhe, dazu eine ganz bestimmte Frisur, und sie schminkte sich in einer bestimmten Art, und die Frauen in den Schlangen wußten nicht, was sie davon halten sollten. Sie wollten ja keine *ollen Trunschen* sein, aber sie verstanden nichts mehr davon, sie hatten nur gelernt, eine Familie durch den Krieg und die Nachkriegszeit zu schleppen, aus nichts etwas zu kochen, halb verhungert Tag und Nacht zu schuften, und jetzt kam da auch noch die *Neue Frau*. Ob man sich noch einmal darauf einlassen sollte? Das Leben, das sie führten, war ein anderes Leben als vor dem Krieg, nicht mehr eingeengt durch gesellschaftliche Regeln und Konventionen. Die Traditionen der alten Gesellschaft hatten sich aufgelöst, die Benimmbücher waren nur noch als humoristische Werke zu benutzen.

Manch ein Spätheimkehrer fand sich in dieser neuen

Gesellschaft nicht mehr zurecht, war nicht mehr Herr im Haus, weil es diese Rolle nicht mehr gab. Frauen setzten ihren Mann vor die Tür, wenn er nicht arbeiten wollte, das war vor dem Krieg undenkbar. Lebensgemeinschaften bildeten sich zwischen unverheirateten Männern und Frauen, Zweckbündnisse aufgrund von Kriegsrenten, Wohnbescheinigungen, Zuteilungen von Lebensmittelkarten und neu erkämpften Arbeitsplätzen. Waisenkinder schlüpften bei Familien unter, die irgendwann sagten, du kannst dableiben, ohne daß man deswegen auf ein Amt ging, irgendeine Behörde nach ihrer Meinung fragte. Frauen lebten alleine, ernährten sich alleine und ergriffen Berufe, die bis zum Krieg nur für Männer reserviert waren. Das war alles nicht nach den alten Gesetzen, es war aus dem Leben entstanden, das man nun einmal führen mußte.

Im Gegensatz dazu brüteten die neu erscheinenden Illustrierten schon wieder über dem Regelwerk: Wer stellt wen vor. Wer geht an welcher Seite. Wie benimmt sich der Herr der Dame gegenüber beim Tanz, im Restaurant, im Theater. Es war ein grundsätzlicher Kampf, der da ausbrach, ein Streit zwischen denen, die nach ihren Regeln leben wollten, wie sie lebten, und denen, die die alten Regeln wieder einführen wollten, um die Gesellschaft zu retten und die Zivilisation und das Abendland, und deshalb war die Frage der Rocklänge zwangsweise auf einmal ein Problem für alle, die bisher nur die Frage nach Brot kannten, und deshalb gab es auch wieder Sonntagsspaziergänge in den guten Kleidern durch einen schattenlosen Park ohne Bäume, vorbei an einem Plakat, das auf dem KZ-Aschenplatz ein wichtiges Fußballspiel ankündigte, und der Herr ging links und die Dame rechts, oder war es umgekehrt?

Mit den ersten Modeschauen kamen auch die Pferderennen auf der Rennbahn im Wald wieder zurück, und auch die KPD verirrte sich im Kampf der neuen und alten Regeln und stiftete den *Preis der Freiheit* und dotierte ihn mit einem anständigen Preisgeld. Gustav lachte tagelang darüber, daß die Freiheit nun für ein paar tausend Mark auf der Rennbahn zu haben war, und fragte jeden, wer denn nun die Freiheit gewonnen habe, der Jockey oder das Pferd oder doch wieder nur die, die auf den Sieger gesetzt hätten.

Hunderennen etablierten sich am Fluß, vor Herrschaften, die in Frack und Zylinder und mit Fernglas erschienen, eine Dame am Arm in einem verschwenderischen Seidenkleid, die mit gelangweiltem Gesicht einen zum Kleid passenden Sonnenschirm balancierte, während der Herr mit gleichgültiger Miene Geldbündel wie Postpakete auf den provisorisch aufgestellten Wettisch warf, auf jappende Viecher setzte, die mit hohlen Rippen und dürren Beinen zwischen einer langen bewimpelten Leine hinter einem Stoffballen herjagten, der für alle Beteiligten ein Hase sein sollte. Es war ohne Frage das zur Zeit interessanteste Gesellschaftsspiel. Kosmalla holte Elisabeth in einem Daimler ab, den er von einem ehemaligen Kreisleiter preiswert übernommen hatte, an den Dampfwagen erinnerte er sich nicht mehr. Er durfte mitfahren, obwohl Kosmalla meckerte: »Wie siehst du denn aus.« Die neuen Herrschaften setzten ihre Ferngläser an, durch die sie bestenfalls die Pontonbrücke der britischen Pioniere sahen, die bei jedem Hochwasser davonschwamm, applaudierten dem Sieger, der keuchend an einer Hundeleine herangeschleppt wurde, den Siegeskranz um dem Hals, versanken dabei wie die Beine des Wettisches mit ihren Lackschuhen und dem Saum des langen Kleides im Rasen und gaben sich amüsiert. Rundum standen Menschen, die auf den Wiesen am Fluß lebten, sie reihten sich staunend hinter der Absperrung auf, verstanden das alles offenbar nicht, und hätte einer der Hunde nicht die Kurve gekriegt und wäre außerhalb der bewimpelten Leine in ihre Hände geraten, sie hätten ihn vor Wut über das Schauspiel lebendig in ihren Kochkessel geworfen.

Das größte Geschäft war das Boxgeschäft. Auf allen Plätzen, an allen Ecken fanden Boxkämpfe statt, jedes Schwergewicht eröffnete eine Boxbude und ging auf Reisen. Schlüter stand mit seinen drei Söhnen und wechselnden Gastboxern, die mit Knollennasen und Blumenkohlohren die Blüte der Männlichkeit darstellten, wie Goliath auf dem Podest vor der Bude, freier Oberkörper, Muskulatur tätowiert, Brust raus, Handtuch locker um dem Hals, die Boxhandschuhe herausfordernd in die Hüften gestemmt. Er sah von oben verächtlich in die Menge hinab und fragte, ob sich einer von den Waschlappen, den Schlappschwänzen, den Feiglingen, den Muttersöhnchen da unten traue, vor den Augen seiner Braut mit ihm über drei Runden zu gehen. Einer antwortete immer, lachte Schlüter aus, Muskelprotz, Angeber, Kraftmeier. Worte und Widerworte, das Publikum johlte, Schlüter schrie von oben:

»Die halbe Portion, die laß ich gar nicht in den Ring.« Das Publikum witterte bei Schlüter Angst, nahm Partei, wollte den Kampf, den wollte Schlüter auch, aber erst noch einmal ein beleidigendes: »Trau dich doch, komm rauf, du hast ja Schiß, fünfzig Mark für den Sieg.« Der da unten zog die Jacke aus, das Publikum schob ihn hoch, drängte hinterher, zwängte sich an der Kasse vorbei, hinter der Frau Schlüter saß, von der viele sagten, die boxt Halbschwergewicht, rin in die Bude, ran an den Ring, der Schiedsrichter wartete schon, Hemd aus, Handschuhe an, und los ging's, nach den anerkannten Sportregeln des internationalen Boxverbandes.

Friedrich half aus Gefälligkeit schon mal aus, verkaufte Karten, klebte Plakate, verteilte Handzettel, und wenn die Stimmung flau war, sich keiner aus dem Publikum meldete, Schlüter sich heiser schrie, hundert Mark für den Sieg bot, sprang Friedrich auch da ein, mischte sich unter das Publikum, spielte den wütenden Angreifer, alles war vorher festgelegt, drei Runden ohne Schmerzen, ordentlich auf den Körper klatschen, Sieg für Schlüter, Ende der Vorstellung. Draußen verlangte Friedrich dann unter dem Gejohle des Publikums Revanche, Schlüter, von oben herab, ganz Champion, lehnte ab, Friedrich schrie etwas von einem Tiefschlag, das Publikum tobte, Schlüter gewährte noch einmal drei Runden, das Publikum noch mal an der Kasse vorbei, Friedrich schon wieder im Ring, Schlüter höhnisch, Friedrich wie ein Wilder, die Fäuste wirbelten, klatschten auf den Körper, das Publikum stand auf den Bänken, Schlüter warf das Handtuch, Ende des Kampfes, und was das Finanzielle betraf, immer halbe-halbe.

Manchmal verrutschte der Plan, Friedrich erhielt einen Schlag, der weh tat, vergaß die Abmachung, holzte zurück, Schlüter setzte ihm verärgert eine ans Kinn, Friedrich schlug wild um sich, das Publikum leckte Blut, alles schrie: »Mach ihn kaputt!«, und hätte nicht Frau Schlüter mit der Kasse in der Hand am Ring gesessen und dem Schiedsrichter technischen K.o. signalisiert, eine Anweisung, die er sofort befolgte, wäre es zu einem ernsthaften Boxkampf gekommen.

Maria holte Friedrich eines Tages schweigend aus der Bude, wo er in einer Kampfpause mit der alten Frau Schlüter bei einem Gemisch aus Gin und Whisky die Sieger der nächsten Profi-Kämpfe auswürfelte. Sie sprach tagelang nicht mehr mit ihm, trug den Kopf hoch in den Nacken geworfen, er rannte mit gesenktem Kopf vom Hof zur Straße und von der Straße zum Hof, sagte, es wäre eine Dummheit gewesen, er hätte es nur aus Gefälligkeit getan, er wäre da reingeschliddert, aus Gutmütigkeit eben. Das mit der Gefälligkeit und der Gutmütigkeit war keine Ausrede, das stimmte, das wußten alle, so war er nun mal, das fand vor Maria aber keine Gnade. Man hielt sich, man blieb stark und aufrecht, selbst wenn man nur eine kalte Brotsuppe hatte.

Als letzte Herkulesarbeit grub Friedrich den Hausflur aus, bisher ein Indianerpfad zwischen Hof und Straße, halbhoher, festgetretener Schutt, eine mühsame Arbeit, erst mit der Hacke, dann mit der Schaufel, dazu errichtete er noch eine Mauer zur zerstörten Nachbarwohnung. Es war nun ein Laubengang, wenn es regnete, regnete es in den Flur, wenn die Sonne schien, schien die Sonne hinein. Friedrich sagte, in Italien sei das so üblich. Maria sagte, in Polen baue man immer ein festes Dach. Gustav machte eine Handbewegung, die allen bedeutete, über solche Unwichtigkeiten diskutiere er nicht.

Die Ausgrabung legte ein Mosaik frei, das in seinen verglühten, changierenden, durch die Phosphorbomben ins Irisierende verwandelten Farben ein Muster darstellte, das schwer zu deuten war, sich auch bei längerem Hinsehen einer Erklärung entzog. Während alle in ihrer Eile darüber hinwegliefen, überhaupt nicht hinsahen, konnte er stundenlang das Mosaik studieren. Die vielen kleinen Steinchen verbanden sich zu Mustern, die in unendlichen Farbschattierungen in größere Muster aufgingen, sich in dem Mosaik verloren, neue Muster bildeten, je nach Helligkeit und Dunkelheit anders zusammensetzten, bei einem bestimmten Sonnenstand zu einem leuchtenden Farbstrom wurden. Vom Hof oder der Straße aus gesehen erschien das Mosaik als ein einheitliches Bild, mit jeder Annäherung wurde es undeutlicher, bis man aus der Nähe nur noch Farbflecken sah. Zwischen Annäherung und Entfernung schwankend, konnte man von der einen Seite eine Kriegsszene, Pferdeköpfe, Helme, Gesichter, Schwerter, Lanzen erkennen; von der anderen Seite einen Pilgerzug in einer idyllischen Naturlandschaft zwischen Bäumen, Seen und Bergen. Mosaiksteine, die sich der genauen Bestimmung entzogen, weil sie das Grundmuster darstellten, das in seiner Aneinanderreihung und Wiederholung das Bild unter den Bildern war.

Die sich belebende Straße vor seinem Fenster, die wie ein Karawanenweg in der Helligkeit begann und in der Dunkelheit endete, irgendwo in der Welt mit einem Schrei begann und irgendwo in der Welt in einem Grab endete, schien ihm ein ebenso sich stetig veränderndes und doch immer gleichbleibendes Mosaik.

Namenlose, die wie Silhouetten langsam aus der Helligkeit der Sonne kamen, den vor ihnen hertreibenden Schatten folgten, die schon den Punkt erreicht hatten, der noch ihr Ziel war; Gesichter in der Mittagssonne, die dunklen Augenhöhlen mit der Hand abdeckend, wenn sie zu ihm herübersahen; dann nur noch ein Schatten in der Abendsonne, der sie immer noch an der Stelle festhielt, die sie schon lange hinter sich glaubten.

Im Winter unscharfe Gestalten im Regendunst, sich im Winternebel verdichtend und rasch wieder auflösend, vorbeigleitend wie schwerfällige Boote auf einem breiten Strom; Stimmen, die sich näherten und wieder entfernten, vor seinem Fenster antrieben, ohne zu wissen, wo sie waren.

Ein Mann hielt sich an der Fensterbank fest, als müsse er in einem Moment der Ruhe etwas Wichtiges bedenken. Er kannte weder seinen Namen noch seinen Geburtstag, er wußte nicht, wo er gelebt hatte, er wußte nur, daß er im Krieg war, an welcher Front wußte er nicht. Er sah ihn mit tränenden Augen an, sein unrasiertes, verquollenes Gesicht war ein einziger Schmerz, er konnte sich nicht mehr daran erinnern, wer er einmal war. Alle seine Sätze hatten keinen Sinn, weil sie sich auf nichts bezogen, auf keinen Ort, keine Landschaft, keine Person und auch nicht auf ihn, weil er von sich nichts wußte, außer, daß er einmal in einem langen Krieg war. Er setzte immer wieder zu seinen wirren Reden an und unterbrach sie mit dem Satz: »Was soll ich machen, Junge?« Um seine Schulter hing an einem ausgefransten Stoffriemen eine Holzkiste mit einem Vorhängeschloß, in der er immer etwas suchte, aber nicht fand, konnte auch nicht sagen, was er in dem Durcheinander von Landkarten, Patronenhülsen, Fußlappen, durchgelaufenen Stiefeln, verrosteten Orden und Brotresten suchte. Er studierte die Landkarten, die noch in den Offiziersledermappen steckten, nur einen bestimmten Ausschnitt zeigten, und warf sie wieder in seine Kiste: »Was soll ich machen, Junge?« Ohne eine Antwort abzuwarten, klappte er die Kiste wieder zu, legte den Stoffriemen auf die andere Schulter, und marschierte los, schräg gegen das Gewicht der Kiste gestemmt, in der Hoffnung, einen Menschen zu treffen, der seinen Namen kannte.

Eine ältere Frau mit Kopftuch kam und schilderte ihm bis ins Detail das Mietshaus, in dem sie einmal gewohnt hatte, nannte ihm die Namen aller Bewohner des Hauses mit genauen Familienangaben, hatte alles präzise vor Augen, beschrieb sehr genau die Straße, in der das Haus stehen sollte, aber er wußte wie alle, daß es diese Straße nicht mehr gab, das Haus nicht mehr und die Bewohner nicht, daß sich das alles in einer Bombensekunde in nichts aufgelöst hatte und nicht mehr existierte. Er erklärte es ihr, wie alle es ihr immer wieder erklärten, aber das überhörte sie mit einem Lächeln, das besagten sollte: Ich kenne mich besser aus. Sie gab sich einen Ruck, richtete sich etwas auf, band ihr Kopftuch neu und sagte: »Ich weiß, es steht noch, ich muß es nur finden.«

Ein junger Mann mit einem Gesicht wie ein Kind, der die schwarze Kappe der Panzersoldaten trug, schilderte ihm ausführlich eine Panzerschlacht in Rußland, bis ihm auffiel, daß der, der sich da ganz abwesend auf die Fensterbank stützte und seine Abschüsse nachzählte, sich immer noch im Krieg glaubte, bis jetzt nicht bemerkt hatte, daß der Krieg beendet war, und er verabschiedete sich mit den Worten: »Hoffentlich ist es bald vorbei, lieber ein Ende mit Schrecken als ein Schrecken ohne Ende.«

Schrecken ohne Ende, Schiffbrüchige, die von ihren Geschichten weitergetrieben wurden, Verirrte, die sich nur noch in ihren heillosen Erzählungen auskannten, die die Welt nicht mehr verstanden, die von Hochhäusern, Stadtautobahnen und Untergrundbahnen träumten, von Kühlschränken, Geschirrspülern und Waschmaschinen. Denn die, die da aufs Geld aus waren, waren nicht an den alten Geschichten interessiert, sie rasten bewußtlos und wie wahnsinnig in neuen Autos durch die Straßen, und es konnte sein, daß die, die da mit ihren Geschichten durch die Welt zogen, die wie Pilger auf einer unendlichen Straße wanderten, die Hellsichtigen, die Klarsehenden waren, die in ihren Erzählungen die Wahrheit bewahrten. Vielleicht spürten sie wie er, daß sich langsam ein Riß durch die Welt zog, der sich unaufhaltsam und unheilvoll verbreiterte, der sie aufteilte in Menschen, die nur noch an die Zukunft denken wollten, und in Menschen, die in der Vergangenheit lebten. Denn eines war klar, alles, was jetzt an Neuem geplant wurde und in Modellen in der Zeitung zu bestaunen war, entstand in einer anderen Welt, es entstand ohne sie. Daß man sie nie fragte, das waren sie gewohnt, das war der Lauf der Dinge, aber was da in der Stadt plötzlich aufbrach, sich ausweitete und wucherte, war etwas Feindliches. Die das ausheckten, hofften wohl darauf, daß sie alle bald aussterben und nichts hinterlassen würden.

Er fühlte sich wie Robinson Crusoe auf seiner Insel – das Buch erstand Gustav für ihn, weil er es unbedingt besitzen wollte, in einer neu eröffneten Leihbücherei gegen ein gebrauchtes Rasiermesser, so wie damals Maria den Don Quichotte für ihn bei einem Leihbuchhändler gekauft hatte. Er übernahm aus dem Roman das Inventar der zum Leben notwendigsten Dinge, sichtete wie Robinson das, was er hatte, stellte fest, daß nicht viel fehlte, und war soweit zufrieden.

Über seinem Bett hatte er auf den rauhen Putz Seiten aus alten Kalendern und Zeitschriften aufgeklebt, die Gustav ihm als Fundsachen mitgebracht hatte. Eine Bilderwelt aus vielen Stilen und Perspektiven und Farben. Gemälde alter und moderner Maler. Schwarzweiße Zeitungsfotos von Bildern, die jetzt wieder ausgestellt werden durften. Persische Miniaturen, chinesische Landschaften mit fremdartigen Schriftzeichen. Drucke nach Stichen von Merian, alte Städte mit schmalen Häusern in engen Gassen, mit numerierten Kirchen und Palästen hinter sternförmigen Festungsmauern. Und natürlich die Fotos weltberühmter Bibliotheken, rechteckige, steinerne Bücherdome mit steilen Bücherwänden und exakt aneinandergereihten Lesepulten, hölzerne Bücherschiffe mit engen Durchgängen, in denen die bräunlichen Lederrücken der Bücher wie betende Mönche zusammenrückten, helle Marmorpaläste mit leuchtenden Büchereinbänden und eleganten Treppenaufgängen in den Bücherhimmel.

Seine durch den Krieg mitgeschleppten Bücher lagen unter dem Bett, wurden laufend ergänzt durch Trümmerfunde, aber da war wenig zu holen, auf einen Tucholsky kamen zwanzig Bücher aus den Parteiverlagen, die er gleich von seinem Bett aus in den Nebenraum zum Ofen warf. Darin kehrten immer Auswanderer reumütig in die unersetzliche Heimat zurück, standen mit Tränen in den Augen vor einem deutschen Dom und sagten: »So etwas macht uns eben keiner nach.«

Aus den unsicheren, selbsterrichteten Mauern der Wohnhöhle war ein schützendes Gehäuse geworden, in dem er alleine am Fenster saß, an seinem Fenster, das seinen Blick auf die Welt bestimmte, seine Sicht auf die Menschen, und wenn er am Fenster las, hatte er über das Buch hinweg immer die Straße im Auge.

Jeden Tag kam eine verwegene Flottille Beinamputierter angerollt, sie steuerten in ihren langgestreckten Rollstühlen, die wie fahrbare Särge aussahen, an ihm vorbei, zogen an den Griffen, mit denen sie ihr Gefährt vorwärts stießen. Sie hatten oft Blinde im Gefolge, die sich mit ihren langen Stöcken an die Wagen hängten, sich führen ließen, oder einen alten Schrumpfkopf, der schwor, gerade erst zwanzig zu sein. Manchmal drehten sie eine Acht vor seinem Fenster, um ihm eine Freude zu machen und zu zeigen, was sie alles konnten, und die Blinden lachten, wenn sie dabei zusammenstießen.

Jeden Tag entwarf er mit dem Zwilling auf der Fensterbank neue Spiele, die zeichneten sie auf einem Karton auf, und dann schoben sie die rundgeschnittenen Pappstückchen anderer Kartons über die Linien und Felder. Der Zwilling stand auf der Straße, er kniete im Bett, und wenn sie nicht weiterkamen, erfanden sie neue Regeln, so blieben die Spiele immer interessant.

Der Zwilling war nach einem Luftangriff aus dem Kellerfenster eines brennenden Hauses herausgezogen worden, sein Zwillingsbruder und seine Mutter verbrannten, durch den Schock wußte er nicht, welcher Zwilling gerettet worden war, war er er oder war er der andere? Keiner konnte es ihm sagen, wie sollte man ihn identifizieren, alle nannten ihn deshalb der Einfachheit halber *Zwilling*.

Er stand vor dem Fenster, entwarf mit ihm immer neue Spiele nach immer neuen Spielregeln, kaum ein Spiel blieb unverändert, vielleicht ahnten sie, daß sie beide nach ihren eigenen Regeln leben mußten, daß die Spielregeln der Welt ihnen wenig Raum gewähren würden.

»Lebt Maria noch?« fragte ihn ein Mann mit rauher Stimme. Es war ein weißhaariger Mann, der ihn genau ansah, kurz in das Zimmer sah, ein Mann mit zerfurchtem, gebräuntem Gesicht, das Gesicht eines Bergsteigers, der gerade vom Himalaja kommt. Er hatte kühle schnelle Augen, die keine Ruhe kannten, die schon wieder die Straße im Blick hatten, das nächste Ziel.

Er sagte vorsichtig: »Ja.«

Der Mann sagte: »Wir kennen uns auch.«

Und da fiel ihm ein, daß er ihn schon einmal in einer Offiziersuniform gesehen hatte, in der russischen Zone, als die Amerikaner abzogen.

Der Mann sagte: »Grüß sie. Sag ihr, daß sie alles richtig gemacht hat. Soweit man das sagen kann.«

Er fragte, von wem er grüßen solle.

Der Mann winkte ab: »Sag ihr, Malakka existiere nicht mehr, untergegangen, vergessen, von der Zeit ausgelöscht. Sie war wohl immer da, wo sie hingehörte. Ich denke es wenigstens.«

Dann drehte er sich um, ging weiter, sein offener Trenchcoat wehte hinter ihm her.

Im Hinterland ihrer Trümmeroase, abseits von Ebbe und Flut des Menschenstroms, vor der Hügelkette verfallender Häuser, saß Gustav auf seiner Agora, wie er den Hof nun nannte, und erinnerte sich an seine verschiedenen Versuche zur Erkenntnis der Wahrheit.

Den frühesten Versuch hatte er in einer Dachstube noch vor dem Ersten Weltkrieg gestartet, es war eher ein Club mit Lebenskünstlern wie Bakunin und Kropotkin als Vorbild. Der zweite Versuch, kurz vor dem Zweiten Weltkrieg, führte zu so etwas wie einer Akademie, die Wert legte auf Charakter, Ehrlichkeit, Aufrichtigkeit, ein einfältiger Gedanke. Das hier sei durchaus als dritter Anlauf zu sehen, eine Agora mit der Nachgeburt des Krieges: Phantasten, Verrückte, Versponnene und Geistesabwesende.

Die Wahrheit der Welt, so seine augenblickliche Ansicht, äußere sich in gewissen Zeiten auf Umwegen, verschließe sich jeder Vernunft, sei im übrigen absurd, weil die Umstände, in denen Wahrheit geboren werde, anscheinend mit dem Zusammenbruch menschlicher Ordnungssysteme, die vorgeblich auf ewigen Wahrheiten beruhten, identisch sei. Es könne also gut sein, daß die Wissenden die Unwissenden und die Unwissenden die Wissenden seien, darüber nachzudenken sei keine Zeitvergeudung.

Seine treuesten Zuhörer waren zwei alte Leutchen, die Gustav Philemon und Baucis nannte. Philemon war Straßenarbeiter gewesen, nach einem langen Leben mit Pflastersteinen versuchte er nun, ein Gärtchen zum Grünen zu bringen, das er sich in einem verbrannten Obstgarten mit Steinen abgesteckt hatte. Wenn er nicht in seinem Gärtchen zwischen den scharfkantigen, in der Sonne glitzernden Steinen herumwühlte und tote Bäume zum Leben zu erwecken suchte, saß er mit seiner Frau Hand in Hand, beide unbeweglich wie zwei Lehmfiguren, auf einer selbstgezimmerten Bank.

Philemon hatte den Krieg in der Stadt erlebt, mehrere hundert Luftangriffe mitgemacht, unzählige Menschen aus verschütteten Kellern und brennenden Häusern herausgeholt, verbrannt, erstickt, zerstückelt und manchmal auch lebend. »Ich wäre lieber Soldat gewesen«, sagte er oft mit leiser Stimme zu Menschen, die ihre Fronterlebnisse loswerden wollten. Sein Krieg war grauenhafter als der vieler Soldaten, und das Grauen hatte sich in seinem Gesicht in ein schweigendes, nachdenkliches und begreifendes Lächeln verwandelt.

Mit leicht geneigtem Kopf lauschten Philemon und

Baucis über ihre klobigen Brillen hinweg Gustavs Ausführungen, nickten zustimmend, wobei man nie wußte, ob sie etwas verstanden hatten, harrten höflich aus, bis Gustav seine Satzgirlanden beendete, erhoben sich mühsam, gingen wieder in ihren Garten, beschäftigten sich mit ihren Bäumen.

Er vergaß nie den Tag, an dem beide feierlich an sein Fenster traten, zwei kleine alte ausgemergelte Figürchen, die kaum über die Fensterbank sehen konnten, und ihm in einer königlichen Geste den ersten und einzigen Pfirsich überreichten, den ein Baum in ihrem Garten nach dem Krieg trug.

Ständiger Gast war auch *Der arme Anton*, der so viel Wert auf das Wörtchen *arm* legte, als sei es ein *von*, rief ihn jemand nur Anton, wurde er ärgerlich und bestand auf der korrekten Anrede. »Fauler Zauber, fauler Zauber, fauler Zauber«, war sein Credo. Er wußte Bescheid, er durchschaute das Spiel und stand darüber. »Endet alles auf dem Friedhof«, behauptete er, und das mit einer ernsten Entschiedenheit, daß ihm jeder zustimmen mußte. Er hing erbärmlich zwischen zwei Holzkrücken, die Beine zog er leblos hinter sich her, obwohl die so gesund waren, wie zwei Beine nur sein können. Er hatte sich einmal von einem verwundeten Soldaten die Krücken ausgeliehen, fand das Gehen damit sehr schwungvoll und animierend, blieb dabei, zumal ihm sein *Leiden* viele Gröschelchen einbrachte, die man ihm mitfühlend in die Jackentasche steckte. Inzwischen konnte er wohl wirklich nicht mehr ohne seine Krükken gehen, stellte er sie beiseite, fiel er um, das führte er gerne vor, weil es auch wieder Gröschelchen einbrachte. Meist stand er aber an eine Hauswand gelehnt und verkaufte, unrasiert wie er war, gebrauchte Rasierklingen, die er überall einsammelte, mit Schmirgelpapier schärfte und, in Stanniolpapier von Zigarettenpackungen eingewickelt, als so gut wie neu verkaufte.

Auf einer Leiter zwischen dem Hof und einem Zimmer, das im ersten Stock eines Trümmerhauses wie ein Vogelnest an einem Felsen klebte, saß Juanito, der mit seinen schwarzen Knopfaugen wie ein Papagei von seiner Stange in den Hof herabsah. Er hatte etwas Bedrohliches, das sich beim Reden fanatisch steigern konnte, das Unheimliche wurde verstärkt durch eine Armprothese, eine schwarze, glatte und steife Hand, die immer etwas abgewinkelt über ihren Köpfen schwebte, wie die Kralle eines Raubvogels auf der Suche nach einem Opfer.

Juanito war vor dem Krieg Lesezirkelvertreter. All die in den Illustrierten ausführlich bebilderten Untergänge, Unfälle, Abstürze und Überflutungen, all die Kriege, die mit Friedenskonferenzen begannen und mit Kranzniederlegungen am Denkmal des Unbekannten Soldaten endeten, machten ihn zu einem von Migräne gepeinigten Wahrsager. Die rasche Abfolge der immer gleichen Bilder vor Augen, war er der Meinung, alles wiederhole sich, nur größer und schlimmer, er blätterte den Ahnungslosen die Zukunft auf, wie man Jahrgänge von Illustrierten durchblättert, rasch und unaufhaltsam dem Weltenende entgegen.

Wenn er loslegte wie ein Sektenprediger, fegte die Zukunft als Sturmwind über die Köpfe der Zuhörer, alle duckten sich vor den heranbrausenden Wortböen, die von der schwarzen Hand ungelenk dirigiert auf die Menschen niederpeitschten, und jeder hätte sich unweigerlich, die Schreckensbilder vor Augen, auf der Stelle das Leben genommen, wenn nicht wieder die Illusion hochgestiegen wäre, so schlimm werde es nicht kommen, und wenn, dann in einer anderen Ecke der Erde, und bestimmt erst nach dem eigenen Tod.

Ein Denken, das unerklärlicherweise Hoffnung genannt wurde, obwohl doch jedermanns Leben aus enttäuschten Hoffnungen bestand, ein irrationales Denken, das, so Juanito, den Weltuntergang überhaupt erst ermöglichte. Es brachte den allwissenden Seher und Künder und ehemaligen Lesezirkelvertreter in Rage, und so brüllte er am Schluß seiner Weissagungen: »Ich kenne euch! Ihr sitzt hier und zieht eure Ohren ein und gafft stundenlang beim nächsten Staatsbesuch und wartet Tag und Nacht auf die nächste königliche Hochzeit und marschiert hinter großen Fahnen in den nächsten Krieg.« Zum Schluß schrie er so laut, daß man die Zunge in seinem Rachen hüpfen sah: »Ihr mit eurem *Nach mir die Sintflut*, eure einzige Lebensphilosophie, und wenn ihr bis zum Hals im Dreck steckt, dann fangt ihr auch noch an zu beten, unwissendes, gottloses Pack! Nennt sich Mensch! Nennt sich Mensch!«

Das war immer der Höhepunkt der Weissagung, mit diesen Worten zerriß seine Stimme, er krächzte nur noch, wirkte jetzt tatsächlich wie ein Papagei, der mißgünstig von seiner Stange heruntersah.

Die harte und krächzende Stimme übertönte sogar das Radio, das nun am Kopfende des Bettes stand, ein Gerät, das Friedrich als Qualität aus der Vorkriegszeit erstanden hatte und in stundenlangen Reparaturen, unter den Kommentaren der Familie, die er sich ständig verbat, geduldig zum Tönen brachte. Ein zerkratzter Holzkasten, von Friedrich nachlackiert und, mit einem großzügigen Schuß Bier, der sich hübsch im Lack verteilte, auch noch marmoriert. Vorne die Karos eines alten Küchenhandtuches, das die offenliegenden Glasröhren und die schwarze Pappe des Lautsprechers vor Staub schützen sollte.

Die Frequenzskala zeigte eine Milchstraße verschollener Sendestationen, ins All entschwunden mit ihren Sendezeichen und Nationalhymnen, Hauptstädte von Staaten, die auf keiner Landkarte mehr existierten.

Den Senderknopf mußte man mit zwei Händen bedienen, damit er sich überhaupt bewegte und einen roten Stab auf die Reise durch die Geisterwelt schickte, in der es knackte und krachte, pfiff und jaulte. Das magische Auge leuchtete, glühte grünlich auf, wenn sich ein Rauschen hören ließ, sank ermattet zurück, wenn Stille sich ausbreitete. Nun war das Gerät ja nicht erfunden worden, um Stille zu verbreiten, und so ackerte er mit aller Kraft an dem Sendeknopf, erreichte aber nur, daß aufgestöberte Ameisen über die Sendernamen liefen, den Geräuschen nach wurden auf allen Sendern nur Kartoffeln gekocht. Jeder, der vorbeikam, schlug mit der Faust auf das Gerät, das magische Auge schreckte hoch, schlief wieder ein. Das Ende aller Bemühungen waren die Soldatensender AFN und BFN, war der NWDR, es gab nichts anderes. AFN und BFN wollte er hören, alle anderen den NWDR: Die legten die alten Platten auf, nannten es wieder Wunschkonzert, die Wünsche der Hörer waren gleichgeblieben.

Das Prunkstück des NWDR war der Schulfunk, der in endlosen Folgen Stunde um Stunde sich wiederholende Programme gegen den Untergang der Welt sendete, wie zum Beispiel das Tennessee-Valley-Projekt. Da wurde einfühlsam beschrieben, wie ein Idealist die Idee hatte, ein Tal vor den regelmäßigen Überflutungen durch einen Staudamm zu schützen. Der Plan fand bei den Behörden Gefallen und war aussichtsreich für die Menschheit, man mußte nur noch die Menschen davon überzeugen, daß, wenn alle einmütig zusammenstehen, Großes erblühe. Bei dieser Folge schrie Gustav regelmäßig: »Das hatten wir doch gehabt!« und warf mit dem Pantoffel nach dem Radio.

Dann wurde in zähflüssigen Folgen und einhämmernden Wiederholungen gezeigt, wie die Menschen sich freudig der neuen Idee öffneten, jeder diskutierte mit jedem, wie wunderbar doch alles in Zukunft werde, jeder überzeugte jeden, und sie verließen mit Pferd und Wagen und Traktoren ihre Höfe und ihr Land, zogen in die schönen Neubauten einer anderen, viel schöneren Gegend, und Gustav warf seinen zweiten Pantoffel und schrie: »Immerzu werden einem dieselben Geschichten erzählt!«

Nur ein alter Querkopf widersetzte sich den einleuchtenden und vernünftigen Argumenten, wollte Haus und Land und sein Querulantenleben nicht aufgeben, obwohl schon das Wasser stieg, sein Haus zur Insel wurde, aber nun begab sich der Chefingenieur der neuen Staudammwelt persönlich zu ihm, ließ sich hinrudern und redete dem Alten ins Gewissen, und da beugte auch er sich dem Wohl der Menschheit und verließ schweren, aber auch freudigen Herzens sein Haus, und das Wasser stieg unaufhaltsam, die alte Welt versank, und alle hatten endlich billigen Strom.

Dann sagte eine Frauenstimme bedeutsam: »Nach einer kurzen Schaltpause kehren wir zurück«, und das Programm begann wieder von vorne, und Gustav sagte: »Nun wissen wir ja, was uns blüht.«

Mittags versammelten sich viele vor dem Fenster, hörten die Radionachrichten, blieben noch eine Weile stehen, sprachen über Lebensmittelkarten, über Rationierungen und Sonderzuteilungen, fünfzig Gramm Tee, zwei Rollen Stopfgarn: »Wo? Vorher abstempeln! Bei wem? Nur auf Abschnitt C!«, bevor sie zu den Tagesgeschichten kamen: Da habe sich wieder einer bei einer Kriegerwitwe mit letzten Grüßen von ihrem Mann einquartiert, habe ihr jeden Tag von ihrem Mann erzählt, friedlich entschlafen im Lazarett, dann habe es an der Tür geklopft, sie habe aufgemacht, wer stand vor der Tür, ihr Mann, lebendig. Danach die Vergangenheitsgeschichten, die in neuen Zeitformen erzählt wurden: Nach dem Krieg, im Krieg, vor dem Krieg, aber auch nach dem ersten Krieg, im ersten Krieg, vor dem ersten Krieg, das mußte auseinandergehalten werden, denn der Bruder war im ersten Krieg gefallen, der Sohn im zweiten, und der Schwager hatte vom zweiten Krieg eine Beule im Kopf, daß man eine Faust hineinlegen könne, er müsse nun immer einen Hut tragen.

Er hörte am offenen Fenster liegend zu, immer wieder tauchte auch einer auf, der einen Fragebogen auf das Fensterbrett legte, ihn um ein paar Sätze bat, und so entwarf er Briefe für andere, die keine Briefe schreiben konnten, es waren nicht immer Analphabeten, oft waren es nur Menschen, denen bei Behördenbriefen der Verstand stehenblieb, für die ein Fragebogen ein Welträtsel war: Wohnraumregelung, Schwerstarbeiterzulage, Wiedergutmachungsantrag, KZ-Nummer, Betrifft.

Aufmerksamkeit erregte auch der Gefängniswagen, ein grüner Kasten auf Rädern, der unbeholfen schwankend vor die neue, in einer wiederhergestellten Wohnung eingerichteten Polizeiwache vorfuhr. Ein Schild *Polizei*, mehr war da nicht, wenn man nicht den Beamten mit seiner Schreibmaschine dazurechnen wollte. Das Schild sollte die Menschen daran erinnern, daß es wieder Gesetze gab. Nur wußte keiner, waren es wieder die alten Gesetze, die vor dem Krieg galten, oder immer noch die Gesetze, die im Krieg galten, oder hatte man neue Gesetze gemacht.

Der Gefängniswagen war gewissermaßen neutral, er fuhr immer, Schuldige und Unschuldige, vor dem Krieg, im Krieg und jetzt auch wieder.

Vor der Wache versammelten sich die Ehefrauen, die Verwandten und alle wahren Freunde, kam der Gefängniswagen, hörte man die ersten Schluchzer, die ersten Tränen liefen, begleitet von freundlichen Worten über die Polizei. Erschienen die Polizisten und die Verhafteten, durch Handschellen miteinander verbunden, um brav der Reihe nach in den Wagen zu klettern, ertönte ein Geschrei und Geheul, das sich wie ein Revolutionsausbruch anhörte, aber nur eine Mischung aus echter Trauer, gespielter Erregung, wütender Empörung und ersten Zeugenaussagen war. Verteidigungsstrategien wurden festgelegt, vom selbstverständlichen: »Der ist unschuldig, der war die ganze Nacht im Bett«, bis zu juristisch interessanteren Aussagen: »Der ist von seinem Schwager überredet worden, der hat nur Schmiere gestanden«, was zu direkten Auseinandersetzungen mit den Angehörigen des Schwagers führte, die ihrerseits die Verteidigung des unschuldigen Schwagers betrieben. Die Polizisten kannten das Spektakel, den Verhafteten war es eher peinlich, sie senkten die Köpfe, nur die alten Hasen genossen das Zeremoniell, schnupperten die letzten zwanzig Meter Freiheit und gaben rätselhafte Informationen weiter: »Sag dem Döres, die Heringe liegen im Ofen.«

Ein Brief kam an, der erste Brief kam an. Ein Briefträger, ein vergessener Beruf, kam in einer Uniform, aus der alle Hoheits- und Rangabzeichen herausgeschnitten waren, in einem löcherigen, geflickten Dunkelblau die Straße herauf und gab einen Brief ab in einer Wohnung ohne Namensschild, in einem Haus ohne Hausnummer, in einer Straße ohne Straßenschild. Eine Sensation. Denn all die vielen Menschen, die vor dem Krieg emsig Großstadt spielten, waren verschwunden und noch nicht wieder aufgetaucht. Die Zivilisation bestand darin, daß Friedrich in einem Keller einen isolierten Draht an ein Kabel angeschlossen hatte, eine funkenstiebende Waghalsigkeit, die ein schwankendes Licht erzeugte. Es gab keinen, der bei ihnen Gas- oder Wasseruhren oder Elektrizitätszähler ablas, weil sie das immer noch nicht hatten. Es gab keine Kaminkehrer, weil es keine Kamine gab. Es gab keine Mülltonnen, weil es keine Müllabfuhr gab. Es gab keine Straßenreinigung und keine Straßenbeleuchtung. Es gab einige holpernde Eisenkästen, die sich Straßenbahn nannten und selten fuhren, weil entweder die Gleise oder die Oberleitung oder die Straßenbahn defekt waren oder der Fahrer vor Hunger halb ohnmächtig auf dem Boden saß und apathisch zusah, wie Fahrgäste mit verkniffenem Mund die Straßenbahn weiterfuhren, an einer Ecke, die ihnen paßte, absprangen und die Bahn den Fahrkünsten anderer überließen.

Der Brief, an Maria gerichtet, hatte vor vielen Wochen an einem unweit entfernten Ort seinen Stempel auf Briefmarken erhalten, die sie nicht kannten, es waren Briefmarken einer Gemeinde, Notausgaben, die darauf schließen ließen, daß man an verschiedenen Orten dabei war, die Briefmarken neu zu erfinden. »Vielleicht erfindet auch wieder einer das Telefon und den Telegraf«, sagte Gustav. »Vielleicht auch wieder die Badewanne mit warmem Wasserhahn«, sagte Elisabeth. Der Brief lag auf dem Küchentisch, wegen seiner Marken und seines Stempels bewundert, ruhte sich von seiner Reise aus und wurde vor Schreck über diesen unerhörten Vorgang von keinem angerührt. Alle rätselten in pausenlosen Monologen, sich gegenseitig ins Wort fallend, was in diesem Brief stehen könnte, verstiegen sich in die ungeheuerlichsten Geschichten, die je nachdem tragisch, aber auch wieder gut ausgingen, bis Friedrich sich mit einem Küchenmesser an dem Ding vergriff mit der Begründung, einen Brief müsse man lesen.

Maria hielt schützend ihre Hände über den Brief, war dagegen, ihn zu öffnen. Sie hielt mehr vom Hörensagen, vom Ungewissen, das Raum für Hoffnungen ließ, das Schriftliche war ihr zu endgültig. Sie hing ihren unguten Ahnungen nach, was sollte schon in einem Brief stehen heutzutage, sicher war einer gestorben, aber wer war gestorben, und wer hatte geschrieben: ein Toter hatte geschrieben, ein Lebender war geblieben – aber Friedrich wollte ja wissen und nicht ahnen und riß endgültig den Brief auf, und es stellte sich heraus, daß Marias Ahnungen stimmten.

Onkel Martin, das Oberhaupt der Lukacz-Familie und Marias Stiefvater, berichtete aus der Stadt im Kohlenrevier, die immer noch Heimat der Lukacz' war, in großen, umständlich hingesetzten Buchstaben, auf der Rückseite einer Abrechnung über Deputatskohle, daß die Zeitläufte schlecht seien, keiner aus der Familie könne sich an so schlechte Zeiten erinnern. Soweit seien aber alle gesund, man fahre wieder in die Zeche ein, und er möchte einen Besuch abstatten in Angelegenheiten der Familie, betreffend das Schicksal von Polka-Paul und Tante Josephine. Beide seien zwangsweise in einer Krankenanstalt verschwunden und dort angeblich sofort verstorben, das wäre nicht nach Recht und Gesetz zugegangen, nur habe man damals unter Hitler nichts ausrichten können. Beide hätten kein Grab, und die Klarinette von Polka-Paul und der Schmuck von Tante Josephine wären spurlos verschwunden wie sie selbst. Alles Weitere mündlich. Dann folgte eine andere Handschrift, die knapp mitteilte: »Onkel Martin ist aus der Bierwirtschaft gekommen, unter die Straßenbahn gefallen und schon begraben. Erste Straßenbahn, die wieder fuhr. Der Brief wird abgeschickt. Gruß Tante Martha.«

Da war langes Schweigen. Keiner wollte den Unglücksbrief haben. Onkel Martin tot. Polka-Paul und Tante Josephine für immer verschwunden, Asche in einem Krematorium. Für immer verschwunden auch die geliebte Klarinette, die viele Jahre zum Tanz aufspielte und so vielen Menschen Freude bereitet hatte. Für immer verschwunden der wertvolle Schmuck, lange ersparter Besitz der Familie. Er nahm den Brief an sich, schrieb einen Beileidsbrief und fragte nach einem Foto von Onkel Martin, zurück kam ein schweres, umfangreiches Couvert. Es war der erste direkt an ihn gerichtete Brief. Er enthielt einen Packen alter Fotografien.

Auf dunklem Karton aufgezogene Gruppenfotos in einem bräunlichgrauen, leichenhaften Farbton: Hochzeiten, Familienbilder, wenige Einzelfotos, meist große Gruppen, feingemacht und herausgeputzt, vom Fotografen arrangiert, ein Paar in der Mitte, alle anderen seitlich aufgestellt, wie eine Artistengruppe, die auf dem Seil eine Pyramide ausbalanciert; Ältere mumienhaft auf Holzstühlen, daneben die Kinder, steif und unbehaglich und ein bißchen trotzig den Fotografen ansehend. Dunkle Anzüge, weiße Binder, Handschuhe und Zylinder locker in der Hand, Uniformen mit glänzenden Pickelhauben, durch Rüschen und Spitzen aufgebauschte Kleider, weiße Schühchen kokett unter dem Rocksaum vorgestellt, die Mädchen mit langen, offenen Haaren Blumen streuend, die Jungen in strammer Haltung, der eine oder andere unscharf, weil er sich doch bewegt hatte.

Kleiderpuppen vor einer Landschaft mit antiken Tempeln und steil ins Meer abfallenden Felsen, in schloßähnlichen Räumen mit Spiegeln, einem Marmorkamin und einer verlockend offenstehenden Glastür, die auf eine Palmenterrasse führt; Kulissen, die nur für einen Teil der Gruppe reichten, an der Seite die Ziegelsteinmauer des Fotoateliers freigaben – und dazwischen Maria, sieben oder acht Jahre alt, in einem langen, weißen Seidenkleid, mit einem in die aufgelösten Haare geflochtenen Blumenkranz, vor dem dunklen Wall der ernsten Erwachsenen, lachend mit strahlenden Augen.

Momentaufnahmen, die das Leben von zehn, zwanzig Personen und ihre Verbindung untereinander für die Ewigkeit festhalten sollten, in großen Zeitabständen fotografiert, hier noch Kind, da schon Ehefrau, da schon Großmutter. Würdevolle, ernsthafte Gesichter, ihm direkt in die Augen sehend, weiße Totengesichter einer vergangenen Welt, die in der Sekunde, in der der Fotograf auf den Auslöser drückte, so lebendig waren wie er, an ihr Leben dachten, an ihre Pläne glaubten, Menschen, die ihr Ende noch nicht ahnten und die nun schon lange in den Gräbern ordentlich geführter Friedhöfe lagen. Menschen ohne Geschichte, von denen er nur wußte, daß sie gelebt hatten, daß sie gestorben waren, auch wenn sie noch so feierlich dastanden. Tote, die seine Vorfahren waren, die die Welt erschaffen hatten, in der sie alle lebten, von denen trotzdem nichts blieb als diese Fotografien, vergangenes Leben, vergessene Schicksale.

Maria hatte auch diesen Hang zu Staatsfotos. Sie schleppte ihn – ordentlich angezogen und gekämmt, als würden sie dem Bürgermeister vorgestellt – zu einem Fotografen, der in einem Keller mit Autoscheinwerfern, die an einer Batterie hingen, und einer selbstgebauten Kamera ein Fotoatelier eröffnet hatte, um ein Foto von ihnen beiden anzufertigen, als Geschenk für Friedrich. Eine Stunde saßen sie vor dem großen Holzkasten mit dem Trauertuch, immer wieder rückte sie der Fotograf ins Licht, hatte hier noch etwas, da noch etwas zu korrigieren – Maria fiel dabei zu seinem Schreck ohnmächtig von der Holzkiste, auf der sie plaziert worden war, fiel lautlos nach hinten, weil sie an dem Tag noch nichts gegessen hatte. Sie lag wie tot auf dem Boden, er riß in wahnsinniger Angst an ihr, bis sie sich wieder bewegte, er wollte kein Foto mehr, aber sie bestand eisern darauf. Man mußte alle paar Jahre ein richtiges Foto anfertigen, vor diesem Totenkasten, der bezeugen sollte, daß sie lebten.

Das Bild besaß er jetzt. Er legte es zu den Fotografien der Familie und wußte in diesem Moment, daß auch sein Foto mit Maria, in einem bestimmten, genau erinnerten Moment ihres Lebens aufgenommen, mit dem Todesschreck als unvergeßlichem Hintergrund, in gar nicht langer Zeit wie die anderen Fotografien von fremden Menschen ratlos angesehen werden würde. Menschen, die nicht wußten, wer sie waren, die das Foto wegwarfen, weil da keine Erinnerung mehr war an sie und auch ihr Leben endgültig vergessen war.

Ein schwarzes Boot holte ihn ab, trieb wie eine Gondel in einer langsamen, gleitenden Bewegung vorwärts, er lehnte sich in die dunklen warmen Samtpolster, die alle Geräusche dämpften, genoß das sanfte Schaukeln dieser ganz mit grauem Stoff ausgeschlagenen beschützten Wiege, glitt komfortabel und geborgen an der Außenwelt vorbei, drückte den Kopf in den Samt, streckte die Beine aus, alles war angenehm und voller Wohlbehagen und die Welt weit entfernt. Sie tauchte nur in rasch vorbeiziehenden Ausschnitten hinter den Scheiben auf, flüchtige Eindrücke, sich ähnelnde Bilder, die in der gleichmäßigen Bewegung rasch ermüdeten, eine zerstörte Straße war noch interessant, die hundertste zerstörte Straße erzeugte ein gleichgültiges Gähnen, so daß man wegsah, weil die Bilder unwirklich wurden. Wirklich war nur der ruhig brummende Motor, das Innere des Gefährts, die geflochtenen Haltegriffe aus Leder, die vernickelten Aschenbecher, das verstellbare Leselicht, der Fahrer mit der dunkelblauen Schirmmütze vor ihm, der, ohne sich besonders bemerkbar zu machen, wie ein Bestandteil des Motors den Wagen steuerte.

Alles wurde unwichtig, er mußte sich nicht um den Weg kümmern, mußte nicht herausfinden, wie man ans Ziel kam, mußte nicht vorsichtig und mißtrauisch Menschen im Auge behalten, überfüllte Straßenbahnen erobern, Fahrscheine erkämpfen, seinen Platz verteidigen, auf seine Tasche achten, Abkürzungen erkunden, über Trümmerberge klettern, durch Hitze, Regen oder Kälte laufen. Die Zeit spielte keine Rolle mehr, der Kraftaufwand lag bei null, das Wetter war unwichtig, seinem Körper wurden keinerlei Anstrengungen abverlangt, er war entspannt und die Schrecken der Welt ein Traum. Alles wurde ihm abgenommen, er kümmerte sich um nichts, er mußte nicht einmal die Wagentür öffnen oder schließen, er mußte nur einsteigen, die Augen schließen, sich schaukeln lassen, wieder aussteigen; und wenn er ausstieg, stand er unter einem Vordach auf einem roten Läufer, der ihn geräuschlos zu der sich öffnenden Haustür geleitete, Stufen durch Messingstangen anzeigte, ihn durch den Flur mit seinen Marmorwänden und seinen auch am Tag brennenden Kristalleuchtern zu einem vergitterten Aufzug führte, der leicht in die Höhe stieg, in der letzten Etage vor einer weißlackierten, doppelflügligen Wohnungstür anhielt, dahinter lag eine Wohnung, die auf den ersten Blick keine Wohnung, sondern ein Spiegelkabinett verschieden eingerichteter Zimmer war.

Die Halle hinter der Eingangstür empfing den Eintretenden wie ein verborgener Tempel, ein stiller Versammlungsort chinesischer Vasen und goldgerahmter Spiegel zwischen weißen Türen mit goldenen Griffen und wie Kirchenfenster leuchtenden Glastüren, die ein durch Seidenvorhänge schimmerndes farbiges Licht auf den riesenhaften Teppich warfen, dessen Muster leider keinen Anhaltspunkt bot, in welche Richtung man sich ungefähr zu orientieren hatte, um sich nicht gleich zu verirren.

Als rettender Engel erschien Maria, die ihr Trauerkleid mit einem weißen Krägelchen und weißen Blenden an den Ärmeln in das standesgemäße Kleid einer Hausdame verwandelt hatte, und geleitete Missis und Mister und Colonel und Mistress ruhig und souverän zur

Garderobe, um sie dann ins Herrenzimmer, ins Eßzimmer, ins Wohnzimmer, ins Arbeitszimmer oder einen der anderen Räume zu führen, als wäre sie hier geboren.

Links führte ein langer Gang in die hinteren Räume, in eine schwarzweiß gekachelte Küche mit hohen weißlackierten Schränken, einem pompösen Herd und einem unglaublich großen Tisch, an dem man eine Speisung der Armen hätte inszenieren können, das war keine Küche, das war eine Kapelle der Kochkunst. Und hinter der Küche wieder weiße Türen, Dienstbotenzimmer, komplett eingerichtet bis hin zum eigenen Radio.

Von der Küche aus startete er vorsichtige Erkundungsgänge durch diese kleine Stadt, sich immer wieder vergewissernd, daß er noch den Rückweg kannte, denn die vielen Räume waren durch weitere Türen miteinander verbunden, so daß sich wie bei der Erforschung eines fremden Quartiers mehrere Wege ergaben und man plötzlich, von einer anderen Seite kommend, wieder in dem Zimmer stand, das man gerade verlassen hatte. Schleichwege über weiche Teppiche zwischen träumenden Gummibäumen und Zimmerpalmen, um Stühle und Abstelltische, vorbei an der steifen, weißen Damasttischdecke eines Eßtisches, bewacht von dunklen wuchtigen Eichenbüffets; hinter einer Glastür ein Raum mit Paravents, auf denen sich goldene Drachen ausruhten, zierliche rotbraune Tischchen sich aneinanderreihten, geheimnisvoll unter den rätselhaften Bildern mit chinesischen Schriftzeichen; dann wieder ein englisch eingerichteter Wohnraum, schwere braune Lederclubsessel zwischen Sesseln mit geblümtem Stoff, dazu

Teetische und Mahagonimöbel mit Messinggriffen, in einer Ecke sah er sofort eine militärische Funkanlage, ein Radio, mit dem man jeden Sender empfangen konnte, vor den Fenstern, die so breit waren wie das Zimmer, leichte Korbsessel, über der Zentralheizung eine Marmorfensterbank, auf der man bequem sitzen und liegen konnte.

Von hier aus sah er den mächtigen, sich im Sonnendunst träge dahinschiebenden Fluß, sah weit ins Land, das sich im weißlichen Licht verlor, das im Wasser glitzernde Licht, der hohe Himmel, die Stimmen englischer Kinder, die im Park am Fluß Kricket spielten, das helle Geräusch der Holzschläger, die den Ball trafen, sonst herrschte eine bewegungslose Stille. Die Wohnung lag in einer prachtvollen Straße am Regierungsviertel, das seltsamerweise nie bombardiert worden war, obwohl gerade hier die Parteigrößen des untergegangenen Reiches residierten, nun wohnten hier die Offiziere des englischen Hauptquartiers.

Es wurde für kurze Zeit sein Reich. Er setzte sich in die tiefen Clubsessel, saß ganze Nachmittage allein, spürte fast körperlich die Stille in dem riesigen Raum zum Fluß hin, sah, wie das Licht, das der Fluß noch einmal ins Helle spiegelte, Zentimeter um Zentimeter durch das Zimmer wanderte, die Perspektive verschob, die Farben verwandelte, sah, wie die ablaufende Zeit in absoluter Stille die Dinge veränderte.

Gelegentlich klickte leise eine Tür, ein englischer Offizier ging behutsam durch die Räume, als wäre er in einem Museum, erschien verlegen lächelnd im Wohnzimmer, in dem er saß, entschuldigte sich mehrmals: »I'm sorry«, erklärte umständlich, daß er a little drink brauche, ging zu der imposanten Flaschenbatterie und mixte sich etwas in einem Glas, das gar nicht so little war. Der englische Offizier wurde von Maria mit Herr Major angeredet, er lebte hier mit seiner Frau, ein korrekter, höflicher Mann, der linkisch wirkte, durch seinen Bürstenhaarschnitt etwas Hölzernes, Steifes hatte und dem die ganze Situation äußerst unangenehm schien. Wenn er endlich ein volles Glas in der Hand hatte, wirkte er ausbalancierter, war er mehr der straffe, eckige englische Offizier. Er setzte sich dann in einen der geblümten Sessel ihm gegenüber, blinzelte hinter seinen Brillengläsern, und erklärte ihm in einem deutsch-englischen Wortgemisch, daß es in Australien so heiß und trocken sei, daß die Tinte im Tintenfaß austrockne, zog bedeutsam die Augenbrauen hoch, kippte seinen Drink, entschuldigte sich, stand auf, mixte einen zweiten Drink, nahm wieder Platz, stellte die Füße nebeneinander, saß aufrecht im Sessel, erklärte ihm, daß es in Indien so heiß und feucht sei, daß der Deckenventilator tropfe, zog bedeutsam die Augenbrauen hoch, kippte seinen Drink, entschuldigte sich, stand auf, ging wieder zur Flaschenbatterie, und so reisten sie in einem pausenlosen Hin und Her um die Welt, in der der Major die Erfahrung gemacht hatte, daß Alkohol desinfiziert, sterilisiert und stabilisiert, überhaupt das einzige Mittel sei, das den Menschen aufrechterhalte.

Einmal in der Woche brachten ihn seine Kameraden aus dem Kasino, stellten ihn in militärischer Haltung, Hände an die Hosennaht, Augen geradeaus, an die Wohnungstür, klingelten und überließen es Maria, den Major, der wie ein Schlagbaum niedersauste, aufzufangen. Sie hatte den richtigen Griff dafür und zog ihn gleich ins Schlafzimmer. Er genierte sich hinterher, wirkte wie ein Gast in seiner eigenen Wohnung, zumal es ihm äußerst unangenehm war, bedient zu werden. Maria sollte den Haushalt führen, sie sollte die Empfänge dirigieren, sie nahm also das Zepter entschlossen in die Hand, während der Major versuchte, ihre Regierung auf das Notwendigste zu beschränken. Er stritt sich mit ihr, weil sie ihn nicht in die Küche ließ, nach längeren Verhandlungen erzielten sie einen Kompromiß, sonntags kochte er, da war er zufrieden, errichtete aber weitere Schranken, die Marias Diensteifer in Grenzen hielten, drohte ihr ernsthaft mit Kündigung, falls sie jemals auf die Idee kommen sollte, ihm seine Schuhe zu putzen.

Das alles interessierte seine Frau überhaupt nicht, sie überließ die Wohnung Maria, legte Wert darauf, daß die Empfänge reibungslos abliefen, sonst war ihr nichts wichtig. Sie wandelte vormittags im Morgenrock umher, summte, eine Zigarette im Mundwinkel, die Operettenmelodien, die im Radio gespielt wurden, mit, sah aus dem Fenster, wenn Maria den Major wie ein Brett ins Schlafzimmer zog, begrüßte die in der Küche sich aufwärmenden und durchfutternden Fontanas mit einem lässigen »Hallo«, wußte nie und wollte auch nicht wissen, wer sich da alles in der Küche den Mund vollstopfte, vertraute Maria, steckte dem einen oder anderen eine Stange Zigaretten, eine Flasche Cognac, Whisky oder Rum zu und sorgte dafür, daß jeden Tag Lebensmittel geliefert wurden. Maria bekam davon so viel, daß sie es nicht tragen konnte, also ließ Frau Major einen Dienstwagen kommen mit einem zuvorkommenden Chauffeur, der immer seine Mütze abnahm, wenn er die Wagentür öffnete, der die wertvolle Ware vorsichtig ein- und auslud, und so fuhr Maria zum Erstaunen der Nachbarn mit Unmengen englisch beschrifteter Büchsen und Tüten in einem englischen Offizierswagen vor. Wenn Maria nicht diese goldene Anstellung gefunden hätte – sie war aus Verzweiflung einfach ins Hauptquartier marschiert, um sich dort zu erkundigen, ob ein Offizier nicht eine Maid brauche –, wären einige in der Familie wohl endgültig umgefallen.

Die Frau des Majors fütterte ihn, daß ihm ganz schlecht wurde. Die Butter war so dick wie das Brot, auf das sie geschmiert wurde, Eier wurden in Rotwein geschlagen, das Roastbeef pfundweise serviert, die Büchsenpfirsiche schwammen in seinem Mund, sein Magen rebellierte, die Frau des Majors kommandierte: »Runterschlucken, runterschlucken.«

Zweimal in der Woche ließ sie sich, ganz vornehme Engländerin, elegant und gut frisiert, den Wagen voller Lebensmittel, in eine Nachbarstadt fahren, in der sie geboren worden war. Hier fühlte sie sich zu Hause als stolzes Mitglied einer Familie, deren Oberhaupt einer der bekanntesten Karnevalskomponisten war. So ernährte sie auf ihre Weise sehr viele Menschen, die Wohnung war tagsüber eine Lebensmittelverteilstelle, und der hinter seiner Brille verlegen blinzelnde Major übersah selbst Türme von Büchsenschinken, Berge von Weißbrot und Pakete voller wunderbarer englischer Sahnetoffees.

Wenn abends einer der vielen Generäle zum Empfang kam, war das alles weggeräumt, dann war es ein englischer Offiziersempfang mit Damen im Abendkleid, und Maria dirigierte die Stehparty mit einer vollendeten Eleganz als wirkliche Hausdame, empfing die Gäste, sagte ein paar Sätze über das Wetter, jonglierte auf schweren Silbertabletts Sandwiches und Getränke, kümmerte sich auf den Wink der Frau Major um Gäste, die etwas zu laut wurden, beherrschte mühelos den ganzen Empfang, und in der Küche saßen alle Fontanas, füllten Gläser, schnitten Sandwiches und bewunderten, um die Ecke lugend, ihre Maria.

Der Major wollte, gutmütig wie er war, von edlen Gedanken wie *Demokratie* und *Völkerfreundschaft* beflügelt, unbedingt allen eine »Schön schön deutsch deutsch Weihnak« bescheren, und alle waren Heiligabend damit beschäftigt, den Befehl in die Tat umzusetzen. Maria schmückte einen deutschen Weihnachtsbaum, Frau Major baute daneben einen Berg Geschenke auf, Friedrich spazierte mit einer Leiter von Raum zu Raum und mußte seltsamerweise eine Silvesterdekoration anbringen, Girlanden und Luftschlangen, er verteilte Knallbonbons auf die Tische, Gustav wurde beauftragt, auch das irritierend, aus Kisten von Rhein- und Moselweinen in einer gewaltigen Glasschale eine Bowle anzurichten, Fin und Elisabeth kochten unter Anleitung Marias, die überall war, ein deutsch-englisches Weihnachtsessen. Jeder gab jedem Befehle, die der andere auslegte, wie er gerade wollte, das Durcheinander nahm aber Gestalt an, nur der Major fehlte noch. Er wurde rechtzeitig vor den ersten Gästen, in strammer Haltung auf einer Tragbahre liegend, vom Kasino abgeliefert, brüllte, als hätte er eine Kompanie vor sich: »Schön schön deutsch deutsch Weihnak«, seine Frau und Maria packten zu und warfen ihn wie eine Eisenstange ins Bett.

Die Gäste erschienen in Gruppen: Engländer, Deutsche, von denen jeder noch Bekannte mitbrachte, die gehört hatten, daß es hier etwas zu essen gibt. Die Engländer erschienen hochdekoriert mit Luftschlangen und Luftballons, die Verwandten der Frau Major meinten pikiert, da hätten sie auch ihre Narrenkappen aufsetzen können.

Die Bescherung verlief noch nach dem vorgesehenen Zeremoniell. Der Major wurde neben dem Weihnachtsbaum an die Wand gelehnt, hielt sich stramm und sah geradeaus, das hatte er wirklich gelernt. Dann mußten sich alle in eine Reihe stellen, die führte durch mehrere Zimmer, er stand am Ende, wurde zu seinem Schreck als erster aufgerufen und so beschenkt, wie er das noch nie erlebt hatte.

Anschließend suchten alle an der riesigen Tafel, die Maria durch zwei Zimmer großzügig gedeckt hatte, ihren Platz, tauschten immerzu wieder ihre Plätze, weil Deutsche und Engländer nebeneinandersitzen sollten, eine geniale Idee des Majors, die ein wunderbares Kauderwelsch auslöste. Die Gäste versuchten in Englisch und Deutsch, beides zusammen und parallel, sich in einem Begriff findend und wieder auseinandertreibend, in einem deutschen Englisch und einem englischen Deutsch, Worte suchend, sich mißverstehend, sich gegenseitig aushelfend, Geschichten zusammenzustoppeln, die keiner verstand, aber alle amüsierten. Jeder fühlte sich seinem Gesichtsausdruck nach gut unterhalten, dankte mehrfach mit einem »Ach so, sehr schön« oder einem »Very nice«.

Während des Essens wurde es bereits lustig, nicht nur, weil viele schon vorher getrunken hatten und auch jetzt die Bowle vorzeitig zwischen den Gängen in großen Zügen genossen, obwohl Maria, die die einzelnen Gänge servierte, einigen englischen Offizieren die Bowle wieder wegnahm, weil die noch nicht einmal bei der Suppe angekommen waren. Gustav und Friedrich mußten, in Abwesenheit des Majors, der sich in die hinteren Gemächer verzogen hatte, die Bowle früher nachfüllen als gedacht. Das Fest geriet langsam, aber unaufhaltsam aus den Fugen, er sah das Unheil über seinen Plumpudding hinweg kommen, nicht nur weil die Deutschen die englische Weihnacht und die Engländer die deutsche Weihnacht nicht kannten, sondern weil bei jedem sehr unterschiedliche Lieder als Ausdruck ebenso unterschiedlicher Gefühle aus den weitgeöffneten Mündern emporstiegen und wie flatternde Fahnen in einem Heeresgetümmel die Räume durchzogen. Einige versuchten es noch mit deutschen Weihnachtsliedern, die die Engländer nicht kannten, aber höflicherweise mit deutschen Volksliedern beantworteten, die auf nicht ganz geglückten harmonischen Umwegen als englische Schlager endeten, während die Verwandten der Frau Major ausschließlich die Karnevalslieder ihres Familienkomponisten im Kopf hatten. So ergab sich eine kontrapunktische Vermischung aus: O Tannenbaum, Der Mai ist gekommen, It's a long way to Tipperarie, Bei Palm da is de Piep kapott, Stille Nacht, Heilige Nacht, Das Wandern ist des Müllers Lust, O my home, my home, Wie war dat früher schön doch in Colonia. Ein Medley, das zum Schluß in den Wunsch aller auslief, zu Fuß nach Köln zu gehen. Prost Neujahr! Das Fest begann dem Kalender nach als Weihnachtsfest, ging über in ein Silvesterfest, wurde zum Karnevalsfest, kreiste noch einmal zurück zum Ursprung als Weihnachtsfest, fiel wieder ins Neujahrsfest und endgültig in den Karneval zurück.

Maria war wütend, sie hatte ein deutsch-englisches Weihnachtsessen arrangiert, die Frau Major war im Karneval gelandet, Friedrich verhandelte mit einem ihrer Verwandten über die Gründung einer Brotschneidemaschinenfabrik, Gustav brachte einer Gruppe englischer Offiziere die Ballade bei »Warum ist es am Rhein so schön«, es klang wie ein Kaulquappenchor. Die Gesellschaft hatte sich in Gruppen und Grüppchen aufgelöst, dazwischen kroch der Major auf allen vieren aus dem Schlafzimmer, schlich sich in Richtung des Bowlentopfes, hangelte sich an dem Schrank hoch, schnappte sich einige Flaschen Cognac und Rum und Gin und leerte sie mit einem diabolischen Grinsen in die Bowle. Friedrich warnte jeden, der noch bei Verstand war, von diesem Gebräu auch nur einen Tropfen anzurühren, aber die meisten fanden sie verbessert.

Auch der Colonel, der in Socken neben dem mit Luftschlangen durchzogenen Weihnachtsbaum saß und die Bowle bemäkelte, »Too mutch water«, wurde nun zufriedener und erklärte ihm, wobei er seine Uniformjacke ständig auf- und zuknöpfte, die Verzweigungen der Royal Family. Während dieser sehr ernstgemeinten Ausführungen sah er, das neben der englischen Fahne auf dem Weihnachtsbaum noch eine andere Fahne steckte, die er noch nie gesehen hatte. Er fragte den Colonel danach, der Colonel überlegte und erwiderte, es müsse die Fahne dieses Landes sein. Welches Land? Na dieses! Viel mehr war nicht zu erfahren. Irgendwann nach dem Krieg hatten die Engländer, so die lückenhafte Erinnerung des Colonels, ihren Teil Deutschlands in neue Länder zerlegt, das hier sei sogar die Hauptstadt des neuen Landes, dessen Namen keiner kannte, dessen Grenzen unbekannt waren. Irgendeiner im Headquarter wisse sicher Bescheid darüber, meinte der Colonel. Er fragte noch viele Monate danach jeden, den er traf, ob er schon einmal von diesem Land gehört habe, aber er fand keinen, der wußte, in welchem Land er jetzt lebte und daß er in einer Hauptstadt lebte. Es war den Menschen absolut unbekannt und anscheinend auch vollkommen egal.

Das Fest dauerte die ganze Nacht. Der Geräuschpegel stieg so, daß sich keiner mehr unterhalten konnte. Jeder schrie über die Köpfe anderer durch den Raum, jeder wünschte irgendeinem im Nebenzimmer Happy Christmas, was der mit Alaaf beantwortete. Der Major freute sich wie ein Kind über die vielen feiernden, trinkenden, singenden Gäste, geriet in ruckhafte Bewegungen, sprang wie eine verrücktgewordene Marionette durch die Wohnung und schrie: »Schön schön deutsch deutsch Weihnak!«

Er zog sich auf die Fensterbank zurück. In den Fenstern spiegelten sich die herumtobenden Menschen. Es war nicht zu erkennen, wie das hier einmal aufhören sollte. Als wollten sie alle die über Jahre versäumten Feste auf einmal nachholen. Es war ein Ausbruch von Tanz und Gesang und Geschrei, der aus dem Anlaß heraus explodiert war, jede Form verloren hatte, eine Raserei. Jeder schrie, als ob er sich vergewissern wolle, daß er noch lebe, sprang herum, um zu erleben, daß sein Körper noch nicht, wie der so vieler anderer, in einem Grab lag, übermütige Tiere auf einer Wiese, die man aus einem dunklen Stall gelassen hatte. Die Flaschen gingen von Hand zu Hand, jeder trank mit jedem, einige fielen unvermittelt in einen Tiefschlaf, andere lallten gemeinsam Tannenbaum, am Rhein so schön, Fuß nach Kölle jonn, die, die noch stehen konnten, zogen die Schlaftrunkenen hoch, bildeten eine johlende Polonaise durch die Räume, die Umfallenden wurden mitgeschleift, schön schön deutsch deutsch Weihnak, ein kreiselnder Menschenzug, sich ineinanderdrehend, übereinanderstolpernd, ein wirbelnder Menschenhaufen in der nächtlichen, undurchdringlichen Schwärze vor den Fenstern, die langsam dem heraufziehenden Tag wich, ein schwaches Licht am Horizont hinter dem Land, das in den nächtlichen Farben wie tot lag, das sich aus der Dunkelheit erhob, in Kirchtürme, Hausdächer, Felder aufteilte, mit dem Licht zum Leben zurückfand. Noch lange hielt sich die Nacht, lag ruhig auf dem Land, ein unbewegtes Bild, dessen Schatten sich allmählich in leuchtende Farben auflösten, bis die ersten Strahlen der Sonne den Fluß triumphal in einen Silberspiegel verwandelte.

Einen Monat später wurde der Major in eine andere Stadt versetzt.

Elisabeth entfernte sich von den Lebenden, zog sich zurück in ein unerforschtes Niemandsland, das außerhalb der Zeit lag, stürzte in die Fugen, die vor ihren Augen die Erde wie ein Eismeer aufspalteten, in Eisschollen zerlegte, die, kleiner und kleiner werdend, sich ins Nichts auflösten.

Das begann im Krieg, als Elisabeth in einem Bunker für die Reste der Verwaltung die Namen der Toten und Verletzten, die Adressen der zerstörten und halbzerstörten Häuser in langen Aufstellungen in die Schreibmaschine tippen mußte. Ihre Welt blieb die zerstörte Welt, aus der sie nicht mehr herausfand. Und so studierte sie, unerbittlich angezogen von den Fotografien all der Toten, die Bilder, die man ihr nicht aus der Hand nehmen durfte; erklärte Menschen, die sie unmöglich kennen konnte, zu ihren Eltern, entdeckte so auch ihre Großeltern und Urgroßeltern, behauptete mit absoluter Gewißheit, daß sie noch in Lyon lebten, dort eine Seidenmanufaktur besäßen und Geld schickten, damit sie leben könne. Sie erinnerte sich äußerst präzise, wie ihr Urgroßvater als Lokomotivführer den ersten Zug durch Florenz fuhr und daß ihm alle Leute zuwinkten. Ihr fiel ein, daß sie den kleinen Schwesig, der so klein wie ein Kind war, der aber ein großer Maler werden wollte und den seine Malerfreunde vor dem Krieg im Kinderwagen durch die Stadt fuhren, zusammen mit Mutter Ey in Lucca beim Martinszug gesehen habe, dazu machte sie ein bedenkliches Gesicht, trug alles mit Ernsthaftigkeit vor, überlegte auch, um nichts leichtfertig durcheinanderzubringen.

Die Welt war ihr ein Bild geworden, in dem sie herumspazierte, ein Spiegel der Vergangenheit, der sich für sie öffnete und ihr zeitweise Frieden schenkte. Sie hatte alle Geschichten gleichzeitig im Kopf, die verschiedenen Zeiten und Orte erwiesen sich als hinderlich und überflüssig, alle Personen konnten überall auftauchen und waren austauschbar. Sie suchte sich jeden Tag neue Eltern, Großeltern oder Verwandte aus den Fotos heraus, warf Lucca, Florenz, Lyon durcheinander, als wären sie eine Stadt, Lokomotiven webten als Weberschiffchen einen goldenen Brokat, der zum Fluß wurde, in dem sie im Sommer badete, der Erste Weltkrieg vereinte sich mit dem Zweiten, und das Geld machte ihr angst, weil es brannte: »Und der goldene Brokat färbte sich rot und lief wie Blut die Treppe hinab, rundherum war ein lautes Feuer wie der Weltuntergang, und in den Luftschutzkeller lief das Wasser herein und erstickte die Menschen, dann kamen alle Soldaten in die Stadt«, sie überlegte, zählte an den Fingern ab, »die Franzosen, die Engländer, die Belgier, und man konnte nicht über die Brücke, im Fluß schwammen die Toten, und dann kam meine Mutter ans Ufer und sagte, Kind, wie bist du kalt, und wir wurden mit Steinen beworfen, weil wir Hugenotten waren, das war in einer kleinen Stadt, kleiner als hier, aber die Sirenen heulten den ganzen Tag, und die Flak schoß in die Lichtstrahlen am Himmel, und die Soldaten trieben die polnischen Frauen über den Markt, da hing einer mit einem Schild um den Hals, Bericht mit drei Durchschlägen, die Buchstaben auf der Schreibmaschine sind böse Buchstaben, immerzu müssen da die Worte herauskommen, das steht in dem Buch, das Gustav hat, darin steht es …«

So saß sie den ganzen Tag neben seinem Bett, plapperte drauflos, auch wenn er die Fotos versteckte, redete sie weiter, begrüßte zwischendurch Tote in der Wohnung, führte mit ihnen höfliche Gespräche, fragte, ob sie ihnen etwas anbieten könne, deckte auch schon mal den Tisch, obwohl niemand da war, redete, flüsterte, schrie, sie lasse sich das nicht mehr bieten, lächelte wieder, behauptete, das kleine Elschen zu sein.

Und auf der Straße vor dem Fenster stolzierte der lange Adamzcik herum, der mit seinen schmalen Lippen alle Vogelstimmen nachmachte, sich überhaupt nur in Vogelstimmen ausdrückte, mit geschlossenen Augen trällernd, zwitschernd, jubilierend über die Straße rannte, in Löcher fiel, über Steine stolperte, Passanten umrannte, auf den Kühlerhauben der ersten Autos landete. Er trällerte, zwitscherte, jubilierte weiter, weigerte sich, die Augen zu öffnen, hatte lange Jahre in einem unterirdischen Stollensystem als Zwangsarbeiter gearbeitet, blieb in der Dunkelheit, trällerte und zwitscherte und jubilierte seine Vogelstimmen, so daß alle immer wußten, wo er war, und lebte in seiner Vogelwelt. Und wenn er sich in der Nacht verlief, wenn er kläglich und hilflos zwitschernd in einem Trümmerhaus stand und nicht mehr weiterwußte, mußte immer einer aufstehen und ihn da herausholen und ihn in seine Baracke bringen, denn die Augen öffnete er nie mehr.

Und schräg gegenüber sah man, in einem Spiegel, der am Fenster stand, eine stumme alte Frau, die sich nie bewegte, Augen wie Höhlen, ein offener, zahnloser Mund, die Haare ein weißer Busch. Alle sagten, schau da nicht hin, das ist eine Spiegelung, das ist Oma Tines, die ist längst aus Asche, weil sie verbrannt ist, da darf man nicht hinsehen, sonst wird man genauso stumm und unbeweglich wie sie.

Und wie ein Drache schoß der verrücktgewordene Jepsen durch die Nacht, am Tag hockte er in einem Keller auf Union-Briketts, als wären es Goldbarren, nachts rannte er durch die Straßen in einem weiten Kleppermantel voller Leuchtknöpfe, die sie alle in den abgedunkelten Kriegsnächten tragen mußten, und die er gesammelt und sich angesteckt hatte, so daß er wie ein vielköpfiges Tier mit unzähligen leuchtenden Augen daherjagte, mit seiner Dynamotaschenlampe wie eine jammernde Seele herumgeisterte, jedem damit ins Gesicht fuchtelte, während er unter seinem verrosteten Luftschutzhelm flüsterte: »Alarm, Junge, Hauptalarm, sie kommen wieder, sie sind schon im Anflug, Drahtfunkmeldung.«

Nachts empfing das Radio ein gleichmäßiges, gleichförmiges Rauschen, keine Station sendete, manchmal ein Zeichen, ein hohes, vielfach unterbrochenes Pfeifen, unverständliche Laute, dann wieder das Rauschen des Alls. Er lag auf der Seegrasmatratze, auf seinem Roßhaarkissen, er sah aus dem Fenster und wartete darauf, daß das Leben verging.

Das Leben war sinnlos, der Mensch ein Nichts und alle Lebensregeln nur dazu da, dem Leben Bedeutung zu verleihen. Die Welt wurde immer neu errichtet aus Panik und Angst vor dem Schweigen der Todesstunde, der sie alle entrinnen wollten in einen lärmenden Zustand, der jede Torheit mit Jubel und Geschrei feierte.

Es ging ihm nicht gut. Alle dachten, er werde nun doch sterben. Maria schrie vor Verzweiflung, man müsse sich um die Letzte Ölung kümmern. Friedrich brüllte zurück, die habe er ja schon ein paarmal bekommen, die helfe anscheinend auch nicht. Alle anderen schlichen still herum, obwohl Schweigen ja auch nichts nützte. Sie war ihm jedesmal unangenehm, diese entsetzliche Stimmung, die er verursachte, die sich lähmend auf alle legte, lieber wäre ihm gewesen, sie hätten herumgetanzt. In der Stille war jeder Atemzug hörbar, und wenn er mit dem Atmen aussetzte, hielten alle den Atem an, eine Todesstille, die er haßte, schließlich war es sein Tod. Er wußte, daß er jetzt sterben konnte, daß er mal wieder nahe daran war, er kannte das Gefühl, er hatte es so oft erlebt, er spürte, wenn der Körper sich abschaltete, sich verselbständigte, nicht mehr zu beherrschen war; ein Wesen außerhalb von ihm, zu beobachten, aber nicht mehr zu bestimmen, ein ihm vertrauter Zustand, ein Moment letzter qualvoller Konzentration, das Ende, das war das Ende, die Luft in seiner Lunge stockte, blieb stehen, ging nicht raus, nicht rein, das Ende, die Welt verschwand vor seinen Augen: ein Augenblick, in dem Maria ihn oft noch auf ihren Schultern zum Arzt schleppte, der auch nicht viel machen konnte, was nur ein seltsames Bild ergab, eine Frau, die mit ihrem halbwachsenen Sohn auf der Schulter durch die Straßen rannte, ihn durchschüttelte.

Lieber war ihm, wenn Friedrich seine Hand nahm und, als falle sie ihm gerade zufällig ein, eine Geschichte aus dem Musterbuch erzählte, die er von Gustavs Vater persönlich habe, die Gustav gar nicht kenne; und in diesen Nächten und an den darauffolgenden Tagen – denn sie bemerkten nicht, daß das Dunkel um sie herum sich wieder ins Helle verwandelte – erzählte er, weit ausholend, suchend, dann bestimmter, wieder von vorne beginnend, sich genauer erinnernd, Geschichten, die sich über Stunden hinzogen, so daß er nicht wußte, erfand Friedrich das alles, wie er immer alles erfand, weil ihm das einfach Spaß machte und die Welt auf diese Weise erträglicher wurde, oder standen diese Geschichten, so wie er sie jetzt schilderte, wirklich in dem Buch; dafür sprachen die vielen Einzelheiten, die nur einer wissen konnte, der so ein Musterbuch einmal besessen hatte, dagegen sprachen die Details, die oft nicht übereinstimmten, was aber, wie er beteuerte, bei einem so umfangreichen und alten Buch ganz natürlich sei, auch die Bibel widerspreche sich, erst recht ein von Menschen in so vielen Sprachen geschriebenes Musterbuch. Und Friedrich erzählte und erfand, beschrieb genau und gewissenhaft das Erfundene und das Geschehene, verband die vielen Ereignisse zu einer Wirklichkeit, die zu einer Geschichte wurde, deren Anfang und Ende er nicht mehr auseinanderhalten konnte.

Um diese Zeit schenkte ihm eine Frau für das Ausfüllen eines Formulars, das ihre Staatsangehörigkeit klären sollte, einen Atlas der Jahrhundertwende, auf dem die alten Staaten innerhalb dickgedruckter Grenzen, die sich wie ein Wall um jeden Namen herumschlängelten, in beruhigender Gewißheit noch existierten. Damals wußte man noch, wie die Welt aussah und immer aussehen würde, obwohl auch hier schon viele Namen in einer zweiten Sprache überdruckt waren, aber mit so einem Atlas konnte man sich begraben lassen, der war für die Ewigkeit geschaffen. Die alten Besitzer des kunterbunten Kartenwerkes hätten allerdings nicht in dieser Welt, die wie ein zerstörtes Puzzle auseinandergefallen war, auferstehen dürfen, sie wären auf der Suche nach ihren angestammten Königsreichen, ihren Fürsten- und Herzogtümern wohl direkt in ein Irrenhaus gelaufen.

Die schweren Karten auf seinen Beinen, zeichnete er den Weg ein, der seiner Familie wie vielen anderen aufgezwungen worden war, eine Völkerwanderung, auf den Karten nicht eingetragen, obwohl diese großen Bewegungen die Landkarten dauerhafter verändert hatten, als die schwarzgedruckten unveränderlichen Grenzen zugeben wollten, die wie Trauerränder die untergegangenen Staaten umzingelten.

Geschlängelte Linien, die um einige Staaten einen Bogen machten, sich in anderen trafen, gewundene Linien durch Städte und Länder, über Berge und Flüsse, im Zickzack Grenzen überquerend; ein ornamentales Muster, das, im Gegensatz zu den etablierten Staatsgrenzen, die Besitz und Dauer und Stillstand darstellten, eine andere Welt zeigte: Abschied von der Heimat und von der Sprache, von den bestellten Äckern und eingerichteten Häusern, Abschied vom Vertrauten, von den Menschen und den Friedhöfen der Vorfahren. Fluchten, um die Freiheit zu erhalten, den Glauben zu erhalten, das Leben zu erhalten, Irrwege auf der Suche nach Arbeit und Unterkunft und einer neuen Heimat.

Es ergab sich: Der große Kreis der Fontanas von Italien über Frankreich und die Schweiz nach Preußen. Der nicht ganz so große Kreis der Lukacz' von Böhmen und Polen ins Ruhrgebiet. Der Kreis Friedrichs im Krieg, über Frankreich und Italien zurück nach Deutschland. Der Kreis seiner Flucht mit Maria vor den Bomben durch das alte Reichsgebiet. Gustav zeichnete dann noch den Weg der Seidenstraße dazu von Osten nach Westen, der Weg des Wissens, wie er sagte. Maria zeichnete sofort den Weg der Heiligen Maria Mutter Gottes von Tschenstochau von Westen nach Osten, den Weg des Glaubens. Kreise, die sich mehrfach berührten, an einem Punkt zusammenfanden, der inmitten einer sich abermals verändernden Landkarte lag.

Rundherum wurde eine neue Welt gegründet, angetrieben von Gerüchten, die aus Andeutungen entstanden, aus flüsternden Vermutungen, die von einem Tag X sprachen, an dem Gott der Herr sich den Menschen zeigen werde, um seine unabänderlichen Gesetze zu verkünden, die bei den einen Goldwährung hießen, bei den anderen Dollar oder Pfund, Fortschrittliche setzten auf eine neue Mark, während Orthodoxe an Taler oder Gulden glaubten. Die neue Religion vernebelte die Gehirne, verführte selbst abgeklärte Gemüter zu absurden Handlungen; Vorratslager entstanden, in denen sich Waren stapelten, Geschäfte hatten nichts zu verkaufen, während alle ausgerechnet jetzt unbedingt etwas kaufen wollten, was, war ganz egal. Der neue Glaube betete die Sachwerte an, Sachwerte zu jedem Preis, bleibende Werte für den Tag X, der mit Gewißheit kommen werde, wie in einem Märchen; der Tag, an dem das neue Geld wie Manna vom Himmel regnen werde auf alle, die im Schlaraffenland der Sachwerte lagen und nur noch den Mund aufsperren mußten für die verheißenen Köstlichkeiten. Der Tag, der endlich die verhaßte, erinnerungsschwere, allen verleidete Stunde Null ablösen würde, in die Hölle schicken würde, wo sie hingehörte, diese verdammte, bleierne Stunde Null, die nun ihren verdienten Untergang erlebte. Eine neue Zeit begann und eine neue Zeitrechnung und damit alles wieder neu und altgewohnt, das wollten die meisten, das Neue so wie das Alte, so wie es immer war, aber neu, in der altneuen Zeit des Jahres eins nach dem Tage X.

Aber der Tag X zog sich hinaus, je mehr er erwartet wurde, Wochen und Monate deuteten die Menschen die Radiomeldungen, interpretierten sie die Zeitungsnachrichten, die Ungeduld stieg wie die Erwartung in das Wunder, das da stattfinden sollte, ein fieberndes Eifern entstand, denn jeder wollte als erster in der neuen Geldwelt ankommen, die man sich als Paradies ausmalte. Ein ansteckendes Getue, das immer mehr Menschen in seinen Bann zog, ohne daß sie wußten, warum, alle setzten sich in Bewegung, also liefen sie auch mit, eine Fata Morgana tauchte auf, und jeder versuchte jeden zu überholen, vermutete den anderen schon am Ziel, hatte panische Angst, zurückzubleiben und nicht mehr mitgezählt zu werden, wenn die Auserwählten das Tor zum Paradies erreichten.

Alle neu entstandenen Bindungen zwischen den Menschen lösten sich wieder, alles, was mühsam zusammengefunden hatte, wurde wieder auseinandergerissen, weil alles wieder wie vor dem Krieg werden sollte, so die allgemeine Verblendung, während es doch, man konnte es sehen, unter ihren Händen ganz anders wurde. Eine total andere Welt entstand, eine noch einmal veränderte Welt, in der sich endgültig keiner mehr zurechtfand, keiner mehr sein Zuhause erkannte, in der alle das bejammern und beklagen würden, was sie jetzt nach Plänen anderer erbauten, in einem Akt freiwilliger Blindheit, für den es keine Erklärung gab.

Und Elisabeth saß an seinem Bett und erzählte, die Weiche sei falsch gestellt worden, der Großvater mit der Lokomotive verunglückt, Kette und Schuß dürften sich nie verheddern, das Muster sei dann verdorben, das gäbe Unglück, und alle hätten in den großen Holzlöwen vor dem Wassergraben Nägel eingeschlagen, damit der Krieg endlich anfinge. Und der lange Adamzcik lief weiter mit geschlossenen Augen durch die Straßen und vergnügte sich mit seinen Vogelstimmen, und der verrückte Jepsen flatterte mit seinen vielen Leuchtaugen durch die Nacht, und Oma Tines, die aus Asche war, saß vor dem Spiegel, und der Zwilling gab jedem Tag einen anderen Namen und freute sich darüber.

Gustav trug die Eisenbahneruhr der Fontanas an einer Messingkette in der Westentasche, zog sie bei Gesprächen mit Fremden gerne heraus, ließ sie gedankenschwer durch die Hand gleiten, spielte damit vor den Augen der anderen, als handle es sich um das Dankesgeschenk eines russischen Großfürsten. Das Uhrwerk war schon lange außer Dienst, der abgegriffene Metallknopf drehte sich schnatternd ins Leere, stellte keine Zeiger mehr auf Posten, sie hatten ihre wachhabende Runde aufgegeben, waren ausgeflogen und führten in einem

Samtkästchen ein Lotterleben. Auf dem weißemaillierten Grund duckten sich dunkle römische Stundenzahlen und die zierlichen Ziffern für die Minuten und Sekunden, und wenn er den Glasdeckel aufklappte, befürchtete er, auch die Ziffern würden sich noch davonmachen.

Gustav las von der Uhr die von ihm gewünschte Zeit ab, um etwa am Abend zu sagen, es ist zehn Uhr vierzehn, früher Vormittag, da haben wir den Tag ja noch vor uns. Und wenn jemand darüber lachte, sagte er mit befremdetem Gesicht, als ob ihn einer duze, dem er das nicht gestattet hatte: »Ich meine das ernst.«

Die Uhr hatte fast ein Jahrhundert abgezählt, in Stunden, Minuten und Sekunden zerlegt, wie viele Runden ihre Zeiger gedreht hatten, war nur zu erahnen, das Uhrwerk stand nun still, die lange Zeit hatte sich in ein Gewicht verwandelt, das schwer in der Hand lag. Gustav überreichte ihm die Uhr in einer plötzlichen Geste fast wortlos: »Mehr ist nicht geblieben.« Diese stumme Nickeluhr, die kein Trödler mehr nahm, war das einzig Wertvolle, was er ihm vererben konnte, das einzige von all dem, was die Fontanas über Jahrhunderte einmal besaßen.

Die Uhr war ein hervorragender Kompaß für das freie, unbegrenzte Land der Umherziehenden, das auf keiner Karte verzeichnet, nicht vermessen und kartographiert, sondern nur durch Geschichten belegt war. Mit ihrem offenen Kreis paßte sie zu den von ihm eingezeichneten Wanderkreisen auf der Landkarte und zur Stunde Null, die nun auch ein Kreis der Vergangenheit war.

Da Maria argwöhnte, Gustav wolle ihn endgültig auf die Seite der Fontanas ziehen, legte sie schweigend die winzigen Korallenperlen ihres Rosenkranzes dazu, mehr war bei den Lukacz' auch nicht zu erben. Es war mehr ein Vermächtnis, über den Ablauf der Zeit all ihre vergeblichen und unerhörten Gebete nicht zu vergessen, die sich an eine andere Dimension richteten.

Er band die Uhr, um alle zufriedenzustellen, an den Rosenkranz und hängte sie an sein Bett. Er hatte jetzt beides vor Augen, die Unendlichkeit des Rosenkranzes und das schwere Rund der silbrig schimmernden Nickeluhr, die mit dem aufgeklappten Glasdeckel und den zwei aufklappbaren Rückwänden wie eine Fledermaus aussah. Neben rätselhaften Punzstempeln befand sich auf der Rückseite in schwungvoll ausholenden Verzierungsschnörkeln die Mitteilung: *Cylinder 8 Steine*, gegenüber waren zwei mächtige Säulen eingraviert, die großen eckigen Anfangsbuchstaben *GF*. Die Ziffern lagen in einem Rund, friedlich wie aufgeplusterte, schlafende Vögel in einem Schneefeld, nie mehr hochgejagt und aufgeschreckt durch einen Zeiger, der sich wie ein Gewehrlauf heranschlich.

Und er übernahm von Gustav die Gewohnheit, auf der Uhr die von ihm gewünschte Zeit abzulesen, sich durch sie in verschiedene Zeiten und an unterschiedliche Orte zu versetzen, von den Normen der Zeiger befreit in seiner eigenen Zeit zu leben.

Das Musterbuch der Fontanas war endgültig verloren, nach Hunderten von Jahren verbrannt wie eine Tageszeitung, nur bruchstückhaft zu retten in den Erzählungen Gustavs, der als letzter darin geblättert hatte. Ein Werk von Jahrhunderten, angefüllt mit Wissen, Können und Erfahrung, in dem Generationen, Zeile um Zeile in akkurater Schrift und großer Genauigkeit, die Geheimnisse des Seidenwebens und die Schicksale der Familie notiert hatten, aufgeschrieben für die Ewigkeit, durch die Zeiten gerettet, feierlich übergeben, sicher verwahrt, nun für immer vernichtet.

Gustav erinnerte sich an einzelne Seiten und Notate, an Namen, Berichte und Webbezeichnungen. Es war aufgeschrieben, man mußte es nicht auswendig lernen, es war schriftlich niedergelegt, damit es für immer gültig blieb, für immer der Grundstein der Familie war. Die Zerstörung der Chronik bedeutete den endgültigen Untergang der Familie.

»Asche zu Asche«, sagte Maria und erlebte einen späten Triumph. Die Familiengeschichte der Lukacz', ein Fischernetz von Geschichten aus vielen Zeiten und Orten und Personen, war immer gegenwärtig und bestimmte ihr Leben. Geschichten, so bilderreich und entsetzlich, so grausam und absurd, daß sie über Tod und Vergessen hinaus das Leben von Generationen verknüpften, denn alle Familienmitglieder kannten diese Geschichten.

Das Erzählte war stärker als das Aufgeschriebene, es war in vielen Köpfen und unvernichtbar wie ein Mythos. Während die vernünftigen, klugen, erhellenden Gedanken auf dem Papier nicht mehr in der Welt waren, so unauffindbar wie vergrabene Steine, zogen die erzählten dunklen Bilder wie die tiefe Strömung eines großen Flusses weiter. Allerdings nur so lange sie erzählt wurden.

Gustav gab sich auch jetzt nicht geschlagen. Er lehnte sich in seinem Liegestuhl zurück, sah in den Himmel und tat das, was die Menschen von jeher taten, wenn sie am Ende waren. Sie erfanden die Welt noch einmal, sie erfanden sich und ihre Welt in der Erkenntnis der Vergänglichkeit der Welt, in der Erkenntnis, daß ihr Leben darin nur ein Sandkorn war.

»Erst das Meer, dann Deiche und Dämme, dann blühende Länder, wohlhabende Städte, kultivierte Landschaften, und schon am nächsten Tag eine verlassene, ausgestorbene Welt; öde Wildnis, vom Sand verwehte Ruinen, untergegangen in der Einsamkeit der Wüste, von der Landkarte verschwunden, von den Menschen vergessen, nur noch vage in der Erinnerung, und auch die Erinnerung vergeht in der Erinnerung.«

Und er erzählte die Geschichte vom Lop-Nor-See, der an der Seidenstraße lag, der ersten Quelle der Familienerinnerung, und erzählte, daß selbst der riesige See, so groß wie ein Meer, sich in Bewegung setzte und über das Land wanderte; erst nach Süden, dann nach Norden, dann verschwand er, löste sich in nichts auf, und keiner kann sagen, ob er einmal wiederkommt. Zurück blieben Knochen von Tieren und Menschen, verfallene Häuser und Paläste. Und die Wüste, die dem See folgte, wurde *Wandernder Sand* genannt, und das Land heißt mit all seinen Geschichten *Takla Makan*, und das bedeutet: Gehst du hinein, kommst du nicht mehr heraus.

Gustav und Friedrich jagten auf getrennten Wegen durch die Stadt, so wie alle, die letzte Geschäfte vor dem Untergang der alten und der Gründung der neuen

Welt tätigten, um das Überleben zu sichern, das mühsam Erworbene zu bewahren und zum wiederholten Male durch eine Zeitenwende zu jonglieren.

Morgens um sechs die Nachrichten im Radio hören, ob in der Nacht die Militärverwaltung etwas beschlossen hatte, dann los: Außenstände für gelieferten Madeira einkassieren oder zumindest den Gegenwert in Whisky eintauschen, immerhin eine höherwertige Anlage, statt Geld Zigaretten, oder doch wieder Geld, denn was sollte am Tag X, wenn er denn tatsächlich einmal kommen sollte, eingetauscht werden? Geld gegen Geld? Natürlich. Aber wie und was? Bargeld? Das Geld auf den Sparbüchern aus der Kriegszeit? Und wie war das mit den alten Versicherungen und der Rente? Vielleicht wurde das bisherige Geld nur abgestempelt? Aber wieviel? Bis zu welcher Summe? Mancher nahm mit wissender Miene nur noch Tausender entgegen, ganz Gescheite nur Zehn- und Zwanzigmarkscheine, weil nur die eingetauscht würden, wegen der kleinen Leute. Andere horteten Dollars oder zahlten heimlich jeden Preis für die verbotenen Goldmünzen.

Und die selbstfabrizierten Zigaretten? Weg mit Schaden. Und der selbstgebrannte Schnaps? Auch nicht mehr absetzbar, also austrinken. Gustav und Friedrich schwebten, vom Alkohol beflügelt, durch die sich auflösende Welt, in der es keinen Halt mehr gab, in der alle verrückt spielten. Friedrich, auf der Suche nach einer zukunftsträchtigen Arbeit, verkaufte gegen altes Geld drei Tage lang Lebensversicherungen auf die neue unbekannte Währung, die Leute stürzten sich darauf wie auf Claims eines neu entdeckten Goldgräberlandes;

dann stellte sich heraus, daß es die Versicherung gar nicht gab, nicht mal ein Büro war vorhanden, der Erfinder saß gut gelaunt in einem Café bei Kunstpunsch und erklärte seinem Vertreterstab, das seien eben alles Phantasiegeschäfte, die Realität käme später. Wenn sie fünftausend Versicherungen abgeschlossen hätten, ginge er damit zur Militärregierung und würde rückwirkend eine Versicherung gründen, natürlich erst nach dem Tag X.

Gustav, der sich vor allem in der Kriegswirtschaft auskannte, also im raschen, kühnen Tauschhandel, im freibeuterhaften Zugriff, der alles und jedes sofort eintauschte, umtauschte, kompensierte, erklärte die ganze Auflage einer neugedruckten Frauenzeitschrift, die in einem von ihm bewachten Holzlager auf den Verkauf am Tag X wartete, zu Remittenden und verramschte sie an einen befreundeten Altpapierhändler, der ihn mit Champagner belieferte, und erklärte dem weinend vor ihm knienden Verleger, Papier in einem Holzlager sei eine gefährliche Sache, das hätte auch alles bis zum Tag X abbrennen können, was dann?

Fin radelte auf einem dreirädrigen Fahrrad mit einer Ladefläche durch die Stadt, transportierte mehrmals am Tag für einen Unternehmer neufabrizierte Barockspiegel zum Güterbahnhof, vorbei an Menschen, die in den Spiegeln vorbeiflitzten, die ihr nachliefen, sie einholten, das Fahrrad stoppten, ihr tausend alte Mark boten, um sich für einige Minuten in einem frischvergoldeten Barockrahmen zu betrachten.

Alle Geschäfte hatten einen irrealen Zug, der aber keinem mehr auffiel. Selbst der Pfarrer der nahe gelegenen Kirche bot erfolgreich und ohne Liefersorgen tonnenweise Weihwasser für Dachpfannen und Blechplatten. In den Kneipen wurden am Tresen Grundstücke gegen bar verkauft und gekauft, Hypotheken in alter und neuer Währung gehandelt, Waren verscherbelt, die es noch gar nicht gab, die aber im neuen Goldgräberland mit absoluter Gewißheit in Extraqualität zur Verfügung stehen würden, nicht existierende Fabriken auf einen anderen Namen überschrieben, um sie nach der Gründung am Tag X mit einem Aufschlag zurückzukaufen. Alte Aktien versammelten auf der Rückseite so viele Unterschriften, daß keiner mehr wußte, wem sie wirklich gehörten, am Ende der Theke waren sie jedenfalls doppelt soviel wert als am Anfang in der ersten Ginpfütze. Vermögen wuchsen auf der flachen Hand, wechselten in einer Nacht den Besitzer, Verträge wurden geschlossen, gegen die Luftschlösser pfandbriefgesicherte Bauten waren, jeder bezeugte jedem die Richtigkeit, ein Notar war überflüssig.

Träume schwebten wie bunte Luftballons über der Stadt, die Wolken schienen aus Silber, Pläne von unerhörtem Reichtum vergoldeten den Himmel. »Gustav und Friedrich segeln bestimmt da oben mit herum«, sagte Maria, die sich um einige Zigeunerkinder kümmerte, und als eines der Kinder, die den ganzen Tag auf der Fensterbank herumturnten und manchmal mit einem erschreckten Schrei in sein Bett stürzten, wissen wollte, was ein Luftballon sei, sagte Maria: »Ein Ding, das platzt.«

In den Kellerkneipen, die oft über Nacht verschwanden, einen Häuserblock weiter unter neuem Namen wieder eröffneten, Nizza hießen oder Kairo, Tanger oder Rio, Chicago oder El Dorado, in denen Dauerklavierspieler, Dauerakkordonisten, Dauertänzer die Nacht zum Tag machten und am Tag weiterzuckend die Nacht erwarteten, fielen die Männer, gut gepolstert mit ganzen Bündeln von Geldscheinen, wie Sandsäcke die Treppe hinunter, landeten zu ihrer Verwunderung schon mal auf einem Kohlenhaufen, unveräußerlicher Schatz des Wirtes, erst dahinter lag die Theke, leuchteten die Flaschen mit dem Originaletikett im verführerischen Licht der rotbemalten Glühbirnen, die freischwebend an Kabeln hingen und Girlanden vortäuschten, und sie umarmten die Damen des Hauses und begossen gierig das neue Leben. Die Toten den Toten, das Leben den Lebenden, Prost, und Elisabeth stand auf der Straße, starrte in den Himmel und erzählte allen, Gustav und Friedrich seien da oben in den Wolken.

Bei den Totenwachen saßen Maria und die abwechselnd lachende und weinende Elisabeth mit anderen Frauen um den Sarg und prägten die erlebten Geschichten in unzähligen Wiederholungen zu schweren Münzen, die von Hand zu Hand gingen, die in jeder Hand mehrfach geprüft und gewendet ewig währten, kleine Archen gegen die Sintflut des Vergessens, die nun alles überspülte.

Immer öfter fanden wieder die Totenwachen statt, Zeremonien aus alter Zeit, die zu retten waren, die von vielen als Rückkehr in die Zivilisation empfunden wurden. In den Jahren des Krieges und auch noch nach dem Krieg hatte man die Toten mehr oder weniger weggeworfen, rasch in irgendeinem Loch verbuddelt, oder man überließ es den KZ-Gefangenen, sie in die Massengräber zu werfen. Jetzt, da ein Toter wieder wichtig wurde, begannen die Frauen sich der alten Totenrituale zu erinnern, die sich früher in diesem Quartier, je nach Herkunft des Verstorbenen, über Tage hinziehen konnten. Sie saßen auf Hockern und Kisten vor unverputzten Wänden, hielten sich gerade, wollten sich nicht an die Wand lehnen, weil sie dann erschöpft eingeschlafen wären, saßen im Rechteck um einen einfachen Sarg, aus dem ein versteinertes Gesicht mit geschlossenen Augen in eine erstarrte Dunkelheit aufblickte.

Der arme Anton wurde begraben, weil er vor den ersten Lastwagen lief, der durch die Straße fuhr, einer Straße, auf der man zuvor Tag und Nacht schlafen konnte.

Juanito wurde begraben, weil er sich bei einer Predigt gegen das neue Geld, das das alte Unheil bringen werde, von einer Mauer auf die Straße stürzte, ein Prophet, der an seine Prophezeiung glaubte, was man ihm hoch anrechnete.

Der Bombenräumer wurde begraben, weil an seinem Hochzeitstag – er hatte Julchen von seiner guten Rente überzeugt – eine Bombe entschärft werden mußte, und an dem Tag, so meinten viele, sei er in Gedanken bei Julchen statt bei der Bombe gewesen, den Sarg mußte man sofort schließen, weil er ohne Arme und Kopf dalag, und Julchen hatte wieder keine Rente.

Aus dem Schweigen um den Sarg entstanden Worte, die versteinerten Toten erzwangen mit der Gewalt, die sie über die Lebenden hatten, ein Gedenken über ihr Leben, eine Nachlassenschaft, die alle entgegennehmen mußten; und aus den Reden über den vor ihnen liegenden Leichnam erstanden die eigenen Erinnerungen, karge, unbeholfene Sätze, die Vergessenes, Vergangenes, Abgestorbenes zum eigenen Leben zurückführten, ein kreisendes Erzählen ohne Ende. Verabschiedete sich die eine oder andere, füllten Dazukommende die Lücken, schlossen die unterbrochene Kette des Erzählens, tranken echten Bohnenkaffee, extra zu diesem Anlaß besorgt, der ihnen in verschiedenen, leicht lädierten Tassen gereicht wurde, schlürften ihn in kleinen Schlucken, setzten die Geschichten fort, als wäre es ihre Aufgabe, das zu tun, bis der Sargdeckel mit einem dumpfen Schlag das Gesicht des Toten bedeckte.

Im Auseinandergehen erzählten sie weiter, kamen von dem Toten zu den drei Kindern, die gestern beim Spielen mit Granaten zerrissen wurden – zu der jungen Frau, die einer alten Frau ein Brot entriß und sie, weil sie schrie, zu Tode trat – zu dem alten Mann, der in seinem Keller erfroren wie mürbes Glas zerbrach – zu der Frau, die vornübergebeugt jeden Tag einen Mann ohne Beine durch die Straßen schleppte – zu den Betrunkenen, die nach dem Krieg die Alkoholwaggons aussoffen und tagelang ohnmächtig mit verrenkten Gliedern in den Straßen lagen, so daß sich das Gerücht verbreitete, in der Stadt herrsche die Pest – zu dem Kind, das an der Hand seiner Mutter bei einem Tieffliegerangriff getroffen wurde, von einer Sekunde auf die andere nicht mehr existierte, nur noch ein Gestank war da und die kleine Hand an der Hand der Mutter – zu der Frau, die, von einer Granate getroffen, schreiend über ihrem Fahrrad lag, während die Menschen sich auf die von ihrem Blut gefärbten Kartoffeln stürzten – zu den toten Soldaten mit ihren toten Pferden, über die alle klettern mußten, die zur Brücke wollten, über das starre, rauhe Fell der Pferde mit ihren verdrehten Augen – zu den angeschossenen verkrüppelten Kühen, die brüllend herumsprangen zwischen den Einmannlöchern mit den toten Volkssturmsoldaten, Vieh, das jeder mitten im Beschuß melken wollte, obwohl man sich durch den Gestank der seit Tagen verwesenden Volkssturmmänner übergeben mußte – zur der Plünderung der liegengebliebenen Lastwagen der deutschen Armee, die gesprengt werden sollten, während die Menschen die Lebensmittel von den Wagen herunterholten und die Soldaten sich mit dem Offizier schlugen, der die Sprengladungen anbringen ließ, obwohl die Menschen an den Wagen hingen und andere Soldaten schon ihre Pistolen und Gewehre für ein paar Mark verkauften.

Elisabeth brachte die vielen Geschichten so durcheinander, daß man denken konnte, all das sei eine einzige Geschichte, eine einzige, endlose, sich wiederholende Geschichte. Sie stand auf der Straße und sabbelte vor sich hin, wurde umgerannt von den Blinden, die jetzt mit hastig aufstoßenden Stöcken schneller liefen, umgefahren von den handgetriebenen Wagen der Beinamputierten, die wildrudernd wie Raubvögel durch die Straße schnellten.

Er hockte auf dem Boden neben den aufgebahrten Toten, hörte die Totengeschichten, sah die scharrenden Füße mit ihrem abenteuerlichen, geflickten Schuhzeug, die ineinander verknoteten oder sich auf den Knien abstützenden Hände, hörte über den roh gezimmerten Särgen die dunklen und hellen Stimmen, den Chor der allwissenden Frauen, die bei jedem Toten von hundert anderen Toten wußten.

Das war immer sehr schön. Er freute sich darauf. Die ineinanderwebenden Stimmen, die vielfach verknüpften Erzählungen, die einem Halt gaben in ihren vertrauten Wiederholungen, die die Geschichte der Welt waren. Denn die offizielle Geschichte der Welt, in vielen Bänden sortiert und abgelegt, durch alte Dokumente beglaubigt, in Bibliotheken gestapelt, sie existierte nur auf dem Papier, sie war nicht wirklich, keiner hatte sie hier einem anderen erzählt. Die Regierungszeiten und die Jahreszahlen waren hier unwichtig, man maß die Zeit in Menschenleben, hier herrschte ein immerwährender und ewiger Kalender aus Tag und Nacht, Geburt und Tod, Untergang und Neuanfang.

Er stand da in den letzten Stunden der alten Zeit, kurz vor dem auf die Sekunde festgelegten Beginn der neuen Zeit, in dem viel zu großen Mantel mit dem Fischgrätenmuster und der Trauerbinde am Arm, die festgenäht war, weil doch jeden Tag eine Beerdigung stattfand, in den viel zu großen, halbhohen Schuhen mit den harten Haken für die schwarzgefärbte Kordel, die andauernd riß und voller Knoten war. Alles wurde immer viel zu groß gegen irgend etwas eingetauscht, weil er da hineinwachsen sollte, aber man wuchs nicht so schnell in dieser Zeit, schoß nicht in die Höhe, ging nicht in die Breite, wie alle Mütter aus alter Gewohnheit befürchteten, und so waren Mäntel, Jacken, Hosen, Schuhe immer zu groß und man selbst immer zu klein. Er fror, weil die kalte Luft ungehindert in diese Verschalung eindrang, die wie ein Schildkrötenpanzer an ihm hing. Er stand am Ende der Straße, die ihm sehr lang vorkam. Vor dem Krieg war sie mit einem Wassergraben und schattenspendenden Bäumen, mit zwei Fahrbahnen, prunkvollen Gebäuden und vornehmen Läden die Prachtstraße der Stadt.

Hinter ihm lag der alte Stadtpark, in dem er kurz nach dem Krieg mit der ganzen Familie Holz holte, als der Park noch ein Irrgarten aus Laufgräben und gesprengten Bäumen, Panzersperren und Maschinengewehrnestern war. Aus dem offenen, zerbombten Gemäuer der Kunsthalle leuchteten die wandhohen Fresken in ihren prächtigen roten und goldenen Farben wie ein Altarbild über den toten Park. Seitlich sah man durch das zerlöcherte Bühnenhaus der Oper das offene Bühnenportal. Gustav war jeden Sonntagvormittag in diesen Park gegangen, in die Kunsthalle und die Theatermatineen, als er es jetzt sah, liefen ihm Tränen über das Gesicht.

Das war nun alles kahl wie ein unbestelltes Feld, die Militärregierung hatte die Wälder und alle Parks, auch die privaten, zum Abholzen freigegeben. Kein Baum rauschte im Wind, der kalt vom Fluß her wehte. Auch der Stadtkern war auseinandergerissen und weit offen, die stehengebliebenen Mauern wurden gesprengt, über diese Straßen sollten einmal andere Straßen führen, auf den Häusern andere Häuser stehen, das Alte, Darunterliegende war jetzt schon vergessen. Vielleicht kam ihm die Straße deshalb so unendlich vor, weil sie in eine offene Landschaft führte.

Der Wassergraben vor ihm war verschlammt, stank nach Fäulnis. Die wenigen stehengebliebenen Bäume ohne Rinde, mit verstümmelten Ästen, sahen aus wie nackte, hilflose Menschen. Unter den abgebrannten, schwarzen Fassaden lockten erste Läden mit einem Schaufenster, im ersten Stock hauste noch der Wind.

»Kauf dir, was du willst. Gib alles aus«, hatte die Familie ihm gesagt und ihn mit vielen Geldscheinen losgeschickt. Auch Nachbarn hatten ihm Geld geschenkt, mit dem seltsamen Rat, es wahllos unter die Menschen zu bringen, ganz egal, was er dafür bekomme. Er war langsam die endlose Straße entlanggegangen und wurde die Hemmung nicht los, daß man so viel Geld nicht einfach ausgeben könne, daß man es Mark für Mark überlegt nur gegen wichtige Dinge herausrücken dürfe, wann hatte er schon mal zehn Mark besessen, fünfzig Mark war eine bedeutende Summe, fünfhundert Mark unvorstellbar, und jetzt ging er mit einigen tausend Mark von Geschäft zu Geschäft, in der Vorstellung, daß die Verkäuferinnen und Verkäufer wie in den alten Filmen sofort heranwieselten: »Was wünschen der Herr? Was dürfen wir dem Herrn vorlegen?« Er versuchte zuerst einmal zwanzig Mark auszugeben, man schickte ihn weg. Er versuchte es mit einem Hundertmarkschein, man schickte ihn weg. Er legte einen Tausender auf den Ladentisch, man schickte ihn weg. Er versuchte, Bücher zu kaufen, Briefmarken, Stiche der Stadt, versuchte es mit einer Handtasche für seine Mutter, mit einer Brieftasche für seinen Vater, aber die Verkäuferinnen kümmerten sich nicht um ihn, sie waren hektisch damit beschäftigt, Kisten auszupacken und deren Inhalt in die Regale einzusortieren, sie verkauften nichts, sie wollten kein Geld. Der Tausendmarkschein lag auf dem Tisch, seinem Gefühl nach hätte er den ganzen Warenvorrat dafür bekommen, alle hätten sich um den Tausendmarkschein reißen müssen, aber sie drehten sich nicht einmal nach ihm um.

Er setzte sich auf die Reste einer Steinbank, die vor langer Zeit in eine helle Mauer am Ende der Straße geschlagen worden war, zur Verschönerung des Daseins, und fühlte die Scheine, die seine Taschen und den Mantel angenehm fütterten. Er sah sie sich an, saß da mit den Geldscheinen in der Hand, auf denen hochtrabend *Reichsbanknote* stand, beglaubigt durch die gezackte Unterschrift des Präsidenten der Reichsbank, der auch noch dringend davor warnte, diese Banknote zu fälschen, er würde jeden, der das wagt, ins Zuchthaus stecken, und zwar für mindestens zwei Jahre.

Es war wie in einem Zaubermärchen. Die Stadt, in der sonst nur über Geld geredet wurde, die gar kein anderes Thema kannte, wollte an diesem Tag kein Geld sehen, ekelte sich anscheinend vor diesen schmutzigen braunroten und grüngrauen Lappen, durch Tausende Hände zerknittert, eingerissen, aufgeweicht wie ein zerschlissenes Stück Tuch, mit dem man nur noch den Boden aufwischte. Bis jetzt war es aber immer noch das Geld gewesen, sicher, Zigaretten oder Dollars waren mehr wert, aber die meisten Menschen besaßen nur dieses vielfach gefaltete, zerfaserte Papier, wurden damit bezahlt und zahlten damit, legten sich dafür krumm, schufteten dafür, stritten sich darum, und jetzt sagten sie, gib es aus, bring nichts zurück. Das war schwer zu verstehen. Er hätte die Scheine auf die Straße werfen können, es hätte keinen interessiert. Er hätte sie zerreißen und wie Konfetti durch die Luft werfen können, keiner hätte hingesehen. Er steckte die Geldscheine wieder in seine Manteltaschen und gab den Versuch auf, dafür etwas zu bekommen, es überhaupt zu verstehen.

Es wurde dunkler, der Abend legte sich bleiern und erschöpft auf die Stadt, die ersten Sterne waren zu sehen, einige Vögel kreisten über den schwarzen Mauern. Auf der mit Unrat übersäten Böschung zu seinen Füßen kämpften Ratten miteinander, stießen hohe Töne aus, glitten schattenhaft in ihre Löcher in der schlammigen Erde. In den nun geschlossenen Läden, in denen immer noch gearbeitet wurde, gingen Lichter an. Über einem Geschäft wurde eine Leuchtreklame angebracht, flackerte in einem blassen Rosa. Er saß auf der kalten Bank neben einer steinernen, bemoosten Figur, die ohne Kopf und Arme in einer Bewegung erstarrt war.

Es war der Tag, an dem niemand in der Stadt Geld haben wollte.

II

Dem Traum folgen und nochmals dem Traum folgen und so ununterbrochen bis zum Ende –
Lord Jim
JOSEPH CONRAD

In der Erinnerung war das Fenster viel größer, die Zeit viel länger, Kälte und Hunger ein andauernder Zustand.

Er sah von der anderen Straßenseite auf das geschlossene Fenster, das für ihn einmal das Fenster zur Welt gewesen war. Hinter den Scheiben bewegte sich die Gardine. Das Fenster wurde geöffnet, ein dunkelhaariges Kind lehnte sich über die Fensterbank, sah ihn, den Fremden, mißtrauisch an, fixierte ihn, wie auch er es getan hätte.

Die Haustür stand offen, eine Frau putzte den Flur, vom Hof her fiel, wie immer um diese Stunde, das Sonnenlicht in den langen Gang, das alte ausgetretene Mosaik schimmerte in dunklen Farben, dann fiel die Haustür wieder zu.

Um das Quartier toste der Verkehr, auch die Straße war mit Autos vollgestellt, vor dem Fenster parkte ein Wagen mit dem Kennzeichen von Vukovar.

Die Straße, glattgeteert, ohne Schuttberge, ohne Bombentrichter, erschien ihm so unwirklich wie eine aufgeräumte Puppenstube, nur an einigen eingedrückten Bordsteinen erkannte er noch die Gleisspuren der Trümmerbahn.

Die verwitterten Narben der Bomben- und Granatsplitter in den stehengebliebenen Fassaden erschienen als natürlicher Verfall. Einige schwarze Baumstämme waren mit wulstartigen Verdickungen überzogen, aus denen Flüssigkeit rann. Er wußte, darin steckten Splitter, die die Bäume in sich hineinwachsen ließen, um sie in schmerzhafter Verkrüppelung zu überdauern.

Die Straße hinab, in Richtung der U-Bahn-Station, leuchteten über den verrußten Dächern und Kaminen die Fenster der Hochhäuser wie eine Fata Morgana. Auch diese Häuser würde man bald abreißen, um einen Marmor- und Glaspalast mit hängenden Gärten und einem Wasserfall zu errichten, eine den leeren Himmel widerspiegelnde Glaswelt.

Die untergehende Sonne brannte in den Glasfassaden, erinnerte ihn an die Feuerstürme, an die Toten, die schreienden Verletzten, die unter einem Schock erstarrten Gesichter. Er spürte den beißenden Rauch der Brände, die Hitze der einstürzenden Häuser, und er erinnerte sich wieder an den Mann, der mit einem weißglühenden Spiegel in den Händen durch die Straßen irrte.

Eine rundliche Frau in wallenden Gewändern und mit einem Kopftuch sprach ihn, den Fremden, in einer gutturalen Sprache an, es klang ziemlich energisch. Sie wollte wohl wissen, was er hier zu suchen habe, warum er so lange in der Straße stand und auf die Häuser starrte. Er verstand die Frau nicht. Er kannte hier keinen mehr. Er war fremd in seiner Heimat.

Durch die Straßen gehend, hörte er Sprachen, deren Herkunft leichter durch die vielen Kneipen, Lebensmittelläden und Reparaturwerkstätten erraten werden konnte. Treffpunkte italienischer, spanischer, portugiesischer, türkischer, griechischer, kroatischer, serbischer, bosnischer, algerischer, marokkanischer und afrikanischer Einwanderer. So mußte es auch ausgesehen haben, als dieses Quartier durch den ständigen Zuzug von Fabriken und europäischen Einwanderern gegründet worden war.

Vor einer Kirche stand ein Brautpaar, eine spanisch-kroatische Hochzeit, mit allem Pomp zweier Nationen, den man für diesen einen Tag der Verbindung zweier Geschlechter aufbieten konnte. Unter ständigen Ausrufen, begleitet von großen Gesten und endlosen Tiraden, wurden Familiengruppen gestellt, mit der zeremoniellen Feierlichkeit von Staatsfotos, weil für die Ewigkeit fotografiert.

Überhaupt schien das öffentliche und lautstarke Erzählen längerer Geschichten immer noch zu den besonderen Merkmalen der Bewohner dieses Quartiers zu gehören. Vor den Kneipen, Läden und Haustüren standen in Gruppen ununterbrochen redende Menschen, aber er hörte nicht mehr das Echo seiner Geschichten, nicht mehr den vertrauten Klang seiner Sprache. Die Menschen, die jetzt hier wohnten, lebten in Geschichten einer anderen Welt, den Erzählungen anderer Länder, unterhielten sich in Sprachen, die er nicht verstand. Er war in seiner Heimat und war dort ein Fremder.

Ein Bagger schlug in einem gleichmäßigen, ruhigen Rhythmus wie der Perpendikel einer Standuhr eine Abrißbirne gegen ein leerstehendes Haus. Die Fassade stürzte knirschend ein, er sah die Zimmer mit den alten Tapeten, einzelne Möbelstücke; er hatte die Menschen, die in diesem Haus gelebt hatten, gekannt, war in ihren Wohnungen gewesen, hatte an ihrem Tisch gesessen.

Der Bagger arbeitete weiter, die Abrißbirne schlug Löcher in die Mauern; die Böden, Treppen, Fensterscheiben und Ziegel zerfielen mit jedem Schlag, brachen in einem betäubenden, berstenden Krachen und Splittern unwiderruflich in sich zusammen, lösten sich in eine Staubwolke auf, die bedrohlich über dem Quartier aufstieg und ihre Asche auf Straßen und Häuser verteilte.

Auf dem Friedhof lagen Tote, die seine Toten waren, Gräber, um die er sich kümmern mußte: Urnen und Särge, weil sich die beiden Familienzweige auch darin bis zum Schluß unterschieden.

Friedrich starb früh, ein vom Krieg zerstörter Mann, der in keine Existenz mehr fand, dem das geregelte Leben abhanden gekommen war. Den neuen Glauben vom *IndieHändespucken* und *Ärmelaufkrempeln* quittierte er mit einem höhnischen Grinsen. Er war in einem Krieg und in einer Nachkriegszeit aufgewachsen, hatte seine besten Jahre in einem zweiten Krieg und in einer zweiten Nachkriegszeit verloren, er war mit Worten nicht mehr zu ködern. Er arbeitete, wie er Lust hatte, trank viel, rauchte viel, bog in einem Heizungskeller Drähte für eine kleine Fabrik, röstete im gleichen Keller zusammen mit Gustav Popcorn für Kneipen, Kinos und Ausstellungsstände, versuchte, aus einer roten klebrigen Masse Bonbons herzustellen, die in Goldpapier gewickelt wurden, beteiligte sich mit einem Freund an einem Lavendelfeld in der Provence, die ganze Familie mußte die getrockneten Lavendelblüten in kleine Leinensäcke füllen, die ein Händler abholte.

Schöne Stunden waren das in dem warmen Heizungskeller neben dem riesigen Koksofen, wenn es nach Lavendel roch, nach frischen Bonbons, und die Maiskörner in der großen Pfanne aufplatzten, weißflockig auf- und abhüpften, wild herumsprangen zwischen den seltsamen Dingen, die irgendwann in einem spontanen Gedanken Friedrichs ihren Anfang, aber nie ein glückliches Ende fanden, zwischen den gebogenen Drähten, deren kreisförmige Schatten den Keller wie einen Kokon umspannten.

Er fühlte sich in dem heißen, schummrigen Lavendelkeller wie im Heizungsraum eines Steamers im indischen Ozean. Wenn Friedrich die obere Ofenklappe öffnete, den Ofen über eine Rutsche mit Koks beschickte, und die weißleuchtende Glut ein Funkengestiebe durch den Keller jagte, erinnerte er sich stets an den Tag, an dem er mit dem Herd auf dem Rücken durch das Fenster kam.

Friedrich schwieg immer mehr, trank und rauchte, und als man ihm deswegen ein Bein amputierte, stand er einbeinig in den Kneipen und trank und rauchte und schwieg. Er starb vor dem gerade gekauften Fernsehapparat während einer heftigen Schießerei in einer amerikanischen Krimiserie. Er fiel nach hinten und sah ihn ratlos an.

Elisabeth verabschiedete sich auf eine stille und vornehme Art von der Welt, in der sie sich nicht mehr zurechtfand. Sie weigerte sich, die neue Welt zur Kenntnis zu nehmen, und als ihr die belehrenden Erklärungen, was richtig und falsch sei und was man zu tun habe und was nicht, lästig wurden, vergaß sie sie einfach.

Ihr Körper saß in einem Sessel, ihr Geist durchstreifte Welten, die den anderen verschlossen blieben. Sie unterhielt sich im vertrauten Ton mit Menschen, die keiner sehen konnte, besprach alles nur noch mit diesen körperlosen Wesen, störte man sie dabei, verwies sie indigniert, ganz Dame, den Störenden auf das Ende des Gesprächs. Ihr Charakter, ihr Wesen blieb unverändert, immer noch lachte sie hell und spöttisch über die Dummheit der Menschen, mit denen sie sprach, glaubte ihnen nicht, schüttelte energisch den Kopf, wischte mit einer Handbewegung ihre Vorurteile und Redensarten weg, entlarvte die Geisterwesen als Traumtänzer, die vom Leben keine Ahnung hätten.

Kurz vor ihrem Tod erkannte sie auch ihn nicht mehr, fragte ungläubig und hartnäckig mit erstauntem Gesicht, wer er denn sei.

Gustav rebellierte weiter in immer ohnmächtigerem Zorn. Die ganze Familie mußte ihn festhalten, als er versuchte, das neue Geld, das stinkend in frisch gedruckten, steifen Scheinen fast obszön auf dem Küchentisch lag – das Kopfgeld für die neue Existenz in einem fremden, unbekannten Land voller Verheißungen und Versprechungen –, in einem Handstreich an sich zu reißen, in den Mund zu stopfen und runterzuschlucken.

Noch im hohen Alter zog er von Firma zu Firma, war Anzeigenvertreter, Zeitungswerber und Lagerverwalter, Hilfscroupier in einem der vielen Spielkasinos, Nachtportier in einem Hotel am Bahnhof. Er kündigte und wurde gekündigt, vertrat Wirte und Büdchenbesitzer an ihrem freien Tag, war Kartenabreißer auf der großen

Ausstellung *Alle sollen besser leben*, die das neue goldene Zeitalter und seine Verlockungen allen Menschen schon in ihrem Titel verkündete. Er boykottierte sie, indem er sich weigerte, die Hallen trotz freien Eintritts zu besichtigen, sagte das auch jedem an seinem Drehkreuz mit der Begründung, er habe schon zweimal das bessere Leben in einer solchen Ausstellung gesehen, danach sei jedesmal ein Krieg ausgebrochen.

Später verstrickte er sich in einen Erbschaftsstreit mit den Inhabern einer amerikanischen Autofirma, deren europäischen Familienzweig er bravourös vertrat – Anlaß für eines der letzten großen Feste der Familie, denn natürlich war die Erbschaft mit der Absendung des ersten Briefes so gut wie sicher. Die Erbschaft kam nie, die Autofirma beantwortete jede Attacke Gustavs mit freundlichen Floskeln, aber das Fest war unvergeßlich.

In seinen letzten Lebensjahren stand er entweder vor dem Radioapparat und bedrohte die Regierung Adenauer mit der Faust, oder er spazierte mitten auf der Straße, warf seinen Stock, mit dem er sein zerschossenes Bein stützte, den vorbeirasenden Autos nach; er war es nun einmal seit dem Krieg gewohnt, mitten auf der Straße zu gehen, um nicht unter einstürzende Fassaden zu geraten.

Seine letzte große Bataille – wie er es nannte – schlug er mit seinem Hausarzt, nachdem er schon mit der Gemeindeschwester ein Vorgeplänkel über Himmel, Hölle und Ewigkeit geführt hatte. Er erlitt einen Schlaganfall. Fin schleppte ihn in sein Bett, holte den Arzt, Gustav ließ sich von besorgten Nachbarn einen kräftigenden Burgunder einschenken und eine besonders dicke Zigarre anzünden, dazu balancierte er in der einen noch beweglichen Hand einen schön gebundenen Balzac. In diesem Arrangement empfing er Doktor Alvermann, trinkend, paffend, lesend und ihn vollkommen ignorierend. Der prophezeite ihm verärgert eine andauernde Lähmung, damit werde er sich abfinden müssen, das Bett werde er jedenfalls nie mehr verlassen. So Doktor Alvermann über seine Medizintasche hinweg, die er energisch zuklappte, die beiden Bügel schlugen zu wie eine Guillotine, Todesurteil. Als er ging, krächzte Gustav aus dem Mundwinkel einige unverständliche Laute hinter ihm her, wie ein alter, an seine Freiheit gewöhnter Rabe, der kundtun wollte, daß man ihm nicht so leicht die Flügel stutzen werde.

Die erste Runde in diesem Kampf gewann Gustav. Nach sechs Wochen humpelte er an seinem Stock quer durch das Wartezimmer direkt in das Sprechzimmer des Arztes, der seinerseits nahe an einem Schlag war, und nannte ihn, den Stock energisch durch die Luft wirbelnd, einen Badearzt für Frauenleiden.

Einige Monate später erlitt er einen zweiten Schlaganfall. Doktor Alvermann, der nun wieder im Vorteil war, stand triumphierend vor Gustavs Bett und wiederholte genußvoll seine Diagnose, Gustav bestand auf der Therapie mit Burgunder, Zigarren und Balzac als altbewährte Heilmittel. Er lag vergnügt in seinem Bett, erzählte den Nachbarn aus dem Mundwinkel die phantastischsten Geschichten aus seinem Leben, die bei jeder Wiederholung noch phantastischer wurden, kam wieder auf die Beine und wiederholte mit zusammengebissenen Zähnen seinen Auftritt in der Praxis des Doktor Alvermann, wobei er mit seinem Stock auf dem Schreibtisch des Arztes Réveil schlug. Ça ira, Ça ira, Ça ira!

Der dritte und tödliche Schlag traf ihn, als er, eine Weinflasche zwischen den Knien, mit einem Korkenzieher die Flasche öffnete. Er fiel vornüber und lag still im auslaufenden Burgunder.

Sie legten ihn auf sein Bett, er band ihm das Kinn hoch, sah die schmalen Lippen, den Mund, der nun für immer geschlossen blieb. Auf dem Nachttisch lag aufgeklappt ein Bändchen Lichtenberg, er nahm es und las das aufgeschlagene Kapitel laut zu Ende. Es war wohl der angemessene Trauergottesdienst für Gustav.

Acht Tage später starb Fin im Krankenhaus. Sie war so leicht und klein wie ein Kind, ihre schwarzen wilden Haare nur noch weiße dünne Strähnen, die naß vom Todeskampf um einen fast kahlen Kopf lagen. Sie winkte ihn heran, wollte ihm etwas ins Ohr flüstern, aber ihre Hand fiel kraftlos auf das Bett.

Maria beerdigte sie alle. Als die Familie ausgestorben war und nur sie übrigblieb, gründete sie neue Familien, schöpfte aus ihrer Trauer wie immer neue Hingabe, kümmerte sich um all die Annas und Irenas und Marijas, Gastarbeiterinnen, die aus Ländern kamen, von denen sie noch nie gehört hatte, Frauen, die plötzlich mit einem Kind dastanden, ohne Arbeit, ohne Wohnung.

Sie schnappte sich den dafür verantwortlichen Sizilianer oder Marokkaner, las ihm die Leviten, beutelte ihn durch, was aber auch nicht half, die Annas und Irenas und Marijas bekamen ihre Kinder.

Maria nahm sie auf, ließ die Annas und Irenas und Marijas bei sich wohnen, bis sie wieder Arbeit und ein Zimmer hatten, kümmerte sich weiter um ihre Kinder, ernährte, kleidete, betreute sie und zog sie groß. Sie ließ sie auf ihrem Teppich zu Allah beten, ließ sich das erklären, fand das in Ordnung. Stolz saß sie auf ihren Hochzeiten und betreute anschließend auch ihre Kinder, als wären es ihre eigenen Enkel. Sie wurde für viele die zweite Mutter, die die von ihr gekaufte Babyausstattung als kostbarste Erinnerung aufbewahrten, wurde im hohen Alter Großmutter zahlreicher Enkelkinder, die wieder Jussuf und Marija und Sani und Tonina hießen und die bei den Staatsfotos auf ihrem Schoß herumkrabbelten.

Auf den Festen der Ausländer in den Hinterhöfen des Quartiers nahm sie aufrecht Platz auf einem eigens für sie errichteten Thron, hochgeehrt und respektiert und geliebt, sah von ihrem Thron auf lange Tische, an denen vielsprachige Menschen aßen und tranken, Mutter, Großmutter, ja Urgroßmutter von Slowenen, Kroaten, Bosniern, Sarden, Sizilianern, Katalanen, Basken. Sie erhielt ein lebenslanges Wohnrecht in Marokko, weil sie eine kranke Marokkanerin gepflegt hatte, entschied Streitereien, stiftete Ehen, probierte neugierig und staunend Oliven und eingelegte Paprika und Schafskäse und all die unbekannten Gerichte, die man ihr immer ausführlich erklären mußte, weil sie das Rezept haben wollte, trank in kleinen Schlucken Sliwowitz oder Grappa, aber bitte immer nur ein Glas auf das Wohl des Gastgebers. Sie saß mit ihren kleiner gewordenen, blinzelnden Augen vor den vielen Menschen wie die Maria in Polen vor ihrem Haus, die Maria, die noch einmal ihr abgebranntes Haus aufbaute, obwohl die Familie schon in alle Welt zerstreut war.

Maria, vertieft in die immerwährende Arbeit für andere, konzentriert, immer mit den Gedanken bei der Sache, die sie gerade tat, oder, mit einem Lächeln um die Lippen, bei den Menschen, für die sie putzte, kochte, backte, nähte, strickte, in diesen Momenten glücklich, in sich versunken über die Arbeit gebeugt, wie Pilger im Gebet in der endlich erreichten Pilgerkirche.

Die Erfüllung eines Lebens, das ohne jede Verengung, ohne jede Verzettelung, ohne Verbitterung ein vollendeter Ablauf war, stets bei sich selbst war, sich nie verirrte und in einer unendlichen, niemals zu erschöpfenden Geduld, in der Gewißheit, alles zu ertragen und alles zu überstehen, eine unbesiegbare Stärke errang. Allein, ohne Heimat, Kinder an den Tod verloren, Verwandte für immer vermißt, das Heim zerstört, die Ersparnisse vernichtet, und nie fragte sie wie Hiob, ob das ihr zugemessene Maß voll sei. Dazu war sie zu stolz.

Am Ende ihrer Tage saß sie in einem kleinen Zimmer, sah die hereinbrechende Nacht und erzählte, denn ohne Erinnerung waren alle Tage gleich, nur in der Erinnerung war ein Tag ein Ereignis, erzählte die alten Geschichten, auch die, die er selbst miterlebt hatte, die nun zu *Weißt-du-noch-Geschichten* geworden waren: Weißt du noch, wie du dir die Zunge durchgebissen – weil du nichts sagen – mußte genäht werden – wie dir der Magen ausgepumpt – bei den Bauern das fette Essen – die ganze Arztpraxis zertrümmert.

Alles auf Stichworte reduziert, aus einer dunklen Ferne erinnert, so weit zurück, daß sie es nicht glauben konnte. Das war doch das eigene Leben, so viele Tage voller Erlebnisse und Arbeit, und kaum hatte man es erlebt, raste alles in das Land *Weißt-du-noch*, riß das eigene Leben mit, schrumpfte zu kargen, abgestorbenen Sätzen wie verwitterte Steine in einem ausgetrockneten Flußbett, verschwand wie ein schneller Sonnenuntergang, der den Tag überraschend beendet.

Aus Angst zu vergessen, wiederholte sie jede Nacht die Ereignisse der fernen Tage, auch weil sie ihr immer mehr durcheinandergerieten, obwohl sie sich sehr anstrengte, sie auseinanderzuhalten, weil sie ihm diese Geschichten, die er alle kannte, möglichst genau überliefern wollte, aber Namen und Jahre entschwanden immer mehr, und sie verirrte sich in ihren zeit- und ortlosen Geschichten, geriet von einer Erzählung in die andere, stockte, wußte nicht mehr weiter, fing von vorn an, ein ununterbrochenes Erzählen ohne Ende, das seinen Sinn verlor. Bis sie sagte: »Ich weiß nicht mehr. Ich habe es vergessen.«

Danach schwieg sie, sah ihn nur lange an, erforschte sein Gesicht, sah ihm in die Augen, als suche sie in seinem Verhalten nach dem, was sie einmal war. Manchmal fragte sie ihn noch nach einem bestimmten Menschen, nach einem bestimmten Geschehen, er erzählte ihr die dazugehörenden Geschichten, versuchte noch einmal die Verbindungen zu knüpfen, aber sie fand darin keinen Zusammenhang mehr und hatte ihre Frage wieder vergessen.

Oft saß sie stundenlang an dem kleinen Küchentisch,

an dem er seine ersten Erzählungen geschrieben hatte, und bekritzelte alle erreichbaren Blätter mit ihrem Mädchennamen Maria Lukacz; Seite um Seite Maria Lukacz, Maria Lukacz, Blätter, die vom Tisch herabfielen und sich wie ein Blütenteppich um sie herum entfalteten, Maria Lukacz, Maria Lukacz, Maria Lukacz, Zeile um Zeile jeden Buchstaben untereinander, als wolle sie sich vergewissern, wer sie war.

Dann gab sie auch das auf. Von da an sah sie nur noch aus dem Fenster auf eine ihr fremd gewordene Welt. Von ihrem Stuhl aus sah sie, wie Tag und Nacht wechselten, Sonne und Mond ihren Stand veränderten, und sie bemerkte zum erstenmal, daß sich auch die Sterne bewegten, sie war darüber sehr erstaunt, denn das Firmament hatte sie für unveränderlich gehalten. Er erklärte es ihr, sagte ihr, daß das alles in vorgegebenen Bahnen verläuft, daß alles gleichbleibt und sich alles verändert, weil die Zeit des Menschen vergeht. Sie glaubte ihm nicht. Das war nicht ihre Welt. Ihre Welt war beständig und ewig und stand unerschütterbar fest und bestand ausschließlich aus Menschen.

Nie las sie. Er hatte sie nie lesen sehen, seine Bücher waren ihr ein Rätsel. Sie trat dem Leben so gegenüber, wie es auf sie zukam, und war durchaus in der Lage, alle Ereignisse aus eigener Erfahrung zu beurteilen. Sie gehörte noch zu der Generation, die alle Dinge direkt nahm und entsprechend direkt handelte, so wie es notwendig erschien, ohne daß sie das groß besprach oder darüber nachdachte, und so beurteilte sie Menschen und Situationen oft besser als er.

Immer wieder suchte sie eine bestimmte Melodie,

die ihr so sehr gefallen hatte, die sie unbedingt noch einmal hören wollte. Er spielte ihr die alten Jazzplatten vor, sie nickte mit dem Kopf, schlug mit einer Hand ganz versonnen den Takt, lächelte, aber sie fand die Melodie nicht mehr, diese eine, die ihr so besonders gut gefallen hatte.

Wenn sie aufstand, lehnte sie den Kopf an seine Schulter, hing sich an ihn, suchte Halt, wollte sich ausruhen. Er spürte ihr Gewicht, spürte die Zerbrechlichkeit ihres zu Ende gehenden Lebens, setzte sie in einen Sessel, sie schloß die Augen, schlief ein.

Er betrachtete ihr Gesicht, das von einem ruhigen Atem überzogen wurde, die Augen geschlossen im Frieden der Stille, die Falten und Narben eines langen Lebens glätteten sich, um den Mund zuckte es manchmal, als wollten die Lippen sich öffnen und weitererzählen, denn das Erzählen war das Leben, das wußte er, aber ihr Atem wurde stiller und friedlicher.

Er verließ die Stadt mit einem Nachtzug am Tag des Martinsfestes, das zu den ersten Schreckenserinnerungen seiner Jugend gehörte und zu den ersten Schreckensgeschichten der Familie.

Laternen tanzten durch die Dunkelheit, bunte Lichter, die schwankend ihren Weg suchten, auch schon einmal aufflammten und einen erschreckten Schrei hinterließen.

Auf dem Bahnsteig standen nur wenige Menschen, jeder für sich, frierend, mit hochgeschlagenem Mantelkragen. Die Bahnhofsuhr zeigte die normale Zeit, als sei nie etwas geschehen.

Der Zug, eine Aneinanderreihung erleuchteter Spiegel, glitt ins Helldunkel des Bahnhofslichts, durch die Gegenbewegung der sich vorbeugenden Gesichter schien es, als bewegten sie sich alle in Wahrheit zurück.

Der Waggon fuhr rasch an, schob sich in die Nacht, es war schwer, durch die Scheiben etwas zu erkennen, das Quartier mit seinen erleuchteten Fensterreihen, die unbegrenzte Masse des Parks, die schwarzen Grabsteine des Friedhofs, eine vom Licht des Zuges gestreifte Schattenwelt. Dann gab es die Stadt nicht mehr, sie verschwand mit all ihren Namen und Gesichtern.

Der Zug folgte dem großen Fluß, schlängelte sich vorbei an Kurven und Schleifen, durch die der Strom in mäanderhaften Bewegungen in Jahrtausenden seinen Weg gefunden hatte.

In der Erinnerung war alles ein schwerer, ferner Traum, ohne Zusammenhang in den unausschöpfbaren Dimensionen nebeneinander existierender Augenblicke. Bilder ohne Sinn, vergessene Worte, versunkene Melodien, und doch stand alles unwandelbar fest, war Gewißheit und nicht mehr zu verändern, wurde geschaffen von Männern und Frauen, die auf alten, längst von Bäumen und Sträuchern überwachsenen Friedhöfen lagen, Asche zu Asche, Staub zu Staub, und doch blieben ihre Worte, ihre Ideen, ihr Glauben und ihr Schicksal ein undeutlicher Nachlaß; gleich in seinen alten Mustern, doch von jeder Hand neu gewebt, vorgegeben und doch verschieden, ein Bild aus Bildern, ohne Perspektive, ohne Fluchtpunkt, ohne den Ablauf der Zeit, aneinandergereiht wie verblaßte Ikonen oder vergessene

Bücher. Die Zeit war nur der Blick von einer Ikone zur anderen, das Umblättern einer Seite in einer Chronik, die Zeit war nur die Wiederholung der immer wieder erzählten Geschichten, die aus dem Nichts kamen und zur ablaufenden Zeit wurden. Denn die Zeit war in den Geschichten, ohne die Geschichten war keine Zeit, war nur die Ewigkeit des Todes, erst die Geschichten erschufen die Zeit, denn alles war bereits geschehen, alles hatte sich bereits ereignet, es mußte nur immer wieder erzählt werden.

Was er mitnahm, paßte in eine Reisetasche. Von all dem, was die Familien einmal besaßen, blieb ihm nur eine beschädigte Eisenbahneruhr und ein in der Uhrkette verwickelter Korallenrosenkranz. Zwei Dinge ohne Anfang und Ende, ohne Zeit und Ort, geblieben vom Glauben der Lukacz' und dem Können und Wissen der Fontanas. Wo man auch war, man konnte damit sein Leben beginnen und beenden. Eine Uhr ohne Zeiger, der er sich anvertrauen würde, weil die Zeit in der Vergangenheit ruhte. Ein Rosenkranz für all die Toten, die mit ihm waren.

Dann war da noch ein Paket Fotografien. Auf dunklem Karton aufgezogene, fleckig gewordene Staatsfotos von großen Familien, er kannte nicht viele davon. Einbalsamierte Totengesichter, verschlossen, unerklärt, ihr Leben verschweigend. Erstarrte Todesfigurinen in einer arrangierten Bedeutsamkeit, die keinen Sinn mehr ergab, zusammengepreßt von einem tiefsitzenden Schmerz, in sich gekrümmt wie verstümmelte, ineinander verschachtelte Sätze, gebeugt durch harte und grausame

Wahrheiten, an denen die vielen schönen Sätze der Menschen über das Leben zerbrachen.

Er selbst mit seinem Vater in Luftwaffenuniform und seiner Mutter in einer Schneelandschaft. Rückseite beschriftet: Besuch im Fliegerhorst. Er erinnerte sich nicht mehr.

Sein Vater im Waisenhaus: eine Gruppe kurzgeschorener Kinder in gestreiften Kitteln, alle gleich aussehend wie Sträflinge in einem Straflager, nur das Tintenstiftkreuz über seinem Kopf besagte, das bin ich. Das Foto sah er zum erstenmal.

Maria als junges Mädchen mit einer großen Haarschleife vor einem Zechentor, an der Hand ihrer Mutter und ihrer Großmutter neben einem Sarg. Davon hatte sie ihm nichts erzählt.

Der Großvater in der schlechtsitzenden Uniform, in Polen geboren, in Deutschland verheiratet, in Frankreich gefallen. Statt der Arbeit fand er den Tod.

Gustav mit einem Zylinder, letzter einer Dynastie von Seidenwebern, die um der Freiheit und des Glaubens willen durch Italien, Frankreich und Deutschland zogen. Sie verloren ihre Freiheit und ihren Glauben.

Die Fontanas und die Lukacz', die bis zum Ende versuchten, durch sich wandelnde Zeiten in verschiedenen Ländern mit wechselnden Sprachen ihren Traditionen und Überzeugungen treu zu bleiben, als Fremde in fremden Ländern Würde zu bewahren. Heimatlose, die immer nur für einige Jahre sagen konnten, hier bin ich zu Hause; die nie Wurzeln schlugen, nie eine Landschaft oder eine Stadt als die ihre ansahen, immer nur einige Straßen um die jeweilige Wohnung kannten, immer nur in den zufällig entstehenden, über Sprachen und Staaten hinausgreifenden Familienverbänden lebten, deren Zusammengehörigkeitsgefühl das alte Heimatgefühl ersetzte. Auf keiner Karte verzeichnete, kleine, sich immer neu bildende Inseln inmitten der alten unbeweglichen Kontinente.

Der Zug fuhr langsamer, blieb stehen, ruckte dann wieder an, Menschen standen dicht am Zug, der sich in einer Kurve dem Hochwasser führenden Fluß auf wenige Meter näherte. Der Schatten einer Burg, die unnahbar und unbeweglich auf einem Felsen saß, das Wasser schäumte weiß aufleuchtend über die Felsenriffe. Die Signallichter an den Ufern und die Positionslichter der Schiffe, irritierend wie kalte und stille Sterne. In den Kurven leuchteten rote Lichter hinter dem Zug, immer wieder von einem neuen roten Licht abgelöst.

Der Lichtstrahl eines Scheinwerfers durchschnitt die Dunkelheit, erfaßte einen flußabwärts treibenden Nachen, der sich drehend überschlug; entwurzelte Bäume zogen wie buschige Inseln vorbei, Treibgut verhakte sich am Ufer, wurde vom hochgehenden Wasser wieder losgerissen. Das Scheinwerferlicht glitt über die kahlen Baumkronen am gegenüberliegenden Ufer, die sich wie ein Nebelstreifen in einem grauen Licht verloren.

Die Schienen waren mit Wasser bedeckt, undeutliche Lichtreflexe erschwerten die Orientierung auf der dunklen, unruhigen Wasserfläche, als fahre der Zug jetzt mitten durch den Fluß, alles verlangsamte sich ins Endlose, alles schien ohne Richtung, ohne Ziel, ein Vorankommen oder Zurückgleiten auf unsichtbarem Grund.

Auf den Hügeln dämmerte die Helligkeit des neuen Tages, ein regloses Licht über kahlen Felsen, das die Nacht im Flußtal noch nicht vertrieb. Er lehnte sich zurück, sein Gesicht spiegelte sich im Fenster vor der schwarzen, schattenhaften Landschaft.

Von Luoyang nach Changang über Lou Zhou und Dun Huang nach Lop-Nor, um die Wüste Takla Makan nach Karashar, nach Khotan und Kashgar, über das Hochland von Pamir nach Tashkent, Samarkand, Hamadan, Palmyra zum Hafen von Antiochia; lange Karawanen aus fremden Ländern mit alten Geschichten von der Kaiserin Lei Zu, die, in ihren Gärten in der Ebene des Gelben Flusses von einer Schlange angegriffen, auf einen Maulbeerbaum flüchtete, auf dessen Blättern kleine häßliche Raupen durch dünne selbstgesponnene Fäden, sich in harte Kokons verwandelten, aus denen, erneut verwandelt, zarte Schmetterlinge schlüpften; mit der Geschichte des großen Kaisers im Osten, der so kostbare Seidengewänder trug, daß alle Gesandtschaften ehrfürchtig davon berichteten, der bei Strafe des Todes verbot, das Geheimnis des Maulbeerbaumes und der Seidenraupe über die Grenzen seines Reiches zu tragen, und in seiner Hauptstadt auf hohen Stangen die Köpfe derer ausstellte, die das Verbot mißachtet hatten.

Die Nacht war so schwarz wie das Wasser, durch das der flache Kahn glitt. Sie hatten lange gewartet, die mondlose Stille abgewartet, dann den Kahn ins Moor gestoßen und, mit den langen Stangen sich abdrückend, die Wasserwege gesucht, die das Moor durchzogen, mit den Händen im Wasser die leichte Strömung erfühlt, mit den Stangen das Boot weitergestoßen, wenn es im Schlick oder im Ried hängenblieb, sich nicht mehr fortbewegte, schweigende, schweißtriefende Arbeit in der kalten Nacht, in der Dunkelheit, die ohne ein Zeichen war.

Dämmerte der Morgen im Dunst des Moores, schoben sie den Kahn tiefer in das nasse Gestrüpp, warteten reglos auf die nächste Nacht, die sie weiterbringen sollte, saßen auf diesem langen, schmalen Boot, das sie selber gezimmert hatten, unter schweren, dicken Umhängen, von der Nässe vollgesogen, stumm wie Erdhügel, auf diesen Holzbrettern, die ihre Heimat waren, und warteten auf die Nächte, die ihr Schutz waren, in denen sie ihren Weg suchten.